长篇小说

松江流域，狼刀帮横刀跃马，
义匪侠盗演绎民间抗战精彩传奇

狼刀

◎宋曙春 著

时代文艺出版社

图书在版编目（CIP）数据

狼刀 / 宋曙春著 . —长春：时代文艺出版社，2018.6（2021.5重印）

ISBN 978-7-5387-5780-4

Ⅰ . ①狼… Ⅱ . ①宋… Ⅲ . ①长篇小说－中国－当代 Ⅳ . ①I247.5

中国版本图书馆CIP数据核字（2018）第031964号

出 品 人　陈　琛
责任编辑　曾艳纯
特约编辑　黄传惠
装帧设计　黄传惠

狼刀

宋曙春　著

出版发行 / 时代文艺出版社

地址 / 长春市福祉大路5788号　龙腾国际大厦A座15层　邮编 / 130118
总编办 / 0431-81629751　发行部 / 0431-81629755
官方微博 / weibo.com / tlapress　天猫旗舰店 / sdwycbsgf.tmall.com
印刷 / 保定市铭泰达印刷有限公司
开本 / 710mm×1000mm　1 / 16　字数 / 353千字　印张 / 18
版次 / 2018年6月第1版　印次 / 2021年5月第2次印刷　定价 / 58.00元

图书如有印装错误　请寄回印厂调换

目　　录

狼
刀

狼
刀

狼
刀

第一章　飞骑劫狱下北峰

凇凌城藏杀机暗设圈套，北风狼遇埋伏身陷囹圄；
狼刀帮众弟兄义愤填膺，柳叶刀劫大牢飞骑下山。

1

北风狼下了大狱，消息传到北峰山，柳叶刀疯了一样，发出母狼般的长啸……

北峰山这天傍晚和往常没啥两样，秋风轻轻地吹不动林稍，夕阳悠悠地沉入火红的云海，胭脂色的薄雾从山腰漫上来，像是二人转艺人腰间舞着红绸，只是没有唢呐伴奏。北峰山主峰狼牙顶上的狼牙洞里，飘散出一股诱人的香味。那是东北山林里特有的浑厚而醇熟的香味。成熟的苞米、土豆、茄子、豆角，全码在一口大铁锅里，用直径足有一尺的柳条编的水罐子，东北人叫柳灌斗子，满满地舀上一锅水，旺火炜一个时辰。一揭锅盖，一种让人直咽唾沫的熟透的味道扑面而来，好像顿时把整个狼牙洞都薰熟了，就连洞壁上的那些像苞米棒子一样倒垂的石笋，也好像熟透了，叫人恨不得上去咬一口。

这样的味道，最能让人想家。

北峰山上这伙报号"狼刀帮"的土匪绺子，原先都是些本分的庄稼人。清末民初，百不聊生，战乱四起，连年灾祸，官府欺压，恶绅盘剥，城镇失业，农民失地，生活逼迫，揭竿而起，上山为匪，落草成寇。狼刀帮众弟兄，大都因此而来。他们对土地和庄稼的气味是极其熟悉极其亲切的，能吃上这样对胃口的好嚼裹儿—— 东北话把好吃的食物都叫嚼裹儿，那就跟回了家一样。炜熟的苞米土豆茄子用大酱一拌，再撒上些红辣椒，舀一小勺猪油，稀里呼噜一顿扒拉，一会儿就撑得肚子鼓起来。小溜子们一个个歪倒在洞里，有人扯根草棍剔牙花子，有人得意地闭眼哼着东北小调，很满足地做着三亩薄地一头牛，老婆孩子热炕头的春秋大梦。这似乎是乱世里难得的舒心日子。

狼牙洞议事厅西侧一个耳洞里传出阵阵古琴声。抑扬顿挫的琴声，铿锵有力，忽而似风疾马啸刀光剑影的十面埋伏。弹琴人似乎在喧沸着一种亢奋，又似乎在期待着一场厮杀……忽而，又转入悠扬飘逸，如同公孙大娘潇洒地舒展如猿柔臂，柔曼中却又迸出金属之声，如一柄剑器撕帛裂云……

时近夜半，柳叶刀尚未入睡，她似乎有些心神不定，忽而烦躁，然而忧心，莫非大当家这次下山将会不测？辗转之中，抚起古琴，以排遣心中繁乱。

这是民国十四年，凄风楚雨满目疮痍的1925年，一个晚秋之夜。

民国十四年的东北，正处在半殖民地半封建状态中，在封建制度和帝国主义势力压迫下，没有民主，没有独立。北洋军阀派系的奉系军阀首领张作霖利用民国初年的混乱局面，在日本支持下实行地方割据和武力扩张，逐步建立了对东北奉天、吉林、黑龙江三省的统治。日本则取得了在东北筑路、开矿、设厂、租地等特权。1922年4月的首次直奉战争，奉系战败，撤回关外，宣布"东北自治"。此后，张大帅编练新式军队，并在日本支持下建立海、空军和兵工厂。1924年9月，第二次直奉战争爆发，直、奉两军在山海关、热河激战，奉系重新控制北京政权后，势力扩张极大，与地方军阀矛盾激化，张大帅的奉军被驱逐，又回到了东北做他的"东北王"，统治这一片关东大地，成为独霸一方的边疆大吏。百姓依然在地方军阀和官府欺压下，生活在长期战乱的水深火热当中。

此时，柳叶刀仿佛沉入遐思。一个女人，一个身为狼刀帮二当家的女人，乱世之中与虎狼为伍，血火拼杀里浸透了狼性，而且化身为一只最为凶残而又睿智的母狼，这里面有多少含泪带血的故事？又有多少期待和梦想？弹指间，琴声悠悠，伤心已往，而一桩桩一件件刻骨铭心的旧事，却像山里的迷雾一样漫上心头。

十几年了，北峰山百余里之外的松江之畔，满清王朝建立的乌林府，如今可有何等变化？

柳叶刀小时候听祖父讲古，那时她不叫柳叶刀，而是名为柳叶桃。聪明伶俐的桃子，对乌林府历史多少知道一些。现在的乌林府，在大约两千年以前的夏周时叫肃慎，纯满族的老根子就扎在这里。经过两汉时期，到晋时为扶余王国属地及高句丽的地盘；隋至唐初属白山粟末殊揭，后属渤海王的谏州之地，是一座高句丽、渤海国古城。到了辽代，属宁江州管辖，金代元代后为海西辽东道所辖；明初时，在这里设置了乌拉河卫。到大清国初期，奉天、吉林、黑龙江、伊犁等称东北一带，设置将军及副都统；康熙十二年开始建乌拉城，康熙十五年宁古塔将军移驻城里，统帅满汉八旗；光绪三十三年实行"行省"制以后，撤销将军副都统，改设巡抚，这里成了三省通衢的北方重镇。到民国二年时，官家叫1913年，废除了"府"制，改为"县"

制，隶属吉林省吉长道，却仍然称为"乌林府"。

从乌拉河卫到设州、改厅、建府，由都统制辖到巡抚理事到将军主政。从道光、咸丰年间的战乱，八国联军打进北京城烧抢圆明园，到光绪帝驾崩，宣统小皇帝登基没几年就被赶出皇城，前后近五百年，历经风风雨雨。到了民国，仍旧是军阀混战，外敌入侵。那个近十万人口的水陆通衢，如今还是灯红酒绿歌舞升平，商女仍然不知亡国之将亡，即使隔江也听得见那如同后庭花一般的慵倦绵软的歌声。岸边临江门里头道码头、二道码头、三道码头照样是车船来往人头攒动。其实，无论官兵商贾还是贩夫走卒，都不过是为他人作嫁，也都是他人盘中之物。因为沙俄老毛子和东洋小鬼子，早就都对这里垂涎三尺，都在暗地里叫劲争抢着要分食这块肥肉。光绪年，甲午海战后，小鬼子占了旅顺口，又派人到东北来开荒，后来老毛子又在东北建了铁路，占了关东大片土地不说，两家斗法的日俄战争，却在中国的土地上打了起来，让东北百姓为此吃尽苦头。

为了抵御外敌，五百年前大明朝永乐、洪熙、宣德年，老祖宗就在这松江畔造船，到了三百年前的顺治、康熙年，大清国又在这里造兵船、建水师营。康熙大帝还从吉林乌喇调兵，派水师远征雅克萨，赶走了老毛子。而在民间，即使清初时，把这里作为祭神俸献供物的圣地封为禁区，即使沙俄日寇烧杀掠抢，也断不了民众的反抗。咸丰、同治年间，这里逐步开放解禁，游民渐集。柳叶桃一家便是光绪初年由祖父带领从关里老家徒涉而来。二十多年后，家境殷实，不料又遭劫难，家道中落，丧父失妹，落草山林……

忆起心酸往事，柳叶刀的琴声变调为凄楚幽怨，仿佛含泪而泣的歌女哀婉哭述，继而又激愤起来，琴上突起疾风，如同豹子穿山，从沟壑林稍掠过。突然，她心尖一颤，手指不由一抖，一根极细的羊肠做的琴弦断了，琴声戛然而止……

山门外，响起急促的马蹄声，狼刀帮六头领花狐飞马冲过狼牙洞前山涧吊桥，滚下马来，连撬带爬赶到石阶下，嘶声叫道："二当家的，坏了菜了，窑变了（出事），大当家的在淞凌城砸窑（上门抢劫）掉脚了（被抓）！"

闻听此言，柳叶刀心里咯噔一下，腾地起身却又一恍惚，眼前一黑，险些摔倒。她迅速扶住身边的柱子，闭目喘息，深吸口气，定定神，急步来到狼牙洞议事大厅。

2

狼刀帮大当家北风狼下山砸窑前，柳叶刀曾极力劝阻。

"这点子（目标）是个响窑（有武装的富户），打不好，伤了弟兄们不说，也丢咱狼刀帮的脸。咱放出去的眼线（侦察员），瞄了他好些日子，这家好像有准备，来了些生风子（外人），看来有些风紧（情况不好），灯不亮（风险大），咱得勒着点（谨慎些）。"柳叶刀给北风狼分析山下的情况，也似乎感觉到预定目标发生变化。

北风狼抽出绑腿里的狼头短刀掼在木桌上："上秋了，按老章程，每年这个时候，咱狼刀帮都要砸个亮窑（抢大户），备足了过冬的粮草衣物。再说，大户人家有看家护院的家丁炮手，有马有枪有子弹，那就是咱的'军火库'啊。你一个二当家，吃粮不管穿，不当粮台（土匪绺子里掌管军需后勤的）不知柴米贵，不抢他，咱抢谁？你说他有些觉景（查觉）？那是我派人给他下了飞叶子（送信），这窑口点正兰头海（目标好钱多），我让他备好人吃的嚼谷马吃的料，十条叫筒子（长枪），五百粒飞子（子弹）。到时俺上窑去收货，省得老子费劲动手打成血核桃，伤了和气，结下梁子（结仇）。"

北风狼说的是比较讲究的绺子砸窑前的做法，相当于古时两军作战前下战书，其实是先来个下马威，让人家乖乖地拱手相送。这也是土匪一个行规，避免双方互伤，结下宿怨。接到土匪飞叶子的人家，一般都是大户，这动乱的年头，大户人家也学会了维系生存的办法，他们要求看家护院的保镖炮手，即使抵抗，也是打马不打人。只要不死人，土匪也不往死里打你，互相之间不结死仇。你要是把土匪溜子打死了，或者打伤太多，他就拼死攻你这个窑，甚至放火烧窑，这就结下梁子了，以后还会不断地骚扰你。因此，拼死抵抗的大户人家不多，一般攻差不多的时候，土匪就进来了，要物拿物，要钱给钱，花钱消灾，才能相安无事。北风狼按惯例下了飞叶子，就是约摸这家不会把事搞大，不会拼死反抗，所以，他并没有把这次砸窑看得多艰难。当然，他也没有想到会有什么意外。

狼刀帮在北风狼的掌管下，多年来一直遵守土匪行规，除了不得不与前来清剿的官兵真刀真枪地对抗，一般情况下是不大动干戈的。土匪绺子有一套极为严密的绺帮行规，有"五清""六律""七不抢""八不夺"之说。其中红白喜事、邮差货郎、走村行医、算命爻挂、鳏寡孤独、大车店、棺材铺等行当，是不能抢劫的，否则会处以极为残酷的绺刑。狼刀帮规矩挺严，吃喝嫖赌抽，坑蒙拐骗偷，就手顺的，看不着拿的，扯人家被单子，摸尼姑屁股，给和尚保媒，蹒寡妇门，挖绝户坟，这些损事儿几乎都没干，所以才有个比较仁义的名声。

正为了能有这仁义的名声，北风狼总是自诩为"绿林好汉"，常训诫手下溜子，不能真当恶人。在他那微乎其微的道德观里，能够一息尚存的，也就是"侠"和"义"，再多一点，尚有些替天行道的意思。

旧中国的"绿林"，虽然是代指土匪，但其义并不完全相同。读过私塾的柳叶刀曾给北风狼讲过，"匪"字在古语里曾与"非"字通用，并不是强盗的意思。从东汉的《说文解字》到大清的《康熙字典》，一千多年里就没有和强盗相关的"匪"字，而是用"寇、盗、贼"来代表打家劫舍、占山为王的"山大王"等。直到一百多年前，白莲教造反，才被官府叫作"教匪"。而"绿林"，原是一个地名，就是湖北当阳的绿林山。西汉末年，昏君无道，灾祸连年，民不聊生，万般无奈，铤而走险。湖北新市的王姓二兄弟登高一呼，聚饥民数万，在当阳绿林山揭竿而起，号称"绿林军"，攻城掠地，斩杀贪官，挥师长安，推翻王莽政权。后来，人们便用"绿林"二字称呼那些啸聚山林对抗官府的农民起义队伍。隋唐以后，许多不甘受欺压的硬汉，学着那王氏兄弟，召集穷苦贫民，占据山林草莽，打起杏黄大旗，抗官军，劫大户，杀富济贫，大碗酒，大块肉，大称分金。出现了程咬金、秦叔宝瓦岗寨三十六友、宋江、李逵水泊梁山一百单八将，河间府盗御马的双钩窦尔墩等众多的绿林好汉。

听柳叶刀这么说，北风狼兴奋得直拍大腿："说得对呀！咱在早也是本分人家孩子啊，要不是让官府和小鬼子欺负得没活路了，咱咋能起了杀心，落马遭事（犯案）、进书房看书（吃官司坐牢）啊。咱索性就来个踹线挪窑子（搬迁），上山竖旗当了匪。你柳叶刀二当家不也同样受难落草，和俺一锅搅马勺吗？"

"俺可是身在曹营心在汉，免从虎穴暂栖身。俺和你这土匪坯子压根就不一样！"柳叶刀虽然上山多年，但骨子里仍然把自己看成是出污泥而不染的莲花，总是在心底里坚守着那份纯真，哪怕手上已经沾了血，但灵魂是干净的。

这话听得有些刺耳，北风狼心中不快，也为自己不平。

谁也不是生下来就是匪。北风狼出身满清旺族，是堂堂八旗中的正蓝旗。满清八旗是清太祖努尔哈赤于三百多年前创立的一种军事组织形式，最早只设四旗：黄旗、白旗、红旗、蓝旗。后来又扩充，将四旗改为正黄旗、正白旗、正红旗、正蓝旗，增设镶黄旗、镶白旗、镶红旗、镶蓝旗四旗。每一旗相当于一个族群，因其标志性的旗帜颜色不同而取名，合称八旗，统率满、蒙、汉族军队。正蓝旗因旗色纯蓝而得名，在顺治前与正黄旗和镶黄旗列为上三旗。顺治初，被多尔衮降入下五旗，不再由皇帝所亲统，而是由诸王、贝勒和贝子分统。清末时规模达到兵丁 2.6 万，男女老少总人口，约 13 万人。八旗满人姓氏多为满语，北风狼原属正蓝旗乌尔汉氏，其父姓名为乌尔汉·乌苏赫，北风狼原来姓名就叫乌尔汉·乌力嘎。正蓝旗排位较高，旗下人丁身份也较高，后来乌尔汉家族与日本人争夺草原和土地，发生冲突，家中变故，才成了匪。

经年数月的打打杀杀，原本不谙世事浪荡不羁的少年乌尔汉·乌力嘎，已变成了走马绿林刀尖舐血的凛凛汉子。劫道杀人砸明火，犯了官府律条，

狼刀

进过局子，但又死里逃生。这些年在江湖上混得有了名声，成了二三百人土匪绺子大当家，称为"狼刀帮"，自号"北风狼"。可这次，谁也没料到，淞凌城这户人家，却是个深藏不露的阴险奸诈之人，让他马失前蹄掉了脚。

3

淞凌城是乌林府辖制下的一个县城，政治、经济、军事均与乌林府有密切联系，县里富绅自然也就与官府有着说不明或者不能明说的交结。那年头，没有黑白两道的人罩着，做生意过日子都不大容易，更别说买卖能够做得老大，也正像富绅们常说的，生意兴隆通四海，财源茂盛达三江了。

北风狼看中的这户人家，姓王名通。这名字也许是寄托了祖宗的愿望，有家族生意兴隆通四海之意，但王家如何发迹，谁也不十分清楚，反正到了王通这一代，已经有了当铺、粮号、百货、布庄等，淞凌城临河街大半条街面上的门市，都是他家的。

临河街踞中一溜独立瓦房就是王宅。一水的青砖高墙，条石为基，磨砖对缝，腰墙上有二十四块砖雕，雕刻着古时的二十四孝故事，精致而细腻。高大的门楼飞桅危耸，峻拔陡峭，气势非凡，明显是仿造满清皇家歇山式建筑，只因是平民，不能用琉璃铺顶，而只能用青瓦。门檐下有门当、户对，也有仿官宦人家而设置的下马石、拴马桩，一对石狮子呲牙裂嘴怒目行人。门楼内是二进的垂花门，四合院格局，正房厢房耳房都是歇山顶、燕山、屋脊、挑檐，均有精致动物花草浮雕，正房和东西厢内墙也绘有彩墨花鸟书画，是典型的清代民居建筑。

这气派，一看就是有来头有根基有银子有油水的主儿，也自然是狼刀帮眼里的肥肉。

几天前，一个嘈杂喧闹的下午，王家大院几个家丁张张罗罗地抬进来五个长条形的稻草捆，还有两个木头箱子，箱子上有黑漆写的汉字和一些外国字码。狼刀帮一个眼线正在街对面蹲守，这小子粗略识得几个字，认出箱子上写的是"奉天兵工厂"。消息飞递北峰山，北风狼欣喜不已——这枪这弹不就是给咱备下的么，还磨叽个啥，甭废话，下山收货！

淞凌城在北峰山西南八十里，离乌林府一百三十里，要是在王家大院打响，不管是警察署，还是奉军驻防二团，或是日本鬼子的守备队，都他妈是远水不救近火。县城警察分署和保安队几十号人更是不禁打，两支二十响的盒子炮（驳壳枪）就能扫他个人仰马翻。

狼牙洞议事厅里掌上通明的火把，水曲柳做成的长桌条凳围坐着北风狼、柳叶刀和狼刀帮绰号飞虎的老五、绰号花狐的老六等几个首领，正在交卦预卜吉凶，这是土匪下山行事前的常规。东北土匪中的一些首领都藏个小铜佛，据说叫"达摩多罗"。这是他们的护身符，行事前供上铜佛，打卦起课，决定凶吉。北风狼在桌上摆上铜佛，点起三支香插在香炉中，口中念念有词，嘟囔一阵，然后，从怀中取出四枚磨得发亮的"乾隆通宝"，在手里摩挲一会，当啷一声扔在桌上。四枚铜钱转了一阵倒伏在桌面上，北风狼那张狼一样的长脸鼓起了腮，左颊的刀疤红得发紫，眼睛绿得发亮，大叫道，大吉！

留下柳叶刀和飞虎看家，昨天下晚刚擦黑，北风狼带着花狐老六，加上四个人精眼尖枪头准的弟兄，骑上六匹快马，一溜烟奔了山下。

狼刀帮绺子里"四梁"之一的老三，绰号鬼脸三，长驻乌林府，以开药铺为掩护，打探各路消息。老四浑名白羽鹰，在松江木排集散地江口镇经营木材庄，兼收山货肉类粮草。若是鬼脸三和白羽鹰此时在山上，这两个鬼精鬼灵的家伙，没准能嗅出一些与往日不同的味道，会和柳叶刀一起阻止这次砸窑。

在土匪行当里，大股的绺子都有一套比较完整的组织和规矩。总头目叫"大当家的"或"大掌柜的"。其下有二掌柜。再往下有"四梁八柱"，四梁分里四梁、外四梁，合起来即为四梁八柱。下面一般匪徒称"溜子"。里四梁是炮头、粮台、水香、翻垛。炮头是执法行刑的，他必须"管直"（枪法准），百发百中，在和敌人交锋时，能在关键时刻一枪定夺大局。粮台管粮食、蔬菜的储备、供应。水香负责分配站岗、放哨，每砸开一个窑，他第一件事就是放卡子（哨兵）。翻垛，是溜子里的军师、参谋长，得能上知天文，下知地理，行动前，要占卜凶吉；遇险时，要祈神庇佑。外四梁指的是秧子房掌柜、花舌子、插签的、字匠。秧子房就是票房，是关押人票的地方，掌柜的大都心狠手辣，催票时割耳朵、割鼻子，毫不手软；过期不赎票，也由他和手下人撕票。花舌子负责给苦主家送信、讲价。这种人一要善于查明苦主家底，二要巧言善辩，让对方拿出更多的钱来。插签的，也有叫稽查，主要负责勘察打劫的目标、路线，保证万无一失。字匠主管文墨，负责给苦主写信和与外界的文字交道，有的字匠还会刻印、模仿他人笔迹等。由于各个溜子人数多少不一，规模不等，所以这四梁八柱也有互相兼任的，或省略的。

鬼脸三诡计多端，为了在绺子里集中权力，他和柳叶刀一拍即合，说服北风狼这个大头领，取消外四梁和八柱，由自己和老四老五老六分别兼任这些职能，并各领一伙兄弟。柳叶刀入伙后，理所当然就是二当家，她带来的一个弟兄，也就是飞虎，排行第五。柳叶刀既负责带领自己的人马，也配合北风狼指挥作战。可以说，这样的搭配，使狼刀帮"领导班子"更精干了，统辖队伍更顺手了。因而，狼刀帮一狼二刀三鬼四鹰五虎六狐，六个头领，精明强干，方圆扬名。

狼
刀

六匹快马沿山道向淞凌城飞驰，山林里卷起一阵阵疾风，半绿半黄和半红半紫的落叶，在身后忽悠悠地飘悬着斑斓的彩带。土匪大都是骠骑高手，能在飞奔的马背上翻飞自如，骑术和枪法堪称双绝，玩起"海底捞月（马上探身在地上取物）"，"蹬里藏身"来，不过一碟小菜，更能撒开缰绳，双枪齐射而弹无虚发，甚至可以骑马不用鞍，能酣睡马背长途疾驰而不坠地。

月亮爬上山顶，圆圆的，大大的，像一面镜子，悬在山梁上。北风狼的马队已经出了林子，在月光照亮的毛毯似的山坡草地上疾驰。忽然听见不远处传来几声悠长的狼嚎，侧目一望，山梁上圆圆的镜子里，映出一只狼影，昂头抖着狼鬃，向夜空张开嘴巴。听见狼嚎，北风狼一怔，脸上掠过一丝狡黠的坏笑，随即抻着脖子，发出一声酷似狼嚎的叫声。月中狼影再次发出长长的嚎叫，在寂静的山谷中合成令人恐怖的回声，吓得几匹快马顿时刹住马蹄，草丛里窜起几只野兔，慌不择路地奔逃。山梁上那匹狼，如同一只闪亮的箭簇，带着疾风的呼哨，向草地上扑来，原来这是一匹白狼。北风狼突然从马背翻滚下来，蹽开腿追赶逃命的兔子，追着追着，突然四脚着地，像狼一样撒开四爪一蹿一蹿地狂撵。奔跑中，他甩出一只短刀，一道亮光闪电般射向兔子。他几乎是与白狼同时扑到草丛里，并从狼嘴下抢出了兔子，他挟着兔子，和白狼一起在草地上翻滚，嘴里还不断发出狼一样的低吼。白狼呜呜的叫着，却并不嘶咬北风狼，好像撒欢似地与他嬉戏。不一会，北风狼挣脱了那只白狼的纠缠，站起身来，拎着兔子，转着圈逗着白狼。这时，又有几匹狼呜呜叫着，从山坡下包抄过来，白狼突然站住脚，向狼群发出低吼，制止了狼群的行动。北风狼笑了，那奇怪的笑声像狼，然后拍拍白狼的头，把兔子扔起来，白狼嗖地腾空蹿起叼住了兔子，像狗一样对北风狼摇摇尾巴，带着狼群跑走了。

北风狼极其潇洒地拍拍身上的草屑，对看得目瞪口呆的几个弟兄笑说："哈哈，遇到老朋友了，让哥几个看一出人狼抢兔的小把戏。行了，弟兄们，压连子，紧滑（上马赶路）！"

4

夜半时分，北风狼和弟兄们趁人们熟睡时进入了淞凌城。他们要在狼刀帮眼线开的大车店睡上大半天，下午再分头探路，查看周围是否异常，再顺着城外的满清老驿道走一趟，再次熟悉撤退路线，以保证万无一失。

王家大院并不知狼刀帮准定哪天上窑来收货，但王通懂得上窑收货是土匪一种温和手段，事先通知事主备好物品，不用动刀动枪地真干一场，不伤人不流血，悄悄把货取走便算了结。不显山不露水，砸窑的不费口舌，窑主家不丢面子，也算一种两全齐美了。若窑主不照单备货，到日子又拼死抵抗或报官请兵来剿杀，那就会有一场恶仗。是拱手相送，还是拒匪于家门之外？王通权衡两三，不甘逆来顺受，不甘纵虎为患，前两天就偷偷奔了乌林府。

一柄木把上刻着狼头的短刀，放在了乌林府警察署探长关胜桌上，不用说，这就是土匪狼刀帮的标志。匪患猖獗已久，关胜守土有责，弹压剿杀更无旁贷，只是警力有限。当地驻扎的奉军一部，番号独立二团的团长魁五却对剿匪之事不大理睬，若无上峰明令，他们一般不与土匪发生纠葛，都是由当地警署负责剿匪。狼刀帮来去迅疾，根本摸不着踪影，北峰山又是林深路险，兵少了打不下来，这回送上门来，岂能坐视？关胜当下即与王通定下计谋，欲将计就计引君入瓮，假意顺从，让北风狼取货，趁其不备，一举擒获。

午后的淞凌城平静如常。秋日的太阳暖暖地铺在街上，照得行人也有些懒洋洋的，空气中混合着微风吹不散的驴马尿的臊味和饭铺子的薰香，连各门市挂着的各式各样的幌子也好像懒得动弹，静静地垂着黄绿蓝红的流苏。北风狼带着一个打扮成伙计模样的小溜子，大模大样地坐在一个茶棚里喝茶，一手慢悠悠地摩挲着左脸上的一条刀疤，两只贼眼来回转着，盯着街上。茶棚坐落在与临河街丁字交叉的一条横道的岔口上，整条临河街都能收在眼里，稍有任何动静都逃不过他的眼。花狐老六扮成收山货的老客，顺临河街西头向东慢慢溜达着，贼眉鼠眼地四下窥视，还不时地抽动鼻孔，像是要从这街上嗅出些异常来。另两个弟兄穿着叫花子的破衣裳，分别蹲在临河街两头把风，挨个审视进出临河街的人。哪怕是个耗子，也得多盯它两眼，别他娘的让它闻出咱的味来，北风狼每次砸窑前采盘子趟路（侦察）都这样叮嘱弟兄们。剩下一个在大车店守摊喂马，同时也兼有一旦发生意外随时接应撤退的任务。

然而，看似平静的淞凌城，已经暗藏杀机了。关胜早在头一天晚上就悄悄进了王家大院，还带来了四个伪装成家丁的东洋小鬼子。这几个鬼子是乌林府日本守备队的，虽然日本人还没有大举占领东北，但已经有部分守备部队先期进入了乌林府一带。

1905年9月，日俄签订《朴茨茅斯条约》，旅顺至宽城子一段铁路归了东洋小鬼子，条约还规定日本可以在铁路沿线以保护南满铁路及附属地的名义驻兵，每公里有15人之多，称为满铁守备队。这帮鬼子不仅占了铁路沿线，而且私自扩大南满铁路附属地的地盘，到处干坏事。12月，东洋小鬼子又逼迫清政府签订《中日会议东三省事宜条约》，使鬼子在南满的势力越来越大，满铁守备队的存在也愈加合理化了。实际上，民国之后，守备队已经合法地成为东北土地上永久驻扎的武装，且日益扩大，已经变成了日本占领东北之前的一支非正规军队，"九一八"后，就公开当了关东军的帮凶。北

狼刀

风狼对鬼子早就愤恨已极，带领狼刀帮的弟兄们抢过鬼子火车上的物资和军火，东洋小鬼子对北风狼和狼刀帮也是恨之入骨，乌林府鬼子守备队曾多次要与警察署联手，想要抓住这个匪首。因警力不足，驻地奉军又不愿替警察剿匪，此次关胜无奈出此下策，带着四个小鬼子，趁夜潜入王家大院，准备生擒北风狼。

关胜生得人高马大，红铜色的脸膛方方正正，看上去一股正气，一把大刀又玩得风风火火，因而，人送绰号"大刀关胜"，也有人叫他"关老爷"。身为探长，关老爷被一件旧时积案困扰多年。那是 1908 年，光绪三十四年，曾经变法不成的光绪帝，被慈禧逼着写了退位诏书，关押在中南海里的瀛台，已经病得快要死了，大清朝岌岌可危。可偏偏就在这一年，乌林府向大清朝庭进贡的车队在白桦岭古驿道被截，大东山金脉图和一批黄金至今下落不明。有人说是北风狼的父亲乌尔汉·乌苏赫干的，还有人说，是柳叶刀的父亲柳汉庭干的，现在这两人都已死去，线索无从寻觅。关胜始终怀疑大东山金脉图和那笔黄金在北风狼或柳叶刀手里，狼刀帮怎么也脱不了干系，所以，无论是北风狼，还是柳叶刀，都是他锁定的追踪目标，狼刀帮此次砸窑，正好给了他一个难得的机会。

临河街上的平静，掩盖了危机，等待北风狼的是深牢大狱身陷囹圄。

傍晚，街上刚刚平静下来，只有秋虫起劲地叫着，听上去乱乱的。花狐老六心里有些异样："别他娘的是什么不好的兆头啊，这回咱砸的可是响窑啊，我这右眼皮咋直跳呢？"

"别给自己个找不自在，跟我出来干事哪回不是顺顺当当马到成功？趁狗子（警察）、风头（捕快）都眯瞪了（睡着），溜子们换叶子（换衣服），把顶天（帽子）、骚龙（腰带）、踩壳（鞋子）都紧巴紧巴，一会手上麻利些。老六机灵，去街角瞭水（放哨），牵好压脚子（马），这回是个死窑（没交情的人家），一会真要干起来，打不过人家，咱麻溜叉滑（上马）顺大线（大道）撒丫子！"北风狼一边训斥一边叮嘱。

着一身夜行装，北风狼与花狐和四个弟兄，顺墙根溜着，头上脸上蒙着黑布帽，只露出两只眼睛，身上背的大刀也用黑布裹得严严实实，每人腰间插着的两只驳壳枪却在月下忽而闪亮。他们脚蹬厚底布鞋，走路像猫，没有一点动静，一路逼近王家大院，没引出一声狗咬。四个溜子一边俩，分在大门两侧，北风狼踮着脚尖走上高台阶，贴着王家大门听了一会，回头吩咐："猛子，二瓜跟我上窑（进屋），你俩在外接应，花狐街口把风。"

郑重其事地整了整行头之后，北风狼挺了挺身，拿出威武的派头上前敲门："王老板，熟脉子（朋友）来啦！麻溜开扇（开门）撑亮子（点灯）。"

大门突然敞开，北风狼一看风头不对，刚要拔枪，门里冲出四个人，左右两人一步虎跳，死死架住了他的双臂，抽出了他的双枪，正面两人手里的王八盒子对准了他的头。同时，墙头上也翻出几人，从后面扭住了北风狼的四个弟兄，反抗已经没有了。留在街口的花狐见势不好，翻身上马，带着五匹马一溜烟向北蹿了。

王家大院顿时灯火通明，四下里都是拿枪的炮手，连房顶上都趴着人，机枪、步枪对着院内，这阵式，一旦打起来，就是一只蚊子也无法躲过弹雨飞进飞出了。北风狼五人被押进正房前厅，王通和大刀关胜分坐南墙下八仙桌两侧，带着讥讽的笑，看着北风狼等人。

"果然是个熟脉子，北风狼赫赫大名，谁人不知，谁人不晓啊！一身的本事，却叫我不费一枪一弹生擒了！"关胜嘲弄着。

北风狼犟牛一样昂着头，脸上的刀疤紫得发亮，嘴角带着嘲笑："俺一个吃横把要混钱的（土匪自称），原本就是跟威武窑（官府）作对的，今儿个犯在你大刀关胜手里，俺认栽。这几个皮子（刚入伙的土匪），没干过啥，放了他们，俺跟你钻苦窑（监狱）蹲巴篱子（牢房），吃他几天珍珠散（粗米饭）尝尝鲜！"

王通皮笑肉不笑地说道："大当家的，今儿个就委曲你了，想在我这砸明火，没那么容易吧？拿命来换也不给你啊！"

"妈了个巴子，原以为你是个慈善之人，没想到你他娘的是个水滚子（地头蛇），怪俺眼瞎！这几个拿王八盒子的，报报蔓（报个姓名），是他娘的东洋小鬼子吧？姓王的假善人，做生意做得能卖了祖宗，这不稀奇。你大刀关胜咋说也是个汉子，咋就当了日本人的狗腿子呢？"北风狼高声叫骂。

不管北风狼如何叫骂，即使他是一头桀骜不驯的野狼，也架不住一群狗的围攻。当晚，他和弟兄们就被押上警车，连夜送往乌林府警察署监狱了。

5

疲惫不堪的花狐老六赶回北峰山放笼（报信），已是凌晨。

狼牙洞大厅内外顿时炸了庙，溜子们纷纷举着狼头短刀，你吵我嚷要下山营救大当家的。

柳叶刀头上扎着红头巾，一条黝黑的辫子垂至腰际，辫梢里藏着一把一寸柳叶飞刀，腰里扎着五指宽的板带，板带上插着乌黑锃亮的双枪，小腿打着草绿的绑腿，右绑腿里插着一柄刀把上刻着狼头的短刀，脚蹬一双轫鞒草编的踢死牛草鞋，鞋面上一对红绒球分外显眼。不用说，这就是准备下山了。

以往，柳叶刀如此装束，甚是飒爽英姿，即使是下山吃大户，骑在马上，走在街上，都让人侧目。但人们并不知道，这狼刀帮的二当家，虽是女流，却是柔中带刚，绵里藏针，长刺的玫瑰。

有一回，柳叶刀独自下山，到松凌城一个布庄，扯了几尺花布，出来时被三个恶少盯上，围上了她，一齐在这山野村姑身上动手动脚。柳叶刀本不想惹出是非，甩开纠缠，来到当街，心想，光天化日之下，热闹的街市，众目睽睽，这几个恶少能有收敛。却不料被看作软弱可欺，甚至有个家伙竟然伸手扯开她的衣领，雪白的少女脖颈，更加激起恶少们的淫心，变本加厉地伸手摸来。

狼刀帮的二当家岂是轻易能摸碰的？这下，惹发了柳叶刀的脾气，暗里运气，出手一掌，打在一个家伙胸前，一下子把这小子推出一丈多远，结结实实地摔了个屁股墩，痛得他哇哇叫。一见这小女子动了手，另一个小子嘿嘿坏笑道，妹子，脾气不小啊？咱哥们就喜欢这带刺儿的，越气性大越好看啊，有味道，说着又从后面上前来搂住柳叶刀的肩膀。还有一个从正面跨上来，抓住她的双手，伸嘴就要亲她的粉脸。柳叶刀抬脚一蹬，踢在他跨下，痛得他弯了腰，柳叶刀就势一抬膝盖，磕在这小子脑门上，一下子顶了他一个仰面朝天，倒在街上。然后，柳叶刀迅速收起双肩，用了个简单的缩骨法，从后面这家伙的搂抱中滑了出来，一甩头，藏在那一束浓黑闪光发梢里的柳叶弯刀，倏然划过他的脸颊，一串血珠，如天女散花般四下飞出几片嫣红。这一幕，看得围观的百姓直叫好，都说这小女子非一般人等。后来，柳叶刀随北风狼在市面上露过脸，有人认出，这曾独身斗恶少的姑娘，原来是匪绺的头领。

而在北峰山上，也流传着柳叶刀飞刀夺命制淫徒的传说。

那是她刚靠窑狼刀帮不久，北风狼把狼牙洞里一个小耳洞拾掇干净，做了她的闺房。整个北峰山一帮青壮汉子中，来了这如花似玉的少女，使得几个多年为匪居心不良的老"刮杆子"（光棍）垂涎三尺，便生出事来。

尽管这些人不敢直接对柳叶刀动手动脚，但有意或装作无意地不时地挑逗撩拨，不堪入耳的粗俗俚语，让柳叶刀颇为恼火，更是时常心理紧张地防备着他们。北风狼开始却不大在意，匪绺子里都是蛮人，说些粗话脏话也习以为常，用不着多心。却不料有人得寸进尺，淫邪之手伸向了柳叶刀的耳洞。

一个月黑之夜，有人用狼刀拨开了柳叶刀的门栓，扑上去，掀开了她的被子。梦中惊醒的柳叶刀并未叫喊，咬着牙，憋着气，挣出身来，侧向翻滚，蹬出一脚端在那人胸前，把他踢得仰面倒地。柳叶刀一跃起身，到了他眼前，黑暗中，白光一闪，一寸柳叶利刃挑了他的脖子。

听到动静的北风狼带人赶来，柳叶刀已经点亮了油灯，地下一汪黑血，那色胆贼人已经气绝身亡。北风狼看着怒目圆睁的柳叶刀和她手里小巧的暗器，不由得倒抽一口冷气……

此事自然很快就传开，从那以后，无论是山里还是山外，无论是惯匪还是平民，都知道狼刀帮里这个女流，是个不能惹碰的烈性，从此，绺子里没人敢打她柳叶刀的主意了。

依柳叶刀这一身霸气，岂能甘心让狼刀帮大当家落入圈套，任人随意宰割？听得花狐来报，怒火中烧，当下便命人传令，点齐山上弟兄们，欲杀下山去，抢回大当家。

瞪着发红的眼珠子，腾腾快步跳上狼牙洞外那块巨大的狼头石，柳叶刀昂头向天，发出母狼一样的长啸，北峰山夜空一阵星抖云颤。狼刀帮女当家嘶声发令："小的们，听令！飞虎，挑二十个人，带上碎嘴子（机枪），带足飞子（子弹），跟我下山，咱压连子（骑马）秘线快滑（黑夜速行），到桃花渡坐鸭子（乘船）跳蹁道子（过河）走近道，明天下晚一擦黑，就能赶到乌林府。看窑（看家）的弟兄们收起吊桥，关好山门，守住山寨，等我带着大当家的扯出来（逃出来），顺脚捎他一簸箕兰头（钱）给弟兄们分篇挑片儿（分钱）！"

近于疯狂的声音刚落地，溜子们齐声吼叫，拥着柳叶刀走过狼牙洞上的吊桥。

柳叶刀翻身上马，一磕马肚，一甩马鞭，坐骑"雪上飞"嗖一下就蹿了出去，直奔山下。

这时，通往北峰山的林道上，一匹快马正飞驰而来。

狼
刀

第二章　偷换狸猫射双雕

红叶妹驰北峰言明家仇，乌林府展身手珠玉联袂；
那三爷定计谋偷梁换柱，富商子成肉票李代桃僵。

6

飞马而来的，是柳叶刀的妹妹柳桃妹。

柳桃妹三岁时，因父亲柳汉庭被杀而失踪，后被转卖到乌林府，被一位名号为那三爷的老人收养，跟随老人练武数年，十几年后，凭借一身功夫，闯荡江湖，成为"七侠妹"首领，自号红叶妹。

这时，她连夜急急而来，是阻止姐姐下山救人的。

北峰山余脉绵延四五十里，出了山林，山脚小村边有个鸡毛店，是狼刀帮的秘密联络点，也供上下山的溜子们歇脚打尖。柳叶刀算好了时间，早晨赶到这里正好让弟兄们吃饭喝水，她让弟兄们把马藏在林子里，派两人去村里取些吃喝，免得人多进村暴露行踪。

红叶妹也恰好在破晓日出赶到这里，把柳叶刀堵个了正着。

浪迹江湖四海为家的红叶妹，半年前才找到姐姐，但与虎踞北峰山的柳叶刀素难谋面，这一次却和狼刀帮不谋而合，也要对淞凌城王家下手。昨天夜间，红叶妹独自一人潜入淞凌城亲自侦察，正好赶上了王宅门前惊险一幕。她隐于暗处的静观事态，见关胜押解北风狼出了淞凌城，便悄悄跟在后面，直到确认他们是要返回乌林府，这才急急上马奔北峰山而来。

匆匆赶来与姐姐相见，红叶妹来不及多叙别情，掏出一柄狼刀，交到姐姐手里。

柳叶刀惊异地看着这支刀把刻着狼头的短刀，不明就里，接连发问："你手怎么会有狼刀？这是谁的？为什么在你手里？"

"我早想告诉你，这就是北风狼多年前遗失的那把佩刀！"

"你怎么知道？又是在那里得到的？为什么不早送还呢？"

"废话少说，现在也不晚。我告诉你，北风狼就是乌尔汉·乌力嘎！是咱的杀父仇人！"

如同炸雷响在耳边，柳叶刀惊愕地张开嘴，眼中顿起一片迷茫风烟，演化多年往事。

那年深秋的一个晚上，父亲柳汉庭带着妹妹柳桃妹进了淞凌城，让八岁的柳叶桃守在城外古洞河边桃花渡的渡船上。约摸过了一个时辰，突然，从远处踉跄地跑来一个十多岁的男孩，身上脸上满是血，加上天黑，看不出长什么样，只听他惊恐地喘息着，要柳叶桃赶快送他过河。古洞河并不太宽，一条柳叶扁舟二十分钟就能划个来回。当柳叶桃再次返回到渡口的时候，一帮人打着火把追赶到河边，说她刚才送过河的那个男孩叫乌尔汉·乌力嘎，是乌尔汉·乌苏赫的儿子。她并不认识乌力嘎，但却知道自己家族与乌尔汉这个满人家族结有宿怨，纠葛着世仇，两家为争占地盘抢夺宝物多年械斗。光绪33年，柳汉庭率队埋伏在白桦岭古驿道，拦截了乌林府向大清朝廷进贡的车队，劫走大东山金脉图、黄金、山参、雪蛤、貂皮、东珠、鳟鳇鱼、海东青等物品。乌苏赫与柳汉庭因争夺金脉图和朝廷贡品，率两个家族持续多年厮杀。大东山金脉图和大部黄金下落不明，引起乌林府、淞凌城、桃花渡地区的官府、军警、日本浪人、各帮派、团伙的角逐杀戮。

此时，来人告诉柳叶桃，乌力嘎在淞凌城小酒馆杀了柳汉庭！

疯子般的柳叶桃撒腿向淞凌城狂奔，刚赶到小酒馆门前，就被人拉住，柳汉庭的尸体已经蒙上了白布，任她百般哭叫最终也没看见父亲的脸。等她缓过神来，才想起妹妹，而柳桃妹早已不知去向了。母亲在柳叶桃六岁时就已经病故，如今父亲又遭横死，孤苦伶仃的幼女如何立身乱世？不久，蓝旗帮洗劫了她的家，族人又抢夺瓜分了柳家房屋财产，把她赶出家门，她四处流浪，乞讨为生，寻找妹妹，也伺机报仇，却再也没见到过乌苏赫和乌力嘎……

乱世繁杂，血火奔突，岁月风尘之中，往往会有奇缘不意生发，似乎是前生已定。两个看似并不相干的人，两条原本各行其道的生命轨迹，却不期而遇，纠缠在一起，就这样绞下去，一股劲更紧似一股劲地相互扭结着，就这样剪不断，理还乱，刀割不弃，火烧不绝了。

十几年后，当柳叶刀成了狼刀帮的二当家，却怎么也想不到会和自己的杀父仇人在一个锅里搅马勺。柳叶刀虽然震惊，却不失理智，听妹妹道出根由。

"狼头短刀是乌力嘎当年使用的佩刀，也就是现在狼刀帮的标志。那年在淞凌城小酒馆，被当时的捕快，现在乌林府警署探长关胜所得，后来他成了我大师兄。其实那三爷早知道咱的家世，也知道咱爹是柳汉庭，前些天关师兄才告诉我，乌力嘎就是杀死咱爹的凶手。正赶上我去淞凌城，遇上北风狼掉脚，就立马赶来告诉你，你说，这杀父仇人，你还要救他吗！"

镇定下来的柳叶刀抽出腰间一支驳壳枪。哗啦一下拉开枪机，张开机

狼刀

头，直指红叶妹："狼刀帮不能没有大当家，不管他到底是不是仇人，扯出来（救出来）再说！你要敢拦我，我先打你个血核桃（脑袋出血）！"

"你是鬼迷心窍啦？还是让他睡了？乌林府的巴篱子像铁筒，北风狼这个悍匪头子进去了，肯定又增加重兵把守，凭你这二十几个人，打得进去吗？没等到跟前，早让人家机关枪打出屎来了。难道你死心塌地非要跟他进一个坟堆！"红叶妹急得说了粗话。

的确如此，柳叶刀知道监狱情况，两年前曾化装村妇进去，给二进宫的北风狼送饭。三重大铁门，四道铁栅栏，五道双岗，每个监舍都是铁门铁锁，短时间还真突不进去冲不出来。如何是好啊？柳叶刀收了枪，急得在林子里团团转。猛回头吩咐飞虎："老五速回山，再调五十个弟兄给我回生（重新组织战斗力），走趟混水（冒着危险），上乌林府赶集（攻打城镇）！"

看来这北风狼是非救不可了，得到柳叶刀极其肯定的回答，红叶妹沉吟片刻说道："要救也行，我有个两全之计，不过，救他出来，得让我亲手宰了这狗日的！"

"先别说杀不杀，快说你的主意吧！"

红叶妹俯在姐姐脸侧耳语，柳叶刀半信半疑，片刻，点点头，就照你说的办，不行再动武。说着又吩咐飞虎："派个弟兄回山码人（集合同伙），你进村给我找一件斗花子（姑娘）的通天大叶（长单衣），再找双踩壳（鞋子），然后随我进城。溜子们等山上弟兄碰码（会合）后，赶到乌林府巴虎门外那个古楼子（寺庙）压下来（住下），准备上托（配合行动），官府要是上水（派兵）紧撵，就跟他开响（开打）！"

众溜子齐声响应，听二当家吩咐！

商议停当，吃过早饭，已近辰时之末，柳叶刀和红叶妹、飞虎翻身上马，旋即出了林子。

7

从上午到下半夜，三匹快马疾驰一百多里，五更时分，便到了乌林府巴虎门外的通禅寺。

乌林府巴虎门外是一座不高的小山，方圆不过十里地，却是山势蜿蜒，层峦叠翠，一看就是那藏秘的去处。此山位踞城北，与乌林府东、南、西三面的三座山，形成了城池的天然屏障，因《吕氏春秋·有始》中说："北方曰玄天"，这座小山便与乌林府周边其他三座山，分别对应了"左青龙、右白虎、前朱雀、后玄武"之说。大清乾隆年初始之时，就在山上修建了避火图，用青砖砌成八卦形，直径约五丈，其中坎卦象，取坎卦为水之意，求助于水来熄火灾，以保城内城外的林木免受损失。又因"水色为黑，故曰玄天，这座小山，就被称为玄天岭。站在不高的岭上，却能将乌林府城内城外尽收眼底，于是，这里似乎就成了一块风水宝地。但却没有真正保佑乌林府，到了嘉庆年间，一次大火把城内官衙、民房屋烧毁八千多间，城里几乎被大火洗劫一空。大火延烧了两条主要街路，包括将军衙门在内共两千五百多间房屋尽成灰烬。就连驻地长官的宅子也未能幸免。有人写了一首诗："去年大水灾谁抚，今年燃烧五千户，千家万户成焦土，残砖碎瓦伴尸骨。"可见灾后悲惨之状。

这时，一行人到了通禅寺前，飞虎上前敲开大门，牵进三匹马，一个小和尚接过缰绳，把马匹藏在正殿后面的小树林里。

这是狼刀帮设在乌林府的一个驿站，住持明水大和尚早先是北风狼父亲的手下，十几年前就被派到乌林府，设下了这个秘密联络点。这些年，帮里头领和溜子们进城，通常都在寺里歇脚藏身，通禅寺随时备有饭菜，以供绺子里的人随到随吃。

寺中正殿右侧有个养心斋，是明水和尚日常打坐修行的地方。明水和尚引领柳叶刀和红叶妹、飞虎进了养心斋，柳叶刀向明水挑明红叶妹的身份，明水拱手致礼，红叶妹抱拳还礼，说劳烦师傅相助。明水说，此为狼刀帮之事，应谢红叶大当家出手相援。红叶妹再次拱手说，同道为伍，理当联手。这时，小和尚端来玉米粥和玉米饼，三人不顾失态，稀里呼噜一会就划拉精光。明水和尚开口道："我已得信，老大掉脚（被抓）了。我正想派三徒弟进城打探消息，筹兰头（准备钱），支门子（找保人）。"

"支门子没大用，老大是杀头的罪，谁能保出来？先多筹兰头上巴篱子拜庙（到监狱送大礼），疏通关节，别让人把他偷偷地先做了（杀掉）！"柳叶刀说着摘下脖上一颗白色玉珠，红叶妹也摘下自己的一颗玉珠，飞虎解下腰间一个长条皮囊，咣当扔在条几上，皮囊里装着三十块大洋。明水和尚掏出一张银票，说这是二百块，不够咱再想辙。

柳叶刀又问："你这有几个可用的熟脉子（自己人）？或是底柱子（亲近的人）？"

我三个徒弟都是熟脉子，都瓢紧（嘴严），不是晃门子（不可靠），个个门清（懂规矩），只是春典半开（半通黑话）。大徒弟了空木讷些，但管直（枪法准），二徒弟了悟传正（胆大），老三了智接灵子（聪明），都手顺（好用），能派上用场，随二当家使唤。

柳叶刀说："好！天一亮，让老三拿珠子去换钱，不要去当铺，那都是黑店，换不了几个钱。上鬼市（凌晨交易的古董玉器市场）去卖，一对珠子少说能卖二百大洋。"

明水把玉珠还给柳叶刀和红叶妹："上鬼市会糟践了这一对好珠子，你们还是留着的好。我这里还有一幅扇面，是京城宫里出来的大明苏绢，至少

狼刀

值二百大洋，加上银票足够了。"

姐俩收了珠子，红叶妹又拔下头上一只祖母绿的玉簪："我五妹七妹正从江口镇赶来，百十里地，天亮就到，请师傅转告她们立刻去三道码头临江阁，她俩见到绿簪，就会听你吩咐。"

"现在换叶子（换衣服），天一放亮，我和桃妹去踩盘子（查看地形），飞虎随身当把式（贴身警卫），明水师傅在庙里等着接应五妹七妹，让你大徒弟送她们到三道码头上临江阁候着，有动静随时开响。"柳叶刀说完就换上了那件村妇的衣服，把两支枪分别插在衣内前后腰间，又把辫子盘了起来，蒙上一块蓝花土布头巾，解了绑腿，藏了狼刀，蹬上布鞋，俨然一个小媳妇。红叶妹解下皮带，从腰里解下一个布包，拿出一套大姑娘衣衫换上，用布包了双枪，挽在手上。飞虎也解下皮带松了绑腿藏了双枪和狼刀，一看就是个憨乎乎的乡下小子。

天刚蒙蒙亮，通禅寺的山门悄然打开，明水师傅的三徒弟了智探出头来左右巡视，随后回身招手，柳叶刀、红叶妹、飞虎鱼贯而出，一路黑影，消失在淡淡的晨雾中。

顺通禅寺山墙往东，就是玄天岭，岭上有前清修筑的炮台，现在还存有满清王朝从德国购进的克虏伯大铁炮，炮口一律指向北方，是为了对付从北面来的沙俄骑兵。因而，玄天岭又名叫炮台山。从炮台山上能看到巴虎门里西侧警察署监狱，一溜约高三丈的青砖高墙足有一里地长，墙头拉着铁丝网，四角都有高耸的岗楼，每个岗楼上都有一个拿机关枪的警察站岗。柳叶刀和红叶妹伏在两棵松树之间，向院内瞭望，整个监舍是个口字套个回字的两层四方型院落，口字是外层高墙，回字外圈是四幢一层青砖房，南侧、西侧、北侧是牢房，东面是看守的住房，回字里圈也是四幢一层青砖房，东、西、北是牢房，南面住着看守，中间天井是个小院，是人犯放风的地方。里圈牢房在东侧有一个出口通向外圈，外圈在南侧有一个出口通向高墙下的夹道，监狱正门在北侧，西侧也有一个小门，是处决人犯时的出口。高墙四角岗楼上的哨兵对院内任何风吹草动都一目了然，机关枪一扫，全院都在封锁之内，不管多么强悍的人犯和外应，要想从这样的防范设计中出逃，都好似走那条难于上青天的蜀道。

一阵沉默之后，柳叶刀叹气道："看来小妹说的对，这巴篱子围得真是个铁桶，狗子们在转角子（炮楼）上二拇指一动，碎嘴子（机枪）就能把咱打花哒了（打烂），就是只钻地龙（老鼠）也甭想扯出来（逃出来）。这地方点不活（目标不易得手），买卖不顺（干不成）。照你说的招数试试吧。"

"咱别在这磨鞋蹭底子了（浪费时间），麻溜奔城里三爷家。"

红叶妹说的三爷，是乌林府的一个大户掌门人，人称那三爷。那三爷本姓叶赫纳拉氏，正白旗，前清有三位皇后都姓这个姓，因而那姓在乌林府一带是很受人尊敬的。那三爷是清末光绪年间恭亲王溥伟的远亲，祖上就在王府当差，早年负责恭亲王家族关外采参、养貂、驯鹰、筹集贡品等事务，因为是旗人，也吃着大清的铁杆庄稼（清朝固定给予的俸禄）。老爷子功底深厚，大刀长矛短刀南拳北腿都堪称高手，大清衰落后，铁杆庄稼没了，他就凭一身本事和恭亲王赐予的一大套院落，开了武馆收徒授课。身手高强，胆魄过人，豪爽大度的那三爷，在乌林府方圆百里名声远扬。红叶妹就是他的关门女弟子，也是他最喜爱的义女，红叶妹有难处首先就想到这老爷子。

那三爷能否对北风狼援手施救？柳叶刀顾不得多想，匆匆进了乌林城。

8

关于红叶妹的身世、与柳叶刀的骨血之亲，那三爷早就有些疑惑，直到最近才弄清。十多年前柳汉庭被杀那个夜晚，柳桃妹被淞凌城一个人贩子偷走，卖给乌林府江湖楼饭馆孙姓老板做养女，三岁多点的孩子还没大懂事，但却记得自己姓柳，不愿改姓，经常遭打。那三爷常去江湖楼喝酒，看不下眼，扔给孙老板五十块大洋，把柳桃妹接回了自己家，认作义女，仍然让她姓柳。从桃妹间断懵懂的回忆中，那三爷怀疑她就是柳汉庭失踪的小女儿，他也曾多方寻找柳叶桃，以进一步证实她们的身世，却终无下落。

那个月黑风高的夜晚，桃妹跟着父亲到淞凌城，她不知是干什么，只记得爹爹领她到一个小酒馆给她买了肉饼……

桃妹刚满一岁时母亲病故，柳汉庭担心半道进门的女人虐待女儿，一直不肯续弦再娶。白桦岭古驿道劫了大东山金脉图和黄金之后，招惹了接连不断的是非祸端，从乌林府官衙内外到松花江沿岸百里，江湖山林，市井阡陌，通衢陋巷，黑白两道，传闻庞乱，风烟四起。苟延残喘的清庭爪牙，打家劫舍的各路绺子，民初发迹的阴险政客，各占一方的大小军阀，横行霸道的日本浪人，都想得到柳汉庭手里价值连城的宝物。大清朝倒台之后，有一伙满清遗民正蓝旗乌尔汉氏，盘踞在与库勒草原接壤的都伦山上，首领姓名乌尔汉·乌苏赫。因饱受官府的欺侮，便召集满、蒙残余部落的散兵游勇，占山为匪，圈地封王，延用"正蓝旗"封号，自称"蓝旗帮"。乌苏赫下战书强索珍宝不成，便率众打上门来，在古洞河畔摆开阵式，与柳氏家族进行大规模械斗。一连鏖战数日，双方死伤惨重，乌林府派来火枪马队，总算驱散了这群刁民。柳汉庭从此与蓝旗帮结下了梁子，柳氏的人与蓝旗帮的人，常不期而遇，便是狭路相逢，分外眼红，总短不了一番刀剑拳脚。柳汉庭夜入淞凌城，就是要联络朋友购买一批快枪，武装家族力量，与蓝旗帮等各路绺子及官府对抗。

狼刀

柳叶桃已经学会了几手拳脚，又胆大楞实，柳汉庭便把她一人留在桃花渡的渡船上，只带了柳桃妹和保镖柳林进了街里。不想，乌苏赫已在他身边安插了眼线，探听到了他的行踪，赶在他到达之前，在小酒馆设了埋伏。柳汉庭把小女放在角落一张桌前，要了肉饼汤面，让柳林陪着，又叫些酒菜，另坐一张桌，与一位朋友边喝边谈。当他拿出一坨小金块让朋友验货时，乌苏赫冲进来。柳汉庭突然感觉耳畔生风，旋即警觉地侧身躲闪，一把弯月大刀深深地砍进桌沿，柳汉庭一脚踢翻酒桌，盘在腰间的青龙剑随之出手，抖着铮铮蜂鸣的剑锋直指乌苏赫鼻尖，一时间，刀光缠斗剑影，金石之声大作。另有一伙跟踪柳汉庭来到酒馆的土匪，这时也出手抢夺金子，小酒馆里乱成一团，各自为战，分不出敌我。乌苏赫不知道自己十三岁的儿子乌尔汉·乌力嘎私自下了山，此时也在这里偷偷喝酒，混战打起，乌力嘎脸上被划开一道血口，他抽出短刀护身，一个恶汉的鬼头刀眼看要砍在他头上，柳汉庭冲过去，青龙剑挡开了鬼头刀。不料，乌力嘎躲闪时被板凳绊倒，手中短刀直插柳汉庭心窝，顿时鲜血喷射，乌力嘎吓得撒了手。柳林欲上前护卫主人，头上却挨了重重一棒，顿时昏死过去。乌力嘎转身逃出酒馆，向城外狂奔而去，那只刀把上刻着狼头的短刀，留在了柳汉庭胸前。柳汉庭气绝身亡，抱头哭叫的柳桃妹被人捂住嘴抱出酒馆，隐隐的哭声消失在夜色中……

多年后，在那府中习武长大的柳桃妹，经义父和大师兄关胜、二师兄那武精心传授，已是身手矫健，英姿飒爽，且俊俏娇娆，精灵聪慧。她经常嚷着要找到姐姐为父报仇，那三爷为了历练她，便放她出了那府，从此独闯江湖，摆摊练武谋生，出乌林，下松江，进山林，不断四处寻访。不出两年，与一帮闯荡江湖的姐妹义结金兰拜下生死之交，便结帮为"七侠妹"，自取名号"红叶妹"，带着姐妹们仗义行侠。但她从没忘记三爷的教养之恩，经常回那府敬父尽孝。不久前，大师兄关胜拿出保存多年的狼刀，告诉她，是乌尔汉·乌力嘎杀了她父亲，而乌力嘎就是狼刀帮匪首北风狼。尽管谁都弄不清楚，一个十几岁的孩子，如何杀得了武艺高强的柳大侠，但一柄狼刀，让北风狼成了柳桃妹心头断难饶恕的切齿仇敌。

而今天，那三爷早饭后就坐在厅堂太师椅上，敞开厅门院门，看满庭秋阳，静候客来。

狼刀帮匪首北风狼下了大狱，消息不胫而走，那三爷料定红叶妹必来那府。能亲自手刃杀父仇人，才解心头之恨，那该有多么痛快。那三爷熟透红叶妹的脾气，也料定她此来必找关胜，他一早就派人去请大刀关胜了。

手里转着两个褐红的铁核桃，一边啜着菊花茶，一边琢磨着如何劝解红叶妹，他是准备要费一番口舌，不料红叶妹反要搭救仇人。

松江岸临江阁后晋隆胡同通往那府的道口旁，一辆洋车上坐着鬼脸三，拉车的蹲在车前候着，车后还有个跟班。鬼脸三手掐折扇，悠闲自在。头戴一顶六块瓦瓜皮小帽，上锐下宽，六瓣合缝，底边镶檐，锦缎包边，前饰玉翠，帽顶红襻。帽子前端正中的饰物，呈正方型，叫做"帽正"，它的材质要看人的经济条件和社会地位，贵族或有钱的人，可用珍珠、美玉、玛瑙、翡翠、珊瑚、猫眼等各种名贵的宝石做帽正，更有用碧霞珠宝以炫其富贵与显赫者，一般人只能用烧篮、料器（玻璃）、小银片。这是沿袭明太祖所制六合帽，相传创自洪武年间，取六合一统、天下归一之吉祥寓意，到清末民初时，市井亦多见。鬼脸三用的是一块较为普通的白玉，但也显示出与平民的不同。他身上是一套绸纺裤褂，眼上扣着圆圆黑黑的墨镜，墨镜后面一双眼睛，四下睃巡。

原来，柳叶刀从炮台山一下来，就派飞虎先行赶往"一贴堂"，让鬼脸三速往那府接应。

鬼脸三出身中医世家，也是旗人。光绪二十四年，戊戌变法失败后，因父亲曾进宫给珍妃瞧过病，被株连为乱党，在谭嗣同、杨锐等六人被杀后，也绑到菜市口砍了脑袋。几辈子在乌林府南河沿坐堂行医的老药铺，也被官府抄抢掠了个精光。到了鬼脸三这辈子，只能沿街摆摊算命卖药骗钱糊口，靠着口条灵光，云山雾罩，倒也蒙住些花钱消灾的主道，且久在江湖厮混，春典（黑话）开得熟（讲得好），兰头撒得开（能舍钱），因而在道上名声渐起。那年，北风狼正急于找寻一个能在乌林府脚跟稳吃得开的里码人（江湖同行），作线人把风瞭水飞叶子（侦察打探送消息），便假借与人结了梁子请他化解，几番考察审看，认准他是个能摇羽扇的军师，也是个大线通关（道上走得通）诸事皆能的高人海溜子（匪中能人）。见了几面后，没多费口舌，北风狼亮了身份，鬼脸三拱手作揖，大当家名震江湖，鬼脸三甘效犬马。于是，挂柱插边（入伙、做外应），单搓跑外（专门负责山外事务）。狼刀帮出钱，在乌林府南河沿新置房产，二立苦水窑（重开药铺），为避前嫌，另取别号，称为"一贴堂"，号称祖传秘方，"一贴见效"。

听飞虎说二当家下了山，正往那府。鬼脸三登时就变了脸："奶奶的，栽进去一个还不够，还要再搭一个？那三爷大徒弟大刀关胜，可是风头（捕快、警察）里的狠茬子，昭子通天（眼睛看得远），讯头鬼灵（鼻子，嗅觉灵敏），沙拉子（连鬓胡子）一诈唬，能吓人个倒仰。指望他们来救大当家于水火，那他妈的不是与虎谋皮吗？"

"啥水火虎皮的？三哥啥意思？甭跟俺念秧子，麻溜码人（集合人）奔那府压空子（防备外人），别让二当家的再生窑变（出事）！"

"得嘞，我也甭对牛弹琴了。陈水，牤子，给我换叶子套跳线（换绸缎类服装）插旗（藏枪）上脚（赶路），跟二当家碰脉子（接头）拉对马（汇合）！"

鬼脸三带着陈水牤子俩跟班，立马随飞虎赶到晋隆胡同口守候，以应对

狼刀

突变。

那府大门洞开，两个男丁守在两侧，他们认得三爷义女，恭敬地迎进了民女装束的柳家姐妹。姐俩进了那府，转过影壁墙，见那三爷厅中正襟危坐，红叶妹于庭院就地磕头："义父在上，小女叩拜。爹爹万福吉祥。"柳叶刀却站立拱手抱拳："柳叶刀拜见那三爷。小女子落草靠窑，实出无奈，狼刀帮又遭一劫，恐难苟延，登门恳请三爷搭手相救。"女儿见爹，当然得磕头，柳叶刀身为帮中首领，自然是按江湖礼节道上规矩揖手而拜了。

"都免礼吧，请移驾落座品茶，我的乌龙还是相当不错的。老夫已经得信，贵帮大头领身陷囹圄，福祸莫测，命在旦夕。小女桃妹欲借机杀仇人当然无可置疑，柳当家抢大狱劫法场也在情理之中。但老夫不明，北风狼本是你姐妹的仇人，正可借官府之手杀了他，缘何竟要抢救？"那三爷发出疑问，以究其因。下人上茶的当口，三人噤声，待人离去，茶香轻飘，满屋散逸，那三爷目视柳叶刀，等她开口。

"狼刀帮百十人的大绺子，若没有大当家归拢，那就是一群野狼，这洪水猛兽要是下了山，乌林府几百里城乡将狼烟遍地，黎民岂能安生？所以狼刀帮不可一日无主。大当家是乌林府的要犯，又是日本人的眼中钉，三爷大徒弟大刀关胜就是勾结日本守备队抓的他，这回可是三进宫了，底子太潮，负案太多，衙门口岂能放过他？绺子弟兄必然要劫狱，而小妹又想趁机混进监狱刺杀，可警察署监狱防备森严，没有硬手内线接应，劫狱刺杀恐怕都难以成事，特来请教三爷。"柳叶刀忧心忡忡，坐在那三爷左手厅堂一侧的靠背椅上，述说困扰。

红叶妹坐在三爷右手，急切打断她："劫狱、刺杀，都是硬冲硬闯，无济于事，反而雪上加霜，搭上弟兄们几条性命，这不是上策。我想，绑了王通在乌林府上中学的儿子，拿肉票与官府交换北风狼，换他出来，再亲手宰了他！"

那三爷摇摇头，淡淡笑道："一个乳臭未干的商人之子，份量能有多重，官府岂能为其左右？何况大当家入狱已是市井风传，妇孺皆知，官府借此大肆招摇，为的就是邀功请赏。而交换肉票，得利的是王家和狼刀帮，官吏和警署不仅得不到油水，相反两手空空，这笔买卖并不划算，且又要担风险，谁肯为此丢了顶子？假使真能换得出来，你姐姐岂能亲眼看你杀了她的大当家？这一招，顶多算个中策。"

自觉可行的计谋，被义父否了，红叶妹急火火地追问："硬冲下策，绑票中策，啥是上策？"

"此事过急反倒出错，还当从长计议，缜密安排，容爹爹再作谋算。"

"大当家虎囚于柙，龙困于渊，北峰山群龙无首，已如汤浇蚁穴，火燎蜂房，万万不可迟误啊！不出三五日，必是游街示众，开刀问斩。"柳叶刀情急之下，不觉提高了声音。

那三爷却矜笑不语，静了片刻，眼光扫向庭院，见关胜已经进了影壁墙，便下颌一抬，朗声道："过关斩将的关老爷来了，两个女诸葛能否唱一出舌战东吴？"

腾腾落地的脚步，带着一阵风，传进厅堂。柳叶刀回眸一瞥，惊得顿时起身，嗖地抽出藏在身上的狼刀，怒向那三爷："关胜何以知晓我姐妹到此？莫非三爷早设圈套？"

红叶妹纹丝未动，稳坐厅上，侧目睨视。身边布包里的驳壳枪却已操在手上，顺势擦过大腿，拉开枪栓顶上火，食指扣住扳机。关胜若有动作，那枪口一定会顶住他的脑门。

那三爷并不惊诧，高声吩咐家人挂出谢客牌，闭门上栓。

在四处游走打家劫舍的日子里，狼刀帮几次与关胜交过手，可谓死对头，那府不期而遇，难卜吉凶，柳叶刀不得不防。关胜趋步进前，并不理会她作何戒备，只朝那三爷叩首："师父一早差人唤徒弟前来，不知有何吩咐。"转脸又朝向红叶妹："师妹也在此，一向飞侠散仙，仍记孝顺师父，甚喜甚慰。"最后才向柳叶刀抱拳："柳二当家，难得一见啊。狼刀帮与我师父素无瓜葛，足下此行何干？许是把那府当成亮窑，来砸明火的吧？或许当年令尊大人别梁子（劫道）得手的大清贡宝有了下落，来乌林府对脉子出手，南河沿那个苦水窑（药铺）不是你们放的眼线么，怎么不去那儿呢？"

一长串的揶揄，让柳叶刀脸涨手抖，关胜不仅知道自己父亲劫了大清贡品，连药铺和鬼脸三都在他手里攥着，只是还没到下手时机罢了。但对关胜的讽刺挖苦，也不能没有回应，于是，冷笑着回击："关老爷对江湖道上绺子内外门清啊，许是也吃过溜达吧（在绺子里混过）？你不是个空子（外行），是个溜子（土匪）！还是个双面风头，既效命官府做鹰犬，又贴附小鬼子卖身求荣，市面上走得通吃得开，八面玲珑，圆滑奸诈，乌林府豢养你这条狗，狼刀帮难保局红（绺子兴旺）啊！"说着，杏眼圆睁，手臂一甩，亮光一闪，一柄狼刀掼在木椅上，刀锋颤巍巍，铮铮作响。

这话够狠够毒，连那三爷都有些吃不住劲，担忧地瞟了关胜一眼，暗暗收拳用力，捏紧了一对核桃，一旦双方翻脸动武，这两个铁蛋会立马飞出去，分别打在他们手上。

关胜却嘿嘿一笑："二当家何必动怒，当心烫了腰条（气大伤身）啊。关某虽然与你们不是连旗的（一伙人），但道上规矩咱懂，暗背里下刀抠皮子（勒索别的绺子），吃臭（盗墓）摸鱼（偷窃）的埋汰事，俺是干不出来

狼刀

的。况且师父在上，徒弟乱动拳脚，多有不敬。收了你的狼刀吧，别闪了俺的昭子（别晃了眼）。"说着举手平肩，这是土匪绺子碰脉时的规矩，表示手中没有武器，不会伤害对方。

这举动让柳叶刀和红叶妹稍有缓和，红叶妹悄悄放下枪，和姐姐一起举手平肩，同样示意手里没有家伙，回应关胜的平和。堂上三人空手相对，那三爷哈哈大笑："虽然道不同，也可为谋。咋说你大刀关胜和桃妹还是同门，师兄师妹还能不可开交？柳大侠是老夫义女之姐，亦可算做自家人了，化干戈为玉帛，讲和通好，才是大道坦途啊。都请落座，平心静议，咱四个臭皮囊，还顶不上半个诸葛亮？"

多年与匪周旋纠缠，关胜早已通晓匪性，北风狼下狱，狼刀帮岂能坐视？或拜庙通关买出，或铤而走险劫狱，只有这两条路可走。而红叶妹也必定出手，逼迫自己同流，混入狱中行刺，置北风狼死地而后快。但关胜心中疑团未解，柳汉庭到底命断谁手？大东山金脉图现在何处？大清黄金是挥霍一空，还是深穴雪藏？这一切都与北风狼柳叶刀相关，必须顺着这条唯一线索追查下去，否则，金脉图和黄金必然杳如黄鹤，再难图寻，多年陈案也无从大白。因而，关胜是不会让北风狼现在就丧命的。他一坐下就伸手阻止姐妹俩："不必多言，花钱或劫狱的招数行不通，都是聪慧之人，道理不说自明。我已报请上峰，以陈案未结需再详审北风狼为由，力图迟延他的行刑时间，伺机放他一马。但师妹不可借机寻仇，搅了我的棋局。北风狼出来后，就是孙猴子土遁了，也逃不出如来掌心。冤有头，债有主，他背负的血案早晚清算。不过现在得留着他，替我找到大清宝物。"

"堂堂探长还是个鬼算子，小九九打得满如意啊。追讨宝物，昭雪清算，那是后话，暂且不问，如何放他一马？想是你已有谋算。说来听听。若不是上策，还是绑个肉票，谅他王通老儿不会拿儿子性命儿戏吧？"红叶妹不客气地催促，同时继续坚持自己的办法。

关胜收敛微笑，正色道："我也是想了个换人顶替金蝉脱壳之计，可这个替死鬼一时难找。必得是个无窑无丁（没家没亲人），没人惦记的靠死扇的（乞丐）念语子（哑巴），防备失踪后家人追寻，也免得漏水（被发现），被人查问。"

"此议不妥。一个无家可归的讨饭人，已属不幸，顶替进去，必死无疑。我等切不可嫁祸于人，伤天害理。"那三爷斥责着，红叶妹撇嘴摇头，柳叶刀若有所思，未置可否。

沉吟片刻，柳叶刀斟酌着说出一个办法："北峰山有个念语子，花子出身，无名无姓，无窑无丁，大伙叫他哑巴墩，这几年在绺子里喂马。大当家早有一手，一直养着他，以备支不开局子（绺子有难），用他趟火龙滚钉板救急。我起先不大同意这种舍溜子换吃横的（用小土匪交换绺子头），拿孩子套狼的损招子，有几次点背，买卖不顺，漏水窑变起跳子（事不顺手被人发现出了事，官府抓人），我都没让用。都是多拿些彩片（银票）、老头（大洋）和海草（大烟），贿赂官兵风头，才勉强消灾避祸。这回不一样，事大了，可能真要把他派上用场了。"

绺子里有个行规，危难紧急关头，得有人出来顶缸（替罪），跟犯了帮规拔香头（赶出绺子）要受"三刀六洞"一样残忍无道，也和古时有主家养门客备"死士"，现代高官政客有替身一样，主家有难，你得舍身卖命，拼死护主。柳叶刀无奈之下，才不得已而为之。

"拿弟兄挡飞子（挡子弹），让溜子砍瓢（杀头），自己保命，那他娘的叫啥义气，叫啥有难同当？这也不是啥上策。还是我的招数，绑了他娘的王通儿子当肉票，跟官府飞海叶子（相当于通牒），去换北风狼这个狗日的！"红叶妹又急又气，连声直嚷。

"好一个大家闺秀，红口白牙的，如何学得一嘴粗话，也不怕噎了你的细嗓子！"那三爷板着面孔训斥，转脸却笑了："话糙理不糙，你倒提示了我。用山上弟兄确实不忍，绑王通儿子也不足以为上策，但变通一下未尝不可。山上弟兄换成王通儿子，再把他送进大牢，人不知鬼不觉换出大当家的，咱唱他一出狸猫换太子，李代桃僵，偷梁换柱，鱼目混珠。"

关胜一拍大腿，忽地起身，高声赞同："好，好，这是高招。既解救了北风狼，也教训了王通，一箭双雕。官府也是哑巴吃黄连，有苦说不出，罪加王通和他儿子，没有道理，明知是狼刀帮所为，也奈何不得。"

"我看是一箭三雕吧，兄台还能避嫌不受牵连，足以自保。"红叶妹撇嘴冷笑。

"凭你大刀关胜与王通狗打连环的关系，还有东洋小鬼子来帮凶，官府自然不会怀疑你这堂堂捕快头啊。"柳叶刀余气未消，继续嘲讽他。

"柳大头领，关某多有得罪，但个中就理，日后自知。"关胜却是心平气和了。

那三爷挥手送客："时辰不早了，几位该干啥就干啥去吧，老夫这里不备午饭。"

10

松江岸，距三道码头半里地，江边路北，几行柳树掩映着一幢欧式和前清建筑风格两掺的二层小楼。既不是哥特式，也不是拜占庭式，倒有些像巴洛克式，所以有搞建筑的人说它是折衷主义建筑。反正老百姓不懂，咋看咋别扭，样子怪怪地耸着两个尖房顶，红黄绿蓝黑五色花玻璃，反射斑斓迷幻的光彩。据说，光绪二十四年，法国巴黎天主教一个神父来吉林传教，花了

狼刀

些大洋，占据江边，临着码头，买地盖房，弄了这鬼子楼。到光绪二十八年，教会又在东面二里之外买了块地，筹建天主教堂，民国六年动工，到了这暂，已经有了同样是怪怪地耸着好几个尖顶的大架。原来的鬼子楼，就卖给一个富商，变成酒肆茶楼，取名"临江阁"，酒旗斜插，茶幌轻飘，香扰四邻，宾客盈门。

五妹、七妹把马匹留在通禅寺，换了月白衫黑褶裙的学生装，蓝布书包里藏了驳壳枪，明水师傅大徒弟了空赶一挂马车，把她们送到了临江阁。离晌午还有些时辰，临江阁还未上客，二侠女内外扫了一遍，并无异样，便要了二楼东头临街一间落坐。她俩早已熟悉临江阁的内部结构和周边地形，东头这间是三面有窗南北通透的大间，聚餐议事，明亮宽敞，进出顺当。坐东窗，镇守大路，一眼能瞅出二里地，倚南窗，朝阳看水，江上动静一目了然，北窗外，连廊楼梯通后院。这里易守亦可退，情况紧急，翻北窗下楼梯出后院钻胡同，穿过一片平房杂院，眨眼就能消失得无影无踪。

柳叶刀数人分别来到临江阁附近，便四下分散。牤子、陈水拉着洋车奔了三道码头，装作接船的，负责西面警戒，了空在楼前台阶下喂马，守着前门，飞虎背个剃头箱子打着唤头，在楼后串胡同，看着后道，鬼脸三跟着柳叶刀、红叶妹、关胜上了二楼东间。

身为大师兄，关胜对师妹和"七侠妹"悉如掌纹，众姐妹艰难谋生实属不易，间或干些出格的事，也是为受人欺侮的民女伸张，于当下并无大碍，所以并没有把她们当匪，一直平和相处，井水不犯河水。此次救出北风狼，也利于实施自己下步计谋，理当一同联手。

约一个时辰，众人已经谋划停当，陆续出了临江阁，分兵三路，各自行动。

关胜叫来铁杆兄弟李忠和，在牛马行菜楼子西胡同里找了个有雅间的小馆子，三杯下肚，拿出一个布包，告诉他，有人出了大价钱拿肉票偷换北风狼。"这是两百大洋。事成之后，远走高飞，下半夜的火车票给你买好了，回关里老家开个小店，够你下半辈子吃喝了。"李忠和在警署混了多年，还是个看巴篱子的小警察，关胜知道他早有回乡打算，就是发愁没钱，甚至都想学土匪去砸窑。关胜指的路，正和他意，当即表示，悉听兄长安排。

红叶妹和五妹红珠悄悄住进江边船营街翠花胡同一个小旅店，蒙头睡觉，等待傍晚。柳叶刀返回通禅寺，会合山上下来的弟兄，等傍晚潜入炮台山下监舍对面树林，如有不测，便打进去接应。鬼脸三也在傍晚带人藏在乌林府督军公馆将军衙外，如有人来报信，立马截杀。

乌林府临江有条街，和城中大西街一样，也是最先热闹起来，而后日益兴隆繁盛的一条老街。大清朝在西边沿江设厂造船后，来往人多了起来，这里陆续出现了客栈、饭馆、商铺、茶馆，形成了一条街道，因靠近造船的地方，人们就叫它"船营街"。附近也渐渐形成了一些小胡同，甚至有了窑子、烟馆。临街头道码头附近有个书院，1911年改为中学堂，这里有个名声极臭的"衙内"叫王郎，就是王通之子。这小子常仗势欺人，特别爱对漂亮女孩动手动脚，甚至诱奸女同学，去年就有一女生差点因此闹出人命，王通花了不少钱把此事压了下去。红叶妹早想教训他，并派七妹红巧"勾引"他，挑逗得王郎欲望难耐，却终不得手。红巧摸清了他的住处和出入规律，已和红叶妹商定伺机绑票，今天正好应合了肉票换人的连环计。

船营街西段，翠花胡同东头，是王通为方便自己进城而置的一处宅子，却成了王郎这"衙内"的"消魂窟"，那小混球常在此设下吃喝圈套，哄骗欺侮女孩。今天恰是礼拜六，王郎一定义要勾引哪个小女生了。红巧后半晌就在中学堂门前溜达，王郎从教室窗户看见了她，急忙跑出来招呼，红巧装作有些害羞，腼腆地应承了晚上跟他吃饭。王郎大悦，纠缠多日，终能得手，便告诉红巧，不约他人，傍晚在翠花胡同专候。

酉时，日落月升，翠花胡同柳树枝叶间漏下一地碎银，两三处暗门子（暗娼）的红灯忽闪忽闪，半明半暗。好人家的人，这时候是不会到这里来的，所以，傍晚之后行人极少。王通的宅子紧临胡同口，最适于快打快撤，而对付手无缚鸡之力的王郎，红叶妹三人足矣。

欣喜若狂的王郎，早备下了糕点和红酒，意图灌醉红巧，见她如约而至，忙不迭开了酒。红巧端着酒杯走到墙边，假装看一幅山水，背向王郎，倒进一包蒙汗药。王郎跟过来，一手搭在她肩上，红巧转身躲开，走到桌前，迅速换了酒杯，端起来回身向王郎示意，王郎赶快拿起酒杯与她碰杯，二人一饮而尽，一分钟后，他歪倒在椅子上。红巧马上打开房门，藏在树荫下的红叶妹闪了进来，冲进卧室扯出一条蓝缎子被面，把王郎从头到脚蒙了个严实，扛起来出了大门。五妹红珠从树荫下拉出一辆洋车，装上王郎，拉起就跑。红巧旋风一样在外屋内室搜寻一番，把一堆大洋纸币裹成布包缠在腰间，这才出了门。

前后不到五分钟，翠花胡同无惊无扰，一如平常，王家宅子大门紧闭，无声无息。

秋月渐上，红叶妹在巴虎门西道口把王郎交给了空，又在王郎身上盖了一铺草席。了空的马车载着王郎，赶到监狱门外与关胜会合。监狱北门对面树林里，已经藏着柳叶刀、飞虎一干人等。

这天晚上监狱值班哨长正是李忠和，他带来一些酒菜，对手下一番交待。于是，内外守门狱警和四角炮楼哨兵，都聚到外圈东头一个空屋一起喝酒。关胜躲在大门外静候，不到半个时辰，这群警察都被蒙汗药放倒，李忠和轻轻打开了大门。了空扛起仍在昏睡的王郎，随李忠和直入内层监舍，关胜关上大门，持枪守在门后。监舍内所有门栅全部洞开，　无岗哨，李忠和

狼刀

开了甲字一号死牢，北风狼正诧异时，了空把王郎扔在地铺上，递上一对驳壳枪，他马上就明白了，抬手抹了一把脸上的刀疤，嘻嘻笑道："俺就说咱是命大福大造化大，逢凶化吉，遇难呈祥，道上朋友多，怎能瞪眼看咱蹬腿撂瓢子（被杀头）。这不，连警察兄弟都来帮咱啦。"说着，配合李忠和顺利打开脚镣，一把推上子弹，又抹了一把脸上的刀疤，咋呼着："我看谁他娘的敢拦咱，我突突了他！"说着就要奔守卫室。李忠和一把拽住了他："我的爷啊，这是什么地方，枪一响，你还走得出去吗？"北风狼虽然还梗脖子瞪眼，但也知道这时候莽撞不得，乖乖随李忠和出了牢房。

李忠和又打开二号死牢，放出狼刀帮四个弟兄，众人返回大门，随关胜一起出了监狱。李忠和藏了手枪，拎着包裹，直奔车站，汇合家人连夜进关去了。了空闷声不响，牵马拉车，顺林中小道上山，返回了通禅寺。

小树林里群雄相聚，北风狼向众人揖首致谢，回转身来道出疑问："关神探又抓又放，玩的是啥把戏？要想跟我这土匪解开疙瘩？你就不怕我恩将仇报？"

"诸葛亮七擒七纵俘孟获，关云长一杯温酒斩华雄。量你还能上天入地？大当家的不必多言，赶快上路回山吧，咱们旧帐终算，后会有期。"关胜不卑不亢，明里相让，所道三国之典却暗含讥讽。说完别过柳氏姐妹，出了林子，遁入夜色。

刚入亥时，巴虎门外，马蹄踏碎蝉声，由北向西，渐渐远去。

第三章　狼刀嗜血淞凌城

发雷霆督军怒将错就错，戏贼寇换死囚恶少成鬼；

陈旧事柳氏女疑团未解，北风狼返松凌富贾丧命。

11

丑时，鸡鸣，警署监狱炸了营。天字一号死囚北风狼和他的四个手下如同土遁，当值哨长李忠和弃岗逃离无影无踪，一号死牢里尚有人犯，却已是移花接木，狸猫换了太子。当狱警们从昏睡中醒来，方知大祸临头，尖利刺耳的哨声，张皇惊悚的叫喊，混成恶嚎，如丧考妣。掘地三尺挖门盗洞搜遍各个角落，一无所获，但见一号死牢假人犯身上贴张字条，一纸疯癫呓语，更是扑朔迷离，令人瞠目：淞凌王通，知己不仁，愿以逆子，代死自赎。

大批军警，呼啸而来，虚张声势，封锁监狱，不许进出，以防露风。其实是狐假虎威，掩人耳目，人犯早已逃匿，围着空牢，于事无补，瞎忙一场，实属欲盖弥彰。

天刚朦朦亮，乌林府军务督办兼行政长官张督军接到报告，勃然大怒，连摔两个清花瓷瓶，迸起的碎片，划破自家前额，更加暴跳如雷，把警察署长寇炳坤骂得狗血喷头，警署监舍何等严密，人犯莫非长了翅膀？不出三天就破壁而去，还送进个替死鬼。你那监狱是他娘的窑子铺啊，啥人都想进就进，想出就出，世人岂不笑我等愚蠢无能，国府脸面又将置于何处？速派马队向北峰山追赶逃犯，当值哨长立刻枪毙！监狱长撤职查办！

寇炳坤回答，当值哨长李忠和逃无踪影，此事定是他主谋所为，已派人去车站码头堵截。督军大骂，抓回内鬼，大卸八块！寇炳坤又说，人犯已逃，如何交待？督军在地上来回转了几圈，看着手里的字条，忽生一念，虽说字条是假，却可做托词，杀了这替身，错不在我，对上峰对民众都好遮掩。便吩咐道："妈了个巴子，趁消息还未扩散，咱就他娘的将错就错，马上把那小冤鬼当北风狼，拉出去，斩了！"

警署监狱西侧有条北大街，一直延伸到北极门，北极门外的"九龙口"从前清起就是杀人的地方。当日午时，北大街沿途军警林立，戒备森严，一匹驾辕老马拉着木笼囚车出了监狱西门，经通天街向西，转上北大街，在众多警察押解下，一路向北。木笼上方插着长条斩标，醒目的朱砂红笔勾决北风狼的名字。笼里站桩上捆着一个红衣死囚，黑布蒙头，五花大绑，尽管不断挣扎，却发不出声音。木笼两侧站着手持鬼头刀的刽子手，褐色刑衣，坦露右臂，满脸横肉，黑髭龙虬，恶神凶煞一般。民国以后，行刑杀人已不用大刀砍头了，一颗子弹多省事，但为了渲染威慑，民初时，官府仍然沿用刽子手参与游街示众，大造声势，吓唬百姓。众多百姓沿途围观，只道是处决匪首北风狼，却不见真人露相，况且这人犯看上去有些瘦小，不大像彪形大汉的上匪头子。原来，早上醒来，王郎就大呼小叫，要狱警速告家人来解救，马上就被人用布条勒住了嘴。监狱长接到张督军立即处决北风狼的命令，在警察署长寇炳坤授意下，命人在王郎红色囚衣里套了一身破棉袄，在囚笼里垫了一块木方子，王郎绑上去，身体还显得壮一点高一些，以免让人生疑，看穿瞒天过海的猫腻。

北极门外九龙口枪声响过，虽然已经不再像鲁迅先生笔下所写，有人来抢"人血馒头"，但仍有许多人颈项伸的很长、仿佛许多鸭，被无形的手捏住了，向上提着，在看杀人的热闹。也许还在等着，想看一出土匪劫法场的武戏，或者想知道，北风狼是不是有个相好的俏娘们，来为他收尸。可惜今天没有这样的热闹看了，四周山坡上，没有一丝人影，只有午后斜阳，把这一片飞扬尘土映照得黄雾朦朦。行刑之后，军警们骑马、坐车、跑步，溃兵似地一溜烟撤离刑场，百姓们也快快而去，旷野上只留下王郎的尸体。不消一个时辰，一群野狗就会赶来……九龙口这一片荒草丛中，有不少这样无人认领的白骨。

混在看热闹的人群中，换了平民装束的鬼脸三，带着陈水、牤子，一路返回，进了北极门便直奔德胜门内的德胜大澡堂。昨天下晚蹲守将军衙一宿，早晨见警察署长寇炳坤慌忙而来，他知道，二当家得手了。他又跟寇炳坤回到监狱，藏在炮台山上树林里一中午没吃晌饭，午后见囚车出了监狱西门上了北大街，急忙下山，雇辆马车，顺城外操近路，过了北极门，提前进了九龙口，亲眼看见王郎被击毙，这才松了口气，便去泡澡喝茶吃饭补觉。

烫红身子搓完了泥，几桶热水冲得浑身滑溜爽快，喝下几盅老白干，一大碗面条下肚，刚想美美地放躺睡上一觉，一个沙哑的声音传进包厢。德胜大澡堂所谓的包厢，不过是半人高的木板隔出个放两张木床的空间，躺着喝茶聊天，是没人打扰的半私密，站起来，整个休息厅都一目了然。虽然声不大，但鬼脸三听着挺熟，抬头一看，果然是歪嘴刘。这小子脑袋尖尖，贼眉鼠眼，却长一张大嘴叉子，天生就是一个碎嘴子。这是个游手好闲溜街筒子的"包打听"，乌林府的事好像没他不知道的，成天东游西逛，哪有热闹往哪凑，也常在澡堂子蹭吃蹭喝，胡吹海哨。歪嘴刘进了包厢，一屁股坐在床上，顺手抓了一把花生米，扔了几粒在嘴里嚼着，又拿过酒壶灌了一口，然后压低嗓音，既神秘又炫耀地说：“乌林府真是池浅王八多，怪事一大箩。大掌柜知道吗？今儿下晌九龙口枪毙的北风狼，是个冤鬼替身，真正的死因，昨个前半夜就被狼刀帮劫走啦！听说巴篱子里有内线暗中相助，放出了大闹天宫的弼马温。这会儿，北风狼没准都蹽过白狼沟了，张督军张大帅的快马队，正往西紧撵呢。”

闻听此言，鬼脸三心中暗喜，事出半日，歪嘴刘就得了信，有这碎嘴子到处一传，不等到晚上，整个乌林府上下内外都能知道这一出狸猫换太子的好戏。官府脸面丢尽，狼刀帮再传威名，江湖道上又拔头筹，那些大小绺子众多山头，更得服帖了。于是，趁势附和：“北风狼果然道行不浅，连巴篱子都有人帮他，说不定还有多少高人相助呢。孙猴子重回花果山，狼刀帮将再振旗鼓！”

“官府衙门好糊弄，日本人可难对付。听说守备队正集合人马，该不是也要撵北风狼吧？”

说到日本人，鬼脸三皱起了眉头，忽地想起一个人来。

日俄战争后，乌林府西边的尚龙岭来了一队日本兵，说是护路队，是保护尚龙岭一带吉长铁路及附属地的，后来又来了些日本农民，在乌林府北边西三镇临江平川地带开荒种地，还有几个退役的日本军人保护他们。虽然那时日本军队还没有大规模占领东北，但这些个小鬼子却是横行霸道经常欺负祸害当地百姓，其中有个退役军人叫松本次郎，更是作恶多端。他在日俄战争时还是个二十几岁的少尉，作战时炸掉了右手，退役到这里给开荒农民当护卫，几年后练得左手刀枪自如，后来进了吉长铁路护路队。吉长铁路从长白山老林子里的头道沟起，经过北峰山西脉的黑松峡谷，一直通到乌林府西边长春县，属于满铁的一部分。狼刀帮在铁道线上扒车劫货时，跟松本打过几次恶仗，北风狼和鬼脸三都知道这家伙狠毒狡猾。后来鬼子在东北增兵，乌林府来了日本守备队，松本又成了队长，军衔升了少佐。

北风狼是在淞凌城掉的脚，按土匪的惯例，没有不回来寻仇报复的。鬼脸三岂能不知大当家的脾气，他不把王通那宅子烧塌了架，不把淞凌城搅翻了天，是不甘罢手的。松本次郎是个中国通，他一定能想到，北风狼会二进淞凌城。守备队正在集结，莫非要去淞凌城设伏？鬼脸三此时身上一激灵，睡意全无，立马起身，抓过酒壶掼在歪嘴刘面前：“你小子就能到处蹭吃蹭喝，得，这酒又归了你了。老子喝足了，下水再泡一会。”

“谢大掌柜的，今儿俺又得了便宜啦。”歪嘴刘乐得合不上嘴，拢过酒菜大吃起来。鬼脸三披上浴巾出了包厢，走到过道顺手在隔壁包厢木板上轻轻敲了两下，径直进入雾气朦朦的浴池。不一会，陈水和牤子就跟了进来，三人泡在水里，只露出脑袋，鬼脸三小声交待了几句。不多时，陈水和牤子出

狼刀

了澡堂，一个向东，一个向南。

乌林府老城三面环山一面临江，东面、北面和西面是光绪年间建成的城墙，南面是松江。环城有九座城门，东边从江边往北数，有东莱门、新开门、朝阳门，北面由东向西，排列着巴虎门、北极门、致和门，西边沿北山向江边，一路是德胜门、福绥门、迎恩门。出新开门，离粮米行街东首不远，就是日本殖民势力的"商埠地"，叫"东商埠"。东商埠离铁路车站挺近，来往方便，所以有许多日本侨民在这里做生意。日本守备队就驻在东商埠北侧火车站附近一个院子里，既能随时出兵配合护路队，也能就近保护侨民，同时，还可就近监视和防范驻扎在火车站北桥洞外的奉军，因为督军张大帅正在这里扩建兵营，准备增派部队。

出了德胜大澡堂，陈水一路向东，就是奔鬼子守备队来的。鬼脸三让他盯在这里，等鬼子大队出来，就跟着他们，搞清他们向哪边走，才能判断他们的去向和目的。而牤子向南，还是去将军衔蹲守，因为不管官军马队能不能追上大当家的，到了下晚，准得派人回来报信。

果然，天渐黄昏，守备队里出来一队高头大马和四辆马车，约四十多荷枪实弹的鬼子兵，先是向南，过东莱门又转东，一直到了江边东大滩。陈水悄悄跟在后面，见鬼子兵们在沙滩上挖坑埋锅点火造饭，陈水不禁纳闷，不在兵营里做饭，跑到江边干啥？猫在江边柳树毛子里看了一会，见鬼子兵一堆堆地围着火堆抢饭，他便顺江沿返回了"一贴堂"。

鬼脸三听了，寻思半天，好像明白了，这是鬼子在进行野外训练，不光是要训练作战，还得训练做饭，这小鬼子花样挺多啊。去他娘的，反正不是向西追赶大当家的，也不是向淞凌城设伏，不管他了。这时，牤子也回来报信，一匹快马进了将军衔，隔墙就听见督军大帅又摔了瓷器又骂娘。牤子绕到胡同里，一个小伙夫出后门在院墙下码柴火桦子，牤子凑上去，假装帮忙，跟他闲聊。原来，快枪马队跑得不慢，后半晌就追到白狼沟，撺上了北风狼和弟兄们，也就差不多与王郎毙命同时，白狼沟接上了火，双方开打了。

12

白狼沟是北峰山向北延伸山脉中的一条涧壑，沟深林密，常有一群野狼出没，为首的狼王浑身雪白，因而这条沟壑便得名白狼沟。

白狼沟在乌林府与北峰山中间，距乌林府百十里、距北峰山约六十里，也是在淞凌城与北峰山中间，相距八十里，是乌林府通往北峰山一带的必经之路，恰是北峰山防御乌林府官军进攻的天然屏障。

打从昨晚定昏之时（夜半）飞马逃离乌林府，三个时辰跑得人困马乏。

天刚放亮，就看见了路边的三间草屋，门前搭着棚子，木杆上挑着个褪色的灰红幌子，这便狼刀帮设的暗局子（联络点）。看见这鸡毛小店，北风狼知道约摸再有二十里就到白狼沟了，进了沟，神仙也奈我不得。肚子咕咕叫，口干要喝酒，想歇脚吃饭眯瞪一会，便勒住缰绳，骗腿下马招呼："弟兄们，蹶蹬大半宿，槽空了吧（饿了）？让掌勺的燎海上气（烧水、蒸馒头），咱唷富搬浆子（吃饭喝酒），唷严了有劲踹线（吃饱了好赶路）。"大当家带五十来号人马，让店里两个弟兄好一阵忙乎才弄妥了酒饭，吃饱喝得又睡了一觉，这一耽搁就过了仨时辰。

要说督军派来的马队着实够快的，天亮紧急出发，也就三个钟点，就赶了上来。撒出去瞭水的弟兄打马来报，有官军追来，已经听到马蹄声了。北风狼没想到会这么快，怪自己太大意。"妈了个巴子，俺真小瞧他们了，真他娘的下死劲撵啊？弟兄们，压连子滑线放水（上马顺老路撤退）！"

柳叶刀跳上马，命令飞虎领二十个弟兄殿后，在路边林子里抵挡一阵子，便与北风狼、红叶妹率队向白狼沟撤退。进了沟口，红叶妹又带着二十人埋伏在坡上，掩护接应飞虎。其他人又跑了一阵，便撇开沟里老道，分两侧上山进林子藏在沟沿上，等奉军马队进了沟底口袋，打他个包圆（全歼）。

这时，沟外响起枪声，比大年三十交子之时放鞭炮还热闹。北风狼从枪声中听出，这马队使的几乎都是花蛇喷飞子（连发武器），约摸有四五十条枪，火力挺猛，奉军的装备好生了得。而断续射击的，是溜子们的二十响和马枪，明显抵挡不了多一会。他吼叫着，让柳叶刀快马回山，再调些弟兄来增援，就手在这白狼沟里，把马队给灭了。柳叶刀骂他脑瓜子让驴踢了，来回百十里地，等我回来，你他娘的早让人家打穿了葫芦瓢（脑袋）！正骂着，枪声就响到沟口，红叶妹接替飞虎继续堵截，掩护他们撤进沟里上山进了林子，与北风狼等人合在一起。红叶妹顶了没多会，也撒丫子回头朝林子里溃逃，其实她算计好了，抵挡一阵子，为北风狼、柳叶刀和飞虎争取设伏的时间，再撤进林子，等追兵进了沟，她再杀个回马枪，堵住沟口，截断退路，意欲全歼。

奉军马队急速追进了沟里，没等红叶妹堵住沟口，飞虎与北风狼合兵一处，火力顿时加强，长枪短枪齐射，手榴弹砸向沟底。奉军队伍差不多一半人仰马翻，剩下的勒转马头调头回窜，逃出了白狼沟。红叶妹率队杀出林子，骑马打枪撵了一阵，直到奉军绝尘而遁……

北风狼一声呼哨，率小溜子们下了沟底，堵住沟口，圈住了几匹乱窜的军马，收拾起奉军丢下的枪支，又从尸体上解下子弹带。一水儿膘壮毛亮的蒙古马，瓦蓝乌亮的德式冲锋枪，那些油亮的褐红色牛皮弹囊里插着五个满装的弹夹，让北风狼眼儿都绿了。

民国初年时期，东北地区的一些土匪绺子大都还使用上枪土炮，少数绺

狼刀

子也只有头领手里有几支还算得上是正规武器的枪支，但也难以成大气候。难怪北风狼要对这一色的德式连发武器直咽口水了。

狼刀帮除了几个头领用的是德国原装驳壳枪，弟兄们使唤的快枪不多，有七八支汉阳兵工厂造德国的二十响、二十多支汉阳造单发步枪，其他都老套筒、鸟铳，火力稍强一点的不过是一挺捷克式旧机枪、几支大抬杆（两人操作的较大的土枪）、三门小型前膛装弹的铁炮。北风狼早就琢磨，砸几个硬窑，抢些快枪，加强狼刀帮的火力，这一小仗的收获，至少可以组成一个十人快枪马队，长途奔袭或紧急救援就能派上大用场了。

众弟兄整装上马继续赶路，山道上，马蹄搅起一阵风，卷着尘土，一溜烟扬长而去。酉时日沉，便进了山门。

13

大当家有惊无险全身而返，与奉军马队短兵相接斩获颇丰，红叶妹三侠女又光彩照人，狼刀帮众弟兄眉眼顿开士气大振，北峰山一片欢腾。

一群鸽子从狼牙洞旁边的马棚里扑拉拉飞起，打着鸽哨，向天空盘旋着，越飞越高。长得墩墩实实的，在绺子里负责喂马的哑巴，憨憨地看着飞去的鸽子，嘿嘿地笑着。他是北风狼几年前从松江木排集散地江口镇拣来的，是个没爹没妈的要饭花子，没人知道这哑巴叫啥名，看他长得墩实，就叫他哑巴墩。他虽哑不聋，大致能听懂简单的话，日子久了，多少明白些黑话，听懂了，就可劲儿点头。北同狼原想用他在绺子主要头领下狱将斩时顶缸替罪，柳叶刀于心不忍，一直养在山上。哑巴墩就一个喜好，养鸽子训鸽子放鸽子，倒也给北峰山添些乐趣，大伙也都不烦他。这会儿，他放飞的鸽子，也引来了一阵叫好。

掌灯时分，花狐向山下派出两个暗哨，让弟兄们拉起吊桥，洞上架上机枪，狼牙洞内点上火把，杀鸡烹狗，开宴庆功。火把烧得滋啦作响，松油香混和着肉香酒香，溜子们围坐在薰得黝黑的十几只长条木桌前，粗瓷碗黑瓦罐碰得叮当乱响。大厅正中的一桌，横头坐着北风狼、柳叶刀，右侧是飞虎、花狐，左侧是红叶妹、红珠、红巧，下首是帮里两个小头目。

从大前天半夜至此，整整忙乎了三天三宿，再强壮的硬汉也顶不住连轴转，已是人困马乏。北风狼喝了几碗酒，困眼乜斜，却还在吩咐花狐："老五啊，挑你手下十个传正接灵管直（胆大机灵枪准）的弟兄，把这回得来的快马快枪分给他们，咱也整个快枪队，归你领头。"

这是北风狼的精明之处。土匪大都疑心较重，后入绺子的，很长一段时间都不能被完全重用，老五飞虎和他的手下都是柳叶刀带来靠窑的，在狼刀帮里多少会受些歧视。而北风狼让飞虎率领快枪队，既是为增强柳叶刀的嫡系力量，也是进一步表明对她的信任和偏爱。花狐听了，扔下酒碗，红眼吼着："大当家的偏心眼子，快枪快马不是他一人得来的，咋就偏给老五呢？"旁边桌上花狐的人也跟着嚷嚷，飞虎的人也不相让，狼牙洞吵成一团。

小溜子们争枪争马并不为过。这些快枪是奉天兵工厂前年才造出来的，仿的是德国造，枪上的烤蓝还亮闪闪的呢。这是 1918 年德国著名武器设计师施曼塞尔设计、伯格曼军工厂生产的伯格曼 MP17 型冲锋枪，可以说是世界上第一只真正意义上的冲锋枪。该枪发射 9 毫米手枪弹，虽然射程近、精度不高，但它适合单兵使用，枪管外的散热套为多孔式，弹夹在侧面，左手握着既方便又稳当，连续射击火力较猛，不比轻机枪差，所以俗名"花机关"。民国初年，有军阀从国外买进一些，装备自己的卫队，奉系统帅张作霖的兵工厂也仿造了不少，用来组建突击队。奉军原来大多用的是奥地利造 8 毫米曼利夏步骑枪，就是人们常说的马枪，后来换了一部分冲锋枪，还有性能更优秀的德国造 7.92 毫米毛瑟步枪和日本造 6.5 毫米步枪，替换下来的马枪流入民间，有的被大户人家买来看家护院，也有被土匪买去的。狼刀帮一部分小溜子用的就是这种马枪，只能打单发，射速慢，火力差，所以弟兄们都想能换条快枪使唤。而蒙古马虽然不像俄国马身条修长骏美，也不像用西班牙和英国种马杂交改良的东洋马性格比较暴躁，但头大颈短，体魄强健，胸宽鬃长，皮厚毛粗，能抵御西伯利亚暴风雪，能扬蹄踢碎狐狼脑袋，耐劳耐寒，生命力极强，能在艰苦恶劣条件下生存，一小时能跑二十几公里。特别是经过调驯的蒙古马，在战场上不惊不诈，勇猛无比，历来是一种良好的军马。土匪长年需要快速奔袭和逃跑，有这样一匹快马，才能得心应手，所以争换好马，也在情理之中。

溜子们争吵半天，却不见大当家发话，都吓得住了嘴，他们都知道北风狼的习性，发怒前是一声不吭的。北风狼却一反常态，咕噜咕噜喝下一碗酒，一抹嘴巴，嬉嬉笑着："老六啊，你说说，是你精明还是老五精明啊，是你队上的弟兄下山砸窑别梁子（劫道）多啊，还是老五队上多啊？你们也就是瞭水飞叶子（放哨送信），半拉咔叽压连子（骑术不精），管子不直筒子跑排（打枪不准常走火）。本事大小，当场比试比试啊？"说着，从右腿绑腿里抽出狼头短刀扎起一块肉，向洞顶一甩，立马被飞虎手下一个小土匪抬手一枪击碎。北风狼再次扔出一块肉，花狐抽枪却打空了。飞虎手下嗷嗷叫着打口哨拍桌子起哄加秧子，柳叶刀和红叶妹却冷眼静视，一直没吭声。

北风狼扬手止住吵闹："妈了个巴子，都给我封了瓢（闭嘴）。就几条破枪，人脑子快打成狗脑子了，有本事下回跟小鬼子干一场，搂他一捆子盖炮（三八式步枪）。那玩艺苗长（枪管长）有劲打得远，光是刺刀就差不离有二尺长，到了咱手里，跟小鬼子练武把趟（武术）拼刺，赶不上岳鹏举的沥泉枪，也能比猛张飞的丈八长矛啊！这回，得了好马好枪的，别显摆得

狼刀

瑟，好好地给我练本事。没得着的，也别眼气（嫉妒），二当家和红叶妹头领还有奖赏！你们就没瞅见那漂亮妹子细腰里是啥？"

先是红叶妹一怔，瞪眼反诘："凭啥叫俺给奖赏？俺又不是你狼刀帮的头领！你狼爪子啥时摸了俺红巧妹子的腰？"

接着柳叶刀出枪指向他，道出狐疑，并紧跟逼问："拿几条破枪几匹老马上我这买好啊？心里有鬼吧？是我欠了你的钱？还是你欠了我的命？今儿个你要是掰扯不清，咱就倒窑灭香（散伙），吹灯拔蜡！"连珠炮似地一顿呛呛，北风狼反倒咧嘴大笑："我这狼鼻子早就闻出大洋的味道了。都是道上混的，见者有份嘛。说啥鬼不鬼的，说啥欠钱欠命的，还要跟俺吹灯拔蜡？俺咋听不明白呢？有那么蝎虎吗？"

"没想到豪爽大气威风赫赫的北风狼，见了银子也成了无赖，连俺七侠妹也敢抢？好，俺不在乎这仨瓜俩枣，都给了你，今儿个，咱就旧债新账一起算！"红叶妹说着抽出一柄狼刀扎在桌上，又掏枪对准北风狼。红巧解下腰间布袋扔在桌上，红珠也抽出了腰里的双枪。

闪着寒光的狼刀震颤着嗡嗡作响，刀锋反射着狼牙洞里的火光，那像染了血。

剑拔弩张怒目相向的阵势，让众人一时噤声，不明就理，面面相觑，不敢贸动。飞虎、花狐、红巧都暗中操枪在手，悄悄拉开了机头，一旦双方翻脸，定会出枪，各护其主。

定睛一看，北风狼猛然发现了刻在刀身根部的一行很小的满文，刻的正是自己早先的名字——乌力嘎。北风狼惊得汗毛直立，左颊上的刀疤抽搐哆嗦，疼得他不禁歪了嘴，好像又被人砍了一刀。他咬着牙在脸上狠狠地抹了一把，却无法抻开那道收缩的刀疤，反倒更加惊厄地张开嘴瞪大了眼睛，心悸肝颤，头皮发炸，毛骨悚然。

一瞬间，十年前的往事，浮在眼前。

14

打从庚子年八国联军打进北京，义和团抗争失败，支持义和团的一批满清大臣丢了性命，乌尔汉家族受到牵连，被迫逃离京城回了老家。到乌力嘎出生时，被剥夺了朝廷俸禄的乌尔汉家族，只能在库勒草原和都伦山一带狩猎为生，还常受官府欺压。父亲乌尔汉·乌苏赫便召集满、蒙残余部落的散兵游勇，占山为匪，圈地封王，打起"蓝旗帮"旗号。不想，乌力嘎不到两岁，在一次官府的追捕剿杀中，母亲被砍下马来，背上背着的乌力嘎滚落到茅草丛生的山沟，从此没了踪影，乌苏赫撒下人马四处搜寻终无结果。三年后，乌苏赫扎营都伦山上，一日突然发现洞外沟壑里走过一群狼，其中有一个酷似人形的小狼崽，乌苏赫一惊，想起这一带曾有过狼群掠走小孩，却没吃掉，由母狼哺育成狼孩的传闻，瞬间想到自己儿子，即刻带人追赶。小狼的速度终逃不过马队的围堵，马队把狼群分隔，撒开一张网扣住了他，任凭狼群长啸低吼也无法解救，任凭他像狼一样咆哮嘶咬，终于被擒。狼孩被勒住嘴带回山寨，等到洗去满身硬茧般的泥皮老屑，剃去过颈的长发，露出一只已经长死在右耳垂上的银环，乌苏赫仔细辨认银环上模糊的几个满文，随即大哭起来。这银环是乌尔汉家的标志，每个孩子出生取名后，都要打制一个刻有他名字的银环，嵌在右耳垂，乌苏赫和自己两个弟弟一个妹妹也都有这样一只银环，而狼孩的银环上，刻的正是满文乌力嘎……

到了1913年，民国二年，乌力嘎已十三岁。近十年的训练，狼孩基本恢复常人状态，乌苏赫按家规，为他打制了一把刀身上刻有乌力嘎满文名字的短刀，作为他的护身佩刀。乌力嘎狼性并未完全泯灭，常独自外出游荡，有时还四脚着地狂奔一气，露出茹毛饮血的生性，因获绰号"人狼"。他也得意此号，请人在刀把上画了个狼头，又用烧红的铁钎把狼头烙在了木把上，标示自己的特异与悍勇，就此，这把短刀也就有了"狼刀"的别称。

那个秋天，争强好胜的乌力嘎瞒着父亲，偷偷下山打探朝廷贡品下落，这天傍晚溜进淞凌城小馆想喝几碗酒，不料遇上了一场突如其来的打斗，慌乱之中，意外致使柳汉庭丧命，他的佩刀就此丢失，多年难觅。他断然想不到，十几年后，这把狼刀会落在红叶妹手里，尽管他早已知道柳叶刀就是柳汉庭的女儿，却始终不敢明言，因为无法为自己的失手开脱，因为他是乌苏赫的儿子，柳叶刀岂能释解乌柳两个家族的血仇，更怎能奢望她放过"杀父仇人"。

现在，这柄狼刀就插在桌上，和狼刀帮所有弟兄绑腿里插着的狼刀一样，刀把上赫然一只露出利齿的狼头。还有什么可以辩解？乌林府方圆几百里，谁不知道这是狼刀帮的标志？而自己这个狼刀帮大当家，又如何能否认这把狼刀与己无关？正是因为十多年前他就使用狼刀，后来拉杆子起事立山头，才用了狼刀帮这个旗号，后来他所用的狼刀，刀身上刻的是北风狼三个汉字，但就能掩盖自己不是乌力嘎么？一年前，红叶妹找上山来与姐姐相认，他就知道了这是一对仇家姐妹，虽然当时两姐妹还不知道自己就是乌力嘎，也不知道她们的父亲是死在自己刀下，但终有一天，他会无法抵赖地为此蒙冤。难道会有人相信，你死我活的乌柳氏族，能够渡尽劫波，一泯恩仇？难道会有人不信，乌苏赫的儿子杀了柳汉庭，不是偶然，而是必然，是仇恨的终结，顺天理，亦在情理。而靠窑北峰山，归入狼刀帮，日久生情的柳叶刀，与同样心怀爱恋的北风狼，共坠情渊，无媒而娶，无聘而嫁，顺理成章，结为夫妻帮伙，伉俪山寨。情爱纠葛，北风狼不敢言说身世，更不敢提起旧事，希望能一直隐瞒下去，让这桩无法解脱的仇案，也让自己蒙受的

狼刀

不白，永远烂在肚里。

现在，一柄狼刀已成铁证。不须再问柳氏姐妹是怎样得知当年那场血腥，这柄狼刀又是怎样到了红叶妹手里，北风狼仰头朝向狼牙洞悬吊着狼牙般钟乳石的洞顶，眼角滑落一滴似乎带血的浊泪。不是自己将要为不白之冤承受斥责鞭挞抑或是刀挑枪击，而是为了一场仇人间的畸形之爱终将结局，他闭上双眼，无声地等待，等待即刻扑来的复仇。仅一瞬间，他心头猛然一惊，如果柳氏姐妹对自己动手，狼刀帮众弟兄岂能坐视？势必引起又一场血拼，其结果只能是两败俱伤，狼刀帮不剿自灭，七侠妹凤凰无首。他长吁一气，平展双臂，这是道上之规，如两方相峙，即将开打，一方头领做出此势，既表暂且收手，双方都不得擅动。柳叶刀见状收枪落座，飞虎立刻止住出枪逼近的小溜子，花狐和红巧红珠也垂下持枪的手臂。

"咋的？不敢动手？北风狼也有害怕的时候？"红叶妹仍持枪在手，发出挑衅的讥讽。

"红叶大当家，暂请息怒，且听在下言明，当年松凌溅血，令尊大人蒙难，绝非预谋，实属意外。"北风狼拱手，欲为自己辩解。

柳叶刀端起一碗水酒一饮而尽，杏眼圆睁："怪我瞎了眼，还送你这杀父仇人过河逃命！"

北风狼闻听一惊，脸上刀疤痛得发颤，啊？多年前古洞河边那个女孩，原来是她！

那年，那夜，少年乌力嘎满脸是血仓皇而来，催促岸边渡船上的女童柳叶桃赶快解缆，柳叶桃仓促摇橹划向对岸，河上夜风竦竦，星空微微颤抖，远处传来断续的叫嚷，几点火光时隐时现。乌力嘎操起船桨奋力划水，不等完全靠岸便跳下小船，踉跄趔趄，涉水上岸，隐入夜色……

未谙世事的女童，急切迷茫之中，却帮助自己的杀父仇人亡命而逃，这无疑又是在她心头插刀，更激起恼怒愤悔。北风狼赶紧又向柳叶刀抱拳鞠躬施礼："二当家的，没想到当年是你送我过河逃命，狼人在此叩首，拜谢救命之恩！我这第二条命是你给的，也理当任你处置，三刀六洞、豁讯头挑昭子裂翘子（割鼻剜眼切耳），北风狼绝无二话！"

"嘿，是个爷们！真是乌尔汉家的种！不愧满清子孙，八旗硬骨！来来来，真骡子真马上阵溜溜，看俺捅你个三刀六洞！"红叶妹明是叫好赞许，暗里推波助澜。走江湖，摆地摊，杂耍卖艺，起刺平事，应付场面，惯用此法，越是叫好越是煽动攒掇鼓捣，让拉硬充楞的下不来台。红叶妹翘起大拇指，匪气十足地朝大厅正中一摆，示意北风狼到众人面前，随手拔下插在桌上的狼头短刀，又很夸张地抬腿蹬椅，将狼刀在皮靴上唰唰蹭了几下。

既然夸下海口，北风狼自然不能缩头，三刀六洞不在话下，硬汉子挺得住，只是狼刀帮大当家就这样输给一个小娘们，传出去，天下笑话。他心里琢磨着应对招法，脚步却不慢，腾腾几步就到了火把映照通亮的大厅正中，撩开薄皮大氅，左脚蹬在柞木墩上亮出了大腿。这是摆出了架势，让红叶妹在他大腿上施行三刀六洞的惩罚，而右手下垂，靠近了插在绑腿中的另一只狼刀。假若红叶妹真的朝自己下手，不能干挺，出刀抵挡一下，他相信，只要红叶妹走过来，紧接着就会有人出来劝解。

果然，哑巴墩咿咿呀呀地叫着，冲到大厅中间，挡在北风狼面前。北风狼暗里松了口气，七侠妹都是江湖义气之人，能对一个哑巴发狠？果然，不等红叶妹上前动刀，柳叶刀先发话了："刀下且慢，帮规不抵家仇。留他两条好腿，到爹爹坟上跪拜。"

这时，洞外传来喊声："报——，报——"

15

北风狼贴身护卫猛子跑得气喘吁吁，一路喊着进了狼牙洞。

早晨，在白狼沟外二十里鸡毛小店打尖时，北风狼就让猛子悄悄离队，直插凇凌城。

一柄狼刀，带着一声呼哨，带着一纸飞叶，扎在王家大院黑漆漆的大门上。

"令郎在手，抵换狼人，若想活命，大洋三千，明日卯初，送至桃花。"狼刀帮绺子里识字都不多，北风狼也是在柳叶刀上山后，才跟着她学了些百家姓千字文道德经，多少通了点文墨。但这一纸相当于最后通牒的飞叶，却是出鬼脸三之手，写得简明扼要，王通一看就懂。备好三千大洋，明天一早五点，送到凇凌城外桃花渡，交钱换子。那爷府里，三爷定计狸猫换太子，临江阁上，柳叶刀与鬼脸三又商一计，假称王郎被绑肉票，向王通逼要赎金，这是土匪惯技，量他王通老儿不敢不从。

一柄狼刀扎着飞叶通牒，送到王通面前，立马就让他软了腿脚，王家大院一片哀号。

猛子纵马赶回北峰山时，王通也哭咧咧地坐着马车赶往乌林府，一连七八个时辰，焦渴疲惫，月上梢头之时，便进了警察署。等待他的，是更大的噩耗，逆子恶少的亡魂早过了奈何桥，菩萨也无力回天了。捶首顿足，悲天大恸，神仙不应，万般无奈之下，又许诺大洋三千，恳请老寇发兵讨伐北峰山。

料定王通再进乌林府，关胜在警察署长寇炳坤家里，正商讨如何继续追剿北风狼，张督军将错就错杀了王郎，王通岂能善罢甘休，定会再出大价，

狼刀

搬兵复仇。劫狱行动，出头的是已经逃匿的李忠和，关胜根本没在狱中露面，毫无嫌疑。追剿狼刀帮离不了这谋勇神探，寇炳坤当下即令关胜率队前往淞凌城，力争交钱赎票时，再次拿获匪首北风狼。

更深露重，兵贵神速，王通奉上三千银票，先行一步，关胜召集署下随后进发。其实，他根本不想自己弟兄为土豪卖命出力，故意放慢速度，龙驹坐骑惬意地一路踏着碎步……

当北风狼费尽口舌用干唾液咽了嗓子，反复叙述当年情形，辩解自己是失手误杀，苦于无人作证，柳家姐妹仍是狐疑未解，猛子回山报信，通牒送到，明日收钱。这是大事，不可迟误，柳叶刀劝阻红叶妹，暂且放下家仇，北风狼也许诺，收了赎金，秋色平分。红叶妹忿忿地收了狼刀："这把刀，暂且由我收着，先记下这笔账，啥时你能洗白了身上的血，算俺红叶妹冤枉你，俺还你个三刀六洞！"

"三刀六洞用不着，只一刀就行，俺北风狼割腕与你歃血为盟。"北风狼说着真就挽起袖子露出左手腕，抽出自己的狼头短刀就要割腕。

"你少在这跟我装虎挑线（装傻、割手腕洒血），一滴血能抵一条命？先干大事，咱的仇，有功夫跟你清算！"红叶妹自知轻重，搁置疑虑，共同对敌。

听红叶妹这一说，北风狼暗自得意，不管何时能平了这桩冤案，先得化解眼前危机，免得耽误大事。便命弟兄们上马，趁夜奔袭，二进淞凌城，搅他个天混地沌。

秋草味美，夜草更肥，北峰山上的马和抢来奉军的马，都是常吃夜草的，所以养得膘肥体壮，跑起来蹄下生风。狼牙洞一侧飞出一群白鸽，追着马队，飞出山谷。

寅卯交替之时，起了大雾，掩护一队人马潜进了桃花渡岸边桦树林里，伴着古洞河水哗哗的响声，柳叶刀和红叶妹、红巧、红珠分别倚着树根，铺开狼皮垫子，眯眼小憩。

如果真的相信王通能顺从地交来赎金，那狼刀帮当家头领们就太幼稚了，闯荡江湖这么多年，也有跑风掉脚（泄密失败）河边湿鞋的时候，也使得土匪绺子积攒了经验，变得越来越狡猾了。狼刀帮十几个弟兄和红叶妹等三人兵分两路，柳叶刀带红叶妹等一队隐蔽渡口，如果计划成功，可接收赎金，淞凌城内一旦有变，又可做接应。北风狼带飞虎等十人新组建的快枪马队进城，不管王通交不交钱，都要毁了王家大院，让这高门楼子变成废墟。

老谋深算的王通，也料到北风狼一定会复仇，说不定正向淞凌城而来。凌晨，他赶回淞凌城后，马上召集家丁，每人发了十块大洋，让他们分头准备。家丁们有的上了房顶，有的藏在院内屋檐下，全部荷枪实弹。王家大院又暗暗设下了一张网，等待回游的鱼群。

北风狼摸进了临江街，借着黎明朦朦晨雾，悄悄靠近王家大院。王通老贼甚是狡诈，他的大院与四周人家都隔条街道，形成独立封闭区域，如有人靠近，从房顶一眼就能看见，机枪一扫，就封了四面。飞虎带四人爬上左邻右舍的房顶，架上了"花机关"，威慑着整个院落。突然发现王家房顶隐约有人影晃动，看来老贼已有防备，花狐赶紧发出信号。北风狼还未接近大门，听到紧迫的三声老猫叫，明白院内有鬼，立刻带人撤到二十米开外，又分出三个弟兄迂回到院后，上了隔街的房顶，北风狼带三人上了大院正面一家屋上。淞凌城一带的民居，大部分是平顶房舍，小部分是起脊的，平顶上易于展开射击和进攻，起脊的有利隐蔽和撤退。北风狼熟悉这一带地形地物，自会充分利用，以应对各种不同情况。

狼刀帮众弟兄已经从四面居高临下控制了大院进出通道，北风狼一声呼哨，飞虎向院内投出一枚自制的燃烧弹，突然腾起的火焰，一下照亮了王家大院，淞凌城响起了密集的枪声。家丁们的武器抵挡不过狼刀帮新得来的"花机关"，他们的火力很快就被压制下去，有几人中弹从王家房顶跌落，溜子们又投出两枚手榴弹，在王家大院内炸开，院内血肉迸溅，一片鬼哭狼嚎。北风狼命令弟兄们停止射击，他开始喊话："王家人听着，北风狼只要王通老贼的命，其他人赶快从前门撤退，交枪留命，不交枪就要你的命。有愿意跟咱靠窑（入伙）的，站到大门南边。给你们十分钟，如有继续反抗的，我立马插了他（杀了他)！"他命令猛子一组人留在房顶，继续监视院内，并随时火力控制，他和飞虎带几人下了房，迅速占据王家大门两侧，以防王通混在人群中逃跑。

晨雾散去，天已放亮，一群人从王家大门跌跌撞撞地跑出来，北风狼用驳壳枪挨个点着他们的脑袋，辨认其中是否有王通。果然，一个女人，被他的枪筒挑去了头巾，露出花白的脑袋，一脸的横肉，正是王通，北风狼抽出狼刀一下捅进他的心脏，一刀就结果了他。随后，他带人冲进大院，挥枪驱赶着慌乱的人们，并叫他们抬走负伤的人，王通家人和家丁都自顾自地逃命去了，家丁们也大都是穷苦人，没人真心替王通卖命，有家小的，一溜烟地蹿了，无家可归的，也愿意入伙吃粮，几人站到了门外，空空的院子里，已是一片狼藉。飞虎留下两人在房顶放哨，带着其他人全部进了大院，在北风狼指挥下，开始搜索。十分钟后，十几个弟兄各自背着个大包裹，集中到院门外。

北风狼问："有挂彩（负伤）的吗?"

狼
刀

众人道："没有。"

"有大头（大洋）吗？"

众人道："有，海了（很多）！"

"有疙瘩（金子）吗？"

"没有！"

"有通天（长衣）毛叶子（皮大衣）吗？"

"有！"

"有彩片儿（银票）吗？"

"有，水不大（不多）。"

"行了，小的们，净场（打扫战场），放亮子燎窑（放火烧房）推大沟（全部烧光）！"

王家大院几乎被一掠而空，能看得上眼的马匹，都系上了鞍子，溜子们和刚靠窑的家丁背着缴获的枪支，翻身上马，又向院内扔了七八捆三四颗绑在一起的集束手榴弹，点着了几捆干草扔进院子，便打着呼哨，一路狂奔，出了淞凌城。

王家大院正房、厢房的墙壁几乎被炸塌一半，半塌的屋脊里露出些椽子、房梁，很快在爆炸中燃烧起来，一会就烧落了架，冲天大火盖了整个大院，火光比东边半天朝霞还红。

天已大亮，北风狼加鞭纵马，在桃花渡汇集了柳叶刀等人。北风狼对红叶妹说："红叶大当家，你不能跟我们再回北峰山了，官军马上就会来剿杀，你们没在市面上露过真脸，七侠妹名声不坏，别跟我遭了连累，回你的醉胭街眯着吧。咱的账，以后再算，只要我活着，早晚给你个交待！弟兄们，把兰头、叶子、管子（枪）掰了（分一半），让红叶大当家带走！"

红叶妹瞪眼刚要发火，柳叶刀止住她："大当家说的对，别耽搁了，拿上包袱，快走！"

这个理由不容置疑，七侠妹还要在江湖行走，若被官府知道她们参与了这次劫狱和砸窑，无疑是增加了危险，红叶妹怎能不懂？她对那些抢来的包裹不屑一顾，却伸手抢过两支德式冲锋枪，扔给红珠红巧，跳上马背，对北风狼拱手："大当家，血债终有偿还之日，好自为之吧，后会有期！"

北风狼吩咐两个弟兄解下子弹带，交给红珠红巧，然后向叶妹拱手道："顺风顺水，后会有期！"

三匹快马沿古洞河边，一直向东，三件黑红的披风，飘动起来，像鹰翅挟风……

半个多时辰之后，关胜带领的警察们，到了王家大院，只见满目废墟，

狼刀

042

晨风中飘着焦糊的味道，间杂着焚尸的腥臭。关胜叹口气说："北风狼的马真够快的，咱撵了大半宿，还是让他抢先了。得嘞，弟兄们胡乱查看查看，看有什么可以回去交差的。"

　　警察们敷衍着，马马虎虎，四处走了走，都回到街上，散作一堆一伙，抽烟喝水。唯独关胜拿支木棍，在废墟灰烬中翻找着。突然，他看到一处半塌的墙壁，露出里面的空心，原来这是一堵夹壁墙。有夹壁墙，定会藏有不可示人的秘密。他用木棍在夹壁墙里拨拉着，几乎都是烧剩的灰烬，他有些失望，刚要转身，却觉得灰烬里有一丝闪光，近前再次拨开灰烬，两个金块露了出来。关胜不动声色拣起来，顺手装进了衣袋，眼里却闪烁着异样。

　　淞凌城西南方向，大道上马蹄声碎，扬尘遮了半个太阳。狼刀帮快意豪情，得胜回营。不料，半路生变，众好汉遇上了鬼打墙。

狼
刀

第四章　同仇敌忾战倭寇

狼刀帮初得胜班师回营，归途变鬼打墙松本截杀；
七侠妹驰援兵群雄激战，关神探觅蛛丝初露端倪。

16

与北风狼分兵后，柳叶刀在桃花渡口林子里，铺着狼皮褥子打算睡一会，古洞河哗哗的流水，勾起了她的心事。

经常露宿山林，绺子里几乎人人备有狼皮、狗皮、狍子皮褥垫，平时打成卷拴在马背，宿营时铺在地上，隔凉隔湿，不生寒腿。柳叶刀厚厚的狼皮，是北风狼捕获的一头高大凶猛的黑狼，皮宽毛厚，又含油脂较多，最适于露宿，便毫不迟疑地送给了心爱的女人。

抚摸着狼皮厚厚的长毛，静静听着妹妹细细均匀的呼吸，柳叶刀心里静不下来。北峰山上靠窑这几年，从风餐露宿居无定所，到遮风挡雨衣食不愁，从时常提心吊胆随时亡命奔逃，到安稳扎营防卫坚固，浪上颠簸的一叶扁舟终于驶进了一个避风港。这都是北风狼所给予的。她一直担心，一个女人进了这狼窝，也无异于羊入虎口，难保自身清白，但狼刀帮从首领到小溜子们，无人敢动她一指，甚至在她跟前讲话，都少了些荤腥淫邪。她毫发无损，不言自威，一人之下，百人之上，被尊为公主一般。这也同样得益于北风狼，因为在他眼里心里，柳叶刀高贵似女神，纯净如水晶，容不得一丝不敬，沾不得一滴污浊。几年来，日月轮回，在她心上柔柔地覆盖了一层温暖一层呵护一层惬意，花季之心，缓缓地舒展叶瓣，溢出了一种淡香的温情，静静的蓓蕾终于盛开成耀眼的热烈。那个无媒无聘的夜晚，爆着喜花的蜡烛，迷幻狼牙洞流苏一样倒垂的钟乳。当窗理云鬓，对镜贴花黄，粗黑的辫子第一次绾成插着银簪的发髻，藏着狼刀的马靴，换成缀花的绣鞋。从此，行走军机的威武，柔媚后宫的佳丽，两种角色不时变幻，北峰山风景别样新鲜多姿，狼刀帮须眉巾帼携手进退……

殊不知，花裘锦帐里恩怨混杂，同枕夫君突变狰狞元凶，爱恨情仇绞成乱麻，柳叶刀该当何断？尽管北风狼声言失手，却真假难辨，无人佐证，让她难以决绝。倘若反目，狼刀帮弟兄刀剑相向，必是俱败俱伤，北峰山毁于水火，恐再难立锥栖身。狼刀帮不剿自灭，亲痛仇快，鹬蚌相争，渔人得利，散了弟兄，乐了官府。反复利弊权衡，不可自毁，且官府旋即就会大兵压境，东洋鬼子也必将趁火打劫，大敌当前起内讧，实乃大忌。两利必取其重，两害必取其轻，暂且捐弃前嫌一致对外。于是，柳叶刀置家仇于身外，这才有了救死囚出大狱，再杀淞凌城，一血前耻。

二进淞凌城，无险无惊，斩获破丰。与红叶妹分手后，北风狼和柳叶刀带着弟兄们，打马回山。可是，谁也没有想到，归途上，已经藏下了一支伏兵。

数百里方圆的大地上，乌林府与北峰山、淞凌城呈现一个不规则三角形，三足鼎立，各踞一角。乌林府偏西一百里是淞凌城，向西南一百四十里是北峰山；淞凌城向东南八十里至北峰山，而白狼沟正是切入淞凌城北峰山之间的一点，距乌林府也有百里之遥。身为中国通，更通晓乌林府历史地理人文，这里的山脉、河流、道路，就像是松本次郎掌上的纹路，搭眼一瞄，掐指一算，随意就能在某个地方作恶造孽。北峰山周边的地理位置早就在他心里反复揣摩了几十次，早就算计着，要选择一个最为恰当的时机，最为恰当的地点，与北风狼和狼刀帮一决雌雄，了结宿怨。

别看这独臂鬼子只有左手，他可是在满蒙这些年的杀戮中练得一手好活，五秒之内单手出枪上膛击发，且能达到百分之九十的命中，一只王八盒子让他单手玩得滴溜转，改用左手使刀后，也练得劈刺抡杀左右护身挟风带闪龙游蛇舞。十几年前，日本移民在库勒草原与蓝旗帮争夺一块草肥水美的好地，松本率一帮日本浪人前来助阵，十来岁的乌力嘎跟随父亲参战，举着蒙古弯刀勇猛砍杀。松本欺他瘦小，咿呀吼叫着纠缠左右，眼看乌力嘎力小不持，蒙古弯刀敌不过松本的军刀，乌苏赫纵马一跃，挑落了就要砍在乌力嘎头上的军刀，回手一个海底捞月，刀锋直逼松本脖颈。松本向后一仰，就势翻滚躲开，翻滚的瞬间，掏出了王八盒子，一枪击中乌苏赫前胸。几个汉子抢进来护住乌苏赫，松本爬起来就跑，乌力嘎狼头短刀一甩，划过松本右腭，松本抱头鼠窜，却记记住了掉在草地上那只刻着狼头的匕首，因而后来又与狼刀帮结了死仇。

这场混战，蓝旗帮痛失首领，乌力嘎成了孤儿，幼小年龄，不足以担当统领蓝旗帮的大任，都伦山为争当头领发生火拼，蓝旗帮最终散了伙。乌力嘎带着几个小弟兄逃下山，干起了城乡劫道当街杀人的土匪行当，但他一直找不到机会向松本复仇，一晃几年，等到乌力嘎拉起绺子成立狼刀帮自号"北风狼"，才在黑松谷一次劫军列时与松本再次交手。

黑松谷是北峰山西脉一条很深的峡谷，因长满挺拔粗壮的黑松而得名，东洋鬼子满铁把持的吉长铁路正是从黑松谷穿过，松本这时已经进了鬼子的

狼刀

护路队，又成了狼刀帮的对头。北风狼截过一次鬼子票车（客车），没抢车上的中国人，只杀了四个挥刀进攻的日本浪人，北风狼刀法不如日本浪人，却已经抢了淞凌城警察所的驳壳枪，并练得双手使枪了，所以也不跟他们费事，两只驳壳枪连续点射，打得他们脑袋开花。老辣的松本故意让手下放出风来，说某天夜里有军列将开往白石山，然后带人在黑松谷设伏，截杀狼刀帮。没有防备的北风狼再次败在松本手下，丢了几个弟兄性命，逃回北峰山，从此与松本结下更深的仇怨。

得知王郎狸猫换了太子，北风狼逃出大牢，松本料定他必然要再进淞凌城报复王通。如果当晚从乌林府向淞凌城进发，必然瞒不过狼刀帮的眼线，北风狼就会预先防备，松本玩了个明修栈道暗渡陈仓声东击西的招数。通晓中文熟读鬼谷兵谋，又掌握乌林府百里地形，松本一分一秒掐算好时间，并选择最有利的地点，准备设伏。

乌林府松江岸东大滩埋锅造饭，是松本老鬼子的障眼法。他不向城西追赶北风狼，却在城东训练野炊，留下四挂大车和几个鬼子兵，在沙滩上虚张声势热火朝天地喝酒唱歌，骗过了鬼脸三。夜幕降临时，他已经率领三十个鬼子悄悄渡过松江，骑上高头大洋马，沿松江南岸，一路朝西，一夜之间，疾驰白狼沟，布下了口袋。

17

狼刀帮回山必经白狼沟，溜子们早已笃信白狼沟是自己的地盘，每次砸窑得胜满载而归，进了白狼沟就算到家了。恰好，北峰山那群鸽子呼哨着，从山林间飞过，好像来迎接他们，溜子们更是放宽了心，松了缰绳，放慢马步，洋洋得意，松松垮垮，哼着小曲，一路邋遢……临近白狼沟，已看得见沟口那棵大白杨的树梢了，担当前卫的几个弟兄兴奋起来，催马快行。

天没亮赶到白狼沟，松本就从晨风中听得隐约的枪声，今天的风是从淞凌城方向吹来，松本知道，这一定是北风狼在淞凌城大开杀戒，而且也一定会得手，因为王家大院的兵力火力，绝对抵抗不了狼刀帮。不出正午，狼刀帮得意散漫放松警惕的溜子们，就会出现在白狼沟的沟底小道上。他让士兵趁这工夫抓紧吃早饭，却没想到，沟里深处，有三只野狼，正向他们身后走来。

太阳高升，薄雾已散。松本命令鬼子兵隐蔽，鬼子一身黄屎般的军装和秋天的荒草一样色儿，趴在那儿一动不动，瞒过了狼眼，而一身膘肉的大洋马和马粪马尿味，却躲不过狼的嗅觉。三只饥饿的野狼，扑向距离最近的一匹洋马，惊得马群嘶叫着四下逃散。

这时，狼刀帮的前卫已经进入白狼沟，快接近中段了，北风狼和柳叶刀距中，殿后的飞虎快枪队也到沟口。北风狼信马由缰，轻松慢行，嘶叫的马群还没让他警觉，以为山上弟兄下来接应，可随即就响起了爆豆似的枪声。北风狼听出，是鬼子的歪把子机枪，至少两挺，嘎嘎地打着清脆的点射和一串串连射。走在前面的几个弟兄已经应声落马，余下的人迅速调转马头，纷纷镫里藏身，躲避着子弹，向沟口撤退。快枪队分出五人冲上沟外一个小高坡，飞虎带五人接应北风狼等人，并阻击鬼子。

松本挥舞着三二式骑兵军刀，嗷嗷叫着，命令鬼子兵一边射击一边向前推进，从沟沿上冲下来，逼近了沟底。看到这柄军刀，北风狼分外眼红，当年，就是这把军刀，差点要了他的命，也正是父亲及时打落这把军刀，才保全了他的性命，而父亲因此死在松本枪下。北风狼勒住缰绳，让自己的坐骑菊花骢卧倒在一株老榆树下，他依托马脖子，甩开驳壳枪朝向松本连续点射，子弹从松本耳边嗖嗖飞过，有一颗子弹打在了刀锋上，爆出金属铮鸣。松本扑进脚下低洼的草丛中，见刀锋上已经打出了一个豁口，气得他更加暴怒，哇哇叫着，驱赶士兵压向北风狼。柳叶刀嘶声叫着不要恋战，快撤！但此时，他们已经出不了白狼沟了。

阴险的松本在沟外暗藏了十个鬼子，是要把北风狼等人全部放进沟内后堵住沟口。这时，十个鬼子已经冲进来，一挺机枪，三支冲锋枪，六支三八大盖，火力挺猛，北风狼难进难退。快枪队五人冲下土坡来接应，鬼子回身用机枪冲锋枪扫射，又有两个弟兄落马，剩下三人火力不敌，完全暴露在鬼子枪口下，不得已撤回土坡上，待机再次冲锋。北风狼、柳叶刀及二十来个弟兄，都被堵在了沟里，受到鬼子两面夹击。柳叶刀叫着，命令弟兄们弃马，离开小路，撤进林子，各自依托有利地形还击。狼刀帮这时还有三支冲锋枪，加上北风狼、柳叶刀、猛子每人两支驳壳枪，组成一道密集火力网，暂时拦阻了鬼子，双方处于胶着状态。

松本命令停止密集火力，让两个持三八大盖的士兵实施慢射，专门对付北风狼和柳叶刀，却又不打他们，只要他俩稍有后撤动作，便一枪一枪十分准确地封锁他们身后退路，显然是要活捉他俩。而其他弟兄被鬼子冲锋枪连续点射，压得抬不起头，无法回击。北风狼也大叫，让弟兄们节省子弹，只打靠近的鬼子，就这样僵持着，等待援兵。

天已过午，日渐西移，白狼沟里暗了下来，鬼子也不敢贸然进攻，还是一枪一枪地封着北风狼和柳叶刀的后侧。沟口突然响起了密集的枪声，听动静，有两支驳壳枪，五支冲锋枪，原来是红叶妹、红珠、红巧驰马救援，到沟口与快枪队三个弟兄汇合，一起冲进来。

白狼沟东边有一条通向江口镇的小路，红叶妹三人上午离开淞凌城，近午时分到了一个三岔口，三条路中，有一条正是通向白狼沟方向，离白狼沟约摸二十里地。红叶妹三人正在路边小店吃饭，准备饭后继续向江口镇赶

狼刀

路，就听见了白狼沟方向隐隐传来枪响，红叶妹意识到，一定是姐姐他们出了事，说不定是遇上了鬼子，从枪响可以听出有歪把子、三八大盖的声音。歪把子是日本大正天皇十一年（1922年）定型为制式装备的轻机枪，因枪托向右弯曲便于贴腮瞄准，百姓都叫它"歪把子"。这枪打起来声音很脆，嘎嘎嘎地很好分辩，但装弹动作复杂繁琐费时，射击中常因装弹出现半分钟左右的暂停，造成密集火力间断，所以离多远一听嘎嘎嘎的枪声时有间断，就能断定这是鬼子的歪把子。三八大盖初射速度较慢，子弹出膛穿过空气时间长了一点，发出较长的"吧——勾——"的回音，声音传得很远，所以也容易分辨。红叶妹正是从枪声中感觉到有鬼子在白狼沟方向，也许正在拦截北风狼和柳叶刀。三个蒙面侠女策马飞奔，不到半个时辰就到了白狼沟东口，隐蔽在土坡上的三个弟兄见来了援兵，一齐冲出来，汇合在一起，冲进沟里向鬼子开了火。

鬼子兵既要对付正面，又受到侧面攻击，一时乱了阵脚，慌忙后撤，在沟里留出了一个空档。狼刀帮弟兄们上马冲出林子，与红叶妹和兵一处，边打边撤，冲出了白狼沟。松本指挥鬼子追击，身后又响起了枪声，花狐带人从山上下来增援，拖住了松本的后腿。鬼子们顾不得追击北风狼了，只忙着回身对付花狐，北风狼等人趁机纵马冲出了白狼沟。红叶妹带五人做后卫，隐蔽在沟口，继续向鬼子射击，封锁了沟口的小路。鬼子受到前阻后袭，无法施展追击，北风狼一行迅速拐上白狼沟东侧小路，向三岔口方向驰去。红叶妹见鬼子已经被压制，调转马头，带着红珠红巧等人飞奔远去。

枪声停了，松本从地上爬起，北风狼一伙已不见踪影，身后的飞虎一队人马也隐入山林。到嘴的肥肉砸锅了，快要煮熟的鸭子飞跑了，松本忙活了一宿半天，还是落了个偷鸡不成倒蚀一把米。他气极败坏，大吼一串"八格牙路"，抢起豁口的军刀，朝身旁小树乱砍一气。无论他怎样歇斯底里，也望尘莫及，无法继续追击，只得偃旗息鼓，收拾残兵，丢下几匹死马，剩下的马匹驮着伤兵和死尸，垂头丧气地撤出白狼沟，折返乌林府。

激战后的白狼沟，硝烟未散，残阳如血……

18

负责断后的飞虎，很快赶上北风狼，报告鬼子已经撤退。红叶妹拨转马头，要去追击，柳叶刀一磕马肚，白色四蹄的"雪上飞"窜到红叶妹马前，拦住了她："不能再追了，松本老鬼子诡计多端，当心他使诈，杀我们一个回马枪。北峰山暂时也不能回去，没准松本很快就会放大水起跳子（带大队人马来抓人），我们不能都被堵在山里被人包了饺子，咱得在山外牵制鬼子，为山上弟兄解围。再说，响了（打了）好一阵子，飞子（子弹）不多了，尽剩些烧火棍了（没子弹的枪），赶紧派人回桃花渡开坟（挖掘埋藏的物品）。"

为了便于迅速撤离，打下王家大院后，他们把抢来的五箱子弹，埋藏在桃花渡桦树林里。北风狼命二瓜带两人四马，速去桃花渡取货，然后回来会合弟兄们，一起赶往鹰崴子。

狼刀帮除了鬼脸三和明水和尚在乌林府卧底、老四白羽鹰藏在江口镇，还有一个人叫常十三的赫哲人，多年来一直隐居松江上游丛林峻岭中一个叫鹰崴子的地方。崴子是江汊形成的小湖湾，四周有山围绕，水边林木葱葱，既隐蔽又安静，湖湾里有鱼，山林中有兽，吃喝不愁，最适宜休生养息。鹰崴子在北峰山东南二百六十里外，到江口镇一百多里，到都伦山也有一百多里，因湖边山崖上有一块巨大的鹰嘴石，当地百姓就叫它鹰崴子。崴子岸边有个汉、蒙、赫哲人杂居的小渔村，人口不多，是乌苏赫早年布下的一个秘密联络地，蓝旗帮一旦被打散，弟兄们可以到这儿来汇合休整。当年在抢掠柳汉庭之前，乌苏赫就派常十三，带着些金银细软潜伏在这里作接应。北风狼拉起狼刀帮前后，也有几次不顺，这鹰崴子就如同巢穴，能让他这只狼蛰伏在这里，舔舐伤口，养精蓄锐，徐图再举。

一场猝不及防的遭遇战，让北风狼损失了四五个弟兄，剩下十几个有几人也挂了彩，但马匹的脚力不太差，再跑个二百多里没啥大碍，两天就能到达鹰崴子。北风狼让飞虎带上两匹马，再次潜入乌林府，找鬼脸三弄些医治枪伤的药品，来回近五百里，两匹马倒换着，最多四天，就能赶回鹰崴子。

红叶妹又瞪起了眼："等他回来，弟兄们伤口早他娘的生蛆了！"

柳叶刀啐了一口："掌嘴！不干不净的，还像个女孩儿家吗？"

红叶妹并不收敛，却反唇相讥："打打杀杀这些年，血浸烟熏早已污浊了女儿身，还在乎腌臜了嘴巴？你红口白牙，倒是干净，能治伤么？"

这话顶得柳叶刀无语相对，北风狼却笑了："红叶妹子说得对，这红伤要不尽早扎咕（治疗），几天就能烂到骨头。可眼下没招啊，北峰山不能回，只能奔乌林府啊。"

"亏你还是个骑马挎枪走南闯北的爷们儿，不知道飞子不长眼啊？咋早没打算呢？"红叶妹虽然不讲情面，还在讥讽着，却从腰间摸出一个小皮囊。红珠也解下一个半尺长油亮的褐红色葫芦："我这还有点酒，弟兄们洗洗伤口，先上点药吧。"

皮囊里装的是那三爷秘方配制的治刀伤枪伤的红药，三爷知道红叶妹舞刀弄枪，早晚得挂彩，就给她配制了一些应急药品，装在随身小皮囊里，以备不时之需。红珠用酒葫芦给负伤的弟兄冲洗后，红叶妹又挨个上了点药。忙乎完伤口，北风狼催促红叶妹赶快返回江口镇，免得耽搁久了，走了风，让人生隙。柳叶刀说："这点药只能救急，红伤再短也得俩月才能封口，少

狼
刀

不了用药呢。乌林府还得去，这当口鬼子和官府都觉景了，一定在城里撒下了人，老五放机灵些，速去速回，别再漏了水（被人发现）。桃妹回去后也得小心，松本贼奸溜滑，刚才那一阵子打了照面，说不准这老鬼子已经瞄出了门道。醉胭街恐怕不会太平了，琴书楼得随时防风（警戒），动静不对麻溜撤火跳线（转移）。"

"甭惦记俺，当心自己，说不准啥时让仇人背后攮一刀子！我现在能走吗？我得和姐姐在一起，省得让人算计！"红叶妹乜斜着眼，瞟着北风狼，咬牙切齿，扔出一句狠话。

"妹子还是对俺疑心生鬼啊。这也难怪，谁让咱底儿潮让人掐住了把（让人掌握了把柄）。可咱不是野鸡（杂牌），狼刀帮行得正，坐得端，不干背后起屁（挑事）的勾当！妹子尽管放心。眼瞅上灯花（天黑）起溜子（刮风）了，麻溜紧滑（快走）！"北风狼虽说心里不大托底，却也凛然刚正，一身汉子气。

"甭撵俺走，俺得护着俺姐，这几年让你灌了啥迷糊汤，非要从大狱捞你出来，为了你又跟鬼子死磕，说不定还有啥流血挂彩的事呢，俺得替她顶着。你说，俺能走吗？"红叶妹坚持不离开，北风狼拗不过，只得让她跟随着，随后又派一个弟兄去了江口镇，通知老四白羽鹰，先送些嚼裹儿到鹰崴子，然后到麻达岭接应。

再次清点人马和枪支弹药，弟兄们各自明确了任务。北风狼一挥手，飞虎骑黑马挟白马登时蹿了出去，顺小路奔了乌林府。北风狼又吩咐一个弟兄，回北峰山给花狐报信，鹿砦封山道，倒木堵寨门，起吊桥，架机枪，严阵以待。猛子率两个弟兄做尖兵，纵马向鹰崴子方向先行探路，柳氏姐妹等与猛子先头小队拉开五六里左右，随在后面跟进。北风狼带三人断后，在路口隐蔽观察有半个时辰，不见异常，又等到二瓜三人赶回，这才驱马继续前行。

柳昏花暝，日暮途远，此时，狼刀帮众弟兄，似有那云横秦岭家何在，雪拥蓝关马不前的落魄，真不知前路凶险又如何。

19

三天之后，暮色下，一支鬼子护路队和早期日本山林队混杂的骑兵小队，正悄悄行进在松江上游一片老林子里。松本返回乌林府第二天，电话就打到位于宽城子（长春）火车站前西斜街南端的日本领事馆，通过领事馆调动了这支临时组成的骑兵小队，要在通往鹰崴子的半道上截杀北风狼和柳叶刀。当年电话虽然不多，但传递消息怎么也比马蹄快，可松本老鬼子是怎么算出来北风狼几点几分到达白狼沟？又是怎么知道北风狼要前往鹰崴子呢？

这个疑惑一直在北风狼和柳叶刀脑子里打转，数月之后，方查出根底。

鬼子骑兵设伏截杀的地点，是距鹰崴子约十多里地的麻达岭，这里已经到了龙江省，进入原始老林。当年经常有放山采参的人在此迷路，东北山里话迷路就是麻达山，于是这里就叫成了麻达岭。鬼子平常轻易不大敢进老林子，但这次他们仗着有地图、有指北针，还有拓荒团的日本流民带路，才壮胆进了麻达岭。

先于北风狼众人小半天，到达麻达岭通向鹰崴子的东坡出口一侧一道深涧边沿，二三十鬼子兵夜宿雪地，据守险要，以逸待劳。这又是松本老鬼子的花招，这个中国通读过西汉末年一个有名的战例，刘秀派大将军冯异抢占枸邑有利地形，严密封锁消息，紧闭城门，偃旗息鼓，让将士们休整。待对方疲惫赶到，大开城门，冲出城来，大败敌军。松本就想在此地照单抓药，仿制这一经典战例。鬼子骑兵小队领头的，是松本在日俄战争期间的下属坂田一男，当时只是个曹长，此时晋升为中尉，统领一个分队。松本盯着地图，在电话里向坂田口授机宜，帮他选定了这个伏击地点，他又是算好了时间，北风狼进入麻达岭必然放松警惕，且长途行军疲劳不堪，战斗力也将下降，这时出击，一定大大奏效。他仍然玩了个分兵包抄的把戏，让坂田分出一半兵力，埋伏在麻达岭中段，意在堵住北风狼的退路。兵力几乎一陪于北风狼的鬼子骑兵，装备可谓精良，又歇息了一夜，对付十来个有些狼狈的残余土匪，似乎已经没有悬念了。

早晨，狼刀帮数人迤迤拉拉拖着有一里地长的马队，行进在麻达岭下涧边小路，将要到达西坡出口了。北风狼似乎预感不祥，这一路跑来，虽说没遇到啥阻碍，可人困马乏之时，保不齐要出啥乱子。这是他多年厮杀江湖得来的经验，这深涧就像日日流淌的松江，越是风平浪静，越是藏着暗流，随时可能卷起旋涡。他抽动鼻子嗅着林中的空气，在狼群生活了两三年，已经练出狼一样鼻子，而且长年与马匹形影不离，熟悉自己这一群蒙古马的气味，甚至闻到马骚，都能分出是哪匹马尿的。他突然感觉到一种异样的马骚味，好像这附近藏着些东洋马，他把左手食指含在嘴里，沾上些唾沫，然后举手在空中，辨出了风是从麻达岭西坡出口处吹来的，如果那里真的藏有东洋马，就极可能藏着日本兵。环视左右，麻达岭山崖陡峭、森林茂密，深涧涛涌，让他猛然想起柳叶刀讲过，太平天国翼王石达开长途征战之后，在大渡河畔败于清军而被生擒的故事，这地形地貌和自己的状态与之何其相似？他勒住马头，侧身问柳叶刀："二当家的，记得你说过的石达开吗？你看这里像不像大渡河？"

柳叶刀闻听，悚然一惊，手下不觉一用力，勒得坐骑"雪上飞"昂头扬蹄直立起来，连声嘶叫。"大当家为何突然问起此事，莫非这里藏有伏兵？八成要窑变（出事）。"说着跳下马，让大家收缩队形，叫二瓜打开弹箱，迅速分发了一些弹药，再次上马，拉开距离，持枪在手，子弹上膛，谨慎前行。

然而，这觉察稍晚了一些，向前走了不到一里地，四下里已经枪声大作。

《孙子·虚实篇》中说："凡先处战地而待敌者佚，后处战地而趋战者劳。"这就是说，凡是先到战场等待敌人的，就从容、主动，后到达战场的只能仓促应战，一定会疲劳、被动。松本老鬼子教给坂田一男用了这一招，着实让北风狼受到几乎致命的一击。仓促中，有两三个弟兄中弹落马，火力减弱，大家只好下马，寻找有利地势作掩护，阻击敌人。小鬼子端着刺刀冲下山坡，已经逼近眼前，短兵相接之际，驳壳枪、冲锋枪换弹夹已经来不及，只好肉搏了。狼刀帮的狼头短刀，抵不过鬼子兵的三八大盖长刺刀，也挡不住鬼子军官的武士刀，又有俩弟兄被砍杀仆地。北风狼大叫，带领弟兄们抽出马背上捆着的缴获来的三八大盖，与鬼子拼起了刺刀。柳叶刀抽出盘在腰间青龙剑，这剑似乎是带有灵性，柳叶刀自从用了父亲留下的这把剑，武艺大有长进。此时，只见她剑如游龙，似白虹贯日，天外飞仙，左刺右劈，竖砍横扫，招招灵动。坂田原想欺她是女流，呀呀地叫着，一把尉官刀舞成蛇形，刀锋如毒信，死死缠住她。但柳叶刀矫健灵活，青龙剑犹如白蟒缠身，旋绕周身，护卫自己，一一破解了坂田莽夫一般笨拙的招式。忽而又如青龙探爪，一道闪电突向坂田颈下，险些封喉，坂田向后仰身躲过剑锋，柳叶刀就势翻掌，一招燕子抄水，划开了坂田的衣领，颔下立刻渗出血来。坂田大叫，俩鬼子兵冲上来，两把刺刀架住青龙剑，柳叶刀左手抽出狼头短刀，孤雁出群，直奔鬼子咽喉，猿臂一展，锋利的刀尖，一起挑开了俩鬼子短脖上的大动脉，飞扬的尘烟中，溅起了两道血色喷泉。这一招一式刚柔相济，蕴含玄机，身形轻快敏捷，步法韵律有致，潇洒飘逸，恣意挥舞，乍徐还疾，恰是一舞剑器动四方，让北风狼不由嗷嗷叫好。

那一边，六个鬼子把红叶妹、红珠、红巧围住，二对一，刺刀紧逼，又不真下死手，看来是想活捉她们。怎知这三姐妹美如西施，艳赛貂蝉，不输环肥燕瘦，看似弱不禁风，真动起武来，却个个如同花木兰、穆桂英。红叶妹长鞭如蛇，缠绕于身，仿佛鳞光护体；红珠弯刀似月，左抵右挡，刀刃上火花迸溅，恍如弯月戏流星；红巧双钩铁爪，上下翻飞，钩喉叨眼，让鬼子血肉飞溅。打斗中，红叶妹右手挥舞铁鞭，缠住了鬼子两把刺刀，左手掏出驳壳枪，连续敲开了俩鬼子的天灵盖。趁鬼子惊愕，红巧左钩突发，又一个鬼子胸前连衣带肉被撕下一大块，紧跟又出右钩，铁爪咬住他心窝，生生拽出个血淋淋的肉蛋子。红珠灵巧地缩身绕到鬼子身后，弯刀一勾，又一个鬼子被划开了脖子。剩下两个扭头便跑，红叶妹甩出铁鞭，绊住一个鬼子左腿，把他摔了个嘴啃泥，红巧赶上去，一钩掏向后心，红珠抛出的弯刀，转着圈飞向另一个玩命奔逃的鬼子，准确地插进他的咽喉……

狼刀帮越战越勇，山林里杀声一片。北风狼一杆长枪，金蛇狂舞，翻江倒海，又忽往复收，白光翻飞，连续刺杀了两个鬼子，豁开肚皮，挑出肠子，抡起枪托，打掉大牙，砸出脑浆。这伙鬼子兵尽管不是正规部队，却也十分严格地遵守着《步兵操典》，拼刺时，都退出了上膛的子弹。土匪可没这些讲究，更没这规矩，溜子们刺杀不精，抵挡不住，得空推上子弹就开了枪，有的打穿了鬼子天灵盖，有的打得鬼子胸口迸血。坂田吼叫一串叽里咕噜的东洋话，埋伏在后面的鬼子，哇哇叫着来增援。狼刀帮力不敌众，渐渐退却，北风狼喊着，让弟兄们收缩到一起，肩靠肩围成一圈，刀尖朝外，相互护卫，与鬼子对峙着。

突然，四匹快马从麻达岭西口外冲了进来，驳壳枪连续点射，又打倒了几个鬼子。早一天到达鹰崴子的白羽鹰，带着三个弟兄赶来接应了，鬼子一时乱了阵脚。四匹马、四支枪，形成了一道屏障，北风狼、柳叶刀等，趁机上马，边打边退，冲出了麻达岭。

猛子和二瓜在小路口翻身下马，迅速布下一串拉出弦的手榴弹，用细绳子连成难以查觉的绊马索。坂田重整队伍上马追击，刚过路口就被炸得人仰马翻，滚落马下的鬼子兵，又被担当后卫的白羽鹰四人一阵扫射，打得血肉横飞。坂田一男只得丢下一堆尸体，落荒而逃。

20

白狼沟、麻达岭两场鏖战，狼刀帮虽有损失，但小鬼子也没占大便宜，而神探关胜却有意外斩获。淞凌城烧塌架的王家大院，让陈年旧案初露端倪，关胜开始顺藤摸瓜，探囊取物，希图揽月归山。

经那三爷辨认，关胜带回的金块，确是大东山那些年出产，由乌林府解纳朝廷的。金块虽大不过鸟卵，长不过半截小拇指，但在熔铸金沙时，用的是大东山特有的模子，且熔铸技术低劣，因而金块表面稍显粗糙，上面还留有小米粒大小的些许凹痕，这就成了大东山金块的特征。这也证明，这两块金子，就是柳汉庭所抢的乌林府向大清朝廷最后一次进纳，而后流入市井的。坊间早有传说，光绪年初期，有个鄂伦春族老猎人在大东山里小河边挖坑葬马，顺手在河里捞起一把河沙，发现河沙中几乎都是金沫，消息传开，大东山热闹起来，两年间就盗采十多万两金子。三十多年来不断地开采，大东山向朝廷交纳了几百万两黄金，而且还传说有人顺着河床盯着金苗，发现了矿脉，并绘制了金脉图，这金脉图后来被柳汉庭抢走。辛亥革命以后，大清没了，大东山的金子不用再上解朝廷，说是这金矿都归了民国。其实各路土匪和大小军阀一窝蜂似的争抢开挖，不仅死人无数，疯狂的盗挖也毁了山

狼刀

林河谷，大东山里的小河就断了流，金脉也断了，金脉图多年下落不明。关胜就是为这批金子和金脉图追踪多年却一无所获，不想在王家宅院发现了金块。

王通手里怎么会有这原本应当上解朝廷的金块呢？他的发家是否与这金块有关呢？柳汉庭会与王家有何勾结？关胜想起当年调查此案时，曾走访过在省内有相当影响的永衡官银钱号，就发现一些碎金子与大东山被抢的金子有极其相似的特征，这说明，有人把金块砸碎进行兑换，但当时兑换金银并不需登记身份，所以无从查找兑换人，线索刚露头就断了。

这批金子没给大清，也在咱民国，也在咱民间，也是咱百姓用了，柳汉庭死了十几年，你还能治他的罪？这案子查不查都没有多大关碍，那三爷这样认为。关胜却坚持，这批金子应当归属乌林府，咱在官府当差，吃着俸禄，就得替人效力，就得追回这批金子，再说还有金脉图呢，找回来，总归是对国家有利啊。那三爷掂着胡须沉吟着："既然在淞凌城和乌林府都出现过大东山的金子，那说明，柳汉庭一定是用了这些金子，所以柳氏家族当年一度兴盛起来。但金脉图不可能出手，柳叶桃不过十岁，柳汉庭可能把这么重要的东西交给一个不谙世事的小姑娘么？况且，意外难料，柳汉庭可能根本没有机会对柳叶桃有所交待。而乌苏赫也并没有抢到这张图，否则，他也不会多次对柳氏家族的残余反复查抄，至此仍无下落。所以，可以断定，柳汉庭一定是早早就把它藏在了一个隐秘的地方。"

"当年抢劫朝廷贡品之前，为防备官府追杀，柳汉庭事先就变卖了房屋，带着家人潜出乌林府，在桃花渡北岸三十里的青岗村藏身。不出两年，买地盖房，开铁匠铺，开榨油坊，办山货庄，建小学堂，成了那一带的大户。几年后，柳汉庭死在乌力嘎刀下，这个家族便衰落了。青岗村的房屋产业都被蓝旗帮掠抢，被族人被瓜分，而余下的金子和金脉图却一直没有下落。这说明，那张图不在青岗村。"关胜当年查案，对此了解得很清楚，他一直认为，金脉图是在柳叶刀手里，或是在北风狼手里。听了那三爷的分析，他对自己的判断有了置疑。乌苏赫即使抢到了金脉图，似乎也不会交给当年吊儿郎当难负重任的乌力嘎。"师父说的对，我原先的分析把自己带进了死胡同。现在看来，柳叶刀和北风狼都不可能知道金脉图的下落，按北风狼的品性，真要得了金脉图，一定会大肆张扬，待价而沽。因为狼刀帮需要钱，需要更多更好的武器！所以，金脉图一定如师父所说，是藏在一个隐秘之处。"

"这些年，我总在想，柳汉庭多少有些文人士大夫的风骨，既然会有家国情怀，何以置失去的老宅而不顾呢？或许发迹之后，已经人不知鬼不觉地买了回去？"那三爷进一步推测。

"师父所言极是，风骨、情怀，我不大懂，但柳汉庭已经有了相当的实力，他绝不只心甘屈居青岗小村一隅，必然图谋再举。买回老宅，正是为他将来杀回乌林府做准备。那么，师父的意思是，金脉图有可能在柳家老宅？"关胜猛然明白了那三爷的点拨。

"老夫只是猜测，如若验证，则看你这神探的功夫了。"那三爷仙翁理须，释然而笑。

别过师父，出了晋隆胡同，关胜一路直奔"西门脸儿"。乌林府老城以临江门为起点沿西边城墙有一条街，叫顺城街，顺城街北首路东是戏园子丹桂大舞台，从顺城街往北偏西是一条叫做锦城坊街的小街，这里既连通将军衙，也通向临江门，是城里较热闹的地界，一说"上西门脸"，大人小孩都知道那一带好玩。关胜此时可没有玩心，他像是要在这热闹之处，在车水马龙的市井通衢，找寻并破解那些丢失的迷茫。

要说这里是市井通衢，那是真不含糊。若站在西门脸向东一瞅，挨排有尚义街、南河沿、牛马斜街，有夹信子胡同、辘轳把街、后鱼行胡同、前鱼行胡同、臭皮胡同、全盛永胡同和万和当胡同。这些路段，两边尽是商号、饭馆、医院、当铺等商家。商号多是杂货铺，饭馆都是小馆，临街还有不少掌鞋的、弹棉花的和卖旧衣的。全盛永胡同口往西南到路南的万合当胡同口，云集一串烧饼铺，多用缸炉和吊炉制作各种烧饼，最引人垂涎的是芝麻瓢和蛤蟆吞蜜两种。还有些小饭馆，临街设炉灶烙馅饼、锅烙、筋饼、包饺子、包子，压饸饹面等等。街上几个地方，都有穿黑色制服的巡警手持大枪站岗，维持治安和疏导交通，巡警通常是"站三歇六"即站三个小时岗，歇班六个小时。那时，百姓对巡警不大买账，常与他们发生争吵，并引来路人围观起哄，这也是街上一景。走在这热闹里，关胜熟视无睹，心如止水，脑子里却在剥茧抽丝理乱麻。他直觉柳家老宅就应当在这一带，到底藏在那个旮旯里，柳汉庭是否真的赎回了老宅，还须苦费一番心思。

一连好几天，关胜都穿着便装，在西门脸这一带几家不大的小金铺小银号溜达。既然乌林府曾出现过大东山的金块，那就还会有人再来兑换，永衡官银钱号太大，人多眼杂，恐怕走风，他们只能选择小一点的店铺。关胜分析的不错，果然，在这几家小店蹲守几天后，真发现了线索。一个叫益和当的小铺，经营金银器皿典当，也兼营金银兑换。这天，关胜在这里看到一个老头哆哆嗦嗦走进来，摸出半个指甲盖大的小金块，换走了十块大洋。关胜向老板亮了身份，仔细查看这金块，果然有大东山的特征。随即跟了出来，远远看着老头进了锦城坊街。他眼珠一转，便去找李半仙。

锦城坊街北头路西，石阶上一顶破布伞下，几块青砖撑着三条腿的木桌，散了边的纸折扇，摇得扇面上的大肚弥勒迷迷糊糊睡眼朦胧，摇扇的主却扣着圆圆的黑墨镜，尽管一只镜腿已经用麻绳替代，半旧的青蓝色阴丹士林布长衫和帽正上嵌块花玻璃的六角瓜皮，却颇有些倒驴不倒架的气势，这便是自吹自擂名气不凡的相面先生李半仙。他常说自己天上的事知道一半，

狼
刀

地上的事全知道，连捕快办案也要找他翻翻周易，按图索骥，哪怕结局是刻舟求剑缘木求鱼，也能混俩大钱儿糊口。关胜此来，并非求仙问道，而是童子探路。他知道这半癫半仙之人，对街面上的风吹草动，好似把玩于股掌之中，谁家儿女婚嫁，哪条胡同死人，啥时刮风下雨，何处房屋易手，都逃不过他两穴顺风耳廓，都吞吐在他三寸不烂之舌。

半仙，神探，可谓乌林"名士"，总不免惺惺相惜，间或互通有无，其实各取所需。

"神探不问仕途财运，不听婚丧嫁娶，不追哪路佛爷（小偷），此来何为？"半仙笑问。

"当差吃晌，升降福祸，均听天命，管不了谁嫁谁娶，天暖天寒，总得有个一庐半厦，遮风挡雨。当请半仙指点，大路朝天，何方能购得小窗明月，垣壁帷幄？"关胜戏谑回应。

"大刀关胜岂是无处栖身，高庐阔庭，灯火笙歌，任凭肆意。再寻小窗明月，可是金屋藏娇？外室偷欢？"半仙越发癫狂。

"扔块窝头就蹦高，蹬了鼻子就上脸，娶正室，养偏房，你他娘的管得着吗？"关胜懒得再跟他半儒半仙咬文嚼字，张口吐了粗话。接着明侃："这周围近年可有像样的院落大宅出手？说来听听，晓得价钱流水，走高走低，倒倒手，也能赚俩。半仙自然也有茶水滋润啊。"

一问一答，一推一挡，听上去热闹，却暗藏玄机。李半仙并非不食人间烟火，也是无利不起早的皮条捐客，听得茶水滋润，自然乐得效劳。顺城街中腰冯姓军爷早两年置了高门影壁，翠花胡同淞凌城富户王通秘购私宅，锦城坊街四合小院原主回归高价赎买，后鱼胡同新开一处暗门子……有用没用好听孬听，一股脑竹筒倒豆，稀里哗拉，都卖给了关胜。

扔下十个铜钱，关胜扬长而去。在锦城坊街口掌鞋铺子坐到后半晌，情况摸了个八九不离十。原来早在十年前，这取名半壁书屋的四合小院，果然是被柳汉庭秘密赎回，却一直没有归迁，由一个半傻老汉掌管，靠出租或典当为生。现居此处的是四家平民，相安无事，其乐融融。

关胜绕着小院走了三遭，青墙灰瓦，炊烟缭绕，夜幕低垂，扑朔迷离……

第五章　姐妹恸忆江湖事

仇未消恩难断恨别狼主，琴书楼悲情恸泪忆当年；
闯江湖历劫难天各一方，刀剑笑巾帼豪生死契阔。

21

时至初冬，松江下游那个湖湾上强劲的北风已经吹得水面结了冰，天蓝地白光芒耀眼，四周群山却是青黛横陈，恰如水墨丹青。狼刀帮弟兄和柳氏姐妹们纵马从冰上驰过，一路奔向鹰崴子下的小渔村。

渔村最边上鹰嘴崖下靠近湖岸有三间独立小屋，尖尖的屋顶像是赫哲人的撮罗子，尖顶下的屋子却比撮罗子大许多，赫哲人的撮罗子是用树干竖起的直立的棱形，没墙没窗，只是在耸起的树干中间开个口挂上棉布帘子当作门，再挖个洞，伸出烟囱。这三间小屋，是十几年前常十三秘密隐入鹰崴子时，选择了鹰嘴崖下最有利的地势，把赫哲人的撮罗子和汉族人通常的房屋结合一起，修建了造型独特的有门有窗的三间小屋，屋后有一条不显眼的小路，直通鹰嘴崖，如有不测，即可迅速撤向鹰峰。鹰峰上的鹰嘴崖下有个山洞，名为鹰嘴洞，据险可守。乱世之中，可为义匪侠盗最佳藏身之处，足见当年乌尔汉·乌苏赫的心机。

白羽鹰前一天赶到鹰崴子，带来一些弹药粮草酒肉，常十三就明白，狼刀帮遭遇劫难了，不到危急关头，北风狼是不会轻易启用这个隐秘据点的。此时，常十三早已烧热了土炕备好了酒肉，还熬一锅草药水，准备给弟兄们清洗伤口。他站在湖边，手搭凉棚向冰上眺望，湖上的风吹起他雪白的边鬓胡子，酷似一尊白头老翁。远处，一串黑点渐渐清晰起来，常十三嘴里默默地点着数，一个、两个、三个……十八个，他心里一沉，狼刀帮一百多弟兄的大绺子，难道真的元气大伤，只余寥寥十几人？

疲惫不堪的北风狼一行，被湖上寒风吹得手足僵冷，马在冰上也跑不起来，只能小步巅着，到达渔村时，大伙已经冻得说不出话来。常十三楞楞看着眼生的红叶妹三人，却不及多问，忙把大家领进小屋，大声吆喝着，不让人靠近小屋当中烧着熊熊火焰的土坯炉子，马上拿木盆装了一盆雪，端进屋

狼
刀

来给大伙撮手撮脸撮脚。忙乎了好一阵，手脚缓了过来，脸上也有了些红润，待酒肉上桌，一番狼吞虎咽之后，北风狼这才说明白狼沟麻达岭遭遇袭击的原委，并介绍了红叶妹三姐妹。

这几年北风狼一直隐瞒常十三的来历，同时也是隐瞒自己是乌尔汉·乌力嘎。既然现在柳氏姐妹已经知道了真相，北风狼也就向柳叶刀和红叶妹三姐妹亮明了常十三的身份。一听常十三是蓝旗帮的人，柳叶刀脸色一变，红叶妹更是杏眼圆瞪，随即操枪在手。北风狼慌忙拱手："十三叔早就离开蓝旗帮到了这里，那年柳家变故与他毫无干系，二当家和红叶大当家万万不可把十三叔当作仇人。"

得知狼刀帮大绺子尚在北峰山安好，北风狼一行只是暂避鹰崴子，常十三刚松口气，却又被柳氏姐妹置疑。惊愕之余顿时明白，当年乌力嘎失手误杀了柳汉庭，乌柳两个氏族火拼，柳家唯独留下这两姐妹，十几年风霜雪雨刀剑血火，却又懵懵懂懂与仇人之后结为同道，这里面有多少纠缠不清的旧仇，有多少剪不断理还乱的情恨啊。他不禁长叹："世道罹乱，变故难料，冤家路窄，恩仇亲疏。孩子们，还是度尽劫波，相逢一笑吧。戮力同心，驾长车踏破贺兰山缺，咱从头收拾旧山河。"

一番话语，柳叶刀听得明白真切，常十三气度颇大，意在化解旧怨，避免新仇，狼刀帮前途未卜，北风狼、柳叶刀仍需共赴水火，绝不可再两败俱伤。但柳氏姐妹一时难以消解心头之忿，红叶妹仍是瞪着发红的眼睛，叫着："说得轻巧，狼刀噬血，岂是一两句劝解能洗得干净？暂且放下世仇不说，俺姐妹羞悔与仇家为伍，还是分道扬镳吧！你走你的阳关道，俺走俺的独木桥，你这狼窝子不是俺的落凤枝，俺也不沾你狼刀帮的英名！"

尽管家道中落，历经劫难，柳叶刀仍未脱尽闺中岚香，当然也是明事理的。她深知，多年拼杀在江湖，刀上也是染了血的，仇恨如一味中药，性寒、味苦，微涩，适当利用，可磨砺复仇的力量，若总是给自己灌这混汤子，那就如同在体内沉积着更多的怨恨。这怨恨，集聚成一枚不知何时起爆的定时炸弹，说不定什么时候就爆炸，但受伤乃至消亡的，是结下怨仇的双方，生命将在仇恨的怂恿下分崩离析……况且，当下共同的仇敌是横行的倭寇，炎黄子孙岂能自相杀戮？可是，当年迷案无解，即使真的是失手，父亲究竟还是死在北风狼的刀下，哪怕他是自己意下夫君，心里的恨意疑惑却仍然不能释怀。妹妹喊出分道扬镳，这也许是目前唯一能够暂且解脱情恨所累的办法，分开了，或许会平静下来，让身上滚烫的复仇的冲动也冷下来，这是明智的。这与对鬼子的仇恨毕竟不同，说到底，也还是自家的事，对自家同胞，当如古人所说，忧则天地皆窄，怨则到处为仇，哀则自己束缚，怒则大敌当头，生死轮回悲喜事，不动干戈致太平。柳叶刀这样想着，已然做了决定，冷脸起身，虽是面壁，却是说给北风狼听的："打打杀杀这些年，柳叶刀身上也多了些狼性，虽说家父也曾铤而走险，也曾屠戮生灵，但这绝不是柳氏门风，我姐妹岂能再甘于为匪？虽不能反目，却难再同码，到了该拔香头的时候了。大当家如何处置，随你。"

"不行！这是散伙，咱又没犯帮规，拔香头用不到咱身上！再说也是他有错在先，咋就能由他处置呢？要依着俺，早一刀插了他！俺不想再惹上一身狼骚，麻溜送我们上线（上道）！"红叶妹跳脚叫着不答应。

"这话说得在理，闺女们没错，可大当家当年也是不知就里，实为意外失手，咱不可就此结怨为敌啊。"常十三知道柳汉庭的死因，却无法为北风狼证明辩白，只能再次劝解。

自从得知父亲是死于北风狼之手，柳叶刀心情极为复杂，仇人、恩人、情人、兄弟集一身，她如何向北风狼寻仇？一连多日奔突厮杀，没功夫细想，这时刚刚安顿下来，酒还没喝完，按压不往内心怒气的妹妹就发了火，但柳叶刀对北风狼是下不了手的，又劝不了妹妹，只好向常十三抱拳："常老英雄，莫怪柳叶刀不顾狼刀义气，实为家仇在身，又无法向兄弟讨债，心中两难，只得出此下策。老英雄不必再费口舌，我去意已决，此番别过，并非阴阳两界，也许什么时候，绺子典鞭（土匪会合），或许还能对盘道（见见面），那就看咱们的缘分了！"柳叶刀说完，抽出自己那把狼刀放在桌上，环顾四周，抱拳道别。

心情同样复杂的北风狼一直没开口，他知道，当年那一刀失手，终将无法面对柳叶刀，散伙分手必不可免，这也许是平和的结局。他伸手止住欲上前劝阻白羽鹰、猛子等，端起一碗酒："二当家的，不，柳大侠，狼人负于柳家，欠了你的，红叶妹子就要摘俺的瓢（砍脑袋），俺都没二话。今日大侠留得俺一条性命，总有一天，狼人当涌泉相报！"

虽然话语相当豪气，北风狼却已然泪眼模糊，再说下去必定哽咽，忙仰头举碗一饮而尽。

然后，郑重地重拾狼刀，双手捧到柳叶刀面前，用少有的温柔说："这狼刀你还是带着吧，不说留个念想，可赶到碾劲时（关键时刻），还能护身啊。"

柳叶刀心如刀绞，热泪喷涌，她强抑哭声，抓过狼刀，夺门而去……

22

日上三竿，雪光耀眼，柳叶刀、红叶妹、红珠妹、红巧妹四匹马，箭一般穿过墨绿色的松林，奔下跌宕起伏的山岭，在逶迤蜿蜒的雪原上飞驰。

迎面而来的寒风，吹得柳叶刀热泪骤然冷却，冰得脸上生痛，马背上颠簸几十里，路面趋于平坦，她的心也由狂乱芜杂渐渐安稳冷静下来。缠不完

狼刀

绕不尽理不清割不断的乱世奇缘情仇纠葛，不知将会演绎出怎样的繁乱，但柳叶刀知道，至少自己的枪口和刀刃，是断然不能指向北风狼的，因为她的腹中，已经种下了他的骨血。尽管他们不愿乱世中再添儿女累赘，更不想孩子一出生就遭受磨难，让鬼脸三配制了草药，不经意间，孩子还是来了。此时，发生如此惊心变故，她又怎能与孩子的父亲为敌？北风狼对此尚不知情，否则，无论如何也不会放柳叶刀出山。柳叶刀马上愁思，不觉已到午时，离开鹰崴子匆忙，未及备好干粮，姐妹几人早已饥肠辘辘了。红叶妹四下巡看，旷野无人，何处打尖？正愁时，对面驰来两匹马。

几天前，飞虎从"一贴堂"取了些药品，两匹马轮换着赶回鹰崴子，恰与柳叶刀在此相遇。飞虎问明缘由，执意要与她们同行，柳叶刀说，弟兄们等着治伤，不可耽误，再说，飞虎私下离开绺子，是反水（叛逃），狼刀帮将来必取他颈项人头，此事绝不可为。

这飞虎原名叫虎子，是老金沟金耗子堆里的小混混，那年柳叶桃改名青儿，也在老金沟做饭洗衣，沟里有歪心眼的，几次想欺侮这漂亮妹子，虎子都帮着她护着她。因护身反抗歹人欺凌，青儿露了拳脚功夫，虎子缠着她学艺，便结拜为姐弟，并让自己的两个小哥们也认了姐，一起抱了团，这才得以在那险恶沟壑里厮混下来。后来老金沟遇劫难，她带着小哥几个出山，辗转于江口镇、古洞河、淞凌城一带，乞讨、行窃、劫富、袭警、抢马、夺枪，马上身手刀枪功夫日臻成熟，便成了一个小绺子土匪。柳叶桃惯用刀剑，又极崇拜抗金女将梁红玉，绺子名号便叫"玉刀红"，青儿改名为玉刀红，虎子也改名为飞虎。那一年，官府大举剿匪，玉刀红带着小兄弟们逃命途中，遇上被打散的狼刀帮，北风狼早已闻听"玉刀红"的江湖传说，且对她有过援手，危难中，正当相互帮衬，便合二为一，裹成了一伙。现在，狼刀帮分兵两处，正需人手，飞虎一起，必然带走一伙人，柳叶刀绝不会让狼刀帮分裂，严令飞虎速与大当家会合。飞虎无奈，只好把身上仅有的两个窝头留给她们，便奔了鹰崴子。

别过飞虎，姐妹们嚼口窝头，打起精神，挥鞭打马直向江口镇。

大半天加半宿跑了一百多里地，子夜时分，她们到了江口镇。这时，大雪从天而落，旋风卷着雪粒，打得人睁不开眼，但也恰恰掩护了这一行风雪夜归人。红叶妹引路，红珠殿后，柳叶刀和红巧居中，来到镇外一个骡马店，这是"七侠妹"专门藏马的地方，也兼外围警戒。红叶妹伏在桦树樟子外，拉动一根绳子，土屋内响了几声铜铃，一个驼背老汉巅巅地跑出来，把马牵进了院子。姐妹们藏了马，徒步进了镇里。醉胭街高矮不一的屋檐下，一溜红灯被雪遮得半露微光，烟花巷子里还在断断续续传出幽弦低唱，街面上不见一个人影。黎明前浓重的雪雾掩护下，人鬼不惊之中，一行身影闪进了琴书楼。

这是"七侠妹"经营数年的"家",是乱世中姐妹们的栖身之处。离开那府闯荡江湖的柳桃妹,与几个流离失所无家可归同命相怜的姐妹结了伙,这一帮从小未缠过足的大脚妹们,上过山,进过老林子,也在木排帮里开了女人放排的先例。但女人闯山趟水总不是长计,终归是要有一个安稳的地方,便选江口镇长年落脚。"七侠妹"个个容貌不俗能唱能打,平常多在这松江木排集散地江口镇醉胭街琴书楼卖艺赚钱,琴棋书画,笙歌戏舞,样样出色,却是卖艺不卖身。偶有分班出行,干些杀富济贫扰官抚民的绿林行当,却藏了刀枪做女红,官府为之恼怒追剿而难觅其踪。大姐红叶妹主外,二姐红莲妹掌家理财,带着几个妹妹弹琴唱曲迎宾送客。三姐红杏妹嫁给长春道台府的金师爷,当了外室四姨太,实为卧底。四妹红花、六妹红芝唱功极好,多在家里待客,也兼护院。五妹红珠属巾帼须眉女中汉子透着英武帅气,七妹红巧是小巧玲珑面若桃花身轻如燕,二人马术又精,常随红叶妹出行。

口字型上下两层八间居室的琴书楼,位于东西走向的醉胭街中段,左右毗邻都是青楼艺馆,但这里却从不留客过夜,因此,楼内没有外人。二楼最西侧一间是红叶妹的房间,西窗外不足两尺,就是隔壁珠香院的东墙,如有突发意外,跳窗而出,踩着墙壁溜下去,转眼隐身胡同,或顺墙攀上去,从鳞次栉比接肩连踵的屋顶,一溜烟就能逃向镇外。烟花窑子一般都在下午才上客,窑姐艺妹也都在中午才起身,所以,上午时间,这里是很清静的。凌晨起来的红花妹,收拾完昨夜待客的凌乱,才开始操持午饭,又悄悄叫醒红莲妹,让她到街上看看动静,顺便买点酒菜。

柳叶刀疲惫不堪,睡在红叶妹屋里,直到午后三时,才被楼下的琴声唱声扰醒。红巧端来热水,让她洗了脸,又送来小米粥鸡蛋饼咸萝卜,柳叶刀端起碗,忽悠一下惊觉,这是什么地方?红巧笑说:"大姐,这是俺七侠妹的琴书楼。您就放下心来,吃饱了再睡会,红叶姐一会就回来了。"柳叶刀疑惑:"怎么?红叶没在这里?"红巧回应:"红叶姐天刚亮就到江岸去了,她要联络白羽鹰的手下,因为狼刀帮二当家在这里,如有意外,可联手互应。"

正说着,红叶妹进了屋,柳叶刀忙问:"碰上脉了?"

红叶妹说:"码不多,白羽鹰带走三个,只剩两个,一听你来了,马上就要过来,我拦下了。让他们枪不离身,随时接火。"

柳叶刀脸上现出不快:"我不想再与绺子有什么瓜葛,为啥还找他们?"

"虽说这江口镇偏远一点,但咋说也是大镇子,保不齐啥时官府和鬼子就来了,镇上还有警察所,万一走了风,俺琴书楼先得自保,你在这里不能露面也藏不住身,就得靠他们接应。"红叶妹掏出一张江口镇镇地形图,比划着说明醉胭街和琴书楼位置,及最近最安全隐秘的撤离路线和白羽鹰手下

狼
刀

接应地点。

　　见妹妹已安排妥当，柳叶刀只得暂且如此，便在琴书楼住了下来。直到这时，姐妹俩才有工夫互相道出柳家遭难后这些年各自的经历，忆起伤痛往事，不由悲涕肆流……

23

　　丧父失妹无家可归的柳叶桃，逃离了桃花渡北岸那个青岗村，背着一只古琴，藏着一把古剑，一边到处流浪，一边寻找妹妹。时年，满清统治被推翻，小皇帝被赶出了紫禁城，民国却依旧是个烂摊子，河山破碎，满目疮痍。一个孤女，上无片瓦，下无立锥，无以为生，凄惶无助，只得改姓更名，靠着自幼学琴习武的薄技，卖艺乞讨，风餐露宿，颠沛流离，吃尽苦头。

　　春天，桃花雪水漫江涌涨，江口镇松江木排集散地热闹起来，放排的汉子上岸来酗酒嫖妓赌钱听戏。他们发现，滩头堤岸叫卖的和伸着脏手要钱的孩子以及站街揽客的雏妓中，多了个蓬头垢面瘦骨嶙峋的古琴女弹曲乞讨，脚下一块破布上，散落着零星铜板和毛票。柳叶桃已自己改名叫了青儿，披一块烂狗皮遮身，缠一团靰鞡草裹脚，一路弹曲讨饭，熬过冬天，到了江口镇。白天弹唱讨几枚小钱糊口，夜晚蜷缩在沙滩上木排堆的缝隙里，盖张破油纸露宿，靠着放排工豪爽接济，木材商阔绰施舍，混过青黄不接的春荒。等到一拨一拨放排人赌输了，喝光了，窑子里散尽了血汗钱，光着身子拉着纤绳逆江而上返回山里，一批一批商人们带着木材上了车上了船，也带走了江岸的热闹。青儿便和一群小乞丐挪进了镇里，白天，在石板路边弹曲卖唱，晚上，和小乞丐挤在街口破庙里，破瓦片下拢堆火，煮着残羹剩饭，有时，肚子里填了些食，便撂下古琴，舞起拳脚，和小叫花子们胡乱比划两手，权当苦中作乐。灯红酒绿日夜笙歌的醉胭街上那个珠香院的老鸨，一眼看出这小妮子污垢里藏不住漂亮盘子，假惺惺收留了她，等到养大接客赚钱。青儿白天能吃上两顿稀饭，晚上有了被子盖，生计有了着落，不再奔波乞讨，两年下来，出落得越发漂亮，亭亭玉立，面若桃花，在金珠玉珠两位师姐的调教下，琴艺见长，唱功渐熟，老鸨便逼她接客。手捎脚踢，棒打鞭抽，她死不屈从，心里仍惦记着妹妹，一天夜里，挣脱绳索，偷出古琴，又逃离了江口镇。

　　那年正值夏末秋初，青儿一路吃野果喝溪水，悄悄返回淞凌城，却又怕露出柳氏后人的身份，更不敢贸然打听，只能靠着走街串巷弹琴唱曲换块窝头大饼填腹充饥，在人家门外窗下暗窥偷听，寻摸妹妹踪迹。长大些的青儿，很难再得到施舍，又不肯卖身，眼看又到倍加难熬的冬天，便进了一个

"落子"班。"落子"是用评剧曲调编曲唱故事，后来演化为东北的"二人转"，是当年普通百姓苦中寻乐的极简方式。这一个冬天，青儿一直跟着落子班走村串户混口嚼裹儿，搭个马架子栖身。谁知到了第二年初春，班主居心叵测，要强占水灵灵的青儿，纠缠厮打之中，青儿抽剑护身，锋刃直逼班主咽喉，他只好咽口唾沫，扪下邪欲，瞪眼干瞅着她奋然离去。

青儿跑到桃花渡，遇到一伙要进山的采参人，闯关东来的参把式棒槌爷怜悯零丁孤女，又听她说老家是山东濛山，就收留了这个小同乡，带她进了大东山。从春到夏，从秋到冬，往复一年之久，又一年初冬，许多参帮都下了山，只有棒槌爷这一伙，仍然留在山上。棒槌爷说，下雪了，人走了，山静了，雪下的棒槌在等着咱，咱消停地慢慢地踅摸，没准就能碰上运气。不久，果然寻到一株九品叶，一株五品叶，可这多年生长的珍宝老山参，却给参帮带来灭顶噩运。从清朝封禁东北开始，偷采人参者就从来没有断过，以致关内百姓甘冒杀头流放之险越边盗采，大清朝不得不对违规者施以重刑。康熙年间"私向禁地盗采人参者，为首拟斩监候，妻子家产牲畜并所获皆入官；为从者鞭一百，家产牲畜并所获皆入官，妻子免其籍没。"至光绪年监管更甚，虽然如此，因采参获利巨大，仍有许多甘冒风险者。到了民国，采参限制少了，但抢参掠财的土匪却多了，参民生计愈发艰难。那年，棒槌爷藏着宝物趁大雪下山，出窝棚行不远，刚翻过一道雪岭，就被两支土枪顶在了胸前，贼亮的短刀剥开老羊皮袄，长满青苔略有湿润的松树皮包裹着的那支九品叶，还带着棒槌爷的体温，却进了土匪皮囊。那时山里抢参匪帮有个规矩，抢参不杀人，尤其不能杀参把头，那会自断财路。这两个土匪得了老参，其中有个疤拉眼的便要照规矩放了棒槌爷，另一矮个却鬼眼钻镳，说这老家伙赶大雪下一趟山，一定不只这一支参，肯定还有别的值钱宝物，说着就朝棒槌爷脚上一双大靰鞡摸去。那支五品叶真就藏在其中一只鞋里，棒槌爷岂能让两年心血尽数被掠？一抬脚踢翻了他，抢起采参的赶山杖迎面扫向疤拉眼，疤拉眼势忙向后仰头躲闪，棒槌爷的赶山杖倏然划弧，一个燕子抄水，打在他腰间，这一击力似千钧，一下了把他打进了雪窝。棒槌爷捡起皮囊刚要拔脚，矮子土匪爬起来抱住了他的腿，两人厮打中，不料滚进了山里猎人为捉狗熊瞎子设的陷阱。坑里竖着涂了毒药的尖桩，棒槌爷两只腿都被插穿了洞，那土匪直接就被穿透心脏，抽搐几下就没了气。疤拉眼连爬带滚趴到坑边，眼见同伙断了气，扔下棒槌爷向山下逃去。

等到青儿和参帮的人赶来，把棒槌爷拽出坑来抬回窝棚，已经是剧毒攻心，只剩一口气了。参帮里藏有歹心的几个人，见参把头不行了，便露了原形，开始争抢皮囊，只有青儿守护着棒槌爷哭叫着。人们厮打当中，棒槌爷强睁开眼，挣扎着指了指靰鞡鞋，青儿忙从鞋里摸出了破布包着的五品叶，趁乱塞进怀中，棒槌爷这才撒手闭了眼。力大凶狠的二把式抢到了皮囊，随

狼
刀

手一刀捅死了一个抓着皮囊不撒手的人，血光飞溅，震住了其他人，趁大伙楞神的当口，这家伙窜出了窝棚，趟着深雪踉跄奔逃，随后又有两人踩着脚窝撵去。剩下几人瓜分了窝棚里的狗皮羊皮干粮等物品，扔下青儿，都自顾自地奔山下而去。青儿独自守着棒槌爷哭了一夜，第二天，在雪里挖了个坑埋了尸首，想想自己又是孤苦无助，弱小一人，怎能走出林密雪深的大东山？想来想去，只有附近半山腰的老金沟能有人烟，便藏了五品叶，寻着采参人在树林里砍出的路标，在雪窝子里爬滚大半天，进了老金沟淘金人的一个地窖子。

老金沟除了淘金汉子，也有些女人，有靠卖身为生的，有靠洗衣做饭糊口的，青儿混在这里，有时洗衣做饭，有时也弹古琴唱小曲，勉强果腹。一个半老徐娘认出了青儿，原来是玉珠师姐，一年前跟着相好的淘金汉子来了山里，不想那汉子偷了金沙要出山，被金把头一镐刨了后脑勺，玉珠就成了大伙的女人。青儿的到来，让玉珠添了彩，两人搭伙卖唱，唱到打春，就伴着早开的桃花杏花红了一条沟。后来，玉珠染了脏病，一身浓血死在窝棚里，又扔下了青儿一人。这期间，青儿又遇上了江口镇结识的几个小乞丐，虎子也在其中，于是，便有了虎子护青儿，拜了姐弟，又一同逃出老金沟，几年后结成绺子靠窑狼刀帮的那段经历。

24

柳家罹难后，桃妹在人贩子手里转了几遭，幸有那三爷收为义女和徒弟，几年下来，义父亲传，大师兄关胜和二师兄既那爷儿子那武身授，桃妹学成了那氏刀法，同时也学得一手出神入化的那氏霸王鞭，更出落得楚楚动人。而幼时的记忆，像一颗仇恨的种子，不断生长出复仇的枝藤，越来越有力地缠磨着她，父亲和姐姐一次次在梦中呼唤，终于带她飞出了那府，独身闯荡天下。

清末民初，三尺金莲的陋习，逐渐被放足取缔，桃妹长成一双开放大脚，得以自由地行走江湖。辞别那府时，三爷给了五块大洋，桃妹免遭风餐露宿，一路寻遍乌林府、淞凌城，又转道江口镇、大东山，不到一年，没找到姐姐，却花光了盘缠。那个年月，衣食无助的女孩，除了卖身，别无他路，桃妹既不肯折回那府，更不会自讨其辱，幸有些拳脚功夫，便摆地练武。一柄单刃刀，一条霸王鞭，如花美貌，杨柳腰身，惹得一些少爷痞子混儿垂涎三尺，却终难得逞。那年旧历四月二十八，相传是药王诞辰，善男信女则纷纷到药王庙祈祷去灾。乌林府北山庙会甚是热闹，莲池小荷含蕾待放，漫坡桃花杏花赘枝，山道人头攒动，寺庙烟火缭绕，乞丐偷儿混混如鱼得水，要钱讨吃掏包窃财，舞刀弄棍唱曲杂耍，尽显各自身手。桃妹也赶在这热闹之时，上山摆场子，霸王鞭一甩，清脆响声和甜美嗓音，引来了众人，地上的一块黑绒布，很快就铺了一层铜钱毛票……

黄昏日落，桃妹收拾行头下山，行至碑林古泉边，树后跳出十五六岁两个少女，横刀拦阻，让她交出钱财。桃妹笑道："踏进山门，未及叩拜。二位女侠，可是问罪来的？"

一女横眉："此山俺先占，桃杏俺独摘，一山无二虎，毛贼哪路来？"

桃妹仍笑："大路朝天，你我半边，凭本事行路，靠手艺吃饭。若大山林，岂容独霸？"

一女怒目："狗有狗巢，猫有猫道，不懂山规，口出狂言，吃我一刀！"说着挺刀上前。

二女各持兵器一同进攻，桃妹手持单刀，左右抵挡，双方其实都没真正使力，好似戏台上的唱念做打，几个回合之后，不免都笑了。桃妹收刀抱拳："谢二位承让，请问何方侠女？尊姓大名？"一女回应："小女水莲，无根无家。"一女答道："生于乱世，自小被弃，嬷嬷收养，教名珍妮。"桃妹再次揖拜："俺姓柳名桃妹，同为天涯沦落人，不如合二为一，相帮相衬，二位侠女意下如何？"

其实，水莲和珍妮并非真要抢夺桃妹钱财，她们躲藏在人群后面，偷看桃妹练把式，认定她的功夫在自己之上，便有了合伙的想法，桃妹这样一说，正合此意。于是，三人各报年岁，桃妹稍长，拜为大姐，水莲次之，做了二姐，珍妮排后，便是三妹。姐仁在山门下茶棚里吃了些糕点油茶，当晚，福绥门里灯草胡同尼姑庵西墙下，一间收留流浪女临时歇息的偏厦里，三人过了一夜，各自述说身世，不免又是一番唏嘘。水莲和珍妮都是孤儿，打小就被外国人办的育婴堂收养，育婴堂并非天堂，孩子们在那里仅仅是有口吃的，还要做工。她们害怕那蓝眼珠黄头发极其严厉的嬷嬷，更害怕不知啥时像有的孩子一样，无缘无故就无踪影，在十二三岁时逃了出来。先是流浪街头，后来跟了一个卖艺的武术班子，学了些刀剑棍棒，不出三年，练得有些功夫，也长成了大姑娘，越发姿色动人。贪心的班主想要彩礼赚钱，到处张罗找人家，要卖了她们。两人偷偷商量好，当武术班子在一个镇子上过夜时，摸黑跑了几十里，回了乌林府。

一场巧遇，让姐妹结了缘，从此，三人为伴，游走城乡，卖艺为生，暗地里寻找柳叶桃。可是，在桃妹记忆中，姐姐长啥样叫啥名，都已经模糊不清，只知是姓柳，况且柳叶桃又改了名，桃妹也变了模样，乌林府方圆八百里，诸多大镇小村，市井庞杂中，就是遇上了也难以相认。所以，姐妹互无音信，依然天各一方。

有年春天，正是木排到岸最热闹的时候，桃妹三人来到江口镇，在江堤遇上一伙叫花子欺负两个要饭的小姑娘，便出于相援。当时，两个小姑娘讨

狼刀

来半块苞米饼和一个窝头，上岸的放排汉子随手又扔给她们两条三四寸长的小咸鱼，小叫花子们看见，蜂拥而上，打成一团。桃妹听见小姑娘尖利的哭叫，动了恻隐，赶过来一顿鞭子，抽得男孩们抱头鼠窜。回头再看，小姑娘手里的窝头饼子只剩渣了，讨饭的瓦罐也摔碎了，麻袋片破布块缝的小布衫撕掉了半拉前襟，隐隐露了肉。桃妹和水莲忙解下披风，为她们遮身……两天后，桃妹悄悄把两个小姑娘送回了那府，她知道，不必多言，那三爷定会收留。自打她离开，那府里除了一个老家丁再无他人，那武在外奔波，常年不归，关胜公务繁忙，只能偶来探望，那三爷倍感孤寂清冷，正盼着家里能热闹些。虽已不再收徒，那三爷却破了自己立下的规矩，让俩孩子磕头拜了师，这便是后来"七侠妹"里玉面铁手的五妹红珠和七妹红巧。

"七侠妹"的四妹和六妹，原是"落子"班里的学徒，也是因身段婀娜貌美出众，有恶绅逼娶为妾，二人不从，拒婚而逃，困苦不堪时，遇桃妹和水莲珍妮搭救，这才有了能文能武的"七侠妹"。七姐妹按年龄排行取名，水莲为红莲，珍妮为红杏，四妹六妹便是红花红芝，从此，江湖上有了一群以戏剧脸谱蒙面，以红黑披风遮身的女侠客。两年前，红杏舍身卧底，嫁了长春道台府金师爷，当了外室四姨太，每有风吹草动，便立马通报姐妹们，使"七侠妹"暂时偃旗息鼓，得以避开官府剿匪的风头。红杏把一大笔彩礼交给"七侠妹"，红叶妹化名柳琴，买下了江口镇醉胭街上的一处艺馆，改为琴书楼，使姐妹们有了一个稳定的家。她们平常不露刀剑，只弹琴唱曲，陪客饮酒，所以没人知道她们杀富济贫的女侠真面。二姐红莲全权掌管生意，日常有四妹红花六妹红芝娇柔待客，若不出门行事，五妹红珠七妹红巧也操琴置酒，琴书楼灯红酒绿，歌舞升平，骚客盈门，成了醉胭街上最红火的佳苑名楼。

尽管生活基本稳定，衣食无忧，红叶妹并没有忘记寻找姐姐，差不多每月都带着红珠红巧走一趟城镇街衢，或有既定目标，捞一票钱财，但绝不惊扰平民百姓，或下屯进山，四处打探，没少下力，却一直未能如愿。有时夜深人静曲尽客散，躲在闺中摩挲那颗珠子，独自垂泪，黯然唔叹，有时焦灼难寐，临窗倚栏，望夜空浩瀚，星辰点点，独不见姐姐那依稀恍惚的如月娇容……

25

乱世离散，天各一方，生死契阔，刀剑水火。

姐妹俩在这打打杀杀又未间断相互找寻的经年数月里，各踞一方天地，因而，市井坊间多有传说，玉刀红，七侠妹，巾帼须眉，名噪江湖。

玉刀红虽有名声，却不过是个小绺子，虽然五品叶出手换了些钱，却难以长期维持弟兄们生计，而一个女人带七八个楞头小子，若比狼刀帮一群如狼似虎的汉子，咋说也显势单力薄。江口镇一次不期邂逅，北风狼仗义出手，助玉刀红一臂，便让他春心萌动，时常惦记这个小绺子闭月羞花沉鱼落雁的女头领。也许是机缘，也许是命运，官府撒网追剿乌林府辖内地域的各绺子土匪，狼刀帮和玉刀红都各有折损，被追得疲命奔逃。淞凌城外桃花渡口再次相遇，飞虎和花狐为争抢渡船拔枪相向，险些互伤。

那是一个深秋的桃花渡，河边只有一条船，勉强可载五六人，飞虎带着几人急于渡河到对岸青岗村与先期探路的玉刀红会合，他们刚上船，同样急于逃命的狼刀帮十多个弟兄，蜂拥而至，也挤上船来。小船吃水过深不堪重负眼看就要倾覆，花狐仗着人多势众，逼着飞虎等人下船。飞虎岂能善罢甘休，掏枪顶在花狐脑门，可后背和自己弟兄却都被顶上了刀枪，但双方都不敢开枪，就僵持着互不相让。这时，北风狼又带着一批弟兄策马赶到，飞虎几人显然已经不敌，在数支枪口威逼下，只好下了船。花狐让大当家先上船，北风狼却不肯，而是催促挂彩的弟兄快上船，自己带领几人据守渡口拦截追兵。

就在官府人马渐渐逼近的当口，对岸划过一条小船，飞虎认出划船的是自己的大当家，就跳脚叫喊。待小船靠岸，北风狼也认出了为之长夜难寐的玉刀红，这才知道，飞虎等人是她的手下，顿感羞惭，马上呼喊着，叫花狐下船，让玉刀红的弟兄先过河。柳叶刀下了船，也认出了曾有一面之交并为自己解围的北风狼，忙拱手致礼："狼刀帮也遭此劫难，俺手下有所不恭，玉刀红给大当家赔罪！一棵苦藤两个瓜，咱怎能自残？官兵已至，还请大当家先行，过河到青岗岭暂避一时，俺玉刀红断后！"

闻听此言，北风狼更加愧疚，五尺汉子，手上双枪，十几弟兄，却让女人护着逃命，岂不自毁声名，让世人耻笑？情急之下，怒目吼道："北风狼岂是贪生怕死之人，我狼刀帮更非惜命之辈。还请玉刀红大当家带小兄弟们麻溜上船扯乎（撤退），我等弟兄拼死也要挡住追兵！"说完吩咐花狐，带挂花的弟兄们一起上船撤离，自己翻身上马，双脚一磕，嗖一下窜了出去，直迎向追赶而来的官军，不远之外，随即响起了密集的枪声。

抢渡桃花渡后，柳叶刀红带着飞虎花狐等人合在一处，撤进了三十里外青岗村后的青岗岭上，那里有个她幼时跟随父亲进过的深洞，有存水存粮，够十几人藏匿个把月。但她十分紧张揪心地顾念飞马杀进敌营的北风狼，那可是枪声爆豆飞子（子弹）如雨的阵势，北风狼寥寥几人，孤军入敌，断无后援，如何脱险？就算他是赵子龙，也还须杀个七进七出，才救得后主。就算他是猛将高宠，连挑十一辆滑车，也奈不了坐下战马力疲吐血，铁轮碾身而亡。她在心里祈祷着，但愿他能像张翼德再世重生，喝断当阳桥，吓死夏侯杰，惊退曹孟德。惶急之中，派飞虎出山，过桃花渡沿古洞河溯流而上，

狼刀

一路策马找寻，无奈几日不见踪迹。待飞虎返回青岗村将要进山之时，却在山道边荒草丛中听到低低的叫声，寻去一看，一头蓬发，满脸乱髯，浑身血迹，几乎瘫在草墩根下的，竟是他四处寻觅的北风狼。飞虎躬身拉起他无力的臂膀，使劲发力，把他搭上了马背。两天后，经过柳叶刀不时地灌水喂米汤，北风狼从困乏中醒来，弟兄们才知他这些日子如何甩掉官军围追堵截，又如何来到青岗岭下。

那日，北风狼带着猛子和一个弟兄，飞马冲向敌阵，双枪齐射，打倒了敌军先头一排尖兵，大批敌军慌慌张张各自隐蔽林间，趁这空档，三人快马加鞭从林边掠过，身后掀起浓浓烟尘。官军马队立刻调转回头，顺着烟尘紧紧撵了上来，眼看越追越近，一个兄弟中弹落马，翻滚路上，不及起身，趴在地上连续射击，打下两个敌兵，但马队呼啸着压了上来，马蹄踏过，踢碎了他的头颅，土路上渗出一摊殷红的血。敌人紧追不放，猛子勒住马头转过身去，对北风狼喊道："大当家的，我挡住他们，你快进林子，上山！"北风狼也勒马站住，吼着："妈了个巴子，俺能扔下弟兄不管，自个撒丫子逃命？要走一起走，要死就死他娘的一起死！"猛子不容北风狼再叫，抽出狼刀在他马屁股上刺了一刀，北风狼的坐骑青花骢一声嘶叫，呼地一下窜出去，沿路狂奔。猛子跳下马，伏在路边，一枪连着一枪，准确地打翻了几匹马，官军马队乱了阵脚，相互撞着挤着缠成一团，猛子趁乱拉马进了林子，一气快颠，翻过一道坡，等官军重整队形再次追来，猛子早没影了。

青花骢疯驰一阵，渐渐慢了下来，拐过一个弯，小路正紧贴古洞河边，北风狼鹞子翻身跃下马来，抽出狼刀又在马屁股上捅了一下，马屁股淌着血，又一阵狂奔。北风狼回身跳下河岸，藏在河边柳丛里，官军马队跟着地上的血迹，一路追了下去，他趁机跳进河里，游向对岸。古洞河水冰冷刺骨，加上疲于奔命，两三天水米没打牙，北风狼早已没了力气，临近对岸时，一松劲，被湍急的流水冲进了一条河汊，撞进岸边一道拦网里，迷迷糊糊挂在网眼上，成了一条鱼，多亏这是浅滩，才没有溺水。官军马队追上北风狼的坐骑青花骢，却不见人，又折回来，顺来路搜索，没看到躺在河汊里的北风狼，便奔淞凌城方向追了下去。

第二天，北风狼缓过气来，睁开眼，见网里挂着两条不大的白鲢，一把抓过来，掰开鱼头连鱼腮带鱼肠拽了出来，剩下鱼身扔进嘴里，也顾不得鱼鳞鱼刺，一顿乱嚼，扎得满嘴是血。吃了两口生鱼，有了点力气，他抽出狼刀割开鱼网，爬上了岸，踉踉跄跄向前走了两步。在水里泡了一晚上，身上的肉都浮肿了，连骨架子都软得支撑不住，一头栽进河边柳毛子里，又迷糊过去。过了一个多时辰，他醒来后，拔些草在嘴里嚼着，继续在柳毛子里向前爬行，就这样迷糊了就睡，醒来吃把草，继续向前爬。赶巧遇到了一个栖息草丛的水鸭子窝，这水鸭子吃河里的鱼虾，秋天也能下蛋，鸭子惊飞了，窝里留下了四个蛋，北风狼就是靠着这几个生鸭蛋支撑，终于走到青岗岭下，实在没了气力，只好藏身路边草丛，这才等到了返回来的飞虎。

傍晚，艰难辗转几天的猛子，避开官军搜索，悄悄摸到了青岗岭，和大队会合。这天的晚饭只有些干粮和水，大伙勉强凑合了一顿。北风狼和柳叶刀各自清点人数，狼刀帮算上挂彩的弟兄还剩二十几人，柳叶刀手下战死两人，还剩飞虎和四个弟兄，满打满算三十人。柳叶刀计算着洞里存下的粮食，眼下这些弟兄每人每天定量分配，也仅仅能维持十天，她皱着眉琢磨着怎样渡过难关。

处于这样的境地，两个绺子的弟兄相互还生分，北风狼知道，一旦因食物短缺，这些生牤子肯定会发生火拼，他也在心里盘算着。当柳叶刀北风狼目光碰在一起，碰出了一个主意，合伙，靠窑，回北峰山，重建狼刀帮老巢……

说到这，红叶妹才明白姐姐与北风狼结伙的缘由，心里火气稍有缓解。姐妹俩商量着，就在江口镇躲过这个冬天，等待开春，再做打算。柳叶刀心里仍放不下狼刀帮弟兄们，琴书楼里盘桓数日，总有些坐立不安。而这时，白羽鹰回到江口镇，带来了一个危急消息，鬼子又一次向北峰山进剿……

狼
刀

第六章 雪白血红北峰山

强虏逼张督军无奈剿匪；贼倭寇纵铁蹄踏破山门；
救手足狼刀帮拼死相抵，北峰山遭重创雪白血红。

26

北风狼破壁而去龙归海，捣毁王家大院后遁入深山无踪影，小鬼子两度追杀终未果，白狼沟麻达岭损兵又折将。不管松本次郎在电话里怎样大骂坂田一男，也于事无补，只好上报长春日本领事馆。领事馆立送通牒至乌林府长官公署，威逼张督军迅即追剿狼刀帮，捉拿逃犯，就地枪决。东洋小鬼子这些年趾高气昂飞扬跋扈盛气凌人，对张督军也是颐指气使，也是欺人太甚，督军本想不去理会，但奉天城张大帅有指令，为政一方，守土有责，剿匪安民，并无旁贷，且可借鬼子兵力，扫除痼疾。督军心眼一转，剿匪胜败姑且不论，你先给钱给枪扩充实力，这个买卖不亏。找来参谋长一番谋划，派出乌林府驻军独立旅二团一个营兵力，准备随松本次郎进剿北峰山。

坂田一男再次狙杀失利，麻达岭挡不住北风狼，众匪徒进入鹰崴子，将如鱼得水，恐再难抓捕。松本骂过之后摔了电话，抽刀一阵乱砍，愈发难禁心中震怒。他眼盯这把在白狼沟被北风狼一枪打出豁口的军刀，与北风狼父子两次交手情景再现，让他更加怒不可遏。这柄三二式骑兵军刀，是松本最为心爱之物，这是日本明治三十二年既1900年正式装备日本陆军，是日军宪兵和陆军士官所用佩刀，故称"三二式"。日俄战争时期，松本就已经开始使用这把刀了，用它砍杀了不少俄国兵和中国百姓，为他建立了战功，他在军刀上刻意雕了一朵菊花。不想却在乌苏赫刀下失去威风，又在北风狼枪下成了残缺，这如同在他心上戳了个无法愈合的伤洞，让他每每想起就绞痛不已，松本曾咬牙发誓，一定要用这把刀亲手砍杀北风狼。

此时，夜色漆黑，东商埠日本守备队院里一个灯火通亮屋子里，松本双膝夹着菊花军刀，唯一的左手中魔一样机械地用白绸反复擦拭刀锋，眼睛木呆呆地对着地图凝神苦思，忽而，又瞠目凝神发呆似地盘算一阵，然后仰头靠在椅背上，眼珠一动不动盯着木格子天花板上一个黑点。良久，左手猛地一甩，菊花刀飞上天花板，闪电般刺中了那个黑点，菊花刀当啷一声掉在地上，刀尖上挑着一只身体洞穿的苍蝇。他嘿嘿干笑，捡起刀来，一口气吹去死蝇，吹得刀锋嗡嗡直响，刀尖上折出的灯光，反射着他眼球里闪动狡黠奸诈的凶气。

傍晚打过电话，领事馆同意了他的增兵请求，由尚龙岭护路队抽调二十名士兵，加上手下守备队四十人，再次会合坂田一男二十多名残兵，与奉军二团第三营合兵三百多人，一起进攻北峰山，围剿狼刀帮。此役如何剿灭狼刀帮，松本颇费心机，两次追击拦截，北风狼已是惊弓之鸟，定有防备，且又逃向鹰崴子深山之中，此时进剿北峰山，无异扑个空巢。

松本把鬼谷兵法和中国史书中的一些战例翻了又翻，再三咀嚼，一招攻战计中的欲擒故纵，让他眼光发蓝。计中说，"逼则反兵，走则减势。紧随勿迫，累其气力，消其斗志，散而后擒，兵不血刃。"松本的中文及古汉语能力，足以使他理解其中深意。这意思是，作战时，如果逼得穷寇狗急跳墙，垂死挣扎，己方损兵失地，是不可取的。放他一马，并非养虎为患，目的在于让敌人斗志逐渐懈怠，体力、物力逐渐消耗，最后寻找机会，全歼敌军，达到消灭敌人的目的。鬼谷子也说过，"拥力而避战，交言而弭兵，不战而屈人，以战而止战才为上策。"这意思与孙子同为一谋，即不战而屈人之兵。其实他们所说不战，不是真的不战，而是选择最有利的时机和最为恰当战术，可放马归山，欲擒故纵，用最少的兵力，最小的损失，达到歼灭敌人的目的。

如何能够全歼狼刀帮，而又不使匪首北风狼、柳叶刀漏网？这一晚，松本无眠。

能有把握在白狼沟和麻达岭设伏，虽然未达到重创狼刀帮，但隐藏极深的鬼子眼线，传递了非常准确的消息，让松本捋出了北风狼的踪迹。为躲避官府和鬼子追杀，藏匿深山老林休整养息，北风狼、柳叶刀等人一时半会不会返回北峰山，松本不会担负长途奔袭鞍马劳顿无功而返之虞，他是要与北风狼拼谋斗智，以求全胜。所以，松本没有马上组织再次进剿。

乌林府悄无声息，守备队平静如常，这样的日子过了月余。这一天，松本派人在乌林府名气很大的丹桂大舞台预订了座席，并放出风去，说三天后的晚场，守备队松本次郎队长作东，请奉军二团连以上军官听戏，鬼子请东北军看戏，意在为何？歌舞升平无战事的假象，传播扩散，狼刀帮在乌林府瞭水的眼线，一定会把消息传给北风狼，以此迷惑松懈狼刀帮戒备，松本用心可谓良苦。

狼刀

　　果不出松本所料，鬼脸三得到消息，立刻让陈水订了包厢，这天傍晚，便带着陈水准时来到丹桂大舞台。包厢里早备好了干果茶点，两人悠闲自在地喝茶吃点心，等着听戏看角儿。

　　二团长魁五大咧咧地领着部将进入戏园子，拱手同松本打过招呼，坐在正中席上喝茶，侧身使个眼色，两个挎双枪的马弁，迅速立于戏园两侧太平门旁，分兵把隘，以备不测。身着灰色军装的奉军，和一身屎黄的鬼子，泾渭分明地分坐两厢，看似融融，却都暗藏底火。鬼子在乌林府横行霸道，奉军再咋也是中国军队，却不能跟他们相抗，心里憋着老大火气。这回又要和鬼子一起打中国人，更是从心眼里不乐意，但军令不得不从，军官们都在暗自盘算，一旦开打，如何枪下留私，与狼刀帮不伤和气，又如何避免损失，保存自己实力。所以，戏虽开场，却没几个认真看戏的，都在交头接耳，窃窃私语。

　　今天的戏目是七擒孟获、定军山。这两部戏一部讲的是诸葛亮欲擒故纵，另一部讲的是老将黄忠打退敌将张郃，乘胜攻占了曹军屯粮的天荡山，又再接再厉地用计斩了曹军大将夏侯渊，夺取了曹军大本营定军山。但今天唱的不是七擒孟获和定军山全本戏，而是部分片断。因时间所限，一场演出，分别演唱几部名戏的精华部分，业界行话讲，叫折子戏。演唱折子戏，头两折一般都是三流演员先垫场，唱两段人们熟悉却又是戏中不甚重要的唱段，业界行话里，也叫热热场。几折过后，才是名角上场，演唱名戏中的名段。所以，通常情况下，开场头十来分钟，戏园子里是静不下来的。戏迷票友们司空见惯，没人来干预别人听不听戏，都自顾自地喝茶唠嗑吃瓜子。

　　见此情景，松本不满地对魁五说："阁下的部属，对中国的京剧不大懂吧？何以如此轻蔑？这两出戏可有相当的艺术造诣，学问很深，战术很精的噢。"

　　"哈哈哈，下级军官，大老粗为多，懂什么艺术学问战术的，打仗听喝，让冲锋就冲锋，让砍人就砍人，这就够了，用不着那么多花花肠子！"魁五摇头晃脑，不以为然。

　　"我们大日本的士兵都知道应当学会使用战术，佐官以上的军官，基本都读过中国古代兵法，这样的军队，会有何等战斗力，阁下不会不知吧？"松本蔑视地挑衅。

　　"我的士兵，一脑袋高粱花子，之所以来当兵，除了当兵吃粮不饿肚子，也就是知道要保护自己的家人和自己的土地。要是断了他的粮，杀了他的人，夺了他的地，他是能跟你玩命的呦！"魁五也不示弱，话里带着回讽和威胁。

这让松本很不受用，立起身来，怒目朝向，右边衣袖一甩，好似要出枪，魁五一惊，刚要摸枪，转念一想，这老鬼子不让自己团里军官带枪，这戏园子屁大个地方，打起近战肉搏，自己人不是鬼子对手，要吃亏的。忙打着哈哈作安抚："魁某笑谈，笑谈，一句糙话，玩笑而已，松本队长为此发火，不值当的。"

谁也不想在这当口干起来，松本当然知道后果，就坡下驴，坐了下来。两个阵营的军官见长官平和了，出了口气，松了胆，有的继续听戏，有的继续闲谈。

台上孟获正唱着二黄原板：

> "两军阵与孔明打了数战，
> 杀得我卸甲丢盔败山川，
> 丢雕鞍被贼将擒在马前。
> 我只说既被擒难以回转，
> 又谁知那妖道放我归山。
> 诸葛亮可算得英雄好汉，
> 俺孟获想贼马难上加难。"

最后一句拖腔音未落，松本底气十足地发一声喊，叫了声好。这一声好，喊在了板眼上，听上去是为演员的唱功叫好，其实是为唱词叫好，这明摆着别有用心。懂点京剧常识的人都知道，这时候叫好，是听戏的行家，按规矩，这节骨眼儿上，得鼓掌，尽管不情愿，也得鼓。于是，稀稀拉拉的掌声，有气无力地给了松本一点面子，却让人觉得有点滑稽。

"这一段唱得是诸葛亮大败孟获，战功大大地，这也许就是我们即将重现的情景吧？阁下没读过你们中国的这段历史？中国人连自己的京剧都不喜好，阁下不觉得遗憾？作为军人，不熟知七擒七纵的战例，或许就应该是悲哀了吧？"松本明显不满意这稀稀拉拉的掌声，转而又向魁五挑衅。

魁五文化不多，却非常爱听京剧，时间久了，次数多了，潜移默化，也熏成了半个票友，岂能让鬼子取笑？他抓住演员短暂歇场的当口，迅速反击松本："听这意思，松本队长不但是中国通，也是戏迷票友吧？那你就不会不知道，孟获还有段唱，用在此时不更恰当？"说着起身摆开老生的架势，作理髯之状唱道：

> "他（诸葛亮）外强中干有弱点，
> 大军远征不利有三：

一是那水土不服三军多病变；
二是那长途跋涉运粮难；
三是那久战众将全厌战，
今日我退过泸江，
引诸葛前来就范。
等待他粮不济，人多病，
军心涣散不战自乱，
管叫他来时容易去时难！"

　　这唱的是孟获分析敌人之弊，采取计谋对付诸葛亮。魁五粗中有细，又审时度势，信手拈来，并将最后一句唱得铿锵有力，以讥讽松本。这下，二团的军官们解了气，轰地一下，迸发出一阵嗷嗷的叫好。魁五面带得意，四下拱手致谢，又张开双手向下压着，示意众人静下来。鬼脸三看在眼里，听在耳里，不由暗自朝魁五竖了大拇指，这位仁兄，不愧中国军人，有傲气，无媚骨，懂兵法，讲策略，连说带唱，不卑不亢，针锋相对，有理有节。痛快！

　　这时，一位名角儿登场了，这才算进入正式演出，观众都屏气敛神抻脖竖耳聆听。

　　名伶自然是扮演名人，这一折是老生戏，唱得是诸葛孔明：

"披烟瘴仰七星巍然天象，
刀兵起冲霄汉上凌天罡。
战荆州关云长自毁名将，
造白袍亡翼德痛失栋梁。
白帝城先帝丧江山震荡，
扶幼主竟三分誓报先王。
小雍凯诱孟获兴风作浪，
犯边陲扰黎民气势嚣张。
扶汉室征曹魏志在北上，
出汉中伐中原早定主张。
我诸葛用兵策谨慎为上，
为免除后顾忧我先定南疆。"

　　这段唱本身就气势宏大，加上这名角的好嗓子，更唱得威武赫亮，唱到中段，便博得满场叫好。

　　原想卖弄自己对中国历史和京剧艺术的半瓶子醋，借诸葛七擒孟获、黄忠大败曹军之典炫耀自己精通战术，却不想适得其反。松本咋说也是个日本人，岂能真正透彻地了解中国人？曹操在中国人心里，永远是个反派，而日本人，就是和曹操一样的白脸奸佞，诸葛孔明则是正义之身，"扶汉室、征曹魏"，恰是抗外侮驱敌寇保大汉江山，这必然激起中国人的爱国情怀。因而，有些奉军军官发出诡谲的怪声，这分明是在叫倒好，显然是故意起哄羞臊松本。台上那名角并不知其中隐情，一听叫好声调不对，不知自己是哪出了岔，慌慌张张地上下左右地审看自己是不是穿错了行头。这更引起了场下观众的哄笑，气得那名角儿一跺脚一甩袖，掩面扭身，撒腿奔了后台，原定还有几折老生唱段，这角儿说啥也不上台了。

本想借看戏给奉军上一课，却被魁五和他的部下搅了局，松本这一手借古喻今看似高明实则浅薄的伎俩，好似猴子玩火燎了腚，猪八戒擦胭粉遮不住丑，气得他兴味索然中途而退，一场戏不欢而散。鬼脸三隔岸观火，颇觉解气，回到"一贴堂"，转念三思，忽而惊心，松本诡计多端，如此张扬，定有阴谋，进剿北峰山虽时日未定，却不可耽搁，必须立马传递消息。

28

再次潜入乌林府寻找药品的飞虎，带着鬼脸三的情报，急忙回驰鹰崴子，鬼脸三又派犰子飞马北峰山报信，但都来不及了。三天后，当北风狼得知消息时，鬼子和奉军大队人马，已经悄悄通过白狼沟，进入了北峰山，封锁了狼刀帮寨前山路，坂田一男也按照松本部署，匆匆赶到北峰山后崖，与尚龙岭赶来的鬼子护路队会合，堵住了狼刀帮的退路。松本深谙兵贵神速之法，一边玩着丹桂大舞台看戏明修栈道的猫腻，一边暗渡陈仓通过长春领事馆，调动坂田和尚龙岭护路队，迅速开进北峰山。而散戏当晚，他就率队秘密扑向北峰山，一天半之内完成了对狼刀帮老巢的合围。

时已初冬，林中乔木灌木都落光了疏疏密密的叶子，已然藏不住人马，踞守北峰山通向主峰狼牙顶山道口的哨兵，于正午时分发现了山林中呜呜泱泱摸上来一群人。黄呼呼的无疑是鬼子，灰土土的一定是奉军，甚至看得清血红血红像狼狗舌头一样的鬼子肩章，还有阳下一闪一闪的刺刀。哨兵鸣枪报警，撒腿向山上跑去。松本抽出指挥刀哇哇叫着催促鬼子和奉军快速进攻，同时命机枪开火，打倒了哨兵。

爆豆般的枪声，惊醒歇息的溜子们，众人慌忙操枪，蜂拥至狼牙洞前吊桥边，准备抵抗。

花狐满不在乎地说，狼牙顶与唯一的山道之间，隔着百丈深涧，且已拉起吊桥，小鬼子除非长了翅膀，休想越过这天然屏障。北峰山粮草储备足够月余，鬼子和奉军长途讨伐，带不了多少嚼裹儿，顶多维持半拉月，打不下

狼刀

来，就得灰溜溜地滚回去。花狐老六这一番话给弟兄们打足了气，狼刀帮不止一次经历官军进攻，每次都安然无恙，所以弟兄们也不大在乎。况且，山寨柴门早已堆满沙袋，又顶上了几株粗大的倒木，任你有鲁智深倒拔垂杨柳千钧之力，也是奈何不得。再加之吊桥隔断了通向狼牙顶的道路，纵使飞人，也跨越不了三丈多宽的山涧。而寨前小路从山崖拐过弯来到寨门约七八十米仅宽丈余，两边是陡峭的山崖，最多跑一马或并行二三人，无法施展大规模冲锋，且只要敌人一露头，就会被射中，狼牙顶可谓是一夫当关万夫莫开。弟兄们伏在鹿砦之后，不慌不忙，一枪一枪稳稳当当地打着单射，连续打倒了三四个走在前面的奉军士兵，吓得鬼子们都趴在路边不敢抬头。

三营长李德子猫在山崖一侧，探头向寨门窥视，被花狐一枪打飞了大檐帽，他慌忙缩头，对在后面督战的松本喊叫："松本队长，这山道太窄了，咱们舞扎不开，打不上去啊。"松本却不听他咋呼，嚎叫着命令奉军士兵匍匐前进，一点一点向山寨前推进。士兵向前爬了不到五丈远，又扔下两具尸体，连滚带爬地退了回去。李德子再次哀求松本，这个打法实在是不行，换个招法吧。

这时，花狐喊话："奉军弟兄们，不要替鬼子卖命了，把伤兵和死倒拉回去吧，咱狼刀帮绺子讲信用，肯定不朝你们打冷枪！"

趁着奉军拖回伤兵和尸体时，松本命令两个鬼子，把两具掷弹筒支在山道转弯处，向寨门连续发射四枚榴弹。这种掷弹筒又叫超轻型迫击炮，一战和二战期间装备纳粹德国和日本陆军，口径50毫米，单兵携带操作，鬼子每个小队配备两具，可发射专用榴弹或九一式日制手榴弹，适于打击固定并较坚固目标。四枚榴弹把寨门炸了一个洞，但却炸不透堆在门后的沙袋，也阻止不了伏在沙袋后射击的土匪溜子，仍然无法靠近山寨。松本命令队伍退到山崖后面较开阔地带，这里是山寨方向射击死角，土匪子弹打不到这里，鬼子们放开胆，席地而坐，炊事兵开始埋锅造饭。兵法中说，兵者，诡道也。松本便十分诡道，他叫鬼子士兵集中手榴弹，用四具掷弹筒，每间隔五分钟发射四枚。由于掷弹筒所处位置在山崖脚下，也是个死角，子弹不能拐弯，且天已渐晚，视线不足，狼刀帮弟兄们打不着它，一连半个时辰，二三十枚榴弹持续地把寨门炸开了一道豁口，并炸伤了几个弟兄。

松本正庆幸，却想不到狼刀帮经营老巢这些年，怎能没有对付来犯之敌的招数呢？就在掷弹兵的头顶，山崖边上支着一块木板，堆着一堆石头，木板上拴着一根绳子，绳子一头顺山崖通向山寨，只要山寨里一拉绳子，石头就会滚下来，山崖下的鬼子非死既伤。花狐让人拉动绳子，一堆石头带着轰鸣滚下来，果然砸死俩鬼子，剩下俩鬼子也被砸伤了胳膊腿，只好丢下掷弹筒，抱头鼠窜。这时天已经黑下来，松本并不下令撤兵，让李德子把士兵分成两人一组，轮流到山崖转弯处卧倒，向山寨打冷枪，每人五发子弹，拉开射击间隔，打半个小时，打完才能撤下来，才可以吃饭睡觉。隔三四十分钟，再上一组，一组接一组，一直到天亮，不间断地对狼刀帮山寨进行骚扰。这是松本又一损招，蘑菇战术，意在封锁山寨，麻痹狼刀帮弟兄们精神意志，疲惫弟兄们的体力，而鬼子和奉军大队人马隐蔽休息，天明时再轮番进行重复骚扰。松本拉开了架势，打算就用这招，长久坚守，消耗狼刀帮弹药粮草，最终困死饿死他们。

傍晚时分忙子策马赶到北峰山下时，被一队奉军拦截，他一边射击阻拦追兵，一边调转马头向山外跑去。松本早料到会有人来北峰山报信，已经下令不得击毙来人，留下活口，再给北风狼送信，所以忙子没伤一根毫毛，很快逃离了北峰山，直接转向鹰崴子方向，给北风狼报信去了。松本明知狼刀帮匪首都不在北峰山，却仍要大举进剿，明里大张旗鼓，暗里虚晃一枪。别人并不知情，松本有意隐瞒，实是制造假象，围剿北峰山，只是一次虚张声势的佯攻，真实目有是等待北风狼回援。

要说这日本鬼子真是太诡道，早年就在咱中国到处撒下人，有经商的，有种地的，有卖艺的，有当浪人的，其实很多都是间谍。大连的日本满铁株事会社，就是东北地区的间谍指挥中心，由这个组织精心编织了东北地区的间谍网，其中就有派在乌林府一带的。这个人五年前开始与松本单线联系，没人知道他隐藏何处，也没人知道他用什么方法与松本联络，松本之所以对北风狼和狼刀帮行踪了如指掌，当然与这个间谍内线不无关联。北风狼和柳叶刀、鬼脸三等头领已经感觉到，松本为什么会在狼刀帮二进松凌城返回山寨的必经之路白狼沟设伏，又得知他们要去鹰崴子，又派鬼子在麻达岭拦截，定是有人暗中报信，而这奸细到底在哪，他们有所猜疑，但目前却毫无线索。

其实，松本得知北风狼被捕下狱当晚，就通过领事馆催逼张督军速杀北风狼，由于督军行动迟缓，也由于松本晚了一步，未等在乌林府监狱布置兵力，便被柳叶刀等人先得了手，用王郎换出了北风狼。松本两度截杀未果，这才大举进剿北峰山，他知道北风狼一定会来救援被围困的狼刀帮弟兄，便用了围点打援的招法，围困北峰山，等待狙杀驰援而来的北风狼。松本故伎重演，又分兵白狼沟，在那里埋伏了一队鬼子。

29

夜深之时，敌军分组骚扰，不断向狼刀帮山寨射击，虽然天黑看不见他们伏在山崖边，但只要一开枪，枪口的火光就暴露了位置。花狐调来两个猎户出身枪法极好的弟兄，趁敌人开枪时，顺火光打过去，不说弹无虚发，也是十有五六能打中，上半夜，就有两三个奉军士兵被敲开了脑壳。下半夜直

狼
刀

到凌晨，敌人的骚扰一直不断，奉军士兵也学得滑了一些，躲在岩石后面不露头，伸出枪来盲目射击，基本打不到人，但山上弟兄们也打不到敌人，花狐便叫停反击，不必浪费子弹。但他担心松本趁黑夜摸上来，一直让弟兄们坚守在鹿砦后面，每隔一会就扔一个自制的燃烧弹，照亮山寨门前小路，如有鬼子摸上来，就用机枪扫射。

天刚亮时，花狐才回过味来，这鬼子和奉军人多，就这样两人一组一枪一枪地跟你耗下去，还不时地向山上冲一下，耗费狼刀帮的子弹，虽说山寨坚固，一时半会打不起来，但是敌人要是坚持俩月，甭说山上粮食不够，子弹也得打光了。这样跟他干耗不行，得主动出击，至少得干掉他一些人，把他打痛，逼他撤兵。于是，花狐派出四个弟兄，带着一堆手榴弹，在晨雾掩护之下，悄悄顺着寨门边的陡壁，爬上了山崖，居高临下，向正在睡觉的敌军连续投弹。一阵爆炸，鬼子和奉军士兵血肉横飞，松本急忙下令后撤，猫在另一侧山崖下，仍然不断派出两人一组，持续实行骚扰战术。又派出掷弹兵，躲在死角里向山上发射，想用榴弹一点一点蚕食鹿砦，进而捣毁北峰山防御工事。同时，命令四个鬼子射手，用步枪封锁山崖，防止狼刀帮弟兄再上山崖投弹。花狐派出的弟兄被鬼子射手压在山崖上抬不起头，只得退回寨内，蹲守防御工事，继续与松本对峙。

这样的对峙，持续约半月，北风狼果然带着休整之后的七个弟兄赶回了北峰山。几次交手，北风狼已经熟悉了松本的招数，料定他必在白狼沟设伏，所以北风狼不会重蹈覆辙再走白狼沟，而是打算绕道后山，攀岩上山与花狐会合。不想，派出的尖兵，发现了山崖下潜伏的坂田一男带领的鬼子兵，北风狼没有惊动这伙鬼子，回身向北峰山西麓山崖下行进。西麓山崖虽然险峻，但崖高仅十丈之余，其中悬着一条不为人知的羊肠小道，借助绳索可攀上去，直接通到与狼牙顶正面相对的一个山头，正好能和狼牙顶一起把鬼子夹在中间。两面夹击，一顿猛打，就算不能把鬼子和奉军包圆，至少可以消灭一部分，逼他退兵。

悄悄来到西麓崖底，北风狼等人下了马，弟兄们重裹绑腿，扎紧腰带，六支"花机关"和四支驳壳枪都压满了子弹，插在腰间的手榴弹也拧开了盖，随时就能出手投弹。两个放山采参出身弟兄，是攀岩能手，他们抛出带铁钩的绳索，挂在崖顶伸出的两株小树上，靠着羊肠小道拉了起来。大伙拽着绳子踩着小道，一个跟着一个攀上了山崖，再次检查装备后，一阵风扑向狼牙顶正面那个山头。

经过半月消耗，松本和李德子的部队已经弹药不足，粮草殆尽，官兵厌战，又躲在枪弹打不到的山崖下，早就放松了警惕。除了轮流有两个士兵继续在山道转角处向山上射击袭扰，其他人都懒懒地躺着或坐在地上，根本想不到北风狼神兵天降，会从背后山头上发起袭击。狼刀帮弟兄们靠近山顶后，卧地匍匐前进，悄悄从山顶探出头，山下敌人尽在眼前，北风狼一声吼，子弹和手榴弹一齐砸向鬼子和李德子的士兵。一顿猛打，鬼子和奉军如覆巢蚂蚁，无头苍蝇，四处乱窜，根本没有招架之力。这时，狼牙顶山门大开，花狐端着机枪带着一群弟兄冲出来，山上山下火力齐发，打得他们哭爹叫娘，灰黄两色的溃兵，像一股漫出堤岸的浑水，向山下泄去。松本在白狼沟设伏之计没派上用场，这时也顾不上恼怒，连滚带爬带头逃跑，窜到山下，收拾残兵败将，慌忙奔向白狼沟。一边逃跑，一边用步话机呼叫坂田一男，意图在白狼沟会合埋伏在那的一队鬼子，进行阻击，然后让坂田一男从背后包抄，堵住白狼沟，消灭狼刀帮。但北风狼并未继续追击，而是迅速撤回狼牙顶，让他计划落了空。

逃回乌林府，松本无从撤火，这次失败，所使用的战术招法，都是他一人所定，怪不到别人头上，还是自己没有算计到，北风狼先是十五天不露面，不搭理他，任他在北峰山上蘑菇着，而后突然出其不意从背面发起攻势，形成两面夹击，打了他一个措手不及。连鬼子带奉军损失了三十多人，领事馆副领事在电话把他骂了个狗血喷头，魁五又找上门来，逼要枪弹补充和死伤士兵的抚恤金，气得他抽刀砍去桌子一角，大吼"八格牙路"。赶走了魁五，他把自己关在屋子里，一连两三天足不出户，闷头苦思，围点打援一计不成，半路阻击背后包抄一计义不成，北风狼一伙已经龟缩在狼牙顶，凭借险要地势据守，大兵团作战施展不开，小股部队袭扰不管用，如何是好？其实，松本真正的想法是，计中计，连环计，通过大举围剿北峰山，调回北风狼来增援，只要北风狼回山，柳叶刀等人也一定跟随而回，这样，狼刀帮人马基本全了，即使漏网，也只是少数，成不了大气候了。然后，他再次派兵封锁山道，切断补给线，等到大雪封山，狼刀帮行动受阻时，再次包围北峰山，施行瓮中捉鳖之计。

这几天，松本猫在屋里，反复揣摩他的计划，数着指头算计他手上的兵力，算来算去，也只剩不过五六十人，凭这势单力薄的几头蒜，是对付不了狼刀帮的，更难以攻上险要的北峰山。除了尚龙岭护路队和坂田一男，近处尚无其他日本武装，要再调动日军部队，得大连旅顺的关东军司令长官白川义则大将或关东军参谋长川田明治少将说了算，他这一战失利，丢了十几个日本士兵的性命，白川义则或川田明治还能把大和民族精英子孙交他手上么？思来想去，还得借助奉军。

硬着头皮，松本次郎进了将军衙。上将军衔的张督军，没把一个日本少佐放在眼里，一听门卫说松本求见，还要自己出兵剿匪，立马吹胡子瞪眼，拍桌子骂娘："妈了个巴子，小鬼子和老毛子在中国地盘上打仗不说，还要让中国人打中国人？老子已经派过兵了，死伤不少，这买卖亏了本，还要干，这他娘的不是二傻子吗？去他娘的，不见！"

狼刀

门卫二次禀报，小鬼子赖着不走。督军仍是不理，叫来俩姨太一副官打起了麻将。

从午后到日头偏西，门卫三次禀报不得见，松本耐不住了，闯进庭院，立于门外高声叫道："督军大人拒客门外，有失大体，更不利日中邦交。奉天张大帅怪罪下来，恐督军大人吃罪不起！"

尽管房门紧闭，还挂着棉门帘，松本的声音还是传了进来。张督军哗啦一下推倒麻将牌，骂道："妈了巴子，这小鬼子中国话说的挺溜啊，还真有点程门立雪的犟劲儿。让他进来吧。"说着挥手赶走姨太太，整整军装，正襟危坐八仙桌一侧。

松本进来后，又说了一通守土有责，理当剿匪的车辘辘话。督军不耐烦地打断他："眼瞅天冷了，大雪封山，土匪也得猫冬，这时候你招惹他干吗？按惯例，土匪一般是不在冬天出动的，可你不让他消停，他也就不让你好过，惹毛了他，仨一伙五一群，进城串乡地来搅和，今儿个响枪，明儿个放火，还让我的百姓过年不？"

"大人此话不妥，官府岂能怕匪？可是，你是想当南宋小朝廷，偏安一隅，那蒙古大元怎甘善罢，大军压境，兵临城下，覆巢之下，安有完卵？莫不如你我再次发兵北峰山，共同剿灭这伙悍匪，才能保一方平安。还请督军三思。"松本仍坚持，引经据典，陈述利害，企图说动督军。

"都说松本队长是中国通，果真不假。中国话说得顺当，历史典故也是信手拈来，且用得恰当，老夫佩服佩服。不过，俺的兵都是娘生娘养的肉体凡胎，谁也没有刀枪不入的铁布衫，保不齐再搭上十条八条性命，谁给他们老娘养老送终？莫不是要我接来供奉，把我的兵营变成老人院？"督军明里夸赞，暗里讥讽，甚至有些无赖，反正说破大天，我也不出兵。

松本再说也无用，碰了一鼻子灰，恨得直咬牙根，却奈何不得上将督军，只得告退。

30

十一月的冬日，天渐大冷，且已飘起雪花。乌林府与北峰山相安无事，平静了多日，东莱门外这一天却热闹起来。日本领事馆又调来一支鬼子守备队，与松本守备队、坂田一男的队伍和尚龙岭护路队组成一支二百多人的讨伐队，集结东大滩，车马炮上了船，沿江西上，再次进山，围剿狼刀帮。

辽宁调来的这支守备队，队长是佐藤，少佐军衔，也是松本日俄战争时的老友，更是个杀人魔王，曾把一柄战刀砍成豁牙。其射击技术极其精准，善于狙击，当年日本还没有正式的狙击枪，他用一支三八式步枪加上简陋的瞄准镜，能在八百米内准确地击中目标。松本专门请求调他带队参与围剿狼刀帮，就是为了对付善骑快马，行动迅捷的土匪。为了解决北峰山防御工事，松本还特意调来几门60毫米迫击炮，加强了进攻火力。他踌躇满志，甚至还不觉有些得意，自认这次准能拿下北峰山了。

虽然准备充分，野心十足，但取胜并非易事。松本换汤不换药，打法还是老一套，让坂田封堵后山，自己和佐藤在前山组织进攻。可他并不知道，这些日子，北风狼带领弟兄们，重修鹿砦和山门，加固了防御工事，在狼牙顶周边重新配置了机枪射击位置，增加了弹药基数，以组成密集火力网，使有限火力最大限度地发挥拦截作用。又派人下山购买一批越冬粮草，也同样做好了迎战松本的充分准备。这回，北风狼学得更精了，在通向狼牙顶山道两侧的岩壁和林子里，放了一明一暗两个岗哨。鬼子大队人马刚到狼牙顶下，就被瞭水的弟兄发现，松本在山崖下支起帐篷宿营时，花狐就带着几个弟兄来袭扰了。

集束手榴弹嗖嗖地带着风声，炸响在鬼子营地。弟兄们扔完就跑，鬼子们四下搜寻，却不见人影，刚收拾完尸体和伤兵，重新搭了帐篷，又一阵手榴弹飞来……长途跋涉鞍马劳顿的鬼子兵，像蹲仓的狗熊，被猎人搅得无法冬眠，这一夜，至少有十来个人丧命。松本甚至连警戒哨都没来得及派出，就先输了一个回合，只得后撤五里地，避开狼刀帮的偷袭。

第二天一早，松本开始组织疯狂进攻，命令迫击炮先行轰炸，佐藤携狙击枪和四个士兵、两挺机枪攀上山崖，压制山寨火力，掩护掷弹兵抵近发射。大队鬼子分成四个梯队轮换，每隔半个时辰，便呼叫往山上冲，但并不进入狼刀帮的射程，只是在山道转弯处，虚张声势地咋呼叫喊，引诱山上开枪投弹，以消耗他们的弹药。松本这回用的是堡垒战，扎在山前不走，白天轮换兵力反复佯攻，晚上派出小股鬼子，对山寨进行袭扰，防备土匪偷偷出寨下山。白天佯攻，晚上封锁，就这样跟狼刀帮耗着，以坚持长期围困。

连续多日，狼牙顶重新配置的火力网，并没有真正发挥出作用，白白打出了一梭子又一梭子子弹，却打不到几个鬼子。花狐让弟兄们停止射击，如果鬼子冲上来，就用手榴弹封住山寨前道路。可手榴弹也不多了，鬼子不靠前，山上的滚石和树上绷着的那些尖利的木排，也派不上用场，渐渐地，情况有些不妙了。

这种打法磨磨蹭蹭磨磨叽叽持续多日，狼刀帮存粮与弹药所剩不多，而鬼子却不断从后方输送给养弹药。同时，佐藤不时变换地点隐蔽射击，有七八个弟兄死在他的枪下。迫击炮、掷弹筒连续多日轮番轰炸，狼牙顶上的山门和鹿砦被炸得支离破碎，而鬼子的机枪始终严密地封锁着，弟兄们没法修整防御工事，失去掩体防护，伤亡不断增加，狼刀帮力量渐渐不敌。

相持多日，松本极有耐心地与狼刀帮你来我往地打打停停，这一天，松本备足了炮火，企图进行新一轮狂轰滥炸，然后倾巢出动，一举攻上狼牙

狼刀

顶。通讯兵收到电报，电报说北风狼在尚龙岭炸了军列，命松本急速回兵尚龙岭截杀狼刀帮。松本撕烂电报，大骂愚蠢，北风狼被困多日，难道能插上翅膀飞出去？这是狼刀帮外围散兵的调虎离山之计，是为北峰山解围，说不定还准备在半道截杀我们呢。松本对求援置之不理，逼迫士兵们继续攻击狼牙顶。

几乎在松本出发的同时，北风狼就已经悄悄奔了乌林府。离开北峰山时，他把自己那顶极富特征的哥萨克骑兵帽，留给了花狐。每当入冬，北风狼都会戴着这顶黑色羊毛筒形皮帽，下山出林，进乌林府，走松凌城，过江口镇，黑皮帽，长披风，持枪跃马，彪悍的哥萨克骑兵的凛凛威风，百姓们一看就知道，北风狼下山了。官府和警察自然也都晓得，那顶黑皮帽，是北风狼在冬天里的独特标志。北风狼用意在于，一旦鬼子上山来围剿，让花狐装扮成自己的样子，带领弟兄们进行抗击，以此迷惑敌人。而自己可在鬼子包围圈外，游刃有余进行策应。松本攻了数日，却不知道北风狼并不在山上。佐藤那支简陋的狙击枪，几次捕捉到哥萨克骑兵帽不断跳跃的影子，都在击发的瞬间，被他闪开，气得佐藤直搧自己嘴巴子。有几次不顾危险探出身来，举枪射击，却险些被对方打中，子弹打在岩石上，迸起的石片，把他脸颊划开了几道血口子，流下来的血液很快冻得凝在脸上，模糊了眼睛，不得不暂时退下来。

双方相持到十二月中旬，这一天，大北风卷裹着漫天的白毛雪，呼啸着在北峰山的沟壑林间狂猛地奔突，像一群群桀骜的白色野狼，嗷嗷地嘶叫，又像是大队的鬼子兵端着刺刀，在山林间进行残酷的扫荡。大颗的雪粒儿和白毛风搅在一处，一团团，一簇簇，像一伙伙角斗士，纠缠着，撕扯着，搏斗着，看着就让人喘不过气来。这就是东北这地方有名的"大烟泡"，遇到这种鬼天气，就算是胆量再大，功夫再厉害的闯山人，也只能是猫在窝棚里，堵严实草帘子门，蜷在火盆边抽蛤蟆头烟，喝老烧锅酒了。

可这一天，没有那样的悠闲了。狼刀帮连续打退鬼子二十多次冲锋，死伤几乎过半，余下的人也是困倦不堪。眼见白毛风卷着白毛雪，弥漫了整个天空，要不了几个时辰，大雪就将封山。花狐以为鬼子也是肉身子，不会在这嘎嘎冷的鬼天气里，冒着冻死的危险继续攻打山寨。他让一部分弟兄们退回狼牙洞烤火取暖，喝点烧酒，吃点热乎的补充体力，自己带着五六个人，坚守在鹿砦后面，监视鬼子动静。

龟缩在山崖下的鬼子兵，也都冻成了弯腰大虾米，抱着一杆大枪打哆嗦。松本和佐藤坐在避风处，烤着火，搓着几乎冻僵的双手。休息片刻，佐藤披着白色伪装，爬上山崖，伏在一棵大树后面，瞄着拉起吊桥的绳索，一枪一枪地切割着。这一招很是歹毒，麻绳怎能抵挡子弹？不多时，四根拇指粗的绳索都被打开了花，吊桥轰然倒下。山门和鹿砦已经不能阻挡敌人，沙包堆成的障碍也炸开了豁口，狼牙顶无险可守了。对面山崖上，两挺机枪连续扫射，压得狼刀帮弟兄们抬不起头，黑田嚎叫着赶着鬼子兵蜂拥而上，突进了山寨。

狼刀帮仅剩十几个弟兄，与鬼子展开了肉搏，厮杀片刻，大都倒在了鬼子刺刀下。花狐拉扯着哑巴墩叫他快撒，哑巴墩咿呀呀地叫着舍不得他的鸽子笼，花狐强拽着他，带着鸽子笼，和最后两个弟兄一起，从狼牙洞口一侧崖边纵身一跳，顺着极其陡峭的崖壁，拽着长长的枯藤滑了下去。山崖下有一个猎人冬天歇息的小山洞，这是只有狼刀帮几个头领才知道的秘密。洞口上搭着厚厚的干松枝，花狐等人下滑时正好被挡住，使他们得以脱身藏于洞中。佐藤追到山崖边，却看不见人，只好胡乱扔了几颗赖瓜手雷。松本带着鬼子兵，洞内洞外搜寻了几遍，可到处都找不见北风狼和柳叶刀的尸体，只在狼牙洞内找到一只断了根琴弦的古琴。松本一眼看出，这只古琴做工相当精美，古铜色的琴身已被汗水浸得发红发亮，看上去像是百年老琴。松本让一个士兵把古琴装进一个红绒布袋，用皮带捆在背上带下山。

山崖下扑啦啦飞出了两只白鸽，绕着狼牙顶，响着鸽哨，盘旋几圈，便向北斜刺里飞去。松本怔怔地看着远去的鸽子，突然一惊，若非北风狼真是奔乌林府去抄自己后路？通讯兵再次报告，北风狼突袭守备队，领事馆命他火速回援乌林府，他急忙收拢部队，顶着风雪撤下山去。

白毛风卷着"大烟泡"，弥漫天地，渐渐掩埋了狼刀帮战死弟兄们的尸首，却掩盖不了狼牙顶散不尽的硝烟和血腥。

山林中寒风呼啸，北峰山血红雪白……

狼
刀

第七章　枭雄联手闹乌林

西三镇觅踪迹双雄会义，北风狼齐天龙杯酒释嫌；
歃血盟泯恩仇侠盗闹春，袭军列烧鬼巢义救忠良。

31

鬼子疯狂扑向北峰山时，北风狼已经悄然摸进了乌林府。

这天子夜时分，"一贴堂"后院有人敲门，鬼脸三侧耳一听，三声停顿后又两声，间隔几秒，又是两声停顿后三声。这是狼刀帮的暗号，陈水开了后街院门，闪进蒙面三人，正是北风狼和猛子，还有得到消息立马从江口镇赶来的柳叶刀。

击败松本第一次进剿，北风狼心犹不安，老鬼子这次未能得逞，怎会罢手？可等了一个多月，不见松本再次进攻，乌林府向北峰山传递消息路途较远，一时半会得不到松本动向，他担心松本正在秘谋着什么勾当，便与猛子商量，为防备松本再次进攻把狼刀帮全堵在山上，先派飞虎带一队人马到鹰崴子隐藏，以保存实力。然后又带猛子和四个弟兄下山来亲自打探，也好及时应对变故。正是这一举动，让北风狼先行跳出了松本的包围，得以在山外行动自如，持续对乌林府等地的鬼子进行袭扰，策应山上弟兄。上半夜赶到巴虎门外通禅寺，刚把弟兄们和马匹安排停当，柳叶刀也赶到了。多日不见，却不及细问，就急忙奔"一贴堂"来了。

鬼脸三见三人均着一身夜行紧衣，腰间双枪，绑腿里插着狼头短刀，脚蹬厚底紧口布棉鞋，外罩黑色披风，心里明白了几分。这天晚上，丹桂大舞台刚刚散戏不久，牤子就回来报告，鬼子大队到东大滩上了船，沿江向西。鬼脸三情知不好，鬼子沿江向西，必是进剿北峰山，赶紧换了一身短打，准备亲自进山，会同大当家商议对策。还未出门，北风狼一行就到了。鬼脸三拱手嘻道："大王二王一齐驾到，看来，这乌林府要有大热闹了。"

"我一直纳闷，好些日子没动静，松本老鬼子保不齐憋什么屁呢。原来他把俺们晾到一边不搭理，是他娘缓兵之计啊，趁山神爷（老虎）打盹，花跳子（猫）来薅俺胡须子，偷袭北峰山，是要端俺的窑啊！二当家的，老三，咱也跟他老小子玩玩花活。有啥招，说来听听。"北风狼坐下来，还未喘匀了气，便发话问道。

"鬼子大队出城，守备队孤兵无援，正好掏他的老巢，假途伐虢，围魏救赵，牵着松本牛鼻子，逼他回城。"鬼脸三似乎早有打算。

"鬼子窑（鬼子驻地）眼下有多少码（多少人）？多少杆子（多少枪）？"柳叶刀问。

鬼脸三不假思索立刻回道："码子杆子皂底分头（七八个人，七八条枪），俩转角子（炮楼）上两条碎嘴子（机枪）。"

北风狼满不在乎："堵住转角子，灭了碎嘴子，捏碎那几头蒜，手拿把掐！"

柳叶刀仍有顾虑："杆子一响，狗子（警察）、灰鼠（奉军）会不会插杠子（帮忙）？"

鬼脸三沉吟须臾，捻着下巴颏上几根细须，谨慎回应："鬼子窑与东大营相距近一些，但魁五手下前些日子是又死人又丢枪，亏了元气，如没有督军强硬命令，他是不会再替东洋人挡飞子（子弹）了。而警署那些熊兵，拖家带口的，他们是不敢夜间上跳子（出兵）的。"

北风狼摔下披风，撸胳膊挽袖子，直嗓子喊道："那他娘的还等啥？割了他快嘴子长尾巴（电话线），上窑开天窗（上房揭瓦），砸一顿手炮（手榴弹），半袋烟工夫就收拾了他！"

鬼脸三忙摆手阻止北风狼的喊叫："大当家的，不必操之过急。这工夫，松本大队还没过天发岭，城里一开打，老鬼子若得信带队折返，堵了出城的路，全城搜捕，乌林府弹丸之地，藏不住我们一干人马，咱可就无法施展了。"

柳叶刀看看桌上座钟，刚刚深夜两点，鬼子汽船行程不足一百里，天亮就能赶回来，这时动手，战果如何不说，撤出来返回北峰山，半道上就会和松本头碰头，那还不被人家堵个正着？十来个弟兄要对付二百多鬼子，无异以卵击石。便说："三先生说的对，打铁看火候，赶路看日头，咱得掐算好寅卯，捏咕好时机。忙三火四，匆匆上阵，打不打得下来，天亮都得撤，城里警备队在屁股后面追，鬼子在前面半道上截，咱还不是成了送到人家嘴上的嚼裹儿？"

"那你们说啥时干？我们总不能就窝在这疙瘩，等松本打下了北峰山回来，把咱一勺烩了吧？"北风狼不耐烦，没好气地嚷着。

鬼脸三再次摆手："我夜观天相，云蒙紫薇星，不出三日，月黑风高，正是杀人越货，打家劫舍的好时辰。那时，松本也许还未打进山门，鬼子一定用顺风耳（电报）报信，那老小子就得回兵救援。等他再用三天赶回来，咱也早就脚底抹油，开溜了。"

狼刀

"对，这样一来，既端了鬼子老窝，又解了北峰山之围，是两全之策。"柳叶刀很赞同。

北风狼转念一想，还是有点不大把握，随后又说："咱手上溜子不足，鬼子守备队可是个响窑，一旦磕不开，被鬼子扯住了脚，要想全身而退，就不大容易了。"

鬼脸三故作神秘卖关子："知道齐天龙吗？就是五年前抢江口镇地盘的那个刘布仁。"

"提那个瘪犊子干啥？当年不是我枪下留人，他早成鬼了。"北风狼颇有不屑。

柳叶刀杏眼圆睁，怒从心起："这条丧家之犬，漏网之鱼，还欠咱一笔旧帐呢。量他穷神庙小，这几年倒还规矩，不跟他计较。咋地？改了名号就要作妖？"

狼刀帮与刘布仁结有宿怨，而刘布仁与柳叶刀之间的芥蒂也非一日之寒。

民国之初，东北地区一些较大的土匪帮伙一般都参与挖金、采参、放山，或狩猎，或经营山货、木材、药材等生意，这是在当时社会背景下土匪维持生存的正当手段。既然是生意，必然就有竞争，除了金把头、采参帮，猎人帮，还有沟民、金匪，甚至沟里的妓女，乃至外国商人或冒险家等，他们甚至在某些时期形成权势集团，各呈割据状态。因而，土匪绺子相互间常有争夺地盘打斗，或抢生意的火拼。

那一年，松江岸江口镇木排集散地，狼刀帮占了江岸一片滩涂，建了木排码头，由白羽鹰操持经营。因临江的位置、地势都占先机，生意很红火。有个无名小绺子，溜子们都玩双刀，领头的就是刘布仁，这伙匪徒对这块地盘觊觎已久，便玩浑的，出手硬抢。白羽鹰岂是善茬？但单打独斗势单力薄，单枪匹马斗不过一伙双刀客，好在刘布仁还有点仁心，没下死手要了白羽鹰的命。北风狼那时也正是年轻气盛，一腔子血性，生意正兴，岂容他人染指，当道截财。率队驰马江口镇，码头沙滩一番械斗，夺回失地，赶走了双刀匪。有说书人编了段子，江口镇百姓商家口口相传，说狼刀帮大头领一马跃上木栈桥，居高临下，一杆蓝缨长枪，上下翻飞，好似岳鹏举丈八沥泉神矛大战金兀术螭尾凤头金雀斧，只几回合，便枪尖锁喉，刘布仁双刀落地，大头领善心仁德，留了他一条性命……

败兵如匪，何况刘布仁本身就是匪，痞性难收，欺软怕硬，毫无道义，朝女流之辈撒野。柳叶刀那年刚刚在老金沟结拜了飞虎几个小兄弟，有天和一姐妹带一袋金沙，来江口镇出手。不想跑了风，被刘布仁手下盯上了，野狗围堵两只羊，醉脘街上又一场力量悬殊的打斗。柳叶刀流落江湖，曾独闯大东山，在老金沟金耗子（零散的采金人）地龙（半地下的窝棚）里，给人做饭洗衣讨生，也常到江口镇码头集市卖些山货。贪色的街头小混刘布仁对她垂涎许久，要不是有长剑护身，有好几次险遭欺凌。

仇人相见，分外眼红，柳叶刀柳眉倒竖不惧恶，长剑在手，突刺劈杀，闪跳腾挪，齐腰长辫挟风飞旋，辫梢里一寸柳叶尖刀，如青蛇暗中吐信，刘布仁防不胜防，又难以近身，脸上手上处处渗血。正待启程回山的北风狼，在客栈里听得街面大乱，出门一看，不由怒火中烧，二话不说，出手相援，再次将刘布仁双刀打落。刘布仁不敢再纠缠，落荒而逃，却就此衍生了柳叶刀与北风狼的爱恨情仇……

而今天，北峰山急难之时，新仇未了，鬼脸三为何又提起这段旧恨呢？

32

这正是我要跟二位当家禀报的。鬼脸三回应两位头领发问，道出一段缘由。

江口镇一败再败，刘布仁无颜在此厮混，带着几个弟兄，回了老家西三镇，重操犁铧，开荒种地。手下弟兄大多是城乡里闲懒的游神散仙，靠两下子二把刀的腿脚功夫逞能，种地都不在行。开春胡乱撒下些种子，到秋却打不了多少粮食，因而，青黄不接时，也干几回砸明火抢大户的勾当，或偶为梁上君子。鬼脸三那时也正摆地（摆地摊）看相算命爻卦批字，已经小有名气，刘布仁几欲求拜，却机缘未到，阴差阳错，未能谋面。有一次，刘布仁带俩弟兄在南河沿街上摸鱼（绺窃），不想那天偷的是个穿中国服装的日本人，一顿拳脚打得俩弟兄顾头不顾腚，扔下刘布仁就蹿了。巡警吹着哨子撵过来，刘布仁顺南河沿窜到裤裆街，一头钻进鬼脸三罩着阴阳鱼八卦图布帘子的破桌下，才免遭牢狱。于是，因祸得福，结识了鬼脸三，从此更是对他感恩戴德。一来二去两三年，两人成了道上朋友，刘布仁每临大事，必请鬼脸三爻卦卜算吉凶。鬼脸三入伙狼刀帮后，也曾有想法，让刘布仁靠窑，虽说不过一些无名鼠辈，鸡鸣狗盗之徒，但关键之时，危难之中，也能派上用场，以解棘手。可刘布仁忌惮北风狼，又不愿服软，更不愿听从他摆布调遣，一直未谈拢。

一年前，刘布仁砸个响窑，弄了几支老套筒、旧毛瑟，还有一把狗牌撸子（西班牙产一种低档手枪，握把上贴着一只奔跑的猎狗图象），手里有了家伙，胆也肥了，腰也壮了，想再拉杆子。便来求见鬼脸三，焚香设局，开坛布道，卜问前程。鬼脸三假模假式地摆样子，清水净手，请出周易，天干地支，阴阳八卦，子丑寅卯，之乎者也，云山雾罩。最后说刘布仁至多也就是个坐殿佛爷（小偷头领），只能沿街拢钱，或坐地收赃，要想壮大声势，出人头地，必得重勘风水，更名改号，并须高人相助，强手联袂。

狼
刀

刘布仁直拍大腿，说自己一直不顺，原是风水不顺，名号不亮。拉帮起事的土匪，都相信名号不亮不发家，所以哪怕三两个人的小匪伙也要有个响亮的报号。路上相遇，各股自报家门，是仇人，捉对厮杀；是友好，相安无事。砸窑时，也向主家报号，既表现"好汉做事好汉当"的气概，也借此扬名，吸引不逞之徒前来投奔。刘布仁名字谐音不吉，布仁即不仁，道上岂容不仁之人？他连连拱手作揖，摸出三块大洋，请鬼脸三为他改取吉号，再立新名。

鬼脸三问明刘布仁属相和生辰八字，又查了他的身世，得知他原是满族伊喇氏，这是满族最古老的姓氏，源于金国时期女真契丹国姓"耶律"，后改为汉姓刘氏、王氏、肖氏、萧氏等。鬼脸三拆字极拿手，略一沉吟，便将刘姓拆分重组改为齐，又将仁字拆分重组改为天，又取其辰龙之属，而成新名齐天龙，绺子名号取其善使双刀之兵器，就叫双刀会。并做了一番详解：刘姓文字旁边立双刀，太露锋芒，亦示血光，且流寇落草，又于祖姓不恭，改双刀藏于身下，化为齐姓，则可避凶。仁字看似二人相立，实为二虎相争，亦患不睦，将立人旁还原为人字，与二字叠为天字，喻为二人联手立天下，可成大事。但须切记，虽为绿林，却不可不仁，匪有侠义，盗亦有道，方为好汉。刘布仁欣然而受，纳头拜谢，从此，起事开局，行走江湖，均以"齐天龙"和"双刀会"报号，并以刀身铸龙头为标志。不到两年，这赫亮上口好听又形象的名号，渐渐在乌林府一带传开，且行事规矩，仗义江湖，几乎与狼刀帮、黑三豹、草上飞、白龙驹等绺子齐名。

不久前，鬼脸三暗中用计，让陈水几次潜入东商埠一家经营布料的九州洋行，搞清了内部房间格局和仓库地点，画了一张草图，找机会卖给了双刀会瞭水的小溜子。鬼脸三料定齐天龙必定找上门来问卜，早已编好一卦。齐天龙果然转弯抹角问城东方向可有财运？鬼脸三说近观天相，朝阳门外现财星，此处可得一宝，但有蛇蝎守护，探囊需费一番工夫，必沾血光。齐天龙又问有何破解之术？鬼脸三掐算一番说，三日后子夜行事，杀蝎灭蛇取宝，放亮子（放火）断后，如有追杀，可西行百里避灾。齐天龙依计行事，三日后夜半砸窑，杀了两个日本商人，劫走大批布料，放火烧了洋行。当松本带着守备队赶来时，九洲洋行刚刚烧塌了架，焦糊的门框上插着一把虎头刀。松本自然知道惯匪行事必留名，这是齐天龙双刀会所为，便在城内城外大肆搜捕，一连数十日，让双刀会弟兄们不敢出门。齐天龙又按鬼脸三之计，带着弟兄们潜回百里外的西三镇蛰伏，就此与松本老鬼子结下了梁子。

略施小计，鬼脸三便把齐天龙"逼上梁山"，且留下伏笔，若要翻身强盛，重出江湖，需得高人相助，所以，走投无路之时，齐天龙必来北峰山靠窑。

"两位当家的，齐天龙劫了鬼子洋行，成了松本死对头，那也就是咱们的同道，且他也有意化解宿怨，联手做强。而今北峰山将遇劫难，正是需要各路朋友相帮之时，齐天龙即是可用之力啊。"

听鬼脸三这么一说，北风狼紧绷的脸，松弛下来："刘布仁改号齐天龙，也就这一年多的事，小河沟里的喇咕，还真翻出些泥来。不过，这帮兔崽子不过是浪飞（不固定的绺子），手上那几杆子家伙，不大顶楞。跟咱屁股后面喝汤还凑和，指望他打头阵，那还不是想借咱的声威干他自己的事吧？对了，二当家的，那句话是咋说的？什么狐狸老虎啊？"

"狐假虎威。狐狸走在老虎前头，假借了老虎的威风，吓跑了松鼠兔子。不过，你仅仅是只狼，还没那么大的威风，人家可是叫齐天龙，说不定咱还得借用人家的威风呢。"柳叶刀话中有话。

"兵法说，不谋一势者，不足以谋全局，不谋一时者，不足以谋一世。"鬼脸三博引旁征。

"妈了巴子，你俩捋什么口条（咬文嚼字）？俺一条狼，不懂人话！"北风狼半谑半真。

柳叶刀和鬼脸三又费一番口舌，给北风狼讲解谋势与谋局、谋时与谋世的道理，说白了，就是凡事要有长远打算，走一步看三步，开局落子就为收官埋下伏兵。北风狼终于明白，与齐天龙联手，既是为北峰山解围，也是为日后做准备。至于日后如何，眼下还顾不上多想，松本进剿北峰山，狼刀帮恐难逃一劫，但眼下自己手上人马不多，想在乌林府内外闹出些动静，还真得齐天龙相助。

这点鬼心眼，瞒不过柳叶刀。鬼脸三一说齐天龙抢了鬼子洋行，她马上明白，狼刀帮有了帮手，但北风狼心存疑虑，跟齐天龙有可能尿不到一个壶里。所以，两伙绺子现在不宜全裹在一起，狼刀帮不能完全吞并双刀会，是为了江湖道上要留下这个名号，继续与鬼子分庭抗礼，吸引牵制敌人，为狼刀帮减压。因此，与齐天龙平时分兵，战时联手，方为上策。

这个决策正对北风狼心思，一拍桌子，中，就这么干！

33

天刚蒙蒙亮，空中仍然飘着雪，整个乌林府还在沉睡中。一贴堂后门悄悄打开，北风狼与柳叶刀、鬼脸三和猛子鱼贯而出，放轻脚步，贴着街边，向通禅寺摸去。不多时，四匹马出了寺院，通过巴虎门，一路向北，奔了西三镇。雪，很快掩盖了他们的足迹。

西三镇是乌林府北面百十里外一片坡地下面的平原地带，早年间因土地肥沃，聚集了一些闯关东来开荒种地的农民，时间长了，三个相距不远的屯子渐渐连了起来，发展成上万人口的大镇子，便有了西三镇，并有了商号、米行、烧锅、饭馆、大车店，很是热闹。尽管齐天龙藏匿在西三镇一带，但究竟是哪村哪屯，鬼脸三并不清楚，只能在镇上打探，他知道，双刀会的人一定会在集市上买粮或卖山货。

今天正是十天一次的大集，北风狼四人到达西三镇时，镇里已经热闹起来，虽然雪还在下着，赶集的人还是不少。十里八村的老乡和一些山货皮货商人占据街面两侧，吆喝着叫卖高粱玉米等自家打的粮食，以及蘑菇木耳狍皮兔皮等山货皮货，街上的店面饭铺也开得早，到处冒着腾腾地热气。四人把马拴在镇北街口大车店，然后沿街一路溜达着，这镇上常有响马装束的人出入，只要不扰民，谁也不会轻易招惹他们，所以，几人混在人堆里不显山不露水，并未引起注意。

溜达了近一个时辰，鬼脸三瞄到了一个略有驼背的罗锅子，毡帽蒙脸只露俩眼，手里挑着两只野兔，也不叫卖，就站在街边，眼珠子轱辘乱转四下偷窥，一看就是在望风。见他破羊皮袄大襟下露出一节打结的麻绳，鬼脸三心里有数了，悄悄凑过去，枪口顺麻绳向上轻轻一挑，罗锅衣衫下露出一个烙着双刀图样的腰牌，鬼脸三回头对猛子一摆，两人一边一支枪顶上罗锅肋窝。北风狼和柳叶刀站在前面，背靠他们，挡住人们视线。猛子低声喝问："两条草溜子（兔子），什么价？插蓬（阴天）挂帐（起雾）的日子口，这点嘎码（东西太少）能换几个蓝头？我看你不是个尖子（买卖人），是个溜子（土匪）。"

罗锅把兔子夹在腋下，两手交叠竖起拇指："三老四少，手下留情，哪个溜子？老大贵号？大路朝天，你我半边，别伤了和气。"

鬼脸三直接就问："兄弟是双刀会的吧？齐天龙今天来了吗？我是鬼脸三，带我去见他。"

罗锅忙回应："三爷，三爷，久闻大名，如雷贯耳，小有的幸，得见真神啊。"

"少啰嗦，快说，齐天龙在哪？"鬼脸三枪口一顶，罗锅朝后一偏头。

身后是一个小酒馆，鬼脸三抢过兔子扔给猛子，拽着罗锅进了屋。北风狼、柳叶刀左右巡视，见无异常，跟着进了酒馆。猛子收了枪，手上挑着兔子，站在小酒馆门口，高一声低一声地叫卖，一边警惕地观察街上的动静。

齐天龙大咧咧地坐在木桌前，一脚蹬在板凳上，一手抓只鸡腿啃着，腰里插着狗牌撸子。旁边两个小溜子也在呼噜呼噜地喝酒吃肉，每人的双刀裹着麻袋片，横躺在板凳上。北风狼等人带着寒风闯进来，惊得齐天龙扔了鸡腿操枪在手，起身一脚踢翻了板凳。

屋里其他吃饭喝酒的，见势要溜，柳叶刀堵住了门，枪口逼着他们缩在墙角。罗锅连忙拱手上前："大当家，压着脉，都是溜子，不是空子，三爷来了。"齐天龙这才定眼一看，果然是鬼脸三，但手里的枪并没放下，指着北风狼等人："这几位爷眼生，哪条道上的英雄，报个迎头，什么个蔓（通报姓名）？"

按土匪绺子会面规矩，即便有熟人接捻（牵线接头），也得各报姓名。北风狼笑了："列天（北方）轮得急（风），张三（狼）又摸子（是同类）。咋的，不认得了？"

柳叶刀也报上名号："红雁梢（柳），绿青枝（叶），插人（杀人）夺命一口刀。江口镇的账咱还没算完呢！"

二人报了名号，齐天龙也收了枪，双手抱拳："空中飘蔓（姓齐），肩挑一担（天），头上长角（龙）。俺是二位手下败将啊。"

鬼脸三按下双手，示意几人收了枪："都是道上兄弟，借一步说话。"齐天龙俯在鬼脸三耳边嘀咕一声，随即起身出了酒馆。

沿着嘈杂热闹的街市，两伙绺子拉开距离相跟着出了街口，齐天龙在镇外小树林也上了马，先行一步，北风狼四人到大车店牵出马匹，远远跟在后面，一路向北驰去。

午后未时，他们到了西三镇最北边一个小吉村，村后紧挨山脚有四间草房，两个小溜子把马牵进屋后山窝里。山窝林子里藏着一条小道，直通山后，如有风吹草动，窜出草房奔山窝子，骑上马顺小道撒丫子，半袋烟功夫就蹽没影了。鬼脸三查看一番，放下心来，地势不错，可进可退，压（住）在这里，比较安全。齐天龙进屋就嚷着："弟兄们，这几位当家的，都是里口来的（本地同行），搬山头子（杀羊），屋后雪窝里掏两条顶水子（鱼），炝一盆海沫滚子（鸡蛋酱），煮一锅扣手子（黄米饭），爷跟好汉们啃富搬浆子（吃饭喝酒）！"

不多时，草屋里热气蒸腾，肉香扑鼻，齐天龙双手端起海碗，举到眉间："几位老大，俺双刀会不过是个地蹦子（不起眼的小绺子），承蒙各位瞧得上眼，能钻俺这草窖，齐天龙得了福份，先干为敬！"一口气喝干，海碗亮底朝天。鬼脸三拦住北风狼，自己端起碗："兄弟，可有溜子把风压水（放哨设卡）？保不齐翅子窖（官兵或警察住所）闻腥起跳子（得到消息出兵），咱可得立马撒丫子啊。"

齐天龙眼睛一瞪："三爷尽管敞开了喝，踏线（侦察）的，早已放出十里之外，就是只鸟，也瞒不过俺弟兄的亮昭子（眼睛）。"鬼脸三叫声好，也一口喝干亮了碗底。

齐天龙已听说，不久前狼刀帮掉了包换北风狼逃出大狱，而后北峰山又遭鬼子围剿，北风狼来此绝非寻仇，必是意图联手。他又端起一碗酒："当年江口镇是小弟有眼无珠不知山外有山，多亏大当家枪下留情，天龙才有今日。兄长此来碰码（会面），定有大事，不妨直言。我这几头蒜这回能给大当家沾了漂洋子（饺子），是狼刀帮瞅上俺还有点呛辣，不是瘪瓢子。只

狼刀

要大当家一句话，天龙甘效犬马！"

北风狼和柳叶刀、鬼脸三同时端起碗，四只海碗哐当一碰，全见了底。北风狼抱拳道："想必兄弟已得了信儿，鬼子进了北峰山，实不相瞒，松本老小子第一回没得手，又带一帮鬼子二返头堂，要至狼刀帮于死地。我带出的溜子不多，此番前来，是想与天龙兄弟联手，一起去乌林府闹腾一把，给松本老窝烧把火，为北峰山解围。还望天龙老弟不记前仇，助我一臂！"

齐天龙操起一只割肉尖刀，撸开袖子，在胳膊上一划了一刀，两滴鲜血落进酒碗。"既然大哥不嫌小弟曾经犯混，又给小弟回报枪下留人的机会，天龙愿与大哥歃血为盟，结成生死弟兄，随大哥刀山火海下油锅，在所不辞！"

北风狼抽出狼刀划开手臂，几滴血融进海碗，先端起来喝了一半，齐天龙随即喝干另一半。柳叶刀松弛面色，鬼脸三爽然而笑。

34

小吉村义结金兰，狼刀帮如虎添翼。柳叶刀鬼脸三运筹城外袭扰城内掏心之计，众好汉星夜分兵赶路。

齐天龙点齐十个弟兄，整行装，携双刀，跟随猛子先行赶赴桃花渡，那里还藏着一批枪支弹药，北风狼豪爽地全部送给了齐天龙，装备双刀会弟兄。鬼脸三与齐天龙约定，五天后傍晚，在乌林府西边尚龙岭铁道旁林子里汇合。他知道鬼子火车每礼拜一趟，往返长春和长白山下头道沟运送军火粮食，松本进剿北峰山，也是靠这趟车补给弹药粮草，劫了鬼子火车，就是断了松本后援，就有可能逼迫他撤兵。鬼脸三算计好时间，齐天龙马匹不足，步行桃花渡往返得三、四天，赶到尚龙岭歇息一天，就有可能赶上一趟火车经过，狼刀帮双刀会弟兄们一起打鬼子火车，合兵一处，才有胜算。

北风狼与桃叶刀和鬼脸三是后半夜启程的，三人快马，第二天中午就到了尚龙岭小镇。

这是长春通向乌林府的必经之路，吉长铁路也由此而过，尚龙岭就是铁路线上的一个小站，火车到了这里要加水加煤，然后穿过一个山洞隧道，出了山洞是上坡弯道，铁路两侧都是茂密的森林，火车到此开不快，狼刀帮曾在这里扒过火车，劫过鬼子的货物。北风狼熟悉这里的地形，也知道林中一条小道，劫了火车，立马就能顺小道进山，翻过一道岭，岭下有两条官道，一条通向乌林府，一条通向江口镇，便于隐蔽撤退。

小镇街口有家大车店，前门通街里，街上有些商铺、酒馆，午间正是热闹时候。北风狼三人把马拴在院里喂上，上街找个小馆吃了口饭，饭后和柳叶刀沿街溜达着，查看动静。鬼脸三一人来到小站外，四下扫了几眼，见附近没人，便钻进一条胡同，进了一个小院。这里住着赵文礼，是鬼脸三中学同学，在站上当调车员，曾经为狼刀帮提供鬼子火车的行车时间。这两天站上不过车，赵文礼此时正在家中，鬼脸三带来小馆买的猪头肉花生米和一斤老烧锅，赵文礼也不客气，叫老婆熬了一锅苞米面糊糊贴了几个大饼子，又切了盘咸菜疙瘩。两人就着这点菜喝起来。闲扯六拉地说起上学的往事，唠了小半天，一直到晚半晌，谁也没说火车和站上的事，酒足饭饱，鬼脸三就和衣而卧，躺在炕梢，呼呼睡起来。

赵文礼出门时，天刚擦黑，他到站上转了一圈，和值班员瞎聊一气，不经意地溜一眼墙上的行车板。这两天不过车，鬼子站长不在站上，一个人值班也闲得无聊，赵文礼来了正好有个伴解闷，值班员毫无戒心，顺嘴说出鬼子站长回长春看老婆去了，四天后回来，因为那时有趟军列打站上通过。赵文礼装作没听见，起身捅捅地当中的火炉，一股煤烟呼地腾起，他在脸上抹了两把，说迷了眼，不唠了，回家睡觉。

早上，鬼脸三醒来，赵文礼悄悄向他伸出四个指头，然后又比划了一个手枪形状。他明白了，这是四天后过火车，而且正是他想要下手的军列。他摸出三块大洋，让赵文礼去买酒菜，多买了五斤酒，装在一个牛皮酒囊里。两人猫在屋里连喝了两天，喝够了就蒙头大睡。到第四天早上，赵文礼要到站里上班，鬼脸三又掏出十块大洋，揭开墙上一张观音像，塞进观音像后面的佛龛里。赵文礼轻声说，西时，站外小树林。

傍晚，鬼脸三来到车站外小树林等候，不多时，赵文礼匆匆而来，告诉他，军列在晚上九点二十分进站，加水加煤后，九点五十开出，十点二十二分通过山洞。

鬼脸三赶到大车店，会齐北风狼柳叶刀，上马出了小镇，沿一条小道，上了山。走了约八九里，就在林子里看到了猛子和齐天龙等十几个弟兄，他们已经在晚饭前到达了鬼脸三指定的地点。这片林子外，是铁路弯道上坡，正是扒车劫货的好地点。北风狼干劫车的活，是轻车熟路，他告诉齐天龙，鬼子军列来了，先摘下最后一节守车，顺坡溜下去，一直能撞到山洞里，以此阻拦看守隧道的鬼子护路队，掩护这边快速卸货运货，然后给弟兄们分了组，分了工，分头负责监视护路队和上车卸货运货。鬼脸三拿出酒囊，让弟兄们轮流喝几口，借酒热暖着身子，等候鬼子军列到来。

眼看天上星星一颗颗出齐了，鬼脸三估摸着快到点了，北风狼便带人出了林子，让齐天龙和手下往隧道方向行进，在弯道口隐蔽，要是守车撞进隧道没拦住鬼子，就在弯道上打阻击，坚持半个时辰再撤。然后让猛子做好准备，军列一到，就扒上去摘掉守车，打开最后一节闷罐车卸货。

不多时，坡下传来一声汽笛，火车出了隧道，正鸣笛爬坡。十多分钟后，便喘息着，喷着汽雾，爬了上来。齐天龙派了一个小弟兄，摸到隧道口不远处，把半个马蹬紧紧地卡在了铁轨接缝里。

狼刀

北风狼一挥手，带着猛子噌一下跃起，飞身上了最后一节，非常利落地摘下了守车与最后一节闷罐车的连接扣。然后，北风狼上了闷罐车顶，向中间爬去。猛子手扒车顶，挪到闷罐车门口，拧开拴门扣的铁丝，一脚蹬开门进入车内，北风狼也从车顶翻下来，接着，一捆捆干草裹着的长枪，一只只铁条箍着的木箱，从闷罐车里扔了出来。柳叶刀和鬼脸三带人跟着慢速行进的军列，捡着地上的枪支弹药，一会儿几匹马背上就驮满了。

北风狼和猛子撬开一个箱子，掏出几颗鬼子的赖爪手雷，又爬上车顶，向军列中部跑去，两人同时向两节闷罐车的气窗里扔进了手雷，然后跳下车。军列向前行驶中，接连发生爆炸，闷罐子里燃起了火光，立刻就有烧炸的子弹，带着曳光，嗖嗖乱飞，还有手雷也接二连三地炸响，两节闷罐车顿时就支离破碎，大火很快就蔓延到整个军列。

这时，顺坡下滑的守车，载着几个鬼子兵，如同倾倒下来的一座山崖，冲向隧道，被卡在铁轨上的马蹬颠覆，带着巨大的惯性，撞向了隧道。齐天龙见护路队的鬼子乱成一团，根本无力组织追击，便带着弟兄们后撤，向山林里追赶北风狼去了。

北风狼带领弟兄们撤回乌林府，藏进巴虎门外的通禅寺，清点了战利品。齐天龙的手下都换上了鬼子的三八大盖，还装备了四颗赖爪手雷，他自己的狗牌撸子也换了王八盒子。狼刀帮弟兄们也补足了弹药，配备了手雷，兵强马壮，底气十足。他们隐藏在通禅寺歇了两天，正要准备出城，到新开岭伏击回援的松本，派出去的眼线回来报告，松本仍在继续攻打北峰山，并没撤兵的迹象。北风狼急了，召集起弟兄们，要打回北峰山，被柳叶刀拦住。松本不回兵，恐怕另有诡计，也许又是在中途埋伏，等我们回山救援时，再次围堵。柳叶刀的担心让北风狼惊出了冷汗，咱不能第二次进了松本的圈套，还是再等等，看他有什么动向。

焦急等待中过了些日子，眼瞅就要大雪封山，眼线回来报告，松本仍然继续攻打北峰山。北风狼和齐天龙都跳脚大骂，鬼脸三来了，柳叶刀说，不能再等了，必须出重手，打鬼子守备队，朝松本老巢下笊篱，再次逼他回援。鬼脸三赶来通禅寺正是此意，于是，又一番谋划。

晚上十点，二十条汉子趁夜色，扑向东商埠北侧日本守备队。行前，鬼脸三叮嘱，打得如何，都不能恋战，黎明前都必须撤出，从东大滩过江，绕道江东，再返回通禅寺。北风狼先派了两个弟兄，带着马匹，从巴虎门外绕到东莱门外的东大滩，藏在柳树毛子里待命。然后和柳叶刀、齐天龙带领手下，下了玄天岭，从城外北侧直插火车站。

子夜，火车站和东商埠一带枪声大作，喊声阵阵，似乎有百十人在进攻日本守备队。北风狼就是要把动静闹大，让留守的鬼子吃不住，逼得松本迅速回援。北风狼和柳叶刀距离守备队百米之外，贴在一幢房子墙边，同时用三八大盖敲掉了守备队炮楼上两个机枪手。弟兄们呼拉一下围上去，隔着院墙扔手雷，一通猛炸，院子里鬼哭狼嚎。猛子事先准备了一个铁皮桶和四五挂鞭炮，点着了鞭炮扔进铁桶，那响声和机关枪一样，这样，既节省子弹，又加强了气势，鬼子听见，一定认为是大队人马攻上来了，必然惊慌向松本求救。按照事先商量好的打法，齐天龙带着几个弟兄，顺西墙攀上屋顶，又猫着腰，分头占据东西两厢的房顶，揭开房瓦，开了天窗，朝屋里连续投弹。

几分钟后，松本老窝里就起了大火，火光腾腾，红了半空，浓烟滚滚，遮了月亮。

北风狼打个呼哨，发出撤兵信号，猛子却一下子蹿上了院墙，腾腾几步上了炮楼，拽出一挺歪把子机枪，贴着墙跳了下来。

前后不到半个时辰，枪声停了，街上人鬼不见，只听大火烧得噼里啪啦直响……

35

北风狼本打算，在松江和汶河交汇口西岸的榆树林子再次设伏，等松本从北峰山回撤至此，再发起突袭。可眼线回报，等了几天，仍不见松本回兵，北风狼十分焦急，在通禅寺汇齐人马，要杀回北峰山。这时，红叶和红珠红巧又从江口镇赶来。因为柳叶刀放心不下北峰山，又执意援手北风狼，红叶妹拦不住，但一直担忧姐姐安全，恰好关胜亲到江口镇，说师弟有难，请七侠妹相帮，红叶妹二话没说，带着俩妹子就奔乌林府来了。

关胜师弟，红叶妹的二师兄，就是那三爷儿子那武，离家多年，一直没有消息。其实，他秘密加入了东北地区共产党组织，在各处奔走，不久前，那武回到乌林府，带领一批青年老师和学生，在北山药王庙会上，演说募捐，散发传单，宣传革命，组织开展反帝斗争。这件事很是轰动，震惊了官府，张督军气得吹胡子瞪眼，拿马鞭子把警察署长寇炳坤脸上抽了两道血印子，严令他捉拿领头的共党。寇炳坤知道那武是关胜的师弟，就支开了他，派他到松凌城长住，追查王通被杀案的线索，然后派暗探四处打听搜寻，终于在第一师范抓住了那武。十多天后，关胜才得知消息，便直奔江口镇找红叶妹一起赶回乌林府，准备搭救师弟。

那府周围一定有暗探，关胜一出现就会被寇炳坤控制。所以，他没去找那三爷，而是戴着一脸连鬓胡子，化装成卖山货的老客，在警察常喝酒的小馆里探听到，那武是要犯，没关在警署监狱，而押在尚仪街"果子楼"，就是将军衙后面米粮行一个办公小楼。"果子楼"，原是清朝进贡物品管理中心，光绪十六年一场大火，烧了乌林府几条街，果子楼也成灰烬。现在的果子楼是大火后重建到光绪三十四年又扩建的，有储物楼三间，办公房四间，周围是砖墙，院内东北角空地上建有一处冰窖。后来张督军占了果子楼做了警卫队营房，冰窖早不用了，但关押个犯人却很适用，那武就押在冰窖里。

这天晚上，关胜潜入一贴堂，他与红叶妹约定在这见面。摘了胡子，鬼脸三才认出他来，但瞬间就明白，他如此而来，必是紧要。关胜说明来意，鬼脸三拱手："那三爷豪气震乌林，关神探有恩狼刀帮，俺们不是无义之辈，岂能坐视？大当家更不会袖手。"关胜这才知道北风狼为解围北峰山，也来到了乌林府。

夜色初降，一贴堂聚齐了众头领。红叶妹性急，要直接杀进果子楼，抢出二师兄。柳叶刀不同意，这样动静太大，反倒害了那武。北风狼建议，还是使老招法，绑了寇炳坤老婆，换人。关胜说，师弟是在张督军手里，绑寇炳坤老婆没用。鬼脸三沉吟许久才开口："既然那师兄是关在果子楼，不管用什么办法去救，咱都得先了解那里的地形。可有谁知道那里是什么样？住着多少兵？火力配置如何？冰窖入口在哪？又怎样打开？救了那师兄，又怎样能出得了果子楼？这些不先琢磨透，去劫狱，就等于是送死。"

红叶说："大师兄可以办案为由，进去查看。"

关胜说："寇炳坤瞒着我抓了人，且已由督军接手，我就没权过问此事，怎进得了果子楼？"

柳叶刀说："警署一定有知情人，咱不妨花钱买路。"

鬼脸三摇头："那师兄案子由督军管辖，警署的人不能靠前，还得从督军卫队下手。"

关胜又说："此事一定要快，必须赶在督军处置师弟之前啊。"

红叶急得拍桌子："那还等啥，天亮就撒出人去，让七妹去勾引个当官的，我不信就一点风探不出来。"

柳叶刀说："美人计是慢功夫，太急了就露馅了。"

鬼脸三说："我认识督军卫队的医官，找到他，直接挑明，帮了咱，咱给钱，不帮咱，就要了他的命！"

北风狼抽出狼刀叫着："老三，我跟你去，狼刀架在脖子上，量他不敢不从！"

柳叶刀又说："掌握果子楼情况，也不能硬打，咱这二十多人，不是督军卫队的对手。再说，奉军二团离着不远，这里一交火，半个时辰，援兵就到，既救不了二师兄，我们也脱不了身。声东击西，调虎离山，方为上策。"她说出自己的主意，鬼脸三和关胜都点头，红叶也赞同，北风狼拍大腿，到底是读过书的，如此这番，再闹乌林府，松本不得不撤兵。

深夜，一贴堂后门闪出几条身影，四下散去。

粮米行东头不远，有个白旗堆子胡同，一个小院内住着督军卫队医官徐涞水，他与鬼脸三中医世家有些渊源，常到一贴堂买药，是熟人，鬼脸三知道他的住处，当夜就摸上门来，逼着徐涞水画了一张果子楼的地形图和岗哨位置。鬼脸三又问怎样进出冰窖，徐涞水说冰窖上铁链锁着大石头压住出口，就是打开铁链，没有三五人也搬不动。鬼脸三收了图，警告徐涞水不许走露风声，否则杀你全家，扔下钱闪出门去。关胜在深夜摸进了弧形弯曲的辘轳把斜街，神探了解自己治下的民情，知道这里住着一个老石匠，早年参加过果子楼扩建。果然，不费多少口舌，老石匠告诉他果子楼东大墙外有个洞，里面是专门运送大冰块的斜坡，冰窖停用后，是他用大石板封上的，挖开石板上半米厚的土，掀开石板，就能进到冰窖里。红叶和红珠红巧则插向东商埠，攀上一户民房，摸清了鬼子守备队和警察巡逻的间隔时间，并选好一家日本料理为目标。劫狱行动开始时，袭扰这个目标，以牵制守备队和警察，同时，在西桥洞埋伏，阻止奉军二团向将军衙增援。北风狼和柳叶刀，悄悄去查看了将军衙四周的警卫和道路……几拨人马分别完成侦察后，黎明前回到一贴堂。

关胜和柳叶刀、鬼脸三再次研究每一步行动，计算好了时间和路程，定下了行动时间。天亮时，北风狼和柳叶刀返回通禅寺，让弟兄们做好准备，当晚行动，并把马匹藏到东大滩等地。柳叶刀考虑到那武关押许久，一定受了刑，不能骑马，就让明水大徒弟了空又备了一辆马车。

按照分工，晚七时许，猛子带两人装成路灯工人，在果子楼东墙外放倒了一根电线杆子，开始挖坑，关胜和鬼脸三在旁边胡同里警戒。九时，柳叶刀带两人在二道码头江岸胡同会合了空，并负责阻击江岸方向的援兵。夜里十点，红叶和红珠红巧错过巡逻队，冲进日本料理，旋风般地把喝得醉薰薰的四五个日本商人和浪人挨个抹了脖子，然后点了一把火。巡逻队返回时，已是火光冲天……红叶三人又埋伏西桥洞子，与奉军二团一队士兵打了十分钟，转眼就没了影了。

同时，北风狼带四人爬上树，朝将军衙院里打枪扔手雷，打死了卫兵，炸得满院子浓烟滚滚。果子楼里的卫队听见动静，慌忙集合赶来增援，北风狼带人沿江岸边打边撤，把卫队引向东莱门方向。

齐天龙带人堵住果子楼正门，朝院里打枪，把剩下的守卫封锁在屋里。这时，冻土已经挖开，石板也掀起来，猛子点燃火把，放下绳子，关胜和鬼脸三拽着绳子沿斜坡滑进冰窖，把躺在草铺上的那武用绳子拴好，拉出了冰窖。

　　柳叶刀和了空准时到达，拉着那武沿江岸向临江门方向撤退，关胜和鬼脸三也潜回了一贴堂。突发闪击之后，疾风般掠去，这一干人等，旋而隐身，夜色在他们身后，拉上了一道沉重的大幕。

　　追出东莱门的督军卫队，莫名其妙地失去方向，奉军二团胡乱打了一阵，无人回应，返回东商埠的巡逻队忙着救火，闹腾到子夜时分，才算消停下来。

　　乌林府像一个抽羊角疯的病人，一阵歇斯底里后，疲惫地睡去，睡得久病沉疴，而又积郁难消……

　　三天后，几队人马在桃花渡汇合，正是大雪弥漫……

第八章　再袭淞凌战青岗

桃花渡聚义匪风云际会，北风狼袭淞凌以血还血；

鬼卧底暗传信冤家对阵，青岗岭设伏兵再败松本。

36

古洞河已经结冰，桃花渡摆渡的小船，冻在岸边，船舱里灌满了雪，残破的船蓬，在寒风中呜呜地哭着。岸边林子里掉光了叶子的枝条，像女人的头发，被蹂躏得庞乱芜杂，无人为她梳理，索性就这样一任飘零。

集结在渡口的弟兄们，忍受寒冷，等待消息。北风狼趁这工夫和柳叶刀商量，那武身上伤得不轻，不能在冰天雪地里久留，必须先行一步，赶快送到鹰崴子，再晚了，连伤带冻，那武恐怕就缓不过来了。红叶也是心中焦急，她更担心的是，二师兄人救出来了，却没保住，这不但是自己无能，丢了脸面，又如何跟义父那三爷交待？柳叶刀也是在想，狼刀帮下一步行动虽然未定，但烧了鬼子兵营，抢出人犯，闹出那么大的动静，官府和鬼子都不会善罢甘休，说不定这会追兵就在路上呢，那武必须赶快送走，免得出差。留下的弟兄们可能还得打一仗，牵制鬼子和官府的追兵，而手上这些弟兄显然力量薄弱，需要再调集人马，她立刻同意北风狼的这个想法。北风狼便盼咐猛子，先和了空从冰上过了河，沿南岸，护送那武到鹰崴子隐蔽，并让飞虎带人速到桃花渡接应。

北风狼和齐天龙指挥众人进了林子，堆柴烧火，一边取暖，一边烤着从通禅寺带来的苞米团子充饥。按原定计划，放出去的探子应在这天上午回到桃花渡口。等了大半天，探子来报，松本撤兵了，但北峰山上没有动静，红叶牵马要去再探，被柳叶刀拦住。又等到午后未时，林子外，仍是北风呼号，风雪弥漫中，踉跄走来三个人影。北风狼模糊看见那顶哥萨克骑兵帽，知道是北峰山上下来的花狐，忙让人迎上去，把他们搀进了林子。花狐跪地大哭，北风狼这才知道，几次袭扰并没有阻止松本的疯狂，北峰山还是失守了，只剩下花狐和哑巴墩及一个小兄弟。

北风狼仰面朝天，发出狼一样的嚎叫，半空中回荡着瘆人的悲声，听得柳叶刀和众弟兄也是泪流满面，心如刀绞。哑巴墩拎着鸽子笼蹲在篝火边，暖着两只冻得缩成团的鸽子，又要了半个苞米团子，搓成小粒喂着鸽子。柳叶刀把自己的苞米团子给了他，走到北风狼身边，却欲言又止。

她看见，北风狼瞪着血红的眼睛，盯着桃花渡口上飞舞的雪花，又把目光投向远处迷茫中隐隐的松凌城，一手抽出狼刀，一手拇指不停地磨砺着刀锋。这是北风狼的一个习惯动作，每当心里他发狠，想要刀头噬血，杀人为快，便下意识地用手指试着利刃，甚至会轻轻割破手指肚，挤出一滴鲜血，涂在刀口上。他觉得，只有这样，冰冷的刀锋舔舐了血气，才会从沉睡中醒来，才会唤起活力，才会有灵性，这狼刀用起来，才会得心应手，才会出刀不空。

柳叶刀心里一激灵，胸腔似乎一阵收缩，一桩往事忽现眼前。

那年，官府勾结日本守备队大举剿匪，狼刀帮弟兄们被打散了花，北风狼被追得落荒而逃，半个多月才缓过一口气。一天深夜，他带着聚拢回来的一帮弟兄，潜回乌林府城郊凌河小镇。北风狼知道，乌林府警察署长寇炳坤的老家，就这小镇上，以往他并不想惊扰这个地方，免得与警察署长结怨过深，匪绺一般是不会主动招惹官府的，很少对官员和家属打劫绑票下家伙。这一次可不然了，北风狼一定要报复官府，寇炳坤的老家和家人，就成了替罪羊。

凌河小镇上的情况，北风狼早已烂熟于心。镇上十字大街东侧那个大院子高门楼，就是老寇的家，十字大街西侧一溜买卖，都是寇家产业，十字大街南北十几间民居，住的也都是寇家亲属。只要狼刀占了十字大街，向四面杀人放火，不出一个时辰，老寇家族就毁了。

正午，马蹄狂飙一样突进，北风狼立于马上，舞动黑色披风，发一声尖利呼啸，当街响起枪声，小镇上顿时就炸了营。惊恐行人四下奔逃，撞翻了杂货床，踢散了瓜果摊，小吃灶上汤汤水水满地溢流，东西南北几处浓烟升腾。凡是和寇家沾亲带故的，家里都被抄得乱七八糟，金银细软等值钱的东西一掠而空，一把火，点着了房檐上的茅草，敢反抗的，不是打折了腿，就是砍破了头。老寇的爹和老寇的二弟，被绑到街口大树上，北风狼一甩手，当当两枪，脑袋打成了血葫芦。

寇家大院里赶出两辆马车，装着粮食和两头肥猪，还捆着寇家三个女眷。北风狼手下的弟兄们吆喝着，驱赶马车向十字大街中心走来。立在高头大马上的北风狼，得意地审视着自己的战利品，撇着嘴角，露出阴险的笑。烧杀掠抢还不罢休，还要抓走寇炳坤家人作人质，让老寇不敢下死手再剿杀狼刀帮，这是北风狼的阴损之招，也是土匪绺子在危急之时自保的救命稻草。北风狼玩起这一手，易如反掌，此时得手，当然如意，不免哈哈大笑："弟兄们，刀枪在手，吃穿不愁。哪个敢跟咱作对，就朝他心窝下家伙！惹

狼刀

我狼刀，绝不轻饶！"

众溜子们闹哄哄赶着大车，向街口走来，未行多远，便惊愕不已，一个个呆住了。

只见一个儒雅老者，当街而立，风掠白发，髯须轻拂，目光炯炯，身挺如松，稳如铜钟。

勒住马头，定睛细看，北风狼一惊，滚下马来，揖首而拜。

这老人原是褚一风，都伦山下一个小村里教私塾的老秀才，也曾当过蓝旗帮一年多的师爷，北风狼父亲死后，才脱离绺子，回乡重操旧业。

褚一风凛然大骂："小狼崽子，朝百姓动刀枪，算什么本事？你的仇人是官府，是日本人！难道你的狼刀，只会杀兔子，不敢打豺狼？放下粮食和女人，去找你的老冤家厮杀吧！"

北风狼听了，面露愧色，不敢执拗，老老实实地带人撤出凌河小镇，留下了马车和人质。

然而，寇炳坤却丧心病狂，跟着松本来抓人，以通匪为由，杀了褚一风老人，报复狼刀帮。北风狼心里，又记下了一笔血债。

这一幕，仿佛刚刚过去不久，莫非又要重现？柳叶刀看着眼睛发直牙咬得咯吱作响的北风狼，心里很是紧张。她知道，北风狼是在发狼，是要复仇，而目标，正是他眼中的松凌城。她担心这条被端了老巢的狼，发起狠来，不顾一切地疯狂杀戮，血洗松凌，连累百姓。她站在北风狼面前，挡住他的视线，直对着他血红的双眼。多年的默契，让北风狼读出了柳叶刀眼中的担忧，他轻轻地却是咬着牙说："山林中没有不复仇的狼，但我知道应该咬谁。"

柳叶刀侧身瞄向桃花渡对岸："狼要复仇，得先舔好伤口。先到青岗岭把受伤的弟兄们安置好，养足精神，再作计议。"

北风狼点点头，擦把泪，收起狼刀，带弟兄们上马，踏冰过河，隐入风雪，直向青岗岭。

歇息几天，疲惫的弟兄们似缓了阳，连哑巴墩的鸽子也振翅抖落毛，咕咕叫得欢了。哑巴墩一扬手，两只鸽子扑啦啦跃起，响着鸽哨，飞向远处。

一直担心北风狼袭扰乌林府有什么闪失的白羽鹰，带着几个弟兄从江口镇赶来增援，路上正遇上猛子，就转向青岗岭来。狼刀帮剩余的弟兄和红叶妹、齐天龙的人合到一起，又有了四十多人，打松凌城更有把握。柳叶刀和北风狼与白羽鹰、齐天龙商定，三进松凌，不扰黎民，不杀无辜，速战速决，腊月二十前，必须返回鹰崴子，在那里猫冬，继续休整。而且这一次在松凌城的行动，正好起到吸引和牵制鬼子的作用，鹰崴子能够相对安稳一段日子。

但是，和他们事先预想的一样，松本次郎果然紧咬狼刀帮不放，很快追

狼刀

踪而至。

37

这天拂晓，弟兄们精神抖擞，上马向松凌城进发，午饭前，就到了桃花渡。

雪后初晴，远处松凌城清晰在目，先行的探子来报，城内平静如常，并无异动。留下白羽鹰在桃花渡接应，柳叶刀与红叶妹一拨，北风狼与齐天龙一拨，各带弟兄们分头进了城。

这松凌城是狼刀帮几进几出的地方，北风狼闭着眼睛，也能摸到街里，跨下坐骑更是老马识途，一抖缰绳，它就知道奔哪里去。北风狼骑在马上，眼睛瞄着街口，向弟兄们大喝一声："溜子们，杀进城去，干他个四脚朝天！杀他个人仰马翻！冲啊！"双腿一磕，带头蹿了出去，身后，随即刮起一阵疾风，潮水一样的马蹄声，向松凌城里涌去。

戴着作为特殊标志的那顶哥萨克骑兵帽，北风狼飞马扬起长披风，呼啸着闯进城内最热闹的临江街。听见急速的马蹄声，街上的行人惊恐地向两侧躲避，让出了一条路。六匹马旋风一样在这条不长的临江街上绕了一圈，北风狼在马上高声呼叫，命令两个弟兄分别守住小街两头，中国百姓可自由进出，是日本人就别放走。他和三个弟兄又转回街当腰，紧贴着那家日本人开的商铺勒住了坐骑。

这匹马是北风狼在古洞河边失手时，被奉军掠去，后来又夺回来的。丢失坐骑后，北风狼心痛万分，坐卧不宁，寝食难安，不顾自己体力还未完全恢复，瞒着柳叶刀，与猛子再次潜入松凌城。捕获狼刀帮匪首的坐骑，乌林府地方官府和驻守的奉军长官甚喜，把青花骢装上大车，在乌林府周边县乡周游展示，炫耀着剿匪的战绩。巡回到松凌城时，猛子得到了消息，北风狼操起枪，拉出两匹马，连夜直奔松凌城。

两人在松凌城警察分署墙外猫到后半夜，趁警察们熟睡之机，翻进了后院。拴在槽头的青花骢闻到了主人的味道，兴奋地抽着响鼻，前蹄急急地敲着地面，北风狼拍拍它的头，抚着长长的马鬃，让它安静下来，迅速解开了缰绳。猛子从后院摸到前门，一刀干掉了守门的哨兵，拉开了大门。这时，屋内听到动静，亮了灯，窗上惶惶的人影乱晃，有人叫着要往外冲。北风狼跃上马背，一声呼哨，青花骢刹下腰身，后蹄一蹬，嗖地蹿出了院子。猛子砸开玻璃，朝屋里扔进两颗手榴弹，回身撺出院子，北风狼带着两匹马来接应，两人扬鞭纵马，飞驰夜色，身后传来轰隆隆的爆炸声……

虎口夺马，让北风狼这个悍匪的名声在百姓中越传越奇。有人编了故事，说那天夜里，天上响了两声炸雷，一道闪电劈开警察分署的马厩，北风

狼
刀

狼从天而降，正好落在马背上。那匹青花骢一定是赵子龙的坐骑夜照玉狮子再世，要不就是唐僧胯下白龙马托生，跑起来，白光一闪就没影，子弹都追不上，难怪北风狼几进几出松凌城，连一根毫毛都没伤着。

这失而复得的青花骢，从此与北风狼更加亲密，更相互熟透了品性，人马合一几乎达到天衣无缝，只要北风狼稍有动作，它的反应既快速又准确。在后来的拼杀中，往往是北风狼出刀的同时，它就飞驰到了对手眼前，令之招架不及，便一刀取命。

这时，青花骢抬起前腿昂首发出一阵响亮的嘶鸣，北风狼在马背上就势挺身，蓝缨长矛一挑，把日本商铺那块油纸糊的牌匾撅了下来，挑在枪尖转了一圈，狠狠地摔碎在当街，又抽出驳壳枪，一抬手，打掉了日本商铺门楣上的膏药旗。随后，大声吆喝着，命令手下，砸玻璃踢门，冲进店里，抢出好几捆东洋布，堆在街上，点了一把火烧了起来。一个日本掌柜，举着洋刀，嚎叫着扑过来，北风狼咧嘴一乐，收起枪，伸出蓝缨长矛，挡住迎面劈来的东洋刀，双臂用力一抢，那家伙被拨弄得连转三圈，晕乎乎的朝天翻白眼，北风狼枪尖一翻一划，挑开了他脖子下的颈动脉，一股污血噗地喷了出来，双腿一软跪在了地上，不一会就喷尽了腔子里的血，扑通一下，倒地气绝。又一个日本商人端着一支三八大盖冲出门来，刚要举枪射击，北风狼顺手抽出了驳壳枪，一枪打碎了他的秃脑袋。百姓们看见，纷纷叫好，有胆大的认识那顶哥萨克骑兵帽，就喊，北风狼下山啦，小鬼子遭殃啦！

这喊叫，让北风狼愈加兴奋，拍马前行，驳壳枪连续射击，把沿街的日本商铺的玻璃统统打得粉碎。又一个穿和服的光头鬼子跌跌撞撞地冲出门来，被一枪打断了腿，扑通摔了个狗跄屎，脚上的木屐一下子甩出老远。

城内另一条街上，柳叶刀和红叶妹、红珠、红巧四人，进城来就直插当年柳汉庭绝命的那个小酒馆。她早就知晓，这几年，这家酒馆已经转行专门售卖日本清酒和鱼片寿司，是为了讨好在这里经商的日本商人和经常在街上闹事的浪人。酗酒作乐的东洋鬼子，动不动就插着洋刀，拿着酒壶，当街祸害女人，老百姓非常痛恨，却不敢言声。柳叶刀和姐妹们下马进了酒馆，果然看见三个浪人，盘腿坐在改修后的矮炕上，哇哇叫着喝酒，还拉长声嚎着日本调。看见几个漂亮女人进来，这几个家伙淫笑着，招呼着，花姑娘来陪酒啊。红叶妹一鞭子抽过去，两人脸上现出了血道子，另一个抓起浪人刀扑过来，被柳叶刀一枪打中膝盖，一下子跪在了她面前，当一支驳壳枪顶在他脑门上时，那两人见状都不敢妄动。柳叶刀说："老娘是狼刀帮二当家柳叶刀，专门对付你们这些横行霸道的东洋鬼子！"随着话音，一声枪响，这浪人仰面倒地，天灵盖上赫然一个黑洞。

红珠红巧扭住剩下的两个浪人，拖出了门，扔在街上，一顿枪托乱砸，打得满脸血污瘫在地上。众人旁观之下，柳叶刀抱拳四面施礼："各位莫惊，

103

狼刀

狼刀帮替天行道，教训东洋小鬼子。"周围发出一阵叫好声，柳叶刀率众上马，扬长而去。

方圆四十五里的松凌县城，枪声一响，很快就能传到东城街上的警察分所，警察们呼啦啦跑出来，却被齐天龙的人马堵住。齐天龙大叫："警察弟兄们，日本鬼子剿了北峰山，可俺双刀会齐天龙和狼刀帮合了绺子。俺们到松凌城，是要找日本人报仇，不打中国人，弟兄们不要乱动，回屋里老实呆着！"在众多枪口威逼下，警察们退了回去，齐天龙让人用门杠反顶了警察分所的大门，调转马头，扑向县城保安队。刚拐过东城街，就遇上了一帮邋里邋遢连呼带喘的保安队，齐天龙朝天鸣枪，震住了他们，同样一番喊话，把保安队逼了回去。

城内几处骚扰之后，北风狼和柳叶刀、齐天龙很快收拢队伍，到大车店会齐，打算在这里弄些酒菜犒劳弟兄们，休整一晚，明天置办些粮草衣物，再撤回鹰崴子。

日头未落，城外瞭水的弟兄飞马来报，鬼子来了，离县城只有十里地了。

38

鬼子这么快就得到信了？北风狼和柳叶刀非常惊异。弟兄们之所以在城里各处都自报家门，为的就是让松本知道，狼刀帮没有灭绝，北风狼仍然跟他们作对。可到达松凌城才半天，鬼子就撵来，难道他们是二郎神，有只天眼，能看到百里之外？

来不及细找缘由，北风狼带着人马，迅速撤离县城，黄昏时，过了桃花渡，进了青岗岭。

原来，松本回到乌林府，守备队已然一片狼藉，他这才相信，北风狼早已跳出了他的包围。而北风狼松凌城夺走青花骢的传奇，又让官府和奉军及松本大丢面子，狼刀帮这匪绺越剿越猖狂，甚至都打上门来了，简直是戏弄官府于股掌之中，大日本皇军守备队也是干瞅着瞪眼没招。日本领事在电话里把松本又一顿臭骂，斥责他判断失误，回援不力，限他十天之内，追查到北风狼下落，务必歼灭。

松本红眼鼓胀，一刀砍了一扇破窗，赶去将军衙，又遭张督军一番叫骂。妈了个巴子，你他娘的不是把北风狼围在北峰山了么？怎么又出来个北风狼？打死我的卫兵，抢走我的犯人，这账咋算？可骂归骂，北风狼这回也是戳了张督军的肺管子，松本借机怂恿督军一起出兵再行搜捕剿杀，说北风狼只剩小股溜子了，可能就藏在鹰崴子，督军传来二团长魁五下了命令，派一个营前去攻打。

昨天，松本收到卧底密报，北风狼要袭扰松凌城，他让魁五的队伍去打鹰崴子，自己和佐藤带着属下，快速赶往松凌城，这天傍晚，差一点和北风狼狭路相逢。狼刀帮紧急撤退时，没发现身后跟着一个化装成当地百姓的浪人，一路悄悄跟到桃花渡，跟着从冰上过了古洞河，眼看他们向山里去了才返回。回城时，正遇上恶煞似杀来的松本，哇哇一阵日本话，报告了狼刀帮的行踪。当晚，鬼子兵在松本指挥下，占了狼刀帮设下眼线的大车店，掠抢并赶走住店的老客，逼着店主杀鸡宰羊，鬼子们喝足吃饱睡了一宿，早上起来，砍了担当狼刀帮眼线的店主的脑袋，挂在大车店的门杆上示众。

撤向青岗岭的路上，柳叶刀心里仍在狐疑，松本这么快得知狼刀帮袭扰松凌城，那也一定会知道弟兄们藏在青岗岭。这问题出在哪呢？这一晚，她与北风狼挨个把手下的人过了一遍筛子，却怎么也想不透，松本为啥能像影子一样跟着咱，甩也甩不掉。打从十年前就结了帮伙的老弟兄里，原先都是老实巴脚的小百姓，都是受了欺侮逼上梁山的，没有谁能与官府和鬼子有瓜葛，派在各处的眼线，眼下还都没有掉脚露馅，没谁被人抓过，绺子里的消息和动向，如何为松本得知？这消息又是怎样送出去的呢？这些疑问在柳叶刀心里一直缠绕。

白狼沟遭遇鬼打墙，麻达岭二次受截杀，原来纵横驰骋来去自如的狼刀帮，现在却像被鬼魂贴上了身，屁股后面总跟着看不见摸不着的尾巴。北风狼也不得其解，一个劲地闷头磨着那把狼头短刀，不时地举在灯下，手指不断地试着刀刃，雪亮的刀锋照着他血红的眼珠子里满是杀气。最后，他把狼刀狠狠地掼在桌上，刀尖扎进木头里，刀身大幅震荡，极速的振频弹出一阵音律一样的嗡鸣。柳叶刀一惊，从沉思中惊觉，她担心鬼子连夜追来，马上让花狐带两人再过桃花渡，一定要掌握松本的动向，同时，在渡口等待与飞虎接头。

花狐潜入松凌城，看到鬼子已在大车店宿营，派了一个弟兄回去报信，自己和另一个弟兄远远地在大车店外盯了半宿，冻得实在挺不住了，就把马藏在街边一家百姓屋后，两人进了屋。等他们醒来，冬日的太阳升上了半空，松本已经带着鬼子大队出了松凌城，过了桃花渡，向青岗岭扑去。

昨夜接到花狐派人送来的消息，柳叶刀和北风狼、红叶妹、白羽鹰、齐天龙商量，不管我们撤到哪里都有卧底报信，狼刀帮的行踪已经不再隐秘，松本必然死咬住不放，这个老鬼子既然在松凌城扎了营，就绝不会这样撤回乌林府，必向青岗岭杀来。

怎样对付松本这一手，柳叶刀也是琢磨了半宿。这青岗岭是柳叶刀幼时玩耍的地方，也常跟着父亲上山打猎抓兔子，山洞前后的小路沟壑都跑遍了，岭上岭下的地势地形都在她脑子里。八岁那年独自一人撵头小野猪，从半山腰追到山顶上，又从山顶上跟到后山洼，再从后山洼转到前山谷，撵得

狼刀

小猪直喘，自己也累得挪不动步。幸好有家丁柳林大叔赶来，带人在山谷两侧哄赶，又在前面堵截，终于逮住了小野猪。

就这一回，让柳叶刀学会了堵截包抄的战术，这一晚才想出了对付松本的招法。

柳叶刀给北风狼画了张青岗岭的地形草图，跟几位头领商量，要是只等在山洞里踞守，那是被动挨打且无退路，而手里的这些弟兄为数不多，固守防御是拼老本。白羽鹰也说："光棍不吃眼前亏，咱不能拿鸡蛋碰石头，钻林子兜圈子，是咱拿手，打不赢，咱就跑啊。"北风狼却憋着劲，恨恨地说："妈了个巴子，俺可不是只会张三（狼）撵兔子，遇到蹲仓子（熊）就鼠眯，就是干不倒它，也得咬下它一口肉来。咱要是在松本面前成了钻地龙（老鼠），不光老鬼子要瞧不起咱中国人，江湖上也得笑话俺北风狼是草鸡！"红叶妹一拍桌子："说得好！狼行千里也得吃肉，别他娘的让人说，你啥时改吃屎啦？就这样定了，打！"

柳叶刀赞同道："大当家说得对，鬼子来了，咱不能蔫退，也不可硬拼，得出快拳，打软肋，得手就撤。"北风狼马上明白："对，狼掏羊窝不贪多，叼他一只咱就蹽。可到底咋个打法？二当家明说，别绕圈子，俺急！"

柳叶刀就着草图说出自己意图。青岗岭下一道山谷正适合设伏，在这里打松本一个措手不及，然后迅速撤出，甩开鬼子，向都伦山转移。鹰崴子据点已经暴露，只有都伦山尚不被人所知，在那里过冬比较安全。但转移都伦山之前，必须揪出卧底，至少也要瞒住他，否则，都伦山也会不保。听柳叶刀一番安排，北风狼直拍大腿，叫白羽鹰立马召集弟兄们作准备。

而柳叶刀还在想，隐藏极深的卧底，到底是通过什么办法送出的情报呢？一直亡命奔波这许多天，狼刀帮没有人独自离开，齐天龙是在北峰山被鬼子围了之后，才合伙靠窝的，双刀会的人里不可能有卧底。留在鹰崴子的人和江口镇白羽鹰部下，事先并不知道北风狼藏身青岗岭，更不知他要袭扰乌林府再进松凌城。那么，卧底极可能是在北峰山上下来的人中间。北风狼和柳叶刀与白羽鹰再次秘密商议，缩小了甄别卧底的范围，决定暗中试探这几人。

39

当松本带着鬼子过了古洞河进了青岗岭，狼刀帮弟兄们已经掩蔽在岭下山谷两侧，没等松本施展他的什么包抄、设伏、阻击战术，刚进入山谷，就被猛烈的火力打得晕头转向，趴在雪地上抬不起头。松本趴在一条沟里，哇哇叫着，命令两个鬼子用身体掩护佐藤。身后有士兵遮挡，身前有一块岩石依托，佐藤的阻击枪持续射击着，打掉了狼刀帮的机枪手，又打掉了两个持冲锋枪的，趁火力减弱，松本和佐藤跳上马，带着剩余的鬼子，拼命向山谷外逃去。不想，刚逃出狼窝，又撞进了虎口。

原来，猛子把那武和挂彩的弟兄藏到鹰崴子后山的鹰嘴洞，就和飞虎一起，带着七八个还能行动的弟兄，赶去汇合北风狼，他们已先行通过麻达岭，沿山路插向桃花渡，与魁五岔开了道，魁五到鹰崴子扑了空，他本来也不想打这一仗，心中暗喜，乐跶跶地撤回乌林府。

桃花渡口汇齐了猛子、飞虎、花狐一拨人，跃马踏冰，过了古洞河，向青岗岭靠拢，半路上截住了松本的溃兵。猛子飞虎花狐的双枪加上几支冲锋枪，嗷嗷叫着纵马边打边冲，一阵风冲散了已溃不成形的鬼子队伍，和鬼子纠缠在一起，混战一团。鬼子虽然败局已定，却仍然疯狂地缠住他们垂死挣扎，掩护长官逃命，松本和佐藤藏身马肚，带着残兵逃出了山谷。

近战肉搏，弟兄们来不及换弹夹，短枪又敌不过鬼子三八大盖上的长刺刀，几马匹被扎得鲜血淋淋，嘶叫着不敢靠近。三个鬼子围住飞虎，刺刀逼在身前，飞虎勒紧缰绳，跨下坐骑昂首扬蹄，吓得鬼子连连后退。猛子跳下马，在雪地上翻滚着，一边抽出弹夹换上，一梭子打出去，撂倒了这三个鬼子，为飞虎解了围。剩下几个鬼子仍然堵在小路上，阻截追兵。猛子和飞虎收拾了剩下的鬼子兵，北风狼柳叶刀也带人追赶至此，这时，松本已过了桃花渡，朝乌林府方向溃逃。

狼刀帮清点人马，就地雪埋战死的弟兄，迅速撤回了青岗岭。但是，这里也已暴露，为防备松本再调兵杀回来，也为保存实力，避免鬼子和官府把绺子弟兄一勺烩了，北风狼和几个头领商议，按柳叶刀的安排，分兵几处，偃旗息鼓，猫冬休整。

歇了一夜，早上，弟兄们带着一些干粮，分头撤离了青岗岭。

北风狼放话说想带弟兄们回鹰崴子，但马匹不够，而鹰崴子又藏不住太多的人，便让猛子带着花狐、哑巴墩等北峰山上逃出来的人，跟天龙弟兄一起去小吉村，万一鹰崴子有变故，他们也好来接应。其实，他昨晚悄悄交待猛子，松本的卧底就在这几人当中，让他们去小吉村，是把卧底与大队分开，不让松本知道弟兄们的真实去向。北风狼叮嘱猛子，让他盯紧了，尽快查出这个卧底。

40

下了青岗岭，过了桃花渡，送走猛子和齐天龙，北风狼和白羽鹰、柳叶刀、红叶妹又分了两路。北风狼带一队先回北峰山，再转向都伦山，又派飞虎赶去鹰崴子通知留守的人，并带着那武迅速向都伦山转移，白羽鹰和柳叶刀、红叶妹则返回江口镇。

狼刀

临别，北风狼替柳叶刀的坐骑"雪上飞"绑紧了肚带，又紧了紧马背上的狼皮，扳起四只雪白的小腿，挨个把马蹄铁敲了一遍，然后，又理了理马鬃。柳叶刀默默地看着，直到他做完转过身来，四目相对良久无语。

北风狼其实是要柳叶刀和自己一路，但没说出来，想让她先表态。柳叶刀明白他的意思，却轻轻摇了摇头，把自己腰间两个弹夹抽出来，塞到他手里，一甩辫子跨上马，两脚一磕，"雪上飞"撒开四蹄，挟一股风，直冲出去，红叶妹、白羽鹰等也随后紧跟而去。

一瞬间，北风狼抹去温情脉脉，露出了土匪痞性，在红叶妹身后喊："红叶妹子，多备好酒，等姐夫去看你啊。"回答他的，是红叶妹回手一鞭子，鞭梢从他鼻尖划过，留下一条浅浅的红痕。北风狼揉揉鼻子，嘿嘿笑着说，这小姨子，对姐夫太他娘的狠了。

笑过之后，北风狼立起眼睛，叫弟兄们清点并重新分配枪支弹药，有短枪的，再配支长枪，没短枪的，每人两支长枪，长短枪各配五十发子弹，每人还多配了四颗日式癞瓜手雷，余下的，都埋在了桃花渡河畔的林子里。

一队人马顶着北风，转向北峰山。

这个晚上，惨白的月光照得狼牙顶一片萧杀，山崖上的松林更加肃穆。北风狼带人打着火把，亲手收敛了早已冻僵的尸首，狼牙洞里的议事厅燃起香火祭拜亡灵。弟兄们拖来一匹死马，点起火堆，烤着冻肉，就着化开的雪水，一顿狼吞虎咽。

弟兄们歇息后，北风狼独自一人在大厅一侧的耳洞中久久难以入睡。

几个月前，这里是自己乱世中藏身的"家"，曾是那么温暖，那么舒坦，可现在，伸手抚摸木床上铺着的虎皮，却早已冰凉得如同一块石板，松明子照着空荡的四壁，是那么凄凉，而自己孑然一身形影相吊，又是那么孤寂。往昔的日子也许从此不复，曾经的琴声，也许再不能悦耳。突然，他想起了什么，起身转着圈寻找，柳叶刀的那只古琴不见了。他虽然不懂音律，只是觉着好听，但柳叶刀曾经告诉他，这只古琴，是她家祖辈传下来的，她视为自己的生命一样。北风狼在耳洞里、议事厅和狼牙洞内外，反复搜寻，怎么也找不到，那只装琴的红绒布袋也不见了。这一定是松本这个老鬼子当成战利品掠走了，柳叶刀若是知道这只古琴落到了松本手里，又会怎样？

清晨，天上又飘起小雪，狼刀帮弟兄们告别自己心血建成的山寨，分了些马肉充当干粮，开始向都伦山转移。行至白狼沟时，忽然传来一声狼嗥，北风狼循声望去，山顶一块突兀的岩石上，赫然站立着几只狼，那只非常显眼的白狼，伸长脖子，仰头向天，狼声悠长。他叫弟兄们停下，自己策马向山坡上跑去，同时，回应一声长长的嗥叫。白狼跳下岩石，向山坡下跑来，北风狼的坐骑青花骢吓得四腿发抖，任他怎样吆喝，就是不敢向前。北风狼只好下了马，摘下马背上挂着的一块马肉，向山坡上迎去。相距十余米处，白狼站住脚，像是在审视北风狼。北风狼也站住脚，蹲下身来，双臂支地，坐成狼的姿态，又发出一声低吼。白狼蹿起扑上来，人和狼滚成一团。嬉闹一会，北风狼挣开白狼的纠缠，拍了拍狼头，把马肉放在了地上，白狼嗅了嗅，叼起来，转头回返山顶。

北风狼和弟兄们继续前行，身后又响起悠长的狼嗥，像是喇嘛庙里拜神祭天的长长号音。

北风狼告诉弟兄们，他是吃了狼奶的，身上有抹不掉的狼味。当年都伦山那狼群里有几只小狼，都是他的玩伴，一直到他被找回家，还经常能看到它们，还常一起嬉戏打闹。后来，其中一只小母狼长大了，生了一只小白狼，他常打个兔子逮个野鸡喂它，小白狼长到两岁大时，被猎人的套子套住，偏巧又赶上他在山上游荡，割了猎人的套子，救下了小白狼，又养了好长一段时间才放它归山。更巧的是，多年后，这匹小白狼成了狼王，带着狼群来到了北峰山附近，他们又经常碰面，成了一对相互惦记的朋友。但是，这时的白狼已经太老了，恐怕这是最后一次碰面了。

北风狼说着有些伤感，勒住马，朝白狼沟山梁上又发出一声深沉的狼音……

几天后，北风狼到达库勒草原东部边缘，回到了阔别十年的都伦山。

狼刀

第九章　风雪故园姐妹行

狼刀

琴书楼听旧曲挑灯看剑，柳氏女夺古琴暗返乌林；
锦城宅识故人东珠为凭，关神探解疑案终破迷团。

41

这几天，江口镇也是风雪不断，醉胭街上一溜红灯在飘舞的雪花里显得格外耀眼，冬天进山的老客和山里下来送货的汉子们，几乎天天在这些销魂窟里寻欢作乐。琴书楼却熄了灯火，闭门谢客，柳叶刀和红妹叶等姐妹聚集一堂，煮酒焚香，弹琴自乐。

家遭变故人离散，十年生死两茫茫。柳氏姐妹是在大半年前才相认的。那是仲春时节，山里木排下到了江口镇，狼刀帮木材生意忙乎起来，有了不少的收入，柳叶刀带着飞虎来找白羽鹰取钱，要给弟兄们买些单衣换季。她就住在醉胭街上一个小客店，这天晚上闲来街上游逛，琴书楼上传出一阵琴声，听得她不由心中一颤，这么熟悉的音律，不是小时候父亲教给她的山东老家的濛山小调么？这江口镇上也有人会弹奏？可是同乡人？

她来到琴书楼门前叩门，开门的是红芝妹，她惊异地看着柳叶刀："这位大姐，俺这琴书楼从未来过女客，不知大姐是要喝花酒？还是要听书？"

柳叶刀笑道："怎么？女客不能进你这琴书楼？我不喝什么花酒，也不听书，是来听琴的。"

红芝妹也笑了："听琴也没有女客啊。大姐还是另找一家吧。"

"我就听你这里的琴，这曲调是谁在弹奏？别处恐怕没有吧？"柳叶刀坚持着。

"大姐原是识曲之人啊，那你知道这是什么曲子？"红芝妹把着门仍不让开，继续发问。

"这是山东濛山小调吧？柳琴弹奏的，调是山东调，琴是山东琴，弹琴的可是山东人？"柳叶刀也进一步发问。

红芝妹再次审视柳叶刀："不错，大姐是行家，琴是山东琴，调是山东调，弹琴的却不是山东人，大姐找错门了吧？"

这时，琴声停了，红叶妹走下楼来问道："六妹，挡着门干什么？怎么不让客人进来啊？"

红芝妹回答："大姐，是位女客，说要进来听琴，还听出你是用柳琴弹奏的濛山小调。"

一听是女客，又识得濛山小调，红叶妹也感惊异："好啊，这千里关东，山东人不少，能听出濛山调的不多，莫非真是高山流水遇知音？快请进吧。"

进得门来，柳叶刀眼见一俊俏少女，眉眼间却藏着英武之气，不觉暗叫，好一个侠女。拱手道："妹妹琴艺不俗，只是曲调不大熟稔，是半路听来的吧？"

"这姐姐定是行家，能听得出小女琴曲之陋，当得请教了。请上楼吧。"红叶妹侧身相让。

二楼东首一间房内，柳叶刀果然看见一把柳琴放在桌上，轻轻一拨，十分悦耳。她坐在桌边，拿起柳琴立在腿上，对红叶妹领首，讨教了，接着弹奏起来。

一曲收音，红叶妹杏眼圆睁："敢问这位姐姐，可是濛山人？这么多年来，除了家父和家姐，我还没听过有人能把这曲子弹得这样好。"

"俺祖籍濛山，生在东北，长在东北。你也是濛山人？令尊令姐会弹奏这曲子？"

"大姐，咱们祖籍同是濛山啊。俺两三岁时，爹爹教俺和姐姐弹过，不过姐姐用的是古琴弹古曲，俺用的是柳琴弹小调。后来，爹爹遇害，俺又与姐姐失散了。"红叶妹惊喜而道。

这一说，让柳叶刀睁大了眼睛："妹妹可是松凌城外古洞河桃花渡南岸青岗村柳家的人？"

"姐姐怎知晓青岗村的柳家？莫非你是……"红叶妹双手发抖，颤动着从衣领里摘下一颗红丝线缀着的玉珠。

柳叶刀此时已是泪流满面，也从衣领里摘出一颗玉珠："这么说，你是柳桃妹！俺是你姐姐柳叶桃啊！"说着又抽出腰间长剑，放在红叶面前。

长剑在灯下闪光，两颗玉珠并排相对，一颗玉珠上有个红色的小米粒大小的斑点，另一颗玉珠上有个绿色的斑点，姐妹俩顿时惊呆，片刻之后，抱头大哭。

这两颗玉珠，原是柳汉庭截了大清贡品得到的，这是乌林府一带出产的独特的东珠，质地圆润硕大，色泽晶莹透澈，得之不易，弥足珍贵。大清朝皇后、皇太后的冬朝冠上，就缀着东珠，以示身份并显现皇家的权威。因这两颗东珠各有微瑕，一红一绿是一对，正好做了两个女儿的饰品。相互寻找多年不知踪迹，不想无意之中在这里巧遇，姐妹俩以一柄长剑和两颗带有记号的玉珠为凭，又经过对当年家中变故的回忆，确认无误是亲人。柳叶刀这才知道，桃妹进了乌林府那三爷家习武，长大后又寻觅姐姐直到今天的经历，桃妹也知道了姐姐流离失所独闯天涯又入了狼刀帮的传奇。

狼刀

姐妹俩心中家仇亲情绞在一起，百感交集……

42

半年前骨肉相认，又连续几次联袂杀敌，这几日来，才稍得歇息，柳叶刀又操起柳琴，为妹妹演示濛山调。这时，红叶妹才想起来问，姐姐的古琴呢？柳叶刀忧郁而叹，战事匆忙，不及携带，古琴留在了北峰山，不知现在是否完好。这只古琴虽不能与中国历史上最为名贵的"号钟""绕梁""绿绮""焦尾"四大古琴相比，却也是梧桐为面梓木为底的极其讲究的上等材质，音色清亮、灵秀、古雅，音柔而意刚，极具金石之韵。这古琴的制作年代不得而知，柳叶刀只知道到了祖父手里时，就是一把用了不知多少年的古琴，父亲教她弹奏时曾说，这把琴经过许多年来多少人弹奏时的抚摸，由手上的温度湿度和香火薰化，深沉的花纹仿佛渗透了人气，使之更加精美，确可为传家之宝。想到这，柳叶刀心里一惊，北峰山狼刀山寨遭劫难，狼牙洞里已没有了人气，这一个冬天风冷雪寒，古琴岂不是要冻裂损毁？柳家唯一存留的宝物，怎能弃之不顾？柳叶刀放下柳琴，起身整装，要连夜上北峰山寻觅古琴。

虽然桃妹幼时并不懂得那古琴是怎样的名贵，但也知是柳家唯一传世的珍爱，听得姐姐要连夜返回北峰山，本想劝阻，却也知姐姐根本不会听，但又不能放她孤身一人雪夜上山，干脆和姐姐一道。于是，让红珠红巧备好干粮，带足子弹，一同奔赴北峰山。

雪中拂晓，四匹快马奔出江口，卷着一溜雪烟，向北峰山驰骋。正午时分，在通向白狼沟东口的岔道上，迎面遇见纵马而来的飞虎。北风狼掂得出这把古琴在柳叶刀心里的份量，他知道，柳叶刀是把它看成自己的命一样，所以，他已经想到柳叶刀会为了古琴不惜铤而走险，一定会返回北峰山寻找古琴。他派飞虎前来，就是要让飞虎转告她，古琴已经不在山上。同时，北风狼更知道，柳叶刀绝不会轻易放弃，极有可能要再进乌林府。他反复交待过飞虎，阻拦是没用的，不必多此一举，二当家要怎么样，就随她，但必须保证她的安全，如有危急，立马送飞叶子，他会立刻带弟兄们去救援。尽管她暂时离开了狼刀帮，但在弟兄们心里，她还是咱这绺子的二当家，弟兄们绝不会丢下二当家不顾，仍然会为她拼命。

尽管这话听得很是让人感动，但是一听古琴可能落在松本手里，柳叶刀顿时红了眼，二话没说，立刻掉转马头，红叶妹不及阻拦，"雪上飞"已经蹿了出去。

飞马一夜，第二天黄昏时分，五人进了乌林府巴虎门外的通禅寺。

东耳房里，明水和尚问清来意，愤然而道："凡是咱中国的好东西，东洋鬼子都想霸占，这古琴说不定就在松本手里。老鬼子这些日子正疯狂地搜剿咱的眼线，看来绺子里有鬼子卧底，一贴堂已被捣毁，牦子兄弟遇难，三当家的和陈水因为当时不在店里，才躲过一劫，现正藏在寺内。"

正说着，鬼脸三进来，柳叶刀告诉他，绺子已集结到都伦山，一贴堂这个暗窑（据点）撺脚（暴露）了，必须撤回都伦山与大当家会合。鬼脸三听柳叶刀是为古琴而来，便说："我们探得消息，鬼子守备队损失不小，正在修缮，松本移住东商埠的东亚银行小楼内。陈水几次夜间探风，都听得小楼里时有断断续续的琴声，我还以为是松本这老家伙在借听曲消愁呢，原来是在拨弄二当家的那只古琴。看来这老鬼子懂点音律，来中国有十几年了，想必也知道古琴的传说，那他一定不肯轻易放手这把古琴，必欲据为己有，说不定还要拿它来当晋升的梯子送给他的上司。我们必须赶快下手，否则，夜长梦多，再想夺回来，恐怕就更难了。"

如此一说，柳叶刀更加焦急，事不迟疑，必须抢在松本下步打算的头里。柳叶刀非常急切，趁傍晚飘雪之时，就让陈水带着她和红叶妹到东亚银行查看。

到了东商埠，陈水告诉她们，东亚银行这座小楼顺商埠街南北走向，西面临街开门，一层是营业厅和三间办公室一个金库，营业厅夜间有两个鬼子卫兵。二层五个房间，松本住在南头一间，窗下是一条胡同，鬼子巡逻队大约半个时辰经过一次。

傍晚时分，街头灯火通明，路上仍有行人，柳叶刀和红叶妹夹在行人中，绕着东亚银行的小楼走了一圈。看见一层东面有两扇窗户用砖砌死了，里面一定是银行的金库，这是个重点，柳叶刀心中有了数。她在心里默默记着从胡同到楼边的步子，算计好时间，从楼里撤出来，不用五秒钟，就能窜进胡同。她又分别在小楼东西两侧胡同里走了一遍，确定了三个小组掩蔽埋伏的地点，也认准了撤退方向和路线。

几人回到通神寺，明水已经吩咐弟子们备好了饭菜。一边吃饭，鬼脸三一边跟柳叶刀再次研究东亚银行的四周情况，再次理清进退之路，突袭东亚银行，已经有了九分把握。

鬼脸三说："十拿九稳不成，九分把握不够，必须万无一失。这是在鬼子巡逻队眼皮子底下，稍有不测，咱可就成鬼子马勺里的飘洋子（饺子），让人吞了。"

他沾着菜汤在桌上画出东商埠地形说，咱是狼，就得用狼掏羊圈的招法，然后给大伙一一分配了任务。

43

夜深人静，雪落无声，三伙人影分别从不同方向悄悄摸进了东商埠。

鬼脸三说的狼掏羊圈的招法，对狼刀帮弟兄们来说，都是轻车熟路，跟着北风狼，少不了学着狼的招法，不用多讲，只要分工明确，就能配合得严丝合缝。

当年，北风狼混在狼群里，就跟着狼群掏过几次羊圈。狼是有智慧的，狼群更如同社会组织，有严格的规矩，有明确的分工，更有严密的配合，狼掏羊圈，就是这种分工合作的经典。狼群并不是一哄而上乱撕乱咬，头狼先是派出两只进攻性稍差的，在羊圈附近骚扰，吸引牧羊人去打狼，这是调虎离山。然后，两只狼守住牧羊人住房的门窗，堵住里面的人，还有两只狼在外围警戒，阻截赶来帮忙的人。这些前期战术实施到位后，负责进攻的几只狼才跳进羊圈，顶开圈门，一只狼不出声地咬住头羊的咽喉，往圈外拖，其他几只在羊群后面咬羊屁股，驱赶羊群跟着头羊往圈外走。负责骚扰的狼已经把牧人引逗得很远，他们听到羊群的叫声往回赶，已经为时过晚了。完成分工任务的狼，已经撤下来，汇合狼群，几只狼叼着死羊往山上跑，还有几只狼负责殿后掩护。牧人只忙着清点围赶圈拢剩下的羊，根本顾不上再去追赶狼群了，那些鲜美的羊肉，足够狼群饱餐几天的。这便是狼群的一场漂亮的袭扰战、诱敌战、阻击战、突击战相结合的协同战，北风狼曾经对属下多次讲过这个故事，让弟兄们都十分佩服狼的智慧。

今晚，柳叶刀和鬼脸三带着弟兄们，跟松本玩的就是这一招声东击西圈中掏羊。

夜深之时，雪仍在飘，鬼子巡逻队走过东商埠的街道，围着东亚银行绕了一圈，渐渐远去。东商埠街与另外两条小街交汇处的房屋下，钻出几条黑影，迅速扑向了东亚银行。

南面，东亚银行的墙壁下，柳叶刀蹬着了空的肩膀蹿上了一层窗户顶上的雨搭。日式楼房的窗户都是突出楼面的，窗台和雨搭宽一尺有余，站上两人都不嫌挤。柳叶刀站在一层窗户雨搭上，很轻松地就翻上了二层窗台，袅悄地没有一点声响。透过窗帘缝隙，看见松本席地而坐，似在闭目养神，面前正摆着那只古琴，桌上还燃着一柱香，一缕青烟，徐徐上升，在房间里飘绕。松本深沉地吸了一口气，似在嗅着烟香，然后把唯一的左手轻轻放在古琴上，两指在琴弦拨动着，一串音阶叮叮咚咚响起来，悠长悠长地拖着余音。柳叶刀听出这是日本人常常嚎唱的调子，像一个人在夜里长哭，她皱着眉，屏住呼吸，忍受着这种听觉上的折磨，侧身贴在窗口，等待时机。

西面，陈水和飞虎开始嗷嗷叫着砸门，楼上楼下的鬼子都拥到一层营业厅，拉开架势准备对付前来砸明火的刁民。松本跑出房间，却守在楼梯口，这老鬼子诡计多端，守在楼梯口，楼上楼下的情况，可同时掌握上下情况并随机处置。

东面，鬼脸三用炸药炸开了封堵的后窗，爆炸的冲击波把金库的铁门鼓开了一道缝隙，门缝里喷出的烟尘立时弥漫了一层大厅。

　　松本听得后窗被炸，以为有人冲进了金库，不敢耽搁，立马跳下楼梯，冲到一层，哇拉哇拉地叫着，督促银行值班员快打开金库外层铁栅栏。这时，二楼窗外，柳叶刀用枪柄砸碎玻璃，用狼刀挑开窗户栓，打开了窗户，一步跨进去，操起古琴装进红绒袋子背在身上，几乎不到十秒，就完成一连串动作。松本听到二楼房间里似乎有动静，叫上两个鬼子兵扑上楼来。柳叶刀迅速贴在门边，扔出了一颗手雷，跑在前面的两个鬼子被炸得血肉横飞，松本趴在地板上不敢抬头。柳叶刀趁机返身跳出了窗户，扒着窗台跳下楼来，和了空会齐了从西门撤下来飞虎和陈水，还有从东面返回的鬼脸三，一起顺胡同钻进漆黑的夜里。

　　鬼子巡逻队听到动静返回，半路上被埋伏在胡同里的红叶妹和红珠红巧姐妹一顿乱枪打得趴在地上不敢抬头。

　　红叶妹三人回身拔腿，在路边房屋黑影的掩护下，隐身而去。

　　一场飞身夺琴的闪击战，不到五分钟就结束了，松本甚至连人影都没看到……

44

　　晋隆胡同那三爷府上一派欢喜气氛，两个家人张罗着扫房子、换窗纸、挂灯笼，准备过年。关胜和柳叶刀、红叶妹在客厅陪着那三爷喝茶说话。老爷子红光满面喜笑颜开，儿子那武被救出牢狱，逃离了官府势力的樊笼，已无性命之虞；剿不灭杀不尽的狼刀帮，越战越勇，多处袭扰，让那些日本商人浪人时时胆颤心惊；几次围追失利的松本连遭惨败，一只古琴作为唯一的战利品，又被柳叶刀夺回；歇斯底里的老鬼子像熊瞎子被马蜂蛰了眼，舞扎两只熊掌到处抓挠，却摸不着对手的踪影。百姓出了恶气，无不拍手称快，狼刀帮、七侠妹、双刀会斗鬼子的故事，越传越神。这一桩桩一件件让中国人长志气长威风的故事，自然有人说给那三爷，三爷听了颇为欣慰，早先不大明白自己儿子那武做的是些什么事，这回知道了他的真实身份，心里有了底。

　　那三爷满脸放光，坐在太师椅上，直觉得后脊梁嘎嘎作响，一股豪气自肺腑丹田而出，真是痛快之极。

　　此时，老爷子神采奕奕目光炯炯，端坐堂前，说起这些日子乌林府的市井传闻，笑声朗朗，眉目舒展。借着兴头，关胜又对柳氏姐妹说出了这许多日子以来他的探案所获，并告诉她们，已经寻访到柳家老宅。柳氏姐妹闻听大喜，从小就听说自家有一座老宅，在乌林府城里，却从不知坐落何处，记忆中根本没有什么印象。她们也早就想着能够找回老宅，却终无线索，也没有机会。这时，她们立马起身，茶也不喝了，抢着向关胜询问。那三爷看着

狼刀

两姐妹，知道这时再说什么也不能消解她们的急切的心情，便摆手对仍在矜持的关胜说："别卖关子了，这可是俩丫头十几年的心思啊，这时候给她吃啥都不香，快着点，麻溜奔那地儿去吧。"

姐妹俩连忙拱手作揖，辞别那三爷，拉着关胜出了那府。

后半晌，小雪依旧，行人稀少。关胜带着柳氏姐妹进了锦城坊街那个四合小院，红珠和红巧分别在两头街口防风（警戒）。

小院门房里住着一个半傻老汉，一男二女不速之客让他惊愕不已，昏花老眼却在混浊和疑惑中闪动着警觉。这逃不过关神探的毒眼，他嘴角撇过一种得意，压低嗓音："老先生这门房不大起眼，可说不定窝着地鼠（藏匿的金子）呢？请出来，掌掌眼吧。"

老汉脸腮一抽，佝偻着背，斜眼瞟了关胜一下，右手四指微微颤动，却被关胜一把摁住。习武的人都知道，凡有武艺在身，腰里藏着家伙，意念中要准备出手，手指必然会下意识地微颤，紧接着，他腰里的家伙就像被唤醒一样，闪着寒光就跳了出来，对手还没明白怎么回事，不是被抹了脖子，就是被顶住心口。

关胜紧跟着又说："压着脉，俺们不是踢卡拉（砸窑）的，是对脉子来的。"

"哪路英雄？什么蔓？（从哪来，干什么的）？报个迎头（姓氏）。"老汉不动身手，平静地应着。

关胜忙报姓氏："俺天头长角（姓关），虽穿官衣（制服），却是身在曹营心在汉，里码熟脉并肩子（同行兄弟自己人）。"

老汉也按规矩报了姓氏："老汉头顶红雁梢（姓柳），单字二木齐头（林），柳氏遭难，独在乌林，为大当家守窑（看家）。关爷门清（知道底细），是来起货（搜寻东西）的？里码子（自己人）怎能不仗义？"说完挺直了腰身，直视关胜和柳氏姐妹。

听着两人土匪春典黑话对答，柳叶刀已经明白这老汉是谁了，一步上前抓住老汉的手，带着哭腔叫道："您是柳林大叔啊？俺是桃子啊！"柳林愣住了，两眼紧着柳叶刀，却又狐疑，半晌没回应。柳叶刀拽出衣领里的那颗东珠，红叶妹也拿出了自己的东珠，叫着："柳林大叔，俺是桃妹啊！"柳林仍然满眼恍惚，像是没听懂。柳叶刀又抽出腰间长剑，两颗珍珠和一柄长剑都亮在眼前，柳林老汉如同遭了雷击，头发根都立了起来，眼里噙着泪，呆了半晌，扑通一下跪在地上，哭叫道："大小姐，二小姐，你们让我找得好苦啊！"。

松凌城小酒馆那个晚上，柳林被一记闷棍打昏，醒来时，已在荒郊野外乱坟岗子里。剧烈的头痛让他完了全忘记发生过的事情，从此，到处流浪沿街乞讨餐风露宿，三四年后，记忆慢慢恢复，才想起自己的身份和小酒馆的惨遇。当他找回青岗村，柳家早已物是人非，他又被人赶出了村子。百般无奈之中，猛然想起柳汉庭私下秘密交待过他，乌林府老宅已经赎回，由一个老家人看管，有一批金子藏在老宅门房夹壁墙内，危难之时可启用。

柳林辗转回到乌林府柳家老宅藏下身来，一边暗中寻找柳氏姐妹，直到老家人去世。不久前，因为几次出行寻找柳氏姐妹，用光了老宅那点租金，他才拿了半块金子去兑换，恰恰被关胜觅得踪迹。

柳林说，现在小姐找到了，这批金子应该归柳氏后人所有。柳氏姐妹却急着追问父亲是被谁杀的？红叶妹拿出那把狼刀让柳林辨认。柳林看到刀柄上烙着的狼头，立时老泪纵横，哽咽着说出了当年的情景，柳氏姐妹和关胜这才明白，北风狼背了十年的血债，原来却是一次意外的失手。

柳叶刀压抑着哭声，却感到胸中忽然敞亮了，像撤开了压了许久的一块石头，北风狼并非真正凶手，依然是她心中的亲人。

红叶妹却还忿忿地说，北风狼冤情可洗，可血案源头仍在蓝旗帮！

45

虽然松凌城一案缘由进一步清晰，但当年参与小酒馆争斗的，还有一伙不知名的绺子，况且劫持大清贡品一事，多人知晓，黑白两道都想从柳汉庭手里分一杯羹，消息走露，必然引来各路人马相争，这笔债不能全记在蓝旗帮头上。关胜解析着，然后拿出一块金子问道："柳大叔，您看，这是不是大东山的金子？王通手里为什么会有？"

柳林拿过金子仔细看过，点头确认："没错，这就是大东山的金块。那年我和大当家用了几块向王通买枪，后来又让那老小子帮助联络卖家并在小酒馆接头，结果就出了事。我一直怀疑，松凌城小酒馆那一场混战，极有可能是王通勾结道上歹人所为。我早想杀了那老小子，可惜我武功已废，又是孤身一人，难于对付王通家里那一群恶奴。"

红叶妹快嘴进出一连串话语："柳林大叔，您的心愿我们替你了了，王通那老东西，已经成了北风狼的刀下鬼了，他的狗儿子让我绑了，送进芭蒻子顶了北风狼，也被官府给枪毙了！"

柳林混浊的眼睛闪着泪光，颤巍巍地抓着红叶妹的手："二小姐也成了道上人？这样打打杀杀，可惜了你如花似玉的一个姑娘家。大当家的地下有知，可是又喜又忧啊。是俺柳林没保护好你们啊。要不是王通这王八犊子，你们这些年哪能受这样的罪啊。那王通老儿也是遭了老天报应啊！"

闻听柳林说到王通，关胜忽悟："原来是这样，看来那另一伙人一定与王通有关。我忽视了这条线啊。可现在王通已经死无对证，这又成了无头案了。"

柳林叹道："这些年我装疯卖傻，没断了暗中查访，可啥也没查到。大小姐二小姐回来了，我把金子和这件血案都交给你们吧。"

117

狼
刀

　　柳叶刀忙摆手："柳林大叔，金子我们暂时用不着，还是放在你这里，日子这么艰难，您老也需要。冤有头，债有主，俺爹的命案，早晚会清算。松本这个老鬼子正在四处搜捕我们，乌林府不是长住之地，我们必须尽快离开。大叔您还得守在老宅，千万不能暴露身份，要给俺们留住这个老家啊。"

　　红叶妹拿出几块大洋放在柳林手上，又拔下玉簪给柳林看："大叔，这点钱先留给您，买身棉衣好过冬。以后每隔一段时间我都会派人来看您，来人会拿着我这只祖母绿的玉簪，它就是信物。"

　　关胜贴在门边听了听外面的动静，又摸出怀表看了看，压低声音说："大叔，你这小屋一下子来了这么多人，恐怕会引人注意，我们得马上离开。但还有件事需要您帮助，就是大东山金脉图，您知道它的下落吗？"

　　柳林缄默着，红叶妹忙说："这位是我的大师兄，虽然身为官府侦探，却是可信之人。"

　　柳林又看着柳叶刀，仍然不语。

　　柳叶刀说："大叔，金脉图是怎么回事？它要真在您手里，也还是由您继续藏着，关探长只是想知道它的下落，也算是让这桩陈年旧案有个了结。等将来天下太平了，也许用得着。"

　　柳林又沉默片刻，才说出了多年秘密。原来，柳汉庭把金脉图埋在了一个只有他自己知道的地方，另画了一张暗示埋图位置的山水画，借"按图索骥"之意，取名"索骥图"，一分两半，藏在两个地方，原打算等柳氏姐妹长大些分别交给她们，不想突遇身故。柳林说他回到老宅，在夹壁墙里找到了半张图，另一半却不知在何处。他揭开炕头灶台墙上灶王爷像，抽出一块青砖，拿出一个油纸包递给柳叶刀。柳叶刀打开纸包，露出一个锦囊，解开锦囊，里面是半张图，上角题款"索骥图"，画的是一个山坡上长着三棵松树，松树对面是一道山崖，山坡和山崖延伸处被撕断，不知另一半画的是什么。关胜和红叶也看不懂这半张图，柳林说他只看出这画的好像是青岗岭东面那道山崖，别的就看不明白了。

　　关胜听出了门道："金脉图一定在青岗岭，只要找到另一半索骥图拼在一起，就能看出到底是在什么位置。"

　　柳叶刀和红叶妹看着柳林，柳林摇头："我知道的就这些。"

　　柳林俯身把灶坑里的灰扒出来，挖开坑底一层土，抽出一块板子，从下面坑里掏出一个布包："大小姐，剩下这些金子和半张图都交给你，我老了，剩下的事你们去干吧。"不由分说把包硬塞给柳叶刀，然后轻轻推开门探头看了看，走出来，开了大门。

　　街上黑漆漆的，关胜、柳叶刀、红叶妹三人贴着墙，走出胡同，会合红珠红巧，离开了锦城坊街。但他们不知道，对面胡同的黑影里，纷飞飘落的雪片中，藏着一双眼睛……

第十章　铁马冰河刀枪鸣

都伦山那武论狼子野心，小吉村猛子怒手刃奸细；
齐天龙救百姓山林周旋，狼刀帮飞驰援群雄仗义。

46

1930年的冬天，白毛风裹着大烟泡，肆虐关东大地，豺狼逃匿，老熊蹲仓，虎豹都难于觅食，在沟壑里藏无踪迹。都伦山上云顶洞里却烟火旺盛，狼刀帮绺子弟兄们经历秋冬之际的劫难，撤回"蓝旗帮"当年的老巢修养生息，让这个长年笼罩在云雾之中的都伦山顶，在经历十年的萧索清冷之后，又有了人气。云顶洞里的松明火把和篝火，仿佛重新活了过来，热烈的火苗子噼里啪啦地像爆着花骨朵，欢快地舞着，把阴冷的山洞烘得热腾腾暖融融。

春节前，松本围剿鹰崴子扑了空，又被漫天呼号的风雪撵得无处隐藏，只好疲惫地缩回了乌林府。这再次证明了北风狼的判断，鬼子卧底就在留在小吉村那几人当中，而他对猛子暗授机宜授，果真让那卧底显了形。一贴堂被查抄，鬼脸三和陈水只好先到小吉村暂避，这是柳叶刀暗使的一计，鬼脸三正好做了猛子的帮手，二人联手，终于拔掉了眼中钉肉中刺。

原来这卧底是北风狼几年前收留的哑巴墩，这小鬼子装成哑巴隐藏北峰山，几次偷报狼刀帮行踪，让几十个弟兄丢了性命，而他传递情报的工具，竟然是他饲养的鸽子。那天雪后初晴，哑巴墩又藏在屋后摆弄他的鸽子，鬼脸三早有感觉，这哑巴行为鬼祟不大地道，便和猛子连续多日监视他的行动。这时，果然发现他正在一只鸽子的腿上拴一个小竹管，鬼脸三在他身后清楚地看到竹管里塞着纸卷，便抢上一步，一把夺下竹管。哑巴墩突然发出鬼怪似的日本话扑上来，与鬼脸三厮打起来。凡是敢于单打独斗的小鬼子，都有两下子，鬼脸三根本不是对手，哑巴墩只一招大背挎，就把他摔在地上，一手扼住了喉，让他翻了白眼。一直藏在暗处的猛子，急忙冲出来，赶到哑巴墩身后，上前一步，一刀插进哑巴墩的后心，结果了他。鬼脸三打开纸卷，看到几个日文夹杂着中文，而中文写的是琴书楼，他收起纸条骂道，妈了巴子，好玄让松本抄了二当家的后路。

而此时，柳叶刀有孕在身，正藏在江口镇醉胭街琴书楼。

腊月二十三，完成使命的猛子与鬼脸三和陈水上了都伦山，北风狼这才明白，为什么弟兄们一有行动，哑巴墩就放鸽子，为什么松本能准确地在白狼沟和麻达岭埋伏截杀。他叫骂着抽刀要剁了鸽子脑袋，被那武一把拦住，说鸽子没罪，留着它，咱将计就计跟松本老鬼子玩一出蒋干盗书。那武曾留学日本士官学校，日文相当娴熟，他模仿哑巴墩笔迹写了张纸条，说狼刀帮大年三十之夜，将出击尚龙岭，袭军车，劫军火。三天后，鸽子把假情报送进乌林府，松本又扑向尚龙岭守株待兔，五六十鬼子被牵制在冰天雪地里，冻了两三天，却等不到老对手，他只好带着累垮的鬼子兵，撤回了乌林府。

斩杀了鬼子卧底，松本丢了耳目，北风狼如断线风筝飞入空濛，再找不到踪影，狼刀帮众弟兄自由自在地隐藏在都伦山上，度过 1931 年春节，有了一段相对安稳的日子。

经过鬼脸三的精心治疗调养，那武的身体渐渐好了起来，这一段时间，他与狼刀帮弟兄们朝夕相处，经常给北风狼讲日本士官学校如何进行训练，了解日本军队的基本战术，并教给弟兄们学会利用各种地形进行单兵作战和配合作战，还让北风狼带着弟兄们学习滑雪，使惯于骑马的狼刀帮，掌握了雪地作战的技能。到了晚上，云顶洞里点亮松明，那武给大伙讲杨家将和岳飞抗金卫国，戚继光驱逐倭寇收复台湾，八国联军火烧圆明园，义和团奋起怒杀洋鬼子，也讲共产党和蒋介石，讲日本鬼子企图霸占中国的狼子野心，还教溜子们识字。有时，那武和北风狼喝酒聊天，也刻意向他灌输民族大义英雄气节，让他知道了民族抗争的历史，也渐渐懂得了绿林好汉不光杀富济贫，守护自己绺子的地盘，更要保护百姓护卫家国，也明白自己这几年跟鬼子的拼杀正是英雄爱国，说得他激起血性豪气。

通过那武的讲述，北风狼才知道小鬼子早就对东北下手，蓄意发动战争。那武说，自古发动战争实质都是为了夺取资源，日本土地少，资源少，从 1904 年起，日本所需的战争资源几乎全部从中国掠得，日俄战争就是一场帝国主义同时侵略中国、重新划分势力范围、争夺利权的战争。在日俄战争中，东北的许多工厂被炸毁，房屋被炸毁，就连寺庙也未能幸免。耕牛被抢走，粮食被抢光，流离失所的难民有几十万人，许多人冤死在两国侵略者的炮火之下。日本鬼子还把辽东半岛改称"关东州"，把驻扎在东北的日军命名为关东军，设立殖民统治机构"关东都督府"，成为对中国东北南部进行殖民统治的指挥机构，为长远目标作了准备。实际上，日本帝国主义侵略中国的确切时间，应该从"甲午战争"算起，因为自从"甲午战争"开始，日本帝国主义就一直在中国驻军，并且一步步地不断扩大对中国的侵略范围。辛亥革命之后，清帝宣统溥仪逊位，但以肃亲王善耆、恭亲王溥伟为首的皇家宗室却为大清残喘，图谋复辟，结成宗社党，并企图依靠日本东山再起，而日本政府也想趁此机会"确立帝国在满洲的地位，以求满洲问题的根本解决"。以浪人头山满为首的"黑龙会"等势力，充当了满蒙独立的急先锋，川岛浪速等人与善耆到东北，勾结内蒙的喀喇沁王、巴林王，筹集钱款，招兵买马，组织"勤王军"准备起事。还通过设在大连的特务组织"满铁株事会社"，为内蒙叛军筹集运送武器。在洮南和郑家屯两次挑衅失败后，放弃清室余孽，对张作霖施行勾结利用，先是希图通过他促成满蒙独立，或强化东北自治，然后将其变为傀儡，以掌控全东北，进而把东北分裂出来，同时吞并内蒙。

那武还告诉他们，1928年，皇姑屯事件张作霖被鬼子炸死，他的儿子张学良继任东北保安总司令。国民政府劝说张学良改旗易帜，服从南京国民政府。日本为把东北变为它的殖民地，威逼张学良在东北"独立"，派人到沈阳威胁张学良，如果中国东北不听日本劝告，而与暴动的南方达成妥协之类事情，为了维护日本国既得权利，则将不得不采取必要的行动。并声称：日本政府对于东北易帜一事，一路要干涉到底。日军又在沈阳举行大规模演习，向张学良再三示威。此时张学良肩负国耻家仇，不顾日本帝国主义的武力威胁，毅然发表通电，宣告东北遵守三民主义、服从国民政府、改易旗帜，五色旗换成了了青天白日满地红。

那武还说，日本与沙俄等帝国主义日益入侵，奉系军阀连年进关打内战，人民基本生活得不到保障，东北人民被迫不断进行反帝反军阀的斗争。在"东边道"等地就出现了"大刀会"、"三江好"等与日本鬼子对抗的土匪绺子，而狼刀帮与松本的几次交手，也正是东北人民早期自发对日斗争的一部分。

听到那武对狼刀帮这样的肯定，北风狼心里很是高兴，鬼脸三也是五体投地，他和北风狼商议，召集弟兄们开坛设香，执意把那武拜为狼刀帮的"大师爷"。

北风狼对弟兄们说，今后咱这个绺子就听那师爷的，咱也要保家卫国，跟日本鬼子摽劲儿死磕！

47

日子一晃到了开春，通禅寺明水大和尚派大徒弟了空来送信，一直藏在西三镇猫冬的齐天龙有难了。西三镇百姓与日本来的开荒农民为争地争水干了起来，松本带着守备队给日本人撑腰，还架起机枪，逼迫中国人让地让水，又开枪又抓人。齐天龙率双刀会弟兄偷袭西三镇警察分所，想要解救被抓的百姓，可没救出人来，反倒被松本撵得逃回小古村后山，凭着熟悉地形，正跟鬼子周旋着，但人员和战斗力照鬼子差一大截，坚持不了太久。齐天龙危在旦夕，却又不知北风狼在何处，只好派人向明水师傅求助。

在山里呆了几个月，北风狼的手早痒起来，这会又撸胳膊挽袖子，又擦枪磨刀，急着下山。那武说，这正好试试弟兄们这一冬练出来的本事。他拿出一张日本人绘制的东北地图，对北风狼和鬼脸三做了一番交待。小吉村后山虽不高，但绵延百十里，满山雪深林密，齐天龙手下都是钻林子的好手，一时半会松本还拿不住他们。只要能拖住鬼子三四天，咱就能赶到，两下夹击，虽不能肯定全歼，也能再给松本一次重创。北峰山老巢被鬼子端了，狼刀帮弟兄们也都是憋着火，北风狼一声令下，三十人的马队，卷起一阵旋风，朝都伦山下扑去。

两天多工夫，马队到达西三镇外，正是午后未时。鬼脸三让弟兄们藏在林子里，派二瓜驮着一袋子泡过蒙汗药的玉米粒，先去小吉村，自己进镇里打探情况。按着那武事先预想，松本一定会派人在西三镇上布下眼线，因为若有援兵增援小吉村，必经西三镇，而鬼子也只能就近在西三镇补充给养，这就给了北风狼下手的机会。那武设下了五计连环，第一招就是切断鬼子补给，第二招是送上毒饵，第三招是北风狼西三镇招摇过市大张声势，给松本造成心理压力，或迫使他分兵对付北风狼，也减轻齐天龙的压力，第四招是与齐天龙两面夹击，重创鬼子，第五招是设伏西三镇，松本如果逃脱，就在此再次截杀。

鬼脸三果真在镇上探听到，一队鬼子正在攻打小吉村后山上的土匪，有两个鬼子住在镇北街口大车店，这几天逼着镇上警察分所刚收了两袋子高粱，还在大车店蒸了四大笼屉馒头，正要送往小吉村。鬼脸三按馒头数量粗略一算，就知道松本这回带来了四十人左右，那两袋子高粱满打满算也就二百多斤，将就着能吃三两天。截了送粮食的鬼子，过几天粮食送不到，松本就得饿肚子，二瓜送去的蒙汗药玉米粒，就是毒饵，逼着他老鬼子一步步上钩。

马队进了西三镇，北风狼仍是身着长披风，头戴哥萨克骑兵帽，挥着驳壳枪，带着弟兄们嗷嗷叫喊，呼啸着穿过街市，直扑镇北。俩鬼子刚上马走出大车店，北风狼迎头堵住，高声叫道，狼刀帮群侠在此！俺就是小鬼子剿不灭的北风狼，说着，一枪打掉一个驮着一袋高粱的小鬼子。剩下一个鬼子，顾不得同伙死活，两脚猛磕马肚子，趴在马背上，死命奔镇子外窜去。北风狼让猛子带两人继续追击，但只是虚张声势，不能打死这小鬼子，留下活口好给松本报信。北风狼叫大伙进了大车店，担当绺子卧底的店主，忙着杀鸡打酒烧火做饭，让弟兄们好生歇息一晚，明天迎战松本这个老对头。

晚上，就着松明子的火光，北风狼和鬼脸三脑瓜碰脑瓜地趴在炕头矮木桌上，再次看着地图，比划着路线，掐着指头算计路程时间。这一个冬天，北风狼没光喝酒吃肉猫冬，跟着那武学会了看地图，认识了等高线和比例尺，也懂得如何按方位角行进。能从几个圆圈中看出这一片是坡地还是山岗，是缓坡还是陡坡，是小岗子还是高山头，也知道一粒芝麻大小的一个格子代表几里地。凭着他的经验，已经掌握了骑马飞驰半个时辰，能跑出几个芝麻粒。他对鬼脸三说："我估摸着，那跑掉的小鬼子这阵子可能早逃回了小吉村，松本应该知道咱们到了西三镇，但不知道咱在哪过夜，今晚老鬼子不会赶天黑路滑急于出击，最快也得明天派人先行瞭水，等摸清了咱的情况，知道咱藏在哪了，才能出手。"

鬼脸三手指敲着地图上一点："这老小子一定还是分兵合围的老一套，可能会先派一队人马绕过镇子，到这里埋伏，等咱抵挡不住，撤出来时，在这里截击。可这回，他的算珠子拨不动喽，咱用了那智取生辰纲之计，吃了蒙汗药泡过的玉米，他的人马就得趴窝。"

"只要鬼子兵一趴窝，松本啥招法都不灵了，还他娘的跟咱玩啥分兵合围设伏截击？不等他派出人来，明天一早咱就杀上小吉村，把这个老冤家一锅端了！"北风狼信心十足。

"万一鬼子不上钩，蒙汗药没用上，鬼子的战斗力不减，这骨头可是够咱啃一阵子啊。要是二瓜弟兄上不了后山，联络不上天龙，两面夹击的招法就不灵。兵法中说，兵者，诡道也。我看，今晚就让陈水绕过小吉村上后山先去找齐天龙，这样就能万无一失。"鬼脸三担心有变，又出了个主意。

"好！这就更是手拿把掐了，齐天龙不认识陈水，可他认识咱的狼刀，见了狼刀，他准知道咱弟兄们来救援了。让陈水再带些手炮（手雷，或掷弹筒）去，这些日子天龙打得一定很艰难，手里正缺货呢。"北风狼说完，马上召来陈水，鬼脸三在地图上给他划了一条道，他反复看了几遍，记牢了方向和路线。北风狼又交待："要是遇上鬼子别跟他磨叽，扔个手炮就蹽，千万不能耽搁，一定要跟天龙接上捻。让他丑时鸡鸣后，向山下挪动，等到天亮，先在小吉村打响，等咱弟兄到了，给那老鬼子来个大烩菜！"

吃了三个大馒头俩鸡腿，肚子饱饱的陈水扎紧肩上装满手雷的褡裢，挑了一匹脚力强劲的快马，趁着天黑，先向西绕，再向北插，夜半时分，就绕上了小吉村后山。

48

虽然已到开春，但是山上的雪仍然未开化，一脚踩上还是能陷到膝盖。松本带着鬼子兵一连几日蹚着雪，在林子里绕来绕去，就是摸不着齐天龙的影。而无论春夏秋冬都曾摸爬滚打在山林里，齐天龙和手下弟兄们却如鱼得水，冬天里还依然茂密的松柏林子，成了他们天然的庇护，雪窝子也成了他们作战的掩体，两人一伙仨人一队，散在四处，瞅冷子就给鬼子几枪，打完就跑，顺雪沟子穿林子，眨眼就蹽没影了。松本气得哇哇直叫，抢着菊花军刀，逼着鬼子兵呼哧带喘地跟着脚印去撵，可追了半天又绕了回来。齐天龙和弟兄们就这样牵着松本的牛鼻子，在山林雪地里转磨磨，不仅没少一根毛，反而越打越开心越解恨。鬼子们白天累了一天，晚上拢堆火啃着冻硬的米团子，没等缓过劲儿来，又不着消停了。一会挨黑枪，一会被手雷炸，忙乱着爬起来，端着大枪去追赶，却依旧找不见人。几天下来，非常疲惫的鬼子们拉不开胯迈不动步了，松本只好下令返回小吉村，吃顿热乎饭，睡一晚好觉，歇过劲儿来再接着撵。可这一晚，就让北风狼逮着了机会，松本又失算了。

逃回小吉村的那个鬼子兵，如同带来噩耗，北风狼劫了粮食给养，松本的队伍眼瞅就要断顿了。鬼子兵在村里翻了一下午也没抢到多少粮食，恰好截住驮着玉米的二瓜，便把他绑到村头三间草房里，拢着了灶膛里的火煮玉米。松本俩贼眼叽里轱辘直转，北风狼劫了粮食，却偏偏放过这袋玉米进了村，这里一定有诈。他叫鬼子兵把煮熟的玉米粒塞进二瓜嘴里，硬逼着二瓜嚼烂咽下，不一会，二瓜就迷糊过去。松本见玉米里果然下了毒，抢过一支大枪，抡起枪托就砸破了锅，鬼子兵都傻了，只好干瞪眼挨饿。松本露出狡黠的阴笑，他知道，北风狼既然下了毒，那很快就会摸上来，他叫来一个军曹和十个鬼子兵，把抢来的一点点高粱玉米生嚼吃了，命令他们向西三镇方向去拦截北风狼，自己和一小队士兵原地坚守，埋伏在村口，打算以逸待劳，等北风狼进村，然后围住他，来个关门打狗，瓮中捉鳖。虽然这从中国古代兵法里学来的招数，也曾经灵验过，可现在不同了，松本想不到北风狼越来越精，又有那武指点，还有几个后手备用招法，而他惯用分兵战术，却是上了北风狼的圈套，减弱了自己的战斗力，这个回合，他又将再次败北。

策马绕了一大圈，陈水避开鬼子，于子夜上了山，蹚着雪翻过一个小上坡，在林子里转悠着，嘴里不时发出呼哨。这是土匪绺子山林里找寻同伙惯用的方法，寂静的夜里，呼哨声传得很远，果然不久，远处也传来同样的呼哨，两个在林子里瞭水的溜子，与陈水碰码了。

"蘑菇溜哪路，什么价（哪路来的，什么人）？"一个弟兄隔老远发问。

"一座古楼子，老海挑线子，里口来的熟脉子（庙里老和尚引路，一个地盘的同伙人）。"陈水应答。

"压着脉，报个蔓（别动枪，报上姓名）。"

"道上张三（狼），口衔青叶（捎来口信），老大跟前牵马坠蹬，俺是个千斤子（狼刀帮头领身边的人，俺姓陈）。"

"解下盘条子，扔过管喷子，黑幔掩昭子（解下皮带，扔过枪，黑布蒙眼睛）。"

これは土匪缐子碰面时的规矩，陈水解下腰里的枪扔过去，掏出块黑布自己蒙上了眼。一个弟兄走过来，收了枪，递过一根树枝，让陈水抓着一头，牵着他继续上山，朝林子里走去。

见了齐天龙，陈水亮出狼刀，说大当家传令，凌晨下山袭击小吉村，跟大当家的上托（配合），又解下裆裢，给弟兄们分发手雷。齐天龙乐得直拍大腿："真他娘的是想姥姥家人，孩子舅舅就来了，老子正愁手炮不够使，大当家的就给咱添柴火。好，弟兄们，麻溜啃富海喂连子（吃饭喝水喂马），数飞子（清点子弹），紧紧托龙（绑腿）踩壳子（鞋子），等三星上亮（拂晓时）出毛里（出林子），跟大当家拉对马（联合作战），这回可够老鬼子喝一壶喽！"

小吉村天亮时打响，北风狼已经带着弟兄们从西三镇出发，在镇外留下猛子六人藏在道边树棵子里，又向前赶了五六里路，晨雾里隐隐看见一队鬼子。这是半夜从小吉村出来的鬼子小队，这队鬼子没有马，又走了两个多时辰的山路，连困带累，已迈不动步了，松松垮垮，睡眼惺忪拖着懒散的队形，早没了警惕。

北风狼挺着蓝缨长矛枪，带着弟兄们纵马向前冲进鬼子队中，连挑带撅，横扫直刺，一连干倒两个。弟兄们紧跟身后，大刀片和三八刺刀一阵乱砍乱刺，又干倒了几个，没等鬼子回过神来，马队已经冲了过去。北风狼勒转马头，再次冲进鬼子队里，鬼子们还来不及拉开枪栓，又连挨刀砍枪挑，无力还手，只能抱头鼠窜，四下里像黄鼠狼炸了窝。那个军曹跳进路旁沟里，命令剩下的鬼子兵靠拢，趴在沟沿上用一支王八盒子胡乱射击。虽然遇到突袭，但鬼子兵还是有战斗经验，剩下的四五个鬼子很快聚拢到一起，一挺歪把子机枪也开了火。狼刀帮有两个弟兄中弹落马，还有两匹马被打断了腿，马上的弟兄也摔下来。北风狼大声喊叫下马隐蔽，自己也迅速跳下马来，坐骑青花骢卧伏在雪地上。鬼子机枪打得地上雪沫子飞溅，压得弟兄们抬不起头，北风狼从鬼子尸体边拖过一支三八大盖，让弟兄们扔出几颗手雷，趁着爆炸烟雾遮住鬼子眼睛，翻滚到路边一颗树下，依着树干伸出枪，一枪打穿鬼子机枪手的钢盔。狼刀帮的几支冲锋枪也密集扫射，剩下的鬼子一个个报销了，拂晓一场遭遇战，干净利落，转眼就收拾了这一小队鬼子。

49

这时的小吉村正在拉锯。齐天龙的双刀会和所有土匪缐子一样，根本不会正规作战，也就不会按什么套路出牌，打起来完全没有章法，其实这是削弱鬼子战斗力的最有效的方法，也就是土匪的章法。

天刚蒙蒙亮，齐天龙带着三四个人从村西边靠近村头那三间草屋，当当两枪干掉了鬼子两个哨兵，扔颗手榴弹，掉头就跑。鬼子们懵懵懂懂从梦中醒来，还忙着排队报数呢，一个小队长按《步兵操典》一板一眼地分配兵力，准备组织反击。东边又摸上来三人，一顿乱枪手榴弹，又干掉几个，打乱了鬼子队形。松本命令鬼子们迅速按建制散开战斗队形，摆好对抗阵势，却找不到人，齐天龙早带着弟兄们撤进了村后山坡树林里。松本不敢再分兵去追击，因为他已经听到远处枪声，知道北风狼正在靠近，如果北风狼这时再杀过来，两面夹击，他的后冀完全暴露，必然腹背受敌。他马上召回正向小树林冲锋的鬼子兵，收缩兵力，踞守在草屋。齐天龙带人又从东西两侧靠近，五六颗手榴弹嗖嗖飞来，炸得房前屋后暴土扬长，弹片横飞，俩鬼子兵被削开了脑壳，然后，这伙人又是一溜烟跑没影了。过了一会，又有两三个贴上来，打冷枪，扔手雷，打了就跑，像蚊子咬人，叮一口就飞走，看得见，抓不着。半个时辰之内，齐天龙一会出现，一会没影，就这样反复缠磨，骚扰挑逗，气得松本大骂"八嘎"，再也按捺不住，挥舞着菊花军刀，命令鬼子倾巢出动，再次向村外林子进攻，同样还是没追到人，又白忙乎一通。

一阵马蹄声由远而近，北风狼的人马已经接近村头。松本急令鬼子们撤回村子，龟缩在三间草屋前，架起机枪封锁村口。北风狼冲进村边林子，喊叫着，让弟兄们下马，马匹就地卧倒，弟兄们借着树木掩护，徒步向村头靠近。齐天龙的手下又从东西两侧移动过来，村头那三间草屋已经三面被围，松本无路可逃了。可是，鬼子机枪连续扫射，北风狼也攻不上去，又怕伤了老乡，不敢再向屋里扔手雷，这使鬼子有了喘息的机会。

这时，枪声停了，草屋的门开了，北风狼惊异地瞪大眼睛，只见松本抱着一个小男孩走出来，接着，五花大绑的二瓜出现，身后一个鬼子军官的军刀架在他脖子上。又一个鬼子押着一个老汉跟在后面，老汉的脖子上挂着两颗手雷，手雷的保险栓连在一根绳子上，绳子一头就攥在那鬼子手里……

一个鬼子用生硬的中国话喊着："北风狼先生，你的人在我们手里，想叫他们活命，就立刻让开一条路。"

打了好一阵子，北风狼纳闷鬼子吃了蒙汗药泡过的玉米，咋就没趴下呢，看见被绑的二瓜，他才明白，松本识破了玉米当中的毒饵计，鬼子没被麻翻，二瓜反倒成了人质。幸亏老三诡道，又设计中计，让陈水联络上了齐天龙，这才形成了两面夹击，扼制了松本。可现在三条人命攥在他手里，如同得了金钟罩铁布衫，打不得，撵不得，这一招杀手锏生死劫甚是毒辣。北风狼气得大骂："妈了个巴子，好你个松本次郎，拿老百姓给自己挡飞子，你他娘的还算是站着撒尿的爷们吗？有种放了我兄弟和老人孩子，俺北风狼跟你单挑！"

明争暗斗了好几年，松本始终没有和这个老冤家近距离地正面相对，虽然还是看不清他的相貌，但那顶哥萨克骑兵帽和长披风的特征太扎眼了，对面这个悍匪，定是狼刀帮首领北风狼无疑。他恨不得立刻指挥士兵们冲过去，生擒了这顽匪，但此时手上兵力剧减，自己一方已不占优势，多日的疲惫和弹药粮草消耗贻尽，士兵战斗力也难以匹敌，只好不顾军人颜面，出此下策。这个中国通知道中国兵法中有金蝉脱壳之计，也懂得保存实力的缓兵之计，所以，对北风狼的激将法并不接招。他压住心头怒气，搜寻着他所知道的中国典故，叫道："狼桑，胜败乃兵家常事，不在于一时一势一城一地的得失，你们所谓的绿林好汉，不是也讲什么来日方长东山再起君子报仇十年不晚吗？诸葛孔明七擒七纵，那是多么精彩的大将气度。今天我就屈尊忍得胯下之辱，跟大当家签个城下之盟，请大当家挑个日子，选个地方，双方重整旗鼓，再战几个回合。"

松本阴险狡诈反用激将法，利用土匪豪爽义气的习性，企图蒙蔽麻痹并诱使北风狼头脑发热，仗义江湖，放他一马。北风狼也是投鼠忌器，担心伤了人质，就命令弟兄们后撤让道。

"妈了个巴子，这老鬼子还真知道咱中国的老事儿，中国话说得比俺还溜。也对，君子报仇十年不晚，咱别伤了自家人，弟兄们，压着脉，别着火（别开枪），让他们走！咱压连子（上马）紧遛（跟上）。"

弟兄们上了马，向村路两侧让开，齐天龙一队也从屁股后面兜上来，压成半月形阵脚。虽然大当家命令不准开枪，可大伙手里的家伙都顶着子弹大张着机头，随时就能扫射，这是防备鬼子反手，以免自己吃亏。

几个鬼子兵在前引路，松本骑在马上，把小男孩放在自己身前，一手拿着王八盒子顶着孩子脑袋，两侧有几个鬼子兵护着，慢慢走出村子。二瓜和老人被反绑着双手，绳索牵在两个鬼子兵手里，前后左右的鬼子把他们裹在队伍中间，以防备土匪下手抢人。刺刀顶着他们的后心，前面拽着，后面逼着，他们不得不随着鬼子走出了村子。

北风狼在马上喊着："老鬼子听着，俺中国人讲信用，今天放你一马，穿长袍的没有会不着亲家的，俺早晚跟你算账！"

50

凭借人质要挟，松本逼迫北风狼让出了村前道路，十几个鬼子带着从农家抢来的两挂爬犁，拉着伤兵和死尸，向西三镇仓惶撤退。

弟兄们拉开百米距离跟在后面。齐天龙几次要冲进鬼子队伍抢人，北风狼的蓝缨长枪挡在他面前，憋得他脸色发青，嘴里直喘，一股股热气被冷风吹得挂在脸上，糊成白色的连鬓胡子。北风狼心里同样窝着火，但鬼子队伍最后的爬犁上架着一挺机枪，一个鬼子趴在尸体上，紧握枪托，手扣扳机，

狼刀

虎视眈眈地盯着跟在后面的人，看那架势，只要后面的人稍有动作，那枪口就会吐出火舌。北风狼不会在枪口的威胁下让弟兄们白白送死，这一路都在压着阵脚，不许一个弟兄冲上前去。

约摸有两个多时辰，鬼子队伍到了西三镇外。埋伏在这里的猛子刚要喊打，却发现了二瓜和老人孩子，又看见北风狼带人跟在后面，他明白包围已经形成却不开打，是因为人质在鬼子队伍里，只好放鬼子过了镇子。眼睁睁看着松本扬长而去，弟兄们抖着缰绳又要撵上去，北风狼平展左臂，右手单擎蓝缨长矛，横伸出去，挡在前面，任弟兄们嗷嗷叫，却一言不发，咬紧牙关，双目充血，像一根十字木桩，牢牢地钉在大道上，谁也不敢逾越。

鬼子渐渐远去，北风狼侧身对陈水一摆头，陈水打马向前，追着鬼子脚印跟了上去。

北风狼勒转马头，打了一声呼哨，挺着蓝缨长枪，冲进西三镇。马队卷着一溜雪烟，掠过镇上的小街，路上的一些百姓纷纷避让，眼见一阵狂飚呼啸着，冲向街口的警察分所。一个站岗的警察刚听见轰隆隆的马蹄声，就已经被扑到眼前的一帮挥舞刀枪的彪形大汉吓呆了，等他想起手里还有枪，忙乱地拉开枪栓举起来，北风狼从马上立起来，蓝缨长枪一伸，就把他挑了个跟头，一发子弹呼的一声，飞上了天。屋里的警察听见枪声，你推我搡地拥出来，房前屋后已经被团团围住，在众多枪口威慑下，警察哪还敢反抗，乖乖地扔下枪，举起手，低着脑袋不敢抬头，生怕稍有动作就会挨枪子。北风狼命令手下，打开警察分所的囚室，放出了被抓的百姓。

警察分所外边的一些老人和妇女，哭叫着涌上前来，拉住了自己的亲人。自从松本抓了这几个敢跟日本农民争斗的百姓，这些百姓就连着几天守在这里，给被抓的人送水送吃的，他们在冷饿之中已经近乎于绝望，却突然来了一群响马好汉，解救了他们的亲人。他们并不去管这些人是什么土匪，而认作是救苦救难的天兵天将，纷纷跪地磕头叩谢。北风狼忙让手下扶起他们，叫大伙赶快带着亲人回家。

这时，警察分所的所长却拦在人前，梗着歪脖向北风狼放赖："这位好汉一定是狼刀帮大当家的，你是仗义行侠，放走了人犯，让我们咋跟日本人交待？你就不怕日本人找你后账？"

"妈了个巴子，你是中国警察，还是日本人的走狗？你帮着鬼子欺侮咱老百姓，俺还没跟你算账呢，你反倒拿鬼子来吓唬俺。你这个帮虎吃食的狗子，也不怕俺敲掉你的狗牙？来呀，弟兄们，把这王八蛋给我绳上（绑了）！扒了他的虎皮叶子（警察制服）！"

北风狼说着，挺起蓝缨长枪逼住警察分所所长，叫人扒了他的上衣，捆在了路边的拴马桩上。他手下的警察喽啰们，都蹲在地上，谁也不敢出声，有两个刚抬头，就被身后的土匪溜子一脚揣趴下，冰冷的枪口顶在了后脑勺上。北风狼一摆头，齐天龙跳下马来，在他身边绕着圈，抡起马鞭子，带着嗖嗖的风声，噼里啪啦一顿狠抽，警察所长的前胸脯后脊梁立时现出道道檩子，一声声嚎叫，听得人毛骨悚然。

不一会，警察所长的惨叫变成了哀求，鼻涕眼泪顺着下巴直往下淌。北风狼没说停，齐天龙的马鞭就像蛇一样缠在他身前身后，鞭梢像蛇信，吐一下，就留下一绺血印。直到他耷拉了脑袋，也不再嚎叫了，北风狼才叫住手，拍马上前，一伸蓝缨长枪，用枪尖挑起了他的下巴，再次警告他不许再帮着鬼子祸害乡亲们。

教训了这帮平日里作威作福欺负百姓的警察，北风狼又让齐天龙领路，直奔镇北十里之外，那里的山坡上有七八间房子，住着与西三镇乡亲们发生冲突的日本农民。日本人早在日俄战争后，发动全面侵华战争前，就向中国东北地区派出了一些垦荒的农民，就是后来的有较严密组织并配有武器的拓荒团。这其中大部分确实是比较本分的农民，少数是间谍，或退武的日本军人，也有少量枪支弹药，说是用于自卫，其实是武力保护，使那些原本是老实巴交的农民壮了胆，恣意欺负当地百姓。所以，日本农民仗着有日警撑腰，经常和当地中国百姓发生与土地水源有关的争斗，以至于后来就发生了日本警察镇压中国农民的"万宝山"事件。乌林府西三镇当地农民与日本人的冲突，就是中国农民保护自己土地的早期斗争的一部分。北风狼就是要打打这些日本人的嚣张气焰，这才带着人马压了过来。

为了真正占领中国，日本向中国派来的，不光有军队，还有大量的移民。持续到1931年九一八事变前，日本最早有组织、有计划的试点移民是所谓的"爱川村"移民。从1913年开始，有着"劝业都督"之称的日本"关东州"都督福岛安正从山口县玖珂郡川下村和爱岩村搜罗移民17户，从新泻县弄来移民一户，共计18户43人移入金县大魏家屯，从川下村和爱岩村名中各取一字，将这个移民点定名为"爱川村"。与此同时，满铁总裁后藤新平在满铁附属地内拨出4400公顷土地租给自由移民耕种，又从满铁的守备退役兵中择人试验。从1914到1917年，共网罗满铁退役兵34户从事移民活动。日本在侵占中国东北期间，共派遣"开拓团"860多个、33万多人。"开拓团"的日本农民在日军和日警的支持下，强占或以极低廉的价格强迫收购中国人的土地，然后再租给中国农民耕种，从而使500万中国农民失去土地，四处流离或在日本组建的12000多个"集团部落"中忍饥受寒，其间冻饿而死的人无法计数。

西三镇一带的日本移民，原先就在松本等退伍军人庇护下欺压中国百姓，这次公然抢占水源，遭到抵抗，前来帮凶的松本又惨败而逃，他们自然不敢再与北风狼相抗，只得束手交了枪。仗义江湖的北风狼不会让人耻笑自己杀伐没有战斗力的农民，所以，他没有对这些农民下死手，只是收缴了他

129

狼刀

们的几支枪。

傍晚，派去接应二瓜和老人孩子的陈水返回，说鬼子押着人质一直退了几十里，汇合了赶来接应的另一队鬼子，松本背弃信义，杀了三个人质，尸体就挂在几十里外的山林边上。

北风狼一听，捶胸顿足，大骂松本，却也无奈，弟兄们赶了两天的路，又混战一场，消耗不小，且鬼子兵力又有增加，再撵上去必然要吃亏，再说，松本很有可能趁夜晚再杀回来。于是，北风狼下令，带着人马迅速离开，绕道西三镇外，撤向都伦山。

第十一章　风云突变九一八

风云变强虏欺关东沦陷，占乌林开杀戒松本逞凶；
山河血生灵泪军民奋起，抗外辱举利刃狼刀出鞘。

51

1931 年 9 月 18 日夜，平静中响起隆隆炮声，从此把中国东北拖进了深渊。

日本军国主义分子蓄谋已久对华扩张，企图把中国变成永久殖民地的阴谋，以攻击东北军奉天驻地北大营，拉开了占领东北实施全面侵华战争的序幕。

深夜十时许，日本关东军岛本大队川岛中队河本末守中尉，偷偷带着几个鬼子兵，在北大营南侧柳条湖边上，炸毁了南满铁路的一段轨道，并放了三具身穿东北军士兵服装的中国人尸体，硬说是东北军干的。关东军以此为借口，派出日军独立守备队第二大队，向北大营发动进攻。平田幸弘指挥的关东军第二师步兵第二旅第 29 团，岛本正一指挥的铁路守备队第二营，也从南北两面向北大营合围。

这时驻扎北大营的队伍已经改称为东北军了。因为第二次直奉战争胜利后，张作霖打进北京，1928 年因前线战事不利，被迫返回东北。6 月 4 日，张作霖乘火车被日本关东军预埋的炸药炸成重伤，当日送回沈阳官邸后即逝世，这就是皇姑屯事件。张作霖死后，张学良继任为东北保安军总司令，他拒绝日本人的拉拢，坚持"东北易帜"，奉军改为东北军，统归蒋介石管辖。

驻守北大营的东北军第七旅一个团被迫自卫抵抗，但事先毫无防备，被打得措手不及。次日凌晨四时许，日军独立守备队第五大队从铁岭赶来，鬼子兵力增强，火力更猛，如狼似虎扑进东北军营区，到五时半，东北军第七旅虽顽强抵抗，终不敌装备精良的日军，东北军已伤亡 300 余人，战斗力骤然急降，不得不向奉天东山嘴子撤退，至此，日军攻进了北大营。

9 月 19 日凌晨，关东军司令本庄繁下令，第二师主力自辽阳增援奉天日军；独立守备队第三营进攻营口、第四营进攻凤凰城、安东；第二师第三旅主力、骑兵第二联队、独立守备第一营分别进攻长春宽城区、二道沟、南南岭等地。上午八时，日军几乎未受到抵抗便将奉天全城占领，东北军撤向锦州。十时，日军先后攻占奉天、四平、营口、凤凰城、安东等南满铁路、安奉铁路沿线18座城镇。驻长春的东北军自发反击，战至次日，长春陷落。关东军不到两万人，东北军有十几万人，却因为上司不准抵抗之令，在突遭袭击时，除小部分自发抵抗外，其余均不战而退，不久辽、吉、黑全部被日军占领。白山黑水沦于日寇铁蹄之下，美丽富饶的关东大地，被野兽蹂躏。

在日本人眼里，乌林府早就是一块垂涎欲滴的肥肉，自然不能幸免。因驻军首领张长官在外地为父治丧，代理军政的参谋长是关东军第二师团司令多门二郎中将的学生，暗中与日寇早有勾结，此时变节投敌。第二师团主力在多门二郎率领下，开进乌林府，大批鬼子兵如入无从之境，丝毫没有受到抵抗，不费一枪一弹就占领了这座古城。

东西北三个方向的朝阳门、临江门、北极门，涌入了一队队鬼子兵，隆隆的马队、炮车，咣咣的鬼子兵大皮鞋，响了半个下午。看到蝗虫一样的鬼子，百姓们惊恐不已，街上店铺关张，行人纷纷逃向家中，紧闭屋门，有经验的人家，甚至用棉被捂上了窗户，让老婆孩子躲在墙角，以免街上打起来，乱飞的流弹穿透窗户伤人。

一群凶悍的鬼子包围了长官公署，门前架起了机枪，一个鬼子大佐叉开双腿，双手拄着军刀，站在长官公署门前，身边簇拥着一些佐官尉官。他们正面对乌林府一些军政官员，那个胆小如鼠气节丧尽的参谋长，带着下属，卑躬屈膝，向趾高气昂的侵略者交出了自己的指挥刀。这就意味着驻乌林府的中国军队已经放弃反抗缴械投降，自此，这无耻的一鞠，让乌林府民众又继续遭受了长达十四年的凌辱。

这群鬼子堆里，松本正仰着脸，睨视着不战而降摇尾乞怜苟且偷生的熊包软蛋，嘴角挂着鄙夷的冷笑。乌林府日本守备队大半年来几次与狼刀帮对阵，伤亡近半，松本也受到上司的严厉训斥，他憋着劲要找北风狼决一死战，却因手上兵力不足，未敢盲动。而近几月来，狼刀帮这个土匪绺子如同土遁，踪迹皆无，甚至连气味都嗅不到，松本干瞪眼，摸不着对手的影子。日军派出一部接管了尚龙岭等铁路沿线重要地域的防务。驻中长铁路和乌林府一带原日本护路队和守备队进行整合，松本的守备队与佐藤、坂田的七零八落的残部组成乌林府警备队，负责城乡治安警务，专门搜捕抗日志士，追剿与日军对抗的少量东北军部队、东北义勇军残部和地方土匪武装。松本和佐藤、坂田像被狮子撺散的几头鬣狗，缓过劲来，又凑成了一群。惺惺相惜，狗打连环，勾结一起，张开血口，吐露利齿，仗着野兽般凶悍的日本驻军，大开杀戒，在乌林府城乡搅起阵阵腥风。

日军占领乌林府当天，东北军营区东大营被日军围住，驻军二团一部分未及撤离，被迫缴械，团长魁五带着一个营头天晚上已经撤离，向东南方向进了山。魁五这个血性的东北汉子，决不甘心作亡国奴，自此开始，带着弟兄们辗转于山林，与日军周旋。

第二师团司令官多门中将派出一部日军，对乌林府周边进行清乡，意图一举肃清抗日武装。魁五带领部下迂回到榆树林子，这是鬼子向西南方向清乡的必经之路。这一带隐蔽着一小部分与鬼子交过手的抗日民团，被鬼子暗探查到行踪，日军的进剿第一个目标，就是通过榆树林子，消灭这一部分民团。魁五率抗日自卫军在松江沿岸排开一里地，凭借着草草构筑的工事和简陋的装备，顽强地打了一天一夜，魁五抡着大刀，和士兵们跟几次冲上阵地的鬼子展开肉搏，一次次打退鬼子的进攻，把日军阻截在松江边上，赢得了时间，掩护零星小股的民间抗日队伍向西撤进了盘马山。

第二天凌晨，在鬼子即将开始又一轮攻击之前，魁五带着队伍悄悄撤出了阵地，消失在浓浓的晨雾里。鬼子在一阵炮击之后，涌上了尘土飞扬的阵地，而这支他们遇到的少有的顽强抵抗的部队，却已无踪影。

52

乌林府各城门都被鬼子警备队和呲牙露齿的狼狗把守，整日盘查过往行人，搜寻有抗日嫌疑的人，肆意殴打百姓，不时有人被抓进警备队，多少人就此如同羊入狼窝，有去无还。每当天黑之后，缠着铁丝网的木桩便封闭了城门通道，禁止出入，探照灯把近处十几米内照得通亮，有人靠近就开枪，各个城门变成了虎狼口，夺命关。

刚就任警备队长，松本复仇的心理极度膨胀，那把菊花军刀也仿佛在刀鞘中不安分地跃跃欲动，让他总想抽出它来砍向中国人的脑袋。青岗岭和小吉村战事失利的阴影，像那个岛国上古老传说中的白面金毛九尾狐，始终在他肚子里作怪，揪着他的心，踢着他的肝，缠着他的肺，让他成了铁板烧上烹制的活虾，在火中不时地暴跳。这股邪火不撒出去，煎熬得他日夜难寝。而传说中的另一个妖怪，也时常地出现在他梦境，居住在丹波国大江山上的酒吞童子纠结一伙恶鬼，杀人越货，茹毛饮血，甚至掳走妇女和儿童生吞活剥。日本神话中的三大妖怪，有两个始终缠绕着他，把他骨子里原本就包藏的祸心，鼓荡得越发邪恶，像青面獠牙的凶煞妖魔，纵身跃起，挟带着阴风，去啮噬血肉。

菊花刀在墙上一张军用地图上划过，松本手上一用力，刀尖戳破了青岗岭那个蓝色小点。惨白的灯光，把佐藤和坂田的脸，映得铁青，他们的眼睛里鼓突着凶气，一齐盯向刀尖指处。这一个晚上，松本和他们密谋，要在一个月之内，清剿乌林府城乡所有与狼刀帮有瓜葛的地方，彻底铲除他们的同党和外围，让北风狼孤立无援，无处立脚，无法施展。他的目标首先是曾经让他丢盔卸甲狼狈溃逃的青岗村，接着，再杀向小吉村后山，捣毁齐天龙的藏匿之地，然后回兵乌林府，将城里的狼刀帮暗窑（据点）全部肃清。经过这样的扫荡，整个乌林府城乡的警务就基本无忧了。虽说他只是个小小的警备队长，谋划或操作几乎相当于一个局部战役，至少应该由将官级的军官负责，但这样由一个中佐酝酿出来的庞大战事，如同几个军衔很低的日本少壮派军人策划征服满蒙一样，彰显着勃勃野心，且于巩固日本占领军的统治有极大作用。多门中将对此极为赞赏，命令骑兵第二联队抽调一个小队，配合松本对青岗岭、小吉村进行扫荡。

兴奋不已的松本狞笑着，一回手，菊花刀劈碎了桌上一只装满酱油的白瓷碟，红色的酱油四下流溢，在白色的绢布上洇出血一样的污渍。松本嗥叫着，让支那人的血，在我的军刀下流淌吧！佐藤和坂田随着举起酒杯，烫得滚热的清酒，让他们满足地咂着嘴巴……

凌晨大雾还未散去，轰隆的马蹄声踏破桃花渡的寂静，清澈的古洞河被搅起一片泥沙，三十几匹东洋马和几辆装着迫击炮及弹药的马车，涉水过河，开进了满山秋叶的青岗岭。得意忘形的鬼子，甚至连尖兵都不派，马蹄卷着烟尘，扑向岭下的青岗村。

田野里是一片片红红的高粱，村子里是一缕缕淡淡的炊烟，晨风里飘着一丝丝玉米的香味，早起在田间劳作的农民，正满心欢喜地期待着一个好收成，骤然而来的枪声，击碎了丰收的企望。几个村妇挎着篮子往地里送饭，刚出村，迎面撞上驰马疾行的鬼子，吓得她们扔下篮子扭头就跑。松本和佐藤冲在队伍最前面，赶到村口时，便堵住了村妇们的退路，松本和佐藤几乎是同时端起步枪，呼呼一阵枪声过后，村妇们都倒在了血泊中。眼看自家娘们一眨眼就死在鬼子枪下，再老实的庄稼汉，也会激起血性，他们叫喊着，举着镰刀和扁担冲上来，连冷兵器都算不上的家什，怎敌得过鬼子精良的火器，徒劳的抗争，在王八盒子三八枪和骑兵军刀的绞杀下，像被虎狼啮噬的羊群，留下一地撕烂的血肉。

突如其来的枪声，在青岗村里搅起一阵混乱，村民们如同惊弓之鸟，慌不择路，到处乱撞。马队冲进村子，铁蹄踏过，是踢碎的头颅，军刀闪过，是喷溅的血污，机枪扫过，倒下满身弹洞的躯体。松本纵马从村西杀到村东，勒转马头，菊花刀上挑着一束火把，沿村路点燃了一溜草房，整个村子连片燃烧起来，浓浓的黑烟，挟裹着焦糊的味道，在半空聚拢一层乌云。一场血腥杀伐，甚至连屠戮的理由都不需解释，片刻之间，就完成了野兽般的饕餮。

滴血的菊花刀，又指向村后那道层林尽染的山岭，马队呼啸而去，沾满血污的马蹄，又践踏了山林的清秋。

那一年，松本进剿青岗岭，刚刚露头，就遭到伏击，败退途中又遇拦阻，拼死突围，拣了一条性命。他曾发誓，要让青岗村人人过刀，青岗岭草木过火。他知道这岭上有一处深洞，或许藏匿狼刀帮残余，此番回马，定要杀个片甲不留。岭上山路越来越陡峭，马匹和车辆无法攀援，松本命令鬼子们，弃马卸车，抗着迫击炮掷弹筒和弹药，徒步上山。当士兵们喘着粗气，跟跄着爬上半坡，刚坐下歇息时，突然遭到来处不明的冷枪袭击。

青岗村三个猎户早晨结伴上岭，收取预先埋设的套子，起获两只钻进了套子的兔子，突然听得山下枪声大作，浓烟滚滚，远远地，隐约看出是东洋鬼子，骑着高头大马，在村里烧杀。他们急忙赶下山去解救，赶到半坡，就迎上了扑进山来的鬼子。虽然手里只有一支汉阳造和一支破鸟铳，但关东汉子血气方刚，何惧强虏，他们依托树干为掩护，朝鬼子开了火。一个鬼子兵被打穿了腮帮子，另一个鬼子兵被打花了脸。没等松本缓过劲来组织反击，猎人们倏地就没影了。一忽儿，又在林子另一侧出现，继续打冷枪，佐藤的阻击枪还没捕捉到目标，他们又不见了。

反复几次的骚扰，让松本突然明白，这是一定狼刀帮的潜伏哨，目的是拖延时间，迟滞皇军的进攻。松本立刻发出命令，弃之不顾，迅速向岭上攻击前进。鬼子兵蜂拥而上，穿过一片柞树林子，山崖下赫然出现一个七八丈高的天然洞口，紧闭的柞木栅栏约有三四丈高，却无人把守。松本怀疑有诈，急令士兵们卧倒隐蔽，炮兵立即开炮轰击。十几发迫击炮弹落在洞前，炸得栅栏碎木纷飞，机枪又向洞内扫射，仍不见洞内有人回击。松本驱赶士兵冲进去，却是一座空穴，除了破碎的石桌木凳，尽是烟尘。松本又一次失算了，狼刀帮其实是无意当中唱了一出空城计，让他空忙一场，毫无斩获。当鬼子们撤到半山腰，才发现，看守马匹和车辆的三个士兵已经倒毙，枪支弹药也被抢走，从枪伤上看，定是那三个猎人干的。

青岗岭再次失算，松本怒不可遏，把全部愤恨一股脑地泼向西三镇最北边的小吉村，鬼子马不停蹄地向北奔袭。可是，失去狼刀帮内潜伏的卧底，松本不可能知道，齐天龙已经随着狼刀帮余部，转往都伦山了，除了再杀几个农民，再烧几间房子，他依然毫无所获。只不过是，秋天的旷野，又添几座坟茔，百姓的心里，又记下一笔血债。

53

时至初冬，肆虐的北风，呼号着狂掠街巷，一树树杨柳榆槐仿佛被剥去衣衫，光溜溜地呆立街头，任寒风鞭打着赤身裸体，默默地却是顽强地忍受着羞辱。遍地褐黄的落叶，被无形之手拖曳着摔打着，像无数张纯朴憨厚的脸，被撕扯成碎片，在风中呜咽。

黄昏，巴虎门内观音古刹西侧胡同里，集结着一队鬼子，刺刀和钢盔，显示着杀气。松本站在队前，盯着玄天岭，眼露凶光，咬牙切齿，拱得嘴唇上黑色小胡子不时抽搐，像一只屎壳郎在蠕动。青岗村和小吉村的两次突袭，并未伤到狼刀帮的皮毛，而自己的士兵却被两杆破枪打断了腿打瞎了眼，老猫没抓到耗子，反遭戏弄，松本越发窝火，返回乌林府就立即实施第三步计划，剿杀狼刀帮在城里的隐蔽点。他已得到警察署长寇炳坤的密报，玄天岭上通禅寺就是狼刀帮暗窑（据点），寇炳坤已经派他的心腹幺狗子，偷偷上了玄天岭，连着两天藏在林子里，窥探通禅寺的动静。

幺狗子早先是个惯偷，被寇炳坤收到手下做了警察署的密探眼线，凭着狗一样灵敏的鼻子，夜猫子一样尖利的眼睛，帮着寇炳坤抓了许多偷儿窃贼，身为中共东北地区早期组织成员的那武，就是被他嗅到踪迹被捕入狱的。此时，玄天岭下一条隐密的小道上，幺狗子缩着脖勾着脑袋，两手揣在袖筒子里，一顶破毡帽遮住四下睃巡的贼眼，踮着小碎步，穿过林子，向巴虎门里走来。

观音古刹墙外，松本正等得焦急，见幺狗子走过来，贼一样四处撒摸，抽出菊花刀抵在他胸前，用日式汉语喝问："你的，什么的干活？"

幺狗子站住脚，点头哈腰一脸谄媚："松本队长，俺叫幺狗子，密探的干活，是寇署长派俺上山盯梢的干活，小的愿为皇军效劳。"

松本忙摆手让他压低声音，急切问道："山上什么的情况？"

"老和尚和徒弟们都在，但这两天没见狼刀帮来人。太君，您老小心的干活，和尚们都会两下子武把超，靠近的不行，卫生丸（子弹）的给，离远喽，用三八大盖招呼。"幺狗子继续讨好松本。

"山上多少人？"松本追问。幺狗子掰着指头数着："大徒弟三个，小徒弟三个，做饭的火头僧一个。这是几个？啊。七个，不对，加上老和尚，是八个。"

"吆西（好），和尚，小小的干活，皇军的不怕，前面带路！大路的不行，小路的干活。"

松本歪嘴一撇，轻蔑地一笑，根本没把明水大和尚及徒弟仅仅八个人放在眼里。他拿出地图，对坂田叽里咕噜说了几句日本话，坂田双脚一碰，"嗨依"一声，带着一小队鬼子，小跑着穿过街路，进入玄天岭下，钻入一片林子，从西边一条路直插通禅寺后侧。松本掏出手枪，顶着狗子后腰，让他带路，领着鬼子从玄天岭东边上了山，直奔通禅寺正门。虽然还是两面夹击的老一套，但鬼子人马不少，又重新配备了机枪、掷弹筒、60毫米迫击炮和足量的弹药，松本依仗兵多枪炮多，要把通禅寺紧紧围住，绝杀狼刀帮这小股外围力量。

准备做晚饭的火头僧挑着水桶，走过半山崖，突然看到坡下一堆端着刺刀的鬼子正向山上爬来，他立马扔了水桶，转过身，躬着腰，撒开腿，顺着崖边，迅速向寺内跑去。这火头僧是练过轻功的，跑起来一点声都没有，只见身后留下一溜黄烟。他跑进寺内，回手关上厚厚的红漆山门，操起门杠，插上了门，又搬来平时练功的两块条石，紧紧地顶上了门。

听见院内动静，明水师傅走出正殿，站在石阶上，目光正好越过院墙，一下就明白了。鬼子是来者不善，看来要有一场恶仗了。这时，火头僧召集了师兄师弟聚集到正殿前。明水师傅闭目合十："阿弥陀佛，徒儿勿惊，了空，带师弟们逃命去吧，为师顶在寺里，量鬼子也不能把老僧如何。"

人虽木讷的了空，却极其恪守为徒之道的，扑通跪倒，瞪圆了豹眼叫道："师父，了空身为大徒弟，怎能撂下师父，带头逃命？俺跟师弟们誓死护着师父，护着咱的寺庙。"另几个徒弟也纷纷跪地，嚷嚷着要护卫师父。明水仍然闭目："老身命数已定，亦不可挽。鬼子此番上山，定是向我狼刀寻仇，舍我一身，换得徒儿，亦是定数。尔等切莫耽搁，速速去也！"

前面响起咚咚的砸门声，一个徒弟来报："师父，后墙也发现鬼子，下山的路被堵死了！"

正说着，一发迫击炮弹带着撕破空气的呼啸，从半空落下来，在院内轰然爆炸。明水师傅额头中弹流出鲜血，他顾不得去擦，抓着了空的手腕，拖着他，并叫另几个徒弟一块，跑进西墙下的柴房，让二徒弟了悟搬开堆放在墙角的柴禾，拽出一挺机枪和几支三八大盖。后墙中间露出一块石板，了空一脚踢开石板，墙上现出一个洞口，忽有阵风扑进来。原来这通禅寺东南北三面都是林子，唯有西面是十余丈深的悬崖，坂田包围了三面院墙，西面院墙却无法靠近。西墙下的秘密出口除了明水和了空，没人知道。徒弟们一时都楞住了，了空从柴堆下掏出一捆粗绳，交给了智，押着脖子喊道："三师弟，带着师父走！二师弟，带人把守后墙！"说着端起机枪，冲出门去，三两步窜进正殿，机枪架在了门槛上。

了悟把绳索一头拴在柴房柱子上，一头绑在师父身上，不管明水怎样挣扎，和三师弟了智一起把师父从洞口顺了下去，然后又推着了智抓着绳索，下了悬崖。他转身举着两支驳壳枪，带着两个操起三八步枪的小师弟，冲出柴房，跨上台阶，隐蔽在正殿一侧，向鬼子射击，翻上后墙头的三个鬼子中弹，向后一仰摔下墙去。后院的鬼子不敢再上墙，就往院里扔手雷。松本在前门，指挥迫击炮炸开山门和一截院墙，鬼子冲进来，迎面遇上了机枪扫射，顿时人仰马翻。了空趁乱跃起，进了柴房，一边呼叫了悟向他靠拢，一边伏在门边继续扫射，掩护了悟和两个小师弟。

鬼子的掷弹筒连续向寺院里发射，后墙外的鬼子也不断向院里扔手雷。了悟虽然撤进了柴房，两个小师弟却在爆炸声中丧命。了悟拽着大师兄，让他先下悬崖，反被了空推出洞口。这了悟轻功和攀爬都相当厉害，翻转瞬间

狼刀

拉住了绳索，稳稳当当地滑下了山崖。了空返身继续扫射，不料子弹打光了，他抡起枪托砸向扑上来的鬼子，然后双手抠住柴房的门框，挺起胸膛堵在门口。几个鬼子端着刺刀冲上来，却在这铁塔一样的身躯前楞住了，松本在后面开了枪，殷红的血从了空胸前溢出，两把刺刀同时插进他的胸膛，他仍然死死地抓住门框不放手。松本上前又一枪，打穿了他的脑袋，高大的身躯轰然倾倒。松本跨过了空的尸体进了柴房，然而，除了空和两个小和尚的尸首，其他人早已通过这个洞口，跳出了包围。

忙乎了半天，仍然一无所获，松本暴怒着，命令迫击炮、掷弹筒集射，几十枚炮弹和手雷，一齐泼向正殿和偏房。霎时间，碎石横飞，土崩瓦解，墙倒屋塌，院内腾起浓烟，一片火光冲天。

玄天岭上通禅寺，从此不复存在……

54

餐风露宿，辗转数日，到达都伦山时，明水师傅头部的伤势愈发加重，已经奄奄一息，鬼脸三用尽招数，也无力回天。弥留之际，明水大和尚把北风狼一人叫到身前，在他耳边轻声说出一个隐匿多年的秘密。北风狼心内一惊，却未动声色，平静地点点头，握着明水师傅的手一用力，明水师傅也微微点头，似乎是放了心，呼出最后一口气，慢慢闭上了眼睛。

接连数月，东北战事不断，大片国土沦丧，乌林府等城池陷落。白羽鹰不时地从江口镇派人送来消息，同时，那武征得北风狼同意，派猛子去了一趟乌林府，找到他的一位朋友，并把他带回都伦山，与那武见了面。此后，这位名叫玉池的朋友，又几次上山来，通报山下情况。北风狼虽然多年为匪与官府作对，但小日本占了东三省，山河破碎，国家没了，自己不就是亡国奴吗？他心里自然不是滋味，总觉得自己成了丧家犬，却又不甘心躲在山上当缩头乌龟，国恨家仇不报，愧为华夏子孙。前段时间，听那武讲了许多历史和文化，知道了民族气节，也知道了共产党已经开始组织民众抗日。他几次召集弟兄们，要下山打鬼子，被那武拦住。那武说，关东军主力正在东北各处剿杀抗日武装，狼刀帮这几十人不足以与日军主力对抗，以卵击石，得不偿失的事，咱不能干。玉池正在联络遗留在各处与日军对抗的东北军残部，联络散在各县乡的抗日武装，狼刀帮要等待时机，与他们一起行动。

通禅寺的覆灭，明水师傅过世，再一次激怒了北风狼。明水师傅是北风狼父亲的生死至交，也是蓝旗帮早年派在乌林府的卧底，后来又成了北风狼的主心骨，更是狼刀帮年轻头领们心中的坚实支柱，曾多少次送来重要消息，挽救濒临危亡的狼刀帮。都伦山以满清传统殡葬的宏大仪式，埋葬了德高望重功盖群雄的明水大和尚。北风狼领头，除柳叶刀、白羽鹰之外，鬼脸

三、飞虎、花狐众头领都站在墓前，跟着北风狼抽出狼刀在自己左手腕上割开一道血口，鲜血流进酒里，众人喝尽烈酒，把硕大的海碗一一排列在花岗岩的墓基上。北风狼双膝跪地、双手抱拳，咬牙发誓："明水大师，待俺杀了松本，再回来给您敬酒！"

北风狼瞪着血红眼睛，不顾那武的拦阻，向弟兄们发出命令，狼刀帮全体，杀下山去。

早就义愤填膺的狼刀帮众弟兄，这几天已经偷偷地磨砺了狼刀，擦好了枪支，备足了弹药，喂饱了战马。酒壮英雄胆，这时候的北风狼和狼刀帮众头领及溜子们，根本阻拦不住，悉数翻身上马，挥舞得马鞭啪啪作响，马蹄踏得山石隆隆震耳，向山下滚滚而去。

那武只得跟着上马，追着大队下了山，赶到山脚时，撵上了鬼脸三，摆手示意他下马。

鬼脸三勒住马，跳了下来，那武喘着气，急切地说："这样毫无准备地冲下山去，沿途是否会遇到日军拦截尚无确定，一路喧嚣，弄出这么大的动静，无异于为松本送了情报。鬼子们是以逸待劳，我们是长途奔袭，战斗力会大大减弱，这等于把自己送进虎口，等待我们的，将是全军覆没！"

"大当家的正在火头上，这时说什么也没用，只能见机行事。看这个方向，大当家是要抄近路，先走淞凌城，再奔乌林府，等到了淞凌城，再做打算吧。"鬼脸三边说边上了马，和那武继续向前追赶。虽然盛怒之下的北风狼并未同他商议，但他知道，从都伦山到乌林府，八百多里地，再快的马，也得跑五天，期间必得短暂休息，打尖喂马，到了淞凌城，北风狼应该能冷静下来，那时也许有可能和他进行慎重缜密的商讨。

纵马狂奔三个时辰，一气跑出一百多里，日已偏西。行至前方一个山坳，可以避风，且较隐蔽，北风狼跳下马来，招呼弟兄们歇息，派猛子和陈水继续前行十里去把风。那武和鬼脸三也赶了上来，鬼脸三吩咐几个弟兄，拾些干树枝拢起两堆火，让大伙烤火取暖吃点干粮。北风狼正觉口渴，鬼脸三就把一个皮囊递到他手里，灌几口，才发觉这不是酒，便立起眼睛。鬼脸三不待他质问，先开了口："肝火正旺，不宜饮酒。咱跟鬼子眼瞅就有一场恶战，大当家千万不可伤了身子。"

那武也说："临当大事，主帅不可乱了心机。兄弟啊，喘口气，定定神，还有几百里路呢，歇歇再走不迟。"

"远途劳顿，仓促上阵，兵家大忌。咱这样几百里地跑下来，人马困乏，没等摸到窑口（目标），就得让鬼子打花了（打散了）。赔本的买卖，咱不能干，咋地也得先有个谱，再照方抓药。"鬼脸三担心北风狼还压不住火，自己先喝了一口水，平静地说。

"松本老鬼子是下了狼苴子，青岗岭和小吉村被放了亮子推了大沟（放

狼
刀

火烧光全村），淞凌城、乌林府几处暗窑底线都撑了脚。没了线头子（侦探）引水（指引方向），城里情况不明，咱都不知道朝哪下笊篱，总得先派俩弟兄踩踩盘子（侦察探路），才好做计议啊。"鬼脸三分析着利害。

"目前，日军第二师团主力扼守乌林，第四步兵联队驻扎长春，第二骑兵联队也距离不远。敌我双方态势对比差别太大，我们明显处于弱势，不要说我们难敌日军主力，只要乌林府一有动静，不出三个小时，增援的鬼子就会把我们堵在城下。现在，强攻和偷袭，都不是最好的办法，需要等待时机。"那武进一步说明情况于我不利，必须冷静三思。

北风狼怒色渐缓，默默点头不语，他也知道自己是一时性起下了山，究竟怎么去打，心里也是没数，便就势同意缓缓气，今晚先就地休息。那武打开地图查看，发现这小山坳前行二十里，有一个叫老窝棚的小村，和北风狼一商量，决定今晚就住在村里，明天再转道淞凌城，并派飞虎带人去替换猛子和陈水，继续向乌林府方向警戒。

55

这一夜，那武对着地图反复琢磨，单凭狼刀帮这四十几人，攻打驻有第二师团主力的乌林府，无异飞蛾扑火。若是打一下就跑，日军依靠快速机动能力，不出一小时，就能撵上来，这甩不掉的尾巴，会让狼刀帮疲于奔命而无力还手。如果纠缠成胶着态势，狼刀帮这些仅余的弟兄，必然会消耗贻尽。若是不打，北风狼脸面威望何在？也会消减弟兄们的信心和勇气。这一仗必打不可，且必须以最小的伤亡，给鬼子最有力的打击，而又要打得赢撤得出。那武脑子里搜索着他所知道的古今战例，掂量着如何以少胜多，以弱胜强。

松树明子呛得北风狼直揉眼睛，憋着一肚子火又睡不着觉，见那武看了半宿地图不说话，早不耐烦了，啪地一下，把狼刀拍在桌上："那师兄，别怪俺火气大，光瞅那纸上圈圈道道的，是能看出诸葛亮来啊？还是能请出周瑜啊？咱弟兄们进了几趟乌林府，砸过响窑，放过亮子（放火），哪回也没掸了脚（被抓）啊。俺从果子楼冰窖里把你抢出来，也没费啥心思，也没用啥地图啊。不就是俺把卫兵引开，弟兄们才得了手吗？这有啥难的？狼掏兔子，两头吓唬一头堵嘛！"北风狼没读过书，只是听柳叶刀讲过三国和诸葛周瑜，基本是没有文化，也根本不懂战术计谋的土匪，却在实战中不知不觉地运用了古人的智慧，也无意识地运用了人的仿生本能。

狼掏兔子，是聪灵而巧妙的分工与配合。狡兔三窟，独狼是抓不住兔子的，至少得三只狼共同完成，两只狼分别在两个洞口虚张声势地挖掘恐吓，把兔子逼向另一只狼守着的第三个洞口，兔子自然无路可逃了。北风狼带着狼刀帮砸窑绑票吃大户，没少用这招。鬼脸三听北风狼一顿嚷嚷，眉头一跳，一拍桌子："大当家说的对，王八缩在壳里，你打不着它，咱拿根树枝逗它，等它伸出头来咬，咱抻住脖子不撒手，一刀跺下老鳖脑袋！"

尽管北风狼和鬼脸三的表述都不免粗俗，那武却立即从他们那形象的比喻中，想到成语典故并引申为战术计策，请君入瓮，敲山震虎，引蛇出洞……这提醒了那武，瞒天过海，围魏救赵，声东击西，调虎离山，这一计一计连串地跳了出来。然而不管用什么计谋，都得先了解敌情，知己知彼，才有胜战的把握。

几天后，鬼脸三和猛子带着玉池悄悄回到老窝棚，与北风狼和那武定下一计，次日凌晨，分头带着众弟兄，向乌林府四路出击。

玉池带来消息，已经联络到集结在盘马山的一批武装，近日正准备截击进山清剿的鬼子，这正好牵制了鬼子主力，乌林城里除鬼子警备队和伪警察署的巡警队之外，再无其他能够作战的兵力，狼刀帮偷袭乌林府就减少了对抗力量。四支小队用了三天，悄无声息地分头潜入乌林府近郊几个小村，这天夜里，同时向预定目标展开动作。

土匪绺子善于小股作战，这十分有利快打快撤，那武正是充分发挥了狼刀帮这个优势。

此时，飞虎和齐天龙带着一队，扒开了城东边马山口车站外一段轨道，截住了一列鬼子货车，向守车开了火，五个鬼子很快报销。马山口距城区不到二十里，飞虎和齐天龙故意停留在此，铁桶加鞭炮连串不停地响，持续闹出很大动静。等到鬼子警备队赶来，边打边退，钻进了林子里，还不时地打几枪扔俩手雷，引逗鬼子向山上追击，渐渐远离了城区。

马山口开火半个时辰之后，鬼脸三和陈水带着一队，在将军衙门西边的街口点燃了警察岗亭，又迎着跑来救火的巡警队冲上去，嗥嗥叫着，狼刀帮下山啦！专打日本狗腿子！一阵乱枪，打得巡警队撒丫子转身逃窜。鬼脸三叫弟兄们扒下巡警尸体上的警服穿上，排着队，沿通天街跑步奔向新开门。守门鬼子架着机枪，见一队巡警跑过来，不知有诈，以为是出城增援马山口，马上搬开了拦门的轱辘马。谁知这队巡警贴近过来，突然亮出了短刀，道道寒光唰唰闪过，四个鬼子一声没吭，都被抹了脖子。鬼脸三让四个弟兄守着机枪和探照灯，其他人隐藏在门楼的阴影里。只一眨眼间，新开门就被狼刀帮接管了。

接到马山口车站的电话，松本急令坂田率一个小队赶去增援，听到城里将军衙门和警察署巡警队驻地方向也响起枪声，又把佐藤和一个小队派了出去。突然耳边又响起枪声，且近在咫尺，他这才明白，中了调虎离山之计，坂田和佐藤带走三分之二的兵力，守备队空虚无助，已经陷入孤立的困境。他抽出菊花军刀逼着十几个士兵堵住大门，命令通讯兵赶快用步话机呼叫佐藤立刻回援，自己爬上角楼，抓过一挺机枪向大门外扫射。可是，门外的枪声突然停了，眼看一溜黑影贴着墙根向新开门方向撤去，却因射击角度太狭小，机枪打不到。他从角楼上下来，门前已经躺下三四具尸首，他顾不得查看死伤士兵，立刻给新开门守卫打电话，接电话的人破口大骂，狗日的小鬼子，俺在这儿等着你，快来送死吧！

新开门失守，让松本更加暴怒，重整队伍追出去，正遇佐藤带队赶回，二人合兵一处，向新开门追击。不料攻击者已弃守新开门，剩下两人边打边退，向城东团山子方向逃窜。

攻击警备队的，是北风狼和那武这一队人马。依北风狼的脾气，非得打进警备队，亲手杀了松本不可。那武却不许他恋战，因为稍一耽搁，佐藤回兵赶来，必然形成两面夹击，反被鬼子包了饺子。必须按事先的设计，把松本调出警备队，引向城东的团山子。出发前，那武指着地图告诉北风狼和鬼脸三，团山子树林里有一道沟壑，正是设伏的最佳地点。而现在，花狐和猛子一队带着所有马匹，已经预先到达团山子，在山口等待接应，那些马就藏在东边的沟口，随时可以撤离。

当三路人马汇集到团山子，天已放亮，开始下雪了。那武清点人数，无一伤亡，又重新分配了弹药，让北风狼率飞虎一队冲锋枪手留在林子里，继续牵制鬼子，其他人后撤到沟沿上埋伏。留在后面吸引鬼子的陈水，背着一个负伤的弟兄爬上坡来，身后就响起密集枪声，松本果然顺道追来了。北风狼精神大振，侧靠树后，两支驳壳枪连发扫射，打成一个扇面。飞虎等人的冲锋枪组成火网，泼出一阵弹雨，坡下的鬼子刚露头就被压了下去。松本命令掷弹筒向林中发射，可是，茂密树木遮挡着，未形成有效杀伤。他又命令士兵匍匐前进，当他们爬上坡来，却没遇到阻击，薄薄的一层雪上，一串脚印向林子深处延伸。狡猾的松本立即命令停止追击，让从马山口追过来的坂田，绕到团山子东侧包抄，又命佐藤向南面围堵，这时，寇炳坤带着巡警队也追上来，在松本的指令下，向林子西侧运动，而松本则守住北侧，待形成合围后再同时攻击。

藏在不远处树丛里监视鬼子的鬼脸三，马上明白了松本的诡计，便沿着树丛里的水沟，撤回林子深处，向那武报告松本的意图。松本不进林子，反施四面包抄之计，鬼子加巡警已经几倍于己，相持下去，必然陷入重围。情况危急，不及商议，那武扯着北风狼穿过林子，与花狐汇合，弟兄们上了马，撒开缰绳，片刻之间，团山子坡下，只留下一片雪雾……

第十二章　鬼酉暗计追疑踪

柳氏宅遇祸端鹰犬觅踪；那爷府临干戈敌伪勾结；
琴书楼失锦囊江口遭袭，鬼松本搜珍宝南柯一梦。

56

似乎从那个悲秋开始，乌林府的天就不再是湛蓝而纯净了，因为人们的眼里，总是蒙着一层暗灰色的云翳，谁也无法看透日月轮回何时能从那诡异变幻中转回明朗，也无从知晓，那蒙蒙的远方，何时会云破天开。不管鬼子如何不遗余力地渲染"日中亲善""大东亚共荣""王道乐土"，老百姓都觉得那是妖怪放出的迷雾，耍弄各种招数，是要吃掉唐僧肉。日本警备队那座阴森森的阎罗殿，始终张着血盆大嘴，不断地吞噬血肉生灵。

与日本警备队隔两条街的警察署，几乎每天都能听到不停的警笛。关胜很清楚，那黑色闷罐警车拉进去的是生生的活人，蒙着黄色布蓬的鬼子卡车，运出去的就是冰冷的尸骨。每天不得不面对这样的血腥，关胜的心里压着一扇沉重的磨盘，呼吸中总有一种镣铐的铁腥，让他透不过气来。日军占领乌林府，当地军政机构一夜之间，完全变成附属鬼子的伪政权，关胜为了留下来照顾那三爷，不得不违心地做了伪警察，仍然当着他的探长。虽然还能吃上饭，人身也尚有自由，但终归是亡国奴，是占领者的帮凶，是依附于魔鬼身上的畸形怪胎，这无奈的身份，和无奈的所为，让他心里五味杂陈。

甘为走狗的寇炳坤，虽然仍然当着警察署长，却是那个日本副署长浅仓淫威下的傀儡，而对关胜，则更加颐指气使，索命似地逼迫他继续追查大清贡品的下落，特别是那尽人皆知的大东山金脉图。大清早亡了，民国也成了殖民地，还在卖力地揪住这桩旧案不放，寇炳坤是啥居心，关胜很清楚，这无疑是拿这些东西向鬼子邀功，出卖祖宗以求升官。他的怀疑没错，寇炳坤早就向松本密告大清珍宝失盗，大东山金脉图藏于民间，探长关胜正在追踪，且已有了些眉目。松本暗中授意，不要惊动关胜，由浅仓掌控，暗地里挟制他。

自从柳氏老家人柳林大叔把半张秘图交给柳叶刀，关胜一直在琢磨，如果没有另一半，这半张图无异于废纸，而那另一半在哪里，这是更加难以猜解的迷。他借着寇炳坤的指令，几次往返青岗村，又秘密再访柳氏老宅，反复询问柳林老人，还是没有新的更有价值的线索。而他的行踪，却一直被寇炳坤的暗探眼线掌握着，原来，幺狗子早就盯上了他。关胜带着柳氏姐妹雪夜归返柳宅时，藏在胡同里那双贼眼，就是幺狗子。寇炳坤因而得知，关胜与柳氏家族，与柳叶刀，甚至与狼刀帮，都有瓜葛，追踪着关胜，就一定能找到大东山金脉图。所以，遵照松本的旨意，寇炳坤一直没对关胜下手，而是通过幺狗子秘密跟踪，在他身上拴了一根无形的线。

幺狗子太知道关胜的机警，自己不敢跟得太紧，而是由他所掌控的乞帮头目派几个乞丐轮流跟踪关胜。丐帮一般在各地都有分支，关胜只掌握了乌林城里一些乞丐，并不认识其他地方的，所以，他也不知道他在淞凌城、青岗村等地的活动瞒不过寇炳坤和浅仓。

狼刀帮出击乌林府时，关胜正在劫后凄凉的青岗村。

青岗村几乎被灭绝，虎口余生的十来口人当中，有一位关胜暗访过的老人，据他说，柳汉庭死后，蓝旗帮几次闯进村来，把柳家里外折腾几遍，带走了不少东西。当时，他是柳家的看门人，眼睁睁地看着土匪掘墙挖地，踢坛砸罐，根本阻拦不了，却被赶出门外。

为了重新核实当年掠抢的细节，并从中查找蛛丝马迹，关胜再访看门人。

村头半塌的柳氏祠堂里，一堆尚有余烬的炭灰上吊着一只破瓦罐，年迈的看门人已饿得奄奄一息，关胜把一块干饼掰碎，放进罐中煮热，喂到他嘴里。老人打起精神告诉关胜，蓝旗帮的人最后掘开炕洞搜走了一个油纸包，也许那就是他们要找的什么图。一个衣衫褴褛的疤癞眼凑上来要饼吃，关胜当时并没在意，后来才觉蹊跷，过桃花渡时，这乞丐就在左右不远，而在淞凌城，似乎也与这疤癞眼打过照面……

关胜感觉似有芒刺在背，是在锦城坊街，恍惚又有乞丐在左右晃荡。当他从柳宅门房里出来时，天已黑透，早过了饭口，却仍有乞丐在左邻右舍讨吃，这些乞丐很眼熟，他仍没在意。凭着神探的机敏和职业的警觉，只要是有人在身前身后一走一过，关胜就能从空气中嗅出气味，分辨出这些人是乌林府的，还是外来的，是偷儿流匪，还是讨生的叫花子。幺狗子正是利用了关胜这种特质，才雇佣到处流窜的乞丐来盯梢，太熟悉的味道，蒙蔽了他。

就在这天夜里，柳林老人被鬼子抓进了警备队，从此没了下落。当关胜再来探望时，已是人去屋空，满地狼藉告诉他，这里被狠狠地洗劫了一通，他这才有所警觉。一天夜里，下着大雪，他在裤裆街堵住他认识的一个乞丐头，刀尖顶着咽喉，从他嘴里掏出了底，原来自己早就被幺狗子盯上了，柳林老人不知所终，一定是因大清贡品和金脉图所累。

那府堂前，关胜垂首而立，那三爷额上青筋暴突，龙眼圆瞪，手里的铁核桃，攥得咔咔响，厉声责骂着。大刀关胜徒为神探虚名，舞刀的失手砸了脚面子，玩鹰的却让麻雀叼了眼。关胜如同被左右开弓抽了几个大嘴巴，脸涨得青紫，两腮紧绷，嘎蹦嘎蹦直咬牙，脚下皮靴好似要把地砖碾出坑。他心里阵阵发狠，操，就算是小河沟里翻了船，俺他娘的也要砸死几条泥鳅！他单膝跪地，双手抱拳："师父，徒儿若不血耻，江湖从此收刀。"

"收刀？哼！你不是还有枪吗？神探嘛，玩枪照样是行家哟。"那三爷端起紫砂贡春壶，啜着乌龙茶，虽是戏言，实为激将。

几天后的深夜，幺狗子从翠花胡同暗门子里走出来，打着哈欠，十分满足地抻抻懒腰，踩着雪地，晃悠悠地走着，突然觉得身上发冷，一哆嗦，脖子被一只虎爪似大手的掐住了。一个声音喝问："锦城坊街四合院的老人在哪里？"

幺狗子春梦乍醒，直了眼儿，冷月映照下关胜那张更冷的脸吓得他声音发颤："关爷，您老想想，进了警备队，还能囫囵个出来吗？那老头的尸骨早就丢在九龙口的乱坟岗上了。"

"这可不关俺的事，是姓寇的逼着俺干的。"幺狗子紧接着就出卖了自己的主子。

关胜收拢五指，一发力，捏碎了幺狗子的喉骨。

57

翠花胡同一大早就围了一堆人，幺狗子的尸体平铺着，脑袋歪在一边，咽喉处一片青紫，嘴角溢出乌黑的血。几个警察吆喝着驱散人群，给浅仓和寇炳坤让出一条道，警察署的验尸官把尸体翻来覆去查验了一遍，向浅仓和寇炳坤报告："没有枪伤，没有刀伤，没有指纹，喉骨碎裂，死亡时间大约在今晨零时，这是第一现场，围观闲杂人等太多，无法提取足印等痕迹。看来凶手是个练武之人，指上功夫极其厉害。"

戴着白手套的浅仓蹲下身，拨拉着幺狗子的脑袋，又摸摸他的脖子，把手套放到鼻子下嗅了嗅，像狗一样灵敏的嗅觉，隐约闻到了胭脂和旱烟的混合味道。从暗门子里出来的人，身上自然会有胭脂味，但幺狗子不抽烟，那么，脖子上的旱烟味道一定是凶手留下的。"嗦嘎，毛猴子（日本人对土匪的称呼）的干活！乌林城里毛猴子大大的有，巡警队统统拉出来，盘查可疑行人。"浅仓起身吼了一声，他的诡谲心机，已经想到这极可能是关胜所为，关胜也不抽旱烟，浅仓故意这样说给百姓和警察们听的，这一定会传到关胜耳中，以此来麻痹他。

虽然幺狗子死了，但狗命归西之前，已经实力地为日本主子留下了非常重要的线索。锦城坊街那个雪夜，他的一双贼眼就盯住了柳叶刀和红叶妹，当晚跟踪到那府，便认定那三爷知晓知珍宝下落，或许金脉图已藏进了那府。寇炳坤惧于那三爷雄威，不敢造次，暂且搁置，让幺狗子盯紧关胜和柳氏姐妹，等待时机再下手。幺狗子又查到，北峰山陷落后，柳氏姐妹隐于江口镇醉胭街琴书楼。

这天下午，松本召来浅仓和寇炳坤，面授一计。原来松本接到暗探密报，狼刀帮袭扰乌林府之前，曾在老窝棚落脚，他要寇炳坤立刻派关胜到那里去追查狼刀帮遗留的线索。关胜往返至少得三四天，调开那三爷的大徒弟，免得这功夫高手掣肘，这期间，那府只有一个已经年老的家丁，对付两个老人，警察署也许不该太棘手吧。寇炳坤对那三爷仍有余悸，小心地说："这老爷子刀枪腿脚舞扎起来，三五个汉子都靠不到跟前，警察署都是些饭桶酒篓子脓包孬种，吓唬百姓还成，对付那三爷，肯定要麻爪。"松本阴险一笑："警备队再派四个会些空手道功夫的，配合警察署一起行动，大日本皇军的武士，个个都是英雄！你还怕什么？"

松本的安排，让寇炳坤再无借口推脱，只得依从。回到警署，立刻给关胜派了差事，让他马上动身，不得耽搁。支走了关胜，寇炳坤又挑选了十个稍稍机灵一点的警察，趁家家户户都在吃晚饭，街上行人稀少的时候，在晋隆胡同口与浅仓碰头。浅仓迅速做了分工，十个警察分成二组，一组守住那府后山墙，一组准备扒上那府门房，居高临下，火力控制，四个鬼子专门对付那三爷。

虽说有浅仓带队，又有几个鬼子跟着，寇炳坤还是有些胆突，腿脚哆嗦着，迈上那府门楼下的高台阶。老家人老赫刚把大门拉开一道缝，浅仓从寇炳坤后侧抢上一步，一只手闪电般扼住了老赫的咽喉。一组警察笨拙地爬上门房的屋顶，踩碎了几片屋瓦。那三爷正在中堂灯下闭目打坐，听得门口有动静，一运气，腾地一下跃出门外，顺手将落兵架上的冷月无霜刀操在了手上，紧赶几步就到了庭院中间。炯炯的目光，穿透幽暗，只一扫，就点清了几个不速之客。随即，大刀唰地抡开，闪着光，带着风，当当两下，格开俩鬼子直逼过来的刺刀。不等对手反过劲再次突刺，他又跨上一步，用刀背左右开弓，打落了俩鬼子的枪。接着，手腕一转，刀刃一翻，燕子抄水，直奔后面俩鬼子中路，唰唰两刀割断了他们的皮带。这俩鬼子扔了枪，抓住快掉下来的裤子，一口气的工夫，四个持枪的鬼子，都成了"空手道"了。那三爷退后一步，防备鬼子绕到后身攻击，刀尖仍指着面前的敌手。

老赫挣脱浅仓，护在那三爷身边。

"那爷，刀下留人，日本人不是好惹的。我们是警察署来办案的，请老英雄指教。"寇炳坤说着客套话，却不敢靠前，他怕被那三爷一刀挑了。

虽是夜晚，月光未明，那三爷却看得清，房上晃动着人影，高声喝道：

"房上的兔崽子们，都麻溜地给我滚下来，别踩坏了我屋上的瓦。对付我一个孤老头子，还用得着这么兴师动众，有日本人撑腰，你寇炳坤真是长本事了。夜猫子进宅，无事不来，说吧，你想干什么？"那三爷声如洪钟，震得那冷月无霜刀嗡嗡作响。

眨眼之间，见识了那三爷的身手，浅仓倒吸一口冷气，也不敢盲动，站在三丈之外，装着镇定，半生不熟的汉语混着日本话，说了一通，大意是那三爷牵扯到了那桩大清遗案，那府里藏了大东山金脉图，必须交出来，否则就是通匪。

"大清朝的案子与你小日本有何相干？那是我们中国人自己的事。金脉图十几年下落不明，乌林府尽人皆知，你凭什么说在我手里？即使老夫得此宝物，又凭什么必须交给你东洋鬼子？那某宁愿通匪，也决不会出卖祖宗！"那三爷凛然相对。

"那爷切莫动怒，日本太君追寻金脉图，是帮我们建设王道乐土。那爷一定知道它的下落，请与我们合作，这也是为了东亚共荣啊。"寇炳坤仍有些胆颤，颤巍巍地劝说。

"妈了个巴子，你个没骨头的东西，认贼作父，为虎作伥，帮狗吃食，寡义廉耻。中国亡国，就是亡在你们这帮汉奸走狗的手里！立马给我滚蛋，别脏了我这块净土，更甭想从我这得到什么。"那三爷怒不可遏。

"柳叶刀，狼刀帮的干活，红叶妹，七侠妹的干活，统统是皇军要抓的毛猴子。你的，红叶妹的师父，大大的毛猴子！只要交出那张图，不再与皇军为敌，就赦免你们。不交出那张图，死啦死啦的！"浅仓威胁着那三爷。

"是有一张大东山金脉图，在俺们中国人手里，大东山的金矿，也是俺中国人的，关你小鬼子屁事？别说我没见过那张图，就是在我手里，也不会给你。要搜要抢？看谁能过得了我这冷月无霜刀！"

那三爷横刀在手，半步不让，老赫操一根铁棍，护卫身旁。两位银鬓老者，一位似廉颇，一位赛黄忠，让鬼子和伪警察们不敢越雷池半步。

寇炳坤知道，那三爷如有任何闪失，关胜一定会猛狮咆哮，就再也钳制不住了，更会激起乌林府民众义愤，自己的脑袋还能扛在肩膀上么？他连忙劝阻浅仓，这老爷子暂时动不得啊，一动麻烦就大了，关胜和狼刀帮必定要把乌林府闹个老底朝天。

虽是汹汹而来，但浅仓也知道，若是杀了那三爷，后果不可收拾，只得悻悻而去。

那府里碰了壁，松本岂能甘休，况且他已经定好下步计划，一小队骑兵

狼
刀

跟随浅仓和寇炳坤的巡警队，急速扑向江口镇醉胭街。关胜被赶去老窝棚，无法得知鬼子和巡警队的动向，柳氏姐妹虽有警惕，但事先未有任何察觉，突遭袭击，猝不及防。狼刀帮在江口镇的山货庄，也是松本清剿的重要目标，白羽鹰事先同样未能得到一点消息，亦遭重创。但浅仓和寇炳坤却不知道，即将临产的柳叶刀担心一旦有紧急情况，挺着大肚子会拖累"七侠妹"，坚持让红叶妹把自己送到了江口镇二十里外靠山屯一个乡土郎中家。红叶妹不放心，让红珠和红巧守在姐姐身边，这才使行动不便的柳叶刀逃过一劫。

醉胭街上一串串灯笼，在深夜风雪中摇曳点点红光，青楼艺馆已经歇息了喧闹，一天一夜的大雪，覆盖了石板街路，马蹄踏雪，声音微弱，鬼子和巡警悄无声息地堵住了琴书楼院门。睡梦中的人们，被突然骤响的激烈枪声惊醒，只听得街上一直打到天亮。

"七侠妹"中的二姐红莲，是琴书楼主内的总管，每天夜里客散人尽之后，她都要拎着驳壳枪，楼上楼下院内院外巡视一番才就睡，风雪不歇，无一例外。这时，红莲在楼上楼下吹了蜡，熄了灯，正在院内查看。突然，一阵细微的踏雪声自墙外传来，她立马分辨出，这不只一两个人，而是有十几人甚至更多，不用多想，琴书楼已经被围上了，她转身进了一楼厅内，在大门的隐秘处拉响了警铃。琴书楼早就在楼内各房间设了警铃，就是为了应对紧急情况，警铃拉线就在大门一侧。红莲一拉线，住在二楼的姐妹们都拎着枪集中到楼梯口，红叶急中不乱，小声吩咐道："二妹守住大门，四妹守南面，六妹看住西窗，查看窗外是否被围。不管是跳子（警察）还是鬼子，咱都不能跟他死磕，打不过就扯乎，从西窗下去，分头蹽，进胡同，上房，到马号压连子（上马），靠山屯会合。"

这时，就听得院子里扑通扑通地，跳进了几个人，四妹红花把南边第一个窗户推开一条缝，伸出驳壳枪扫了一梭子，红叶妹在第三个窗口配合红花，也打出一梭子，交叉火力下，跳进院内的几个巡警应声倒地。院外的鬼子和巡警不敢再翻墙，扔了两只手雷，也不管是否有效，都猫着腰，撤到了正门。浅仓命令巡警搭人梯从琴书楼高大的门楼两侧上墙，红叶妹和红花妹在楼上向门楼两侧点射，又打掉两个露头的。红莲拖来两张条几顶住一楼大门，返身上了楼梯，在楼梯口两侧绑上两只手榴弹，用一根细绳拴上弦，然后上了楼，与红叶红花一起隐蔽窗口，继续阻击上墙的敌人。浅仓见上墙攻不进去，便叫鬼子兵退后，向院门扔手雷，数枚手雷炸响之后，坚固的大门开裂了，鬼子兵一拥而上，用枪托砸门。

这时，六妹红芝已经对西窗外进行了仔细查看，西窗外不足三尺，就是隔壁珠香院的东墙，两道墙壁中间是条夹道，通向街上的一边是两人高的砖墙，鬼子和警察暂时未发现这条夹道，西窗下面是安全的。红芝回头招呼红叶妹等人向她靠拢，红叶妹和红莲、红花一边换着弹夹，一边后撤到西窗口，红叶妹吩咐着："二妹四妹一路，下窗走后院进胡同，六妹和我一路，上房。"

红莲和红花先后扒着窗台贴着墙壁溜下去，翻墙进了隔壁珠香院的院子，又从西边翻墙进了又一家艺馆的院子，连着穿过几家青楼后院，最后跳进一条胡同，转眼逃出了醉胭街。

红叶妹和红芝攀着窗框踩着珠香院的墙壁，一翻身，上了珠香院的房顶，踏着房脊一溜烟越过几座楼顶，从醉胭街最西口的楼顶跳了下去，快跑十几步就出了镇子。

鬼子砸开大门冲进琴书楼，刚上楼梯就踢到绊绳引爆了手榴弹，木制楼梯也被炸断一截。浅仓和寇炳坤让士兵们搭人梯爬上楼，把所有房间搜索一遍，却不见一个人影，鬼子小队长带人追出门去，向街上搜寻。寇炳坤命令巡警们，对所有房间再次搜查，所有带有图样和文字的纸片布片一律收缴，不得遗漏。警察喽啰们收罗了曲谱佛像美人图仁丹广告等花花绿绿一大堆，集中在一楼正厅，浅仓和寇炳坤翻了半天，没有一个是他们要找的。浅仓几脚把这堆东西踢散，又爬上楼去，亲自对各个房间重新搜索。所有房间里的花瓶茶壶都被打碎，所有镜框画框都被划开，桌椅板凳床铺被褥全部翻了个底朝天，还是一无所获。浅仓搜到红叶妹的屋子里，气得抢起军刀一顿乱砍，屏风倾覆，衣柜倒塌，桌面开裂，遍地狼藉。浅仓一刀劈开了一只瓷鼓形的圆凳，一个锦缎布囊从裂开的凳子里滚了出来。浅仓露出狞笑，用刀尖挑开锦囊，赫然露出一个纸卷，打开纸卷铺在桌上，浅仓和寇炳坤瞪大了眼珠，图上画着山岭溪流，一个山坡上长着三棵松树，松树对面是一道山崖，山崖延伸处被撕断，画面断处是半个蓝点，上角题款"索骥图"。浅仓抓过半张图纸发出狂笑，寇炳坤极其谄媚地讨好浅仓："太君英明啊！藏宝图果然在此，我们这趟出击没白费功夫，浅仓太君功劳大大的。"

这时，鬼子小队长回来报告，他们沿着雪地上的足迹，追到镇外一个骡马店，"七侠妹"几个女匪已经骑马逃走，他们杀了看马的驼子老汉，烧了骡马店。浅仓听了报告，不屑一笑，他是觉得既然找到了藏宝图，那几个女匪就不是很重要了，早晚是网中的鱼，现在重要的是，这一阵乱打，已经惊动了狼刀帮的窝点，必须尽快围捕他们。

59

江口镇东头松江岸边，一溜木材庄山货庄，鬼子卧底哑巴墩早就送出情报，狼刀帮的窝点隆记木材庄就在其中。但松本对此一直按兵不动，是打算留下这条线，继续追寻狼刀帮的踪迹。几个月来，狼刀帮销声匿迹，这个窝点也无异动，前日，北风狼再次袭扰乌林府后，又不知去向，江口镇上这个窝点一定知道他的消息。所以，浅仓此番突袭江口，除了藏宝图，第二个目标就是隆记木材庄。

其实浅仓并不赞同松本总是分兵两路的战术，他认为那样会削弱战斗力，不利于对一个目标的攻击迅速奏效。到达江口时，他只是派了两个巡警监视隆记的动静，拿下琴书楼，再剿灭它不迟。攻打琴书楼虽然死几个兵，对大和武士来说，不过是断了一截小指，无伤主力。浅仓纠集起人马，又向隆记扑来。

醉胭街的枪声爆炸声，惊觉了白羽鹰，这定是琴书楼遭难，必当急救水火。白羽鹰曾多次借隆记老板的身份，出入醉胭街这个烟花巷子，把众多窑子查了几遍，除了做些皮肉生意，这些青楼酒肆曲院书馆并无可疑，对隆记亦非威胁。倒是琴书楼里姐妹个个美艳，却卖艺不卖身，能在这花柳之地销魂窟里，守得身洁质清，让他对此别有一种感觉。特别是那个当家楼主，柳眉杏眼，红唇皓齿，妩媚里透着凌厉，玉手纤指，把一只柳琴拨弄得变幻不尽，柔臂舞剑，收放自如，提挈寒光，挟带冷气，着实飒爽。几次言谈之间，识文知理，颇有见地，这让他不由得春心萌动，渐生爱意。直到一年前，知晓她是"七侠妹"大当家的，又是狼刀帮二柜柳叶刀的亲妹妹，这柔弱女子原是江湖同道啊，白羽鹰情如开江破冰之潮，喷涌得几乎不能自己。而玉树临风，英姿俊郎，风流倜傥，似有羽扇纶巾之慧，又具李广花荣英武的白羽鹰，也让红叶妹情窦初开，金童玉女，秋水频传，前生姻缘，得以合璧。此时，白羽鹰心急如焚，风掣驰援。

白羽鹰来不及备马，带着五个弟兄，跑步赶往醉胭街，刚到街口，就撞上了鬼子。弟兄们都是短枪，火力不及，压不住鬼子机枪和马队，一霎时被冲散。土匪溜子经常单身行动，独立作战的能力很强，六个人迅速占据墙角屋边，交叉火力相互配合着阻击鬼子。白羽鹰躲开几乎贴着鼻尖掠过的刀锋，一枪打断一条马腿，大洋马一头栽倒，鬼子兵从马头上飞了出去，摔在石板路上，未等起身，就被白羽鹰的狼头短刀挑了脖筋。一个弟兄甩出套马索，套住一个骑马的鬼子脖子，马还在往前冲，骑手却被扯了下来，立刻被后面冲上来的马匹踢碎了脑袋。双方混战，绞在一起，鬼子机枪借不上力了，宽不足六七丈的狭小空间，马队挤得撞来撞去，施展不开，都拥堵在巷子里。白羽鹰的手下个个机灵，贴在路边墙下阴影里，专打鬼子马肚马腿，负伤倒地的马匹连蹬带踹，踢伤了掉下马来的鬼子和步行的巡警，小街上人仰马翻，乱作一团。白羽鹰趁机带着弟兄们撤出街巷，退到江边时，浅仓重整队伍追了上来，江面上刚刚结了一层薄冰，还不能行走，弟兄们无法过江，凭借江堤做掩体，继续抵挡。

东方露出一抹鱼肚白，天已渐亮，再相持下去，被鬼子看出虚实，截断退路，弟兄们就更难脱身了。白羽鹰把弟兄们分成两组，交替掩护，顺着江堤边打边撤。黎明前的黑暗里，一番混乱的纠缠在一起的遭遇战，浅仓一时摸不着对手的底细，这时双方拉开了距离，他这才从对面断断续续的枪口喷出的火花里，大致算出这是五六个人，他断定这就是狼刀帮窝点的土匪，目标自己送上来了，岂能再放走？浅仓立即进行重新部署，命令寇炳坤的巡警队正面牵制，让剩下的骑兵，从侧面包抄过去，堵死这几个土匪的后路。

受到两面夹击，两个弟兄已经阵亡，白羽鹰的左臂也中弹，他们的处境已经十分危急了。鬼子骑兵已从侧面围上来，正面的巡警队被弟兄们扔出的手雷阻截，浅仓挥着军刀砍了两个畏缩不前的警察，寇炳坤的枪顶着自己的部下，逼着巡警们又开始了新一轮冲锋。

突然，一阵急骤的马蹄由远而近，沿着江堤向白羽鹰靠了过来。四匹马突破拂晓的薄雾，飞驰而来，黑红的披风飘舞着，两支枪连续地打出点射，突破鬼子骑兵阵，与白羽鹰和弟兄们汇合了。原来，"七侠妹"四姐妹策马跑出四五里地，甩开了鬼子追兵，但镇子里却枪声不断，红叶妹知道这一定是白羽鹰为接应自己，与鬼子干起来了。她让红莲和红芝骑一匹马，先撤回靠山屯，自己和红花带着两匹马，赶回来增援白羽鹰。

关东女子大都柔中带刚，性情火辣，敢恨敢爱，恨起来，操起刀枪敢杀人，爱起来，能为自己的爷们豁出命。江湖险恶中闯荡这些年，红叶妹跟形形色色的男人打过交道，面对种种诱惑进攻，从未轻易动情，只有这白羽鹰，触动了她的内心，让她平素埋藏、积蓄的情感如地下岩浆不可遏止地喷发出来，便爱得热切纯真，轰轰烈烈。而在这危难之际，她又怎能丢下这个撼动自己心灵，让她魂绕梦牵的男人呢？

"你这傻女子，又回来干啥，非得把咱俩都搭进去啊？"白羽鹰急得发火。

"别他妈磨叽，上马！"红叶瞪着杏眼一声吼，把白羽鹰的埋怨噎了回去，俯下身扯住他的腰带往马上拽。白羽鹰知道再挣扎耽搁，这几个弟兄连同红叶红花都得叫鬼子撂倒，他借着红叶的力量，一纵身跳上马，护住红叶后身，又喊叫着让剩下的三个弟兄上马。六人四马，枪口吐着火，迎着鬼子骑兵冲去，鬼子们纷纷躲避，他们突破拦截，闯了过去。

鬼子骑兵小队长聚拢被冲散的马队，紧跟着撵上来，子弹追着屁股嗖嗖地飞。奔跑中，一匹马中弹，两个弟兄摔下来，他们就地匍匐，用仅剩的十几发子弹拼死阻击，所有子弹打光了，最后，拉响了两颗手榴弹，与拥上来的鬼子骑兵同归于尽。

红叶妹拼命拉住要跳下马去救援的白羽鹰，嘴里打着响亮的呼哨，驱使剩下的三匹马继续狂奔。这几匹马都是七侠妹的忠诚伙伴，听惯了红叶妹的呼哨，不论马上的弟兄怎样紧勒缰绳，就是不停步，跟着红叶的哨声，飞速拐过江湾，把鬼子们远远地甩在了后面。

狼刀

60

狼刀

半张手绘索骥图放在了日本警备队的桌上，几颗脑袋挤在一起，几双眼睛抑不住黑色的贪婪，好似已经看透纸背，掘到了那光闪闪的金子。尽管这只是半张看不太懂的草图，但足以印证确有大清珍宝藏在山里，这十几年的传奇，并非虚构，追寻多年，毕竟还是有了些进展。松本脸上露出了几个月来难得的笑容，他拿着放大镜，一寸一寸地在图上挪动，反复在三棵松树和那半道山崖间搜索，在草图断裂处崖壁上的半个蓝点停留许久。最后，扔下放大镜，笑脸绷成了一张未经芒硝鞣制没熟透的驴皮，咬牙骂道："八嘎，毛猴子狡猾狡猾的。"

草图上所画的山水树木等特征，在千里之阔的关东大地，随处可见，根本看不出这画的到底是哪里。况且，另一半草图上画着什么，山崖是继续延伸，还是就在此断裂？图上没有任何指示方向的座标，小河是流向东方、西方，还是在什么地方转弯，都无法判断。如果那蓝点处真的藏着东西，山崖如此料峭，野兽都无立锥之地，恐怕只有老鹰才能上得去。鬼子们高兴得太早了，这半张图纸根本看不出什么玄机，如果没有另一半，这就等同于废纸。

佐藤、坂田和浅仓也面面相觑，一时无语。佐藤右手食指下意识地敲着桌子，似乎是在机械地扣动阻击枪的扳机，漫无目标地射出盲弹，但他那双阻击手的眼睛，却是老练地盯在图上。五短身材的坂田几乎趴在桌子上，不时抽动鼻孔，好像要在图上嗅出什么。浅仓呆立片刻，回身在屋子里来回踱步，踱着踱着，忽有醒悟，对松本说："松本君，这图是藏在琴书楼里，幺狗子的情报说，那个七侠妹的首领红叶妹，是柳叶刀的妹妹，那也就是柳汉庭的女儿啊，柳汉庭劫了清庭的贡品，必然要把藏宝的地方告诉自己的女儿，那么，这图上所标示的，也一定是他女儿能找得到的地方，这地方也许就是青岗岭附近，或是江口附近。"

这种分析猜测虽有一定道理，但也未免牵强。红叶妹离开青岗村时尚不谙世事，柳汉庭亦无从知道小女儿日后会在哪里落脚，如何会把珍宝藏在江口？不过，这倒是提醒了松本，当年柳汉庭劫了这惊天一案之后，日本军部也一直觊觎那传说中的大东山金脉图，松本担任护路队长后，曾接到密令，必须把金脉图搞到手。十余年来，他一直没断了追寻金脉图的下落，却终不得线索，只是查到柳汉庭劫宝后，一直活动在淞凌城和青岗村一带。浅仓这样一说，让他的目光盯住了墙上地图标示的青岗村。他一把扯下地图，铺在桌上，把半张图与青岗村和青岗岭周边地形地物进行比对。可是图上只画着树木山崖实物轮廓，既无方位也无等高，还是无法断定具体地点。

盯着半张图看了好一会，佐藤品出点名堂，画纸底部边缘，暗黄的纸中隐约透出点点墨痕。他抓过图，举起来，对着灯光翻来覆去看了几遍，依稀分辨出那点点墨痕是模糊的字迹。原来这草图是两层纸粘在一起的，他用一把尖刀挑开纸角，慢慢把草图底部揭开一道缝，纸上果然有一行微小的汉字。这一发现，让松本再次兴奋，抓过放大镜逐字辨认，原来这是两句诗：青山处处好光景，岗上豪杰唱大风。松本琢磨半天，忽然明白了，这个中国通，知道中国古时就有这种藏头诗游戏，也是暗传消息的一种最简便的方式。老鬼子哈哈大笑，很是不屑地骂着："愚蠢的支那人，画蛇添足，反露马脚。"

看见佐藤等人楞楞地，显然是没听懂，松本解释说："这是藏头诗，是支那人的小游戏，每句诗的第一个字，可以组成一句话。青山处处好光景，岗上豪杰唱大风，青和岗不就是青岗岭么？那么，可以断定，这图的另一半也一定有两句诗，把后两句诗的第一个字组合起来，一定就是埋藏珍宝或是金脉图的地点。"佐藤等纷纷附和，连声叫着，哟西，松本君果然是中国通，这半张图里的玄机，让你一点就破。

松本的猜测没错，但还只是猜对了一半。柳汉庭藏起金脉图后，画了这张索骥图，标示出了藏图地点，并写了含有暗语的诗句：青山处处好光景，岗上豪杰唱大风，崖头落日照树影，前瞻便是林水洞。诗句并无多少文采，平仄不大规则，但四句诗字头连起来，就是"青岗崖前"，也就是藏着金脉图的地点。其实这并不仅仅是藏头诗，只有整张图合在一起，再细读分析诗句，还得懂得诗中的典故，才能真正知晓藏图地点。诗中所写林水洞，是南宋时的传说，据说南宋时岭南有一地，名为林水源，此地有一洞，名为林水洞，相传洞中有十个大瓮，翁中装满银子，找到林水洞就能得到这笔珍宝。而这林水洞在哪里，诗中并没有说明，所以不管谁得到半张或全张索骥图，如果不在现场，不知典故，都无法破解其中奥秘。

刚得来一知半解，松本便又一次得意忘形，他自负地相信自己的智慧，要凭着这半张图，和图上那半个蓝点，去抉取宝藏。为了掩人耳目，也不想让骑兵第二联队抢了功，更是为了能给上司造成一个空前惊喜，松本没有通知寇炳坤，没有和骑兵小队长通气，也瞒着多门二郎中将，亲自挑选了警备队九个士兵一个军曹，和佐藤两人率队，半夜摸黑出了东莱门。

第二天黄昏，松本和佐藤骑着高头大马，两架爬犁载着鬼子，神不知鬼不觉得地到达了淞凌城外古洞河边桃花渡。松本命令在渡口边上的林子里宿营，严令不准点火取暖，鬼子们只好蜷缩在帐篷里等待天明。

又是一个凌晨，松本把士兵们轰起来，和佐藤骑马引路，带着爬犁碾过厚厚的冰面，过了古洞河，天未亮时上了青岗岭。在一片林子里留下两个警戒哨，然后到了一道山崖前。松本拿出半张图与面前的山岸对比着，果然发现，所有地形地貌都与图上所画相像，只是拿不准那三棵树在哪里。其实，柳汉庭画的图，必须是在距离山崖百米开外，才能看清山崖的全貌，才能看到那三棵松树，才能找到哪里是山崖中间那个蓝点的准确位置。松本拿着望远镜观察了三遍，确定半个蓝点所指之处。伸出右手拇指目测了山崖高度，嘴角一撇，哼出一声冷笑，似乎这不足五十米高的山崖，根本阻挡不了大日本皇军的勇士。

鬼子们占据山崖中间，四个士兵抛出带铁钩的绳索，钩住了崖顶上伸出的树枝，然后背着小战锹，拽着绳索攀上崖顶边缘，吊着绳索，一字排开，在崖壁上搜寻可能藏有东西的疑点。战锹一阵乱砍，石屑纷纷散落，崖壁斑痕累累，折腾到午后，在崖壁上下两米之内刨了一溜深坑。鬼子兵垂头丧气下了崖，除了一手血泡，一无所得。松本不甘心，命令掷弹手向山崖发射榴弹，炸得岩石碎片塌落下来，松本的皮靴在碎片之中踢来踢去，依旧无果。

暮色泅上来，在松本心里蒙上一层阴影，他沮丧地带着鬼子兵下了青岗岭。一路上，甚至连大洋马都无精打采，原想搜珍抉宝再建功勋，却不料是黄粱未熟南柯一梦，他瘪着脸垂着头，仿佛唐吉诃德荒唐的风车之战后，骑着一头瘦驴，丧魂落魄地踯躅于残阳如血……

第十三章　烽烟连城战八方

地下党众义士连横合纵，盘马山揩倭敌义匪联袂；
一贴堂鬼脸三猿臂夜盗，大砬山那师兄妙计突围。

61

自1932年始，关东地区已是"国中之国"。日本侵略者利用前清废帝爱新觉罗·溥仪，在东北建立了一个傀儡政权，既满洲国。溥仪同日本签订了《日满议定书》这一卖国条约，使得日本侵略者在政治、军事、经济、文化各个领域全面控制了伪满洲国。1934年3月1日，伪满洲国改称"满洲帝国"，溥仪改称"皇帝"，年号康德。

日本侵略者在政治上，对东北实行强化殖民统治，归村并屯搞"集团部落"，推行"保甲制"和"连坐法"，在根据地周围遍设警察机构和特务组织，实行"三光"政策。在军事上，屡调重兵"讨伐""围剿"抗日武装。乌林府投降日寇的一部分军队改编为"满洲国军"，并由关东军为其配备顾问，主要任务是"维持国内治安与国境周边、河川警备"。这帮叛军已成为日寇的帮凶，配合日军向周边地区实施夏季大扫荡，清乡肃野，合村并屯，意图一举取得辖内绥靖。日本驻军和伪满当局的血腥镇压，使共产党在东北地区城市和农村的地下组织几乎损失殆尽，公开的抗日斗争暂时落入低潮。但是，占领者绝非高枕无忧一劳永逸，霸了人家炕头，还想睡得安稳，世上岂有这等便宜？中共满洲省委建根据事变后的新形势，撤销吉林县委，改建中共吉林特别支部，并在极端险恶的环境里巧妙地开展地下工作，发动和组织群众，领导地方武装配合抗联对敌作战。抗联主力虽然撤到深山里，但仍有零散小股武装不断地给日寇制造麻烦，不断地袭扰日伪机构，牵制敌人的清剿扫荡。

1937年初夏，中共东北地下组织成员那武和玉池，遵照特别支部的指示，奔走于城乡和山林，联络已经分散的抗联小部队，以及那些自发进行抗日活动的东北军、义勇军残部和绿林好汉。或分头出击，或联合行动，在日满政权统治下的乌林府和周边地区，在敌人疯狂镇压血腥屠杀的恐怖下，不断地开展小规模出击，一时间形成烽烟连城战八方的态势。

如苏秦纵横捭阖，游说六国联合抗秦，那武和玉池工作卓有成效。曾经流窜山林或占据一方的一些土匪团伙，名号为"黑三豹""草上飞""飞天鹞""穿山虎""白龙驹""二杆子"等绺子，还有那武和玉池密切联系的狼刀帮，在这年五月间，通过那武和玉池联络策划，各自在自己的地盘上，同时动手。袭城镇，除汉奸、杀叛徒，烧粮库，端据点，炸碉堡，扒铁路，劫火车，好不热闹。

为了给攻打抗联主力的部队征集粮草，松本受命在乌林府东莱门外占了一处木材厂，做临时粮库，把征集来的粮食暂时存放在这里，并由警备队看守。那武得到这个情报，马上与玉池商量，打掉这个临时粮库，不能让鬼子运走一粒粮食。

玉池进城侦察两天，回来向那武报告，两人制定了一个有智取，有佯攻，有掩护，有阻击的完整严谨的战斗方案。这个木材厂有两丈高的土围墙，墙外拉着一道铁丝网，警备队兵力都集中这里，屋顶上架着两挺重机枪，四个鬼子兵和一挺歪把子日夜守在大门口。木材厂大门南面临江，是一片开阔的滩涂地，正在鬼子机枪射界之内，从这里进攻无可依托掩护。西面和北面是贫民居住的低矮平房，如果在这两处攻击木材厂，枪炮打起来，势必危及百姓。东面也有一些零星的房屋，相互距离稀疏些，有展开的空间，进，可利用房屋掩护，退，可迅速向团山子方向撤离。但是，攻打重兵把守的临时粮库，人少了不够，人多了又容易暴露，且施展不开。临时粮库戒备森严，除了运送粮食的大车，其他人根本不可能进入，只有派人混进去，用煤油、火药等烧毁粮食。同时组织一批人，小部分从南面佯攻，吸引鬼子注意力，混进粮库的人趁机放火。一部分从东面靠近，炸开院墙作接应，一部分在北面阻击从东大营方向来增援的鬼子，一部分在西面警戒，拦截巡警队。

谁担任智取，谁担任佯攻，谁担任阻击？那武和玉池心中有数，分头联络，召集起手里已经掌握的武装，并一一分配了任务。鬼脸三带花狐、猛子混入粮库里，北风狼和飞虎、齐天龙负责东面接应，草上飞的绺子人精马快，适合快打快撤，玉池带他们在南面佯攻，黑三豹火力较强，独立担任对北大营方向的阻击，二杆子的人稍弱些，但有那武指挥，对付巡警队还问题不大。而陈水则负责在江边准备船只，接应撤退的弟兄们过江。

就在松本准备把粮食启运前三天夜里，东莱门外打成了一锅粥。

鬼脸三早两天就进了城，再次查看粮库周围地形，并探听到鬼子正在征集运粮的大车，这天傍晚，和花狐、猛子赶着紧急改装的三辆大车，混进了粮库。三辆大车的车帮和后底板都做了夹层，藏着火药煤油，骗过了守门的鬼子。但进了院，却不允许随便走动，先来的几辆大车和五六个老乡，都集中在西墙下，被几个鬼子兵刺刀逼着，蹲在地上。鬼脸三借着院内的灯光，看到东墙和北墙下堆着粮食垛子，大约有五六千斤之多，他估摸所带的火药和煤油不足，悄悄告诉花狐和猛子，准备抢夺鬼子手雷炸粮垛助燃。这时，南门外响起枪声，四五十人趴在滩涂地的坑洼里，边打枪边扔手榴弹，咋呼着作出进攻样子。松本集中守卫粮库的鬼子，堵在南门进行反击，院里看守百姓的三个鬼子刚转身，鬼脸三一挥手，和花狐猛子从背后扑上去，抽出狼刀攮死了他们，摘下鬼子身上的手雷，让老乡帮忙卸下车帮和后板，拆开夹层，把火药煤油倒在粮垛上。鬼子们冲出南门外，向滩涂地反攻，已经顾不上院内的动静。北风狼这一拨人，靠近东墙下，轰然一声，炸开了一段土墙，鬼脸三等扔出手雷，引燃了火药和煤油，带着花狐猛子和几个老乡，冲出土墙豁口，汇合了北风狼。北风狼倚着墙壁向院内观察，随后让手下把几捆自制的炸药包扔进火堆，强大的爆炸掀起了冲天火光。

鬼子赶回救火时，几个粮垛已经被大火吞噬，赶车的百姓都不见了。松本返身出门，又迎头遇上一顿纷飞的子弹和手雷，刚才呼号着进攻的队伍，此时又阻止他向东追击。北面也响起了激烈的枪声，黑三豹与北大营出来的日军两个小队接上了火。西面的枪声却稀稀拉拉，原来巡警队刚出东莱门，就被那武和二杆子打得掉头跑了，那武随后和二杆子去支援黑三豹，两个绺子的弟兄们交替掩护着后撤，与北风狼在江边会合，带着几个伤员陆续乘坐早就准备好的小船过江。

玉池和草上飞迂回到岸边阻击追来的鬼子，掩护弟兄们过江，直到五只小船都靠了岸，他们才撇下鬼子，跨上马，沿江边奔驰而去。鬼子没有船，过不了江，就在岸边胡乱打了一阵枪。众弟兄过了江，绕过团山子，急速的马蹄和脚步，踏碎一地月光，一路向东……

62

两年前的夏天，北风狼就带着狼刀帮弟兄们回到了北峰山，在那武指导下，重修了山寨防御系统和狼牙顶上的工事，狼牙洞顶上重新吊起十几只铁锅，里面点着松明子，照得议事大厅明晃晃、亮堂堂，北峰山恢复了往日的热火劲。两年来，那武联络的各路绺子都陆续聚集到北峰山，虽说还是各领各的人马，但北峰山人气越来越旺，显现着兵强马壮的精气神。

两年来，日军大部分部队都进山"讨伐"抗联主力，单凭警备队的兵力，打不下重建的北峰山，松本对狼刀帮众绺子一时束手无策，又因配合清乡并村合屯的任务缠身，他只能暂时将北峰山搁置。但他始终没忘记北风狼这个老冤家。这回，待运的军粮被一场火烧了个精光，就像北风狼的那锋利的狼刀，在他刚刚结痂的伤口上，又狠狠地剜掉了一块新肉。正当他谋划着

狼
刀

要再次血洗北峰山，北风狼和一帮土匪绺子又打上门来了。

因为出了叛徒，地下党机关遭到严重破坏，一些领导人被捕被杀，特别支部决定除掉叛徒于子坤。那武和玉池定下声东击西之计，由黑三豹和白龙驹两股绺子在榆树林子、团山子攻打鬼子据点，牵制松本警备队。那武和北风狼、鬼脸三、齐天龙带着飞虎和猛子、陈水，分头潜入乌林府，搜寻于子坤行踪。

土匪善于夜间出没，快打快撤，这次却一反常态，由玉池指挥，头天晚上运动到榆树林子南边江沿潜伏，天一亮就大肆张扬，亮出黑三豹的旗号，围堵据点，炸弹机枪一齐开火，造成大部队进攻的声势。榆树林子是乌林府西出口一个较大村镇，警备队一小队鬼子在这里设据点，距离城区仅二十里地，对城内可呼应，对城外可堵截，它是松本伸出的一只手，有内外抵挡的作用。砍了这只手，松本必然疼痛，必然救援，这就削弱城区防范，可使那武和北风狼乘虚而入，伺机下手。

这几年来，抗联和土匪几乎都被打散，剩下些残余都撵到深山老林里了，自负的松本老鬼子感觉无甚大患，警惕松弛。榆树林子据点一大早突遭猛烈攻击，鬼子小队长慌忙求救，松本立刻带队前往榆树林子据点增援。当他赶到时，攻击榆树林子的队伍忽然撤出战斗，隐隐看到土匪惊慌逃窜的身影，松本跟着追出四五十里，却丢失了目标。

第二天一大早，团山子据点又告急，正遭受打着白龙驹旗号的大股土匪持续一个时辰的进攻，松本又带队增援，结果仍然是扑空。第三天，榆树林子和团山子同时在早晨又遭攻击，警备队只好倾巢出动，分兵增援。时近正午，当松本把白龙驹这股绺子撵进团山子岭后树林，突然一惊，几年前，在这里险些中了狼刀帮的埋伏，这白龙驹是不是要故伎重演？松本赶快下令停止了追击，正准备撤离团山子，五六个匪徒又摸过来，打一阵冷枪，扔俩手雷，就窜进了林子，士兵们起身再去追，仍然是没了影。

松本一下明白了，两股土匪连续三天大肆进攻城外两处据点，又不真打，只虚张声势，其目的，就是要把皇军引向城外，那么，城里必定有猫腻。可是，他明白的已经为时过晚了。

就在这第三天早上，那武和北风狼动手了。

那武认识于子坤，知道他以粮行老板为职业掩护，虽然他叛变后不会再从事粮米生意，但粮行不会关闭，松本和乌林府日本特务机关会留着它做诱饵，诱捕地下党和抗日分子。而于子坤投敌后，应该住在东商埠一带，因为有警备队邻近保护，也便于往来粮米行。那武和北风狼进城后，就把弟兄们分散于粮米行街和东商埠附近，暗中盯上了于子坤，也摸清他的住处，掌握了他出行的时间。叛徒十分谨慎，已经搬离原住所，并尽量减少在街头露面，但又必须按鬼子特务机关指令，定时到粮行等待可能来接头的地下党。

那武判断，粮行里一定藏着日本特务，在那里不易动手，而在路上截杀较把握，且当街处决叛徒更有震慑作用。

这天上午八时许，那武和北风狼等人进入了粮米行街，从各个方位控制了这片街路。那武居中，装作买东西，在一家杂货铺门前挑来挑去地讨价还价。北风狼距离十几步远，扣着草帽，蹲在对面马路牙子上，和一个卖烟卷的小男孩闲扯。鬼脸三和陈水守在东口，对东商埠北侧的警备队形成警戒，以阻击可能来救援的鬼子。飞虎、猛子把住西口，一旦于子坤逃向西边，就在那里截住他。齐天龙则在街上来回溜达，如有意外，随时接应。

刚到九点，于子坤准时出现了。头上戴一顶礼帽，脸上一幅墨镜遮眼，一身白绸裤褂，脚蹬一双直贡呢布鞋，手摇一把纸扇，看似悠闲，心里却胆怯而紧张。尽管身后不远，就跟着两个穿百姓衣服腰里别着手枪的日本特务，他仍然觉得说不定会从哪里飞来子弹，或是突然有人冲到跟前。他的眼睛透过墨镜，转来转去地向街面上巡视。

街上一如平常，并无异动。于子坤松了口气，继续缓缓前行，走到杂货铺门前时，那武突然转身，一把打掉他的礼帽和墨镜，薅住他的脖领子，驳壳枪顶在他的脑门上，低声喝道："于子坤，你这个叛徒的死期到了!"

于子坤惊恐地瞪大了眼珠，腿软得站立不住，光张嘴喊不出声，那武随即扣动扳机。

后面两个日本特务发现有人突然窜出来，堵在于子坤面前，便知事情不妙，刚要伸手掏枪，就被北风狼和齐天龙从背后勒住脖子，一人捅了一刀。几乎是在于子坤脑袋被打爆的同时，两股鲜血喷射出来，散落一地黑红的血点。

整个粮米行街，顿时大乱，人们纷纷逃避，闪开了一条路，那武和北风狼带着几个弟兄，趁乱从西边出了街口。空荡荡的街面上，赫然躺着三具尸体，于子坤的胸前摆着一柄血淋淋的狼刀。

159

63

盘马山是几座山峰相距排列在一起的一片山岭，虽不算高，海拔仅仅三百多米，却很险，几个山头都很陡峭。山势峻峭，怪石奇巧，森林茂密，老树苍天，溪流素练，野壑幽静。相传百十年前，有一队游牧的族人，骑马在山下盘来盘去，就是找不到上山的道，因此有了盘马山之名。后来有人徒手攀上去，发现每个峰头都有山洞，遮风挡雨，冬暖夏凉，又据险可守，于是便有落草的马匪流寇在此安营扎寨，修筑栈道和防御工事，盘马山也就和北峰山一样，也成了乌林府一带名号不小的匪巢。从前清到民国，官军剿了多少次，都没真正打下来。

狼刀

因吉海铁路从山下通过，盘马山又成了扼制吉海铁路咽喉的军事要冲，日寇入侵后，占踞在这里的一股报号"飞天鹞"的土匪绺子，在大当家带领下，不时地下山劫货车，炸军列。因而，鬼子视盘马山为心腹之患，这个夏天，又出动两个步兵小队，加上伪满国军一个连，包围了盘马山。那武和玉池得到特支指示，收拢抗联西撤后散失在盘马山附近的十几个战士，临时组成一个排，又再次联合狼刀帮、黑三豹、白龙驹等绺子，一起支援盘马山，与飞天鹞弟兄们合力抗敌。

盘马山南面和西面都是陡崖，上不去，也下不来，鬼子和伪军在坡度稍缓的东侧和北侧扎下营寨，白天上山攻打，晚上拦着山道围堵，连着打了几天，小钢炮、掷弹筒和机枪手雷，不断蚕食山寨防御工事，消耗土匪兵力弹药。几个晚上都是点起一堆堆篝火，堵住山下的路，防止土匪突围，企图用这种车轮战术，困死山上的弟兄。飞天鹞渐渐力不能支，情况危急之时，援兵到了。

时值夏末，盘马山下一片片高粱玉米已经长得一人多高，凭借这绿色屏障，几支队伍分别从东面和北面靠到了山下。那武派猛子和陈水先行侦察，摸清了这伙敌人的打法，又派了悟这个攀登高手，头天晚上从西侧崖壁爬上了盘马山，告诉飞天鹞，第二天夜里，看到两颗红色信号弹，就从北路往山下冲，山上山下一齐打，撕开个口子，向北撤进长白山老林子。

在日本士官学校学习时，那武就对日军陆军部队的构成、装备及战术烂熟于心了。他知道，日军一个标准的步兵中队有180人，包括一个中队直属队30人，三个步兵小队，一个步兵小队为50人左右，配备一个机枪组，有两挺轻机枪，每挺机枪有一个射手、两个弹药手兼副射手，由一个军曹指挥。还有一个掷弹组、两具掷弹筒，每具掷弹筒有两名士兵操作。还有个炮兵组，两门迫击炮，有炮手、弹药手、观察手和一个军官。还有三个步枪组，每组十人。通常作战时，都会留直属队的医官、卫生兵、通讯兵，还有十名步枪手，负责看守弹药粮草等辎重，并担任围堵。这次剿杀飞天鹞，也不外乎是老一套。那武对如何破解盘马山之围，已是胸有成竹，当晚各路绺子集结时，给几个头领分析敌我兵力对比。

他说："关东军不比警备队，作战可以说是相当勇猛，且能相互照应，独立对抗也都是强手，我们不可轻敌。"

"那兄，咱各绺子弟兄们虽说不大懂战术，但打起来，谁也不是熊包。再说，鬼子只有当官的有马，咱的马比他多，趁他没防备，咱压连子上水（骑马冲锋），一个猛子冲上去，就能造他个稀里哗啦。"北风狼满不在乎地说。

"关东军士兵训练有素，且能在遭遇突如其来的打击时，迅速做出反应，反击能力很强。单凭一个冲锋，不能一下打垮他，弟兄们单兵对抗，会吃亏的。"那武仍是担心。

"关东军也是肉长的，还他娘的能刀枪不入啊？咱手里的家伙也不是吃素的。"黑三豹附和北风狼，手里摆弄着一把鬼子军刀，这是他前些日子从一个军曹手里夺来的，老想着有机会试试身手。

那武笑了："咱的装备不错，这些年从官府和鬼子手里夺来的装备，比江西的红军还要强些，集中优势或分兵偷袭，只要打得快、准、狠，都会迅速达到战术目的，关键是今天该怎么打。"

白龙驹说："几位老大，咱都别拉硬充楞了，还是听那师兄的吧。"

那武在地上画着图，拿根树枝比划着，讲解了自己的作战意图，众头领依计行事。

一排抗联战士和狼刀帮、黑三豹、草上飞等绺子近二百人的队伍，隐蔽在盘马山东北两侧的高粱地玉米地里，忍着饥渴藏了大半天。黄昏，由四个十人组成的小队，分头袭击敌人宿营地，歼灭守卫辎重物资的小股日军，烧了粮食，抢了弹药，半个时辰，完成突袭，全部撤进了庄稼地。等敌人大队回援时，盘马山下只剩横七竖八的尸体和一片残烟余烬。

这天晚上，那武带着狼刀帮配合抗联一个排在东面牵制鬼子和伪军，玉池带着黑三豹、白龙驹负责北面，按预定时间，同时发起攻击。日伪军饿着肚子挨到半夜，连哨兵都迷迷糊糊打盹，却不知顷刻间死神会像一群乌鸦飞临，在他们头顶笼罩一片血光。

惯于偷袭的土匪，几乎每次都是打个冷枪，砍几刀，杀个把人，抢点东西就撒丫子，充其量就是小打小闹，这一次却见识了什么是瞬间火力爆发摧枯拉朽的大阵势。按那武事先跟各绺子头领定的一个三重攻击之计，队伍形成了三次强有力的冲击波，使敌人在短短几分钟内，遭到猛烈的连续攻击，慌乱中，一时难以组织反击，毫无招架之力。

第一梯次攻击，是把一部分手雷手榴弹分给弟兄们，每人差不多有三四颗，依托黑夜和高粱玉米的掩护，靠近敌人，在两分钟内，把所有的手雷手榴弹全部扔出去。庄稼地里突然飞出一群尾巴着火的铁雀，飞落敌群，一连串的爆炸响成一片，不亚于炮兵群的一次集射，二百多颗手雷手榴弹瞬间形成的杀伤力，几乎是毁灭性的。雨点般倾泄的弹片，让这一块狭长的地域没有死角，困顿中沉睡的鬼子和伪军，被削开了脑袋，稀里糊涂送了命，没死的也都被撕裂胳膊和大腿。

接着就是第二梯次攻击，手里有机枪和冲锋枪的十来个弟兄，集中一起，发起冲锋，一齐开火，飞蝗般的子弹，像月色下涌涨的潮水扑打在礁石上，摔碎无数发亮的浪花，掀起一片扇形水帘，泼洒向残存的鬼子和伪军。

第三梯次攻击没有间隔地跟着就扑上来，刺刀、大刀、长矛、短刃，甚至棍棒都上了阵。敌人根本就来不及组织反击，攻击者旋风一样掠过，扫荡

狼
刀

一圈，留下一地血肉，忽而又像退潮一样，急速隐入暗夜。

与此同时，两颗红色信号弹，腾空而起。已经运动到北面半山腰的飞天鹞绺子的弟兄们，呐喊着冲下来，边打边冲，形成两面夹击，短短几分钟，就踏着死伤的鬼子伪军，越过了已经崩溃的封锁线。

这支强悍骄横的日军中队，入侵东北以来，几乎没有遇到能与他们的战斗力相抗衡的抵抗，却在这草头土匪的地盘上，遭遇了前所未有的攻击，甚至不知道自己是败于哪支中国部队。

64

1937年7月7日夜，卢沟桥的日本驻军在未通知中国地方当局的情况下，径自在中国驻军阵地附近举行所谓军事演习，并称有一名日军士兵于演习时失踪（实际上那名士兵是去上厕所了并在随后不久归队），要求进入北平西南的宛平县城搜查。中国守军拒绝了这一要求。日军向卢沟桥一带开火，向城内的中国守军进攻。中国守军第29军37师219团予以还击，掀开了中国全面抗日战争的序幕。实际上，日军自1931年占领中国东北后，为进一步发起全面战争，陆续运兵入关，到1936年，日军及伪军已从东、西、北三面包围了北平。中国守军和日军在卢沟桥激战，日本派大批援军，向天津北京大举进攻。29军副军长佟麟阁，132师师长赵登禹先后战死，天津沦陷。7月8日早晨，日军包围了宛平县城，并向卢沟桥中国驻军发起进攻，卢沟桥事变，标志着中日战争全面爆发。

号称日本陆军最精锐的关东军，在近一个时期，也不断遭受抗联部分部队和山林武装的反击，东三省70余个县的范围内，如莲花泡、兴山镇、舒乐河、大蒲柴河、哈达河、抚松、西关街、佛山、冰趟子、依兰、汤原、五道岗、辉南等地，到处发生反讨伐作战。盘马山一战，激怒了乌林府和长春等地驻扎的鬼子。1937年底，日军关东军以一个师团和伪军一部两万多兵力，在松江下游地域内，采取由西向东、由南向北、逐步压缩包围的战法，进行大讨伐，意在聚歼坚持抗战的部分抗联部队和山林武装。

这年12月，那武接到特支指示，搞一批药品，送到山里，为坚守在密营的抗联部队救急，并配合抗联部队组织突围，向苏联境内转移。那武传达特支指示，鬼脸三立马想到一贴堂专门为狼刀帮贮备了一批专治枪伤和冻伤的红药。现在，这暗窖被查抄，又反被松本利用，派了个略懂医道的鬼子，又雇用两个中国人，一直继续经营着。鬼脸三说："乌林府里的西药店，基本都是日本人开的，少数几家中国人开的，也被日本人控制，那其实都是鬼子特务机关布下的陷井，引诱购买药品的抗联上钩。咱们不熟悉这些药店的情况，很难得手。"

北风狼当然知道鬼脸三是在打一贴堂的主意，马上赞成说："松本霸占了这暗窑设下机关，弟兄们早就想毁了它，老三一直拦着不让下手。俺知道你心里也是早有打算，这回到时候了，咱也该和松本这个老冤家拉拉清单（算账）了！"

那武一连问了几个问题："一贴堂里现在什么情况，有几个空子（多少人）？啥局底（有多少枪支）？内部布局有什么改变？左邻右舍还有没有鬼子暗设的堂口（有公开经营掩护的据点）？你了解吗？即使能打进去，能保证出得来吗？"

鬼脸三应道："去年上冬时，我就派陈水回去摸了底，他去送了几回柴禾，把前柜后院都遛了好几遍，没啥变化。那个鬼子掌柜有一个手下，也是日本人，其他两个中国人，晚上不在店里。"

北风狼把驳壳枪拍在桌上，呼号着嚷道："两个小鬼子，半盘豆芽菜，不够俺一刀插的。咱是闯窑堂（白天进屋夺取财物）啊？还是开天窗（上房揭瓦抽椽子，入屋抢劫）啊？"

"南河沿这条街上，共有三家日本人的店铺，一贴堂西边隔着二百丈，有一家日本人的西药店，陈水也进去探过，有三个人。东边百丈远有个照相馆，也是三个日本人。南河沿东口是个洋行，两个掌柜和四个伙计，都是日本人。这些鬼子肯定都有家伙，陈水在洋行里码了（查看）几遍，从柜台后面的镜子反光里看见，柜台下藏着一条碎嘴子（一挺机枪），咱得防备洋行里的鬼子抄了后路！"鬼脸三照着铺在桌子上的地图，比划着。

"咱们的目标是药品，不是杀些鬼子图一时痛快，要快进快出，既要保证到手的药品安全，又要迅速送到山里。所以不能恋战，最多不超过一个时辰，就必须撤出。"那武手里一支笔在图上移动着。"最近的撤离路线，是从南河沿一贴堂到江边三道码头，距离八百码，跑步不过五分钟，就能下到江堤下。咱人马多了扎眼，更不能走城门，得把马藏在江对岸，徒步过江从江岸进南河沿。现在江上已经封冻，顺三道码头向西有一溜水院子，咱事先在那里备好马爬犁，只要能安全回到水院子，十分钟咱就能过江。"

水院子是乌林府冬天特有的冰上客栈，1937年日本人修建水电站之前，江水冰冻五尺多厚，拉客运货的爬犁都从冰上走，水院子就是供赶爬犁的人和山里来的老客临时歇脚的地方。在冰上刨一溜沟，立上板子浇上水冻结实了，就成了院子。院子里搭着简易木屋，盘着长条炕，烧着木头取暖，铺着地砖隔潮，供应馒头、炖肉和散白。爬犁不用卸，直接在院子里就能给马喂料饮水，住在水院子一人一宿五角钱，爬犁两角钱，不贵，暖和，挺实惠。因此，从头道码头向东，江堤下一带牛爬犁、马爬犁、狗爬犁，络绎不绝，商贩云集，非常热闹。后来建了电站，江上不封冻了，水院子就没了。

"现在冰上正热闹，混进个把人，不显山不露水。万一来不及过江，藏在水院子暂时也安全。"那武考虑的是如何撤，而北风狼却想的是如何打，急着打断那武："打个一贴堂有那么难吗？老三进去就行了，俺不进去，那里面跟小娘们裤裆一样窄巴，俺舞扎不开。俺在外面守官条子（道路），来一个打一个，来两个打一双，保管让老三手拿把掐取回药来。"

"给我俩人，陈水和猛子就行，半夜摸进去，不用枪，两刀就插了那俩鬼子，省得惊动警备队和巡警队。再撒下三五个弟兄，堵住东西两面鬼子店铺洋行，半个时辰够了。大当家的不用进街里，带两个弟兄在水院子等着，万一有变再打进来不迟。"鬼脸三不管北风狼怎么说，就拍了板。那武的计划也是如此，于是，弟兄们吃饱饭喂好马养足精神，头天下午出发，第二天傍晚就进了乌林府松江南沿的林子，天一黑透，便分头行动。

城区里的街路都铺着厚厚的积雪，被行人踩得很结实，压得很光滑。鬼脸三和陈水猛子蹬着水曲柳木条做成的滑子（绑在脚上的一种雪地行走工具），无声地滑进南河沿，靠到了一贴堂门前。三人解下滑子，陈水在四个门轴上抹上鸡油，一把匕首拨开了门栓，两扇大门无声地开关之间，三人已经分头进了前柜和后院东西厢。鬼脸三在柜台后面墙角掀开地毯，狼刀撬开一条地板，又挨排挪开四条，地板下露出一个长方形洞口，他探身进去，分两次拎出四个黑布包，一一捆在胸前背后。通向后院的门开了，陈水和猛子闪了进来，他俩已经摸进东西厢，把沉睡中的俩鬼子抹了脖子。不到十分钟，三人便出了一贴堂，鬼脸三打声呼哨，召回东西方向警戒的弟兄，蹬上滑子，顺胡同滑到江边。不想遇上了一队巡警，这时，不闹出动静是不行了，鬼脸三和弟兄们抽枪便打，一串串火光嘶叫着，扑向对面一群黑影，接着就是一声声惨叫。

巡警队本来就不情愿大冬天出来巡街，遇到突袭哪还能还手，扔下死的伤的，撒腿就跑。弟兄们冲过街道下了江堤，北风狼一枪没放，手痒得不行，正想上岸去追，被那武一把扯住拉上了爬犁。六匹马拉着三驾爬犁，在冰上趟起一溜雪烟……

65

又是一场大雪，漫无边际，铺天盖地，把山岗、道路、河床、灌木、沟壑全部掩埋，只有树梢还在迷蒙中舞动。乌林府西南三百里外大碴子山下的沟谷里，正艰难地挪动着几个黑点。北风狼和鬼脸三带着猛子和四个弟兄，护送那武到抗联密营，只有穿过这条沟谷，钻进一片老林子，找到那条有隐秘标志的秘道，才能到达密营。茫茫雪野，分辨不出是路是坑，雪层未冻硬前，马匹根本跑不了，他们只得步行。深深的积雪，一踩上去一下子就陷到膝盖以上，他们手脚并用，几乎是爬着向前行进，身后犁出了一道深沟，像一条长长的伤疤，赫然烙在大地雪原的胸膛上。

后面紧跟着撵来松本警备队，前面堵截着围剿抗联的讨伐队，北风狼和弟兄们必须在天黑之前趟过深谷，进入密林，一旦被围堵，这八个人只能成为鬼子枪口下的猎物。只要进了林子，找到秘道，明天早上就能到达密营。

一连串嘎嘎的枪声，在冻得几乎凝固的空气里，格外清脆，子弹带着尖啸扑来，打进雪里却毫无声息。一个弟兄腿部中弹，膝盖被打碎，一股血立刻溢了出来，把脚窝边上的雪洇得鲜红。北风狼迅速脱下狼皮大氅皮毛朝下铺在雪地上，把他拽上去，让两个弟兄拉着狼皮大氅的袖子，脚蹬手刨，拼命向老林子移动。八百米开外，一队鬼子正向林子边缘运动，与距离林子差不多也有八九百米的八个弟兄，展开一场速度与枪法的较量。那武拿过一支三八步枪，伏在雪上，目测距离，定好标尺，一枪打去，鬼子机枪哑了，又一枪打去，撂倒了跑在前面的鬼子，后面的都趴在雪地，不敢前进。北风狼等趁机起身向林子靠近，又遭鬼子机枪阻击，那武匍匐行进，又打掉一个机枪手，弟兄们在机枪扫射停顿间，再次跃起。北风狼在行进间顺出步枪，使出马上射击的功夫，连瞄准都不用，单凭感觉发射，连续几枪打倒了前面的鬼子。鬼脸三侧身移动，冲锋枪横扫过去，压住了鬼子。那武和北风狼、鬼脸三轮流射击，迟滞了讨伐队的前进速度。

就在他们即将进入老林时，背后射来的子弹，打爆了一个弟兄的头颅。这样准确的枪法，让北风狼猜出了后面追兵里一定有佐藤，他打得兴起，据守林边跟佐藤比起了枪法。眼看另一侧讨伐队已经渐渐逼近，掷弹筒连续发射，意图堵死进山的口子。又有一个弟兄被佐藤击中，另一个也被掷弹筒炸翻，加上猛子，仅剩五人，继续与数十倍的敌人死缠，必是全体覆亡，无法完成此行任务。那武强行拉起北风狼，鬼脸三和猛子拖曳着伤员，趟着雪，向密林里退去。

趁天还没完全黑下来，那武飞快地在林中搜寻，他必须找到路标，才能确认通向秘道的方向。鹰隼般的眼睛，很快就在一棵落叶松上有了发现，这棵落叶松两米左右的高度上，向西南方向横伸出一枝树杈，树杈桠口的落雪里，隐约能看到一块黑色的小石头，若非刻意寻找，是绝对不会发现的。那武明白，嵌有黑石的树枝伸向的西南，就是通向秘道的方向，沿着这个方向走下去，三里或五里，一定还有一个这样的标志继续做引导。鬼子这时还知道这里的玄妙，一进老林子就麻爪，所以，在林子里不管转多少天，始终没有找到抗联密营。松本也是许久之后才知道，这是东北地区土匪绺子特有的路标，抗联和义勇军部队也沿用了这种隐秘的方法，才不会在密林中迷失方向。

顺着路标指示的方向，那武在前引路，向密林深处摸去。可是，后面的鬼子竟然不顾迷路的危险，仍紧追不放。如果甩不掉鬼子，即使找到了入

狼
刀

口，也是不能进入秘道的。那武毅然带队掉头，离开原路转向东南，把鬼子引开。行进中，仅剩的几支枪，火力显明减弱，已经压不住鬼子机枪和三八大盖，甚至来不及背起死去弟兄的尸体，北风狼只得解下他们身上的布包，分给猛子背在身上。

前面突然横陈一道断崖，没有退路了。负伤的弟兄嘶声叫道："大当家的，那爷，带着我，咱谁都走不了，留下手榴弹，你们快从崖缝顺下去，豁了我一个，也能挡一阵！"

"不行，要走一块走，要死咱一起死，俺岂能丢下弟兄，只顾自己逃命？"北风狼执意不肯放弃，要背他下崖。

伤员甩开他的手："大当家的，咱是为了抗联弟兄们来的，狼刀帮不能丢了义气啊！"说着抓起仅剩的几颗手榴弹，迎着渐渐靠上来的鬼子翻滚过去。

拽着崖边的枯藤和树根，那武和北风狼、鬼脸三还有猛子四人溜到崖下，在突出的岩石遮挡下，顺崖底跑去。身后传来喊声："大当家，来世俺还跟着你！"

一阵爆炸，负伤的弟兄拉响最后三颗手榴弹，与敌人同归于尽了。

北风狼顿时热泪喷涌，猛子死命地拽着他，滚下一个雪坡。

黑夜掩护了剩下的四人，他们在林海雪原里蹒跚着，走了一夜，甩掉了追兵。没有向导，鬼子白天在老林子里都会迷路，根本不敢在夜间追进来的，而一个晚上，大雪覆盖了山林，无法追踪足迹，更不可能发现精心隐藏的秘道入口。讨伐队和松本的警备队退回林子边上扎营，等待大批日军的合围。

大雪已在拂晓时停止了，天放晴了，冬日的太阳照进密林，在松树、桦树、榆树的间隙里，投下迷蒙的幻影，多棱的七彩光柱斜射着，映得白雪变得斑斓纷乱。那武在这幻境似的迷宫里，再次辨别了方向，带着几人继续向西南爬上了一个陡坡。在一棵落叶松伸向西南方的枝桠上，又发现了一块黑色的小石头，树枝指处是一道断崖。那武趴在断崖上向下瞭望，那是一条不宽的沟谷，谷里一片倾倒的大树交叉叠在一起，筑起了一道鹿砦。他用望远镜仔细搜寻，在倒木的缝隙里又发现一块黑色小石头，他断定这里应当就是秘道入口。他们捡来树枝扫去足迹，然后贴着崖壁下到了沟底。

两道灌木丛茂密的枯枝，严严实实地堵在倒木的前面，那武走近细看，灌木丛后面倒木交叠形成的空隙里，隐约看见灰色的花岗岩，他拨开枯枝走过去，伸出枪托敲击石壁，听见了咚咚的声音，原来石壁后面是空的。他使劲掀开石壁，一个洞口露了出来，一股略有潮湿的气息扑面而来，原来这些倒木覆盖了一条沟壑，巧妙地伪装了秘道入口。他们通过这条森林里的地道，从另一头出来，高大的林木浓密得遮天蔽日，林中蜿蜒着一条羊肠小径，低矮的树丛和荆棘在小径两侧围成天然屏障，如果不是从堆积倒木的入口进来，绝对无法发现这条隐藏在山谷里覆盖在树木和枯藤下的小路。这正是鬼子多次讨伐围剿，却始终找不到密营的原因。

又是一天的跋涉，日落之前，那武一行终于到达了大砬子山里的密营。

驻守密营的，是抗联主力西征时留下来坚守的第九军一部，是 1937 年 1 月由自卫军吉林混成旅第二支队改编的，经过几次战斗，剩下不到两个营的人马。率领这支部队的，是曾以第一师范教师身份为掩护的李德民，也是那武秘密联络的东北地下党组织成员。李德民告诉那武，由于反日活动受到极大压制，诸路抗联部队在 1936 年纷纷向西迁徙，派出最精锐的主力试图打通西征的道路。杨靖宇派出自己最强的两个主力师，周保中派出四个军中最强的第四军和第五军，李兆麟派出了第三路军中最强的三、六两个军。起初，西征军小胜，但是日军大军云集，西征军不得不退回原处。11 月底，杨靖宇将整个第一路军的所有战马都拨给西征部队。西征军长驱到达辽河，谁知 12 月的辽河竟然百年不遇地没有封冻！西征军被日军追兵追上，背水一战，伤亡惨重。李德民率领的这一部分，在日伪军多次讨伐围剿中顽强坚持下来，这年冬天重建了密营，部队正在进行修整，准备迎战新一轮的讨伐。

那武说："这次一同上大砬子共八个人，狼刀帮四个弟兄已经阵亡，就剩下我们几个，这两位是狼刀帮大当家北风狼、三当家鬼脸三，就是这位懂医道的三先生，在乌林府夜色闯一贴堂，给咱抗联抢来了急需的药品。"

李德民拱手相拜："西北悬天一片云，天下绿林自家人。狼刀帮早已闻名遐迩，大当家三当家的名号更是如雷贯耳，今日二位豪杰大义相助，真是送来了及时雨啊。"

北风狼拱手回拜："抗联的弟兄们个个都是英雄，打鬼子一点都不含糊，俺佩服这样的汉子！俺这回是跟着那师兄上山来，就是要和抗联弟兄们对脉子碰码（联手），一起扯出去！"

几年来，抗联和游击队在艰苦卓绝中长期独立奋战，坚持对敌斗争，三万人周旋转战于白山黑水间，给鬼子以沉重打击，延缓了日本侵略军对东北全境的占领和对战略物资的掠夺。特别是 1937 年 7 月以后，全国抗战高潮涌起，抗联不仅在东北战场上牵制了几十万日本关东军，又对华北、华中和华南地区的抗战起了战略上的配合作用，并为保障苏联远东地区的安全，支援苏联人民的反法西斯战争作出了贡献。北风狼早就听那武多次讲述全国抗日形势，对共产党和党领导下的抗联十分佩服。这次和那武闯进山来，他很清楚，鬼子伪军讨伐队上万人围住了大砬子，狼刀弟兄们将和这些抗联弟兄一起，面临又一场血战。

狼刀

第十四章　奇兵神速破重围

进密营那武神算修栈道，出林海抗联奇兵渡陈仓。
跨雪原姐妹驰援北风狼，劫军列狼刀再杀回马枪。

66

这一夜，大砬子山抗联密营地窨子（半地下的窝棚）里松明子燃得通亮，地中间一棵粗大的松树灶里，桦树桦子烧得呼呼作响，尽管外面北风嗷嗷地呼啸着，窨子里还是挺暖和的。松树灶是抗联的发明，而且很科学，放倒松树，在树墩里挖个坑供烧火做饭取暖，树根底下埋着一条暗沟，远远地通向山谷，烟雾从暗道出来，马上就被山风吹散，不会暴露目标。

北风狼盘腿坐在铺着蒿草的板炕上，从夜半到凌晨，一直瞪着眼，半懂不懂地听那武讲古。李德民把一撮撮枯树叶子卷成一头粗一头细的蛤蟆头老旱烟，抽得满窝棚云山雾罩烟薰火燎，一边大口吞吐着烟雾，一边在闭目养神，其实是在暗地琢磨那武的话。鬼脸三兴致很高，不断与那武进行着讨论，不时对北风狼作些讲解。

那武凭着记忆，讲了《六韬》中的一段战法。《六韬》又叫《太公六韬》，也叫《太公兵法》，是中国古代一部著名的道家兵书，那武说的是其中武王与太公的一段对话。武王问太公曰："敌人围我，断我前后，绝我粮道，为之奈何？"太公曰："此天下之困兵也。暴用之则胜，徐用之则败。如此者，为四武冲陈，以武车骁骑，惊乱其军，而疾击之，可以横行。"武王曰："若已出围地，欲因以为胜，为之奈何？"太公曰："左军疾左，右军疾右，无与敌人争道。中军迭前迭后，敌人员众，其将可走。"

鬼脸三把这段话变成了白话，并说明这是一种突围作战的方法。就是说被敌人包围了，与外面的联系被切断，粮道被阻绝而成为"困兵"，那么，就要以最快的速度突围，慢了不行，即"暴用之则胜，徐用之则败"。而要突围，就要先有计划，琢磨好怎么打。用最能打的兵，先从两侧扰乱敌人，然后中路突破。冲出包围后，对尾追之敌，还要设伏加以围歼，或打他前面，或抄他后路，这样，鬼子虽多，咱也能打败他。

李德民憨憨一笑："这咱懂，不就是出其不意，攻其不备吗？以咱的强处，打他的弱处，一家伙冲上去，杀开一条血路，狭路相逢勇者胜嘛！"

北风狼最喜欢听这样的话，多年的拼杀中，也最能逞匹夫之勇。他一拍大腿："俺打头阵，机枪冲锋枪跟着俺，不够就用大刀，一猛劲冲开了豁口，就是俺挂了，也能用俺这一堆肉，给抗联弟兄们铺块垫脚石！"

"不只这么简单，敌人几乎百倍于我，靠一阵冲锋，不可能一蹴而就。太公说的看似浅显，却是深思熟虑的。实施突围作战，必须有组织有准备，不能仓卒行事。突围时应将突围方向选择在敌人包围圈的薄弱处，选择敌人戒备松懈的有利时机，出敌不意，突然开始。先集中火力，对突破地段实施短促而猛烈的袭击，迅速打开突破口，然后主力迅速而有序地突出去，并以强有力的后卫部队阻止敌人追击，这是突围作战的一般原则。项羽全军覆没，就是违背了这个原则。咱不能再走这条老辙啊。"见北风狼满不在乎，那武又说到垓下之战和红军的那一场湘江血战。

"汉高祖刘邦率五路大军合围，把项羽困于垓下，四面唱起楚歌，楚军士气崩溃，项羽眼见大势已去，只率领八百精骑逃窜。汉军五千骑兵紧紧追击，过了淮水后，楚军仅剩百余骑，接着又迷路耽搁了时间，被汉军追上狠打，到乌江边上时，就剩二十八骑了，项羽无颜再见江东父老，自刎而死。这是为啥？就是没有严密组织，仓促突围，顾头不顾腚，让人家撵得无力还手，那还能缓得过劲？还不就是等死吗？"一段话说得很清楚，北风狼张着嘴巴，好一会才明白。

那武又说："第五次反围剿失败，红军撤出苏区，在湘江岸边狭长地带遭受白军猛烈围攻，八万红军只剩三万，这是红军历史上最惨烈的一次失败。其原因就是地形不熟，战术有误，错过了最佳时机。这样的教训，我们不能不汲取啊。"

进大砬子山之前，特别支部的负责人就告诉那武，日寇这次调集大批兵力，就是要一举彻底消灭抗联残部，肯定是要紧紧围住大砬子不松口，他要求那武务必把队伍带出来，然后向西部草原地带转移，以保存实力，等待时机向日寇反攻。面对上万敌人，他必须严谨谋划，以万全之策组织突围，而如何以少胜多？他反复思考了多日，这会儿又说起官渡之战。

东汉建安五年，公元 200 年，曹操在官渡以两万兵力对抗袁绍十万人马，先是采纳了谋士荀攸声东击西之计，假装要北渡，袁绍分兵西应，曹操挥师东袭，斩袁绍大将颜良，杀了文丑，大败袁军。后又冒用袁军旗号，诈称援兵，乘夜从小道焚烧袁绍的屯粮。曹操亲自督军奋战，共消灭袁军主力七万余人，袁绍仅率八百余骑北逃，从此一蹶不振。曹操是利用了袁绍恃强骄躁、不善用人、疏于筹策的弱点，后发制人，攻守相济，把握战机，出奇制胜，而成为中国古代战争史上以少胜多的著名战例。而那武指挥的盘马山一仗，就是用了曹操战袁绍的烧粮草之计，让鬼子吃不上饭，这是釜底抽薪解决最关键的问题，一下了就打垮了鬼子的士气。

北风狼困意袭来，打着哈欠，不耐烦地打断那武："别说那些俺听不懂的行不？那是几百辈子的事了，你就麻溜说咱咋整，用啥招法跟小鬼子磕(作战)？"

那武招呼大伙围到桌前，然后抓起一把烤熟的苞米粒，在桌上布出当前阵势："这些天，咱们的侦察员已经摸到情况，敌人这次进山讨伐，不再是伪军在前日军在后的老套路了，而是敌伪分段连成包围。关东军一个联队在东面，伪军一个团守西面，一个团守南侧，北面是松本警备队，那是为了堵截我们向乌林府方向突围。大碴子四周都是悬崖峭壁易守难攻，他们一定是用铁桶战术，把我们围死困住，然后轮番进攻消耗我们，等几个月后，我们没了粮食没了弹药，山上雪也化了，那时再进攻。特支指示，咱们突围后要向西进入都伦山一带，正好，战斗力较差的伪军守西面，这是敌人的弱处。趁这两天敌人刚刚完成包围，还没开始进攻，咱们把最强的一营做突击队，集中最好的武器和大部分手榴弹，配给一营，就在这两天行动，用较强的火力强攻，向西撕开口子，然后大队迅速跟进，跳出鬼子包围。"

这只是那武运用一般作战常识做的初期部署，即如太公所言，有充足的器械，有勇猛的战斗精神；了解敌情、选择敌人力量薄弱的地段为突破口；突围应力争突然性，时机选择在夜间；突围时应让勇敢善战的前锋在前打开通路，其余随后跟进，并设置埋伏，阻敌追兵。

"你让一营当突击队，那俺干啥？总不能让俺像娘们一样，跟在人家屁股后面躲子弹吧？"北风狼一听不让自己打头阵，立刻没了瞌睡，嗷嗷叫起来。

那武却拍拍身上的烟灰，站起来说："天亮了，咱都熬了一宿了，走，出去转转，透透风，再看看地形。"

尽管北风狼不大服气，小声嘟囔着，但还是跟着那武走出地窨子，李德民也带着四个战士做警卫，一起登上北面一个崖头。

67

北崖是大碴子最高的峰头，四周地势尽收眼底。

从望远镜里能看到山下，鬼子的钢盔和伪军的刺刀，在阳光下不断地发出反光，封锁线上密麻麻地到处是亮点。许多机枪、小炮都朝着山上，黑洞洞的枪口炮口，虎视眈眈，戒备森严。那武让北风狼仔细观察山南，他疑惑不解："咱不是打西面冲出去吗？你让我看南面干啥？"那武不语，北风狼继续观察。南面的伪军显得松懈些，三三两两地围成一堆一群地烤火，他们连枪都懒得拿，一堆一堆地架在一起。这哪像是围攻啊，明摆着是留出一个口子嘛，别他娘的是有啥猫腻吧？北风狼嘟囔着继续观察。

不一会他就明白了，山下南侧的远处隐约能看到，林子边雪地上偶有钢盔的闪光，数量还不少，那里一定埋伏着重兵。原来鬼子这是引诱我们从看似薄弱的南面伪军阵地突围，然后从东西北三面迂回过来堵住退路，而主力则在第二道防线等着我们。

"咱们将计就计，明修栈道，暗渡陈仓，佯装向南突围。你带一个排，半夜行动，拖着敌人慢慢打，把东北两侧的鬼子和西侧的伪军都吸引过去。一营在夜间运动西山脚，待凌晨敌人疲惫时发起冲锋，你还得在南面牵制敌人，掩护大队突围。这可比打头阵要难得多啊，你至少要拖住敌人半个时辰，而且还得能从铁壁重围中杀出来。就看你这条北方的狼，能不能像长坂坡上的赵子龙，敌军阵里几进几出啊？"那武等北风狼自己看明白了，才把他的任务说出来。

李德民说："我带一营作先锋，老那，你负责断后。"

那武说："还是你断后，要把所有老弱伤病人员都带出去，担子也不轻，而且队伍你熟悉，便于指挥。部分善于冲锋的马配置一营，用最短的时间打开突破口，脚力最好的马匹，套上爬犁带伤员，能动的和不能动的全部得达到人手都有武器，哪怕是菜刀也行，手里有家伙，心里就有底，就能跟鬼子拼。"

北风狼看着地图，琢磨着自己突围的方向和道路。那武又说："从地图上看，南侧山脚下，有一条南北方向的山沟，按距离和方位，可直通北侧的秘道。南面一打响，鬼子一上来，你们突围将十分困难，你只要拖住他半个时辰，不能等敌人堵住你们的后路，就向秘道转移。进入秘道隐蔽，等待我们在外围接应。"

"就让俺打半个时辰，还没过瘾呢，就得钻地沟，那还不把俺没憋屈坏啦？"北风狼发着牢骚，见那武瞪起眼，忙打住话头，干笑一下又说："得，你不用再跟俺磨叽什么顾全大局，俺就只当是做一回缩头乌龟了。"

作战命令在午饭后传达到了连、排，甚至炊事班、卫生队、马号都动了起来。没枪的炊事员争抢菜刀扁担，马夫拆下铡草的铡刀，有的人实在找不到能用来做武器的东西，就砍一枝粗壮的树枝，削尖了头，当作长矛，卫生队女兵身上甚至藏了些尖利的石块。炊事班做了够三四天吃的高粱米饭和玉米团子，按定量分配给所有干部战士。

下半夜，那武和鬼脸三、猛子率八匹战马打头阵，一营战士紧随其后，从西面下了山，悄悄靠近伪军的防线。李德民带着不足两营的人，把四驾爬犁护在队伍中间，跟在后面不远，等待一营发起冲锋后，跟着冲出去。

北风狼带着一个排的抗联弟兄，穿上滑雪板，急速滑行到大砬子山南侧

狼刀

山根隐蔽起来。借着雪地的反光，他用望远镜再次观察敌军防守阵地。伪军们大多就着雪窝子睡觉，只有三五个哨兵，缩脖抱膀地围着篝火跺脚取暖，形有实无的封锁线仍是松松垮垮懒懒散散。但他心里十分清楚，这是前松后紧，头道封锁线上的伪军是喂子弹的，后面的鬼子才是硬茬，等你送到跟前，张开大嘴一口吞掉你。北风狼再次佩服那武的战术，夜出奇兵突袭一侧封锁线，造成大队突围的态势，但咱打一下就跑，既吞掉鬼子的诱饵，又把敌人大队调虎离山前来围堵，抗联弟兄们趁周边封锁线空虚，一个猛冲就突出去了。他告诉弟兄们："压足子弹，打开所有手榴弹，一家伙泼出去，把二鬼子打懵。别光顾了跑，把他们的弹药都给俺抢回来！"

拂晓，寂静的山林里，突然响起了猛烈的枪声和爆炸声，如同天降神兵，北风狼带头嗷嗷地喊着，冲啊！杀啊！冲进伪军堆里一顿猛打，伪军们还没明白是咋回事，稀里糊涂就送了命。北风狼又派出十来个弟兄继续虚张声势地喊叫着向前冲，其他人迅速搜集弹药，甚至还抢回了两挺捷克式轻机枪。前面的树林里打出了两发红色信号弹，这是埋伏的鬼子给大队报信，围堵开始了，北风狼打个呼哨，撤回了前面的弟兄，蹬着滑雪板，顺山沟滑了下去。

天亮时，晨雾渐渐散去，西路突围的部队藏在林子里，伏地雪地上，耐心地等待着。防守在这里的伪军大队已经向大碹子山南侧迂回，只剩五六十人继续防守，那武这才发出攻击命令。八匹战马一字排开，撒开四蹄，卷起一路雪烟，旋风般突进伪军阵营。那武一马当先，一把大刀抢得风生水起，敌人的脑瓜接连滚落，鬼脸三踩着马镫立起身子，两支驳壳枪左右开弓扫出一个扇面，打得伪军像被劈开的桦木桦子一样纷纷倒地，两个机枪手同时开火，泼出去的子弹，好似锋利的镰刀，片刻就割倒一片麦子，封锁线被撕开了一道口子。一营的战士成两路纵队挺进，用身体挡出一道人墙，护卫着中间的通道，李德民带第二梯队紧随其后。这时，伪军大队反扑回来，原来，这伙二鬼子没按预定计划迅速赶去南线围堵，磨磨蹭蹭地根本没走远，听到身后打起来，便回头增援。那武把马让给伤员，命令鬼脸三率领一营一部分冲出去，继续向前开路，自己带一部分守住突破口，掩护第二梯队接续突围。

反扑回来的伪军一群群拥上来，机枪步枪扑扑地打在雪地上，雪花乱溅，战士们面前钻出无数雪洞。几个中弹的倒伏在地，拉爬犁的两匹马被打翻，第二梯队被阻。那武指挥战士们集中投弹，一排排手榴弹密集爆炸，掀起一道雪墙，暂时压制了伪军的进攻。那武又命令机枪手冲锋枪手分散拉开一线，机枪和冲锋枪轮换射击，互相弥补换弹夹的空档，每组机枪和冲锋枪都配备两个轻伤员负责装弹，使密集射击不间断，打得伪军们不敢抬头。李德民趁机重新组织第二梯队，把重伤员换了爬犁，驭手拼命打着鞭子，驱动两驾爬犁，碾过满是血污的雪地，部分轻伤员跑步前进，陆续通过突破口。半个小时之后，仅有的子弹已经通通打光，火力拦截间断，伪军又蜂拥而上，已经逼近三十米内。那武操起大刀，命令全体上刺刀，带头腾身跃起，带着战士们向敌人发起反冲锋。那武自幼跟随父亲习武，专攻那家大刀刀法，舞起来刀光缠身几乎滴水不进，四五个人无法近身。他冲进敌阵，一柄冷月寒霜刀环绕翻飞，正手反手上下左右呼啸带风，刀尖挑，刀刃砍，刀柄扫，简直是出神入化，几个伪军只见刀光闪闪，不及抵挡就接连掉脑袋断胳膊折了腿。四个家伙一起围上来对付他一人，那武胸前背后都被明晃晃的刺刀逼住，忽见他一步跨上前去，在抢起大刀的同时猛地蹲下来，使了一计刀下藏身攻击软肋，俩伪军只顾防守胸前，不料那武刀尖一翻，从肘下斩断了他们的小臂。那武抽刀回手的同时，刀柄横着扫过去，打倒了后身俩伪军，反手过来一顺水又划开了俩人的脖子。越来越多的二鬼子拥上来，双方混战一团，敌我绞在一起，刀枪铿锵，鲜血飞溅，一时难解难分。

忽然一队快马奔腾而来，鬼脸三带人返回，绕到敌后，截住冲过来的伪军，一阵马踏枪击，打得敌人招架不住，掉头回撤。鬼脸三又回头包抄，配合那武和战士们收拾了剩下的伪军，迅速收缴枪支弹药，趁敌人还未组织起重新进攻时，立马撤出了战斗。

68

跳出敌人合围的抗联队伍，急速通过一片开阔地，隐进了大砬子山南面一片林子里。

一天后，当部队到达一座山谷停下休息时，警戒哨来报，前面发现一支马队，正向林中靠近，李德民立刻组织战士们准备战斗。那武隐在树后，从望远镜里看到，马队前面领头的，是一匹雪上飞，一匹红追风，一匹赤龙驹，他知道这三匹马分别是柳叶刀、红叶妹和白羽鹰的坐骑，再细看，果然是这三个人。鬼脸三也认出了二当家和四弟，立即打出一声尖利悠长的呼哨，哨声在寒风中打了两个转，振荡着一种奇怪的音律，并传得很远。这是狼刀帮独有的联络暗号，不论白昼黑夜，只要振动频率足够，三秒钟内就能传到千米以外。

独特的哨声，让为首居中的雪上飞立时竖起耳朵，随之昂首一声长嘶。柳叶刀的这匹坐骑长年跟随狼刀帮四处奔波，早已熟悉了这哨声，不等主人有什么动作，便自动发出回应，打着响鼻，右前蹄不住地刨着雪地，后腿屈蹲，随时准备蹿出去。柳叶刀与左右的红叶妹和白羽鹰对视一眼，两人都微微点头，确认这是自己人发出的联络信号。她双腿一夹，驱动雪上飞率先驰来，二十余骑随后踏响一阵蹄声，进了林子。

狼刀

六年前那个风雪夜，江口镇醉胭街琴书楼遭遇突袭，红叶妹和白羽鹰撤回靠山屯。柳叶刀已生下了一个男婴，他们立即保护柳叶刀和孩子，甩开松本的追击，昼夜奔驰四百多里，暂避到日寇尚未进犯的西部草原都伦山，与北风狼汇合。见到襁褓中的儿子，北风狼狂喜，都伦山一片欢腾，张灯结彩，杀猪宰羊，把酒痛饮。柳叶刀捐弃前嫌，一泯恩仇，不计乌柳家庭的旧怨，给儿子取名乌尔汉·乌斯楞，为乌尔汉家族延续了香火。这吃过狼奶啃过生肉茹毛饮血的野性汉子，恸悟亲情，扑倒在地，朝着草原方向叩拜感恩。那武说，这孩子生逢乱世，仍须隐姓埋名，就给孩子另取汉名叫海冬，是从一种飞得最高最快且相当勇猛的猎鹰海冬青简化而来，也是期望他的勇悍更胜于狼。柳叶刀非常喜欢这更加赫亮的名字，北风狼更是觉得儿子将来一定胜过自己，不能让他再和狼刀帮一样当土匪了，他特意下山请铁匠打制了一把短刀，刀身刻上乌斯楞的名字，刀柄上却雕了一只鹰头，取名为"鹰刀"。后来，北风狼带着狼刀帮的大部分弟兄，跟随那武在乌林府、淞凌城、北峰山一带，与鬼子周旋，孩子和柳氏姐妹、白羽鹰和一小部分弟兄，一直在都伦山留守。半月前，柳叶刀和红叶妹、白羽鹰一起，把小海冬送回乌林府，让他跟那三爷读书习武。玉池先生告诉他们，盘马山那一仗后，北风狼和那武一起到大碴子送药品，已经进了鬼子包围圈，柳叶刀担心北风狼鲁莽逞能恋战，会让鬼子围住出不来，便立马赶回都伦山召集人马来救援。二十余人快马加鞭，五天跑了四百多里，到这里正遇上从大碴子突围出来的那武和抗联队伍。

得知北风狼担任佯攻，吸引敌人主力，这时和一支小队还被鬼子围在山里，红叶妹顿时火了："那他娘的还等啥？死了那么多弟兄，还能不报仇？俺带人去救那个不要命的，咱那个狼崽子不能没有爹啊！"

这话明显带着不满，柳叶刀忙拦过来："大当家是山里的狼，蹚老林子钻雪沟是他的看家本事，鬼子一时半会逮不着他。那师兄既然安排了这样的计策，就一定是考虑周全了，妹妹不必担心，有咱们在外接应，他死不了。"

那武听明白柳叶刀也是话里有话，他当然十分理解她的担忧，同时自己也在担忧北风狼是否能够安全撤出来。抗联部队这回损失不小，且伤病员居多，若杀回去必将再次陷入重围，党交给的救援任务则前功尽弃，此时，只能用战斗力和机动能力都较强的少量人马去接应。红叶妹暗含指责一通发泄，他对师妹这炮筒子脾气习以为常，并未反驳，而是耐心地把预定计划尽量简捷地做了说明。"大当家这时应该已经进入秘道隐蔽等待接应，但秘道出口仍处在包围圈内，我们原计划就是出动小部队在秘道入口处接应，内外夹击，再撕开个口子，快打快撤，以保万无一失。二当家和师妹的马队，正是我最好的帮手啊！"

听那武这样说，李德民心里不免恼火，七尺汉子遭一个小女子奚落，脸上怎能挂得住，急忙抢着说："抗联弟兄都不是孬种，还能让骒马替俺蹚雷？大当家仗义千秋，舍命来帮俺，俺咋能丢下他呢？这一回硬仗得俺抗联打！谁也甭跟俺争！"

李德民的话也在情理之中，但"骒马（母马）"这个词却让红叶妹险些翻脸，白羽鹰一把拽住她，接过话头说："这位兄弟是个汉子，骨茬子话茬子都硬，在下佩服。不过，到啥山说啥话，绺子里没有撒下大柜（大头领）那规矩，既然你们已经扯出来了，再让你们回去替俺去救大当家的，这让俺的脸往哪放？支不开局子（绺子有难），让混碰的外码子（不熟悉的外人）来顶缸（代人受过），俺就白吃溜达（白混）了！那师兄，这活非俺这伙高码子（骑马的人）不可！你带这些个并肩子（兄弟们），阳滑（向南），扯乎（撤退）！"

一通黑话说得李德民直楞眼，那武连忙一一做了介绍："老李，狼刀帮这几位头领，和七侠妹大当家的，也是我师妹，都是精明之人，艺高胆大，长于山林作战，机动能力又强，目前明显优势于你。而你部队的任务是撤退、转移、休整，你的责任是把部队安全地整建制地带出去，为抗联保存有生力量，不是跟鬼子硬拼。不要再争了，你带部队立刻行动！"

那武在李德民队伍里挑了六个战士，每人除了枪支弹药，还多配了八颗手榴弹，交给鬼脸三指挥，带着他们骑上马，又对鬼脸三耳语一阵。

"一帮老爷们，比大姑娘上轿还磨蹭，有这工夫早到大碰子了。弟兄们，抄家伙，压连子（上马），跟俺走！"急不可耐的红叶妹早上了马，啪地甩了一声响鞭，跨下那匹红追风后腿一蹬，呼一下蹿出去。那武紧跟着翻身上马，撺到前面引路，柳叶刀和白羽鹰、猛子带着二十几人策马追去。

这不足四十人的兵力，再杀回鬼子封锁线，绝不是狼刀帮或七侠妹去打个土圩子那样简单，怎样对付几千鬼子和伪军？这样盲目奔突，无异于飞蛾扑火，甚至会连带北风狼一同被鬼子吃掉。那武一路疾驰，一路盘算着。

69

抗联部队突围后，北风狼带着一个排，凭借滑雪板快速行进，在山里兜圈子，时而隐入沟壑里，看不见身影，时而又在山坡上出现，持续打着冷枪，引逗着敌人跟着撵，牢牢牵制了鬼子。北风狼长年在马上行动，本不会滑雪，是那武坚持着让他和狼刀帮的弟兄们苦练两个冬天，几乎人人都成了雪上飞，抗联这一排战士也都是滑雪能手，他们在雪地上留下一道道乱七八糟的痕迹，让鬼子和伪军们分不清是从哪来向哪去，绕来绕去，累得气喘吁吁拖不动脚。而北风狼却已经带着战士们迂回到密营，穿过秘道，到了出口，藏在倒木覆盖的沟壑里，等待时机再次突围。

狼刀

夜半时分，半睡半醒的北风狼忽听得外面有山鸡在咕咕地叫，立刻竖起耳朵。山鸡连续三声叫了两遍，停了一会，又连续三声叫了两遍，他听出这是绺子暗号，轻轻推开秘道的石门，猛子钻了进来。原来，前来接应的队伍，已经到达秘道出口附近，在敌人封锁线外隐蔽。那武和柳叶刀、鬼脸三反复商定了救援计划，派猛子反穿羊皮大衣，悄悄爬过鬼子封锁线，与北风狼接头。猛子靠记忆摸进老林，找到了秘道的出口。他传达了那武的指令，子夜时，出秘道，向山下运动，等待号令，内外合力，集中火力，突发攻击，形成瞬间局部优势，乘敌人乱了阵脚，一鼓作气冲出去。

封锁线上一堆堆篝火，燃着半明半暗的火光。百米之外，那武和柳叶刀、鬼脸三、白羽鹰趴地雪地上，对正面宽余二百丈距离内的守敌进行观察。几个哨兵抱着大枪来回溜达，大部分鬼子都在睡觉，还有一部分围着篝火哇拉哇拉地在唱歌：

> 旭日之下升瑞气，
> 八荒一宇共繁荣，
> 大道在前拓腐朽，
> 灿烂文明大和威，
> 皇军之花关东军。

那武懂日语，他一听，心里不免一惊，对柳叶刀等人说："这是关东军军歌。这部分鬼子已不只是原先负责这一段防守的松本守备队了，而是增加了关东军部队。我们的人手恐怕难以对付战斗力强悍的关东军，打？还是不打？"

红叶妹已经抽出驳壳枪，子弹顶上了膛，一听那武有些犹豫，忍不住说了粗话："都他娘的屎顶腔门了，不让拉出来，你要憋死俺哪？咱干啥来啦？不把他们扯出来，冻也冻死了！猛子不是进去了吗？我带弟兄们先从当腰冲一家伙，你们打两边，这头一开响（打起来），里边往外冲，两下同时打窑（两头堵着打），不用半个时辰，咱就上毛里（进树林子）了。"

"风不正，点不明，跳子上水了（情况不清，敌人兵力增多了），硬冲不行，买卖不顺啊（不一定成功）。"白羽鹰也担心这一仗不好打。

"兵法说，'善攻者动于九天之上'，说的是善于进攻就像从天而降，敌不及防。鬼子正是疲惫之时，且疏于防备，狭路相逢勇者胜。咱们先下手为强，突发火力压上去，有七分胜算。"鬼脸三说出自己的想法。

柳叶刀压抑着心中的急迫，举着望远镜再次观察敌阵，发现没睡觉的是十几个关东军士兵，另一侧那些几乎要熄灭的篝火边，蜷曲着一堆堆的是伪军，与鬼子中间有五六十丈的空档。她指着这个空档说："咱们可以从这里下手，分头打鬼子和二鬼子，中间给大当家留出一条道。这样就不会自家人对打，只要坚持二十分钟，他们就能突出来。"

"无论敌人有多少，先手和速战是制胜的唯一打法。就照二当家说的，两下分头打。我打鬼子，二当家和师妹打伪军，三哥领十人守中间，如有意外，接着我们堵住鬼子。"那武咬牙发出攻击命令，一挥手，带着他挑选来的六个抗联战士冲过去。

其实那武早有了计策，这六个战士都是他特意挑出来的司号员，六支军号突然间一齐吹响，静寂的山林里瞬间迸发出惊天动地的冲锋号，仿佛天降千军万马突然袭来，鬼子和伪军都乱了营。白羽鹰和十个弟兄纵马冲向敌阵，逼近到三十米内，机枪冲锋枪密集扫射，围着篝火唱歌的鬼子，惊得张大嘴巴却发不出声，被嗖嗖的子弹穿透了脑袋和胸膛，睡觉的鬼子梦还没醒，就变成了一堆尸首。同时，柳叶刀红叶妹几个双枪女将，一字排，马蹄几乎是踏着伪军的脑袋，驳壳枪吐着火，没死的二鬼子们爬起来，没命地向黑夜里逃去。北风狼这时已经摸到封锁线近处，听到军号，带着一排抗联战士，呐喊着冲过来。

但是，百米开外，又一队训练有素的关东军士兵在突如其来的打击前迅速做出反映，嗷嗷地嚎叫着扑来。死心眼的鬼子恪守《步兵操典》，哗哗地拉开枪栓，退出子弹，端着刺刀准备进行白刃战。那武带着战士们迎上去，四十多颗手榴弹飞过去，爆炸声中，一片火光。接着，又一队鬼子涌上来，战士们已经打光了子弹和手榴弹，便急速展开队形，跟鬼子硬碰硬地拼杀，双方绞做一团，刀枪相撞的铿锵，惨叫和怒吼混在一起，震颤着山林。鬼子拼刺的技术明显高出一筹，只两三回合，六个抗联战士抵挡不住，被挑开了肚子，刺中了心窝。敌我缠在一起，柳叶刀等人在后面，怕伤了自己人，乱阵里勒着马不能猛冲，又不能开枪扫射，被鬼子围住，马身上被刺刀捅得到处流血，一时难以相互支援。

越来越多的鬼子赶来增援，那武急忙命令大伙后撤，鬼脸三的第二梯队迅速堵上来，一顿猛打，压住了鬼子进攻，北风狼和战士们蹬着滑雪板，趁机从空档里冲了出去。那武跨上马背，喊叫弟兄们立刻撤退，白羽鹰发出尖利的呼哨，召唤鬼脸三和柳叶刀姐妹们，一队人马向远处林子里奔去。

突然，侧面山坡上两挺机枪扫来，一串串子弹像蹿着火蛇，接连打倒了几个战士，几个弟兄也落了马，红花和红芝的马中弹仆倒。红叶妹急得大叫，要回马去救，白羽鹰冲过去，赤龙驹贴着红追风，拽着缰绳掉转马头，拉着她拼命后撤。红花和红芝与落马的几个弟兄，伏在雪地上，继续射击，拦住追兵。队伍快要冲进林子，已经与敌人拉开了距离，却又有几人被击中，能见度极差，距离又远，命中却这样准确，那武明白了，这是佐藤。原来，松本没有把警备队放在封锁线上，而是埋伏在山坡上等待截击，红花红芝等已经被死死压住，后撤根本不可能了，若这时返回去救援，必然被佐藤当成活靶子。他喝住要冲出去的北风狼："快走，不能再耽搁了，大批鬼子很快就会从后面把我们截住，那就是全军覆没了！"

"大当家，走吧！好汉不吃眼前亏啊，留得青山在，君子好报仇！"鬼脸三紧紧拖住北风狼，叫猛子解下他的滑雪板，抱着大腿，硬是把他扛上马背。

这时，林子外阻击火力明显减弱，鬼子们踏过红花等人的尸首，像潮水似的漫了上来。

柳叶刀和白羽鹰两匹马，从两侧夹住红叶妹，使她无法掉头，只得随着大队钻进了林子。

70

尽管那武和北风狼联手救援大砬子山，带出了李德民这支队伍，但几万日伪军拉开长长的封锁线，仍有几支抗联部队被围住，在严冬的山林里艰苦转战。他们在一定程度牵制了敌人，把号称"皇军之花"的关东军死缠在东北，迟滞了关东军向关内的侵略。然而，这一个冬天，一些游击根据地和深山中的密营先后丧失，斗争受挫，抗联处境极端困难。那武按照党组织的指示，仍在联络一些抗日武装，在日军包围圈外不断进行袭扰，牵制敌人的围剿"讨伐"，分散鬼子兵力，策应抗联继续突围。北风狼派人分头返回都伦山和北峰山，调集狼刀帮弟兄，回马杀向黑松谷，在吉长铁路线上狠狠砍了致命的一刀，截了敌人弹药和粮食补给，为粉碎鬼子这次围剿讨伐起到了极其重要的作用。

多年前，北风狼曾在黑松谷铁路线上与松本交手受挫，狼刀帮又不断遭受松本这个老冤家的追剿，梁子越结越深。大砬子山救援，十来个弟兄倒在了松本和佐藤枪下，好像又撕开了他身上未愈的伤疤，他就像闻到血腥的狼，浑身的毛都炸起来，张开嘴巴，露出狼牙，扑向仇敌。失去红花和红芝，甚至无法收尸，红叶妹怒不可遏，要不是柳叶刀和白羽鹰死死地看住，她早就杀回去了。一听那武说乌林府车站地下党送出情报，给讨伐队运送弹药给养的军列，三天后的傍晚通过黑松谷，她掀了肩上的披风，扔下刚端到嘴边的酒碗，竖起柳眉，一脚踏上椅子："嘿，娘的，正想姥姥家人，孩子他舅舅就来了。俺正愁管喷飞子（枪支弹药）不多，鬼子就送来了。甭跟他客气，压水（设卡）别梁子（劫道）咱是好手。师兄，你只管带人收货，俺上线招呼（我来干）"。

"吃两条线（抢劫铁路上的货物），是狼刀绺子拿手营生，小姨子甭跟姐夫抢买卖，这趟浑水俺来蹚，你就等着俺给你上项（进贡）吧。"北风狼大包大揽，争着上阵。

那武知道狼刀帮多次扒车劫货，已是轻车熟路，但是，鬼子讨伐队在山里忙乎了几个月，弹药给养消耗殆尽，必然会派重兵护卫这趟军列，这又将是一场硬仗，绝不可掉以轻心，必须慎防敌人在铁路线上或是车上设下圈套。他说："二位大当家，不必争抢，你们都是穆桂英，阵阵落不下。不过，这回不只二位手下百十号弟兄，还有草上飞、黑三豹、白龙驹、二杆子几位头领，将聚集八百多人马，咱更得讲究协同配合，要打得准、打得狠、打得快，吃得干净，一点残羹剩饭不给鬼子留下。"

"那师兄掌舵把子，各绺子驾辕、拉帮套、拽长套，人和心，马和力，不怕打不胜他小鬼子！俺狼刀当仁不让打主攻！"精明的白羽鹰马上接上来，给那武说的协同配合作了注解，同时也直接点破北风狼想要争头功的意图。那武和北风狼听了，都乐了。

"这军列好比是条长蛇，咱们要打七寸、斩蛇头、断蛇尾、掏蛇胆、剥蛇皮、扒蛇肉、刮蛇骨，几处一齐下家伙，一击致命，让它不得反手！"柳叶刀思维缜密，又做了形象详解。

一柄狼刀拍在桌上，北风狼豪气冲天："别说是条蛇，就是一条龙，俺也要一片片揪下它的鳞甲，剖开它的肚子，拿它的龙肝下酒！"

军列气喘吁吁爬进黑松谷时，鬼脸三和飞虎、猛子、陈水分别带着草上飞、黑三豹、白龙驹、二杆子的人马，已经在头天下午到达这里，与北风狼汇合，按那武的部署，领了任务，在沟谷两侧一字排开了长蛇阵。他们带来了马车、爬犁，八百多人的各个土匪绺子，像赶集分年货一样兴高采烈，又急不可耐。

押车的鬼子想不到土匪不像往常一样，在夜间砸窑偷袭，而是竟然在光天化日之下大白天行抢。五百丈长的黑松谷，恰如一口狭长的棺材，军列进入谷底，便成了一条被装殓的蛇，确切地说，应该是一条被分尸的蛇。

当军列完全进入沟谷时，车尾处有两个人影跳上最后一节连接处，无声地摘掉了挂钩，守车与车体分离开，速度渐渐慢了下来。军列中段，也有两人跳上车，摘开了挂钩，将四五节车厢与主车分离。车头处，反穿羊皮大衣藏在雪地里的飞虎和猛子从两边跃起，同时飞身登上车头，两个监视火车司机驾驶的鬼子，没等操枪抵抗，就被狼刀抹了脖子。司机不用吩咐，立马减速，稳稳当当地把军列车头停了下来，飞虎和猛子立刻带着司机跑向路边，钻进了的林子里。军列像一条被截成三段的死蛇，趴在谷底不动了，山谷里一丝风都没有，四周一片瘆人的静寂。这时，守车上的鬼子突然发现，守车停止了前行，且与军列主车体分开，拉开了一段距离，慌忙打开车门跳下来，喊叫着向前方攧去。

狼刀

所有的铁皮闷罐子车，呼拉一下打开了两侧车门，一群群鬼子蜂拥着跳下车，向两边搜寻。那武事先分析的不错，敌人果然在车上安排了重兵，每个车厢里都至少藏着四个守卫，如果有人撬开车门闯进来，这四把刺刀一定会把他穿个透心凉。所以，那武没让北风狼的人扒车，也不发出冲锋命令，就是等待鬼子暴露全部兵力，等鬼子守卫全部下了车，再从远处猛烈扫射，这第一冲击波，至少能干掉一大半鬼子。

静寂的山谷里，突然响起了激烈的枪声，机枪冲锋枪步枪手榴弹打成一片，断成几段的军列，再次被弹雨分割。北风狼和狼刀帮弟兄据守军列尾部，朝守车一阵扫射，嗖嗖叫着乱飞的子弹，把跑在雪地上的鬼子，一个一个地敲掉。草上飞和黑三豹攻击中段四五节车厢，白龙驹和二杆子打前面五六节车，几分钟之内，这一拨鬼子死伤近半，余下的，都趴在地上，无力还击。守车里还藏着几个鬼子，捅破了车窗玻璃，架起歪把子机枪向两边乱打。车厢里又跳下一批鬼子，哇啦哇啦叫着，向山坡上冲锋。

忽然，四周的枪声却停了，两侧看不到一个人影，鬼子们正蒙头转向时，枪声又起，像又一波潮水铺天盖地，把他们扑倒在地。这是那武把鬼子都从车厢里引诱出来，在开阔的雪地上，打活靶子，极大地增强了杀伤力。又一批鬼子倒地，活着的转身爬回车厢里，趴在门边朝外打冷枪。北风狼和其他几个绺子的当家掌柜的，都是百步穿杨的高手，他们伏在林子边上，手里的驳壳枪不停地打着点射，又连着敲掉了几个。鬼子们藏在车厢不敢再露头，那武一声令下，众弟兄呼号着扑了过去。

守车里的机枪连着打倒了十几个人，北风狼喊叫着让大伙卧倒，他也扑倒在地，一连几个翻滚，到了守车窗下，掏出两颗手雷，顺手在车体上使劲一磕，一起塞进了车窗。爆炸的气浪，把他掀出七八米外，和鬼子炸烂的肢体，一同落在雪地上，污血溅了他一脸一身。他抓了两把雪，胡乱擦着，弄得自己像负了重任一样，满脸淌血水。

柳叶刀策马奔来，扑到北风狼身上，慌忙查看他的伤情。

北风狼嘻笑着骂道："妈了个巴子，这鬼子手雷，真他娘的尿性，差点没把俺自己也送到阎王爷那去。"

柳叶刀抓起一把雪，继续为北风狼擦拭血迹，查找伤处。他却一手挡开："甭找啦，哪都没伤着，俺有金钟罩铁布衫，刀枪不入。"说着站起身，甩开柳叶刀的手臂，平端着两支驳壳枪，扫出一排子弹。又大声咋呼着："弟兄们，压上去（冲锋），麻溜地，搬枪搬子弹啊，抢粮食，抢衣服，拿不了的，就给我烧了他！咱也给小鬼子闹个三光，杀光他，抢光他，烧光他！"

各绺子弟兄们在当家的率领下，端着枪冲出林子，像一群狼，围了上去，边打枪边扔手榴弹，剩下不多的鬼子遭到两面攻击，一袋烟工夫，百十来个鬼子都成了死倒。

　　整个黑松谷像年关腊月大集市，七八百人热热闹闹地办年货，反正不用花钱，见啥搬啥，有啥抢啥，谁抢着了就归谁。有的两人争一捆枪，还打了起来，北风狼赶过去，一脚端倒一个，笑着骂："真是他娘的是叫花子命，穷怕了，抢啥？这老多东西，还愁你拿不了呢，非争这一个？滚一边去，别瞎耽误工夫！"

　　黑三豹一看自己弟兄让北风狼踢了，觉得卷了面子，冲北风狼嚷嚷："狼刀大当家，你这就不对了，两人抢东西，你咋单朝俺的弟兄下脚呢？俺是豁出自己个的家当来打鬼子，也不是扛二炮的（借别人的武器）凑热闹，得了风（打了胜仗），论功行赏，分篇挑片（分配），这些东西，俺也有份啊。"

　　红叶妹听了直嗤鼻子："俩大老爷们，争这仨瓜俩枣的，也不嫌磕碜？绿林弟兄一家人，分什么你我。"

　　那武急得直骂："都他娘的别犯浑了，赶快清场。"

　　北风狼向黑三豹拱手："对不住了，俺是一时着急，等回老营，啃富搬浆子（吃饭喝酒），俺向这位兄弟赔上三大碗！"

　　这时，那武和鬼脸三、白龙驹、二杆子分别指挥，控制了混乱场面，各绺子人马很快就搬运有序，马车爬犁已经装得满满登登。还把一部分带不走的，就近埋在林中雪堆里，待机再取。草上飞叫手下把事先准备的几桶煤油浇在剩下的粮食枪弹上，柳叶刀带几人，把一捆一捆手榴弹扔进车厢里，爆炸燃起大火，烧得噼啪作响。

　　弟兄们身背肩扛，赶着马车爬犁，撤出了山谷。

　　黑松谷里，爆炸连声，浓烟滚滚……

第十五章　跃马关山度若飞

北风狼玄天岭上暗寻窖，红叶妹将军衙里夺锦囊。
关神探喝断当阳救玉池，那三爷舍生取义照汗青。

71

　　为避开日军大规模清剿，狼刀帮离开北峰山，转移到偏远的都伦山老窖，扩充实力，修整练兵，养精蓄锐。转眼到了1941年春末，山上出现粮荒，北风狼十分着急。自从打起抗日的旗号，狼刀帮再没干过打家劫舍的勾当，二百来口人的吃穿，早已耗尽原本的积蓄。北风狼不止一次想到明水大和尚临终前告诉他的秘密，十多年前，蓝旗帮从柳汉庭家里找到了半张索骥图，北风狼父亲乌尔汉·乌苏赫亲手交给明水大和尚，现在，这半张图就藏在乌林府城外玄天岭上。尽管索骥图的另一半，已经落到松本手里，但北风狼一直在想，要先找回玄天岭上那半张图，也许能从中发现大清贡品的下落，或是能得到一些钱财，以帮助弟兄们渡过难关。

　　晚上，北风狼和柳叶刀住的山洞里，聚集了红叶妹、鬼脸三、白羽鹰，一起商议如何行动。江口镇琴书楼遭突袭，红叶妹痛失索骥图，几年来一直是她心里一块不愈的伤痕，白天黑夜常常搅得她阵阵隐痛，恨不得刮下这块疤来，早想着有一天杀进松本鬼巢，一血前耻。她使劲地来回拉动枪机，让黄橙橙的子弹一粒粒地蹦出来，再一粒粒装回弹夹里，以此发泄心头愤恨。鬼脸三早就明白北风狼和红叶妹的心理，也暗地里做了算计，听北风狼对众人说起明水的临终嘱咐，和其他人一样震惊，他知道北风狼今晚是一定要有个决定的，便直接说出最要紧的问题："半张图虽然在松本手里，但到底藏在哪？咱们门不清（不了解），警备队是个威武窖（有武装的地方），更是个阎罗殿，咱能进得去吗？又能出得来吗？要找内应，还得靠大刀关胜踏线（侦查）踩盘子（事先探风）。我半月前就暗地里派陈水回了乌林府，现在应该已经跟关胜碰上码了（联络上了）。现在的乌林府除了那三爷那里，我们已经没有落脚之地了，人多进城肯定要跑风，人少了又对付不了鬼子和警察。"

　　"揣着兔子胆，咋抢虎狼食？怕前怕后，还算个山大王？"红叶妹很不耐烦打断："咋进咋出，有三先生操心就行了，俺只管打只管抢。你们磨叽吧，俺回去睡觉了。"柳叶刀一把没拦住，她拎着枪，腾腾几步出了洞。

柳叶刀抱歉说："小妹草莽惯了，随她去吧。三先生虑事周全，还请细言。"

"弟兄们再忍耐一时，陈水回来，咱摸清了底细，才好下手。等到四月初八庙会之时，十里八乡进城上香的人多，住店的人也多，大车店和旅店里藏二十几个弟兄，不会引起鬼子警察注意，那时才好进城。"鬼脸三不管北风狼有多着急，就定了下山的日子。

北风狼知道鬼脸三是有了计策，不再与他争执："行，听三先生的，咱就等着去赶庙会。老四，你这几天给我挑十个管直（枪准）的弟兄，都配上短筒（短枪），叫飞虎带快枪队十人，多给飞子（子弹）。红叶妹还是带她的人，但二当家得管着她，别虎超地整岔劈了，再掉那冬仓子（狗熊冬天藏身的树洞）里，让熊瞎子给舔喽。"

"松本可不是蹲仓的熊瞎子，那是睡觉都睁眼的猫头鹰。三先生的意思就是不能轻敌，你这老毛病咋就改不了呢？你必须得服三先生管着，别中了人家的狼套，勒了你脖子！"柳叶刀反唇相讥，既恨又爱，鬼脸三和白羽鹰都暗地发笑。

见北风狼受了讥讽，显得尴尬，白羽鹰忙为他解围："大哥这条最精明的狼王，啥样的套子也抵不了他那快刀钢刃似的狼牙，大姐还用担心？我跟大姐一路，护着你。"

"用句文词，老四是怜香惜玉吧？就担心你那小娘子。行，依着你，弟兄们和马匹、筒子喷子随你们挑最好的。老四，俺的娘子可是交给你了，少半根头发，我跺你一截手指头！"

虽是戏谑，却足见深情厚意。江口突变，白羽鹰受伤，红叶妹悉心照料，大碰子突围，北风狼挂彩，柳叶刀更是无微不至，乱世情缘，如同藤缠树，树缠藤，两个汉子，铁骨柔情，让自己的女人和心尖上的肉长在了一起。白羽鹰已经不知不觉地时时处处护着红叶妹，北风狼甚至霸道蛮横地容不得柳叶刀出一点差池。这次再回乌林府，那就是走枪林刀丛闯龙潭虎穴，要是护不住自己的女人，他们那见不得人的大脸盘子，都得装裤裆里。

北风狼这样毫不掩饰，柳叶刀早已司空见惯，但心头仍然不免为之一颤，酥软得化成一汪蜂蜜，眼里溢出了幸福的温暖。她把北风狼两支驳壳枪拆成一堆零件，挨个擦拭了两遍，又一个一个地组装起来。又把一百颗子弹，一颗一颗地擦亮，然后一颗一颗地装满五个弹夹，接着把两个木制枪套擦拭得干干净净。这种木制枪套顶端有一个铁槽，可以与枪柄组装起来做枪托，射击时抵在肩上，增强稳定性，因而倍受北风狼喜爱。柳叶刀组装起来抵在肩上，扣动扳机，一声清脆的金属撞击，在寂静而温暖的山洞里分外清

狼刀

晰。她娴熟而轻盈地做完这一切，抬头把目光转向对面，北风狼面前摆着她那柄拴着一缕红缨的狼刀，也已经擦拭得雪亮，而他仍更加细致地反复擦拭一只小巧的柳叶弯刀。这是她自幼就编在长辫子梢头的暗器，打斗起来，在关键时刻甩起辫梢，能刺伤对方的眼睛，或割开颈下动脉，再凶悍的敌手，也能一下制服。十多年前，北风狼就曾经领教过这暗器的厉害，也知道这就是柳叶刀绰号的来由，所以深知这柳叶弯刀对她是多么重要，又是多么喜爱。他也是爱不释手，一边擦拭，一边把玩着，还拔下自己的一根头发，放在刀刃上，轻轻一吹，发丝断了，他得意地笑了。

两人都在默默地为对方做着，到了半夜都没说一句话，但他们心里都清楚地知道，他们是把对亲人的担忧、牵挂、叮咛和深切的爱意，都揉在这无声的动作里了。

桌上的油灯渐渐暗了，北风狼起身给油灯添了些油，抬头一看，柳叶刀却一动不动，眼睛盯着挂在石壁上的一顶虎头婴帽出神。这是她给他们的儿子海冬做的，北风狼知道她又在想儿子了，心里一酸，也想起了乌斯楞。这些年，鬼子疯狂清剿各地残余抗日武装，北风狼虽得虎子，却一直疲于应对鬼子持续追剿，周旋于北峰山、都伦山一带，险恶之中，无暇享受天伦，而且柳叶刀早就把乌斯楞寄放在那三爷家里，爹妈和儿子长年难得一见，倍受骨肉隔离之苦。虽然北风狼轻易不会表露自己的柔情，总觉得大丈夫戎马倥偬，何能为家事所累？但此时，也受柳叶刀感染，心中不免痛楚，不由得伸手抚着柳叶刀的柔肩，轻声叹道："好啦，别想了，用不了多久，咱就能见着咱儿子了。"

两滴泪珠从柳叶刀眼中无声地滴落，她收回目光，一头黑发抵在北风狼胸前。只是须臾，便抬起头，在脸上抹了一把，目光仍然投向石壁，似有许多向往："儿子已经十岁了，一定不会太老实，不知三爷能不能舍得下手严加管教啊。"

"俺北风狼的儿子，就是只套不住的小狼崽，但你不必担心，那三爷一定能降得了他！一定亲传那家刀法。那武师兄有一柄冷月寒霜刀，我儿子也一定会有这同样闻名的大刀！"

北风狼自豪且自负地笑着，仿佛看见儿子手持冷月寒霜刀，正舞得欢实。

72

草长莺飞的初夏，陈水回到都伦山，传递关胜打探来的消息。

在江口搜到半张索骥图，却在青岗岭破灭了攫取宝藏的南柯梦，让松本许多天来更加欲壑难填，总是绞尽脑汁，蠢蠢欲动，常常对着半张图暗谋诡秘心机。尽管他算得上是个中国通，却猜不透这半张图里暗藏的玄机，不得

狼
刀

不通过警察署派出神探关胜，专事查访。近来，上峰对大东山金脉图追得又紧起来，松本串通乌林府伪满官府，以探矿为名，派出一个连伪满国军，配合三井株式会社，准备带着半张索骥图再进青岗岭。这将是一个完璧归赵的绝好时机，关胜速报密信到都伦山。

乌林府阔别十载，北风狼也是念念不忘玄天岭上的秘密，急切地等待复返乌林府的时机，当夜点齐二十名弟兄，与柳叶刀和七侠妹的四姐妹一起，准备第二天一早下山，赶到淞凌城古洞河边的桃花渡，等待关胜送来新的情报。鬼脸三叮嘱留守山上的猛子，时刻保持三十名弟兄和三十匹快马待命，随时机动接应。狼刀帮的"军师"到什么时候，都是百密而无一疏，总是以非常清晰的头脑去洞悉一切，洞悉可能会或者常出现的问题，提前做好相应的措施。即使鬼脸三不在，白羽鹰同样精明周密，砸窑、绑票、别梁子从来没出过纰漏，有这两人在身边，北风狼几乎无需多虑。这时，只顾着张罗要喝壮行酒。

猛子和两个弟兄各带一支枪，钻了山沟，一个时辰之后，拎着八九只野兔山鸡回来了。不多时，都伦山顶飘满香味，多日缺粮，尽吃野菜，为了节省子弹，北风狼严令不准任何人动用枪弹打猎，也不准喝酒，弟兄们许久未吃到荤腥，都馋坏了。这回他解除了禁猎禁酒令，弟兄们可以开斋了。他让人在山洞口外就着一片平地搭起几排长长的木桌，把仅剩的几坛子酒全搬了出来，灌满了一溜二百多大海碗。兔肉鸡肉不多，但山菜大酱不少，还有自己种的毛葱，最后一点玉米面加上切碎的山芹菜，熬了一大锅稀糊糊，算是勉强凑了一桌下酒菜。都伦山和当年的北峰山一样热闹起来，酒菜不多，却也能让啸聚山林的弟兄们性起，"点就点呀，哥俩好哇，三星照哇，四喜来财，五魁首哇，六六六啊，七星照哇，八匹马呀，九连环啊，全来了啊"，猜拳行令响成一片。

早上，是一个响晴的天，蓝得透亮的空中，没有一丝云朵，这是一个好兆头。北风狼跨上坐骑青花骢，手指伸到嘴里，一声呼哨，几十匹马聚集起来，昂首嘶鸣，喷着响鼻，刹下腰身，四蹄抓地，卷着尘土，呼啸而去。

马队疾驰至半山腰，传来一阵悠长深远又显空旷灵异的狼嗥，这血性的声音，太熟悉太亲切了，北风狼勒住马，踩着马蹬站起身向山坡上眺望。一匹白狼领着大大小小七八匹狼，抻着脖子唱着野兽的合声，仿佛在为狼刀帮弟兄们壮行。北风狼也抻着脖子发出狼一样的嗥叫，白狼停止叫声，侧耳倾听，接着又引吭高歌似地叫起来，引得众狼又跟着一起喧嚣。北风狼下了马，向山坡上跑去，嘴里的长声狼嗥，变成了喉咙里短促的低吼，白狼跳下山坡，迎着他跑来，到了近处却站下脚，抽动鼻子嗅着风中的气味，眼睛不转地盯着北风狼，僵持好一阵，一下子扑过来，围着北风狼转圈嗅着。北风狼拍拍它的头，嘴里又发出尖利的呼哨，白狼纵身跃起，一口撕下北风狼一块衣襟，向山坡上跑去。北风狼依依不舍，上马而去……

狼刀

四月初三，古洞河涨水了，水面流淌着星星般繁乱的碎花，河面上的风，飘送着香气。狼刀帮弟兄和七侠妹姐妹们，藏在岸边桃林里休息，等待先行乌林府的陈水送回新的消息。

四月初五，陈水带回的却是改变了日程的消息。

原来，关胜近日与伪满国军连长胡胖子走动频繁，经常喝酒洗澡听戏，近乎得几乎要拜了把子，因为他这一连人将配合三井株式会社进青岗岭。两天前晚上喝酒，胡胖子发牢骚，说日本人偏偏要在四月十八要他们连陪着进山找什么矿，可他不愿意，直骂日本人，耽误他这天上山到药王庙给多病的老娘烧香许愿。胡胖子还说，就凭着半张什么索骥图，能他妈的找到啥好玩艺？关胜立刻警觉，问什么图，胡胖子说："松本交给三井株式会社二掌柜森野一个锦囊，里面有半张图，叫索骥图，说是按这半张图就能找到大东山的金脉。"

关胜继续问："非得十八庙会日子出这趟苦差？等两天不行？"

"日子大体是定了，但还得等四月初八晚上，旅长在将军衙设宴，我们团长和营长都参加，还有我这个连长。也请了森野掌柜，说是在那天最后定下进山的日子。"

这似乎在冥冥中有一种暗合，与鬼脸三事先谋划的四月初八进城的时间对上了。陈水说关胜准备四月初八袭击将军衙夺回索骥图，北风狼乐得直拍大腿："妥！三先生真是神算子，四月初八是吉日，天助我也！明天咱就进城！"

二十几个赶庙会的乡下人，住进官银号街和草鱼胡同几家客栈，白天上街看热闹，把位于南河沿和官银号街交界处的将军衙和三道码头附近逛了几遍，房屋布局和进出道路摸得清清楚楚，晚上早早熄了灯，睡觉养神，攒足力气。

而北风狼却悄悄换了一身夜行衣，头戴黑巾，肩背绳索，腰插双枪，绑腿里裹着狼刀，独自一人偷偷上了玄天岭。

长年马上征战的北风狼，穿惯了沉重的皮靴，一换上软帮厚底的布鞋，腿脚顿时变得轻盈了，走起来似脚下生风。出草鱼胡同转官银号街，拐个弯顺北大街一直奔去，半个时辰就出了北极门，调头钻进黑森森的树林，向东迂回，直插玄天岭中麓。这里的山道虽然陡峭些，但却是通向玄天岭古炮台最近便的途径，明水师傅临终所说的秘密，就藏在这古炮台长满荒草的壁垒之间。

自从通禅寺被松本毁了，玄天岭上多年清冷，已趋于荒凉，白天都少有游客，夜间更无人敢光顾，原有的小路早被灌木丛掩没，山脚石壁下长满荆棘，难于攀援。北风狼借着月光辨别方向，艰难地蹚过一片荆棘，靠近崖下一道斜坡，抛出绳索钩住一棵歪长的小树，蹬着石壁攀了上去。穿过崖上一片树林，就看到了古炮台的残垣断壁，月光下裸露着风化的青砖，像被盗挖过的一座古墓。几尊搬不动偷不走的铸铁大炮，也许根本没经过什么战事，没打过一发炮弹，就这样躺了二百多年，像横陈着几具无人理会的尸骨，更渲染了满目颓败凄凉。

炮台西侧，倾斜一座摇摇欲坠的瞭望塔，木梯已经腐朽，只剩石砌的基座，还算结实。北风狼在基座上摸索着，手指上感觉到有一点点苔藓的滑腻，他找到了明水师傅所说的位置，剥去石缝里一条条苔藓，抽出狼刀，把基座北面六层石砖的第三层北数第三块撬开，里面果然是一个暗洞。他伸手摸进去，拿出一个沉甸甸的布包，借着月光打开一看，里面是十根金条和一个锦囊。北风狼心脏骤然跳得急迫，手指微微颤抖打开锦囊，里面正是那消失几十年的另半张索骥图。

虽是夜里，看不清图上内容，但北风狼却分明感到这图上正闪着珠光宝气，晃得他眼花缭乱，仿佛大东山的金脉，正在这图上熠熠流淌，烁烁金沙，聚成元宝。不，分明是变成了一粒粒黄灿灿的子弹，堆在他眼前，又装进了枪膛，喷出了火舌……

北风狼包起金条和锦囊捆在腰上，面朝东方，跪在地上，磕了三个头，心里默念着，老爹啊，您老人家真是神机妙算，深谋远虑，恩泽后人，待日后，儿子一定为您重修陵墓，让乌尔汉家族世代供奉。

半空突然一声怪叫，不知一只什么飞鸟，从北风狼头上掠过，惊得他发根直立，后脊梁麻酥酥像遭了电击。他抽出枪，转身回望，四周阴森，风摇树影，似鬼魅飘移，一片惊悚。

73

南河沿和官银号街交汇处的将军衙，四月初八这天晚上灯火通明，酒宴持续到夜里十时才结束。正厅的长条桌上铺开地图，森野与伪满国军几个军官围坐在桌前，对照索骥图和地图，给伪军布置任务。这些年来，乌林府早有传说，松本手里有半张大清贡品的藏宝图，这已经不是什么秘密了，当这半张图放在一帮伪军军官面前，却让他们大失所望。谁也看不懂图上画的半截山崖是什么意思，他们这才明白，所谓大清藏宝图，除了画图的人，对其他人来说，不过是半张废纸而已，无怪乎松本这十几年来一无所获。

而松本却仍固执地认为，大清宝藏即使不在那道山崖上，也一定在附近。所以，他准备派森野带着索骥图和一连伪军，严严实实地把山崖围起来，严密控制百姓进出，不准一个人靠近。而他则另有计谋，螳螂捕蝉，黄雀在后，命令日本警备队十几个士兵伪装成土匪，隐藏在伪军的外围，一旦有所发现，就会立即冲进去，干掉伪军，抢走宝藏，从而嫁祸狼刀帮和七侠妹。如果还是找不到，接下来他还有一计，效仿三国里的蒋干盗书，把半张图交给森野，以此设下诱饵，让北风狼或红叶妹来夺回去。这样，北风狼或红叶妹就会替他继续去找另一半索骥图，继而将替他找到大清宝藏。到那时，他再出兵剿杀这帮土匪，夺下宝藏。因此，他让森野到将军衙赴宴，并故意公然显露半张索骥图，便是抛出的第一个诱饵。这几计连环，貌似天方夜谭，却像是念出芝麻开门的咒语，果然引得北风狼和红叶妹向将军衙下手了。

伪军旅长从松鹤楼饭庄请来的大厨，是关胜和鬼脸三的老朋友，他两个徒弟已经被猛子和陈水替换，从下午进入将军衙，到晚上忙乎完宴会，两人已经把将军衙里一个排的卫兵分布，摸得一清二楚。应付完宴会差事，离开将军衙前，陈水偷偷在后院警卫排住房的后窗缝里点了两束迷香，半个时辰之后，警卫排士兵就睡得像死猪一般，外面什么动静都听不见了。

子夜，飞虎快枪队的十个弟兄分为四组，四人守在北墙下，堵截可能逃窜的敌人，飞虎带两人攀过东墙，悄无声息地干掉了东侧两个岗哨，另外两人攀过西墙，狼刀插进两个巡逻兵的胸口。北风狼带两人，贴着墙边靠近将军衙正门，突然扑进门楼里，两把狼刀闪电般割断了两个哨兵的脖子，红叶妹和红珠、红巧跟着北风狼冲进大门直奔正厅，飞虎和猛子已经把住了正厅的所有窗户，猛地打破玻璃，驳壳枪、冲锋枪架在了窗上。与此同时，红叶妹踢开门，双枪齐射，打死了两个举枪抵抗的卫兵，红珠红巧分立两侧，四支驳壳枪逼住了厅里的日伪军官。森野刚收起半张索骥图装进锦囊，就见三个蒙面杀手闯进来，急忙把锦囊塞进屁股底下。红叶妹的枪口顶住他的脑袋，逼着他站起来，红珠过来抢过锦囊。森野带来的一个穿和服的伙计，突然从屏风后面冲出来，举着武士刀劈向红叶妹，窗外一支驳壳枪打出一个点射，打碎了他的脑袋。森野也从衣内抽出一柄二尺长的短刀，直刺红叶妹腰际，红叶妹却轻盈地转身闪到他身后，顺势一脚踹了他一个嘴啃泥，红巧双枪一指，六发子弹把他的后心打成了蜂窝。以伪军旅长为首的几个军官，都乖乖地举起了双手。红叶妹三人迅速撤出门外，一个伪军官掏出枪刚撵了两步，守在门口的北风狼一枪打穿了他的眉心。

十几个人在将军衙门口汇合，向江沿三道码头撤去，还没到江堤上，东西两边街上突然响起了枪声。原来，松本已经接到密探报告，这两天发现官银号街和草鱼胡同几家客栈住进一些来历不明的人，不上北山赶庙会，却在将军衙附近诡密活动，他料定这些人是冲将军衙来的，确切地说，目标一定是索骥图。所以他没有参加将军衙的宴会，而是和佐藤带着警备队，埋伏在江沿街道东边，让寇炳坤的巡警队埋伏在江沿街道西边，从两边堵截偷袭将军衙的不速之客。他知道，一旦有小股武装袭击将军衙，最快捷的退路就是从三道码头过江，他派坂田在这天晚上九点，就把三道码头通向对岸的摆渡船占领了，同时把码头下所有大小货船上的船工，都赶到一起看守起来。封锁了渡江船只，坂田又带十几个士兵守住了码头，这小股武装将无路可逃，一定会在警备队和巡警队的三面包抄夹击下，束手就擒。

混在船工中的两个弟兄，原本已经雇好了三条小船，准备接应北风狼等人，不料这些船却被封锁，他们又被鬼子死死看住不得动弹，无法去向北风狼

狼刀

报信，两支枪显然对付不了十几个鬼子，只好暂时藏在船工里面伺机脱身。还是鬼脸三计谋周密，有第二手准备，和柳叶刀事先带着八个人的后备队，在二道码头雇了三只小船，一旦生变，既可有后备队接应，又可从二道码头过江撤退。正如鬼脸三所料，北风狼和红叶妹果然在江边遭遇了阻击，他命令三个弟兄和三个船工做好随时开船的准备，和柳叶刀带五个弟兄从江堤下冲上来，在寇炳坤后面发起突袭。北风狼和红叶妹按照鬼脸三事先的计划，立刻掉头向西反冲锋，迅速甩掉东边的鬼子，对西边这群草包巡警队形成了反夹击。

背带套在脖子上，平端着"斯登"冲锋枪的十个弟兄，由飞虎领头，成一字排开，快步向前推进，枪口泼出一阵阵弹雨，打得巡警队的二鬼子，顿时仆倒七八个。巡警队后面又遭到柳叶刀和鬼脸三的突袭，又是几个死倒撂在了街边。寇炳坤根本不想真的跟土匪相抗，扔下几具尸体，带着剩下的巡警们，撒腿钻进了二道码头北边的小胡同。北风狼和红叶妹断后，边打边撤，极其准确的枪法，接连打倒继续撵上来的鬼子，暂时阻止了松本的追击。

弟兄们交替掩护，撤到二道码头江堤下，登上三只小船，奋力划向南岸。松本和佐藤追到江边，命令鬼子上船，可是，鬼脸三早就让其他船工们带着所有船桨跑没影了，剩下的船只无法驶出。三只小船越划越远，鬼子们追不上去，只好站在江边胡乱向江上打枪。佐藤伏在船边，架着带瞄准镜的步枪，连续打倒正在划船的几个船工，但马上又有弟兄挺身而上，接替了船工，继续奋力划着。北风狼叫大伙伏下身子，躲避佐藤的射击，所有弟兄都用手帮着划水，小船越来越快地划向对岸。尽管鬼子们密集的子弹带着曳光，像流星般追着小船，却阻止不了前进的速度，很快就划到了岸边，弟兄们弃船登岸，钻进了林子。三十匹马头两天就藏在了林子里，早就喂足了草料，养足了脚力，北风狼飞身上马，撒开缰绳，一马当先冲出林子，随后刮起一阵飓风，把松本和佐藤扔在了江对岸。

林子里，只有鬼脸三没有马上上马，贴在树后向对岸观察，直到鬼子们不再打枪，江面上不再有流星似的曳光，黑缎子似的江水平缓地静静地向东流淌，他才跨上马，追赶大队。

后来，北风狼称赞鬼脸三排兵布阵，赛过当年三国混战时的诸葛孔明，问他是咋算出松本会在江边截击。鬼脸三淡淡一笑，说，兵者，诡道也。对付鬼子，咱就得比他还鬼，这就叫魔高一尺，道高一丈！

74

盘马山通往乌林府的驿道上，一辆黑色的囚车辗过坑洼不平的路面，晃得车里的人坐不稳，两只手紧抓住车窗上的铁栅栏，腕上的铁铐铁链撞击着，发出叮当声响。一双眼睛在铁栅之间向外张望，望着天空飞翔的小鸟，听着叽叽喳喳的叫声，目光中闪着自由的渴望，对车外这一片绿色山川流露出惆怅和眷恋。这是一张白皙的脸，儒雅，文弱，淡定，而又坚毅。身后，一个鬼子看守，正虎视眈眈地盯着他。

一辆敞蓬卡车紧跟在囚车后面，驾驶室棚顶架着一挺机枪，车厢里站着十几个荷枪实弹的鬼子兵。

那武和地下党成员玉池近日活动于乌林府周边，秘密串连抗日武装，伺机联手对付鬼子夏季攻势，正准备在盘马镇烧锅屯召集会议，乌林府地下党组织一个叛徒，带着日本警备队包围了烧锅屯，逮捕了玉池。那武恰好到另一个村子联络一伙民间武装，侥幸逃脱日军搜捕，当他赶回烧锅屯时，玉池已经被关进了盘马镇上的警察分所。鬼子就地审讯，严刑拷打，折腾两天，毫无收获，便将玉池押送乌林府。

那武已于两天前秘密潜回乌林府，找到大师兄关胜，商议如何营救玉池。这天晚上，那武先到了松鹤楼，进了二楼最里侧的一间隐秘的小包房，不多时关胜如约而至。那武拱手："大师兄，几年不见，师弟多有失礼，还望师兄见谅。"

"师弟此来必有要事，不必多礼，直说不妨。"关胜还礼，快人快语，直截了当。

那武简捷说明玉池身陷囹圄急需营救，但北风狼和红叶妹抢回锦囊，早已飞马五百多里，向都伦山撤退了，眼下身边又没有可用的人手，如何是好。关胜说："盘马镇到乌林府二百多里，鬼子囚车顶多跑上大半天功夫，就能进城。时间紧迫，又没帮手，要抢在城外劫囚车，只能你我弟兄死拼了，没说的，玉池是你兄弟，也就是我弟兄，为兄弟两肋插刀，在所不辞。"

"师兄，咱是救人，不是送死。咱要唱长坂坡赵子龙单骑破重围，可别弄成了小商河杨再兴马陷冰河万箭穿心啊。再急咱也得有个万全之计，赔了夫人又折兵的买卖，咱不能干！硬拼不行，得智取。"

"那你说咋整？鬼子们又不是青面兽，蒙汗药对付不了。北风狼是远水救不了近火，咱哥俩又不是孙大圣，拔根毫毛能变出一堆小猴子。这出智取生辰纲，咱还真没法唱。"

"老话说，兵不厌诈，鬼谷子撒豆为兵，布下迷魂阵，移花接木，瞒天过海。诸葛亮借东风火烧连营是巧借天时，拿破仑在普拉坎击溃俄军是巧用地利，元朝武都太守虞诩击败西羌于赤亭是以少胜多，这些战例都是现成的啊。尤其那虞太守，智谋超群，用兵灵活，在兵少势孤的情况下，运用虚张声势，以弱示强，以强示弱的战术迷惑对手，两千人打败数万敌军。"那武不断引用经典，说了一通。

关胜打断他："讲古我没你知道的多，甭啰嗦了，就直说咋干吧！"

铺开那张永远随身的地图，那武画出一个圈："从盘马镇出来一百三十里处，就是响水河，河上有座小石桥，过桥是个弯道，两侧山岭林密坡陡，适于隐蔽突袭。咱俩分工，一个装神弄鬼，虚张声势，迷惑鬼子，一个埋伏路边，炸掉石桥，截住鬼子护卫，干掉囚车守卫，抢出玉池。"

关胜马上抢着上阵："装神弄鬼你在行，打囚车抢人，我来！"

那武知道拗不过关胜，说多了也没用，就不再争执："行，你上，我掩护。现在分头准备，除了枪支，还需炸药，咱有吗？"

"多了没有，我藏了三十公斤，炸座小石桥，不在话下，你瞧好吧。"关胜胸有成竹。

"我带了两匹马，还得再有一匹才够，上哪借去？"

"这种事能跟谁借，咋还？让鬼子盯上了还有好？抢！"关胜狠狠咬牙。

那武笑了："好，你去抢，哪有好马，你关神探一定门清。咱凌晨在东大滩会合，过江上马，七八十里，天亮就到响水河了。"

两人喝干了一斤酒，扔下两块大洋，先后出了松鹤楼，各分东西，隐入黑夜。

其实那武早有准备，头天进城后，趁街上店铺还没打烊，进了南河沿一家绸缎庄，买了三十尺红绸，又在一家裁缝铺做了五面大旗，然后找个专门糊纸棚扎花圈做灵幡的老头，买了几根竹杆做旗杆，又买了一捆子十几丈长的麻绳。现在，连马带旗就藏在东莱门外大车店里，他穿过胡同，到了江边，钻进江堤下的柳树丛，奔向东大滩。

到了半夜，朝阳门外的东大营忽然喧闹起来。这东大营原是奉系军阀部队的驻地，1927年修建，是乌林府当年最大的兵营，日军进城后，立马占了这座大院。鬼子兵住满三排青砖瓦房，还在东墙上扒了豁口，墙外修了一溜敞开式的马厩，是为了便于骑兵迅速出动。喧闹的动静，就是从马厩开始的。

乌林府大多数的地方，关胜几乎都是了如指掌，到东大营更是进了自家门庭，轻车熟路。他先是在院外转了一圈，猫在北大门二十丈远的树林子里，等到鬼子营房里熄了灯，摸到门外路边，在两棵树上绑上两颗手雷，拉出一条绊绳，拦在路中，这才绕到了马厩。从马槽子下爬进去，扑到鬼子哨兵后背，掐住脖子，一刀捅进后心，摘下棚顶三盏马灯，把煤油倒在墙角草料堆上点燃，解下一黑一白两匹洋马，跳上黑马，带着白马，冲出了去。

噼里啪啦燃烧的大火和疾驰的马蹄声，把鬼子兵从酣睡和梦呓惊醒，慌慌张张爬起来，一窝蜂拥出大门，正绊上了手雷，两声爆炸，顿时倒下四五个鬼子。后院的马厩已经火光冲天，一伙鬼子慌忙去救火，一伙鬼子纷纷漫无目标地向漆黑的夜色里追去。

大火足足烧了两个时辰，鬼子们也闹腾了两个时辰。快到天亮时，松本赶来东大营，绕着烧塌的马厩，转了半天，查来查去，忙乎了一早上。松本认定是流窜的土匪骚扰，下令警备队在城里进行搜捕，而那武和关胜已经到

狼刀

了响水河。

那武把时间计算得相当精确，他们提前到达一个小时，迅速在路边的坡上坡下做了一番布置。那武交给关胜一支冲锋枪，自己进了路边的林子，把两挂鞭炮和两个铁桶挂在树上，又把几面红旗分别绑在几棵小树摇动的树枝上，旗子之间连接着麻绳，他牵着绳子一端，在小树丛里隐蔽下来。关胜刚把炸药分别埋设在石桥下和过桥三十米处，拎着冲锋枪，藏身在路边草丛，那辆黑色的囚车和押送的卡车就到了响水河石桥对岸。

两车相距大约七八十米，囚车刚过桥不远，关胜点着了导火索，轰的一声，路面炸出一个大坑，鬼子司机慌刹车，前轮刚好停在了坑边上。那武在坡上居高临下，连续打出点射，囚车上跳下来的三个鬼子，一个也没剩。与此同时，关胜顺路基下的排水沟跑到桥头，一枪打爆了后面卡车的前轮，卡车离桥头还有几十米，歪在一边不能动了，十几个鬼子跳下来，向桥头冲来。那武在坡上点燃鞭炮，像打响了两挺机枪，他又拉起绳子，带动几面红旗在晃动的树枝上起劲地挥舞，林子里仿佛有大队人马正冲出来，吓得石桥那一边的鬼子扑通通地卧倒一地。关胜趁机点燃了通向桥下的导火索，回头扑向囚车，用枪托砸开门锁。囚车里，一个鬼子两腿乱蹬，原来玉池听到枪声，立刻做出快速反应，趁看守向车窗外张望，猛扑到背后，用手铐链子勒住了他的脖子。关胜一刀结果了鬼子，拽着玉池跳下车，让他隐蔽在车身一侧。石桥那边的鬼子又爬起来冲锋，关胜大吼着冲到路中间，随着他的吼叫，又一声轰响，石桥崩塌了，冲上桥的鬼子骨碌碌滚下河去。关胜的冲锋枪一阵猛扫，剩下的鬼子全趴在地上不敢抬头。

山坡上突然响起一声呼哨，四匹马狂奔而来，那武冲出林子跳上马，冲向囚车，枪口里继续吐着火舌压制鬼子。冲在前头的两匹马，身上插着红旗，马蹄踏踏，红旗猎猎，仿佛千军万马发起声势浩大的攻击。桥那边只剩下五六个鬼子，不敢迎战，连滚带爬，落荒而逃。

那武勒转马头，玉池和关胜跳上马，三人四马，蹄下生风，奔腾远去。

响水河小石桥这一仗，被山上一个放羊人看得清清楚楚，因而日后民间传说神乎其神，

说书人编了段子，说响水河边奇侠天降劫囚车，壮汉当路冲天一吼石桥崩，如张飞转世战曹营，吓死曹将夏候杰，喝断当阳水倒流，东洋鬼子尸横野，勇士飞马无踪影。正是三国诗云："三国英雄数马超，神机妙算孔明高，长板坡上赵子龙，张飞喝断当阳桥"。

75

这一天，东大营哨兵被杀，马厩被烧，马匹被抢，响水河囚车被劫，囚

犯逃匿，警备队兵员损失惨重，而警察署探长关胜一连数日去向不明，必有重大嫌疑。松本邪火攻心，暴跳如雷，把警察署长寇炳坤抽了十几马鞭，命令警察署巡警队全体出动，配合警备队在全城进行搜捕。无奈关胜好似土遁，毫毛未现，他虽是中年，却一直未娶，没有家室，孤身一人，毫无牵累，让松本奈何不得。寇炳坤却谄媚献计，说那三爷一定知道关胜下落，说不定就藏在那府。松本早就想对那三爷下手，上一次浅仓在那府碰壁，让松本更加记恨，而乌林府鬼子驻军长官和伪满政府官员都想利用那三爷的名气在地方协和会的任职，所以松本也有所忌惮，不大敢对那三爷造次。东大营和响水河两个事件，让他有了强硬的理由，咬牙发狠，瞪眼吼叫，这回一定要制服这个老家伙，抓住关胜，并趁势追查出狼刀帮七侠妹这些土匪绺子的踪迹，一举除掉心头大患。

这不过是寇炳坤的讨好献媚，也是松本的一厢情愿，其实他明知道关胜不会藏身那府连累师父，也许当晚就已经出城去了。但他仍心存侥幸，说不定关胜可能潜回城内，于是，立刻调集警备队和巡警队，以捉拿关胜为名，发兵那府。

一队鬼子和伪警察气势汹汹扑向松江岸边临江阁后晋隆胡同。松本和浅仓骑着高头洋马走在前面，耀武扬威，旁若无人。寇炳坤也骑着一匹稍嫌低矮的蒙古马，带着巡警队跟在后面，却是畏畏缩缩，四下撒摸，就怕突然有人打冷枪。他虽然出了这一毒招，自己却不想在那府露面，他知道乌林府里一定还有关胜的死党，也一定还有土匪的耳目，他们看见自己带着鬼子围了那府，那关胜和北风狼日后必然报复。松本又抽了他两鞭子，大骂巴嘎，警察署维护地面治安，责任大大的，逼着他一同行动，他只好硬着头皮跟在鬼子后面。

按照松本的部署，巡警队负责周边警戒和围堵，浅仓指挥巡警们把晋隆胡同及东西两侧的胡同都封锁起来，满街筒子都是黑压压的伪警察。浅仓挂着洋刀，站在晋隆胡同西口，像一只拦路的狗，把着通道，不准百姓进出。寇炳坤让手下堵住东口，自己却钻进街边杂货铺猫了起来不敢露头。

那府老家丁老赫正在房顶晾晒切好的黄瓜钱茄子丝，偶一抬头，看见黄乎乎的鬼子正涌进胡同，皮靴咣咣，刺刀晃眼，一会功夫，院墙外就围得水泄不通。老赫压低声音对院子叫道："三爷，鬼子又来了，看阵势有百八十啊，这回怕是要出大事。"那三爷一听，起身跃出几步，跳上正厅台阶，台阶上正是一座兵器架，插着刀、枪、剑、戟、斧、钺、钩等武器。这兵器架古话叫做落兵台，黄梨木的，结实耐用，本色不上漆都光滑锃亮，打乾隆爷那阵起，就在这院子里了。那三爷搬进来，正好用来开武馆，几十年了，插在上面的每一件兵器的位置早已烂熟于心，他闭着眼想拿哪件就是哪件，仿佛他脚步一到，那件兵器就会自动跳到他手掌里。那三爷心里想着，脚到手

狼刀

到，那冷月无霜刀便操在了手里，站在台阶廊柱下，像一尊门神。老赫已经下了房，三步两掠过落兵台，一支红缨方天画戟便横在手中，立于那三爷身侧，俨然是忠心护主的马前张保。

那三爷却厉声喝道："不要管我，快从暗道出去，截住冬儿，带他离开，千万不能回来。"

冬儿就是海冬，就是北风狼和柳叶刀的儿子乌尔汉·乌斯楞，已经八九岁了，在那府里跟那爷爷习武好几年，上午去学堂上课，下午回来练武。那三爷担心他落在鬼子手里，催促老赫快走，可是，那府已经被围，前面响起了打门声，走正门已经出不去了。老赫急忙奔了东耳房，那里是厨房，有一条暗道通向院外的排水沟。

当年，乌林府城里的排水系统已经具备一定规模，一些主要街路甚至胡同里都建有排水沟，敞开式的叫阳沟，封闭式的叫阴沟。阴沟就是在排水沟渠上搭上木板，再铺上沙土覆盖，每隔一段距离有一个泄水口，是为了排出街道上的积水，这是乌林府城里最早的"下水道"。沟深约一米五六左右，平常流水并不多，一个人弯腰行走也不困难。那三爷未雨绸缪，早就在东耳房里挖了暗道，通向院外的阴沟，遇有意外情况，可从排水沟里逃生。

老赫通过暗道进了排水沟，弯腰蹚着一尺多深的流水，向胡同外摸去，走了二百多米，从地下越过了鬼子包围。他爬出泄水口，拖着一路湿漉漉的脚印，向大街西头小学跑去，正迎上了放学出来的海冬。这一老一小掉头向北，穿过大街进了万和当胡同，找了一家估衣铺，几张毛票换了两身旧衣，出顺城街直奔福绥门外北山根，那里有个丐帮聚集地，老赫认识帮主，让海冬混在叫花子堆里暂时还较安全。

那府里已经是剑拔弩张，刀枪相对，一场厮杀在即。

正厅檐下，左右廊柱一对楹联，左联写的是"刀枪剑戟锋刃无敌舞龙蛇"，右联写的是"日月星辰乾坤岚气贯长虹"。虽说不上平仄对仗十分工整，却是一派威武英豪，气势夺人。院里蹲着两尊粗壮的黄钟瓦缸，绿水盈盈，浮着荷莲，似乎在紧张对峙中，又悠然闲散几分雅致。旁边散卧着几只百十斤的石锁，多年的操练，已经把地面砸出凹坑。那三爷当庭而立，鹤发银须，白眉黑瞳，目光炯炯，精神矍铄。他着一身白纺绸裤褂，上衣敞开着，衣襟静卧一溜蜈蚣扣，露出里面月白汗衫，腰间半尺宽的板带，缀着满天星的铜卯，裤脚打着绑腿，扎成一对宽松的灯笼，脚上一双直贡呢千层底圆口黑布鞋，双脚似铆钉楔子一样牢牢钉在地面青岩条石上。左手撑在肋下，右手拄着冷月无霜刀，古铜色的脸膛，龙虬威严，好一尊威风凛凛的打鬼钟馗。

屋顶上一挺机枪对着院子，黑洞洞的枪口像毒蛇，随时能吐出带火的信子。院内，十几个鬼子排开半月形包围，拦出一道刀丛屏障，刀尖上跳动着刺眼的闪光，却恰恰映衬得那三爷周身似金光护体，刀枪不入。松本站在士兵身后，左手不离菊花军刀的刀柄，时刻准备抽刀迎战，抵挡那三爷的突发攻击。那三爷冷眼扫去，不屑发问："那某孤老一身，与你东瀛素无瓜葛，何事兴师动众，再次打上门来？"

松本应道："乌林府内外接连几桩离奇迷案，你堂下徒弟关胜有重大反叛嫌疑，负罪逃匿，皇军怀疑窝藏贵府，还请那老先生规劝弟子，反满抗日，苦海无边，归顺皇军，回头是岸，所有罪行，不再追究，还可官升一级。若能说服狼刀帮一同归顺，金票大大的。若不顺从，格杀勿论。"

那三爷一捋须髯，朗朗大笑，声若洪钟："大刀关胜，千古忠义，岂能为利所诱，为威所屈，甘为鹰犬，为虎作伥？北风狼更是桀骜不驯，千里吃肉的狼，焉能变成吃屎的狗！"

几句话骂得松本脸上涨紫，"唰"地抽出军刀，歇斯底里地嗥叫着，鬼子兵挺着刺刀逼近那三爷。只见那三爷横抢大刀，飞腾起身，抢上几步，落在水缸三尺之外，刀背已掠过水面，一片水花瞬间散射出去，带着闪光，带着狠劲，像出膛的子弹，横扫在鬼子兵的脸上，打得他们睁不开眼，痛得哇哇乱叫。又见刀刃一翻，划出一道弧光，三个鬼子脖子歪了，颈上喷射血柱。随后一式海底捞月，刀尖挑起一只石锁，旋转着飞了过去，砸在一个鬼子脑袋上，登时叫他眼花缭乱，天旋地转，一头栽倒在地。又一只石锁继续翻飞，砸在另一个鬼子脚上，筋骨断裂，膝盖一软，趔趄倒地。那三爷悠然转身，大刀舞成走马灯，猛力迸发，削铁如泥，刺刀枪托，纷纷断折，近身的鬼子砍了手腕，掉了胳膊。须臾之间，五个鬼子丢了性命，其余的慌忙倒退，院子里闪开了一片空场。那三爷收刀拄地立于当中，吐出一口恶气，似托塔金刚，一身霸气、怒气、杀气，侠气、义气、豪气和威严正气。

松本犹在嗥叫，鬼子们又围拢上来，那三爷肩膀一抖，冷月无霜刀忽成云中雁，上下翻飞，利刃掠处，鲜血飞溅，钢盔滚了一地。喘息之机，又一拨鬼子扑上来，那三爷飞身腾起，跃上水缸，双脚蹬在缸沿，牢牢站稳，似艄公划桨，似铁帚除尘，身前身后，身左身右，又仆倒几个。年近古稀的老人，身手竟然如此敏捷，惊得鬼子目瞪口呆，不敢靠前。而松本却举着菊花军刀冲过来，直取那三爷小腿。那三爷腾空跃起，又一招泰山压顶，冷月无霜刀眼看砍向松本头颅，机枪响了，那三爷身中数弹，血如泉涌，双脚落地，踉跄几步，刀尖却插入地面青石砖缝，刀柄撑住了身体……

残阳如血，晚风拂煦，那府里已是庭院寂静，一片赤红。那三爷鲜血流干，精气耗尽，依然不倒，双目圆睁，昂首挺胸，倔强矗立……

狼刀

第十六章　八王雪恨斗古城

星光泪钟鼓悲长街送别，号角鸣聚群雄弯弓射雕；
阡陌月照缟衣出剑杀贼，的卢马擎红旗血溅辕门。

76

　　一轮惨白的月亮，默默地悬在半空，夜风微拂，似在低低啜泣，两排柳树，肃穆而立，垂垂柳枝，瑟瑟而歌，一只孤鸟，绕树三匝，发出一声嘤嘤哀鸣。那府内外月光如水，铺陈一地素绢，廊下一对纸鹤，侧立松枝，寓意鹤栖君子树，风拂大夫枝。门旁两盏乳纸灯笼，冥冥烛光摇曳，似泪眼朦朦，忍看暗夜渡沧桑。正厅大门敞开，檩下垂着黑幔，一尊朱漆棺椁停放正中，棺前一排素菊百合，一盏油灯微颤，灯碗下滑落一滴暗黄珠蕾，恰似烛泪倾觞。迎门北墙上，一桢缟结着黑纱的肖像，那三爷浩气凛然，目光深邃，仿佛越过屋檐，一直射向幽深的夜空。

　　院内，静寂无声，老赫独自一人，披麻戴孝跪在花池边，把一叠叠黄表纸续入瓦盆。半明半暗的火光，映着一张苍老的脸，他紧锁眉头，狠咬牙关，面颊绷得像一块石头，怒目眦裂，却没有一滴泪。

　　黄昏时分，他安顿好冬儿，立刻折返隆升胡同，临近那府时，就看见门前围着一堆人，有的低头抹泪，有的跺脚叫骂，有的抚掌叹息，有的无奈摇头。他后背一阵悚悚发紧，眼前发黑，顿感不妙，忙分开众人，冲进院内。惊立一瞬，一口鲜血喷出来，嘶哑着声音呼叫着，踉跄地扑过去，抱住了依然挺立在院中的那三爷。几个胆大的邻里跟进来，帮着老赫收敛了那三爷的遗体，简单布置了灵堂。好心的邻家老妪送来两个窝头，伤心痛绝的老赫哪里还吃得下，鞠躬送走老妪，默默穿戴麻衣扎好孝带，独自为那三爷守灵。

　　时至深夜，空中阴云漫移，弯月半遮，星光惨淡。风在穹下微嘤，柳枝披散头发，在风中悲舞，老槐树的枝桠间，一只鸮鸟发出一声凄凄哀号，那府里空寂悲寥，让人不免情恸这无声之殇。老赫收拾起那柄仍旧闪着寒光的冷月无霜刀，细致地擦掉刀上凝结的血迹，双手捧着，庄重地插回落兵架，然后一一扶正架上的红缨长矛、方天画戟、青铜扁钺，拂去架上的细尘夜露，顺手摘下一刃短刀揣在怀中。

门外忽然传来轻轻敲击，老赫移步门前，拉开沉重的松木大门，迎进来两位老者。一位是乌林府原商会会长郑隆轩，日军侵入后，毅然辞官，不事贼寇，赋闲在家。一位是乌林府南山大龙武馆馆主万松岩，独擅岳家枪，因为与日本浪人打擂得胜，被松本强行摘了牌，只好关了武馆，却不屈淫威，带着徒弟和兵器，转到山后林中继续练功习武。二人得知那三爷殉难，便连夜结伴来此，与那府家人共同守灵，商议殡葬事宜，意欲大造声势，公祭前辈，礼葬英灵。老赫熟识二人，揖首而拜，让进厅堂，再次鞠礼道："轩老，松爷，劳烦二位了。主家突然遭难，来不及操办，未曾备下寿材，多亏前街王老板送来一口朱棺，才得草草装敛，让您二位见笑了。"

郑隆轩回礼道："月有阴晴圆缺，人有旦夕福祸。何况现在这强贼横行的日子啊。那老英雄不畏敌寇，舍生取义，是为国捐躯，怎么着也得停灵七天，以吊唁祭奠。也得等那公子和大刀关胜回来，磕头守灵，打幡引枢，才好入土啊。"

"我家少主人和关探长，都是日本人和满洲国官府严令捉拿的反满抗日疑犯，他们若回来奔丧，岂不是自投罗网吗？这万万使不得。那家就剩我老跑腿子一个，我做主啦，就三天。"

"三天哪行？那爷是啥人？那是咱乌林府武行的魁首啊，这么急急忙忙，草草入敛，不声不响，冷冷清清，行里人怎能看得下眼？也让乌林府百姓寒心哪。我下半晌就派徒弟进山去找那公子和关胜了，三天后准能有信。我的徒弟们说话就到，就守在那府内外，看他哪个毛贼敢来咋翅胡闹！"万松岩高声争辩。

听老赫一说，郑隆轩听明原委，拦住万松岩："日本人不会轻易放过那公子和关胜，这时候切不可大意，这两位最好不要露面。但不能让那爷就这么凄凉孤寂地上路，按满清祖制，那爷是正白旗，本姓叶赫纳拉氏，又是恭亲王薄伟的远亲，姓氏的显赫和本人的威名，那就是咱百姓心中的无冕王，咱甭管他什么级别，至少也得按郡王出殡的格局啊，出灵时必须得风风光光。我派家人发送讣告，报上发讯闻，乌林府工商教育界和开明绅士、民团头面人物一一送到，无论他们敢不敢来，咱都照办不误。殡仪我来准备，交给大德记杠房承办，咱就遵清制发丧。"

老赫急忙拱手："烦轩老费心。但还是不要惊动太大，那爷生前曾有交待，后事从简。"

万松岩又起瞪眼："不行，从简发丧是无疾而终。那爷今天是英勇就义，那就是咱百姓心中的大英雄，就按轩爷说的办。我的人全部披麻带孝，执绋打幡。"

老赫拗不过，只好就承："外面的事俺管不了，家里只设灵堂，省掉灵

狼刀

棚、洗佛、拜表、变幡等法事吧，也算从了主家老爷嘱托。过了端午，就出殡。"

第二天，乌林府的民间报刊，都刊登了一则讣闻："那氏英雄世昆先生于民国三十年旧历五月初三申时殉国，初六日辰时出殡。专此布达，恕报不周。"

三天后的清晨，隆升胡同里早早就聚满了来送葬的人，小街上竖着十几面黄旗，十几只黄伞，还有竹杆挑着挽联。三十二个抬棺的轿夫都按前清銮仪卫制穿着红驾衣，青毡荷叶帽上插了杏黄色的雉翎。三十二抬的棺轿置红寸蟒大罩，挂杏黄色"走水"，三十人的鼓乐班子，呜哩哇啦地吹打着，好久不用的文武执事，都搬上了街头。前来执绋送殡者和沿途加入的达千人之多，有着马褂的、有戴礼帽的、有穿西服的，更多的是素衣常服的平民百姓，一时接踵于门，络绎于途，迤逦五里之遥。沿途上，恭立两侧为那三爷送行的百姓更是不计其数，人们压抑着悲愤和啜泣，目送灵柩远去，一路纸钱纷飞，白绢如雪，泪洒长街。

正午时分，阳光高照，蓝天深远，微风拂煦，殡列由西大街转福绥门上了北山。

万松岩头天就派弟子们在山后墓地挖好了墓穴，筛好了黄土，架上了遮阳的席棚，棺椁入土前，先铺上一层筛过的细土，老赫在墓穴内撒下七枚铜子，按北斗七星排列好，做"垫背钱"。郑隆轩和万松岩领头，众人举着香火围着棺椁绕了两圈，在棺前跪行大礼之后，十六个杠夫拉着粗长的麻绳把棺椁吊入墓穴内，老赫把一幅明黄绵缎铺在棺上，手捧几坯黄土压在中间和四角，郑隆轩和万松岩等人挥锹填土，很快隆起一座三米高的坟丘，新鲜的坟土四周栽上了一些绿葱葱的松柏。两米高的石碑竖立坟前，上面镌刻着硕大的魏碑体碑文："那氏英雄世昆先生之墓"。字体循"龙门四品"和《元桢墓志》笔法，刚劲潇洒，险峻奇伟，惊心动魄，如长枪大戟，刀砍斧凿，遒劲雄壮。

高大的坟墓两侧矗立两幅挽幛："遗骏弓剑，四海悲同""舍生取义，天下为雄"。

这是郑隆轩连夜撰写的，"遗骏弓剑"出自北魏郦道元《水经注·河水三》："阳周县故城南桥山 …… 上有黄帝冢故也。帝崩，惟弓剑存焉 …… "后以"遗弓剑"为帝王死亡之称。郑隆轩用此典，意为那三爷大义千秋，堪为王者。此幛后来流传甚广，乌林府各界有识之士极其推崇。

万松岩恭立碑前，把一碗酒洒在地上。郑隆轩捧着一份诔文念道："呜呼！乌林那氏，仗国之年，独身斗敌，魁星陨落，百姓怆然，举城哀泣。遥对九天，祭吾忠烈，马革裹尸，桑梓埋骨，天地动容，神鬼洒泪。想吾中华，泱泱大国，凶残日寇，犯我神州，生灵涂炭，罄竹难书。惟我忠烈，民族精英，壮士横眉，喋血故城。化为辰星，天人共仰，江河同存，百世垂名。往者已逝，来者可追。国破家亡，身殁名在，千古英雄，万年史记。谏义致祭，恤管虔修。尚飨矣矣。"郑隆轩泣诵之后，伏身长揖，抬起头时，已是老泪纵横。

突然，老赫冲到坟前，从怀里抽出短刀就往自己脖子上抹，万松岩一步抢上去，夺下了他的短刀，叫来几个青壮汉子，架着胳膊把他搀走。

山风骤来，旌摇旗动，墓地周遭，篆烟四起，悲声一片，呜咽不绝……

当夜，几个人影悄悄摸进墓地，扑到那三爷坟前长跪不起，压抑着凄厉的哭声，像几匹狼，把头贴在潮湿的新坟土上，发出低沉的咆哮……

77

劫了囚车，救了玉池，那武和关胜纵马几十里，当天就到了乌林府西郊榆树林子村，藏在万松岩大弟子纪锁子家里，打算让玉池养养身体再返回都伦山。纪锁子和那武关胜都是习武之人，相互熟识，对那三爷也是极其敬佩，且多年与关胜私交甚好，日军占领乌林府后，那武把纪锁子的家当成了地下党秘密联络点，因此，在这里隐蔽是安全的。

昨天，纪锁子奉师父命寻找那武和关胜，他第一个念头就是回榆树林子村这个联络点，即使遇不上那武，也能得知一些消息。他回到家里，那武果然在此。那三爷遇难的消息，让那武和关胜悲痛欲绝，当晚就要杀进城，找松本报仇。

纪锁子死死拦住："老爷子还没出殡，要是你们再有啥闪失，我没法向师父交待啊。而且郑隆轩郑老爷特别嘱咐，你们绝对不能在出殡时进城，松本那个老鬼子一定撒下了人，就等着你们去吊丧送灵时捉拿啊。还是等老爷子入土后再做打算吧。"

那武压抑内心极度的痛楚，默默地撕了白布衬衣，给自己头上缠了条孝带，跪朝东北自己家的方向，嘭嘭嘭磕了三个响头，哽咽着念道："父亲，恕儿不孝，不能灵前给您老送终，只能遥祭。日后，儿定把松本的人头祭在您的坟前！"

关胜与那武并肩而跪，双手抱拳，举过头顶："一日为师，终生为父。不报此仇，誓不为人。师父且稍待几日，徒儿必将那老鬼子碎尸万段！以雪家仇国恨！"

身体虚弱的玉池，也强撑着磕头祭拜，然后对那武说："鬼子这些天一定会戒备森严，警备队恐怕已是龙潭虎穴，就等我们送上门去呢。古人用兵之法中说的'善用兵者，避其锐气，击其惰归。'我们还是先回都伦山，聚集人马，再分头向外围要害之地出击，这样，可以诱惑鬼子去对付城外，待城里防守松懈时，我们再朝松本下手。"

　　虽在悲痛之中，但那武还是恢复了冷静，且仍然记得避开锋芒破其虚处的用兵之道，也听明白了玉池说的是兵法中以战养战获得先机的招术。于是，三人决定，夜上北山祭拜，然后立马转道都伦山。

　　半月之内，塞外草原边缘的都伦山连日热闹起来。北风狼派猛子等几个弟兄，昼夜驰骋，向四处发送飞叶子（急信），邀请各绺子大当家到山上共商大计。

　　都伦山下的山道上，飞扬起络绎不绝的烟尘，几路人马陆续汇聚而来。

　　站在山顶的北风狼、柳叶刀和白羽鹰、红叶妹、关胜等人，看着山下一支支马队奔驰而来，一路路尘土飞扬，不禁心中豪迈。白羽鹰笑道："都伦山竖起烽火台，大当家点起狼烟，各路诸侯飞马而来，咱这大营好似山顶千门次第开，不过迎来的不是荔枝，而是各路兄弟啊！"

　　"狼烟四起，烽火连天，松本老鬼子，等着接招吧。"北风狼咬牙切齿。

　　"穿长袍的，没有会不着亲家的，欠了血债的，终得血来还。松本老鬼子，你他娘的活不了几天了。"红叶妹把枪栓拉得咔咔直响。

　　"民不畏死，奈何以死惧之。三尺剑在手，只待杀贼日！"柳叶刀怒目圆睁。

　　关胜蹬上一块岩石，昂首向天，双手抱拳举在额前："师父，英灵在天，看徒儿雪耻！"

　　时近黄昏，猛子上山来报，有几位大当家的已经进了山门，北风狼高声叫着："好，让弟兄们列队迎接，点火造饭！"

　　都伦山顶大山洞前，已经插上了十几杆旗子，正迎风猎猎作响，粗壮的松木杆子钉成的两扇高大的木门敞开，狼刀帮众弟兄在门旁站立两排，夹道欢迎上山的众头领。

　　率先上山来的，是草上飞和白龙驹。这两人行动极其迅速，所以草上飞在江湖上有"神行太保"之称，白龙驹在百姓传说中也是能日行八百的飞人。北风狼立于洞前，拱手向二人致意："二位仁兄，果然神速。俺这山上酒肉早已备好，就等各位头领大驾光临了。"

　　草上飞二人拱手答礼，众人簇拥着，步入山洞……

　　接下来几天里，黑三豹、飞天鹞、穿山虎、二杆子都上了山，与北风狼、红叶妹义匪帮伙首领会齐了。这几年，众头领各自率领弟兄们，没少跟鬼子交锋，得知那三爷英勇就义，心里都明白，此番前来，定是同仇敌忾杀敌雪耻。都伦山顶阔大的山洞里，摆下酒宴，虽比不得梁山好汉一百单八将的阵势，却也是汇成八王聚义，那场面，那气势，正是群雄联袂，天地争锋，刀枪噬血，保家卫国。

山洞里火把通明，一溜粗糙的木桌上摆满酒肉，为首大桌上排开十几个大海碗，两个小弟兄捧着酒坛，咕冬冬倒满了酒，洞中飘散着酒香，引得众人齐声叫好。那武、关胜、玉池、北风狼、柳叶刀、红叶妹、白羽鹰、齐天龙、黑三豹、飞天鹞、草上飞、穿山虎、白龙驹、二杆子等围坐桌前，每人面前一碗烈酒，一盘熟肉，一把狼刀，准备大碗喝酒，大块吃肉。

按常理，这种土匪首领的聚会，一般都有一些不适合与尴尬。比如，飞天鹞与二杆子为争夺地盘动过刀枪，穿山虎与草上飞曾因一个女人有过纠葛，北风狼与黑三豹砸一个窑撞了车，白龙驹在琴书楼与红叶妹也交过手。除了那武、关胜、玉池，这些人分别是八个帮伙八个绺子，要在以往，这些人凑在一起，就是一堆炸药，说不定什么缘由，哪一句话会迸出个火星子，引起大爆炸。而今天，各霸一方的八王，是因为北风狼一纸共同抗日的帖子聚到一起的，讲义气的江湖好汉，会把以往的恩怨搁在一边，因为当下，他们共同的敌人是鬼子。也是因为那三爷的死，更加激起了众首领的义愤，于是，那武因势利导，言简意赅，话语不多，却从家仇讲到国恨，从乌林府讲到卢沟桥，从关东讲到华北，万里河山被践踏，父老乡亲被残杀，要赶走闯进家园的野狗，就要靠我们这一群血性的龙虎狼豹。开场一席话，激得众人血往上涌，头发根都立了起来，纷纷抽出刀枪拍在桌上，嗷嗷叫着，发着毒誓，豁出命去，也要与鬼子干到底。

那武操起狼刀在自己手腕上割了一刀，鲜红的血，滴在面前的酒碗里："各位当家的，今天，咱们是八王聚义，咱就学古人义士，歃血为盟，捐弃前嫌，率领弟兄们，一致对敌。"

北风狼跟着操刀割腕滴血，各头领一一走上前来，割破手腕，把自己的血滴在同一个酒碗里。那武端起大碗率先喝了一口，八王一个个接着喝干了一海碗烈酒。北风狼立在桌前，环顾众头领："各位大当家，过去，俺北风狼多有得罪，那都是为了自己绺子的地盘和钱财。今天咱们是为了关东百姓，为了咱中国不再被鬼子欺负，各绺子拧在一起，一个心眼跟鬼子干，谁要有二心，有如此灯！"说着抽出驳壳枪，甩手打灭了洞顶悬着的一盏油灯。

众头领跟着叫好，再次端起酒碗，双手举到额前，挨排轮着，每人说了一句话，表明心境。这帮人都是惯于夜黑杀人风高放火，秉性不羁，脾气火爆，说起话来没有不带脏字的。

"他娘的，哪个当孬种，俺灭了他的灯！"红叶妹一甩长鞭，抽掉壁上一只火把。

"妈了个巴子，谁要耍滑，就挖出他眼珠下酒！"黑三豹挑出猪头肉上一只眼嚼着。

"奶奶的，哥几个联手，谁敢开溜，挑他娘的脚筋！"飞天鹞一刀劈开一只猪蹄。

狼刀

"他娘了个腿，哪个绺子不卖力，那当家的是婊子养的！"穿山虎把一只大碗扣在桌上。

"操他姐的，玩心眼的，生孩子没屁眼！"二杆子刀尖上扎着一块鸡屁股，嘿嘿坏笑。

还是柳叶刀说得文雅些："联手合兵，分头出击，讲的是统一指挥，听的是一个号令，咱不能没有章法乱了套。到啥时，都得以那师兄马首是瞻！"

一直没吭声的玉池摆摆手，压下众人喧闹："八王聚首，几百号人马，那就是洪水猛兽啊。各绺子归置好各自弟兄，绝不许趁机糟蹋百姓，坏了咱抗日队伍的名声。"

那武马上赞同："玉池兄说得对，咱不再是乌合之众，而是正义之师。得道多助，失道寡助。咱要为百姓打鬼子，才能得到乡亲们的支持和帮助。师出有名，师出有道，道者，规矩也。各绺子合在一处，或是分头出兵，不能再各吹各调，都得先定好联络信号，统一调动。"

关胜拿来一捧白布孝带，先在自己头上扎了一条，然后分给大伙："咱们订下行动的日子，正是师父'百天'之祭，咱就把孝带当成记号，叫小鬼子知道，咱就是要讨血债祭先灵！"

众头领都把孝带扎在头上，一齐举起碗一气喝干，摔了大碗，纷纷叫起来：杀鬼子！祭三爷！卫家园！保中华！

洞中穹顶，嗡嗡地回荡着撞击着激昂和义愤，洞外，狼刀帮弟兄吹响了牛角号……

78

几天后，八位首领星夜下山，率领着各自的绺子，开始了狂飚般的八面出击。

飞天鹞带着四五十人，穿过都伦草原，直插小兴安岭余脉山林，兜住了一个鬼子小队和伪满警察合成的山林讨伐队的屁股。这支讨伐队原是要堵截撤向塞外草原的一支抗联小队，刚踏进林子里，就被飞天鹞抄了后路，飞天鹞与抗联小队相互呼应，形成了反包围。这一队伪警察没有山林作战经验，战斗力也很弱，被两下一打，半个时辰没挺住，就倒下一片，剩下的纷纷跪地举枪投降。鬼子小队也损失一半，十来个士兵在一个少尉军官指挥下，背靠背缩在一堆，端着刺刀，瞪着小眼，与围上来的抗联战士和飞天鹞的弟兄们对峙着。

一个抗联干部会几句日本话，断断续续地喊着，叫鬼子交枪，而关东军士兵自打进东北，还没有过交枪投降的，这伙鬼子也相当顽强，一声不吭地等着对手扑上来拼刺。

飞天鹞根本没有耐心等待鬼子放下枪，他也知道让强悍的关东军士兵投降，几乎不可能。他依托一棵大松树，举着驳壳枪打着点射，打倒了三个鬼子。那抗联干部急忙喊叫着阻拦，还想继续劝说鬼子投降，急切中暴露了自己的身体，被鬼子少尉一枪打在胸口。飞天鹞气得大骂："妈了个巴子，跟狗畜牲能讲理吗？它会反咬你一口，还他娘的等啥？咱不能跟鬼子玩刺刀，咱拼不过他，快用喷子（枪）招呼啊！"说着命令弟兄们开火。

抗联干部的牺牲，让战士都红了眼，机枪步枪手榴弹一股脑地泼向敌人。十来个鬼子一个没剩下，有脑袋开花的，有胸脯打穿的，有断了胳膊的，有炸飞了大腿的，黄呼呼的躺了一地。飞天鹞叫弟兄们围上去，给没死的鬼子挨个补枪，直到没有一个喘气的才罢手。

收缴了鬼子和伪警察的枪支弹药，飞天鹞和抗联队伍分头撤离，山林里留下一片血腥。

这支鬼子小队所属联队的长官，一个多月没有得到消息，后来抓来逃回去的伪警察队长，让他带路找来山林里，看到这帮鬼子的尸体都腐烂了，气得他一刀砍了伪警察队长的脑袋。

白龙驹的弟兄们在离都伦山不远的公路边上，围住一个刚刚盖起来的鬼子炮楼。割了电话线，机枪封了门，呜呜吹起牛角号，铜锣敲得震天响，吓得炮楼里的鬼子心惊胆战。

这鬼子炮楼四周挖了壕沟，本是防御进攻的，现在却反把自己困住了，他们不敢放下吊桥，怕土匪们冲进来，而自己也没法突围。一个军曹指挥六七个鬼子兵，分头守住门口和枪眼，凭借枪眼向外射击，企图拦阻进攻。

其实，白龙驹根本没打算冲进去，他叫手下弟兄们趴在公路边，或藏身土坡下，都不露头，鬼子干着急，阵阵乱枪白费子弹，一个人也打不到。而白龙驹操一支步枪，依托公路路基，慢悠悠地瞄着，一枪一枪地打进炮楼的枪眼，敲掉了三个鬼子射手，鬼子们再也不敢在枪眼里朝外打枪了。弟兄们使出砸窑打圩子的绝招，搭人梯爬过壕沟，用自制的火药混着煤油做成燃烧瓶，绑在长木杆子上，点着了引火的药捻子，伸进炮楼枪眼里，让燃烧瓶在炮楼里爆炸。飞溅的煤油烧着了炮楼的木地板，趁鬼子们忙着扑火时，又用手榴弹炸断了拉起吊桥的绳子，吊桥轰隆隆地放了下来，几个人抱着一捆捆干草，冲过吊桥，堆在炮楼门外倒上磨成碎末的辣椒面点燃，一团团裹着辣味的烟雾飘进炮楼里，薰得鬼子睁不开眼，呛得他们喘不过气，已经没有了招架之力。而这时，白龙驹带着弟兄却悄悄撤走了。

到了半夜，鬼子军曹命令士兵打开门，派一个鬼子兵趁天黑去报信求援。他们却不知道，白龙驹没有真的撤走，天黑时又返回来藏在炮楼外，他一刀抹了要去报信的鬼子兵脖子，带两个弟兄冲过吊桥，把两捆集束手榴弹

狼刀

堆在门下，拉了弦就跑。接着，轰的一声，手榴弹把木门炸成了碎片。鬼子军曹挥舞着军刀，带着三个鬼子兵，哇哇叫着冲出来，没等冲过吊桥，就都被白龙驹的机枪打成了蜂窝。

弟兄们举着火把，冲进炮楼，搬走了两箱子弹和一箱子鬼子的赖瓜手雷。

炮楼里再次堆上干草，熊熊大火一直烧到天亮。一队鬼子赶来增援，看到的却只是一座还在冒烟的废墟……

星夜行程二百里，草上飞的人马在辰时到了牦牛镇，正是吃早饭的时候，也正赶上是个集日，镇西街市上熙熙攘攘，都是四乡八村来赶集做小买卖的老乡。因为行前那武和玉池严令不得惊扰百姓，草上飞让弟兄们在镇外下了马，留下两人看守马匹，四十来人分几拨混进赶集的人群里，分散在两个鸡毛小店和小摊上吃了早饭。弟兄们都是百姓平常装束，在人堆里分不出有什么特别，谁也没察觉今天与往日有什么不同。

牦牛镇虽是乌林府地界最东边的边远小镇，但却是乌林府通往东部区域和连接长白山密林的主要出口，踞守交通要冲，日军派了一个小队驻在镇上警察分所，配合伪警察加强守备。草上飞经常往来于此，很熟悉这里的情况，今天也正是要朝鬼子小队和警察分所下手。他知道，按惯例，早饭后到午时，将有三拨五个鬼子加五个警察组成的巡逻队，每一小时换一班，从警察分所到镇东公路三公里处巡视一次。那就是说，午饭前，警察分所里鬼子和警察有二十人左右，要是一对一地干，输赢不好说。所以硬冲不妥，他已是另有招法。

在山上几天，按那武吩咐，草上飞跟鬼脸三学了一招自制延时爆炸的炸弹，也让他明白了那武对付牦牛镇的招术。趁吃了早饭人们都散去，草上飞坐镇西街口老白家饭庄，扔给老板两个大洋，说今个上午俺全包了，让俺的弟兄们歇脚喝茶，让老板挂出包桌的牌子，不再接散客。八点来钟时，弟兄们三三两两地汇集到此，门口两旁放了两人把风，又派了两个弟兄，上集市打听到谁负责给警察分所送菜，悄悄用枪顶着那送菜人推着独轮车，连人带菜押到老白家饭庄。草上飞亲自把两包各有二十公斤炸药的延时爆炸的土定时炸弹点燃，放在两个菜筐底下，让一个弟兄替换了送菜人，推着小车送到警察分所。

鬼脸三教给草上飞做的这种延时爆炸装置，极其简单，炸药包装在木盒子里，上面隔一层木板，木板上铺上一块一寸厚的马粪纸，导火索连在马粪纸一头，从另一头点燃马粪纸，然后盖上盒盖，马粪纸烧得很慢，且烟很少，木盒子里的空气足够用。半个时辰之内送到警察分所，然后离开，不等闻到烟味，马粪纸就点燃了导火索，接着就会是两声巨响，炸药的当量足以掀翻警察分所的屋顶。

弟兄们分成两拨，草上飞带一拨二十人，到镇外上马，奔镇东公路口，截杀鬼子巡逻队。另一拨二十多个，分散跟随送菜的弟兄，到警察分所门前街上胡同里掩蔽，等待爆炸后冲进去收拾鬼子和警察。延时炸弹正正好好用了半个时辰，警察分所几乎一半被炸塌，活着的跑出来，迎面又遭弹雨，七七八八地倒在门口台阶上。弟兄们冲进只剩半边屋顶的警察分所，一阵乱枪，结果了躲在屋里墙边的几个，迅速撤了出来，向镇东头跑去。

几乎是在警察分所屋顶被炸飞的同时，草上飞与巡逻队交上了火。他带人藏在路边林子里，等巡逻队走近，突然杀出来，鬼子没防备，看见一帮头扎孝带的人骑马而来，以为是去报丧的，一愣神的工夫，就有五六个丢了性命。三个鬼子哗啦啦退出子弹，拉开架势准备拼刺刀。草上飞不擅拼刺，也没使长枪，带着弟兄们继续在马上冲锋，用驳壳枪扫射，鬼子没等招架，纷纷中弹倒地。草上飞转过马头再捋一遍，已经没有活口了。

绺子弟兄们在镇东口汇合，飞马而去，还没到吃晌午饭的时候。镇里百姓可传开了，说天边忽降一队神兵，有白衣小罗成领头，风一样刮过牤牛镇，一袋烟工夫，就灭了鬼子和警察，那阎罗殿一样的警察分所，被飞雷炸成了半塌的猪圈。那个送菜人更是白话得有鼻子有眼，说神兵头领腰里藏双枪，会使风火雷，还能念咒，让它啥时炸就啥时炸，说不定是天上雷公下凡，是专门来咱牤牛镇收拾小鬼子的。

79

乌林府周边日伪军连连遭受袭击，鬼子联队、旅团、师团各级长官雷霆大怒，警备队长松本一次次被训斥责骂，警察署长寇炳坤险些被砍了头。日军派出三个大队，分别向周边搜索，警察署巡警队奉命跟随一个鬼子大队赶去牤牛镇，可除了抓几个无辜百姓，别无所获。

鬼子大营和将军署衙门也增哨添岗，日夜巡逻加强了戒备。

而松本却又设下诡计，他非常清楚，杀了那三爷，那武、关胜必来报复，尽管那三爷出殡之日，他们并没有出现，但他们岂能罢休？多日来的四处骚扰，定是那武的调虎离山围魏救赵之计，到处煽风点火大肆招摇，目的是把城内兵力调往偏远地方，然后趁机在城内动手，目标必然是警备队和日军大营及伪满政权头目居所。警备队一队鬼子全副武装，唱着歌，跺着脚，从热闹的东商埠穿过，到东莱门外东大滩过江，显然是往江东方向去扫荡。其实，这是个障眼法，是做给城里抗日武装的侦察员和土匪绺子的眼线看的，到了半夜，鬼子们又悄悄绕道密哈站，过江返回东商埠，在警备队驻地附近的洋行和日商仓库里隐藏下来，等待包抄袭击警备队的抗日分子。

狼刀

那武和关胜、玉池定下的计策是三个月内不断分头袭扰外围，八月十五统一行动突袭乌林府，三个月拖长时间的不断袭扰，是为了把敌人的戒备和防范重点引到外围，通过小规模的反复骚扰，消磨和麻痹敌人的戒备。二杆子却没按计划等待统一行动，捣毁小柴河镇警察所后，他觉得太不过瘾，也认为那武太过于小心，又是想抢个头功，在各绺子中再立威名，擅自提前进了城，袭击警备队。

几乎所有土匪绺子，都在乌林府藏有眼线，二杆子也早就派了一个弟兄，就在站前开了个小旅店，离东商埠鬼子警备队不远。警备队闹出那么大动静，招招摇摇地出了城，恰好让这弟兄打了眼。二杆子得到这个假情报，中了松本的圈套，又没有其他绺子弟兄们的配合接应，吃了大亏。

这天晚上刚擦黑，东商埠街市依然热闹，松本化装成一个百姓，在警备队周围溜达着，观察街市上的动静。他发现，今天傍晚虽然没什么两样，却好像比平日里多了些闲人，三三两两地在警备队前后走来走去，老是绕在警备队院门附近，时而向院内张望窥探。他心中暗喜，布下这个暗局已经多日，果然等来了鱼儿，看这动静，今晚就要咬钩了。他闪身返回警备队，蹬梯子上了屋顶，佐藤正趴在屋顶，守着他那支狙击枪，通过瞄准镜，观察动静。俩人四眼一对，露出狡黠的诡笑，不用说，连日来内紧外松守株待兔的计谋，今晚将要奏效了。

二杆子也混在街上闲人当中，亲自来瞭水（侦察），和眼线报告的一样，警备队里看不到几个鬼子，平常双岗加狼狗，今天只有一个岗哨，院子里也没有动静，鬼子大队果然已经出动，正是趁虚突袭的好时机。

过了两个时辰，街上行人稀少了，弟兄们藏在四周民房的阴影里，悄悄向警备队院子靠近。原先一到夜晚就紧闭的大门仍然敞开着，二杆子求胜心切，根本没多想，误认为这是松本虚张声势，一挥手，十多个弟兄冲上去，干掉了鬼子哨兵，冲了进去。不想，刚才还寂静无声的院子里，顿时枪声大作，在院墙角楼上趴了一天的鬼子兵，突然起身，机枪步枪一齐开火，一串串带着火光的子弹，蝗虫一样钻进弟兄们的脑袋和身体，一声声惨叫，一个个仆倒，转眼间，十几个弟兄全部阵亡。

过去砸窑时，没遇上过这么强硬的抵抗，也没吃过这么大亏，二杆子红了眼，扯嗓子喊着："弟兄们，放碎嘴子（机枪），甩手炮（手雷），压上去（冲锋）啊！"

第二拨十来个人在机枪掩护下，一边扔手雷，一边冲，到了院墙下时，只剩下五六个囫囵个的，又被墙上机枪封堵，进退两难。佐藤趴在房顶，狙击枪连着敲掉两个机枪手，机枪哑了，没有机枪压制，街路已经被鬼子火力封锁，继续进攻已经不可能了，二杆子急得大叫："弟兄们，买卖不顺（没得手），漏水啦（被发现），麻溜扯乎（快撤退）！"

就在这时，百米开外的洋行和仓库突然敞开大门，埋伏在那里的数十名鬼子冲出来，堵住了退路，迎头一阵扫射，慌忙后撤的弟兄们没有防备，受到前后夹击，伤亡更加惨重。剩下几个慌不择路，向胡同里窜去，却被鬼子紧撵着，密集子弹打烂了后心。

只有二杆子和一个贴身护卫就近爬上房头一棵大树，跳上房顶趴下来，大气不敢出，躲过鬼子搜捕。等到下半夜鬼子收了兵，才慢慢顺下来，没命地窜进胡同，奔了团山子。

到了团山子，与留在那里看守马匹的两个弟兄汇合，趁天未大亮，又奔向西三镇。二杆子知道齐天龙和穿山虎这几天正在西三镇，按日子算，他们已经拿下了镇上的警察分所，说不定正在喝酒吃肉呢，那是眼下离得最近的可投靠可藏身的地方。

果然，齐天龙轻车熟路，带着穿山虎这一路，已经完成对西三镇警察分所的突袭，向乌林府方向二十里放出警戒哨，让弟兄们在镇西大车店歇息。快到中午吃晌饭时，警戒哨迎住了二杆子，一番盘查，问明身份，又见后面确实没有追兵，这才带他来见齐天龙和穿山虎。

落荒而来的二杆子，被穿山虎劈头盖脸一顿责骂："你他娘的真是个二杆子，咋就不听那师兄号令呢？要打乌林府，咱得八个绺子对脉碰码典鞭开磕（会合一起开打），就你他娘的逞能，非要吃独食，四五十号人，反让人家给吃了，这下鼠眯（傻了）吧？"

齐天龙也瞪眼大骂："你小子这几头蒜，能逃得过鬼子马队？别是掉脚（被抓住）被松本老鬼子拣了蘑菇（抓俘虏），反水（叛变）啦？踏破山门，留下脚印，说不定这会鬼子已经起跳子了（出兵来抓人），弟兄们，给我把这小子码上（捆上），咱麻溜扯乎！"

不管二杆子怎样解释怎样叫骂，几个弟兄扑上来，把他捆了个结实，扔上马。齐天龙领头，一干人马一百多弟兄，向小吉村疾驰。

别梁子（劫道）本是土匪的拿手好戏，黑三豹绺子的行动却险些和二杆子一样演砸了，这完全是由于他轻敌所致。距乌林府一百多里的官道上，有个隘口，是设伏的好地界，黑三豹在这里截住了鬼子一辆卡车，他没把这一车鬼子放在眼里，又犯了敌情不详且不留预备队的兵家大忌。四十多人一股脑压上去，想一下子解决这一车鬼子，不想这队鬼子是关东军里战斗力极强的一部，端着刺刀反冲锋，与弟兄们纠缠一起。溜子们劫道绑票打黑枪吃红线（勒索钱财）在行，拼刺刀就不顶楞了，三四个对付不了一个，半个时辰之内，让人家干倒了十来个。把风瞭水的小溜子没发现，又有两辆卡车急驶而来，险些抄了黑三豹的后路。多亏黑三豹眼尖，瞅见后面围了上来，立马撤下眼前的鬼子，带头撒丫子上山坡钻了林子，不然，剩下二十来个弟兄，

狼
刀

都得被鬼子包了饺子。

几拨人马，分头出击，大有斩获，也稍受挫。而红叶妹这一路女将杀返江口镇，夺回琴书楼，干得更是麻利漂亮。自从那年浅仓夜袭醉胭街，毁了七侠妹老窑，红叶妹和姐妹们一直憋着劲要报仇雪耻，这回，她们下了都伦山，就直奔江口杀来。

江口镇商会会长汉奸姚麻子，抢占琴书楼开了窑子馆，这里已经成了伪警察和汉奸流氓寻欢作乐的销魂窟。这一夜，姚麻子正在琴书楼喝花酒睡女人，醉生梦死中做了无头鬼。

夜半之时，醉胭街正入佳境，灯红酒绿，拉弦唱曲，划拳行令，吆五喝六，嘈杂喧闹。

红叶妹把坐骑红追风和姐妹们的马匹还是藏在了镇外马号，带着二妹红莲、五妹红珠、七妹红巧，四人沿着熟悉的小街，一路摸到琴书楼。红莲搭人梯，红珠和红巧翻进院子，打开大门，姐妹们像轻功掠水一样无声地漂进来。红珠用匕首拨开一楼木门，红莲一步跨进门，正忙着张罗给楼上姚麻子等人添酒添菜的老鸨，一回身便被她的驳壳枪顶住咽喉，不敢作声了。一楼的两个女佣，是醉胭街上其他青楼艺馆里过来的，都认得七侠妹这几个女子，见她们刀枪在手，飒爽中带着杀气，不用吩咐，自动地和老鸨一起，抱着头蹲在地上。姚麻子两个护卫正在一楼雅间喝酒，听见有动静，掀开帘子探头想看究竟，红珠红巧扑上去，一人一刀，封了喉。红莲拎着双枪守住大门，红叶妹带着姐妹们蹭蹭几步跃上了楼梯。

这熟悉的地方，早已不是熟悉的优雅与温馨了，胭粉味和酒气混和着浪曲淫声，夹杂着狂野的笑骂，粗俗替代了以往的雅致，污浊粉刷了曾经的清新，让姐妹们心头隐隐阵痛，更让她们怒不可遏。红巧这时已经悄悄守住了西窗，堵住了二楼的退路。红叶妹和红珠连续踢开几个房间，一齐闯进去，刀枪并用，顷刻间，姚麻子和警察所长、维持会长、汉奸镇长等人，不是枪下身亡，就是成了刀下之鬼。

自此，这才留下七侠妹重开琴书楼的后话。

80

八王聚义，弯弓射雕，从塞上都伦山一路杀下来，一队队彪悍的人马，一个个头缠孝带的汉子，出没于乡镇村野，忽现于城池通衢，诛贼祭灵，血染白绢，把乌林府这偌大的地界闹得天翻地覆。四处纷纷报来消息，让乌林府日伪头目如临大敌，风声鹤唳，汉奸伪警们一有风吹草动，便似惊弓之鸟，惶惶不可终日。百姓们私下相传，那三爷英雄显灵，众好汉报仇雪耻，四下里埋下伏兵，小鬼子朝夕不保。

驻乌林府的日军和警备队、伪满国军和警察署谈匪色变，草木皆兵，连日加强戒备，沿城九门和东大营、将军衙增哨加岗，东商埠、西大街和南河沿多处设卡盘查，人人搜身，个个过筛，以防匪患。连日累月，壁垒森严，又心惊胆战，弄得憔悴疲惫。忽而夜里又响枪声，不知哪个不知趣的家伙，又成了死鬼。

忽有探子来报，北风狼柳叶刀又在淞凌城现身，闹市鸣枪，当街纵马，旋风一样掠过，子弹如同长了眼，几个汉奸特务前胸迸血，后脑开花，平民百姓却毫发无损。据守城关的日军中队刚要出动，被一阵乱枪封住大门，鬼子兵像被割倒的高粱杆，堆成一摞柴禾垛。等到枪声停了，追出门来，突袭而来的马队，已绝尘而去。

闹闹哄哄一阵子，乌林府周边像开锅的水突然撤了火，不再冒泡了。各处骚扰的土匪溜子们，仿佛土行孙，钻进地里，一个也找不着了。就连心理素质极强的松本和佐藤也几乎崩溃，歇斯底里地发疯咆哮，带着鬼子兵城内城外到处搜捕，却是竹篮打水，空忙一阵，毫无斩获。

其实，这是那武又一计。各绺子偃旗息鼓销声匿迹，藏于乡野山林休养生息，任他鬼子伪军警察们没头苍蝇瞎飞乱撞，蒙眼驴子拉磨转圈圈，他们却只管喝酒吃肉蒙头睡大觉。这一歇气，就是一个多月，日夜追捕防守的鬼子伪军可熬不住了，早消磨了警惕，散了架子，倦怠松懈。眼瞅八月十五快到了，东洋鬼子和咱中国人一样，也得过中秋节，也盼着能消停些，好喝酒赏月歇息几日。

八月中秋，天上月圆，地上人圆。而今年的中秋，那府人去屋空，寂寥凄凉。那武与自己的家近在咫尺，却再不能堂下敬拜，膝前尽孝了。他知道，尽管这一个多月乌林府已是风平浪静，可狡猾的松本老鬼子却不会上套，一定在那府四周布下暗探，等着捕捉他。他和关胜、玉池藏身乌林府南山后林中万松岩大龙武馆的临时营地，一边继续谋划下一步行动，一边请万松岩师父派人四处打听老赫和冬儿的下落，却始终不得消息。

中秋之夜，那武和关胜下山了。按照约定计划，八位首领带着各自的队伍，从几个方向运动到了乌林府郊外，弟兄们藏好马匹，分散潜入城内。一场火爆大戏，悄悄拉开了帷幕。

一个多月来，乌林府看似平静了许多，各绺子的眼线暗地里却频繁活动，掌握了城里的各种动向和各个目标的情况，此时，弟兄们正向这些目标聚集。

狼刀帮无数次出入乌林府，以住多是打家劫舍，多少有些不大仗义，可自从救出了那武，在这位中共地下党员带领下，开始跟鬼子正面交锋，弟兄们再入乌林府，都觉得腰杆子是那么挺直，心里是那么的豪气。北风狼说，咱不是为了几个小钱，也不是跟哪个绺子争地盘，咱是为了白山黑水千里江

狼刀

山，咱是为了关东几千万百姓，狼刀帮的大旗上写的是民族大义，弟兄们胸脯里肚囊里跳的是中国人抗敌雪耻的赤胆忠心！他是学那武的话，给弟兄们鼓劲，因为他们的狼刀，永远是杀向鬼子汉奸的。

七侠妹的老三红杏妹送出消息，她跟随原长春道台府投降鬼子当了汉奸的金师爷，日前到了乌林府，和一些侵占乌林府的鬼子联队的军官们，要在将军衙过中秋，一起赏月。这大汉奸和乌林府的伪国军与鬼子头目聚在了一起，正是下手一勺烩为那三爷报仇的好时机。

狼刀帮和今晚出击的各绺子弟兄们一样，全部身着夜行黑衣，头扎白色孝带，分头开始了报仇雪耻祭奠英灵的行动。

入夜，将军衙里酒宴正酣。院子里挂上了两只红灯笼，还临时扯线接了几盏灯，照得满院子里甄明瓦亮。鬼子军官和汉奸头目们已经喝得赤膊祖胸，鬼子军官唱起日本歌，汉奸们谄媚地叫好。一路之隔的果子楼院内，伪军卫队营也正猜拳行令喝得闹哄，连岗哨也抱着枪端着碗偷偷地喝酒。不明武装多日的袭扰，搅得他们心神不宁，好不容易消停了一个月，都想趁着过节放松放松喝个痛快，没谁还顾得上警戒。

北风狼这回是二打将军衙，算得上是熟门熟路了，而那武的战术命令是突袭速决，快打快撤，不许逞能，不许耽搁，绝对不能让鬼子伪军缠住，避免伤亡过多。北风狼和柳叶刀、鬼脸三事先就核计好了打法，此时，弟兄们已经分头占据街边墙下，无声地包围了将军衙和果子楼。柳叶刀早已准备了一辆黄包车，藏在将军衙不远的街口，红杏妹按约定时间悄悄出了将军衙，柳叶刀吩咐两个弟兄护卫着红杏妹，拉起车就跑。北风狼低声发出信号，弟兄们每人手里都有两三颗赖瓜手雷或木柄手榴弹，三十多人六七十手雷手榴弹像惊了巢的乌鸦群，扑楞着黑乎乎翅膀，飞进了将军衙和果子楼的院内，日伪军官死伤大半，汉奸金师爷和随从都被弹片削开了脑瓜。连续不断的爆炸声，滚雷般地震响起来，附近方圆半里地，都陷入火光和浓烟中，北风狼和弟兄们虽然觉得没过瘾，但还是遵照那武的指令，从三道码头过了江，再次销声匿迹，让鬼子数月摸不着踪影。

顺城街丹桂大舞台今晚名角众多，伪满国军独立旅连长以上军官都来看戏了，他们想不到，台上的锣鼓刀枪一阵热闹，假模假式的唱念做打会突然变成真枪实弹的绝杀。

好戏开场不久，丹桂大舞台后门来了两个拎着食盒的伙计，说是给唱戏的角儿送宵夜，守后门的两个哨兵掀开食盒一齐探头闻着酒菜的香味，后脑勺挨了一记闷棍，一声没吭，倒在地上。黑暗中钻出十几个人，鱼贯而入，进了后台。这伙人个个黑衣黑裤，头扎孝带，手里拎着驳壳枪，领头的是黑三豹和二杆子。他们用枪逼住了后台里候场的人，唱主角的、跑龙套的、名

狼刀

角儿的跟班，吓得大气不敢出。这时，前面一折戏刚完，演员退场下来，黑三豹一挥手，来不及换行头卸妆的角们，都从后门悄悄溜走了。

前面台下的伪军官们正等着下一折开唱，写着"出将""入相"的两个台门突然挑了帘子，冲出一帮黑衣大汉，冲台下开了火。台上台下对打起来，满戏园子炸了庙，前几排座位上的军官们纷纷中弹，后几排的拔腿往外跑，刚出门迎面又遇上十几个汉子，一阵乱枪扫来，顿时人仰马翻。前后五六分钟，丹桂大舞台尸横遍地，一片血污。这一场速战，只有二杆子和一个弟兄阵亡，其他的黑衣汉子们背起尸首，隐入黑夜，不知去向。

与此同时，松鹤楼、醉仙居两处馆子同时开打，枪声响成一片，像过年放鞭炮一样热闹。

松鹤楼这天晚上是包场，楼上楼下都是警察署和巡警队的大小头目，开宴起杯，未过三巡，门外闹哄哄闯进一群穿黑衣扎孝带的汉子。掌柜的明显狗仗人势，骂咧咧拦在当门柜台前："哪个吃了熊心豹子胆啦，跑这吊丧来啦？不知道今晚松鹤楼是寇爷包了？想搅局啊，滚一边去，爷没工夫跟你们玩。"

"嘿，真他娘的是店大欺客啊，小心风大闪了舌头！"随着话音，人们闪开一条道，白龙驹黑着脸走进来。

掌柜的一看，顿时吓白了脸，忍不住两腿发软，直往下堆缩，双手抱拳央求着，嗓音都变了调："白爷，您老改日再来，俺好酒好菜赔罪伺候着，今儿个千万别跟这叫劲，警察署长寇炳坤寇爷在这包场，来的全是军爷，都带着家伙，闹起来，可别伤着您。"

白龙驹听出掌柜话里带着威胁，冷冷一笑："嘿嘿，我当是哪路大爷，这么威风，原来是日本人的狗啊！俺就是来搅他局的，咱就试巴试巴，看看谁的家伙更厉害！"说着掏出枪来，一枪打倒旁边桌上一个已经站起来摸出枪的伪警。一挥手，十几个汉子分头冲向大厅和楼上，各个雅间里接连响起枪声，打得桌上酒杯和人脑瓜子一起迸碎，血污和汤水一起飞溅。

二楼最里边雅间那一桌，正中坐的是寇炳坤，听到楼下响了枪，立马扔了酒杯，掀翻了桌子，躲在桌后，还一把抓了陪酒的歌女挡在身前。白龙驹冲进来楞了一下，怕伤着那女人，没向寇炳坤开枪，朝旁边的两个警察打了两枪，顾不得查看战果，迅速转身，招呼弟兄们下楼，踏过满地狼藉，冲出门去。

毗邻的醉仙居同样遭遇突如其来的枪击，袭击者同样是黑衣孝带，同样是闯进门二话不说就开打，几个包间里正喝酒行乐，被一群黑衣人堵在屋里，兜头一阵乱枪，乌林府汉奸维持会和汉奸商会的头目死伤近半。袭击者旋风般闯入，又一阵风撤走，但惊魂未定的汉奸中，有人看见，这群人领头的，是惯匪草上飞。

狼刀

这一夜，乌林府像闹了鬼，到处不消停。明晃晃月亮地里，忽而这一处冒出十来个黑衣孝带的夜行侠，乒乒乓乓一阵枪，打倒几个鬼子伪军，忽悠一下就不知跑哪去了。忽而那一处又冒出十几个黑无常白无常，刀光闪过，又几个冤鬼去了阎罗殿。九座城门的日伪岗哨和城里巡夜的巡警队，都遭遇了黑枪，却找不到来去无踪的冤家。火车站票房子遭劫，值班的鬼子副站长被人吊在了站台上，卖车票得来的一箱子大洋和绵羊票一点没剩，被抢个精光。驻扎东大营的日军，半夜接到命令，集合起来进城抓人，刚出门就踩上了地雷，路边林子里又飞来一堆手榴弹，炸得火光飞天，人仰马翻。

而反常的是，日本警备队却好似无人理会，没有受到丝毫骚扰。松本料到这中秋之夜必定有人打上门来，天黑之前就命令士兵上了房顶，架上了机枪，做好了防御准备。他敞开大门，当院摆下酒桌，一边喝着清酒，一边扯嗓子嚎着中国人听不懂的日本调。而桌子底下黑布蒙着一挺张开机头的机枪，随时可以向冲进来的人扫射。但他又一次失算了，不仅警备队设下的圈套没人上钩，布在那府的"钉子"也被拔了。

这天晚上，老赫潜回那府，他是要在那三爷"百天"之时，烧香祭拜，不想被守候在这里的四个会柔道的鬼子围住，雪亮的武士刀插入他的前胸后背，老赫追随那三爷而去。

夜半时分，那府屋顶跳下十几个黑影，长刀短刃铿锵作响，月下寒光闪烁，四个鬼子不敌众人，被那武的利剑封了喉，被关胜的大刀砍了脑袋，被红叶妹的长鞭缠了脖子，被白羽鹰的双钩开膛破肚，未发一枪，几分钟结果了松本埋伏在那府的四个"钉子"。

那三爷的儿子、义女、徒弟压抑着心中悲愤，燃起几柱香，跪在堂前，行毕大礼，背起老赫的遗体，出了大门，直向江边。

树荫里撑出一只渡船，在波光粼粼的江上，直向对岸……

第十七章 山林探秘再出剑

都伦山那武定计再出击，青岗岭山林索骥现宝图，

老金沟遗矿寻脉知诡秘，狼牙洞天作良缘结连理。

81

乌林府好似汤浇蚁穴火燎蜂房整整闹腾一宿，松本在警备队守株待兔稳坐钓鱼台却无人上钩，伪国军长官大部分成了死鬼，伪国兵们群龙无首龟缩营区不敢出门，东大营鬼子遭袭击后重整队伍扑进市区，各路绺子却像夜色一样褪去，凌晨的微风里，只留下淡淡火药和血腥混和的味道。

一夜的枪声爆炸声，让百姓们心惊肉跳，早晨起来，一出门，就听到了传奇般的故事，说的是那三爷"百天"之后，率一群头扎白布的带子军下凡讨债，索命乌林府，血染中秋月……

松江南岸，快马穿林，沐朝阳，披彩霞，直向云中。有人看见，领头一马青花骢，正是那身着黑色披风的北风狼，一匹四蹄雪白的雪上飞紧随其后，不用说，那一定是柳叶刀。

临江门外，风卷马蹄，天兵回朝，顺道取了守城门的几个鬼子性命，残存的城墙砖缝里插着一个木雕豹头，有人知道，这是悍匪黑三豹绺子砸窑行事留名的惯例。

团山脚下，一干人马，绝尘而去，两杆大旗，猎猎飞扬，一杆旗上虎头赫然，一杆旗上白龙舞爪……

城北山道，马蹄声碎，踏石留痕，树梢上挂着一只小巧的纸鹞，好似风中展翅……

几天后，黑三豹的木雕豹头和飞天鹞的纸鹞，与土匪四下逃遁的消息，一起送进将军衙。闻讯赶来乌林府的日军师团、旅团的官佐们，和几个在爆炸中捡了性命缠着绷带吊着胳膊腿的伪国军军官，在被炸得面目全非破败不堪的会议室里，商讨如何围剿这些大闹乌林府的反满抗日武装团伙。于是，又一轮疯狂的清剿开始了。

从1938年下半年开始，日伪军集结重兵对各抗日游击区进行大讨伐，

狼刀

至 1940 年，关东军已增至 11 个师，对抗联进行更为残酷的"讨伐"，谢文东、李华堂、郑鲁岩等人相继叛变，形势日益严峻。抗联在斗争极端残酷处境十分艰难的情况下继续坚持斗争，但因兵力过于分散，无力粉碎日伪军的进攻，被迫进行远征，部队受到巨大损失，除新开辟的黑龙江、嫩江平原游击区外，原有的游击根据地和深山中的密营先后丧失。到 1942 年初，大部斗争受挫，各部除留下若干小部队坚持斗争外，其余部队先后退入苏联境内整训。

这次八王大闹乌林府，让日军更加恼怒，派来两个中队增兵乌林府，和伪国军独立旅分三路出动，在周边再次进行扫荡清剿。这次清剿延续和扩展了 1933 年以来不断推行的强化殖民统治的计划，继续疯狂地归村并屯搞"集团部落"，推行"保甲制"和"连坐法"，实行"三光"政策，制造"无人区"。又在十里八村增加警察机构和特务组织，密查与反满抗日有联系的人，杀了许多无辜百姓，老乡们不敢再与抗日武装有来往。留下坚持斗争的少数抗联部队兵力不足，难以措败日伪大规模清剿和并屯，鬼子把乡村百姓差不多都关进了"圈子"里，抗联部队失去了原有的群众根据地，处境更加艰难。

1941 年这个萧杀的秋天，都伦山也显沉寂，几个月前八王聚首的热闹已经余温不再。

尽管这里远离乌林府，日伪敌特的狗鼻子还未能嗅到绺子的踪迹，但那武担心一旦被大批鬼子围住，刚刚动员汇集起来的抗日力量必然受到损失，他坚持让各绺子分散各处隐蔽待命，都伦山上只留下了狼刀帮五六十个弟兄和七侠妹的五姐妹。山上一时平静下来，北风狼心里却火急火燎地受着煎熬，自从红叶妹抢回了半张图，和他在玄天岭上找到的那半张图凑成了完整的索骥图，北风狼就没断了寻找宝藏的念头，总想着哪天下山去，破解这多年的迷团，了却心头之愿。

这天，北风狼拉着那武和关胜、玉池上了山顶，面对萧瑟秋风中落叶飘飘的树林，他拉长忧郁的脸，叹道："二位兄长，玉池先生，你们看，上秋了，天凉了，弟兄们身上叶子（衣服）太单了，眼瞅一月俩月就得飘花子（下雪），咱得准备过冬啊。可手里蓝头（钱）不多。俺从玄天岭找回的金条，都他娘的让俺们啃富般浆子（吃了喝了）了，现在也没剩下多少了。我想再鼓捣点金子去，咱得为弟兄们弄些暖墙子（棉袄）、棉插档子（棉裤）和好嚼裹儿（好吃的），还得换些飞子（子弹）手炮（手雷）啊。"

关胜不客气地说："你小子一撅腚，俺就知道你要拉什么屎。手里有了半张索骥图，就惦记上大东山的金子啦，是想进老金沟吧？"

"咋地？俺过去是吃横的（绺子头），领着弟兄们码人（抓人）绑票，不愁吃喝。这两年跟着那师兄打鬼子护百姓，俺知理儿了，不能到处抢人家东西，祸害百姓了。可现在俺他娘的已经手里紧巴，不进老金沟能咋？你大刀关胜是穿官衣的（公职人员），也想跟俺狼刀帮靠窑挂柱（入伙）别梁子（劫道）咋地？"北风狼哼了一声，反驳关胜。

玉池笑了："君子爱财，取之有道。这并不为过。况且咱也确实已经囊中羞涩捉襟见肘入不敷出了。这一大帮弟兄吃喝穿戴枪支弹药，哪一样不得上百大洋啊，现在咱又不能再去抢，只能打大东山的主意了。"

关胜又撇嘴："想啥好事呢？那索骥图画的可不是大东山金脉，就凭这，能找到金子？再说，俺红叶师妹能不能同意你上大东山还两说呢，那半张图可是在师妹手里啊。"

"这可是两个家族的事，别为此再撕破脸，分了心，咱抗日的队伍要拧一股绳，不能再别劲走两岔去啊。"玉池有些担忧。

那武在一旁一边听着，一边思索，前一阵子跟鬼子大干一场，消耗很大，眼下的确缺粮食缺弹药，这都需要钱。北风狼的想法不错，关胜和玉池说得也在理。但红叶妹的态度很重要，索骥图的秘密更得进一步揭开，才能得到预想的结果。前些日子，特支派联络员找到都伦山，带来消息，党从华北抽调特派员，来东北寻找抗联部队，第一批两人被日伪暗探查到行踪，英勇牺牲。第二批两人将于初冬时到达，需要组织武装保卫，并护送他们进山，找到抗联密营。特支把任务交给了那武，这些天他正在谋划这个行动，算计着如何能在鬼子眼皮子底下接到特派员，如何从戒备森严的乌林府转移出来，如何安全护送到山里。当然，山里队伍也需要粮食弹药，这是迫在眉睫的。北风狼的想法，不失为解决燃眉之急的一个途径，可以试一试，如果真的如愿，完成任务有了保障，也能帮助抗联和绺子在山里渡过这个冬天。

于是，那武接过话头说："大当家想的是大事，也是咱眼下急需解决的。师妹那边我来说，你们先做准备，过几天咱就带些弟兄下山。先到青岗岭进一步弄清索骥图的秘密，同时，准备迎接护送党组织派来的特派员，与抗联留下的部队会合。要是真能找到金子，还可以给抗联的弟兄们送些粮食和过冬衣物及装备。"

"嘿，俺就等那师兄说这话呢。俺听你的，你说咋干，咱就咋干！"北风狼兴奋起来。

玉池问："这么说，你是早有打算，不是守着秘密望梅止渴啊？"

那武神秘一笑："咱们可不是守财奴，抗战正需要，好钢不是得用在刀刃上吗？再说，大当家和白羽鹰师兄也等着用钱啊。虽说日子挺苦，咱也得风风光光热热闹闹地办个像样的喜事，不能委曲了咱们的巾帼豪杰，也让弟兄们乐呵乐呵，更是长咱的豪气和威风。"

北风狼迸出一阵开心大笑，直向那武拱手："那兄揣透了俺的心思，你是孙猴子火眼金睛，啥也瞒不过你啊。"

狼刀

玉池和关胜传送会心的眼神，也哈哈大笑。

那武摆摆手又说："咱高兴归高兴，可别忘了，我们现在只知道那不过是传说中的大东山金脉图，可不是现成的金子。咱抗日队伍不是淘金老客，不能扔下鬼子不管，只顾挖宝，更不能暴露了金脉，让鬼子得逞。我想的是，当年大清贡品劫案，柳汉庭老人一定会藏下一些珍宝，而且大东山那一批为数不少的金砂下落不明，也一定是藏在什么地方了。这样看来，走一趟青岗岭是必要的。"

"那还磨叽个啥，今晚就下山，有那兄和玉池先生看风把舵，咱保准不会跑空趟。"北风狼急得直拍大腿。

玉池沉吟片刻，一脸严肃，正色道："此事急不得，还得师出有名。这些金银珍宝虽说是柳老先生从衰败的清朝手里夺来的，后来，乌氏家族又占有了一部分，历史的缘由和两家的恩怨先放一边，咱从根上说，这笔财产毕竟是国家的，国之危亡，当用来救难。真要是到了我们手里，首先是要用它打鬼子的，绝不能再引起乌柳两家的纠葛，甚至挑起绺子间的争斗，那就毁了咱的名声，坏了抗战大计啊。"

这话说得透，理也讲得清，北风狼脸上顿时收了嬉笑，啪啪地拍着胸脯："三位兄长，别把俺北风狼看扁了，俺可不是贪心的狐狸独霸的狼。俺吃红线（勒索钱财），走毛缰（盗抢大牲口）行，可没干过采花（劫持绑架妇女或儿童）压裂子（奸淫妇女）的损事。真要挖了坟堆（找到金银财宝），俺要是争抢独吞，让俺下辈子托生黑毛子（猪）！"

一番叽头掰脸的表白，让那武玉池和关胜都笑了。那武拍拍他的肩膀，话音里也带出了土匪黑话："我们相信大当家是为国抗战的汉子，不是那些只会踢卡拉（抢劫平民）的野鸡（杂牌），一定会行得端做得正。不过，咱还得和柳家姐妹商量商量。"

"俺的女人，你的妹子，还能咋？难不成还能跟咱拔香头子（散伙）？"北风狼并无顾虑，也未去想柳氏姐妹会有什么态度。

"当然，这姐俩都是深明大义的，或许不必多虑。"那武点头自语。

"得啦，咱在这小肚鸡肠瞎琢磨啥，算计起女人来了，还像个爷们吗？走，回去再说！"关胜嚷着，拉着几人一起转回山洞。

82

秋日傍晚的都伦山，岚气氤氲，斑斓迷离，寂静安宁，好似世外仙境。

山顶的大石洞里，也不同往常那样喧闹，这并非是玉池为这里写了一对楹联而增加了书卷气才显得文雅恬静。那左联写的是"群雄聚义纵酒非论诗"，右联写的是"家国恩仇琴剑走江湖"。儒雅的行草间透着杀气，楹联下的兵器架上插满了刀、枪、剑、戟、斧、钺、钩，让人看着就会心内摩拳擦掌，跃跃欲试。也许正是应了这琴剑二字，此时，柳叶刀的古琴仿佛正流淌着透澈的溪水，叫人听了，心里便清凉了许多。伴着琴声，红叶妹玉手舞剑，似醉却醒，一派笑傲江湖的侠骨柔情。琴动剑动，铿锵悦耳，两样销魂，虽无粉黛，愈显风雅……

几个弟兄在洞中摆了一只长条木桌，两三只粗瓷大碗，端来些炒干菜，一坛子老烧锅已经开了口，浓烈的酒香，顿时扑面而来。那武领先，北风狼在后，玉池、关胜、白羽鹰紧随而入。红叶妹收了剑式垂手吐气，柳叶刀也停琴起身，而最后一个音符，仍是余音绕梁。

弟兄们知道首领们是有要事相商，都无声地退出了山洞。

头一碗酒下肚，北风狼就耐不往性子，向红叶妹索要那半张图，说出青岗岭再寻宝藏的打算。红叶妹横眉冷眼一声啐，说："这屁憋了十几年了，总算放出来了，可也是个没味的屁。那是俺爹用命换来的，你咋就能腆着脸伸爪子红口白牙地张嘴就要呢？俺姐答应，俺不答应，俺还要向蓝旗帮讨债呢，你倒是想先下手为强啊？呸，你想吃皮子（勒索），俺还不愿上项（进贡）呢！"

这一阵呵斥，就像德国造的打起来嘎巴溜丢脆一串连一串不卡壳的碎嘴子（机枪），谁都插不上话，北风狼也好像被顶到南墙上，没了声。白羽鹰拽了下红叶妹的衣襟，也被她啪地一打甩开了手。柳叶刀转脸瞪了她一眼，这才停下来，忿忿地长出一口气，却还拧着头梗着脖。北风狼从怀里掏出半张图放在桌上，讪笑着解释："妹子，俺哪是想独吞啊，这两张图要不合起来，放在谁手里都没用啊。这些年一直没得空去想这藏宝的事，不是为了打鬼子也用不着非得挖这老坟，这不到节骨眼上了吗。俺不是想跟妹子争，是想咱们联手啊。"

这时，那武开了口："师妹，你是明白人，无需我再说什么。二十年的恩怨不是一朝能化解的，但大敌当前，你知道该怎么做。"

一把狼头短刀放在红叶妹面前，白羽鹰殷切地看着她。红叶妹的眼睛变得平和了，嘴角微微一挑，显出些温柔，她撩起衣襟，拿过狼刀，挑开衣角，抽出一卷纸，展开铺在桌上。玉池把两张图并排摆在一起，把图的下方都揭开，两行字迹隐约显露出来。玉池轻声念道："这是一首藏头诗，写的是，青山处处好光景，岗上豪杰唱大风。崖头落日照树影，前瞻便是林水洞。其实是一句暗语，就是青岗崖前。很显然，大东山金脉图，就藏在青岗岭一道山崖前。"

接着，玉池又给大伙讲解了南宋时的那个关于林水洞的传说，南宋时岭南有一地，名为林水源，此地有一洞，名为林水洞，洞中有十个大瓮，瓮中装满银子，找到林水洞就能得到这笔珍宝。大伙这才进一步明白，林水洞是

狼
刀

怎么回事。这么说，青岗岭那道山崖前一处隐秘地点，极有可能就是大东山金脉图所在。

那武摆手让大伙坐下，说出了他谋划多日的计策。由北风狼、鬼脸三和红叶妹、白羽鹰带一队弟兄，与玉池一道奔赴青岗岭上的青岗崖，寻找金脉图，如能得手，再上大东山，进老金沟，争取在短时间内能有些所获。又命柳叶刀和关胜、花狐带其他弟兄返回北峰山，重建狼刀帮老营。因为无论是到青岗岭，还是上大东山，还是进乌林府迎接特派员，北峰山比起都伦山都是更为有利的据点，可以就近随时出动驰援这三个地方。

那武又叮嘱："无论结果如何，一个半月后，队伍必须在北峰山会合，有更重要的任务。"

当晚，那武独自离开都伦山，按照规定的时间，他要赶回乌林府与党组织联络。

深秋霜起之日，狼刀帮和七侠妹两个绺子的人马，一齐下了都伦山。临行时，柳叶刀悄悄叮嘱北风狼，这一路下去，要多留心，打听找寻儿子下落。老赫命断那府，无人再知冬儿流落何处，但北风狼和柳叶刀都相信，儿子一定活着，说不定哪天就会不期而遇。

一路行来，昼伏夜出，一个马踏薄霜的拂晓，北风狼这一队人马过了桃花渡，借晨雾掩护，潜入青岗岭上的青岗崖。松本在青岗岭一顿折腾，早就被鬼脸三知晓，也悄悄派人到这里查看过，所以，不用费力，他们就找到了青岗岭这道山崖。北风狼在青岗岭山口派出两个暗哨，红叶妹又把红珠红巧和几个弟兄留在青岗村里做接应，这才带人到了崖前。

面对崖壁，展开那张已经拼到一起的索骥图，北风狼楞住了，鬼脸三和玉池也一时无语。红叶妹骂道："奶奶的，松本这个老鬼子，自己找不到，也不让我们找，这山上让他祸害的，哪还有原先的模样啊，这他娘的咋找？"

"老鬼子把这一面山捣成了蜂窝，还能留下啥玩艺？俺看这里没戏了。"北风狼有些泄气，几天前的狂热，似乎变成了一锅撤了火的温吞水。

"我看不然，鬼子并没有得手，说明秘密还在，柳老前辈设下的机关，是轻易就能破得了的吗？就是这索骥图，咱不也是找了十几年才得到的吗。鬼子这么折腾都是白费劲，咱不也得多费些脑子吗。大当家，红叶妹子，咱不急，静静心，慢慢看，细琢磨，总能看出门道来。"白羽鹰很是沉着，一边劝说着，眼睛始终不离面前这道山崖。

鬼脸三嘴里咬着一缕草根，盘腿坐在树下，好像闭目养神，脑子却在不停地转着，一忽儿睁开眼说："图上藏头诗说的是青岗崖前，而不是青岗崖上。松本只得到半张图，也只猜出了青岗两个字，所以才跟这山崖上折腾，咱朝这光秃秃的石头崖子使啥笨劲哟。四下瞅瞅，老辈子江湖人，早就有指东藏西的诡秘，图上画的是这山崖，其实是暗中影射别处啊。"

玉池反复对比着图上和崖上，半天没看出门道，听鬼脸三一说，忽有些开窍，马上说："对呀，柳前辈心机慎密，绝对不会画这样一张简单明了的索骥图，你们看，如果图上这蓝点就是藏宝之处，那这张图就没有秘密可言了。"

"那这个蓝点是啥意思？不会是不经意间留下的吧？"红叶妹紧忙问。

"秘密就在这蓝点上！只不过我们现在还没看透。"玉池十分肯定地说。

几个人对着图，对着山，看来看去，直到日头偏西，只好暂时返回青岗村。

第二天，第三天，仍是重复前日，还是没有什么新的发现。

第四天日落前，玉池猛然一惊，眼睛一亮，他看见，山崖上投下一片树影，其中一枝树尖，好像正与图上所画的崖上蓝点处重合。他急忙拿起图纸对比，又伸出右手，竖起拇指测量，证实那树尖的确正指蓝点处。玉池脑中涌血，头发好像都立了起来，大声叫道："你们快看，崖上那道树影，不是正好遮住那个蓝点吗？按照三先生所说指东藏西的招法，这蓝点不正是影射那棵树吗！"

鬼脸三腾地一下从地上跃起，抢过图纸对着山崖比量着，激动得直拍大腿："哈哈，秘密果然就在这蓝点上，就在这蓝点对着的树尖上！快，上崖跟前，回头看，才能找到这棵树。"说着，撒腿向山崖下奔去。

可是，当北风狼、红叶妹等聚齐到山崖下转身回望，日头已经落了下去，眼前一片树林郁郁葱葱，那棵树尖却已经隐入暮色苍茫。北风狼直跺脚，骂自己晚了一步。

红叶妹却笑了，拍了拍北风狼的肩膀："大当家是急懵头了吧？别忘了，日头今天落了，明天还会再升起来，只要你活到明天下半晌，就一定能看到俺破了这机关秘密！走啊，弟兄们，回去喝酒！"

83

又一个黄昏，一拨人站在山崖前，面对慢慢下沉的夕阳，等待着奇迹出现。

果然，当那棵树的尖头把影子投在山崖上时，玉池和鬼脸同时举起右手，竖起拇指，闭上左眼，测量定位，确认了一百五十米之外，那片林子里最高的一棵筑着鸟窝的大松树。红叶妹带头欢呼着，直奔那林子而去。

他们很容易就找到了这棵带鸟窝的大松树，同时也在树上发现了记号，那是树身朝西的侧面，刻着一道柳叶形的刀痕。红叶妹叫着："没错，这是俺爹留下的。俺听姐姐讲过，她小时候藏啥好东西，就用这柳叶形刀疤做记号，那就是俺爹教的。"

狼刀

众人围着大松树绕了好几圈，仔细搜索着树干树根，北风狼让两个弟兄用狼刀在树根下掘土，挖了一圈二尺深的土坑，露出一根根龙爪一样的树根，什么也没有发现。猛子手脚并用蹭蹭上了树，爬到鸟窝边上，惊飞一只栖息的鸟，绕着树尖嘎嘎直叫。猛子把鸟窝翻了个遍，仍然一无所获。玉池在边上看了半天，有所醒悟，让大伙静下来歇息一会，在四周再仔细搜索。他说："柳前辈用心良苦，既然设置了这样隐秘的机关，哪能就这么简单破解呢？"

鬼脸三对着树上那柳叶形刀痕，好像看相似地琢磨着，嘴里一边叨咕："按古人习惯，设置秘密机关，起码是三道关卡。崖壁上蓝点算是第一道，这大松树算是第二道，那第三道一定离这大树不远。"他说着让两个弟兄点燃松明子照亮林子，然后向四周环顾，恍惚看见十米开外的另一棵树上，好像也有一个疤痕。他马上又喊叫："弟兄们，赶快在周围树上再找找，看还有没有柳叶形疤痕。"

红叶妹眼尖，走出十来步，就发现了又有两处记号。三处新发现的记号，距离大松树十米左右，恰好形成一个三角形。鬼脸三说："就在这三棵树下找吧，肯定出不了这个圈。"

弟兄们一阵忙乎，在三棵树下果真挖出了三个一尺高的土陶坛子，打开油纸封口一看，满满地装着不大规则的金块，三坛子金块足有二百多两，金块表面稍显粗糙，上面还留有细小的些许凹痕，正是大东山金子的特征。北风狼和红叶妹高兴得手舞足蹈，玉池和鬼脸三却不动声色，鹰隼般的眼睛，继续在几棵树之间找寻。白羽鹰拉住兴奋的红叶妹，她马上反应过来，金子有了，可还有金脉图没找到啊。

北风狼也冷静下来，吩咐弟兄们继续在周围查找是否还有带有记号的树，大家向四下散开，扩大搜索范围，一阵忙乎，天渐渐黑了下来，还是没有结果。北风狼便招呼弟兄们，清理挖掘现场，掩盖痕迹，等到明天再继续。

一直在大松树下徘徊的玉池，突然叫起来："等等再走，快，再弄块明子点起来！"

鬼脸三立马叫人砍了几块松树明子点起来，照亮了大松树下，粗壮的松根，盘根错节，纠缠着蜷伏在树坑里。玉池蹲在坑边，紧盯着一条主要根蔓，他要过一支松明火把，凑近根蔓上几个突起的根苞仔细观察，然后向北风狼示意，拿过他的狼刀，挑开最大的一个根苞。他慢慢剥去根苞上的粗皮。大伙惊奇地瞪大眼睛，只见这根苞里赫然露出一个洞，洞里躺着一个桦皮卷……

队伍静悄悄返回青岗村时，已经是月上梢头，鸡犬无声了。

村子北头那幢独立家屋里，炕桌上摆着燃着两个灯捻的油灯，照着金灿灿的金块，也照着那个桦皮卷，桦树皮上已经长出了一层苔藓。

玉池手持狼刀，轻轻刮去苔藓，小心翼翼地用刀尖插入桦皮卷的缝隙里，一点一点地摊开了桦皮卷，里面又是一个三寸长的羊皮卷。他把这三寸皮卷慢慢展开，一尺见方几毫米薄的羊皮上，便是那张十几年来多少人梦寐以求，多少人为之丢掉性命的大东山金脉图。

队伍在青岗村停留两天，玉池派十几个弟兄四处张罗买猪宰羊打酒，放出风去，说狼刀帮备好粮草，要上青岗岭。而村民们这天早上起来，发现各家门外都摆着一块猪肉或羊肉，闹哄了两三天的绺子，却不知何时一个人影都不见了，一点痕迹都没留下。

一小队鬼子和一连伪国军冲进青岗村时，北风狼和红叶妹已经带着队伍，到达了大东山老林子里。

按照那张金脉图所标示的路线，在玉池指挥下，北风狼和红叶妹带着兄弟姐妹们，在老林子里行进了两天。他们沿着几十年前老金客留下的几乎看不出痕迹的荒草小路，进入越来越陡峭的山林，越来越茂密的灌木丛中再分辨不出哪里是路，参天大树粗壮的枝干和厚实的叶子，遮天蔽日，人们的视线仅仅能够看到十几米外，再往远，就只是一片浓重的深绿，夹杂着枯黄、浅褐、淡紫、嫣红、令人眼花缭乱。脚下坑洼不平，荆棘处处，已不能骑马了，大家只好步行，用狼刀砍断拦路的青藤，割开绊脚的野蒿，一步一步往前挪动。饿了，啃几口煮熟的肉和早就备好的干粮，渴了，就随手摘下身边经过霜打的山枣子和野葡萄，因为鬼子正在大规模讨伐，大东山也一定不能幸免，所以玉池严令，进山不许点火，以防暴露行踪。

当队伍艰难地趟过一片一人多高的沙柳地，眼前出现一条基本干涸的河床，嶙峋的乱石蜿蜒铺向河床上游，石缝里隐隐可见涓涓细流。玉池叫大伙停下，隐蔽在沙柳丛中，他拿着一架破旧的德式望远镜，顺着河床向山林和坡上观察。北风狼和鬼脸三照着羊皮图，核对方位，他们所处的位置，正是图上所示的这条河流。

玉池观察一阵，前方没有任何动静，他又查看了羊皮图，告诉北风狼和红叶妹："这条河就是从老金沟里流下来的，几十年前淘金的帮伙撤离时，一定是毁了河上的金窝子，掩埋了河岸边上的金苗，才造成了这条河的断流。你们看，这图上的几处标志，都分布在这条河上游左右，从这走向看，这些标志极可能就是当年淘金人淘出金砂的地方，几个点连成线，不就是大东山的金脉么？"

鬼脸三接着说："大东山的淘金热是光绪年间的事，到宣统年时就开始衰败了。柳前辈劫持朝廷贡品，也是乌林府最后一次向朝廷进贡。在此之前，朝廷曾几次严查私自采金，也是为了给大清子孙后代留下宝贝，官府派兵封了好几处盗采地点，只保留了老金厂、漠河、三姓金矿和胭脂沟等几处

221

狼刀

官办的金矿。但老客们还是发现了几处金苗，就是在这图上的河道里，这条河应该就是胭脂河，据说这河里的金子曾经为慈禧太后换过胭脂才得名的。当年，胭脂河上游有个叫胡桃窝棚的地方，可是个热闹地界，有大车店、酒馆、澡堂子、杂货铺，甚至还有烟馆、窑子（妓院）和海台子（暗娼），还有赌局。"

"那这热闹地界咋就荒了呢？"红叶妹不解地问。

"朝廷派了马队和长枪队满山遍野地撵，抓人杀人，小日本的开拓团也有人跟着掺和，抢金子，老金客们都跑了，金苗断了。这些年鬼子也时常进山祸害，这山里就没人敢来了。没有人气的山林，只能荒芜了。"玉池又说。

"那咱也不能挖金子啊，要是遇上鬼子，不是暴露了金脉吗？"红叶妹很是担忧。

北风狼打断她："不挖金子，咱进山来干啥？咱刚找到的这二百来两金块，将就着能让咱绺子过冬，还得换筒子飞子（枪支弹药），再要帮着抗联弟兄们，就不够啦。柳老爷子这金脉图，不就是给咱留下的么？"

"那武同志让我们进大东山，不光是为了找金子筹措经费，更重要的是为了保护金脉，不能让鬼子发现。因为，松本也带着鬼子参加了这次大规模的讨伐清剿，其实是另有目的，虽然你抢回了那半张图，但他怎能罢手？一定会趁机来寻找金脉的。"玉池进一步解释。

北风狼骂道："妈了个巴子，这小日本就是愿意抢别人碗里的肉。城里让咱搅和一顿，他没得好，又想上这山里淘弄地鼠（被掩埋的金子）啊，来吧，俺正等他呢！"

"大当家的，咱得听那兄统一号令，这趟进山，不是要跟鬼子硬干。"鬼脸三提醒北风狼。

玉池又说："不管咱是来干啥，遇到情况都要灵活机动，随机应变，保存实力最重要，打鬼子得瞅准了机会。现在，咱得继续向沟里走，别耽误了正事。"

玉池叫两个弟兄断后，把踩倒的沙柳蒿草都扶起，清除了痕迹。然后，带着三十来人踩着乱石，沿河床溯流而上，向大东山深处腹地行进。

正如那武和玉池事先判断，他们果然在大东山胭脂河上游老金矿遗址一带遇到了鬼子。奇怪的是，这帮鬼子不是在挖金子，而是在这河边半山崖上掏洞修路，洞里洞外，尽是些穿白大褂戴白布嚼子（口罩）猪鼻子（防毒面具）的鬼子，进进出出，搬着些带骷髅鬼头的箱子，还有些闪亮的大玻璃瓶子，不知是在忙乎啥。

还有一些穿黄皮子的鬼子，脑瓜后面飘着一片屁股帘子似的破布，端着明晃晃的长刺刀，逼着一些老百姓修路，盖房子。刚修好的大车道上，跌跌撞撞开来了两辆蒙着土黄色大苫布的卡车，车子到了窑洞跟前，一个鬼子军官，吆喝着，喊来一些百姓又从车上搬下来许多带骷髅头的箱子运进山洞。

这情景，被趴在对面山岗树林里的弟兄们看得清清楚楚。北风狼不大明白那些带骷髅头的箱子是干啥用的，问红叶妹："妈了个巴子，鬼子搬的这人脑瓜骨是啥玩艺？"

红叶妹说："反正不是金子，要是金子，画个人脑瓜骨干啥？"

北风狼抽出驳壳枪顶上子弹，咬牙说："管他啥玩艺，咱冲上去，毁了它！"

玉池忙拦住："这是骷髅头，是有毒物品的标志。听说第一次世界大战时，德国鬼子用过毒气弹，莫非日本鬼子也学着用这东西？看来鬼子要在这山洞制造毒气弹，要不就是存放毒气弹。咱不能冲，真要是毒气弹，打破了，毒气就会跑出来，那这一带就可能全是毒气了，咱们谁也躲不了，这里还会寸草不生，连野兽都活不了。"

北风狼更急了："这地方让鬼子毒气祸害了，那咱们还咋找金脉啊？"

"只要金脉图在咱手里，只要不让毒气扩散，保护好这个地方，还怕找不到金子？咱们还要再来的。大当家的，带弟兄们先撤，带好马匹，不要弄出动静，不能让鬼子发现我们知道这个秘密，要是他们转移了这些东西，那就很难再找到了。"

北风狼和红叶妹、白羽鹰轻声招呼着，弟兄们陆续撤下了山岗。玉池一人留在那里又继续观察一阵，在羊皮图上做了简单的标记，这才下了山。

弟兄们拉着马，放轻脚步，走出很远一段，拐过一道山谷，才上马加速离去。

身后，仍然是静悄悄地。然而，不久之后，这里响起了猛烈密集的机枪声，那些被抓来的百姓没有一人活着走出这山谷，死一般的静寂中，藏着一个血腥的秘密。

84

1942年春节，一场白毛风卷着大烟泡似的大雪，呼啸着掠过北峰山，密密的老林子里，连凶猛的狼群都不见了影子，石崖沟壑都被覆盖得严严实实，山林一片白茫茫，似乎根本就不存在生命迹象，更分不出哪里曾经是进山的路径。

两个月前，那武就让北风狼下了死令，任何人也不准下山，切断了北峰山与外界的一切联系。唯独派出花狐狸带十个弟兄，打着狼刀帮的旗号，在西三镇、淞凌城、青岗岭一带活动，故意招摇，不断闹出些动静，放出烟雾，制造狼刀帮仍在山外的假象。牵着松本和鬼子讨伐队的牛鼻子，不断地在那一带转圈子。以此隐匿了狼刀帮大队已经返回北峰山的秘密，使弟兄们

狼刀

在山上有了一段相对安全稳定的日子，有较充分的时间进行歇息休整，保存实力，养精蓄锐，等待时机，再次出击。

也就是在这段相对安全稳定的日子里，北峰山狼牙顶狼牙洞里举办了一场虽然有些寒酸却仍显热烈和野性的婚礼，为两对乱世情侣营造了一段温馨春梦。

柳叶刀与北风狼已经共同生活了十几年，他们的儿子乌尔汉·乌斯楞，也就是海冬，都已经满十岁了，但他们却从未办过正式婚礼。而自从离开江口镇胭脂街琴书楼，红叶妹与白羽鹰便一直没有分开过，每次出击又都是一起行动，枪林弹雨里相互照应，都是豁出自己的命去掩护对方，那种情感早已胜似亲人。即便如此，按照中国人的传统，总得谈婚论嫁明媒正娶吧，那武和玉池以及鬼脸三多次私下商议，这两对恋人，堪称乱世中的侠匪伴侣，抗敌战场上的戎马伉俪，早该缔结姻缘鸾凤和鸣了。他们也几次向北风狼和柳叶刀暗示此意，但冬儿失踪已经一年多，虽多次派人四下寻找，终不得音讯，柳叶刀为此甚是心焦，哪里还有这等心思？北风狼不大在乎是否有那个嫁娶的过程，反正已经既成事实，她还能不让我钻被窝？但经不住弟兄们起哄架秧子，心里也刺挠的，虽说十来年兵荒马乱出生入死，不宜大举操办，可咋说也总得给自己的心上人一个正式的名份吧，便默许了玉池和弟兄们张罗操持。

红叶妹心中甚喜，却碍于姐姐的情绪，不便过多表露，这一阵子也是不免有些压抑。玉池当然明白她的心思，也悄悄地宽慰她，说此事一定会如愿。

白羽鹰可是有些急不可耐，不时与北风狼逗闷子，其实也是顺水推舟，给自己加码。这天晚上喝酒时，借酒壮胆遮脸，当着玉池鬼脸三几位兄长，挑逗北风狼："大哥，这些年来和二当家的明铺暗盖，颠鸾倒凤，红绡帐暖，娶不娶嫁不嫁的倒无所谓，反正谁也没人敢拦着你，到时候就上炕。俺这小弟瞅着真是眼馋哟。"

"嘿，妈了个巴子，谁拦着你啦？想干嘛，你就干，俺四弟刀尖子顶心窝都没怕过，还能在女人面前甩裆尿裤，当缩脖矬汉子？给她个霸王硬上弓！用不着跟俺扯那些听不懂的，留着你那文词跟她腻歪去！"北风狼满不在乎地骂着，也借酒露出那惯匪粗俗的痞性。

"小弟可没大哥那包天的胆儿，红叶妹那鞭子不饶人，连你都敢打，俺是不敢试巴啊。要不大哥替俺说道说道？"白羽鹰继续撺弄着。

"娘的，听你这话音，是说俺色胆包天吧？对，俺跟俺娘子那是没啥说的，可要替你跟俺小姨子搭茬，俺倒还真是有点胆怵的。那小娘们要是上了脾气，非得给俺身上抽出几道檩子不可。"北风狼说的也是实话，一说到红叶妹，他还真是有点怵了，他也怕红叶妹的鞭子。

俩人你一句我一句，把众人都说乐了。玉池噗嗤喷出一口酒，笑骂道："关东汉子都是性情中人，喝上二两猫尿，就蹬鼻子上脸，说起女人来，没有不带荤腥的。"

鬼脸三非常体谅白羽鹰的心思，但这时也只能是劝慰："四弟，别跟大当家的比，那是出生入死血里火里滚出来的两口子，深了浅了，咋都行。你多少也是念过书的，咋也得耐着性子，文雅些吧？顺其自然，水到渠成，瓜熟蒂落嘛。其实红叶妹也是早就心有所属，情为君动，只待良辰吉日，便是干柴烈火，如胶似漆，月夜一帘幽梦，春风十里柔情啊。"

玉池却是十分明了柳叶刀和红叶妹心里想什么，对这几人的说笑不置可否，喝了口酒，慢条斯理地说："行了，你们不用再猜测了。那姐俩交给我，你们赶快准备吧，别误了吉时。"

不知玉池做了怎样的劝说，腊月二十三小年这天，柳氏姐妹吐了口，答应大年三十除夕夜双双做新娘。柳叶刀说，穆桂英再强悍，也还是嫁了杨忠保。红叶妹说，韩世忠再英雄，也少不了梁红玉擂鼓助阵。柳叶刀还说，樊梨花和薛丁山结为夫妇，二人智勇双全，共同登坛挂帅，这是命中缘份。红叶妹也说，平阳公主跟随柴绍南征北战，手下的娘子军势如破竹……汉子们这才明白，玉池真是下了一番功夫，谈古喻今远胜花舌子（绺子里的说客）。

因为有了大东山的金子，玉池和鬼脸三暗地里早就做了筹划，虽说已大雪封山，可山上的储备，办个喜事还能将就。小年这天，弟兄们把初冬时套的野猪从雪窠子里搬了出来，开始"掸尘""祭灶"，这些传统的习俗，在北峰山一样也拉不下。别看是深山老林的洞穴，几年前又让鬼子糟蹋一遍，可狼刀帮回山后儿天就拾掇得像模像样了，千里关东山，绺子到处安营扎寨，哪个老巢都弄得跟自己家似的，弟兄们住得满舒坦。到了年关，也照样得扫扫尘埃，换换桃符，驱赶疫鬼，祈祷安康，整个新鲜样儿。今年又赶上七侠妹几个姐妹上了山，有了女人，这年就过得更有些喜庆更有些家的味道了，加上要办喜事，就更得讲究讲究了。

三妹红杏做了几年官宦人家的外室，张罗年节很有礼数，她带着些弟兄们，把狼牙顶上狼牙洞大厅几个洞眼里外上下统统扫了个遍，很有些焕然一新的模样。红杏还追着鬼脸三写了一幅新对子，画了个新的灶王爷画像，熬了一锅又黏又甜的地瓜糊，权当是糖糖，用它来送灶王爷升天。晚饭前，红杏拽着北风狼和鬼脸三、白羽鹰、飞虎几个头领，非叫北风狼主祭，换下了原先那个薰黄了的老画，给灶王爷嘴上抹了些地瓜糊，从灶堂拽出根柴火点燃烧了，嘴里当然也没忘念叨"上天言好事，下界保平安"的吉祥话。送走了老灶王爷，也贴上了新画的灶王爷，这个当做伙房的山洞里，显得亮堂起来，红杏说，这才像个过年的样。

从小年这天开始，北峰山一直洋溢着欢乐的气氛。狼牙顶上吊桥口通向狼牙洞的山道两边，挂起了两排红灯笼，狼牙洞前的空地上，也挂上了一圈红灯笼，把整个狼牙顶照得红彤彤亮堂堂。狼牙洞议事厅里悬挂着的六口铁锅，重新换上了新熬的野猪油，日夜吱吱作响地燃着，满洞子里好像飘着一种烤肉的香味。议事厅正面的石壁上，缀着两个紧联在一起的大喜字，这是红杏领着红珠红巧干了一个晚上编起来的，差不多用了半匹红绸子。那是猛子在上秋前跟鬼脸三下山兑换金块时，在乌林府南河沿街上一家日本洋布行里扔了两块大洋扛回来的，北风狼心疼钱，骂他败家，整这些红乎乎的又透亮的薄片子干啥，不当穿不当裹的，有那钱多给弟兄们弄些棉布多好。鬼脸三说，兵荒马乱的年头，没啥可用来捯饬的，等过年时整他一片红，喜庆！也好让弟兄们乐呵乐呵。

年三十，狼牙洞里柳叶刀和红叶妹住的两个旁耳洞里，用红绸子绾结起两顶红绡帐，又点起了红蜡烛，映得人醉眼朦胧，北风狼和白羽鹰来查看好几次，每次都抑不住地想入非非。飞虎和猛子带手下弟兄砍来十几枝松树干，剥了树皮，稍稍打磨就成了光滑的白腊杆儿，绑上木椅铺上狼皮缠上红绸做了两台小花轿。晚上，狼牙洞里摆上了野猪肉、狍子肉、兔子肉加干野菜做成的宴席，百十个黑陶大海碗排开一溜，倒满了烈性老烧锅，玉池穿上打着补丁却很干净又文雅的棉袍，站在石阶上一声喊："请新娘子……"一场简朴却热闹的婚礼开始了。

山上没有响器，也没有鞭炮，为了省子弹，北风狼不让放枪，弟兄们只好干嗓子嚎着大秧歌调。两台白腊杆儿的花轿抬出了蒙着红绸盖头的柳叶刀和红叶妹，左右护着披红绸挎双枪的红莲、红杏、红珠、红巧。抬轿子的八个弟兄，一水儿光头锃亮，咧着嘴哼哼呀呀地唱着，喜气洋洋地颤着肩，迈着秧歌步，一巅一巅地进了正厅。北风狼和白羽鹰头皮腮帮子都刮得溜干净，因为没有新郎戴的花翅礼帽，这哥俩干脆就光着脑瓜，好在还有些红绸，就将就着斜披着，在肩头系个大花，映衬得笑脸黑亮黑亮地透着红。

花轿来到石阶前落了轿，姐妹们搀着两位新娘子款款地上了台阶，那小细腰扭起来，好似风吹柳枝轻拂人脸，看得弟兄们个个贼眼放光，嗷嗷地嚎着直叫好。玉池上前摆摆手让弟兄们静下来，略带歉意地说："年景不好，婚事从简，虽无父母之命，媒妁之言，却有天地为证，飞雪为贺，乱世情侣，喜结连理，执子之手，与子偕老。揭了盖头，喝酒吃肉！"

两个新郎早已等不及了，一齐大步上前，抬手就掀了新娘头上的红绸。露出脸儿的柳叶刀略显羞涩，微微偏头躲避北风狼热烈的目光。红叶妹却忽闪着黑黑的大眼睛，直瞪着白羽鹰，倒把他看得有些胆怯地后退两步，惹得弟兄们哄笑起来。红叶妹昂起头，一步跨上前，抓起白羽鹰的脖领子拎着，走到石阶前，豪气飒爽地面对众弟兄叫道："打今儿个起，白老四就是俺爷们，两支枪合在一起咱共同打鬼子，水里火里咱一起滚着过日子，刀头舔血枪顶脑门不拉胯，漂亮妹骚娘们飞眼撩扯别花心，他要敢拈花惹草，小心俺的鞭子！"

弟兄们又打口哨又是叫好。北风狼回头嚷道："俺小姨子说得对，有了这可心的娘子，啥野花都不香了。弟兄们敞开了喝吧，俺可炕上脱条拐着（脱衣、歇着），钻被窝啦！"

话虽这么说，弟兄们却不答应，拦着大当家的、二当家的和红叶妹、白羽鹰，纷纷叫嚷，新嫂子过门，三天没大小，两位压塞夫人得给弟兄们敬酒。北风狼不过是想让柳叶刀躲过今儿个这一场牛饮，虽说已经在一个炕上厮磨了十几年，但今天这正日子口，咋说她也是新媳妇啊，可不能让人灌多了，招小溜子们笑话。于是，一只胳膊使劲划拉着，推开涌上来讨酒的弟兄们，在拥挤的人群里开出一条道，一只胳膊揽着柳叶刀的细腰，护着她坐到酒席首桌，自己却拉开了架势，准备替柳叶刀抵挡这头几碗酒。

看到这阵势，玉池知道，不让弟兄们多喝几大碗，这酒怕是收不了场。但是，这一段时间，日军正趁冬季大雪封山抗联粮草缺乏百姓又不敢接济的困难时候，大肆讨伐，疯狂追剿，北峰山并非不在剿杀之列，也并不是不可逾越的天堑，随时都有可能遭到鬼子突袭，万不可大意荆洲，掉以轻心。所以，除夕这天刚过正午，他就和鬼脸三安排飞虎带快枪队守住吊桥外寨门两侧的峭壁，又悄悄叫猛子把后山绝壁上野藤重新编织的天梯仔细检查了一遍，确保突发紧急情况时，可顺着这秘密通道下到悬崖底下。这时，鬼脸三悄悄把猛子拽到一边，吩咐道："喝了这碗酒，叫上你这一队弟兄，慢慢撤出去，别惊动大当家的，扛上快嘴子（机枪），装足了飞子（子弹），去把虎子兄弟的快枪队换下来。记住，万不可打瞌睡，守好山门，要是山下有动静，立马传上信来。"

一队弟兄不声不响地陆续离开议事厅，到狼牙洞外集合，过了吊桥，直奔寨门。

热闹的议事厅里，大伙正起劲地哄闹着喝酒，谁也没觉察猛子这一队人已经离去。

柳叶刀喝下第二碗酒的时候，北风狼说啥也不干了，硬是替她喝了第三碗。忽见飞虎进了大厅，便急忙把他叫到身边，他知道，飞虎是柳叶刀的心腹，有时甚至比自己更管用，就骂骂咧咧地耍赖，让飞虎替柳叶刀喝了第四碗。不管弟兄们咋吵吵，虎起脸来，命令飞虎护送柳叶刀回了耳洞，并说："老五，你给俺看好你的嫂子，不许放一个混蛋溜子进去闹洞房！"回身又嚷道："哪个兔崽子不服，跟俺接茬整！"

227

狼刀

大约到了半夜，玉池趁乱半推半拽地把北风狼送回了耳洞，鬼脸三接替北风狼跟弟兄们叫劲又连喝了几大碗，这才把大伙都赶走，议事厅里渐渐静了下来。

半醉半醒的北风狼回到耳洞，抓起陶罐咕咚咕咚灌了几口水，却见柳叶刀坐在木板炕上抹眼泪，登时酒就醒了一半。他忽然觉得这场婚礼过于简单潦草了，很是对不起自己的娘子。

按照中国传统的婚姻程序，大婚至少得有提亲、合字、纳彩、过定、请期、送妆、亲迎等一系列正规礼数。男方首先要向女方长辈提出结亲的请求，然后对照双方生辰八字，看是否相合，以免相冲相克。还要请媒人说合，带礼物到女方家里，确定婚姻关系，相当于订婚。关系确定后，男方正式将聘礼（俗称彩礼）送到女方家，仪式要隆重，以示男方家的门第和财势，以及对女方的重视。男方家选定黄道吉日，备好礼物，女家将箱柜、被褥、首饰、衣服、绸缎、文房四宝及金银器皿等陪嫁送至男家。然后，新郎亲往女家迎娶新娘，要以花轿、喜车、彩船迎娶新娘，这是婚礼中最繁缛而隆重的仪节。

尽管这战乱年头，双方长辈又都不在了，不需要提亲、合八字了，也省了彩礼和繁琐的程序，可如今既没有凤冠霞帔，连身像样的婚服都没给她备下，这是多大的亏欠啊，这也就难怪柳叶刀要悄悄落泪了。北风狼靠近柳叶刀，搂住她的肩膀，想要说些歉意的话。柳叶刀却一把推开他，瞪眼道："儿子找不到，你就甭想近俺的身！"

原来柳叶刀是为儿子在难过，北风狼心里也是一阵刀绞似的疼痛。儿子更是他的心头肉，这么多年不知下落，他能不急么？其实，他也做了打算，过了春节，必须亲自下山去寻找儿子。他相信，儿子像自己，有着狼一样的顽强的生命力，跟随那三爷习武好几年，虽然尚年幼，但说不定已经有了一些功夫，一定能闯过生死关头。他是这么想的，也对柳叶刀说了这样一番话。

柳叶刀心里稍有些宽慰，侧身动了动，让北风狼坐在了自己身边。她的手碰到身下铺着的那张厚厚的黑色狼皮，突然一激灵，一股热流涌上心窝，猛然想起这张狼皮的来历。

十几年前，柳叶刀带着自己的"玉刀红"小弟兄们刚与北风狼的狼刀帮合了绺子，一时还不习惯这种土匪窝里粗野蛮荒般的过日子方式，加之惦记妹妹柳桃妹，在一个飘雪的夜里，独自下了北峰山。那时，她的坐骑雪上飞还是正当年的脚力生猛的彪悍儿马子，一气跑了四五十里地，却因为不熟悉山路，跑进了一个岔道，在老林子里转来转去出不来，在这凌晨最黑暗的当口，麻达山了（迷了路）。

周围一片漆黑，头上老树遮天，看不见星光，辨别不出方向，柳叶刀只好下了马，在一棵树下坐了下来，迷迷糊糊睡着了。不知啥时，突然被雪上飞的嘶叫惊醒，天已经蒙蒙亮了。柳叶刀站起身来，查看雪上飞，只见这马昂着头，有些不安地踏着马蹄，似乎受了惊吓，使劲向后挣着，要不是拴在树上，这马也许已经挣脱了缰绳。柳叶刀奇怪地向前看去，也惊恐地睁大了眼睛，不由自主地向后退了两步。朦胧中，不远处一个奇怪的影子正蹒跚着向自己靠近。说它是人，脑袋顶上却好像长着两只长耳朵，嘴巴突出有半尺长，还耷拉着一段长舌头，这明明是一只狼头啊。说它是狼，却直立着身体，用两条腿走路，且高有五尺之多，狼有这么大的个头吗？看那两条腿，又分明是人啊。这狼头人身的怪物慢慢靠近，柳叶刀吓得头发根子都炸起来，连连后退，躲到一棵两人粗的大松树后面，掏出驳壳枪，哗啦一声推上了子弹，左手架着右手，稳住枪身，枪口对着那怪物就要搂火。

这怪物却突然张嘴说话了："二当家的，别开枪，是俺啊。快过来帮俺一把，看这畜牲张三（狼）还活着吗？"

听到北风狼的声音，柳叶刀身子突然软了下来，贴着树干滑下去，瘫在树下。

北风狼慢慢挪过来，背部紧靠在树上站稳，柳叶刀这才看清，原来他背上背着一只几乎和他一样高的黑狼。巨大的狼头架在他的头上，他的脑袋死死地顶着狼的下腭，后背紧紧地把狼身挤在树干上不让它动弹，这黑狼已经奄奄一息，舌头吐出来耷拉在嘴角，不再喘气了。

原来，北风狼下半夜发现二当家的不见了，来不及叫人，牵着青花骢就撵出了山门，顺着雪上飞的蹄印一直追下去。跑了一个多时辰不见人影，他松了缰绳，让马慢了下来，向两边林子里探寻。突然，青花骢猛地站住脚，发出惊恐的嘶叫，没等北风狼明白发生了什么，一条黑影从林子里蹿出来，直扑青花骢脖子。青花骢跃起前蹄踢开了这黑影，一声嗥叫，北风狼听出来，这是一条狼！而且是一条巨大的独狼！北风狼太了解狼的习性了，狼一般是结群的，且擅长对猎物进行群攻，而一只离群的独狼，则一定是极其凶猛的。独狼一般不主动攻击人，但长时间捕获不到猎物，饿急眼的独狼，就会扑向单身行人。而且通常是悄悄从背后靠近，突然跃起，前爪搭上行人的肩头，待他转头探看究竟时，脖子暴露出来，独狼便一口咬住他的咽喉，直到血尽气断……

青花骢跃身踢开独狼的时候，也把北风狼从马背摔了下来，当他起身去追赶自己的坐骑，黑色的独狼翻身而起，从背后扑了上来，两只前爪搭在了他的肩上。与狼群厮混多年，北风狼非常知道狼的伎俩，他没有回头，而是缩脖弓背，两只手迅速抓牢独狼的两只前爪，后脑勺紧紧顶住了它的下腭，使它的头不能动弹，嘴巴咬不到自己的脖子。北风狼脚步快速向前，拖着独狼的后腿，迫使它不能发力，只能暂时支撑着身体，跟随北风狼前行。行进

229

狼刀

当中，独狼偶尔弓起腰身收缩后腿蹬着北风狼后背，尖利的爪子撕扯他的棉衣，甚至刺进他的肉里，他咬着牙，挺着脖颈，拖曳着脚步，靠近一棵树，把狼身顶在树干上，后脑骨死死地扼住独狼的咽喉，独狼喘不上气来，渐渐没了力气，后爪不再踢腾。北风狼继续前行，把独狼的后腿拖在雪地上，一直把它拖得松了胯。就这样坚持着，背着这只巨大的独狼，趁天色渐明和雪地反光，顺着柳叶刀的踪迹找过来，破晓时分，与柳叶刀会合时，这只独狼已经断气了。

既解救了迷路的柳叶刀，又未发一枪收获了一条巨大的黑狼，北风狼心中甚喜。后来，他把这没有枪眼和刀口的狼皮整张剥了下来，送给柳叶刀做了御寒的褥子。还告诉她，这独狼的皮是有灵性的，可以放心大胆地铺在身下睡觉，因为山林里稍有动静，这皮上的狼毫就会竖起来把人刺醒，叫你及时应对突发情况。这狼皮就和他自己一样，成为她的贴身护卫。

十几年来，这张狼皮已经被柳叶刀的体温浸透，也融进了她身上独有的味道，也同样熏染融合了北风狼的阳刚之气，离开这张狼皮，她可能就会睡不踏实。此时，赠与她狼皮的汉子就在身边，今晚这"婚礼"简陋潦草得甚至有些敷衍，却并未让她觉得委屈，在这颠沛流离的战乱中，她早已和这个汉子血肉交融了，还会在乎有没有这嫁娶的形式么？两人之间似乎就应该是这个样子，只要是心长在了一起，其他都是多余的了。

这一晚，她仿佛回到了十几年前，也年轻了十几岁，仍然是那样热烈那样缠绵那样销魂，好像是地层里的岩浆，蓄势许久，突然热烈地喷发出来，气势汹涌，铺天盖地，拓展向四周，燃烧着，奔突着，席卷着，毁灭了企图拦阻他们的一切，让生命嬗变得如此辉煌……

冥冥中，她看见冬儿，脚踏风火轮，向她扑奔而来，手持闪亮的长刀，舞出眩目的光芒……

拂晓，狼牙顶一盏盏烁烁的红灯，在白雪的映衬下，更加夺目。

第十八章　再闯龙潭血洗身

哈龙站拼死接送特派员，火药局密室偷越运枪弹，
陶医院暗盗仙草遇险情，小东门三枪爆头再除奸。

狼牙顶的红灯一直亮到正月初五，狼牙洞里的酒，一直喝到正月初四的半夜，这是狼刀帮弟兄们自从跟鬼子交火十多年来，头一次放宽心敞开肚皮，喝得翻江倒海昏天黑地。要不是玉池和鬼脸三打着骂着，踢倒了还在往桌上捧酒坛子的"火头"（做饭的），溜子们都得喝得烂醉如泥爬不起来。更不可能在松本带着讨伐队堵住山门之前，又一次在白狼沟截击鬼子，并把敌人引向大雪覆盖的密林，使北峰山老营盘再次躲过一劫。

早上，刚吃过野猪肉馅玉米面的"破五"饺子，飞虎派人送上来一个衣衫褴褛形同叫花子一样的小溜子。鬼脸三一看，是花狐的手下，情知有变，立刻把他带到自己的洞里，亲自端来饺子，等他狼吞虎咽吃完，缓过些热气，才断断续续说出山下情况。

除夕大婚，北峰山狂欢之时，花狐带两人在西三镇一家窑子里喝花酒，其他弟兄也弄了些酒肉，在镇子边上街口的大车店里过年三十儿。谁知他们已经被松本派出的奸细盯了好些日子，狡猾的松本等到三十晚上，在这个连阴间的阎王小鬼都要歇业过年的深夜，围了西三镇，大车店里的弟兄们仓促迎战，力不能敌，全部阵亡。花狐从窑姐身上爬起来，光着屁股拎着枪破窗而出，踩着雪窝子顺胡同逃向镇外，另一个弟兄未及反抗，被刺刀挑了肚膛，剩下这一个跳进茅坑藏了大半宿，躲过搜查，等鬼子向镇外追捕，才爬出来，跟邻近一家百姓要了件男主人的破棉袍子，辗转返回北峰山。

两个月前，那武在花狐出发时，定下规矩，一旦被鬼子码上（追踪痕迹），宁可战死，也不要回北峰山。现在这小溜子踏破山门，一定在山外雪地里留下了脚印，说不定大批鬼子已经追踪而来。鬼脸三马上去找大当家的和玉池商量对策，却见洞外弟兄们已经披挂停当，北风狼、柳叶刀等几个头领步出狼牙洞，青花骢、雪上飞和红叶妹的坐骑红追风、白羽鹰的坐骑赤龙

狼
刀

驹正前蹄刨地，咴咴地叫着，急待出发。原来玉池早看见这小弟兄回了山，料到山下出了事，马上按照那武下山前的部署，召集队伍迅速转移。北风狼三十儿晚上洞房里许下愿，正准备今天下山去寻找青儿，一早上就命猛子点了四个弟兄，备好了马。柳叶刀和白羽鹰不会让他这样单独冒险，同样备了马，准备与他同行。弟兄们刚刚安稳些，平静的日子还没过够，尽管不愿再次丢开这老营盘，也仍然听令集结起来了，大伙都明白，不把鬼子打跑，就没有消停日子。

北风狼骂咧咧地跨上青花骢，叫道："妈了个巴子，平头子（媳妇）才过门，宝莲子（灯笼）还没换捻，骚龙（裤腰）刚撒口，狗日的小鬼子，就搅了俺的洞房好事。咱还得山外吃溜达（混一阵），弟兄们，压连子（上马），插旗（寻找目标）碰码（见面），跟他开磕（开打）！"

红叶妹啪啪地甩着马鞭子：好啊，山上呆了这些日子，俺早就手痒了，不插他几个小鬼子，俺这两支枪要改吃素了！"

齐天龙拍着肚子嚷着："过大年，好嚼裹儿吃撑着了，不溜溜腿脚，身手可就生了。俺听大当家的，下山干他一家伙！"

狼牙顶上，人喊马嘶，都拥到吊桥口，守吊桥的飞虎没得到鬼脸三的命令，说啥也不放下吊桥，惹得弟兄们乱哄哄地你吵我嚷。玉池拦住北风狼的马头，又回头招呼几位头领，聚到狼牙洞口，放低声说："几位当家的，不可乱阵，稍候片刻，听我说几句。那兄下山前一再嘱咐，情况不明不得仓促出动，保存实力重要。现在山下有变，我们既要马上撤离，更要小心谨慎，这样一窝蜂地涌下山去，鬼子真要摸上来，不是正好撞到人家枪口上吗？还是按那兄定下的计策，分三拨，陆续出山。"

刚才还急着催马直转悠的北风狼，听了玉池的话，猛然记起了那武的叮嘱，这时一拍脑袋："对呀，咱咋能这样毛楞三光急咻火燎地冒懵瞎闯啊，乱了章法，要吃亏的。都下马，不差一时半会的，商量好了再动不迟。"

忙中不乱的鬼脸三，再次清点各个山洞后，把弟兄们全部集中到狼牙顶这一片空场上待命，然后来到洞口，不待北风狼询问，直接作了安排："大当家的，没功夫细说，就照那师兄交待的办。除了花狐老六已经在山下，咱绺子这一狼、二刀、三鬼、四鹰，五虎都在，还有红叶妹子，天龙兄弟，立马分成三股。玉池先生和大当家的、二当家的、飞虎的快枪队，还有天龙兄弟为第一路，从正面下山，奔老窝棚。老四的一队和红叶妹子的人为第二路，出山门绕后山，回江口。我和猛子一队为第三路，下后崖，过岭子，先回鹰崴子。每月十八，我派人与各位当家的联络一次，除此之外，任何人、任何时候的联络都不是真的。大伙切记。"

交待清楚，安排妥当，弟兄们这才动身，三拨人马陆续离开狼牙顶，按预定方向，各奔东西，空荡荡的北峰山，又是一片寂静。

虽然花狐打着狼刀帮的旗号，不断在各处出没，但松本一直觉得，这是北风狼布下的烟雾，四处骚扰的只是一股小绺子，狼刀帮大队极可能又回到北峰山。趁百姓过春节，各个土匪绺子也都猫冬之时，除夕夜里，突然发兵西三镇，剿了一小股匪绺，证实了他判断。他布下的暗探，发现了那个小溜子出逃的足迹，一直隐蔽地跟在后面，认定他是奔了北峰山。松本接到报告，暗自得意，初四晚上就带着警备队和一队伪满国兵，向北峰山方向扑来。

于是，北风狼这一路人马，与松本在通往北峰山的必经之路白狼沟遭遇了。

猛子带尖兵前行十里探路，和十几个弟兄刚出白狼沟，迎面与鬼子接上了火。远处骤然响起枪声，北风狼恰好进入了白狼沟，他跳下马，指挥弟兄们冲到沟沿上，架上机枪，布好了埋伏。玉池担心可能会与敌人在途中遭遇，在猛子的尖兵队下山时，就和北风狼商定怎样应对，并告诉猛子，要真碰上鬼子，不能硬顶，挡一阵就撤。当松本赶着士兵一路撵进沟里时，正钻进了口袋。

几个土匪边打边撤，松本在后面紧追不舍，进入沟里，见两侧险要地势，又看不见土匪的影子，猛然意识到上当了，这里可能会有埋伏，急忙勒住马，前面的士兵已经被乱枪撩倒一片。他嚎叫着收拢队伍向后撤，刚才没追上的土匪不知又从哪冒了出来，封锁了他的退路。子弹吱吱叫着，擦着头皮和耳边飞过，迫使他滚下马来，贴着身边一块大石头，钻进雪窝子。幸好是佐藤和坂田护在左右，阻击枪和机枪拦阻了土匪的进攻，使他缓过神来，重新组织反扑。连续冲了几次，又都被沟沿上密集的火力压了回来，他只好龟缩在石头后面躲着子弹。

这时，对方的枪声却渐渐稀落，忽听得一个声音在喊："狗日的松本，大过年的也不让俺消停，非他娘的来祸祸俺们啊？千里关东山，到处是俺家，这大雪泡天的，不陪你玩了。"随着话音，一匹马载着一蓬飘飞的黑披风，在沟沿上闪过，一阵马蹄声，向密林里远去。

不甘罢手的松本，重整队伍向林子里继续追去，可士兵仅靠步行，哪里撵得上骑马的土匪，他们拖着疲惫的脚步追了两天，又顺着一路马蹄印回到了白狼沟，雪地上铺陈一片杂乱的蹄印，却再分辨不出土匪到底是逃向哪个方向，刚摸到一点北风狼的踪迹，又消失在茫茫雪原。原来，鬼脸三让猛子这一队弟兄，在山里绕了一大圈，把松本牵回了白狼沟。

鬼子和伪军们在沟上沟下转着圈子，不知到底应该按哪一路蹄印去追击，既然这伙土匪已经逃离老窝，再去攻打北峰山已经没有意义了，看着饱受冻饿奔劳之苦的士兵们，松本无奈，只好下令撤退。

铺满白雪的山梁上，矗立着一群狼，狠狠地盯着狼狈溃退的鬼子，吐着血红的舌头，眼里闪着凶狠的绿光。为首的，是一匹高大的白狼，山风吹起长长的狼鬃，像旗帜，张扬着王者的威风……

87

白雪皑皑的一片丘陵起伏中，藏着一个小山坳，四周并没有大山遮掩，看似藏不住人，无险可守，却能遮人眼目，迷惑敌人暗探，松本绝想不到北风狼会带着队伍隐蔽在这里。这里宽旷的视野和相对平坦的地势，既便于观察，又利于擅长骑马的绺子施展马术快速进退。九一八事变那年，狼刀帮奔袭乌林府途中，曾经在这里驻扎几日，那武和玉池及鬼脸三都觉得，这里是一个极好的出其不意瞒天过海的落脚之地。所以，这次狼刀帮化整为零分兵几路，跳出鬼子讨伐围剿，他们便又想到了老窝棚这个地方。

北风狼率领一队弟兄，转出了密林，在正月初九这天，悄然住进了老窝棚。

队伍一住下来，玉池就赶往乌林府联络那武。为了接送华北地区党组织派来支援抗联的特派员，腊月初八那天，那武就秘密潜回了乌林府，经过慎密侦察和分析，并报告特别支部，选定乌林府东郊一个叫做哈龙的小车站接送特派员。

满清时期为加强与关东的联系，清政府在这里建立了一个中心驿站，收复黑龙江上游的雅克萨之战时，那支威名远扬的藤牌水军，就是经过这古驿站开往抗俄前线的。打牲乌拉总管衙门向皇室进贡土特产品，也都通过这中心驿站送到北京。顺治十六年（1659 年），江南文人吴兆骞因科场案被流放宁古塔，路过驿站时，曾写下一诗："绕帐笳声促夜装，明星欲落雾苍苍；征途咫尺迷孤嶂，残梦依稀认故乡；雪尽龙山三伏雨，风严雁碛五更霜；据鞍却望黄沙外，此地由来百战场。"可见这驿站在当时就是极其重要的交通枢纽和战略要冲。后来修了中长铁路，驿站变成了一个不大显眼的火车站。由于地处乌林府城外，除了站上有一个军曹带十个日本兵之外，松本警备队和警察署都离得较远，特派员在这里下车比较安全，便于接送，又靠近团山子，如有意外，可迅速转道进山，因此，那武才选了这个小站。

经过一个月来的周密侦察和部署，做好了迎送特派员的准备，而且那武特意选定由北风狼带领几个精干的弟兄，协助自己完成保卫和护送特派员的任务，同时，由关胜负责外围接应，以保万无一失。

特派员到达日期定为正月十五，按惯例，这是过完初五的又一个热闹的日子，百姓们在这一天要扭秧歌舞龙灯，城里城外和站前小街上都会有很多人，狼刀帮弟兄们混在人堆里，不易暴露，适于隐蔽行动。这天一早，北风狼和柳叶刀把他们那太显眼的青花骢和雪上飞藏在团山子坡下的林子里，让两个弟兄套了一挂大车，他俩化装一对看秧歌的两口子，坐车到了哈龙站的站前小街，狗皮帽子压在眉梢，袖着手，站在人堆里看秧歌。关胜坐在他们身边卖豆腐脑和油茶的小摊上，要了一碗油茶面，泡上冒热气的水，不紧不慢地喝着。飞虎的手下把马拴在街口一个空地上，那里有几条可供临时喂马的木槽子，上街的、接送站的，都把马匹或马车拴在这里，多出几匹马，谁也不会在意。他们分散于小街西口附近，担任城里方向的警戒。还有几个弟兄装做卖柴草的，守在小街东口集市边上，柴草担子和马车里藏着步枪和机枪。齐天龙的人扮作一队秧歌队，在车站门口打个场子，边扭秧歌边耍活宝，引得看热闹的人不时哄笑，其实，他们是在防备着车站里的鬼子。

老话说，正月十五雪打灯，说的是每当正月十五前后差不多都会下雪。这天时近正午，原来还是湛蓝的天空，渐渐拉上了一层灰蒙蒙的幕布，随后就飘起小清雪，一会工夫，细茸茸的雪晶，变成了羽毛似的雪片，天地一片白茫茫。

一列绿皮火车拉着长笛，缓缓进站了，熙熙攘攘的人群带着大包小裹的行李，拥挤着上车下车。那武已经在头一天赶到尚龙岭车站，提前上了这趟车，并在车上与特派员接上头，汇报了迎接和护送行动方案。这时，两位商人装束的特派员，在那武身后，拉开距离，相跟着走出车站。那武一眼就看到了北风狼和柳叶刀身边那挂大车，回头示意特派员，紧赶两步上了大车，北风狼和柳叶刀也跳上来，几人把特派员围在了中间，大车开始向小街东口移动。突然，小街西头响起了枪声，从乌林府城里赶来一队鬼子和伪警察，被飞虎的快枪队拦在街外，双方立刻开打。从车站里冲出来一队鬼子，那武一看，这伙鬼子不止十个人，而是有三十多个，敌人突然在这小站上增兵，这是他没有想到的，莫非鬼子得到了特派员今天到达的消息？小街上已经乱了起来，齐天龙的人抽出枪来阻击鬼子，北风狼从赶车的弟兄手里抢过鞭子，想要打马快行，可是街上百姓乱了营，堵住了路，马车跑起来必然会伤着人，只好拽着特派员下了车，与那武和柳叶刀护着他们，步行向小街东口冲去。到了前面才知道，他们已经出不去了，鬼子马队已经封锁了街口，松本在马上挥着菊花军刀，指挥警备队正向街里压进来。松本马头边上一个中年男人尖声咋呼着："那个人就是那武！他身边就是特派员！"

这个男人是特别支部的重要成员，几天前被鬼子宪兵捕获，当晚就叛变，供出了特派员到达的时间和车次。松本预先派守备队一部藏在站里，另一部分和寇炳坤的伪警察隐藏在站外林子里，火车进站的同时，便冲出来，从东西两面堵住了站前小街。

突遭围堵，且鬼子已经近在咫尺，短兵相接，甚至都来不及换弹夹，又怕伤着无辜百姓，狼刀帮弟兄们纷纷抽出狼头匕首，扑向鬼子马队，专扎马

狼刀

肚子砍马腿，一连干倒了几匹马，马上鬼子兵摔下来，和弟兄们厮打着滚了一地。那武趁乱，拉着特派员钻进路边胡同，北风狼和柳叶刀紧跟着进了胡同，回身继续射击。不料，柳叶刀被击中左肩，左手不能打枪了，火力顿时减弱，北风狼呼叫弟兄们聚拢过来，守住胡同口拦阻鬼子。那武早已摸透了哈龙站内外地形，他知道这条胡同那一头直通站内，跳过栅栏，越过几道铁轨，对面就是一道山坡，只要冲上山坡进了林子，直接穿插到团山子，就能甩掉鬼子。那武拉着特派员，北风狼搀扶着柳叶刀，关胜和两个弟兄断后，在铁轨上几节闷罐车的遮掩下，很快穿越车站上了山坡进了林子。齐天龙的十几个弟兄在小街上继续厮杀，堵着胡同，缠着鬼子，截断追击。狡猾的松本没有算计到那武会从站内穿插过去，疏于布控，留出了一个口子，他不知道特派员已经撤离，只顾指挥对齐天龙这伙人进行围攻，直到齐天龙和手下弟兄全部阵亡，才发现，中共特派员仿佛插翅而飞……

这时，小街西口的枪声也已经稀疏，一小队鬼子和伪警抵挡不住飞虎的快枪队，被打得七零八落。飞虎带着弟兄们翻身上马，冲出小街，又向西绕去，然后，赶往团山子。在团山子看守马匹的玉池，等到飞虎回来会合后，带领大伙向南山后万松岩的武馆营地转移。

正月十五的雪，到晚上还在下，一场战事后，哈龙站小街稀拉拉几盏路灯，显得十分凄凉。

88

哈龙站遭遇战，齐天龙阵亡，柳叶刀负伤，狼刀帮又损失了十来个弟兄，北风狼铁青着脸，眼珠子通红，守在柳叶刀身边，一只手里攥着三粒子弹，滚得咔咔直响。柳叶刀知道他在动什么心思，万松岩这南山武馆就在乌林府城边上，要进城区就是一抬脚的事，稍有疏忽，北风狼可能就会杀进城去。她吩咐飞虎寸步不离地严密看守，不让他出门，把北风狼憋在屋里两三天，炕上炕下来回转着，像是困在笼子里四下寻找出路的一匹狼。

虽然南山后坡林子里藏几十人不显山不露水，但时间长了粮食不够吃，可是，松本的暗探和宪兵队、特高课的人把集市看得溜严，采购大批粮食根本不可能，且一定会暴露。而特派员又非常着急，那武和玉池决定，玉池和关胜、北风狼带一队弟兄，把柳叶刀送回老窝棚养伤，那武带飞虎的快枪队护送特派员进山。北风狼心里头老大不愿意，但跟着那武这些年，多少也懂得了纪律，懂得了大局，只好服从。临行前，他叫弟兄们清点弹药，把仅剩的可以和冲锋枪通用的子弹集中，除使用驳壳枪的每人留下五颗护身，其余全部交给飞虎的快枪队，没有子弹的弟兄只好靠步枪刺刀了。万松岩知道山上这种情况留不了大批人马，便叫人备了些干粮，送弟兄们离开南山。

护送特派员的小队星夜赶路，一直朝东北方插向长白山脉老林子，辗转数日，从鬼子讨伐大队缝隙间穿过，沿着抗联留下的秘密标记，奔向抗联密营……

困兽犹斗的北风狼，在老窝棚歇息几日，就按捺不住了，几次和玉池争持，想要进城寻找儿子，同时也是为了弹药。弟兄们手里的枪现在都成了烧火棍，万一鬼子来了，咱打不过，还得跑路，妈了个巴子，绺子没了子弹，就像人没了骨血，跑到哪也立不住。北风狼骂骂咧咧跟玉池磨叨，他心里也清楚，玉池和关胜这些日子也一定在琢磨弹药的事。玉池连着几天听北风狼磨叨，心里也是着急，脑子里老是转着几句古文，"其得水，变化风雨，上下于天不难也。其不及水，盖寻常尺寸之间耳，无高山大陵之旷途绝险为之关隔也。"说的是水边有个披鳞带甲的怪物，像龙，龙到了水里，催风化雨，上天入地都不困难。一旦离开了水，哪怕咫尺之隔，也没有险要阻挡，它只能这样干涸着。队伍没有弹药，就像龙没有水的滋润，再大的本事也是白费。所以，他实际上已经同意了北风狼的打算，他们不约而同地想到了乌林府城里的老火药局。

光绪八年那阵，经吴大澂（当时督办宁古塔三姓珲春事宜）等奏请清廷批准，在乌林府城东八家子附近松花江岸边开办了火药局，光绪九年，即1882年4月动工兴建，1883年10月，部分主体工程基本竣工，投入生产。1884年7月，进行扩建，1887年8月，火药局建成，为驻乌林府一带的边防军修理枪炮和复装子弹。火药局出产的，分弹药和枪炮两大类：曾生产黑色火药，哈其开斯枪弹，毛瑟枪弹，文且斯德枪弹，五子抬枪弹，洋抬枪铅丸，来复枪铅丸，葛尔萨炮弹，2磅子、4磅子、6磅子、12磅子克虏伯开花弹，哈其开斯开花弹，前膛钢钉开花弹，12磅子前膛开花弹，12磅子圆开花弹，子母炮群子弹，10磅、20磅、30磅水雷，水雷信子，子母炮拉火，2磅子、4磅子铜拉火，大铜帽等；也曾生产呼敦枪、洋治枪、来复枪、毛瑟枪、葛尔萨炮、子母炮、2磅子克虏伯炮、西林炮等。大约1886年，试制成轻便机枪一挺，此枪每分钟连发80发，是当时较为先进的速射武器。

曾经做过中学历史教师，玉池对此十分了解。火药局于1899年停产后，曾有一段时间成为无人问津的空荒之地，后被奉系驻乌林府的部队接管，做了修理枪械、装配枪弹的小型兵工厂。东北易帜后奉军改为东北军，火药局也仍然是为东北军部队使用的部分德式枪械或汉阳兵工厂制造的枪支生产子弹，也正是关东地区土匪手里的主要武器如德制驳壳枪、仿造的伯格曼冲锋枪、汉阳造等枪支使用的枪弹。因为除了国民政府的正规部队，地方武装没有能力购置大批进口武器和枪弹，关胜所在的警察署配备的枪支也多是使用这种地方自制的枪弹，关胜也曾几次到这个兵工厂领取过弹药。玉池和关胜都知道，日军入侵乌林府东北军撤离时，把尚未运出的部分弹药封存在火药

狼
刀

局的密室弹药库里，而且这些弹药基本属于德式枪械使用，与日军的南部式手枪、三八大盖、歪把子机枪都不通用，鬼子对火药局并未看重，对清末民初使用的前膛火器和枪弹更不屑一顾，把火药局当成了临时修械所。当然，鬼子们并不知道这里还有密室，更不知道地下密室还设有机关藏有弹药，否则早就破开密室销毁弹药了。

玉池和关胜反复掂量，要搞弹药，偷袭火药局是目前唯一办法。关胜有一位老街坊，叫老德子，曾多年在火药局做密室弹药库看守，对那里更是熟门熟路，若能请他帮忙，从那里搞出弹药来，更有把握。于是，关胜揣着一块金子，先期潜回乌林府买通了老德子，得知只有一个班的鬼子驻扎在火药局。老德子画了一张火药局内部布局和密室位置图，并告诉关胜破解机关进入密室的方法。

1937开始，鬼子在松花江上游修建大坝，拦住了江水，江面水流变浅，但到1942年时尚未开始发电，所以江面仍然封冻，人们还可以从冰上行走。按照约定时间，一个寒冷的深夜，玉池和北风狼带几个弟兄，骑着马，拉着两挂爬犁，从冰上过了松花江，与关胜在八家子汇合。他们蹚过滩涂上厚厚的积雪，把马和爬犁藏在火药局大墙外土坎下，趴在土坎边上观察地形。关胜给弟兄们分配任务，玉池和两个人留在原地做接应，关胜和北风狼先干掉鬼子守卫，然后破解机关进入密室运出弹药。

火药局正门亮着一盏昏暗的门灯，灯下是木制的岗楼，隐约可见一个鬼子哨兵抱着大枪靠在岗楼里打瞌睡。院墙的西北角有一个青砖角楼，窗口里面也亮着昏暗的小灯，有一个鬼子哨兵把守。北风狼率先摸向西北角楼，两个弟兄搭人梯，把北风狼送到窗口，趁哨兵转身时，甩出绳套，勒住了他的脖子，这家伙甚至都来不及叫出声，就吐了舌头，翻了白眼。关胜贴着墙边，靠近火药局大门，猛扑进岗楼，寒光一闪，一把大刀削了哨兵的脑袋，转过身来，出手一瞬，大刀挑断了一根电线，门灯熄灭了，大门打开了。弟兄们在关胜的指引下，冲进大门内左侧一幢平房，一柄柄狼刀纷纷出手，正在熟睡的一班鬼子兵，一声没吭，都被抹了脖子。

关胜已经熟记了密室的出入口，带着弟兄们直奔院里西南角一幢平房，进门穿过走廊到了最西头撬开一扇门，打开一只鬼子的歪脖手电筒，在墙壁上找到供着一尊泥像的佛龛。这尊泥像是中国古代传说中的炼丹士葛洪，据说是他最早发明了火药，早年间，有些制作鞭炮的作坊，以及后来制造火药和枪弹的兵工厂里都供着一尊他的泥像。关胜在佛龛里面泥像后身底部找到了一个铁拉环，用力一拉，脚下的一块地板出现一道缝隙，他用脚一蹬，地板上出现了一个通往地下密室弹药库的入口。沿着阶梯，打着手电，关胜在地道墙壁上又找到了电灯开关，打开电灯，一道铁门出现在眼前。关胜让弟兄们都紧贴墙边隐蔽，按照老德子教给的方法，在铁门上沿左右各抽出两块青砖，按下里面的按钮，这才让北风狼用狼刀撬开门锁。其实，老德子也并不知道密室里是啥机关，他每次进入密室，只要关掉了按钮，就没危险了。关胜哪里还顾得上研究是啥机关，带着弟兄们冲进密室，里面果然堆放着一些木头箱子，他用手电照着，找出标有装着驳壳枪冲锋枪通用的制式毛瑟枪弹字样的，让弟兄们赶快搬运。火药局大门敞开了，两挂爬犁冲进院子，装上了四五十个木箱子。

启明星刚刚闪亮，松花江冰面上驰过一队战马和两挂爬犁，冲上南岸，消失在黎明前……

89

返回老窝棚途中，经过桃花渡，北风狼让弟兄们把一部分弹药埋在了古洞河岸边树林的雪地里，并做了记号，这是给返回江口的红叶妹和集结在鹰崴子的鬼脸三留下的。正月十八，鬼脸三派人来联络，北风狼把埋藏子弹的地点和标记告诉了联络员，让他转告白羽鹰和猛子来取弹药，玉池让他捎信给鬼脸三，叫猛子带五个弟兄来老窝棚会合，准备执行新的任务。

在桃花渡取了弹药，猛子派两个弟兄连夜送回鹰崴子，然后按照北风狼吩咐，带着五个弟兄，于拂晓时分赶到了老窝棚。

因为没有药品，鬼脸三又不在老窝棚，没人懂得用草药治伤，柳叶刀未能得到及时治疗，伤口已经感染化脓，一只胳膊肿得透亮，连日高热，烧得昏昏沉沉。北风狼急得眼珠子通红，嘴上起了泡，跳着脚跟玉池发火："妈了个巴子，人都成这样了，再不想辙，挺不了几天就得挂了。"他转来转去地磨叨着，非要进城去找药。

这些天来，为了给柳叶刀治伤，玉池找老乡要了点盐，冲了盐水给她洗伤口，这也只能稍有缓解，止不住溃烂。柳叶刀的伤情越来越严重，再拖下去，不仅保不住胳膊，甚至会威胁到她的生命，必须尽快找到治枪伤的西药。所以，玉池同意北风狼再进乌林府寻找药品，并调来猛子和五个弟兄，配合北风狼行动。鬼脸三让猛子带来口信，乌林府城里一般的中药铺里只有少量普通西药，很少有能治疗枪伤的西药，只有乌林府那家官办的官医院里才有。

"官医院"是光绪三十四年（1908年）由前清巡抚朱家宝开办的，是乌林府里除了中医之外，唯一开设外科的医院，现在改叫国立医院了。但日本人为了防止抗联和抗日武装得到药品，早就严加控制，松本一定会派鬼子兵把守这家医院，我们很难下手，闹不好还得伤了弟兄们。城里还有一家稍大一点，是个姓陶的大夫开的医院，老百姓都叫它"陶大夫医院"，时间长了，就叫成了"陶医院"，日本人对这里控制得可能松一些，在那里可能更容易

狼
刀

得手。陶大夫医院就在朝阳门里通天街南侧，是个砖瓦结构的三层日式小楼，前后开有两个大门，东北角有一个极不起眼的小门，南侧还有一个附设在外面的楼梯。小鬼子很早就十分注重防火和逃生，所以这楼房设计了几处通道，进出都很通畅。鬼脸三还说，行动中万一有变，可从陶大夫医院向南直下东莱门，到达江边，过江撤离，也可以向东出朝阳门，奔团山子，还可以向北，穿过通天街，藏到玄天岭上隐蔽。所以，购买或抢夺药品，以陶大夫医院最为稳妥。

看来，鬼脸三也已经想到了北风狼要打城里医院的主意，这消息让北风狼乐得直拍大腿："真是想啥来啥，想要吃奶，孩儿他娘就来了。三当家的送来的正是及时雨啊。"

"城里鬼子看守很严，朝阳门里正是热闹地界，很难遮人耳目，万不可大意。就是夜里动手，也要防备巡逻的鬼子和巡警，尽量不动枪。你和猛子带弟兄们在外面守着，我一个人进医院，有情况你们就先撤。我知道陶大夫医院那小楼无险可守，一窝子人都拥进去，万一被发现，让鬼子堵住，咱可不是能入地的土行孙，也不是能翻筋斗云上天的孙猴子，再大的本事也施展不开啊。"玉池很有些担忧，反复叮嘱北风狼行事要谨慎。

"玉池先生一人进去可不行，谁知道那医院里有没有日本人啊，说不定那里的大夫就有小鬼子呢。要是鬼子大夫手里还有枪，那不更危险更麻烦？还是我跟你一起去蹚这老虎嘴，老虎要是咬人，俺就掰断它几颗虎牙！"北风狼不同意玉池一个人独行，执意要同进陶医院。

也许正是北风狼的坚持，才使得玉池在陶大夫医院这表面上看似波澜不惊，却藏匿着湍流的危急中，险中脱身。或许也是关胜的细致周密，通过一位在陶大夫医院工作却倾向于抗日的朋友李文大夫，知晓了陶大夫医院里暗藏的隐密，联袂北风狼唱了一出反串白娘子为救许仙昆仑腾云盗仙草，并得南极仙翁相助，才能取获灵芝，全身而退。

老窝棚这户农家的烛光，明明暗暗，忽忽闪闪，几乎一夜未灭。北风狼和玉池关胜趴在小炕桌上反复揣摸了大半宿，心里有了底，到了早上，叫醒猛子和五个弟兄，喝了些苞米碴子粥，天亮时分，悄悄出了老窝棚村。

农历二月初二，是民间称为"龙抬头"的日子，大约从唐朝开始，中国人就有过"二月二"的习俗。龙是祥瑞之物，又是和风化雨的主宰，因此，人们祈望龙抬头兴云作雨、滋润万物，这一天人们要吃猪头肉，要剃"龙头"，取意红运当头、福星高照。虽是战乱之年，乌林府的百姓也仍然按照传统习俗，要到寺庙去焚香上供祭祀龙神，祈求龙神兴云化雨，保佑一年五谷丰登。玉池特意选择这一天，和北风狼扮作进城烧香的乡绅，猛子等人也打扮成护卫东家的炮手家丁，一起进了乌林府。关胜已在头一天先赶到南山后林子，联络万松岩做接应，松爷派大弟子纪锁子带几个师弟，在二月二这天下午，藏到了朝阳门里的老窑坑。乌林府通天街北头有一片低洼地，从前清年间起，这里就集中着一些烧制民用瓦罐坛子的作坊窑口，所以百姓都叫这里为"窑坑"，后来作坊逐渐废弃，搬来一些贫民，成了穷苦百姓杂居的地方。万松岩有两个徒弟的家就在这里，他们藏在这里不会引起鬼子和警察的注意，而且这里离陶大夫医院很近，也就是一里多地，有什么动静，紧跑几步就到了。

上午十点来钟，关胜和玉池进了陶大夫医院，找李文大夫看病。李文告诉他们，这陶大夫是日本留学回来的，他的日本老师是松本的老友，曾经委托松本对他的学生给予关照。松本也为了加强对这家医院和药品的控制，便以保护陶大夫为名，暗地里派警备队一个军医带着一个士兵，住进陶大夫医院，装扮成药剂师和更夫，白天黑夜守在医院里。所有能治外伤特别是枪伤的药品，都锁在西药房铁柜里，由鬼子军医掌管，根本不可能以看伤为名拿到药品。关胜便让李文领着，挂号、听诊、交钱、取药，从一楼到三楼走了一遍，摸准了整个医院的布局和西药房、医护值班室、鬼子军医住处。

夜里十一点，北风狼和关胜敲开了陶大夫医院的门，说有急病，要请大夫。鬼子更夫极不情愿地开了门，北风狼抢上一步，挤进门缝，出手极快地扼住更夫的咽喉，狼刀一闪，捅进心窝，鬼子更夫扑通倒地而亡。玉池跟着进门，径直拐向一楼药房，打开鬼子歪脖手电，照着铁栅栏上的大铁锁，一个小弟兄用事先准备好的细铁丝，鼓捣着开锁。关胜直扑二楼鬼子军医的房间，屋里突然亮了灯，鬼子军医挥着军刀迎面砍过来，关胜闪身躲过，抓起一只板凳抵挡，板凳被军刀劈碎，关胜手里只剩下两只凳腿，他双手发力扔出板凳腿，趁鬼子躲闪时，猛冲上去，扭住鬼子一只胳膊抢夺军刀。虽知这鬼子却一松手，把军刀换到了另一只手上，反手就朝关胜后心扎来，就在这一瞬间，北风狼一步跨进来，直接把驳壳枪顶在鬼子后脑勺就搂了火。血溅了关胜一脸，他抹了一把骂道："娘的，谁让你开枪的？你小子是想连我一起干死啊？还是想引来鬼子啊？"说着赶快关了灯，与北风狼一起上了三楼。

三楼值班室今晚是一个女大夫和一个护士，听到动静，根本没敢开灯，吓得抱成一团直发抖。北风狼闯进来，借着窗外的月光，看清是两个女人，便收了枪，对她们说："俺是来砸窑的，只要钱，不要命，只要你们不出声，老实呆在屋里，保你没事。"

当关胜和北风狼返身下楼时，街上响起了枪声，原来陶大夫医院亮了灯，又传出枪声，惊动了正路过的巡逻队，鬼子向医院冲来，猛子和弟兄们挡不住，边打边撤，退进陶大夫医院，插上大门，打碎玻璃，凭窗阻击。北风狼见那小弟兄还在捅着铁锁，一把推开他，抢起枪把子，几下就砸开了锁。拉开铁栅栏冲进药房，同样用枪把子砸开了铁柜，玉池找到消炎药品和酒精棉球，用一块布包好，系在了自己腰间。但鬼子已经堵住了门，他们出不去了。

听到陶大夫医院的枪声，纪锁子带人从老窑坑摸过来，在巡逻队屁股后面打冷枪，吸引了鬼子火力。这工夫，关胜想起上午离开陶大夫医院前，李大夫曾悄悄暗示他，让他注意一楼前厅走廊东北角楼梯口。他连忙带着大伙来到一楼前厅东北角楼梯下，用电筒照着查看一番，发现地板边沿露出一根线绳，抓住绳头一拉，掀开了一块地板，原来这里是一个暗道。

纪锁子和师弟们打了一阵，见一拨鬼子冲过来，便开始后撤，继续打着枪，把鬼子引向通天街北，他们趁夜色分散钻进胡同，奔向玄天岭，甩开鬼子，绕道返回了南山。

松本赶来增援，砸开门进入陶大夫医院，搜不到一个人影，却见后门敞开着，他气急败坏地挥舞着菊花军刀，嚷叫着命令鬼子兵追出去，顺着大街撵了好一阵，黑洞洞的街路上，空无一人。

原来，进入暗道之前，关胜叫猛子打开了后门，给松本布下了一个迷阵。

弟兄们钻出暗道时，天已渐明，这才看出，他们已经到了朝阳门外。

90

242

一队快马在山林间小路上奔驰着，青花骢跑在最前面，嘴里接连不断地喷着一团团白雾，在冷风中凝成寒霜，挂满它青灰色的长鬃。北风狼一路不断催促着坐骑，向老窝棚疾驰。青花骢的脖子渗出了汗水，仍然四蹄生风，一气赶了一百多里。直到正午，进入村外山道时，迎上了从鹰崴子赶过来的鬼脸三。

因为担忧北风狼一旦失手，柳叶刀无药可救，极可能危在旦夕，鬼脸三放心不下，又怕北风狼赶回时来不及，便上了鹰崴子后山，扒开雪窝子挖了些干枯的马桑叶、鸡骨草，摘了些黄柏树叶，连夜赶来老窝棚。

虽然服用了几粒消炎药，但伤口不切开，就解决不了化脓的问题，再好的西药也救不了急。好在鬼脸三曾经给弟兄们治过刀伤，土郎中只好自己动手充当外科大夫。他在一堆药包和瓶子里找出酒精和棉球，把自己的狼刀在油灯上烧了一会，用酒精棉消毒，从随身的皮囊里拿出几根银针，在柳叶刀手上和耳上肩部找到阳明、合谷、耳迷根、颊车、大迎等穴位下了针。这是鬼脸三祖传的针刺麻醉绝技，北风狼看过他用此法给伤口溃烂的弟兄镇痛割腐肉，知道鬼脸三手上的功夫，并未多问，只是摒着气，瞪眼盯着看。锋利的狼刀在柳叶刀肿得发亮的左上臂切开一道口子，黑紫色的脓血涌了出来，鬼脸三轻轻挤净血水，刀尖一点一点地探寻，终于挑出一颗子弹头。他松口气，让猛子把干枯的草药揉碎，用一片瓦把草药焙成粉末，掺入些烧化的松香，搅成泥状，糊在柳叶刀左臂上，缠上了纱布。

看着柳叶刀呼吸渐渐平稳了，脸上也有了些红晕，北风狼这才直起腰，长出了口气："这下没啥要紧了吧？二当家的不会再挂了吧？"

鬼脸三说："土方子不一定管多大用，我这法子只能暂时消肿，还得每隔三天敷一次药，继续用些西药配合，还是那东西灵，用上半拉月，如果不再感染化脓，二当家的就有救了。"

北风狼骂道："娘的，少了这洋玩艺，还真就做不了槽子糕了。行，这一趟咱走得值！"

玉池仔细观察柳叶刀脸色，又摸摸脉，心里有了底："按三先生的办法，再用几天药，二当家的没啥大碍，咱就得挪挪窝了。花狐老六是死是活，是被抓，还是逃匿，一直没有下落，咱得防备有变，早做打算，还是回鹰崴子比较安全。咱抢了药品，又杀了鬼子，松本不会善罢甘休，一定要报复的，不出三天，就得撒出人来到处踅摸。老窝棚离城里只有一百多里，咱们在这难免不露出风声，他的狗鼻子说不定已经闻到味了。"

"妈了个巴子，他来了正好，不是冤家不聚头，省得我再去找他了。村外那个山洼洼里，是个打伏击的好地界。麻溜让猛子飞海叶子（送快信），码上（会合）黑三豹、飞天鹞、穿山虎几位大当家的，咱这回已经码齐了白米（准备好了弹药），让他老鬼子来啃吧，够他喝一壶了！"北风狼兴奋进来，撸胳膊挽袖子，抽出驳壳枪拍在桌上。

玉池连忙制止他："轻点，别吵醒二当家的。咱不能在老窝棚开打，松本一定要报复村里的百姓。要打也得进城去，把松本牵制在城里，咱们弟兄和各绺子才安全。"

北风狼挠着后脑勺，咧嘴笑了："还是玉池先生道道多，上城里打，对俺的心思！"

"这就是变被动应对为主动出击。咱还是小绺子插旗（小股人马寻找目标出击），天光踏条子蹚桥（白天躲藏睡觉），掐灯花开磕（晚上骚扰），牵着松本的鼻子转，想打就打，想走就走。让他摸不着影子，又不敢离开大圈子（城里），这才是前狼假寐，盖以诱敌，假道伐虢，围魏救赵的上策啊。"鬼脸三捻着胡须，沉吟着念叨

"娘的，老三你能不能把口条（舌头）捋直喽，甭咬文嚼字的，听得俺一脑门子官司！"北风狼听不懂，急得直骂。

玉池拉着北风狼坐下来，笑着解释："三先生说的是个老故事。两只狼把一个卖肉的围在柴火垛前，一只狼假装睡觉，其实是迷惑他，掩护另一只狼从后面掏柴火洞偷袭。假道，是借道的意思，虢，是春秋时一个小国。晋国向虞国借路去攻打虢国，攻下虢国后返回来消灭虞国。战国时有名的桂陵

狼刀

之战，就是齐军用围攻魏国的方法，迫使魏国撤回围攻赵国部队而使赵国得救。咱们小绺子进城袭扰，就是迷惑敌人，一箭双雕，以使进山围剿的鬼子撤回来。"

北风狼听了仍似懂非懂，却也连连点头："对，就是这个意思。"

就在他们准备动身赶回鹰崴子时，那武和飞虎找来了。他们掩护特派员和坚持在山里的抗联余部跳出讨伐队包围向中苏边境转移之后，便绕道赶来老窝棚。那武和玉池想到了一起，也要再进乌林府，既是为了牵制松本，打破他追剿狼刀帮等绺子的计划，同时也是要铲除那个叛徒。那武知道叛徒罗文是特支重要成员，掌握着特支联系的乌林府地区抗日武装的情况，了解他们的隐蔽地方和行动规律，必须尽快除掉他，以免遭受更大破坏。

短暂会合后，第二天便分头行动，玉池与鬼脸三和飞虎护送柳叶刀回鹰崴子养伤，那武和北风狼、关胜、猛子的几位弟兄进城，伺机寻找罗文，斩杀叛徒，同时，也是要寻找海冬下落。队伍迅速撤离了老窝棚，松本的暗探嗅到消息，警备队突袭而来，却扑了空。

弟兄们藏在南山后崖林子里万松岩的临时营地，等待那武指令，那武和北风狼每天下山侦察。虽然出了叛徒，组织遭受破坏，但特支几位领导仍在城里坚持隐蔽斗争。那武通过极少数人知道的非常情况下才启动的秘密联络点，与党组织取得联系，得知罗文现居住在小东门一带，深居简出，行踪不定，即使出门，也有四个便衣特务保护，而且他从不出入风月场所，也不到饭馆喝酒，很难有机会下手。这些天，那武和北风狼推着烤地瓜炉子，从早到晚，蹲守在小东门街头，仔细观察出入胡同小巷的行人，从中辨认罗文，却始终没查到一点迹象。

二月的天渐渐变暖，乌林府城里萧索凄冷了一冬的夜晚，缓过阳来，街上酒馆饭庄的客人也多了起来，在前段时间绺子不断袭扰的担忧中龟缩了许久的伪警察、汉奸、地痞，也都放松戒备，出来混吃混喝。那几伙土匪绺子这些日子好似销声匿迹，城里晚上不再响枪，街头不再有人被杀，乌林府看似平安无事，便又歌舞升平了。乞帮的混混们，趁机纷纷从破庙和地沟里冒出头，聚在灯红酒绿的街头乞讨。

关胜和猛子一连三四天晚上，在街头，在破庙，挨个找丐帮的小头头询问，要找一个十岁左右的男孩。有人告诉他们，听说过一个小男孩，去年秋天曾在晋隆胡同一带流浪，这孩子挺倔，从不跟乞丐混混打交道，也没入了哪一伙，入了冬便不知去向，说不定这一冬早就冻死饿死了。北风狼听了这消息，无奈地叹气，说命由天定，看他的造化吧。

侦察几日无结果，那武闷头琢磨半宿，提出改变打法："这样守株待兔，摸不到罗文巢穴，耗时无功，必须敲山震虎，逼他出洞，咱们才有机会下手。"

"咱连人都见不着，咋让他听咱的？"北风狼哼了一声。

"今天下半夜，派人以特支除奸队的名义，给松本下通牒，就说咱已经布下天罗地网，三日之内必除罗文。明天一早开始，咱就在小东门等着他，不出两天，罗文一定会搬家。"那武见北风狼仍有疑惑，又说："松本肯定要增派人手，或加强戒备，或帮罗文搬家，跟踪警备队的人，就能找到罗文的窝点，他要不走，咱就打进去。但我估计他在那窝里藏不住，一定得搬家，那咱就在小东门截杀他！"

算准叛徒的胆怯心理，通牒送进了警备队，那武的计策果然奏效。那武、北风狼和猛子各带两个弟兄，守住了小东门十字路口西、北、南三面出口，关胜和两人守在东面，阻击可能从东面来增援的鬼子警备队。只等了一天，黄昏时，十来个鬼子和警察护送罗文出现了。十字路口北侧，停着两辆汽车，那武示意弟兄们悄悄靠近，罗文刚要上车，南西北三面突然打出雨点般的子弹，那武等人每人一支驳壳枪，加上北风狼和猛子的双枪，围着汽车，瞬间齐射。护在罗文左右的鬼子警察纷纷中弹，倒了一地，剩下三两个，跌跌撞撞掉头朝东，企图向警备队方向逃窜，被守在那里的关胜一顿痛击，一个喘气的都没剩下。罗文这时已经蒙头转向了，跑又不敢跑，藏也没地方藏，只好蹲在汽车辘轳下，抱着脑袋，缩成一团。

北风狼揪着他的脖领子把他拽了起来，看见面前是那武，他两腿发抖，站立不住，就势要往地下跪，嘴巴直哆嗦，求那武同志那大爷饶命。那武看清了罗文的脸，咬着牙说："你这个无耻叛徒，民族败类，日寇走狗，末日到了！"说着，推开北风狼，一脚踹倒罗文，对准他的脑袋连发三枪，污血顿时喷溅，秽染了一片白雪。

弟兄们撤离时，北风狼顺手把两颗手雷扔进了车窗。只一袋烟工夫，小东门十字路口一个人影都不见了，空旷中，汽车在燃烧，黑烟滚滚……

狼刀

第十九章　黄沙百战穿金甲

狼刀染秋霜痛击老冤家，江口除奸雄重建联络站；
林海斗奇智巧布八卦阵，北峰凭险守再建鬼门关。

91

1942 年 5 月，日军为实现其"确保华北，首先确保平原"的作战方针，纠集日伪军五万余人，在空军的配合下，出动坦克、汽车几百辆，由华北驻屯军司令冈村宁次亲自指挥，对冀中平原发动了空前残酷、空前野蛮的"铁壁合围"式的五一大扫荡。关东军配合华北派遣军的扫荡，对仍然留在北满南满坚持抗战的小部分抗联和民间抗日武装，进行更加疯狂的围剿。特支指示那武，带领各个绺子，转移到库勒草原边上的都伦山，暂避锋芒。

在鹰崴子养伤的柳叶刀在红叶妹、白羽鹰护送下，很快到达都伦山，白马山、黑松岭等地隐蔽的草上飞、黑三豹、飞天鹞、穿山虎等人马，陆续集结到都伦山，北风狼和狼刀帮的弟兄们，也在几天后回到这里。都伦山树起各色大旗，大山洞里住满了人，山顶林子里搭了许多窝棚，挖了些地窖子，架起十几口大铁锅，几百号弟兄又聚在了一起，好不热闹。那武抓住时机，将这些土匪绺子进行合编，番号暂定为抗联山林支队，那武任支队长，玉池任支队政委，北风狼为副支队长，关胜是参谋长，草上飞、黑三豹、飞天鹞、穿山虎等头领，分别担任了几个大队的大队长。

日军在这一带没有驻兵，都伦山相对安稳，山林支队正好利用了这一个春天和夏天，进行整训。那武讲授军事知识和战术，玉池教弟兄们识字学文化，鬼脸三教弟兄们垒起简易炼铁炉，土法熔炼，还想尽办法找来硝、磺，自己烧了些木炭，自制火药，与从火药局弄来的炸药掺在一起，做了百十颗土地雷和炸雷。都伦山顶摆开这一大摊子，练兵习武造地雷，干得热火朝天。

夏末时节，北风狼带着飞虎和猛子下山，进入了库勒草原。当年满清遗民正蓝旗乌尔汉氏族的"蓝旗帮"，就是从库勒草原起事，后来占据了与库勒草原接壤的都伦山。北风狼浪迹江湖十几年，很少回到库勒草原，但库勒草原上仍然留有乌尔汉氏族的后代族人，他们以最热烈的方式迎接远归的游子。

这时的草原热闹极了，正是蒙古族历史悠久的"那达慕"传统活动之际。"那达慕"在蒙语里是娱乐、游戏的意思，每年七八月牲畜肥壮的季节举行，几百年来已经形成了蒙古族的传统节日。据铭刻在石崖上的《成吉思汗石文》记载，那达慕起源于蒙古汗国建立初期，早在公元1206年，成吉思汗被推举为蒙古大汗时，他为了检阅自己的部队，维护和分配草场，每年七八月间举行"大忽力革台"（大聚会），将各个部落的首领召集在一起，为表示团结友谊和祈庆丰收，都要举行盛大集会。起初只举行射箭、赛马或摔跤的某一项比赛。到元、明时，射箭、赛马、摔跤比赛结合一起，成为固定形式。后来蒙古族人便称其为"那达慕"了。"那达慕"大会上有惊险刺激的赛马、摔跤，令人赞赏的射箭，有引人入胜的歌舞。早期的"那达慕"还有大规模祭祀活动，喇嘛们要焚香点灯，念经颂佛，祈求神灵保佑，消灾消难，期待丰收。

乌尔汉氏族后人早已经与蒙古族人融合在一起了，他们的生活习俗也与蒙古族同化，只不过仍然保留了氏族组织，以老族长乌尔汉·乌赫德为首，半农半牧的生活方式使他们与蒙古族游牧部落结下了深厚情谊。当然，他们也不会忘记当年的"蓝旗帮"，当年的乌尔汉·乌苏赫和乌尔汉·乌力嘎。乌赫德亲自为当年的乌力嘎牵马，引领他们来到人群中，北风狼作为抗日武装的首领，英名早在库勒草原传播开来，人们纷纷捧来雪白的哈达，端来醇香的马奶酒。北风狼和几个弟兄滚下马来，向族人们和蒙古族同胞们深深施礼，一队头戴银饰、身穿蒙袍、腰扎绸带、足蹬蒙靴的蒙古族姑娘们吟唱着祝酒歌，款款而来，捧着一碗碗马奶酒，低头、弯腰、双手举过头顶，给远道客人敬酒。北风狼虔诚地接过镶着银边的花瓷碗，伸出右手无名指沾着酒，朝天上弹一下，表示敬天，朝地上弹一下，是敬地，沾一下自己的前额，是敬祖宗，然后施身材还礼，双手举着银边花瓷碗喝下了这一碗马奶酒。姑娘们恭敬虔诚地又给他们连敬两碗，这三碗各有说道：第一碗是感谢上苍恩赐我们光明，第二碗是感谢大地赋予我们福禄，第三碗是祝福人间吉祥永存。北风狼和飞虎、猛子等连喝三碗，顿感胸前滚滚热流，眼睛也湿润起来。

随着一声号角鸣响，最为惊心动魄的赛马开始了。骑手们一字排开，个个着鲜艳的蒙古袍，扎着彩色腰带，头缠彩巾，洋溢着青春的活力，他们施展鞍上功夫，扬鞭策马，一时红巾飞舞，马蹄踏踏，如箭矢齐发，场上呼声震天，烟尘滚滚。蒙古族青年们从小就在马背上长大，骑术早已娴熟，且已出神入化，更有顽强勇猛的拼搏精神。第一匹马冲到终点，人们立刻唱起优美的赞歌，簇拥着得胜者，为他披上一条又一条雪白的哈达。接下来，又是

狼刀

摔跤、射箭、唱歌、喝酒、跳舞，高潮迭起，欢声阵阵。到了晚上，夜幕降临，草原上飘荡着悠扬激昂的马头琴声，篝火旁男女青年轻歌曼舞，人们沉浸在节日的欢乐之中。

"那达慕"的热闹尚未结束，乌赫德就带着北风狼进入草原腹地，那里有大批游散于草滩上的蒙古马群。蒙古马是蒙古高原上的骄子，长期处于半野生生存状态，既没有舒适的马厩，也没有精美的饲料，在狐狼出没的草原上风餐露宿，夏日忍受酷暑蚊虫，冬季能耐得住严寒。虽然体形稍矮小，其貌不扬，但在风霜雪雨的大草原上，没有失去雄悍的马性，头大颈短，体魄强健，胸宽鬃长，皮厚毛粗，能抵御西伯利亚暴雪，能扬蹄踢碎狐狼的脑袋。经过调驯的蒙古马，在战场上不惊不诈，勇猛无比，历来是极好的战马。北风狼回到库勒草原的目的，就是要寻找一批这样的好马。

库勒草原上的蒙古马，匹匹精神抖擞，走起路来挺着胸、昂着头，很有些高傲的气势。当马群奔腾而来的时候，大地轰轰地震动，马倌的呼叫声、马的咴咴嘶叫声交织在一起，此起彼伏，几百匹色彩斑斓的骏马似一股彩色洪流，煞是壮观。乌赫德和北风狼各持一根长长的套马杆，驱动坐骑跟在马群后面紧撵，飞虎和猛子在马群左右吆喝着穿插，把马群驱散开来，分出了跑得最快速、最稳健的马匹，然后再兜头把它们圈回来，让乌赫德和北风狼迎头堵截。北风狼看准一匹与青花骢一样颜色的青灰马，他是想让它来替代已经年岁较大的青花骢。他从青灰马侧边斜插过去，紧贴右侧，伸出套马杆，套住了它的脖子。这青灰马性子烈、力气大，拽着套马杆，拖着北风狼的青花骢仍在向前奔跑。乌赫德赶过来，准备迎头截住，它却一扭脖子，转头向斜刺里冲去，一个冲刺，把北风狼带下了马，拖曳在草地上。乌赫德驱马紧赶，伸出长长的套马杆，又套上了青灰马的脖子，两个人的力量，迫使青灰马停了下来。但它仍然不服气地喘着粗气，打着响鼻，前蹄狠狠地刨着地，突然，用后腿支撑着，前腿腾空而起，发出一阵响亮的嘶鸣，落地的马蹄踏得咚咚直响，草地上扬起的阵阵灰尘。挣扎了一阵，它终于服输了，垂尾低头，打着响鼻……北风狼牵着青花骢贴近它的身边，两匹马凑在一起，相互嗅了嗅，似乎都接受了对方，像是一对父子，一阵耳鬓厮磨的亲热，看得北风狼和乌赫德几乎入神。

北风狼扬头大笑："天助我也，这他娘的简直就是俺的青花骢一个模子刻出来的啊！得嘞，就它了！"又向乌赫德拱手："前辈，请给俺这匹新坐骑起个名字吧。"

乌赫德将着须髯，目光越过马群，瞄向草原遥远尽头的黛色山峦，似乎忆起了许多往事。好一阵才开口道："我看就叫它青龙骊吧。这青字取古时昭陵六骏之一的青骓，那是李世民和窦建德在洛阳武牢关交战时的坐骑，那一战，李世民最先骑上青骓马，率领一支精锐骑兵，似离弦之箭，直入窦建德军长达十公里的军阵，左驰右掣，打跨了窦建德和十几万大军，并俘获了窦建德。一场大战下来，青骓身上中了五箭，都是从迎面射来的，足见它奔跑起来像天上飞驰的龙一样迅猛异常。这骓字嘛，也就是古时骏马骒骓，传说是真龙种，可腾云驾雾啊。"

北风狼再次拱手："前辈明鉴，这青龙骒叫起来赫亮极了，又有青花骢中的一字，让它的骏美传下来，再加上龙种骒骓的神力，真是能给俺添彩啊！"

几天后，这青龙骒就和北风狼熟悉了，见到他就喷响鼻，昂头嘶叫。刚一解开缰绳，它就竖起耳朵，两眼炯炯有神，四蹄急切地踏步。北风狼的脚还没上镫，它已经开始绕着他打转，急不可耐地要蹿出去了。北风狼跃身上马，不用催鞭，青龙骒就腾地蹿出去，一骑烟尘，似离弦之箭，跑得风驰电掣。北风狼耳边只听得到急促的马蹄声和呼呼的风声，感觉两侧的一切在迅速向后倒去，一阵跑下来，他虽然有些气喘吁吁，却大呼过瘾。

离开库勒草原时，北风狼把青花骢留给了乌赫德，他说，这匹老马已经跟了俺十几年了，也是身经百战，留下许多刀伤枪伤，今后就把它养在草原，最终在这老家归天吧。

92

秋天在不觉中把都伦山装扮得浑然多采，起伏叠嶂的山峦，覆盖着厚厚的野草，苍劲翠绿的松树，高傲地挺立在丛林中，山风扑来，松涛声阵阵，好似洪波涌起，震荡耳鼓。婷婷的白桦，叶子已染成金黄，黄的耀眼，缕缕阳光洒在上面，像满树结出了金子。大杨树金黄的枝条上，还掺杂着一些绿叶，黄色绿色交错辉映，一片片地飘落着斑驳。最耀眼的是那一片片枫树林，火红的枫叶，像一簇簇燃烧的火苗，看得人心直跳。而翠柏依然绿得深沉，在红红黄黄的颜色中，显现格外葱茏的生机。

都伦山新建了关东抗日义勇军山林支队骑兵大队，北风狼兼任骑兵大队长，柳叶刀担任骑兵大队副大队长，鬼脸三做参谋长，在都伦山这一片诱人的秋色里，跃马扬鞭，纵横驰骋，练兵备战。红叶妹和七侠妹尚余的几人与白羽鹰手下弟兄编成第一中队，飞虎快枪队和猛子马队分别为二、三中队，都是清一色的蒙古马、蒙古马刀。一中队以短枪为主要武器，飞虎中队是伯格曼 MP17 型冲锋枪，猛子中队是奥地利 8 毫米曼利夏步骑枪，每个中队还配备了两挺捷克式轻机枪，更显兵强马壮。北风狼心里直痒痒，转着磨磨想找机会把骑兵大队拉出去干一仗。

那武和玉池秘商几次，除了玉池做政委，山林支队各大队也需要配备党代表做教导员，加强党对抗日武装的领导，引导他们真正走上抗日救国的革命道路。于是，那武秘密下山，向特支请示，为山林支队选派党的干部，却得到特支紧急命令，迅速救援隐蔽在老松沟的满洲省委机关部分同志。

这年秋天，中共满洲省委一名交通员被捕后叛变，供出了省委机关这个秘密营地，乌林府日本特务机关正伺机追剿中共地下组织，立刻命令松本警备队秘密包抄老松沟。但特支同志并不知道，狡猾的松本使了一个反间计，指派已经投降日寇又熟悉老松沟一带情况的土匪赵二朋，带了七个手下，假意携枪投奔抗联，先期潜入老松沟，企图欺骗蒙蔽拖住省委的同志，等松本完成对老松沟的合围，借机里应外合捣毁这个营地。

那武回到都伦山，马上把这个紧急任务交给了北风狼的骑兵大队，百十匹战马星夜下山，疾驰两天一夜，赶在松本和赵二朋之前，到达老松沟营地。

黄昏，密林掩护中的营地，刚刚熄灭了炊烟，已经起锅拔灶，同志们整装待发，准备即刻转移。担任外围警戒的猛子带人押解赵二朋一伙人进了营地。按照匪绺规矩，凡是山外来了生人，一律黑布蒙眼，以免来人有诈，被他掌握进出路线。解下蒙眼布，赵二朋楞了好一会，发现狼刀帮大当家的站在自己面前，他心头一惊，没想到在这遇上了狼刀帮，脚下好像没有了根，小腿肚子直转筋。

那武望着这个眼生的不速之客，立刻警觉起来，老松沟营地十分隐秘，外人绝不会知道这里的秘密，而特支并未另派人救援，这小子此来必定有鬼，不觉伸手摸向腰间。

赵二朋定定神，马上换了一副笑脸，向北风狼拱手道："大当家的，幸会啊，没想到在这遇到狼刀弟兄们，好啊，俺这地蹦子（不起眼的小股土匪）正好搭帮（合伙）你这龙头老大的大绺子，跟着你砸他日本人的响窑，咱也能吃香的喝辣的。"

"哦，原来你认得俺，还真是里口来的（本地同道），报个蔓（通报姓名）吧。"北风狼不认识赵二朋，却听他说出自己的名号，或许是江湖同道，便拱手还礼，并按道上规矩发问。

"墙上一枝灯笼蔓（取照的谐音-姓赵），空工无头伴双炉（空字无头为工，炉为月，双炉即朋）。不敢比你北风狼大名，但俺也是抗日的绺子，听说老松沟有抗联队伍，俺入伙来了。"赵二朋报上大号，说明来意。同时，眼睛四下一溜，看出这营地准备撤离的迹象，急忙提出要求，企图阻拦队伍的行动："大当家的，俺和弟兄们紧赶慢赶，跑了三天的山路，可是累拉胯了，口干槽空（渴了饿了），先燎海办富（烧水做饭），让俺搬浆唣草卷（喝酒、抽烟），唣严了（吃饱了），蹚桥踏条子（睡觉），养足精神头，再去跟小鬼子干！"

那武拦过话头："我们有紧急任务，马上开拔。既然来了，那就先委屈你们了，跟上队伍出发，到了地方再好好犒劳各位弟兄。"他已经意识到赵二朋是在有意拖延时间，这正说明，在赵二朋身后，一定是跟进大批敌人。鬼子是有意把赵二朋这小股匪绺送到嘴边做诱饵，实际上是螳螂捕蝉，黄雀在后。耽搁一分钟，就多一份危险，必须立刻撤离，带上赵二朋一伙，在行进途中解决他们，绝不能放走一个，以免暴露队伍行踪。

北风狼心领神会，马上附和那武说："来了就是弟兄，跟上我们走，到了地方，吃饱喝足，跟咱上托（配合），跟鬼子干！"随后连续发出命令："老四、红妹，你们一中队做先锋，前面开路，瞭水探风踩盘子。猛子三中队做后卫警戒，扫清尾巴，不留后患。"又给飞虎使眼色："五弟，二中队保护新来的弟兄，少了一个，俺剁下你的鸡爪子（手指）！"

二中队几个弟兄，围住赵二朋一伙，把他们拽上马背，省委的同志也随着撤出了营地，沿老松沟北口，向密林中行进。那武和北风狼、鬼脸三、飞虎留在最后，迅速商定了抓捕方案，待进入密林深处即刻拿下这伙叛匪，防止天黑后赵二朋趁机逃脱。当行进到林中一片山凹时，北风狼大吼，弟兄们，动手！二中队的弟兄们闪电一般把身后的人甩下了马背，马刀和冲锋枪逼住了他们，赵二朋只好乖乖交待了松本的诡计。

按照松本原定计划，赵二朋进入营地的第二天晚上发出信号时，发起突袭，警备队和伪军围住老松沟，等了一天一夜，却没有丝毫动静。第三天拂晓，松本急不可待地催促收缩包围圈，向营地步步逼近，却只是围住了林中一片空旷，而赵二朋连一点迹象也没留下，让他们无法判断该向哪追击。暴怒的松本不甘无功而返，歇斯底里地嚎叫着，命令疲惫地士兵们，继续向北追击。

几天后，佐藤发现林中灌木丛里有折断的枝蔓，有马蹄的印迹，这证明了佐藤的判断，松本兴奋起来，不断催促士兵加快速度。继续向前追赶时，马蹄印迹突然分向东西两个方向，松本大喜，这伙人被追得越来越狼狈，已经乱了阵脚，分头逃窜了。他马上命令兵分两路，一路由佐藤指挥，加快速度，向东撵下去，一路由他亲自带领，转向西面，紧追不舍。临近黄昏，松本又发现，林中痕迹又分成两路，一路回身向南，一路调头朝东，而且足迹和马蹄越来越凌乱，还丢下了绑腿、挎包等物品，他们一定是慌不择路了，又分散了兵力，减弱了抵抗力。松本愈加得意忘形，又分出一队士兵，让坂田领头，转向东面，用不了多久，坂田就能与佐藤会合，形成前后夹击，他自己则向南直追下去。这头狗熊已经在暴怒中变得弱智，早已忘记了兵力过于分散的兵家大忌，正中了那武分而歼之的妙计。佐藤在林子里发现了赵二朋的尸体，原来他趁行进中企图逃跑，被北风狼飞出狼刀刺中后心。

那武、北风狼和红叶妹的一中队牵着佐藤向东绕圈，在老林拖了两天，然后穿出林子，在一片丘陵地带，兜住佐藤和坂田的屁股。弟兄们施展骑兵

狼刀

优势，抡起马刀突进敌群，横冲直撞，左右劈杀，刀剑铿锵，处处溅血，杀得七零八落，蒙头转向，丢盔卸甲。那武和北风狼直扑佐藤，从两边缠住他，一招一式，直逼胸口和咽喉。佐藤骑在马上，短兵相接之中，狙击枪根本使不上，只能用军刀抵挡。佐藤的刀法极为老到，战术动作变幻无常，不断地催动大洋马转圈，始终与那武和北风狼保持正面相对，一边呼叫士兵向他靠拢，护住自己后身。

那武的刀剑功夫稍逊佐藤，北风狼则擅长用短刀，马刀反而不大应手，所以几个回合都没能制服他。这时，佐藤反守为攻，撇开功底厚实的那武，单挑刀法不精的北风狼，他策马冲向北风狼，反手持刀藏在背后，伏下上身，避过北风狼砍来的一刀，突然起身，挥手出刀，划出了一个弧形扇面，同时，反转手腕，刀刃往上一挑，直取北风狼颈下。这是日本柳生刀法极为险恶的一招，突击前进，却藏锋不露，待对手用过招式，突然反手，往往一刀制敌。北风狼来不及反手回击，不得已只能迅速后仰，避过他的刀锋，却掉下马来。围堵出现空档，佐藤趁机突破那武和北风狼的二人联手阵势，刀背猛抽马臀，那大洋马痛得猛蹿出去，佐藤借着马力直向前冲，把迎面两个弟兄砍下马来，冲出了包围，和坂田带着残部狼狈溃逃。

鬼脸三和二、三中队转道向西，中途又分出飞虎二中队向东，引诱松本再次分兵，而后牵制松本向西，待那武和北风狼聚歼佐藤后，向西汇合，兜住松本的屁股，消灭这个老冤家。

可惜的是，松本在不断分兵追击中突然醒悟，这是一个圈套，急忙掉头向北，借着黑夜掩护，从骑兵大队形成合围之前的空隙中逃了出去。到那武发现松本动向时，只来得及揪住掉队的一部分鬼子和伪军，弟兄们纵马紧追，马刀闪闪，子弹纷飞，干掉了大半日伪军，几个鬼子拼死阻击，松本和遭受重创的警备队及剩下的十几个伪军仓皇而去。

黎明时分，漫山的层林被秋霜浸得五彩斑斓，梦幻般的绚烂中，一队战马出了老林子，沐浴朝晖，披挂霞帔，驰骋在山梁上。

93

归途中，骑兵大队分成两路，由鬼脸三带二、三中队返回都伦山，会合草上飞、黑三豹、飞天鹞、穿山虎大队，加强山上防守，以备鬼子疯狂报复，那武和北风狼、关胜与红叶妹、白羽鹰的一中队穿插江口镇，执行重建秘密联络点的任务。

江口镇是乌林府西南部的重镇，居松凌城、北峰山、都伦山之间，是南北通衢东西连贯的战略要地，中共满洲省委根据乌林府地区对敌斗争需要，指示乌林府特别支部，尽快在这里重建联络站，加强党组织与乌林府四面八方抗日武装的联系，以便组织指导统一行动。不久前，那武接受指令，与玉池一起在他们所掌握联系的绺子队伍里挑选合适的人，再次打入江口镇。七侠妹几人和白羽鹰已经暴露，不宜再回返，草上飞、黑三豹等手下弟兄，胆大多于心细，勇猛有余智慧不足，难当此任。两人同时把眼光盯上了红杏妹，她从未在江口露过面，当然也无人知道她是七侠妹老三的底细，而她跟了金师爷好几年，日伪方面有人晓得她的寡妇身份，这是最好的伪装，以她胆大心细的江湖经验和独挡一面的应对能力，以一个茶楼或酒馆艺苑的老板身份做掩护，担任联络员，完全可以胜任。这个想法，得到大家一致赞同。

柳叶刀和红叶妹仔细交待一番，便派红杏妹提前下山，不显山不露水地进入江口。以金师爷富有的寡妇遗孀身份，住在醉胭街西口临江一处还算素雅的旅馆，白天晚上出入烟花柳巷酒肆茶楼，喝茶听曲打情骂俏，暗中打探琴书楼现在的情况，等待下一步行动指令。

秋风扫尽萧瑟的落叶，白露挂满裸露的枝桠，江口镇一派萧索，醉胭街上却依然热闹。

江口镇汉奸商会会长姚麻子被七侠妹除掉后，乌林府伪警察署长寇炳坤又抢占了琴书楼，改为酒楼，取了个雅号"逍遥津"，其实仍然是个销魂的窑子馆。红杏妹已经掌握了这逍遥津的内幕，与寇炳坤派来的掌柜厮混得烂熟，打得火热，也多次放出风去，说要盘下这个酒楼。掌柜的报告寇炳坤，可他不想舍弃这块肥肉，又想吊着红杏妹的胃口，便出了个离谱的价钱。不想红杏妹一口应承，约了他九月初九来江口面谈。

九月初八，月上梢头的时候，一队人马住进了临江码头的马店，与先行到达的柳叶刀会面了。那武和北风狼关胜听说寇炳坤九月初九也来江口，都说赶早不如赶巧，正好搂草打兔子，顺带把这个奸雄也解决了。更意外的是，失踪大半年的花狐，也在江口露面了。

九月九重阳节，醉胭街各馆子斗酒狎妓的人不少，逍遥津隔壁的珠香院客人比往日多出两倍，乐得老鸨合不拢嘴，正忙乎着把一拨嫖客们像赶猪一样圈进一顶顶红绡帐，她一转身，这些人抽出枪堵住门，贴在窗口向隔壁和街上偷窥，吓得婊子们花容煞变，蒙着棉被直哆嗦。

二楼一个窗口，打开一条缝，北风狼向街上张望，突然听到一个熟悉的声音，那沙哑的笑，不是花狐老六么？他还活着？为什么不找绺子弟兄，不归队，却跑到这里来？听逍遥津站门妓女妖媚地叫着，大爷啊，好些日子没来啦，想死俺啦！北风狼意识到，花狐在这里不是一天两天了，其中必有猫腻。

年三十半夜，花狐光着屁股逃出西三镇，没跑多远，就被松本手下逮住，带回乌林府，一顿皮鞭子辣椒水，他就招了。但松本足足养了他半年，初秋时遭到山林支队重创，这才撒出这"杀手锏"，让他返回狼刀帮做内应。

狼刀

这小子舍不得舒服日子，到了江口镇便赖着不走，恰遇这场重阳之战。枪响的时候，他正在逍遥津二楼里间，他知道原来琴书楼的通道，蹬着窗户上了房，奔向镇外，逃回了乌林府。他向松本献计，北风狼出现在北峰山都伦山之间的江口，说明他今年冬天一定会藏在离此不远的这两个地方，等大雪封山之时，突袭上去剿灭他们。松本果然依计而行，两个月后，都伦山、北峰山又一次遭遇了血战。

坐镇珠香院指挥诛杀寇炳坤，那武和北风狼带人包下了二楼全部雅间，封住了与逍遥津咫尺相邻的西窗。柳叶刀和红莲妹及两个弟兄，在逍遥津东边设下卡子，堵住寇炳坤退路。关胜、白羽鹰和四个弟兄，随红叶妹和红珠红巧进了逍遥津。

逍遥津呼啦一下进来一伙人，把小伙计吓了一跳，忙招呼掌柜的。白羽鹰一身青衣长衫，浑身上下都透着儒雅，一双细长的狐眼笑眯眯地瞧着掌柜的，客客气气的冲他拱手："掌柜的，楼下俺包了，还得劳烦伙计们快点多上几道好菜，让俺媳妇和弟兄们好好喝几壶。"

掌柜的下意识拱手还了礼，却不觉有些狐疑，这伙人除了三位女客和眼前这白面书生，全都是肌肉饱满的壮汉，黑黢黢的胡茬刺得人眼睛生疼，脸上身上都带着一个两个刀疤，瞧着那一个个满脸横肉粗眉倒竖，都跟钟馗一个模样，别是来打劫吧？便向小伙计使眼色，让他上楼去报告。白羽鹰一个手下伸手就扼住了小伙计的脖子，勒得他直翻白眼。掌柜的连忙作揖："好汉，手下留人，你知道这逍遥津谁是老板？说出来别吓着您，那可是乌林府方圆百里最豪横的警察署寇署长啊。他老人家今晚就在这楼上，还有八个护兵马弁，都带着家伙，惹恼了他，动起手来，伤了您的家眷，可是晦气啊。"说着一手摸向腰间。

"嘿，警察署长成了窑子老鸨？你小子也干上大茶壶的差事啦？"关胜按住了他的手，冷笑着嘲讽道。

"啊，是关爷啊，您老有日子没见了，今儿个来这会齐了。容小的向署长禀告，给您老接风洗尘啊。"掌柜的认识关胜，已经明白他们是啥人了，今晚免不了一场恶战，急忙要脱身。

一道寒光闪过，掌柜的不再出声了，脖子划开了，鲜血噗地喷出来，倒地气绝。旁边俩女子发出惊叫，两个弟兄扑上去，枪口顶在脑袋上，她们立刻噤声。白羽鹰在靴子底蹭了蹭狼头短刀，淡漠地看了一眼，扭头上了二楼，关胜、红叶妹和红珠红巧及两个弟兄随后跟上。

二楼西首包房里的人听见动静，哗啦啦地拉着枪栓冲出来，迎头遭遇一阵弹雨，还没看清来人长啥模样，就稀里糊涂成了死倒。红叶妹和红珠红巧冲进包房，寻找寇炳坤，却不见人影。这时，靠里面一间屋里又冲出两个人，枪口指向白羽鹰，白羽鹰侧身闪过子弹，向前抢上一步，双腿就势拔地而起，优美地旋转着，眨眼就飘到了他们眼前，旋转之间，狼刀出手，双双封喉。白羽鹰猿臂伸展，倏然海底捞月，接住了他们掉下来的手枪，转身端开旁边一扇门，向屋里扫射。突然，一个身影从另一间蹿出来，就地几个翻滚，到了走廊东头，猛地跃起，一头撞开窗户，跳了出去。白羽鹰的余光看到这身影，恍惚觉得好熟悉，却怎么也想不到这是花狐老六，来不及多想，便继续去搜寻剩下的几个包房。

最东头的大套间，是红叶妹原来住的地方，寇炳坤叫人在这里摆了一大桌子酒菜，招来四个弹琴唱曲卖笑兼卖身的小女子陪他一人，俩马弁荷枪实弹，守在门边窗前。听到枪响，他故伎重演，拽过俩女子挡住自己，缩在幔帐后面，持枪对峙。红叶妹踢开门，当当两枪干倒了俩马弁，关胜紧跟着冲进去，见寇炳坤在女人后面伸出枪，一把推开红叶妹躲过子弹，一个前滚翻扑到了寇炳坤身旁，枪口顶在他脑袋上搂了火……

不久，江口镇百姓传开了，说长春道台府金师爷的遗孀带人火拼了警察署长，夺了逍遥津，自己当了掌柜的兼老鸨子。那小娘们背后有日本人撑着，又有四个大汉当保镖，汉奸特务地痞没人敢找她麻烦，逍遥津新来了一拨更年青更漂亮的姑娘，生意更红火了。

94

又一个冬天，大雪飘飞覆盖了醉胭街长长的石板路，覆盖了街道两旁的屋顶，挂在屋檐下的红灯，在白雪映衬下，越发显得耀眼。这天早晨，雪停了，冷风微微吹过，如无形之手，把楼头缠绕的一缕缕炊烟、门缝窗缝里透出的一团团热气，轻轻舞起，在湛蓝的天上，画出奇妙的云图。这是关东冬季一个惯常的早晨，与平常并无两样，喧闹了整晚的醉胭街，得睡到辰末才能醒，这时的街上，静得连野猫踏雪的声音都能听到。

逍遥津的大门，却在这熟睡的寂静里，"吱呀"一声，打开了。

两个汉子出门打扫积雪，突然发现对面窑子馆艳红院的门楼下蜷曲着一团东西，像狗，又像狍子，八成是冻死了。到近前才看出，这是一个小孩，身体几乎冻僵，一摸鼻子，还有微弱呼吸。立马抬回逍遥津，扒下一身破棉絮，撮来一盆雪搓身子，又灌碗姜汤，身上有了热乎气，喘气也顺当了，小家伙呼呼地睡起来。红杏拿根木棍挑着那一堆破棉絮要扔出去，当啷一声，从棉絮里掉出一把短刀。红杏捡起用热水洗净，便清晰看见，刀把上雕着一只鹰头，刀身还刻着字，红杏急忙仔细辨认，看出是"乌斯楞"三个字，惊喜得哭叫道："我的儿啊！这是老天把你送回来啦！"

绺子里谁都知道，鹰刀是乌斯楞独有的佩刀，这小男孩必是海冬无疑。消息即刻送往都伦山，六天后，已经红脸扑扑的海冬，见到了从四百里外昼

狼
刀

夜不停赶来的北风狼和柳叶刀、红叶妹、白羽鹰。那三爷遇难那天，老赫把海冬秘密送到福绥门外北山根下丐帮住地，这丐帮时常得到那三爷施舍，自然乐于接受海冬，也短不了他的吃喝。这是那三爷预先安排的，那府一旦有事，北风狼的儿子交给谁都会惹来麻烦，而海冬藏身丐帮也不会引人注意。海冬四岁就到了那府，根本不知道父母是土匪，只有手里这柄刀，让他在那三爷府里这些年来总是在想自己的出身。去年在丐帮里挨过一个秋天和冬天，今年一开春，就跑出了乌林府去寻找爹妈。幼小离家，根本不知家在何处，便四处流浪，但他隐约知道爹妈是打鬼子的，所以，哪里打仗，就往那里跑，狼刀帮众绺子几次下山都是来无影去无踪，十岁的孩子哪里撵得上，不久前听说江口镇打了一仗，就和几个小乞丐结伴而来。这一年多来战事不断，北风狼没有机会寻找儿子，派出弟兄也查不到音讯，柳叶刀曾经借机潜回那府寻找可能留下的线索，也同样无果。海冬就这样颠沛流离一年多，此时，一家人终于在乱世中得以重聚。

特支交通员赶到江口联络站送来消息，投敌的花狐带着松本警备队配合日军两个中队，要重点进剿都伦山。北风狼立即让柳叶刀和红叶妹、白羽鹰带着海冬和几个小伙伴，转道北峰山隐蔽，自己连夜赶回都伦山，与那武商量对策。

"特支情报说，两个日军中队都是180人标准编制，有两个步兵小队，每队有一个机枪组两挺轻机枪，一个掷弹组两个掷弹筒，有两个70人步枪组，还有一个步兵炮小队，两门70毫米步兵炮，共有三四百人，火力较强，兵力较多。若与之硬拼，山林支队武器和兵力都不能等同，且狭窄的都伦山上既无坚固工事可守，又施展不了我们会骑马能滑雪善于在运动中作战的优势。咱得把战场摆在半山以下林海雪原，布下迷阵，弟兄们把本事都使出来，牵着牛鼻子，拖垮他，分散他，以歼灭小股为主，打得赢就打，打不赢就跑，各大队跳出山外分头藏起来，瞅准机会再合起来干他一家伙。"那武与玉池商量后，给各大队分派了任务。

飞虎中队留守山寨，吸引敌人，目的是要牵制鬼子大部兵力半个月，消耗有生力量，然后伺机撤出。他们快枪快马，火力能抵挡一阵，撤出来也方便快捷。

北风狼把火药局抢来的弹药全部分给各大队，鬼脸三也把自制的土地雷和炸雷做了分配，各大队补充了弹药和地雷，带足了十天的干粮，下了都伦山。

飞天鹞指挥弟兄们，在通往都伦山的唯一一条山道上，每隔二里地，埋下几颗地雷，再隔二里地，埋下些石头和烂铁做的假地雷，把这条十几里的山道，布成了真真假假虚虚实实的间断雷区。警备队冲在前面，每前进二里地就挨一通炸，派出工兵探雷，却发现是假雷，放心大胆地向前走，接着又挨了炸。还没看到都伦山的山门，先损兵折将，丢了十几条命。佐藤气得要砍了花狐，说他故意引入雷区，良心大大的坏了。松本命令警备队停下来，步话机呼叫后续队伍，调来一个步兵炮小队，架起炮一阵猛轰，炸得碎石纷迸，雪泥飞溅。他以为雷区已经清理干净，命令继续前进，没走上几里地，又挨了一通炸，架上步兵炮再轰一阵，又驱赶士兵向山上爬。十几里山路，走了一天还没到半山腰，天已经黑了下来，只好就地露营。士兵们蜂拥上来，点起篝火围着，一边取暖，一边啃着饭团子，甚至连警戒哨都不设。

藏在林子里休息了一天，飞天鹞大队分成几拨，连接不断对日军发起骚扰袭击。他们躲在暗处，持续射击，鬼子在明处，又点着篝火，明晃晃的，成了弟兄们的靶子。松本赶起士兵们向林子里追击，却又不见了人影，待重新围着烤火，身后又响起了枪声。如此反复几次，搞得鬼子筋疲力尽，索性趴在雪地里不动弹了。除了佐藤猫在雪地里用狙击枪打伤几个之外，这一天下来，松本啥也没捞着，要不是躲藏在士兵中间，说不定也遭了黑枪。鬼子一个中队集合起来，向林子里拉网追击，飞天鹞带着弟兄们后撤，到天亮时，把这一个中队鬼子，引向山下预设的伏击区，完成了调虎离山的战术动作，分散了一部分兵力。

这片伏击区，是茂密的森林和深深的雪地，林间和雪地里已经布下道道关隘，藏着防不胜防处处险象环生的种种隐秘。

鬼脸三指挥草上飞、黑三豹、穿山虎大队，在林子里布下一个"八卦阵"。相传这是三国时诸葛亮创设的一种阵法，诸葛孔明御敌时以乱石堆成石阵，按遁甲分成休、生、伤、杜、景、死、惊、开八门，变化万端，可当十万精兵。此阵将堆堆碎石依九宫八卦方位排列，变化繁多。人被困阵内，只觉四处昏黑如晦，阴气森森，雾气沉沉，不得其门而出。鬼脸三的"八卦阵"则是凭借高大的树林和深深的积雪为依托，用关东猎人捕捉野兽的方法，设下木桩阵、陷阱阵、藤条阵、木排阵，让松本又扔了下几十具尸首……

借着渐渐放亮的天色，松本在这一片趋于平坦的漫坡地林子里，发现雪地上的足迹和马蹄印，便急着命令士兵分散几队，拉开大网向林子里追击。一拨鬼子走着走着，脚下蹚起一道绳索，呼的一声，迎面从树缝里撞来一排削尖了头的木桩，前面仨鬼子一下子就被木桩子穿透了脸膛。后面的转身就跑，可这木桩是连锁的，紧接着，头上又砸下一排，又有三、四个鬼子的脑袋、肩膀扎进了木桩，动弹不得，一会就瞪眼了。几个腿快的，也没跑多远，被兜头拦截，又一排尖利的木桩，插入咽喉，刺瞎了眼睛，最轻的也是穿进了肩膀。这些木桩上都带着倒戗刺，根本无法用手拔出来，只能干挺着，不是血流尽了，就是冻僵了。

狼刀

另一队鬼子追着足迹走下一个雪坡，扑通一声，走在前面的有一半掉进了陷阱。草上飞在陷阱里埋下了削尖的木桩，抹了鬼脸三用土鳖虫、马钱子、苍耳、巴豆、北豆根熬制的毒汁，不消半个时辰，这些鬼子就会毒火攻心，神仙也救不了命了。

佐藤这一队绕了一个圈子，从林子东边包抄进来，果然追到了一团乱糟糟的脚印，码着脚印撵过去，不知踩上了什么机关，原本是窝在灌木丛里的藤条一排排地弹过来，抽得士兵们蒙头转向，抱着脑袋四下散开时，踩进雪窝，几个人的脚被藤条缠住，藤条突然弹起，他们大头朝下被吊起在树上。黑三豹的人隐藏在不远处，猫在树后不断地打冷枪，吊在树上的、蒙头转向的，被一枪一枪敲掉。佐藤急忙举起狙击枪，打断藤条，救下二三个士兵，掉头后撤时，一道藤条编织的大网，铺天而降，罩住了他们。四下里仍然不断地响起冷枪，不断有士兵被击毙，佐藤趴在雪地上，抽出军刀砍着藤条，等他和仅余的几个士兵从藤网里钻出来时，打冷枪的匪徒已经钻进林子深处。

坂田率领的一队从西路突进，行进速度很快，没有遇到阻击。越走林子越密，坂田害怕林中有埋伏，慌忙下令停止前进，面前的雪地里忽地竖起一道道木排，把树木之间的缝隙挡得严丝合缝。坂田回头要跑，左右和后身又竖起几道木排，这伙鬼子被围在了木排阵中。穿山虎的弟兄们，分布在四周，骑在高大而浓密的树枝上，听一声令下，拉起了木排阵，然后居高临下，向圈在木排阵里的鬼子开了火。

踞中压阵的松本，与佐藤的残兵会合，赶来增援，看到的只是包括坂田在内的一片尸体。

又一次惨败的松本硬是不退兵，收罗残余的二百多鬼子，完全不顾天上又飘起大雪，押着花狐带路，继续向都伦山上逼近。同时，在山里搜捕抗联余部空手而返的一个鬼子大队，接到日军第二师团命令，半路转向都伦山包抄过来，七八百鬼子带来十几门火炮，又给松本撑了腰。花狐告诉松本，都伦山没有险要地势可守，经不住皇军的大炮，不出三天，准能打上去。这一回，倒没费周折，十几门火炮朝山上一顿猛轰，一窝蜂冲上去，残垣断壁中却不见一个人影。

山林支队在都伦山神出鬼没打了一天一夜，几百人突然消失在拂晓的雪雾中，大雪掩盖了足迹和蹄印，冷风劲吹，甚至卷走了马骚味。松本面对苍苍林海莽莽雪原，茫然喟叹。

95

草上飞大队和那武转移库勒草原，玉池与黑三豹大队返回盘马山，穿山虎曾驻扎过西三镇小吉村，对那里多少熟悉，便奔向小吉村，飞天鹞是黑松岭起家的，正好回老窝猫冬歇脚，北风狼则带着骑兵大队回到北峰山。各路人马分别在几处隐蔽，渡过了1943年的春节，这期间，那武仍然每月十八派人各处联络一次，始终保持联系，一旦有情况即相互驰援。

自从江口镇发见花狐，北风狼心里就不是滋味，狼刀帮出了这个败类，自己脸上像让人打了耳光，老是觉得火辣辣的。鬼脸三和柳叶刀知道他的心思，就派飞虎下山去找万松岩，请松爷派人暗中帮着打探花狐的行踪。正月初八，飞虎带回消息，万松岩大弟子纪锁子已经了摸清了花狐的住所和出行规律。北风狼了解他的痞性，这小子狗改不了吃屎，一定是城里那些风月场所的常客。果不然，纪锁子的消息也说，花狐常常出入翠花胡同，包了一个叫小月娇的暗娼。

急不可耐的北风狼，带着猛子和四个弟兄，正月初十下午到了乌林府，鬼脸三不放心，坚持让关胜跟着同行。他们在南山拜见了万松岩，松爷告诉北风狼，纪锁子这些日子正带人盯在翠花胡同，花狐自打年三十住进小月娇的院里就没离开过，还有两个保镖日夜守着，纪锁子一直没下手。北风狼忙拱手道谢，按绺子规矩，必须自己亲手处置这个反水的溜子。

黄昏，北风狼和关胜在翠花胡同东口老韩家菜馆雅间里，与纪锁子碰面，纪锁子说："这里距离小月娇住处不过三十米，花狐有时和小月娇到这里来喝酒，有时叫伙计送些酒菜到小院里，两种情况都是下手的最好时机。"

"不能在酒馆动手，免得连累人家，只能等他们从坟头（袭击的目标）出来，半路别梁子插了他，他要不出来，咱就砸了这海台子（暗娼），摘了他的瓢（砍脑袋）。"放在几年前，北风狼处置犯了戒条的溜子，根本不会顾忌别人，想咋办就咋办，现在不同了，不能打了鬼子又祸害了百姓，那师兄和玉池先生说过多少次了，队伍里有纪律，就是大当家的也得照办。虽然恨不得立马宰了花狐，但他还是学会了要先保护好百姓。

关胜说："对，掏贼窝子咱在行，关起门来打狗，堵住笼子抓鸡。纪师兄的人守住胡同东西出口，弟兄们守住后窗，咱和猛子进院，三个对三个，照样手到擒来。"

正说着，纪锁子一个手下进来报告，一个保镖来订菜了，叫西时送到小院。

关胜说："来得正好，先拿下这一个，对付剩下的，咱更有把握。"

猛子出了雅间直取那保镖后心，一刀捅进去，四个弟兄抬腿拽胳膊，把他弄到胡同，塞到一个柴火垛里，随即绕到小月娇院子后面把住了后窗。北风狼和关胜敲门，一个保镖骂咧咧开了门，北风狼掐住他的喉咙，狼刀扎进了胸口，猛子托住他轻轻放在地上。关胜径直挑开棉门帘进了正屋，花狐坐在炕上，抬头见是关胜，爬起来扑向后窗，一头撞破窗纸，却顶在了枪口

狼刀

上。猛子跳上炕薅着衣领把他拽下来摔在地上，关胜抓过被子蒙住小月娇的脑袋，堵住了她的嘴。北风狼一脚踩住花狐的脸，牙缝里迸出一句："今儿个是大年初十，俺拿你的狗命祭奠死去的弟兄！"一刀挑了脖颈，又一刀插进胸腔，伸手从他后腰搜出狼刀在手里掂了掂说："你他娘的不配用它，可它却沾了晦气，留给松本报丧吧！"一甩手扎在了门框上……

进剿都伦山再次失利，松本挨了上司几个耳光，回来又把花狐揍了一顿，命令他继续查找北风狼下落。花狐说北风狼不在都伦山，就一定会在北峰山。松本警备队已经是元气大伤，借春节休整并补充兵力和弹药，准备初十再次攻打北峰山。一直到正月十二，不见花狐人影，派人到翠花胡同，却只带回一柄血迹干涸的狼刀。看着那刀柄上的狼头，松本的胸口像被尖利的狼牙咬出阵阵撕裂般的疼痛，他颤抖地抽出菊花军刀，吼叫着集合队伍。

松本以为，北风狼刚逃回北峰山，肯定要在山上过十五，出其不意迅速扑上去，就能把他堵在山上，而且几年前狼刀帮的巢穴就遭到了毁灭性的破坏，北峰山已经无险可守了。他备足一个月的粮草，装满三挂大车弹药，气势汹汹开进北峰山。他把警备队做为前山主攻，乌林府伪满国军独立旅一营助攻，二营在后山堵截，三营把守北峰山通往外界的山路，只要围上一个月，山外的土匪进不来，山上的土匪跑不了，北风狼必败无疑。但他不知道，去年春节，那武就重新设计修整了北峰山的防御系统，柳叶刀两个月前又先行回到山上，按照那武和鬼脸三的招法，带领弟兄们在狼牙顶上下再次设下了隐秘的防守机关，使得北峰山更加易守难攻。鬼脸三又派飞虎到鹰崴子和老窝棚、江口镇等地买了些粮食酒肉，山上的储备，足够骑兵大队二百来人三个月的吃喝。此时的北峰山，厉兵秣马，披坚执锐，严阵以待。

几年来与抗日武装交手对峙，松本把原来只是用于城区治安防范的警备队，当成正规的作战部队来使用，虽然多次失败受挫，但其战斗力也不断增强。这一次又经过扩充，补齐了战斗减员，增配了机枪和迫击炮，而且经过白狼沟时，并未遭遇土匪的伏击，看来北风狼还毫无觉察。松本踌躇满志，趾高气扬，似乎忘形，一路不断吆喝着，催促着士兵，驱赶着大车，蹚着冰雪，正月十五这天中午，爬到了通往狼牙顶的山道口。走在前面的尖兵，突然扑通扑通地掉进了雪坑，松本很是诧异，这山道何时变成了坑？载着弹药粮草的辎重过不去了，只好停在山下，派一个小队守着。半个多月后，他才里明白，从一上山开始，就已经被老对手牵住了鼻子，使他处处掣肘，多方受敌。

不久前柳叶刀回到北峰山后，马上带着弟兄们，把道口的路面炸了几个坑，使上山的路卡变成了只容一人或一马通行的一段羊肠小路，就是为了阻止敌人的重型武器和弹药及粮草上山。而这只不过是松本上山遇到的第一道坎，当他带着士兵们小心翼翼绕过石坑继续向山上行进时，麻烦一个一个地接踵而来。

山道越来越陡，越来越滑，一层层的石阶被厚厚的冰覆盖，踩上去就滑下来，根本无法行走。北风狼一行撤回山上后，鬼脸三就让猛子带人把十来根松木杆子凿成槽子做成水渠，接通狼牙顶一侧不冻的山泉，把水引向山道，仅仅几天，就把山道石阶浇成了冰大坂。松本冷冷一笑，要了一枚赖瓜手雷扔上去，这一招实在有些太弱智了，手雷在溜滑的冰面上弹了起来，又顺着冰坡滚下来爆炸，冰面没炸开，反倒炸伤了两个士兵。鬼子们只好用战锹一点一点地刨冰，两侧石壁夹成的山道，只能容纳两人同时作业，十来分钟轮换一次，也只能刨出两层台阶，直到黄昏，这一天只在山道上前进了不足二十米。松本只好改变到狼牙顶下宿营的计划，撤下山去。第二天上来一看，前一天凿好的台阶，又被泼上水冻成了冰坡，费了大半天劲，前功尽弃白忙乎了。再派一拨鬼子继续轮流凿冰，快到晌午，松本才恍然大悟，不截断山上流水，还是瞎耽误工夫。这时，头顶上狭窄的一线蓝天里，呼呼地飞来一片黑点，像乌鸦，落下来却变成了一串串手榴弹，炸得拥挤在山道上等待前进的鬼子无处躲藏。爆炸过后，松本清点队伍，拖着死倒和伤兵，跌跌撞撞撤了下去。第三天，松本命令迫击炮向山坡上和山道上轰炸，果然炸断了山上的水渠，炸碎了山道上的冰层，也炸出了一堆堆乱石。松本把伪军赶到前面打头阵，踩着碎石头和冰块，一步一挪，慢慢向山上磨蹭着，两山夹缝的山道上又挤满了二鬼子。前面的好不容易快到山坡顶上了，后面的还窝在半道里，只听得一声尖利的呼哨，两侧石壁顶上轰隆隆地滚下来无数碎石，伪军们脑袋开花，腿折胳膊断，剩下没死的，哭爹叫娘从石缝挣出来，骨碌碌滚下山。

从正月十五到二十，松本用了足足五天半时间，才到了狼牙顶下面那片林子里。佐藤提醒松本，几年前就是在这受到两面夹击，必须立刻抢占制高点，占领狼牙顶对面的山峰，以形成对狼牙顶的火力封锁。松本马上拨出一个机枪班，八个鬼子带两挺歪把子加一挺九二式重机枪，在佐藤带领下，攀上侧面山峰，就在他们架设机枪时，脚下地雷响了。一阵硝烟散去，佐藤狰狞的脸熏得黝黑，抹把脸清点残兵，九二式被炸断了枪管，一挺歪把子成了废铁，八个士兵只活着仨。再看山顶，坑坑洼洼，凹凸不平，无法再架机枪，如果退后几步，角度不够，打不着对面，居高临下控制狼牙顶的企图只好作罢。

退守狼牙顶下，鬼子和伪军支起帐篷，架上锅灶，拉开了长期围守的架势。可是，一到晚上，营地四周的黑暗中，就出现一团团莹莹的绿光，像鬼火飘忽。最外围的帐篷被掏开了口子，惊醒的鬼子伪军来不及护卫，被狼牙掐住咽喉，撕掉了皮肉。松本命令整宿地烧着篝火，架起机枪不断向暗夜里

狼刀

扫射，这才挡住了狼群的袭击。然而，四周的狼嗥，彻夜不断。

熬过了黑夜，白天继续向山上前进，可通向狼牙顶的小道，已经被一堆松木榆木桦木杆子塞得满满登登严严实实，根本无法通行。迫击炮连着炸了两天，把木头炸断炸碎，伪军分成十几组，轮流上前清理。等碎木收拾了一大半，小道上露出了石阶，爬上去能看到狼牙顶上的山寨大门了，鬼子又架上机枪和掷弹筒，开始向山寨射击。枪声和爆炸声不断，却就是不见山寨里回击，偶尔听得一两声马嘶，说明山上还有土匪。北风狼知道松本再来围剿，必然还是先用迫击炮掷弹筒一通轰击，他让弟兄们把马匹藏在山洼里岩壁下，岩壁上还搭上一排倒木，任他狂轰滥炸，弹片却打不到山洼里。弟兄们拉起吊桥，躲在狼牙洞里喝酒，不到关键时候不出动，所以没有一人受伤。

多日猫在洞里听枪炮声，红叶妹耐不住手痒，操起一支三八式，拉着白羽鹰，在密实的树林掩护下，攀上狼牙顶一侧峰头，俯身一看，射击角度恰好对着山道转弯处。她和白羽鹰不慌不忙地打着，一个一个地敲掉了收拾残木的伪军，把他们逼到山崖后不敢露头。松本发疯地驱赶伪军再次进攻，可是，这个鬼门关，就是闯不过去。关胜和飞虎、猛子也上来了，都要干掉几个过过瘾。北风狼也带着海冬和小伙伴上来了，教他们射击，不出半天，孩子们就打得像模像样了，枪响就有猎物倒下，山顶上一片欢呼。

松本正气急败坏时，看守辎重的小队长跌跌撞撞爬上山来，伪军三营遭不明武装攻击，擅自撤离，一小队皇军全部玉碎，粮草弹药一抢而光。原来，正月十八，联络员到了山下，发现了把守的伪军，知道敌人又来围攻，急忙返回库勒草原。那武和草上飞大队飞速解围北峰山，在山下打得伪军如惊恐鸟兽，四下逃散。断了弹药粮草，狼牙顶这鬼门关又攻不上去，不出几天，不被打死，也得饿死冻死，松本无可奈何，只好命令炮兵向山下轰击开路，一队残兵在草上飞大队夹击下，丢盔卸甲，狼奔豕突……

第二十章　终破楼兰斩鬼酋

天降神兵毒巢灰飞烟灭，水漫金山佐藤葬身鱼腹；

四面楚歌鬼酋防不胜防，穷途末路松本饮恨狼刀。

96

这一年开春的时候，那武从特支带回令人振奋的消息，苏联红军远东红旗军第 88 旅派出一支代号为"远东"的特遣突击队，即将潜入大东山。这个第 88 旅，就是转移到苏联境内整训的抗联部队编成的特别教导旅，他们经过特种训练，这两年多来，秘密组织"特遣行动"，先后派遣了二十多支小部队，在中苏边境日军筑垒设防地区和牡丹江、佳木斯、哈尔滨、长春、沈阳等地侦察敌情，展开游击战，袭击日伪部队，破坏日军交通线和军事设施及一些永久性的防御要塞，极大地震慑了敌伪。同时，也为苏联外贝加尔方面军、远东第一方面军、远东第二方面军进入东北对日作战作提供了准确情报，清扫了许多障碍。

苏联远东军区得到情报，日军有一支同 731 一样的部队，代号 100，就在长春城外的孟家屯研制毒气和细菌武器，并且已经在江浙战场上使用，有一批毒气弹和细菌武器，就藏在大东山胭脂河上游老金沟，这将对进入东北作战的苏军构成极大威胁，必须尽快搞掉这个基地。特支命令山林支队，配合远东突击队，完成这次特别任务。玉池率领黑三豹大队，北风狼与鬼脸三带飞虎和猛子两个骑兵大队正向胭脂河一带集结。

远东突击队到达老金沟的时候，已经是 1945 年 4 月了。

四月的暖风渐渐融化了关东的寒冷，森林里灌木丛和草地已经冒出绒绒的细柔的草尖，许多树木枝桠间也缀上了些许翠绿和嫩黄的芽苞，风中似乎飘着淡淡的草香花香，胭脂河已经解冻，汩汩流淌的浅浅的溪水里，跳荡着晶亮晶亮的阳光，仿佛在制造一种幻境。鬼脸三蹲在小溪旁，嘴里叼着细长的枣木烟斗，圆圆的镜片后面那双眼睛，始终盯着胭脂河上游那一片沙石，许久没有出声。

北风狼凑过来坐在一旁，问道："三先生，你这是相面啊，瞅了有几袋烟的工夫了吧？琢磨出啥道道了？这一仗，咱咋个打法？"

鬼脸三抽出望远镜递给北风狼："大当家的，咱那年来这时，玉池先生就说过，鬼子在老金沟挖的洞里肯定藏着毒气弹，你看那一堆堆碎石，快把胭脂河埋上了，这一定是鬼子掏洞挖出来的，山砬子下面差不多挖空了，那些山洞里，没准有哪条岔道能和旧矿井碰上呢。"

"妈了个巴子，那他娘的还等啥？让弟兄们直接压上去，碎嘴子、管喷子、手炮（机枪步枪、手榴弹）紧招呼，半个时辰就灭了他！"北风狼一边观察地形，一边急不可耐地嚷着。

"咱这回是遇上了响窑了，这可不比砸明火追秧子别梁子那么容易。咱现在是投鼠忌器啊，万一毒气散出来，这一带可就跟推大沟（全部烧光）差不离了。硬冲看来不行，得请神，先把他的毒气压住！"鬼脸三说着便就地划了一个圈，盘腿而坐，闭目合十，嘴唇蠕动着，念念有词，却听不清他说什么。

北风狼刚要起身，鬼脸三如同马王爷，虽然闭着两眼，却长着第三只眼，清楚地看见他的动作，一伸手就拽住了他："大当家的莫急，时辰不到，不可擅动！"

这时，玉池和远东突击队长杨之林从山坡上下来，把飞虎猛子和黑三豹拢在一起，就地展开一张老金沟地形图和一张山洞配置图。杨之林说："半年前，我们的侦察员冒死混在民工里，进入老金沟和山洞里画了这张图，详细标明了老金沟地形，标明了洞中设置和兵力防守。洞里前段有钢筋混凝土工事、扼守通道的火力点，还有观察哨，中间是鬼子住的地方，还有医务室、厨房、排水沟、竖井、通风口等，后面是弹药库、粮食囤、发电机房。这里和关东军近几年来苦心修建的上万个永久性要塞一样，承担藏兵藏弹长期踞守的任务。这里最关键的是弹药库，毒气弹、细菌弹就藏在这里，这就是我们要摧毁的目标。如何进入山洞，如何通过岗哨和工事的拦击到达最里面的位置？又如何解决这些毒气弹，如何保护好我们的山林树木草地河流？大当家的，三先生，你们都熟悉大东山，熟悉老金沟这一带，你们说这仗该咋打？"

鬼脸三说："虎子十几年前就在这一带混，也进过老金矿，你看这山洞的位置与老矿井巷道是不是能连上？"

"我说师爷，你逗我玩呢？我才认得几个字，更不会看图，不过，要是到了跟前，没准能找到老矿井的巷道。"飞虎有些尴尬，讪笑着回应。

"嘿，闹了半天，老三你是想从巷道进洞啊？这可太玄了，万一碰不上，不是白费蜡？"北风狼明白鬼脸三的意图，却直摇头。

"三先生说的，是现在唯一的办法，只有进了洞，在洞里处理掉那些毒气细菌，才比较稳妥。"玉池说着又比划着教飞虎看地图："这图上只能看大致方位，飞虎兄弟带我们上山进林子，找到老巷道摸进去，就能知道老巷道能不能连通山洞。我们手里有一些炸药，加上鬼子弹药库里的，完全可以把这山洞炸塌，把毒气弹细菌弹深埋在洞里。"

杨之林说："玉池同志，事不宜迟，分头行动，我进巷道，你在外统一指挥。"

玉池说："我和大当家的带飞虎中队进林子寻找老巷道，黑三豹大队负责在林子里阻击可能包抄过来的敌人，之林同志和猛子中队负责在洞外佯攻，吸引和牵制敌人。估计大约需要一至两天，我们找到老巷道后就派人通知你，内外同时行动。"

几天后，大东山老金沟胭脂河上游老林子里山冈上，展开了一场短暂而激烈的拼杀。

茂密的林子里，残留着片片还未融尽的积雪，长年积累下来的厚厚的落叶和刚冒头嫩草，好像是铺着软软的草毯，马蹄踏上去，悄无声息。玉池和北风狼、鬼脸三、飞虎带着一队人马进了老林子，沿着渐渐走高的山坡，寻找老巷道的遗迹。离开老金沟十几年了，飞虎已经找不见老林子里当年的模样，他们走了一天，才模模糊糊地看出落叶里隐约露出些细碎的砂石，飞虎告诉玉池，这极可能就是老巷道里运出来的，那巷道口应该就离此不远。飞虎拨开枯叶，裸露出更多的砂石，发现这些砂石继续向坡上延伸，弟兄们继续拨开枯叶，沿着这些砂石铺出的轨迹，继续向山上寻去。

第二天，果然又有新发现。三棵品字型相对而立的大松树下，飞虎惊喜地叫道："大当家的，三先生，就是这里了。你们看，这是当年我做的记号！"

大伙急忙围过来，只见一棵树干上赫然刻一道道刀痕。原来，当年飞虎和几个小哥们每进一次山就在这树上刻下一道刀痕，因此留下了这样的记号。。

飞虎说："老巷道入口就在这几棵树后的坡上。"

坡上，是一小片空地，倒木和枯藤下，半埋半露着细碎的砂石，顺坡看去，有一处不大明显的凹陷，荒草中满是大大小小的石块，这显然是被炸塌后隐藏起来的老巷道出入口。飞虎扑过去用手扒开碎石，弟兄们随后拥上来，一齐动手，很快就露出了巷道口。玉池展开地图一量，这入口和鬼子山洞正处在同一条等高线上，且距离不远，看来，从巷道进去，一定能接近鬼子山洞。

鬼脸三让人找来几块松明子点燃，举在洞口，巷道里像是有无形的吸力，拽着火苗子直向洞里偏倒，这是洞中还有氧气可供助燃。鬼脸三和玉池相对一视，微微颔首，北风狼率先一步往巷道里闯，被鬼脸三拉住，叫两个弟兄砍来些松枝做成五六支火把，派四个人弯腰贴着石壁慢慢向洞里摸进去，其他人拉开距离陆续跟进。走进巷道深处，前面隐隐传来微弱的嗡嗡的声音，鬼脸三叫队伍停下来，静静地听着。

玉池说这是发电机的声音，就在不远处，可以断定老巷道一定是贴上了鬼子山洞。北风狼抽出驳壳枪轻轻顶上子弹，继续向前摸去，飞虎吩咐弟兄们子弹上膛，抢到他前面，鬼脸三连忙让大伙熄了火把，一步一步向前挪着，过了一段弯道，声音越来越清晰，手扶石壁能感觉到微微的颤动。玉池耳朵贴在石壁上听着，确认石壁的那一面就是鬼子山洞："从传过来的动静听，这道石壁不过一尺多厚，炸开它应该没有问题。"

黑暗中，北风狼在骂："妈了个巴子，好玄啊，鬼子再挖偏一点，就他妈的进了老巷道了。"

玉池摸黑问鬼脸三："现在是什么时辰?"

鬼脸三掐算着："进来时是卯时，现在约摸到了巳时了。"

玉池说："派一个弟兄给之林同志送信，定在黄昏同时行动。咱们先吃饭休息，等他那边一打响，把鬼子引到洞外，咱们这边就炸开石壁，冲进洞里，摧毁这个毒巢!"

在玉池指导下，飞虎和弟兄们再次点燃火把，把鬼脸三制作的炸药和远东突击队带的炸药及一捆捆集束手榴弹安置在石壁下，一条长长的导火索一直拉到巷道外，接上了杨之林带来的起爆器。

北风狼这时却不着急了，裹着狼皮大氅坐在树下啃苞米饼子，啃着啃着就呼呼睡着了。

97

天边的白云，已经渐渐变成了胭脂红，慢慢落下来的日头，像是把密林的梢头点着了火，好似要将这山林里掩藏的一切罪恶烧个一干二净。黄昏里这眩目的色彩，使山林变幻得扑朔迷离，恰好掩护了杨之林指挥的远东突击队和猛子中队，他们悄悄移动到距鬼子山洞口一百米处，仿佛从绚丽的云霓中杀出一队天降神兵，突然向守卫洞口的日军开火。

嗖嗖飞去的手榴弹，如一群麻雀落进洞口两侧的掩体，炸飞了两挺机枪，鬼子兵的胳膊大腿横飞成断枝枯藤，没炸死的，又被横扫来的机枪冲锋枪打得血肉飞迸。突来的打击，让守卫洞口的鬼子乱了营，炸塌的掩体已经无法抵挡密集的子弹，鬼子兵丢下洞口那一地横七竖八的尸首，撒腿就往洞里跑。没跑多远就被几个军官带着督战队堵了回来。山洞里拉响了凄厉的警报，一群群鬼子兵从各个坑道冲出来，在几个军官催逼下，像泥石流一样，挤成漩涡，拥堵在洞口，又遇上雨点般泼来的子弹，只好再次扔下一具具洞穿的尸体，退缩到洞里。后面的坑道里继续涌出大批鬼子，还推出了两门九二式步兵炮，胡乱装上炮弹，连瞄准都来不及就开了炮，几发炮弹毫无目标地射出去，落在很远的地方爆炸，有一发正打在洞口石壁上，炸得碎石乱飞，反倒砸伤了鬼子自己人。一个大佐挥刀砍了两个退缩的士兵，哇哇地叫着重整队形，这才使士兵恢复秩序，沿通道两侧向洞口冲过来，并掩护两门九二式步兵炮推到了洞口。鬼子炮手龟缩在钢铁挡板后面，忙乱地调整着射击诸元，洞外射来的子弹，打在挡板上当当直响，连续迸出一朵朵火花，接着打出的炮弹仍然散落在远处，根本没有杀伤力，也挡不了远东突击队向洞口逼近。机枪冲锋枪继续封锁着洞口，无论军官们怎样威逼，鬼子兵也无法冲破弹雨的阻拦，倒毙的鬼子尸体，在洞口堆起了柴火垛。凄厉的警报，仍在嗥叫着，山洞深处各工事里的鬼子兵，又纷纷涌向洞口。

借着粗壮的树木做掩体的远东突击队，全部是苏式装备，有莫辛甘纳步枪和狙击枪，有托卡列夫半自动步枪，有转轮式弹鼓冲锋枪，有杰格佳廖夫轻机枪和马克沁重机枪，还有单兵火箭筒，加上猛子中队的冲锋枪，多种兵器在山洞前围成半月形，交叉火力严密地封锁着洞口，打得鬼子半步也出不了山洞。日军武器与苏式武器相比，则相差很大一截，又被堵在洞里，根本无法发挥作用，任军官们怎样嗥叫，也无济于事。鬼子大佐急忙下令，使用毒气弹，但已经为时过晚，在鬼子忙于正面阻击时，飞虎队的弟兄们已经通过老巷道插入了山洞。

鬼子山洞后侧的林子里，北风狼倚着树干，脸膛映得红红正酣睡着，突然被远处的枪声爆炸声惊醒，猛地从地上跳起来，举着枪叫着："弟兄们，开响了，跟我压进去啊！"

鬼脸三一把拽住要往洞里冲的北风狼，紧贴在老巷道洞外石壁上，玉池迅速按下了起爆器，巷道里传来沉闷的爆炸，一阵浓烟从巷道里涌出来，呛得人直咳嗽。玉池叫弟兄们照他的样子做，只见他从衣襟上撕下一条布，在草窝里的残雪上揉着，把雪水浸透的布条包裹在嘴上，大家都纷纷学着用湿布条捂住嘴巴。鬼脸三和几个弟兄身边找不到残雪，正急着不知咋办，鬼脸三突然想起来，急忙喊着："快撒尿！"说着把布条扔在地上，解开裤腰就往上面撒尿。玉池看弟兄们都用布条裹住了嘴，便带着大伙弯着腰冲进巷道。

转过两个弯道，再次抵近巷道深处，前面突然出现了光亮，老巷道石壁上被炸开了一个高矮宽窄一米多的洞口。从洞口还未散尽的烟雾中，可以看出，是那一侧山洞里透过的灯光，还听见有鬼子在哇拉哇啦地喊叫，隐约晃动着一些匆忙奔跑的身影。玉池连忙挥手，迅速指挥弟兄们散开在洞口两侧。北风狼靠在石壁一侧，向洞内窥探，洞里的爆炸声惊动了一队鬼子，正向这突然被炸开的洞口扑来。飞虎和冲锋枪手堵在洞口一阵扫射，这一队鬼子一个没剩，倒了一地。北风狼一闪身钻进了主坑道，飞虎中队的弟兄们跟在玉池和鬼脸三身后，突进了山洞。

狼刀

　　从老巷道进来的这个洞口，直接连着主坑道，左面通向深处的一侧亮着一排昏暗的灯光，看不见的深处轰轰地响着发电机的声音，右面通向正面洞口的一侧，是一个弯道，能够听见正面洞口那边的枪炮声仍然不断。玉池就着昏暗的灯光展开山洞配置图，左面通向深处的正是弹药库、电机房、粮食囤等重要部位所在。虽然大批鬼子已经被杨之林调往正面洞口，但不知山洞里侧还有多少兵力，玉池迅速调整了战术，再次做了明确分工。由自己和北风狼率八个冲锋枪手向山洞深处继续突击，寻找贮藏毒气弹和细菌弹的库房，消灭最后的守敌；飞虎率领背负炸药的十个弟兄随后跟进，找到弹药库后，迅速安置好炸药，待队伍撤出山洞后引爆；鬼脸三率六个冲锋枪手和两挺机枪守在原地，准备阻击反攻回来的鬼子，同时，也必须要守住通向金矿老巷道的这个洞口，保证弟兄们能够顺利撤出。

　　日军修建的这个山洞，整个坑道形状像一条扭着三道弯的鱼骨，弟兄们所处的位置，就在这弯弯的鱼骨中间，鬼脸三在这里打阻击，好似把这条鱼骨拦腰截断，让鬼子首尾不能相顾。而这时，杨之林在正面洞口牵制大批敌人，又给歼灭洞底守敌赢得了时机。玉池命令鬼脸三，至少要坚持二十分钟，坚决堵住反扑回来的敌人，确保北风狼和飞虎炸毁山洞。

　　借着半明半暗的灯光，鬼脸三和弟兄们迅速用炸开石壁的碎石垒成一道两尺高的掩体，伏在掩体后面，架上了机枪冲锋枪，每人手里的手榴弹，都拧开了后盖，露出了拉环，做好了迎敌准备。北风狼和玉池带队向山洞最深处冲去，刚转过一道弯，迎面突然遭遇两束强烈的灯光，这是鬼子设置的最后一道壁垒，机枪、步枪和探照灯组成上下左右的拦网，密集的子弹交叉一道道曳光，像盘丝洞里毒蜘蛛发光的蛛网，截断了通道。冲在最前面的两个弟兄被打倒，飞虎扑上去抱住北风狼，就地仆倒，贴着地面，连续快速向后翻滚，撤了回来。

　　返回洞中取毒气弹的鬼子，被鬼脸三拦截，冲不过来，双方在洞中对射，暂时形成僵持。但鬼子指挥官听到洞中枪声响成一片，督促更多的鬼子赶过来增援，同时，指挥九二步兵炮和重机枪，继续猛烈射击，把远东突击队拦截在洞外。鬼脸三派人向北风狼报告，鬼子援兵不断增多，再拖下去，飞虎队弟兄们很可能在洞中全军覆没，催促他赶快安放炸药。北风狼急得抢过一支冲锋枪，不顾敌人火力封锁，要闯过弯道，幸亏被玉池一把拽住，不然，他一露头，就得被密集的子弹打成筛子。听着近在咫尺的枪声，玉池估算出鬼子掩体与弯道的距离，他背部紧贴墙壁，掏出一颗手榴弹拽出拉环，延迟了几秒钟，才把手榴弹扔向弯道里的石壁，手榴弹撞在石壁上，又反弹折向敌人掩体，两三秒后在鬼子头上爆炸，一挺机枪被炸哑。接着，北风狼照着玉池的方法，又扔出一颗手榴弹，飞虎和几个弟兄接连照此投弹，一阵爆炸后，弟兄们端着冲锋枪边打边冲，剩下的几个鬼子全部被消灭。

纷飞的弹片和子弹，击灭了洞中大部分电灯，仅剩的一只，如孤零零的独眼，在硝烟中闪着鬼火般的怪异。玉池点燃一支火把，对照洞中的配置图，挨个找到存放毒气和细菌弹及弹药的库房洞口，弟兄们冲进弹药库，搬出了十几个标着 TNT 的箱子，和一捆捆集束手榴弹一起，堆在弹药库和画着骷髅的洞口，连上了长长的导火索，然后迅速向老巷道洞口撤离。鬼脸三也带人边打边撤，等到弟兄们全部撤出老巷道，玉池按下了起爆器，可是等了好一会不见爆炸，他立刻意识到，导火索一定是被反冲回洞里的鬼子截断了。他厉声呼叫："虎子，带大当家和弟兄们快撤！"他抓起两颗手榴弹，再次冲回洞里。飞虎把北风狼狠狠推开，对鬼脸三叫道："三先生，护着大哥，快滑！"然后，带着两个弟兄紧随玉池进了洞。

无论北风狼怎样挣扎，也挣脱不了鬼脸三和几个弟兄的拖曳，当他们跌跌撞撞地离开老巷道跑出很远时，身后震荡起好一阵天崩地裂般的爆炸，老巷道里冲出强烈的气浪，挟裹着浓浓的烟尘，像一条巨大的飞天黄龙，向空中升腾起来，遮蔽了半边云天。

当浓烟渐渐散去，人们惊呆了，老巷道和鬼子山洞都炸塌了，暮色里，眼前这座山好像陷进了地里，高大的森林变成矮了一截的灌木丛，玉池、飞虎和两个弟兄，以及牺牲在山洞里的兄弟们的尸首，还有全部守敌，都埋在了大山底下。

"玉池先生…… 虎子弟兄…… "山林间，云空里，久久回荡着撕心裂肺的呼叫……

98

1945 年的春汛来得稍晚，四月底才从山上下来，但鹰崴子的桃花水比往年都来势凶猛，像千万匹脱缰的野马，奔腾咆哮着，撞击着湖汊两岸的山崖，发出震耳欲聋的隆隆声响。因为去年冬天鹰崴子湖汊四周山上的积雪很厚，春天来临时又刮了一场寒风，冷暖气流交替拖后了一些日子，等到暖气团活动频繁，鹰崴子山上的冰雪才融化，汹汹涌进湖汊里，几乎漫过了渔人垒起的水坝。

留守在鹰崴子的柳叶刀、红叶妹和关胜及白羽鹰的一个中队的弟兄，还有鹰崴子一些百姓，在常十三带领下，全部上了水坝，忙活了四五天，搬石挑土，把水坝加固加高，因为水坝一旦决口，就会把坝下低洼处的苇塘和庄稼地全部淹没。同时，在湖汊最东头挖了一条导流沟，以减轻水坝的压力。

五月初的一天晚上，那武在乌林府参加特别支部秘密会议，会议决定，根据目前斗争形势的不断发展扩大，要尽快发动地下党联系的所有抗日武装，积极配合苏联方面派出的先遣部队，持续开展各种形式各种规模的作战，狠狠回击日寇为大东山老金沟山洞倾覆进行的疯狂报复。这期间，特支接到伪满国军独立旅的内线送来的消息，警备队的佐藤带着一队鬼子，跟随驻乌林府日军第二中队，向鹰崴子进行扫荡。

原来，松本得到两个密报，一是狼刀帮和一些土匪绺子改编的山林支队有一部分驻扎在鹰崴子，领头的正是狼刀帮二当家柳叶刀。二是长春道台府金师爷的遗孀，就是七侠妹里的老三红杏妹，她在江口镇醉胭街抢了寇炳坤的消遥津，变成了山林支队重新设立的联络站。

于是，松本派佐藤带警备队一部，跟随第二中队开进鹰崴子，清剿柳叶刀和她率领的匪绺。但特支的内线不知道，松本又玩了一个花招，佐藤带队招摇过市向城外开拔之时，松本却带着一队鬼子，在一个晚上悄悄出了城，从城西绕到城东，然后向江口方向迂回，却被南山大龙武馆万松岩的大弟子纪锁子发现了行踪。纪锁子觉得这一队鬼子行迹十分可疑，便赶到城西榆树林子村自己家那个秘密联络点，向那武报告。

松本这个老鬼子又一次兵分两路向鹰崴子和江口，那武立刻意识到江口也面临危险，马上命令在榆树林子待命的猛子中队，派四个弟兄分头迅速到西三镇小吉村和黑松岭，召集驻扎在那里的穿山虎大队和飞天鹞大队，急驰鹰崴子支援柳叶刀。那武带猛子中队则连夜奔赴老窝棚，汇合在那里休整的北风狼和飞虎中队剩下的一些弟兄，赶往江口解救红杏妹。

这天清晨，距离鹰崴子约三十余里的石碰子峰上的"消息树"倒下了，接着，距离鹰崴子二十里的磨刀山和距离鹰崴子十里地的神仙洞上的消息树，也随之倒下。多年隐蔽在鹰崴子的常十三老人早就在这几处设置了暗哨，鹰崴子三十里之外有什么风吹草动，那几棵青杆子树做的消息树立马放倒，鹰峰上看得清清楚楚，一瞬间鹰崴子就知道山外有了情况。

这天一早得到消息，常十三立即带着柳叶刀和红叶妹、白羽鹰、关胜登上了鹰峰。

一只清代单筒望远镜在几人手上传递着，这只铜制的单筒望远镜虽然很老旧了，但仍然清晰地看到，远处的山道上烟尘飞扬，膏药旗在阳光下像一只烂熟的红柿子，不断地颤动着，一顶顶钢盔和一支支刺刀上跳跃着杂乱的光点，黄乎乎的鬼子队伍，如同一条扭动的长蛇，在山路上逶迤盘桓。常十三已经估摸出大约人数，按日军通常的编制计算，这大概是一个180人的中队，再加上一些配合行动的小部队，有二百多鬼子，单凭柳叶刀、白羽鹰几人和红叶妹一个中队，不宜正面与鬼子抗衡。常十三回头望着山洼里那一处闪耀着粼粼波光的湖湾，想起了三国时水淹七军的战事。

水淹七军这一仗，发生于建安二十四年（公元219年）七月。关羽长期征战在荆襄地区，了解当地地理环境和气候条件，他看到曹操的人马驻扎在汉江改道后的低洼地带，就趁阴雨连续下了十多天，汉水暴涨，几处山洪暴发之时，命令水军乘船猛烈攻击，曹军在一片汪洋中无处躲避，死伤落水被俘者甚多，几乎全军覆没。

虽然多年为匪，但柳叶刀、红叶妹打小就跟父亲和那三爷学文习武，关胜也读过书，白羽鹰也是书生出身，对水淹七军的故事并不陌生，常十三一提起这个战役，大家立马明白，鹰崴子这道水坝，不正是重演关羽那精彩胜战的绝佳之处么？常十三随后定下一计，让大家立马下山分头行动。

鹰嘴崖下的小渔村大多是靠渔猎为生的赫哲人，几代人都是居无定所四处游猎，民国初年才来到鹰崴子定居下来。日寇占了东北后，鹰崴子也难逃劫难，这些年几次遭受鬼子袭扰，一说打鬼子，赫哲渔人猎人们群情激奋，操起了家伙。常十三把他们分成三个小队，一队掩护村民和海冬等几个孩子撤到鹰峰上的鹰嘴洞里，一队隐蔽在水坝东侧的山林里等待号令，另一队带着鱼叉和几面旗子躲在水坝下洼地苇丛里，摇旗呐喊，迷惑引诱敌人。关胜和白羽鹰带着四个弟兄上了马，向村外山道上迎去，把鬼子引向洼地。柳叶刀和红叶妹带其他人藏在水坝西侧山林里，与赫哲猎人们形成对鬼子的夹击。常十三又带着两个人，在水坝下埋设了一些炸药，沿着水坝把导火索铺设到林子里，待鬼子进入洼地后伺机引爆。

临近正午，鬼子大队人马才前进到距鹰峰五六里的山路弯道处，刚拐过弯，就遭遇隐藏在路边两侧林子里的白羽鹰等人的突袭，前头四个尖兵还没看清前方道路，就全部被撂倒。听到枪声，佐藤跳下马，伏在路旁山崖边，伸出狙击枪四下寻找目标。瞄准镜的反光却引来两边又一排子弹，打得他身旁烟尘四起山石迸碎，他急忙向后翻滚，躲到山崖之后。等了好一会，不见对方继续射击，慢慢探头观察，瞄准镜里看见几个人影，正穿过林子向湖边逃窜。他马上与第二中队小野队长重新调整兵力，第二中队分出两个小队包围鹰崴子村，意图彻底捣毁匪缙的根据地，另一个小队跟随佐藤向湖边追击，剿灭逃窜到村子外围的残匪。

佐藤在关胜和白羽鹰等人的引诱下，追向湖边洼地，果然看到苇丛中闪动一些慌乱的人影，他暗自得意，命令士兵展开战斗队形，快速向前推进。然而，佐藤绝想不到，这一大片芦苇遮盖的洼地已经开化，成为泥泞的沼泽，士兵们踏进苇丛，就陷在软泥里，立刻迟滞了前进速度。他更想不到，苇丛中那些赫哲人脚上套着水曲柳做的宽鞋板，踩在泥泞中不会马上陷下去，又是踏着一个个由无数苇根和泥土结在一起聚成的土墩，在泥泞的苇丛中能快速行走。他们举着鱼叉和红黄蓝的旗子，招摇了一阵，突然偃旗息鼓，在苇丛的掩护下，悄悄地从两侧出了洼地，藏进了山林里。

鬼子兵正在泥泞中艰难地跋涉，两边的山林里响起了枪声，虽然初春时干枯的芦苇仍然比较茂密，却挡不住子弹。佐藤也陷在泥泞中，狙击枪找不到目标，成了烧火棍，他顾不得浑身泥浆，趴在苇根卜躲避子弹，一边呼叫

狼
刀

着，指挥部下赶快撤出洼地。但是，两边山林里密集的射击，已经封锁了退路，他只好通过步话机向小野求援。

一直躲在山坡上监视鬼子动向的常十三，见时机已到，随即点燃了导火索，却不料突然出现意外，导火索燃烧到水坝下时，有一段因为浸了水而熄灭，炸药没有按时爆炸。常十三起身冲出林子，向水坝下扑去，躲在苇丛中的鬼子发现有人冲过来，纷纷开枪阻击，打得常十三身前身后水花飞溅，迫使他不时伏在苇根下，一边躲避敌人射击，一边艰难地向坝根下靠近。这时，冲进村子的敌人扑了空，又接到佐藤救援呼叫，立马返身向村外增援，从侧翼包抄过来，柳叶刀和红叶妹、白羽鹰后背受敌，迫不得已向山林深处撤离。佐藤侧翼出现了空档，眼看增援鬼子渐渐靠近，就要接应佐藤逃出洼地，常十三不顾身前身后不断打来的子弹，跃身向前冲去。可是，距离水坝约有二十多米时，他被泥泞陷住了，后背突然中弹，无法继续前进。

刚刚撤离的白羽鹰看见常十三负伤被困，回身赶来，手里双枪压制着鬼子火力，大声呼叫着："十三爷，快趴下，我来啦！"

"混蛋！不准过来，快走！"常十三厉声阻止白羽鹰的救援，拼力挣出泥潭，又向坝下前进了几米，却再一次负伤，被打断了右腿，他伏在泥水中，摸出一颗手榴弹，奋力投向坝下引爆了炸药。伴随震天巨响，常十三老人仿佛是把自己生命最后那一瞬间聚成强大能量，惊醒了地下岩浆愤怒地喷发，一道长堤轰然崛起。

水坝决口了，汹涌的潮水挟着尚未化尽的冰块，带呼啸的浊浪，裹着一群黑色脊背的食肉鲶鱼和狗鱼，铺天盖地砸向洼地，顷刻之间，就灌满了整个苇塘，佐藤和一队鬼子突遭灭顶之灾，陷于一片汪洋。激流继续咆哮着向下游冲击，赶来增援的鬼子根本无法靠近，只能眼睁睁看着同伙们被淹没在漩涡中，葬身鱼腹……

暴怒的小野指挥鬼子们又向村里冲去，正遇上奔驰而来的穿山虎大队和飞天鹞大队，被打得蒙头转向。小野拼命收拢队伍，却担心被堵在村里，不敢继续前进，便掉头向村外逃去，一路上，又丢下了十几具尸体。

99

乌林府通往江口的公路上，行驶着三辆黄绿色的日军六轮卡车，车上满载着荷枪实弹的鬼子兵，明晃晃的刺刀和乌亮的钢盔，在阳光下闪着一片刺眼的白光。松本坐在头车驾驶室里，左手挂着菊花军刀，端着架子，目视前方，不断催促司机加快速度。这诡计多端的老鬼子原是夜间步行出了乌林府，却事先在城外藏了汽车，到凌晨，五六十个鬼子便上了车，黄昏时分，赶在那武和北风狼前头，逼近江口外围。距离镇子只有几公里时，松本命令车辆开下公路，让士兵们藏在路边林子里，并派两人去联络镇上警察所，待天黑发起突袭。

夜幕降临醉胭街，一串串红灯亮了起来，阵阵笙歌在烟花巷里悠悠飘荡，消遥津里一如往常，来了些喝花酒的老客，猜拳行令，点曲听歌。花枝招展的红杏，忙着招呼，分配姑娘们待客，又催促厨房快些上菜。一直留在这联络站负责警卫的，是白羽鹰的四个手下，同每天一样，两个在门外街口把风，一个在小楼内守门，另一个在二楼最东头窗下警戒。客人都知道这几人是女老板的保镖，司空见惯，毫不在意，自顾饮酒作乐，喧嚣着一片热闹。

东西两边街口同时走来几个人影，等到近前，把风的两个弟兄才看清，一边是镇上警察分所的三个警察，另一边是一个老板模样的带一个伙计，看样都是来喝酒的。两人并未警觉，便招呼相让，谁知刚把警察让进门，后面两人突然扑上来，刀光一闪，同时插入两人背后，随后向两侧街口发出信号。鬼子兵端着枪，猫着腰，贴着墙边摸进醉胭街，包围了消遥津。小楼内守门的弟兄，也未发现异常，在一楼包间里张罗着给几个警察摆桌倒茶，却被紧跟进来的伪装成老板和伙计的鬼子又从背后下手，一刀抹了脖子。

楼上一个包间里，红杏妹正与熟悉的客人闹哄着喝交杯酒，忽听楼梯上响起一阵乱糟糟的脚步声，撂下酒杯撩开门帘，厉声喝问："哪来的大胆贼人，上老娘这捣乱来啦？"话音未落，被刺刀顶住了胸膛。各个包间里霎时传出惊恐的叫喊，但马上就没了声，客人和姑娘们都被贼亮的刺刀吓得不敢出声了。突然，东窗下连续响起枪声，冲在前面的两个鬼子被打倒，后面的趴在楼板上还击，又被驳壳枪的连射压得抬不起头。守卫东窗的弟兄飞身跃出窗外，嗖嗖地上了隔壁的房顶，踩着一溜屋脊，飞快地蹿进黑夜，楼外的鬼子举枪乱射，却只在他身后划过一道道曳光。

晚了一步的那武和北风狼、鬼脸三等人刚到镇外，就听到醉胭街里响起爆豆般的枪声，又迎上了撤出来的弟兄，不等细问，便呼啸着打马向镇里冲来。埋伏在镇边的鬼子突然开始机枪扫射，冲在前头的两个弟兄一头仆倒，一个死在马下，一个负伤落马，北风狼也栽下马来，卧倒在地躲避枪弹。那武急忙命令队伍后撤，让冲锋枪手伏在路边两侧水沟里射击投弹，压制敌人火力，阻止鬼子向镇外冲锋。北风狼拉着缰绳让自己的坐骑青龙骝卧下，用力把负伤的弟兄掀上马背，在马臀上狠狠一拍，青龙骝嘶叫着跃起，驮着伤员掉头奔去。北风狼翻身滚进水沟，手脚并用，连滚带爬地撤了回来。

两边的枪声忽然都停了，醉胭街口火把通明，鬼子们押解着五花大绑的红杏妹，走到镇边。松本趴在临时掩体后面，扯着嗓子嗥叫："那武先生，北风狼先生，你们来了？可惜晚了一步，看到了吧，大日本皇军已经抓住了你们的红杏妹，想让她活命，就给皇军让路，我回到城里就放了她。"

黑夜里突然射出一发子弹，打在松本身边鬼子兵的刺刀上，在夜空中震

狼
刀

响十分刺耳的尖利的金属撞击声。北风狼吹着冒烟的枪口，回骂道："妈了个巴子，狗日的老鬼子，你他娘的真是记吃不记打，俺的狼嘴里，啥时放过兔崽子？不过今天俺卖你个脸，放了俺小姨子，俺让你活着回乌林府。"

"大姐夫，鬼子啥时说过人话？别听他放屁，别管我，快开枪啊！打死这个老犊子！"红杏挣扎着喊叫着，马上就被一条布带勒住了嘴发不出声了。松本叫人把红杏拉下去，命令射击，机枪步枪又响了起来，子弹像发亮的蝗虫乱窜，交织着密集的火网，拦住了进镇的道路。

鬼脸三对那武说："松本这老鬼子是拿红杏当筹码，跟咱僵持，是要拖住咱们，等待援兵，咱不能上他的当，还是先放他一马，咱再从长计议。老鬼子肯定会留着红杏，保着他活着返回乌林府，那咱就可以在路上再想辙救出红杏妹子。"

"不行，老鬼子逃出江口，红杏就会没命！不交出红杏，咱就不放他走！"北风狼吼叫着。

"三先生说的对，松本手里有红杏这个挡箭牌，逼咱让道，咱们人马和弹药都不足，不宜跟他打消耗战。他有拖延战术，咱有缓兵之计，撤！在路上等他！"那武下令撤退。

"你们先走，留下四个弟兄跟我断后，一个时辰之后，在前面二十里山洼里会合。"北风狼点了四个弟兄，每人冲锋枪压满两个弹夹子弹，伏在水沟边上向鬼子开火，那武和鬼脸三带着弟兄们，趁机撤离了江口。几支冲锋枪密集的火力压制着敌人，打得鬼子们不敢露头，十分钟后，枪声又停了，北风狼和四个弟兄沿着水沟隐入黑夜里。

松本担心有诈，不敢追击，龟缩在镇里，等待天亮。不想，镇外传来几声爆炸，他猛然惊觉，一定是留在镇外的汽车毁于敌手，连同守卫也被干掉了，这意味着如果步行返回乌林府，一路上将遭受重重拦阻。他暴怒着挥刀砍向红杏，却在半空停了手，他知道，杀了红杏，没有了这杀手锏，何以同对手抗衡？等待他的，将是步步陷阱，处处险象，道道关卡。于是，他命令一部分士兵继续守在镇边，带另一部分士兵押解红杏退回了消遥津，让通讯兵继续加紧联络援兵，速来接应。

北风狼和那武会合后，立即在公路上埋下地雷，在两侧山坡上布下阵势，准备截击松本。然后，派猛子赶回鹰崴子，召集柳叶刀和红叶妹中队赶来增援。同时，命穿山虎大队和飞天鹞大队向乌林府方向运动，拖住鬼子援兵，又派人联络隐藏在各处的草上飞、黑三豹、白龙驹，速向江口集结。

从凌晨等到日上三竿，松本却没有一点动静，撒出去探风的回来报告，松本在镇里抓来许多百姓，其中还有不少妇女和孩子，鬼子刺刀顶在他们身后，逼着他们堵在路口，用人墙阻挡进攻。北风狼大骂："这个老瘪犊子，这是拿人肉挡子弹啊。贼有贼道，匪有匪规，俺这些年绑票砸窑也有百十回

狼刀

了，可从没干过如此下三滥的采花（劫持绑架妇女或儿童）勾当！老鬼子这一招忒歹毒啦，让咱凉爪子抓不了热苞米，狼牙啃不了火粟子。他娘的，这可让俺麻爪啦。"

这样丧心病狂的毒计，鬼脸三也没有想到，十分担忧地说："红杏妹在松本手里，又加上这些百姓，松本的筹码又多了几分重量。他拿百姓当屏障，让我们打不得，冲不进，不出三日，鬼子援兵就能赶到，那我们就更棘手了。"

红杏被抓，那武马上意识到，这将会长时间纠缠和僵持，堵截如不奏效，敌人又将大兵压境，松本就会趁机向援兵靠拢，同时，必将挟持百姓形成掣肘。那么，不仅解救红杏计划落空，围堵松本也将前功尽弃。那武紧张地思索下一步计策，虽然这一仗能否取胜，关键在于成功阻截来援日军，但也不能干等，还是要主攻江口。他让鬼脸三带七八个人在原地坚守，迷惑和牵制敌人，自己与北风狼率领剩余人马，悄悄从山上绕到江口镇东侧包抄，从鬼子背后打进镇里展开巷战，一批一批地吃掉松本的兵力，最后把他堵在镇子里，逼他谈判。

也许有百姓挡在外围，让北风狼难于下手，这一天下来，镇西一直僵持着，只是偶有冷枪打来，不见猛烈进攻，松本暗自得意，以为可以就这样固守待援。然而，黄昏时分，山林中杀出一队骠骑，在镇东发起突袭。鬼子大部分兵力在镇西防守，东侧只放了一个班，根本挡不住快速突击，马队旋风一样扑上来，驳壳枪、冲锋枪连续点射，在近距离内突发强劲的杀伤力，十来个鬼子登时倒下一半。旋即，刀光闪过，人头落地，马蹄踏过，血肉模糊。听到这一阵短暂的枪声，松本自作镇定，以为这不过是几个土匪散兵的骚扰，轻蔑地哼了一声，只派一个军曹带半个小队来堵截。这时，天色已暗，薄雾渐起，一片朦胧，这一小股鬼子到了镇东，刚在街口排开阵势，一挺机枪还未架稳，两侧小巷的阴影里又冲出十几匹马，一阵砍杀，只剩那个军曹像黄鼠狼一样回头蹿去。

那武让弟兄们把马留在街口，沿着街边徒步向镇里推进，又干掉了消遥津门外的几个守卫。镇西的鬼子分兵回援，追着分散的人影跟进几条巷子，不多时，身前身后接连不断打来冷枪，萤火虫似的子弹，一点点一串串四处乱飞，随着一声声惨叫，扑通通倒下一个又一个。松本亲自率领一队士兵冲出来，还是又扑了空，那武和北风狼已经从镇东撤了出去。快到半夜的时候，镇西又响起枪声和呐喊，似乎有大队人马冲杀过来，鬼子们弃守镇东，掉头西返，虚张声势的进攻，又没了动静。鬼子们迷迷糊糊守到凌晨，镇东又好似开了锅，轰隆隆的马蹄声，震得小街石板路上阵阵颤动。鬼子们慌忙迎战，雾霭中却不见人影，马蹄声反而渐渐远去。这一宿，鬼子们一会向镇东阻击，一会又折返镇西防守，折腾得筋疲力尽，人困马乏之时，镇外又传来一阵呐喊，仿佛众多人马又来进攻，强打精神放了一阵空枪，四下里却又

狼刀

静得瘆人，鬼影都没有。躲在消遥津的松本一阵紧张又一阵紧张，一晚上也没消停，多少次读垓下之战，感叹项羽绝境中的无奈，这时，他才切身体验了四面楚歌是啥滋味。

而绑在柴草间里的红杏，反倒像事不关已，靠在柱子上睡得很踏实。

100

固守江口的日军，在这样的袭扰中，又坚持了两天两夜。

这天傍晚，猛子带着柳叶刀、关胜和红叶妹白羽鹰的骑兵大队赶到了，会合北风狼，从江口镇东西两边同时发起再次袭扰，鬼子不断遭受蚕食，死伤几乎近半，而援兵却被阻隔在三四十里之外，鞭长莫及，救援无望。危机像黑夜一样从四下里压上来，绝望像瘟疫一样漫延，感染了每个恐惧加饥饿的士兵。随后到达的草上飞、黑三豹、白龙驹的队伍，大张旗鼓地在周边埋锅造饭，更加威慑着草木皆兵的鬼子，大日本皇军们的战斗意志，已经被狼群啃噬得无法招架再次攻击了。松本急令队伍收缩，赶着抓来的百姓，退守消遥津院内。

从乌林府和凇凌城合拢过来的鬼子援军，一步步突破穿山虎大队和飞天鹤大队的阻截，艰难推进，半路又遭遇杨之林远东突击队的阻击。又一批鬼子向江口赶来，这段几十里的公路上，已经聚合了上千鬼子，但打援的队伍也在不断增加，日军的突进，仍然步履维艰。原来，活动在乌林府周边的一些抗日武装，通过地下党联络，都在积极寻找日军主动作战，以不断消灭敌人有生力量，这一场阻击战恰好是有利战机，便自动加入战斗。江口镇西边四五十公里区域内，战事不断扩大，从早晨到晚上，从夜间到黎明，已经打成了一锅粥。山林支队江口救援，原本是一场短时间的突袭，不想却发生意外，战斗越打越激烈，吸引了乌林府甚至周边的日军部分主力。敌我双方在这一狭长的山谷地带，形成了一个几千人的局部战役，致使日军在垂死挣扎的最后关头，又遭到一次前所未有的沉重的打击。

援兵迟迟不能接近，鬼子开始冒险突围。晨雾刚刚散去，一身红衣的红杏妹被反绑双臂，和同样被绑的一群百姓出现在街口，鬼子兵押解着人质，走上公路。蹒跚着走出好几里地，也没有遭到拦截，两边林子里也不见人影，而前方不断传来密集的枪炮声，援兵似乎近在咫尺。松本藏在队伍中间，左手举着军刀，右手的袖子空荡荡地舞着，他不断催促士兵，加快驱赶百姓，向援军靠拢。拐过一个山洼，公路进入峡谷，两边的林子越来越密，突然，短促而尖利的哨声撕开山林的寂静，林中干枯的灌木丛里，竖起许多大旗，四下里响起嗷嗷的呐喊，喊声像一阵令人胆寒的疾风袭来，顿时引起恐慌，战斗队形乱了阵脚，士兵们纷纷向公路中间靠拢，缩成了一堆。

松本踢开机枪射手，左手握着机枪，冲着山坡上一阵扫射，旗子不见了，喊声停了，林子里好像连鬼魂都没有了。松本命令队伍继续前进，士兵们龟缩在百姓身后，刺刀顶着老人孩子的脊背，慢慢地向前推进。又走了不过半里地，两边又是旗子和呐喊，仍是不见人影，也不见打枪，一阵机枪扫射之后，一切又都仿佛隐入冥冥之中，只有刚刚长出来的些许树叶，随着微风沙沙地作响，更让鬼子们不觉毛骨悚然。

战战兢兢的鬼子兵在这忽而突起忽而消失的杀声中，机械地挪动着脚步，一个时辰里，行进了不足二里地。这一伙鬼子已经陷入藏在两侧山林中数不清多少悍匪的包围之中，而且四周不断发生骚扰和恐吓，迟滞他们的前进速度，就这样走走停停，挨到中午也没能靠近援兵。松本不断地催赶队伍逼迫百姓加快脚步，两侧的伏兵又发起呐喊，而且似乎更加强了攻势，恍惚的人影甚至已经快到路边了，士兵们已经顾不得看守人质，慌忙收缩到一堆。

就在这时，走在人质前面的红杏已经明白了，北风狼的队伍不断地骚扰，是在给自己制造逃脱的机会，于是，她猛地发一声喊，带着老乡们冲下公路，顺着路基下的壕沟，向前奔跑。几乎气疯的松本，左手架着机枪向沟里打来一梭子，半蹲在沟边帮助老乡解绳索的红杏，被击中后背，身子突然向前一挺，仆倒在沟沿上，同时，还有几个老乡被打倒，躺在沟里。

那武和北风狼迅速抓住人质与鬼子拉开距离这有利战机，带着队伍边打边冲，密集火力阻隔了鬼子向人质追击，弟兄们救起受伤的人，掩护剩下的百姓们撤进了山林。北风狼跳进沟里，要背起红杏，红杏却难地抬起手臂挡住他，喘息着，用尽最后的力气说："大姐夫，别费劲了，没用了，杀鬼子去啊！"柳叶刀、红叶妹和红珠红巧围过来，呼喊着红杏，可她已经闭上了眼睛，鲜血流淌着，染红了身边的嫩草……

277

红叶妹让红珠红巧背起红杏的尸首，撤进林子，自己返回身来，举着双枪，向鬼子堆里冲去。那武、北风狼和柳叶刀、白羽鹰带着弟兄们杀进鬼子阵中，几十条枪连续喷出火舌，鬼子兵像被刈刀割断的苇子，一片一片地倒下，最后只剩下两个活的，跪在地上举起了双手。

那武命令弟兄们赶快打扫战场，他和北风狼等挨个查看鬼子尸体，寻找松本。红叶妹把那个浑身几乎被打成蜂窝趴在地上的松本翻过来，那武和北风狼、柳叶刀近前辨认，却发现他根本不是松本，又在鬼子尸首里反复查看，仍然找不到松本，这个老冤家藏到哪去了？那武马上审问俘虏，这才弄明白，原来松本与一个军官换了军装，让他把右臂藏起来，伪装成独臂的模样率队突围，自己却带着三个士兵，趁着四周围堵的队伍转移到公路两侧截击时，拉着仅剩的几匹大洋马，悄悄地钻进早上大雾之中，从镇东溜出了江口。

时近正午，距松本逃出江口已经过去四五个时辰了，按他的速度计算，这时恐怕跑出百八十里地了。那武迅速铺开地图，把江口周边道路指给北风

狼刀

狼等人看："江口西边通往乌林府和淞凌城，已经被我们的队伍封住，东边这条路向前二十里，又分出北面和南面两条道，北边是通向都伦山方向，南面通向北峰山方向，松本不可能向北越跑越远，一定是向南奔北峰山方向，再转道绕回乌林府。三先生，你去通知我们打援的队伍撤出战斗，分头转移。我们带骑兵大队追击松本，把他逼进白狼沟，在那里最后消灭他，决不能让他再逃回老窝。"

骑兵大队很快从公路两侧汇集过来，由于飞虎牺牲，那武临时指派白羽鹰指挥飞虎中队，他们立马清点人数，加上红叶妹中队，虽然已经不足一百人，对付松本还是绰绰有余。那武命令关胜和白羽鹰率飞虎中队向东沿途追击，防止松本中途有变，北风狼和柳叶刀、红叶妹率其余两个中队赶到白狼沟堵截。北风狼一声吼叫，弟兄们纷纷上马，骑兵大队卷起一阵飓风，马蹄哒哒，刀光闪闪，一队向东追去，一队直插白狼沟。

那武分析得不错，松本果然是潜出江口后，掉头向南，沿公路朝北峰山方向逃窜，但他却想不到，仅仅两天后，就再次被老对手堵在了山林里。

黄昏时分，北风狼、柳叶刀和红叶妹带着弟兄们，赶到距离白狼沟二三十里时，就迎上了疲惫不堪的松本四人。松本见北风狼一队人马封住了南面的路，已经无法突破围堵再向乌林府靠近，只好打马进山，逃进了白狼沟，这恰恰就落进了那武预先设计好的圈套之中。近百人的马队，兜住了松本四人的屁股，把他们赶上了山林，然后拉开一线，形成半月形的包围，牢牢守在林子外围。

连着两天亡命奔突，松本和三个士兵以及马匹都狼狈以极，进了林子，连马都拉不开胯了，只好下了马，靠在树上喘息不止。松本明白自己已是瓮中之鳖，插翅难逃了。

这时，天色渐暗，关胜和白羽鹰的中队也赶到了。那武叫大伙下马，在林子外点火造饭，就地休息，准备拂晓再发起围攻。到了半夜，那武又吩咐白羽鹰，带三中队悄悄从林子外面向山上迂回，绕到松本背后，截断他的退路，防止他逃进深山。歇到三更，天已渐亮，北风狼和红叶妹耐不住了，担心松本这老狐狸趁机突围，非要马上摸进林子，靠到老鬼子近前，伺机干掉他们。那武和柳叶刀拦不住，便带着队伍向仍是黑洞洞的林中推进。

其实，还没等白羽鹰的人马形成围堵，白狼沟里的一群狼，已经从背后围住了几个鬼子和他们的马匹，黎明前最黑暗的时刻，暴发了一场惨烈的人狼大战。

这些年来，老白狼已经死去，但占据北峰山一带的这个狼群，延续了它们严格的规则，又一匹年轻而健壮的白狼，继任了狼王。它们嗅到了大洋马的味道，七八匹硕壮的野狼，瞪着绿莹莹鬼火似的眼睛，在黑暗中围了上来。大洋马惊恐地嘶叫起来，其中一匹挣脱缰绳蹿了出去，却立刻被狼群围住，在惨叫声中被掏了肠子。鬼子兵追过来开了枪，虽然打倒了一匹，可五六匹狼却闪电般冲上来，迅即咬住两个鬼子的咽喉，把他们扑倒在地，随后便撕开了心窝。松本单手持刀，仅剩的一个士兵端着刺刀，两人背靠背与狼群对峙着。

　　大洋马的惨叫和枪声，为冲进林子的北风狼等人指引了方向，他们举着火把，快速贴近，林子里一片通亮。北风狼让众人退后，自己蹲坐下来，昂起头，嘴里发出两声长长的狼嚎，白色的狼王愣了一瞬，发出低吼止住狼群的进攻，慢慢向北风狼靠过来，凶狠的目光审视着他，围着他不断地嗅着。几年前，老狼王曾从北风狼衣襟上撕下一块布，让这一群狼记住了他的味道，此时，年轻的狼王辨出了这熟悉的气味，又从他喉咙里听到狼群打招呼的呼噜声，目光变得柔和了，伸出舌头舔了舔他的手。北风狼搂着白狼的脖子，抚摸它的颈项，又搬过它的脑袋，拍拍它的脊背，推送它向前走去。白狼回头又在北风狼脸上舔了一下，嘴巴触在地上发出低沉的声音，然后转身一声长嗥，带着狼群退进林子里。

　　北风狼拦住柳叶刀和红叶妹等人，独自向前，向看得发呆的松本发话了："妈了个巴子，松本老鬼子，咱们斗了十几年了，今儿个该有个了断了。你们在俺中国的地盘上横行霸道，连狼都不饶你，可俺要是让狼吃了你，让弟兄们一起围上你，要是双手对你独臂，都得叫江湖道上笑话俺，咱俩就一对一，俺就用一只手，看谁他娘的能干倒谁！"说着便把左手插入腰间皮带里，右手抽出狼头短刀，向前两步又吼道："来呀！出刀！"

　　这气势足以震慑松本，孤身陷入重围，斗志已丧一半，却又不心甘服输，他咬牙举刀向北风狼扑来。北风狼迎上去，闪身避开菊花军刀的锋尖，狼头短刀格开刀刃，一转身绕到了松本身后，转身之间，狼刀在松本脸上划出了一道口子。松本返身横刀，向北风狼扫来，唰地割开了胸前衣襟，北风狼仰身向后倒去，瞬间滚了一个后翻，在松本向前突刺之际，翻向他的侧面，顺势一刀，挑开了他的小腿肚子。后面的鬼子兵伸出枪来，正要射击，红叶妹抬手一枪，打碎了他的脑壳。松本趔趄着踉跄两步站住脚，左手拄着军刀喘息着，北风狼叼着狼刀，拍拍身上的土，又向他招手。松本哇哇叫着，再次举刀砍过来，北风狼扑上去贴近他，右手架住了他的左臂，一转身靠向他的脸，一甩头，狼刀再次划过，脸上顿时皮开肉绽。北风狼趁机抬腿一磕，痛得他左手一松，菊花军刀掉在了地上。北风狼松开牙齿，右手顺势接住狼头短刀，翻手刺进了松本的心脏，狠狠地转腕抽刀，噗地带出了一股喷射的血……

　　所有的国恨家仇一瞬间聚结成手上的力量，松本次郎这个与北风狼和众绺子斗了几十年的老冤家，颓然倒地，放大的瞳孔飘散深深的遗憾，他明白自己终于还是败在了狼刀之下！

　　朝阳冉冉升起，关东大地沐浴灿烂霞光，山头树梢像火红的旗帜，推涌澎湃的浪潮……

狼刀

尾声 七十年后

2015 年 8 月，艳阳高照的一天，北峰山郁郁森森的苍松翠柏掩映下，一队军绿色的越野车，驶过重新修整的盘山道，一直开上了狼牙顶。几个年轻的男女军人簇拥着一位白发老者，来到狼牙洞前。

中国人民抗日战争暨世界反法西斯战争胜利七十周年之际，年逾八十的乌海冬也就是乌尔汉·乌斯楞，带着儿孙们，又一次攀上了北峰山，来祭奠故去的先辈、祖父和父母及叔伯们。

狼牙洞前已经建成了一个小型广场，铺着坚实的花岗岩。邻近东侧的山崖下，两排黑色大理石墓碑赫然矗立，石碑上镌刻着一个个威震八方的姓名。前排正中是那世昆（那三爷），旁边两座是乌尔汉·乌苏赫和柳汉庭，这是一百年前乌林府方圆八百里最响亮的英名。两侧依次排开明水大师、常十三、老赫、那武、乌尔汉·乌力嘎（北风狼）、柳叶桃（柳叶刀）、柳桃妹（红叶妹）、桂连山（鬼脸三）、白世忠（白羽鹰）、徐林虎（飞虎）、于猛（猛子），狼刀帮几位头领一个不少在这里聚齐。后排依次是齐天龙、赵洪礼（穿山虎）、孔庆祥（草上飞）、李贵（白龙驹），这是乌林府地区各抗日绺子的大当家，也就是后来的山林支队几个大队长。这些老一辈的战将们，有的倒在解放全中国的战场，有的牺牲在朝鲜的土地上，有的年过古稀因病而逝，有的耄耋之年无疾而终，最后都回到这座毁不了的英雄山，安然长眠。

这是北风狼暮年时一个强烈的心愿，狼刀帮和山林支队所有的老伙计，除了后来返身继续为匪，与共产党和东北民主联军作对的张山（黑三豹）、李玉林（飞天鹞），无论先前牺牲的，还是后来故去的，北峰山都是他们身后永远的家园。北风狼的儿子乌海冬，后来成为军区司令的乌尔汉·乌斯楞一丝不苟地执行父亲的命令，把前辈们的遗骨一一请上北峰山，乌林府民政部门为他们修建了这片墓群和碑林，成为永久的纪念。在山林支队这些战将的墓碑上，无一例外地都刻着"中国共产党党员"。

1973 年就已经离职休养的北风狼——乌尔汉·乌力嘎，经常向儿孙们讲起后来的故事，却把当年山林支队神秘消失的秘密，留在了最后。

1945 年 5 月，北风狼血刃松本，乌林府守备队全军覆灭，震怒了关东军长官。两个步兵中队加一个炮兵中队的鬼子，还有伪满国军一个团，气势汹汹扑来，再次把北峰山围得水泄不通。奇怪的是，这些剿了几十年也没有屈服的老对手，这次却不再顽强抵抗了。山上静如空谷，树梢一动不动，以那武和北风狼为首的山林支队如同渗进石缝里的雨水，雨过天晴，一滴水珠也找不到。鬼子在狭长而又曲折迂回且洞中套洞的狼牙顶上，转悠了两三天，怎么也弄不明白，几百人的队伍难道长了翅膀飞出了铁臂合围？甚至连一片羽毛都没有留下。关东军派出飞机，在北峰山上下及四周盘旋搜索了几遍，仍无所获，只好带着这不解之迷，无功而返。然而不久，这支鬼魂一样神秘消失的队伍，又到处刮起阵阵旋风，搅得乌林府方圆一带驻守的日伪军，穷于攻守，寝食难安，甚至一小队一小队或成排成连整建制地被吞噬。

而在此前，1945 年 2 月，苏、美、英三大国领袖斯大林、罗斯福、丘吉尔已经在雅尔塔签署了协定，在德国投降及欧洲战争结束后的两个月或三个月内，苏联将参加同盟国方面对日作战。六个月后，苏联百万大军分四路越过中苏、中蒙边境，排山倒海，摧枯拉朽，向关东军发起毁灭性的全线进攻。而这时，关东军司令官山田乙三大将竟然还在大连津津有味地欣赏着日本的歌舞演出。仅仅一周，苏军各集团军已经成功地越过了原始森林、高山大漠，开始在茫茫的平原上迅速向东北腹地推进。苏联海军太平洋舰队也先后在朝鲜北部、千岛群岛登陆，协同陆军作战。关东大地上中国共产党领导的部队和民间抗日武装，配合苏军展开强大攻势，关东军节节后退，再无招架之力。

8 月 15 日，日本天皇发出投降诏书，在关东大地上横行了几十年的日本鬼子，终于向强大的苏军和英勇无畏始终不屈抵抗的中国军民举起了白旗。

按照党的指示，那武和北风狼率领山林支队同赶来东北争夺胜利果实抢占地盘的国民党军队继续进行战斗，成为共产党领导下的东北民主联军中的一支英勇善战的部队。乌海冬从十七岁开始，带着一帮使用鹰头短刀的小伙伴，陆续参加了"三下江南，四保临江"和北峰山、盘马山等地歼灭国民党部队以及张山（黑三豹）、李玉林（飞天鹞）等土匪的作战。到辽沈战役胜利之后，已经成长为一名年轻而优秀的基层指挥员，他率领的以执行特别任务而闻名东北战场的"鹰刀突击队"，便是因他们的佩刀而命名的。

2003 年初夏，一天午后，老态龙钟的北风狼似睡非睡，靠在阳台上的藤椅里，与也已经离休的军区司令员乌海冬——乌尔汉·乌斯楞断断续续地聊着。乌海冬这才惊诧地得知，北峰山上原来有许多神话般的山洞，以狼牙洞为核心，洞连洞，洞套洞，有横穿的，有斜插的，迷宫一样。还有通风透气的顶洞，暗泉流涌的侧洞，还有不易发现的陷阱让你灭顶，还有极其隐秘的穴道直通山底，没有个三年五载，甭想搞明白底细。难怪当年鬼子几次打上北峰山困不住狼刀帮绺子，最后也摸不到山林支队的踪影，原来他们是从直

狼
刀

通山下的绝密之处跳出了重围……

北风狼说着，忽然睁大了眼睛，儿子啊，我要陪你妈妈去啦。随即挺起身，打了一个很响亮的喷嚏，仰靠在藤椅上，安详地闭上了眼睛，手里一柄雪亮的狼刀，当啷一声掉在了地上。没有人知道，这一天，他已经整整100岁了……

也就是在这一天，大东山胭脂河上游老金矿遗址坍塌的山体上，一阵轰隆隆的爆炸，掀起百十丈高的硝烟。为开发建设大东山，胭脂河周边平整山地，政府接受了北风狼几次提出的建议，彻底销毁掩埋在老金矿遗址下的日军细菌武器，以免残余细菌与毒气给我们的幸福生活留下潜在的危害。

乌尔汉·乌力嘎的骨灰送上狼牙顶时，乌尔汉·乌斯楞已经在他的石碑上加刻了"北风狼"这个乌林府城乡家喻户晓妇孺皆知的狼刀帮大当家的报号。孩子们开始并不同意，说我们的爷爷早已不是土匪了，再用这名号不雅亦不庄。乌斯楞骂道："妈了个巴子，谁也不是生下来就是共产党。你们的爷爷是从自发到自觉，从民族主义者到共产主义者。用现在时尚的话讲，叫华丽转身。这是尊重历史，还原真实。北风狼就得长在这北峰山上！狼刀帮的魂，永远扎在这狼牙顶上！用陈老总的诗来说，那就是'此去泉台招旧部，旌旗十万斩阎罗'"……

此时，一柄刀把上刻着狼头的短刀，一柄刀把上刻着鹰头的短刀，并排摆放在北风狼墓碑基座上。雪亮而锋利的刀刃，依然闪烁着凛凛寒光。许多年来，狼刀的故事，一直在民间传说中演绎着夺命汉奸血刃鬼子的传奇；而纵横白山黑水，驰骋松辽平原，屡建战功的那支"鹰刀突击队"，同样是百姓口中的精彩和神勇。后来，人们才知道，"鹰刀突击队"年轻英俊声名鹊起令敌胆丧的海冬队长，就是威武刚毅镇守乌林的乌尔汉·乌斯楞司令员。父子英雄，早已声名远播；儿孙骁勇，又是军界中坚。狼刀鹰刀后继有人，关东千里戍边卫国。

乌尔汉·乌斯楞率领年轻的军人们，肃立在两排墓碑前，所有墓碑的基座上，都摆着一只精巧的玻璃酒盅，阳光下，泛起一片晶亮。

微风吹来，狼牙顶上，飘散着浓烈的茅台酒香……

2015 年 11 月　一稿于吉林 悠斋
2016 年 5 月　三稿于吉林 悠斋